Henning Mankell, né en 1948, est romancier et dramaturge. Depuis une dizaine d'années, il vit et travaille essentiellement au Mozambique – « ce qui aiguise le regard que je pose sur mon propre pays », dit-il. Il a commencé sa carrière comme auteur dramatique, d'où une grande maîtrise du dialogue. Il a également écrit nombre de livres pour enfants couronnés par plusieurs prix littéraires, qui soulèvent des problèmes souvent graves et qui sont marqués par une grande tendresse. Mais c'est en se lançant dans une série de romans policiers centrés autour de l'inspecteur Wallander qu'il a définitivement conquis la critique et le public suédois. Cette série, pour laquelle l'Académie suédoise lui a décerné le Grand Prix de littérature policière, décrit la vie d'une petite ville de Scanie et les interrogations inquiètes de ses policiers face à une société qui leur échappe. Il s'est imposé comme le premier auteur de romans policiers suédois. En France, il a reçu le prix Mystère de la Critique, le prix Calibre 38 et le Trophée 813.

Henning Mankell

LA MURAILLE INVISIBLE

ROMAN

Traduit du suédois par Anna Gibson

Éditions du Seuil

TEXTE INTÉGRAL

TITRE ORIGINAL
Brandvägg

ÉDITEUR ORIGINAL
Ordfront Förlag, Stockholm
© original : 1998, Henning Mankell
Cette traduction est publiée en accord avec Ordfront Förlag, Stockholm
et l'agence littéraire Leonhardt & Høier, Copenhague

ISBN original : 91-7324-619-0

ISBN : 978-2-02-058116-5
(ISBN 2-02-038118-4, 1ʳᵉ publication)

© Éditions du Seuil, mars 2002, pour la traduction française.

L'homme qui s'écarte du chemin de la sagesse
Reposera dans l'assemblée des morts.

Proverbes 21,16

I

L'attaque

1

Le vent décrut en début de soirée, puis ce fut le calme plat.

Il était sorti sur le balcon. De jour, on apercevait la mer entre les immeubles. Là, il faisait nuit ; parfois, il prenait sa jumelle marine pour scruter les fenêtres éclairées de l'immeuble d'en face. Mais ça lui laissait toujours l'impression désagréable d'avoir été pris sur le fait.

Le ciel était limpide, constellé d'étoiles.

Déjà l'automne. Peut-être gèlerait-il cette nuit.

Une voiture passa. Il frissonna et retourna à l'intérieur. La porte du balcon fermait avec difficulté. Sur le bloc posé à côté du téléphone, il prit note de la faire réparer le lendemain.

Il s'immobilisa sur le seuil du séjour et regarda autour de lui. Dimanche ; il avait fait le ménage. Comme toujours, c'était une satisfaction de se trouver dans une pièce parfaitement propre.

Son bureau était placé contre le mur. Il tira la chaise, alluma la lampe de travail, sortit du tiroir son épais livre de bord et commença par relire l'entrée de la veille.

Samedi 4 octobre 1997. Le vent a soufflé par rafales toute la journée. De 8 à 10 m/seconde d'après la météo. Course de nuages déchiquetés dans le ciel. Température extérieure à six heures · 7°. À quatorze heures : 8°. Dans la soirée : 5°.

Puis ces quatre phrases

L'espace est désert aujourd'hui. Aucun message des amis. C. ne répond pas à l'appel. Tout est calme.

Il dévissa le couvercle de l'encrier, y trempa avec précaution la plume héritée de son père, qui l'avait achetée au début de sa carrière de fondé de pouvoir dans une petite agence bancaire de Tomelilla. Il n'utilisait jamais d'autre stylo pour son livre de bord.

Il écrivit que le vent avait faibli, avant de tomber tout à fait. Trois degrés au-dessus de zéro. Ciel dégagé. Puis il nota qu'il avait rangé son appartement. Cela lui avait pris trois heures et vingt-cinq minutes, soit dix minutes de moins que le dimanche précédent.

Il avait fait un tour jusqu'au port de plaisance, après avoir médité une demi-heure dans l'église Sankta Maria.

Il réfléchit et ajouta : *Deuxième promenade dans la soirée.*

Il appuya doucement le buvard sur la page, essuya la plume métallique et revissa le couvercle de l'encrier.

Puis il referma le livre et jeta un regard à la vieille horloge marine posée sur le bureau. Vingt-trois heures vingt.

Dans le hall, il enfila sa vieille veste en cuir et des bottes en caoutchouc. Avant de quitter l'appartement, il vérifia qu'il avait empoché ses clefs et son portefeuille.

En bas, il s'immobilisa pour scruter les ombres de la rue. Personne. Ce n'était pas une surprise. Il se mit en marche. Comme d'habitude, il prit à gauche, traversa la route de Malmö en direction des grands magasins et du bâtiment en briques rouges des impôts. Il accéléra le pas jusqu'à trouver son rythme nocturne habituel, tranquille. Dans la journée, il marchait vite, pour se fatiguer et faire venir la transpiration. Les promenades du soir étaient différentes. Là, il cherchait avant tout à se déconnecter des pensées du jour, à préparer le sommeil de la nuit et le travail du lendemain.

Devant le centre de bricolage, il croisa une femme qui promenait son chien. Un berger allemand. Il les croisait presque toujours, le soir. Une voiture passa, beaucoup trop vite. Il devina un jeune homme derrière le volant et crut entendre de la musique, malgré les vitres fermées.

Ils ne savent pas ce qui les attend. Tous ces jeunes qui conduisent à toute vitesse avec la musique à fond, à s'en abîmer les tympans.

Ils ne savent pas ce qui les attend. Pas plus que les dames solitaires qui promènent leur chien.

Cette idée le mit de bonne humeur. Il pensa au pouvoir qu'il détenait. À son sentiment de faire partie des élus : ceux qui avaient la force de briser les anciennes vérités pétrifiées et d'en créer de nouvelles, complètement inattendues.

Il s'immobilisa et leva la tête vers les étoiles.

Je ne comprends rien. Pas plus ma propre vie que la lumière des étoiles, dont je sais qu'elle me parvient après avoir voyagé dans des espaces-temps incommensurables. Le seul sens qu'il y ait à tout cela, c'est ce que j'accomplis. À cause d'une proposition qui m'a été faite il y a vingt ans.

Il se remit en marche. Plus vite, à cause des pensées qui lui venaient et le bousculaient de façon désagréable. L'impatience. Ils attendaient ça depuis si longtemps. L'instant où enfin ils déclencheraient le grand raz de marée et le verraient déferler sur le monde.

Mais le moment n'était pas encore venu. L'impatience était une faiblesse qu'il ne pouvait se permettre.

Il s'arrêta de nouveau. Déjà le quartier résidentiel – il n'avait pas l'intention de pousser plus loin. Il tenait à être au lit à minuit.

Près des grands magasins, il fit une halte devant le distributeur bancaire et tâta le portefeuille dans sa poche. Il ne voulait pas retirer d'argent, seulement demander un relevé de compte, histoire de s'assurer que tout était en ordre.

Il sortit sa carte de retrait. La dame au berger allemand n'était plus là. Un poids lourd très chargé passa sur la route de Malmö, sans doute en direction des ferries vers la Pologne. À en juger d'après le bruit, le tuyau d'échappement n'était pas en très bon état.

Il composa son code et appuya sur la touche « dernières opérations ». Il récupéra sa carte et la rangea dans le portefeuille. La machine émit son cliquetis familier. Il sourit, ricana presque.

Si les gens savaient. Si seulement ils savaient ce qui les attend.

Le ticket apparut dans la fente. En cherchant ses lunettes, il se rappela qu'il les avait laissées dans le manteau qu'il avait mis pour descendre au port de plaisance. Cet oubli l'irrita l'espace d'un instant.

Il se plaça sous le lampadaire le plus proche et plissa les yeux. Le virement automatique du vendredi avait été enregistré, de même que son retrait de la veille. Le solde net était de 9 765 couronnes. Tout était en ordre.

Ce qui arriva l'instant d'après le prit complètement au dépourvu. Comme le coup de sabot d'un cheval – une douleur fulgurante.

Il tomba en avant, les doigts crispés sur le reçu où s'alignaient les chiffres.

Sa tête heurta l'asphalte ; il y eut une fraction de seconde de lucidité. Sa dernière pensée fut qu'il ne comprenait rien. Puis l'obscurité l'engloutit. Il était minuit passé de quelques minutes. Lundi 6 octobre 1997. Un deuxième poids lourd passa sur la route de Malmö pour rejoindre le ferry de nuit. Puis le silence retomba.

2

Kurt Wallander se sentait très mal à l'aise ce matin-là en prenant sa voiture au bas de chez lui, dans Mariagatan. Il était huit heures, le 6 octobre 1997. Il quitta la ville en se demandant pourquoi il avait accepté de se rendre là-bas. Il détestait les enterrements.

Comme il était en avance, il décida de prendre la route de la côte, en passant par Svarte et Trelleborg. Sur sa gauche, il voyait la mer. Un ferry entrait dans le port.

C'était le quatrième enterrement auquel il assistait en l'espace de sept ans. D'abord son collègue Rydberg, décédé d'un cancer après un long et pénible déclin. Wallander lui rendait souvent visite à l'hôpital ; sa mort avait été un coup personnel très dur. Rydberg était l'homme qui avait fait de lui un policier en lui apprenant à poser les bonnes questions. Grâce à lui, Wallander avait peu à peu appris l'art difficile de déchiffrer le lieu d'un crime. Avant sa collaboration avec Rydberg, il n'était qu'un policier ordinaire. Bien longtemps après, alors que Rydberg était déjà mort, il avait compris qu'il était lui-même doué pour le métier – pas seulement têtu et énergique. Aujourd'hui encore, il menait souvent des conversations silencieuses avec Rydberg, face à une enquête complexe lorsqu'il ignorait de quel côté orienter le travail. Il ne se passait pratiquement pas un jour sans que Rydberg lui manquât. Ce manque ne le quitterait jamais.

Puis ça avait été la disparition brutale de son père, terrassé par une attaque dans son atelier de Löderup. Cela faisait maintenant trois ans. Wallander se surprenait encore à ne pas admettre que son père ne soit plus là, entouré de ses tableaux, dans l'odeur de térébenthine et de peinture à l'huile. La maison de Löderup avait été vendue. Wallander y était passé à quelques reprises ; d'autres gens vivaient là à présent ; il ne s'était jamais arrêté. De temps à autre, il allait sur sa tombe, toujours avec une mauvaise conscience diffuse. Il voyait bien que ces visites étaient de plus en plus espacées. Et qu'il lui devenait de plus en plus difficile de se remémorer le visage de son père.

Une personne morte devenait pour finir une personne qui n'avait jamais existé.

Ensuite, il y avait eu Svedberg, son collègue sauvagement assassiné dans son appartement, l'année précédente. Cette nuit-là, il avait pensé qu'il ne savait rien au fond des êtres avec lesquels il travaillait. La mort de Svedberg avait dévoilé des choses qu'il n'aurait jamais crues possibles.

Et maintenant, il était en route vers son quatrième enterrement – le seul auquel il aurait pu se dispenser d'assister.

Elle l'avait appelé le mercredi, alors qu'il s'apprêtait à quitter le commissariat. Il avait mal au crâne après avoir longuement étudié un dossier désespérant – une saisie de cigarettes de contrebande effectuée à bord d'un poids lourd à la descente du ferry. La piste menait au nord de la Grèce, avant de se perdre complètement. Il avait échangé des informations avec les polices grecque et allemande, mais ils ne s'étaient pas approchés pour autant des principaux acteurs de l'affaire. Le chauffeur du poids lourd, qui ignorait vraisemblablement la présence de la marchandise dans son véhicule, serait condamné à quelques mois de prison, et les choses s'arrêteraient là. Wallander avait la certitude que des cigarettes de contrebande arrivaient quotidiennement à Ystad, et qu'on ne parviendrait jamais à endiguer le trafic.

En plus, sa journée avait été empoisonnée par une querelle avec le remplaçant du procureur Per Åkeson, qui était parti au Soudan quelques années plus tôt et ne semblait pas vouloir revenir. En lisant les lettres qu'Åkeson lui envoyait régulièrement d'Afrique, Wallander éprouvait chaque fois un pincement d'envie. Åkeson avait osé franchir le pas dont lui-même ne faisait que rêver. Il aurait bientôt cinquante ans et il savait, même s'il ne voulait pas se l'avouer, que les grands choix de sa vie avaient déjà été faits. Il ne serait jamais autre chose que flic. D'ici sa mise à la retraite, il pouvait tenter de devenir un meilleur enquêteur, point final. Et peut-être enseigner deux ou trois choses à ses collègues plus jeunes. En dehors de cela, aucun tournant décisif en perspective. Aucun Soudan ne l'attendait.

Il avait déjà pris sa veste lorsque le téléphone sonna. Tout d'abord il ne comprit pas qui l'appelait. En réalisant que c'était la mère de Stefan Fredman, ses souvenirs se bousculèrent, rameutant en quelques secondes les événements intervenus trois ans plus tôt.

Un garçon déguisé en indien avait conçu ce projet dément : punir les hommes qui avaient conduit sa sœur à la folie et rempli son petit frère de terreur. L'une des victimes était son propre père. Wallander revit la terrible image, la dernière, le garçon agenouillé pleurant sur le corps de sa sœur. Il ne savait pas grand-chose de ce qui lui était arrivé ensuite, sinon qu'il n'avait pas fini en prison, bien entendu, mais dans un service psychiatrique fermé.

Anette Fredman l'appelait pour lui apprendre la mort de Stefan. Il s'était jeté par la fenêtre. Wallander lui offrit ses condoléances. Quelque part en lui, il ressentait une peine sincère. Ou peut-être était-ce seulement de la désespérance. Mais il ne savait toujours pas pourquoi elle l'appelait. Debout devant son bureau, le combiné à la main, il tenta de se rappeler son visage. Il l'avait rencontrée deux ou trois fois dans une banlieue de Malmö, à l'époque où ils recherchaient Stefan en essayant de s'accoutumer à l'idée que ce pouvait être un garçon de quatorze ans qui avait commis ces meurtres atroces. Il se souvenait d'une femme timide et tendue, le regard fuyant comme si elle redoutait toujours le pire. Et le pire s'était avéré. Wallander se demanda brièvement si elle était toxicomane. Peut-être buvait-elle trop, ou abusait-elle des médicaments pour calmer son angoisse ? Il n'en savait rien. Il avait du mal à se rappeler ses traits. La voix à l'autre bout du fil ne lui était pas familière.

Puis elle lui avait exposé l'objet de son appel.

Elle voulait qu'il vienne à l'enterrement. Parce qu'il n'y aurait pour ainsi dire personne d'autre. De la famille, il ne restait qu'elle et puis Jens, le petit frère de Stefan. Wallander resta aimable, plein de bonnes intentions. Il promit de venir et le regretta aussitôt ; mais il était trop tard.

Après ce coup de fil, il tenta de se renseigner plus précisément sur ce qui était arrivé au garçon après son arrestation. Il parla à un médecin de l'hôpital psychiatrique. Stefan était resté quasi muet au cours de ses années d'internement, complètement replié sur lui-même. Mais quand on l'avait retrouvé sur l'asphalte, il avait le visage peinturluré ; et ces couleurs maculées de sang lui faisaient un masque d'effroi qui en disait peut-être plus long sur la société où avait vécu Stefan que sur le dédoublement de sa pauvre personnalité.

Wallander conduisait lentement. Le matin, en enfilant son costume sombre, il avait constaté avec surprise que le pantalon lui allait. Il avait donc perdu du poids. Depuis un an qu'on avait diagnostiqué son diabète, il avait été contraint de changer ses habitudes, de prendre de l'exercice et de surveiller son régime. Au début, il montait sur la balance plusieurs fois par jour. Il avait fini par la jeter, dans un accès de colère. S'il ne parvenait pas à maigrir malgré cette surveillance constante, autant laisser tomber tout de suite.

Mais le médecin auquel il rendait régulièrement visite refusait de s'avouer vaincu, l'exhortant sans relâche à faire du sport et à renoncer à ses repas malsains. Cela avait fini par donner des résultats. Wallander s'était acheté un survêtement et une paire de baskets et s'était mis à la marche. Pourtant, quand Martinsson lui proposa d'aller courir avec lui, il refusa net. Il y avait une limite. Marcher, soit ; courir, non. Il avait mis au point un circuit qui partait de Mariagatan et traversait la forêt de Sandskogen. Il s'obligeait à sortir au moins quatre fois par semaine. Il avait aussi réduit sa fréquentation assidue des kiosques à hamburgers. Et son médecin avait constaté des résultats : la glycémie baissait et il perdait du poids. Un matin en se rasant, il constata que sa tête avait changé, il avait les joues creuses. C'était comme de voir réapparaître son vrai visage, longtemps enseveli sous la graisse et un teint terreux. Sa fille Linda avait été surprise et contente de cette transformation. Mais au commissariat, aucun commentaire.

Comme si on ne se voyait pas vraiment, pensa Wallander. On travaille ensemble ; mais on reste invisibles les uns pour les autres.

En dépassant la plage de Mossby Strand, abandonnée à sa solitude d'automne, il se rappela le jour, six ans plus tôt, où un Zodiac contenant deux cadavres s'était échoué à cet endroit.

Il freina et s'engagea sur le chemin de traverse ; il était encore en avance. Il coupa le contact et descendit de voiture. Pas un souffle de vent, quelques degrés au-dessus de zéro. Il ferma sa veste et prit un sentier qui serpentait entre les dunes. Bientôt la mer apparut. La plage était déserte. Des empreintes de pas humains, de chiens, de sabots de cheval. Il laissa son regard errer sur l'eau. Dans le ciel, un vol d'oiseaux migrateurs, en route vers le sud.

Il se souvenait encore avec précision de l'endroit où l'on avait trouvé le Zodiac. L'enquête, très difficile, l'avait conduit à Riga. Et à Baiba, veuve d'un inspecteur letton assassiné – un homme qu'il avait eu le temps de connaître et d'apprécier.

Il y avait eu son histoire avec Baiba. Longtemps il avait cru que les choses prendraient forme entre eux, qu'elle viendrait vivre en Suède. Ils avaient même visité ensemble une maison dans les environs d'Ystad. Puis elle avait commencé à émettre des réserves. Wallander, jaloux, avait imaginé un autre homme. Une fois, il avait même fait le voyage jusqu'à Riga sans la prévenir. Mais il n'y avait pas d'autre homme. Simplement, Baiba hésitait. Pouvait-elle envisager de se remarier avec un policier ? De quitter son pays où elle exerçait le métier mal rémunéré mais gratifiant de traductrice ? Leur histoire avait pris fin.

Wallander longeait le rivage en pensant que cela faisait plus d'un an maintenant qu'il lui avait parlé pour la dernière fois. Elle lui apparaissait encore en rêve ; mais il ne parvenait jamais à la toucher. Quand il allait à sa rencontre ou lui tendait la main, elle avait déjà disparu. Lui manquait-elle vraiment ? La jalousie était partie ; il pouvait l'imaginer avec un autre homme sans que cela lui fasse comme une morsure.

C'est d'avoir perdu l'intimité, pensa-t-il. Avec Baiba, j'échappais à une solitude dont je n'avais pas conscience avant. C'est cette intimité qui me manque quand je pense à elle.

Il revint vers sa voiture. Il devait se méfier des plages abandonnées. Surtout à l'automne. Elles réveillaient facilement en lui une grande, une lourde mélancolie.

Une fois, bien des années plus tôt, il s'était aménagé un district de police solitaire à l'extrémité nord de l'île danoise de Jylland. À ce moment-là de sa vie, il était en arrêt maladie pour cause de dépression grave, convaincu qu'il ne reviendrait jamais au commissariat d'Ystad. Les années avaient passé, mais il se rappelait encore avec épouvante le climat intérieur qui était le sien à l'époque. Il ne voulait pas revivre cela. Ce paysage-là ne réveillait en lui que de la peur.

Il remonta en voiture et continua vers Malmö. L'automne progressait. À quoi ressemblerait l'hiver ? De grosses chutes de neige sèmeraient-elles le chaos en Scanie ou n'y aurait-il que la pluie ? Et puis que ferait-il de la semaine de congé qu'il était censé prendre en novembre ? Il avait évoqué avec sa fille Linda la possibilité d'un voyage au soleil. Il était tout disposé à l'inviter. Mais elle, qui vivait à Stockholm et étudiait il ne savait trop quoi, répondit qu'elle ne pourrait sans doute pas s'absenter, même si elle en avait envie. Il avait alors envisagé de proposer ce voyage à quelqu'un d'autre ; mais il n'y avait personne. Ses amis étaient si peu nombreux, presque inexistants... Il y avait bien Sten Widén, qui possédait un élevage de chevaux près de Skurup. Mais Wallander n'était pas certain d'avoir envie de partir avec lui, notamment à cause de ses problèmes d'alcool. Il buvait tout le temps, contrairement à Wallander qui avait réduit sa consommation sur l'ordre strict du médecin. Restait Gertrud, la veuve de son père. Mais de quoi pourraient-ils bien parler tous les deux pendant une semaine ?

Il n'y avait personne d'autre.

Il resterait donc chez lui. L'argent servirait à changer de voiture. Sa Peugeot donnait des signes de faiblesse. En ce moment même, sur la route de Malmö, le moteur faisait un drôle de bruit.

Il atteignit la banlieue de Rosengård peu après dix heures. La cérémonie devait débuter à onze heures. Il s'arrêta devant l'église, de construction récente. Quelques garçons jouaient au football contre un mur. Il les observa sans quitter sa voiture. Ils étaient sept ; trois garçons noirs, trois autres qui semblaient eux aussi issus de familles immigrées. Le septième avait des taches de rousseur et une tignasse blonde. Tous tapaient dans le ballon avec beaucoup d'énergie et de grands rires. Un court instant, il eut envie de les rejoindre, mais resta assis. Un homme sortit de l'église et alluma une cigarette. Wallander descendit de voiture et s'approcha de lui.

— C'est ici que doit être enterré Stefan Fredman ?

L'homme hocha la tête.

— Vous êtes de la famille ?

— Non, dit l'homme. On ne pense pas qu'il viendra du monde. Je suppose que vous êtes au courant de ce qu'il a fait.

— Oui. Je sais.

L'autre contempla sa cigarette.

— Pour quelqu'un comme lui, ça vaut sans doute mieux d'être mort.

Wallander sentit monter la colère.

– Stefan n'avait même pas dix-huit ans. Ce n'est pas un âge pour mourir.

Il avait haussé le ton sans s'en rendre compte. L'homme lui jeta un regard surpris. Wallander se détourna et aperçut au même instant le corbillard qui s'arrêtait devant l'église. Le cercueil apparut, brun foncé, surmonté d'une couronne solitaire. Wallander regretta aussitôt de ne pas avoir apporté de fleurs. Il s'approcha des garçons qui jouaient au foot.

– Y a-t-il un fleuriste dans le coin ?

L'un des garçons indiqua une direction vague. Wallander prit son portefeuille et lui tendit un billet de cent couronnes.

– Vas-y pour moi, achète un bouquet. Des roses de préférence. Si tu reviens tout de suite, il y aura dix couronnes pour toi.

Le garçon lui jeta un regard perplexe mais accepta l'argent.

– Je suis flic. Si tu files, je te retrouverai.

Tu n'as pas d'uniforme. Et tu ne ressembles pas à un flic.

Wallander lui montra sa carte. Le garçon l'examina, hocha la tête et s'éloigna pendant que les autres reprenaient la partie.

Il y a de fortes chances qu'il ne revienne pas, pensa Wallander. Ça fait longtemps que le respect de la police a cessé de faire partie des mœurs dans ce pays.

Quand le garçon reparut avec les roses, Wallander lui donna vingt couronnes. Dix parce qu'il s'y était engagé et dix autres parce que le garçon était revenu. C'était beaucoup trop, bien sûr. Mais trop tard pour changer d'avis. Peu après un taxi freina devant l'église. Il reconnut la mère de Stefan, vieillie et terriblement maigre, presque décharnée. Elle était accompagnée du garçon prénommé Jens, sept ans. Il ressemblait beaucoup à son frère. De grands yeux écarquillés – la peur d'autrefois n'avait pas disparu. Wallander s'avança pour les saluer.

– Il n'y aura que nous, dit-elle. Et le pasteur.

Il doit quand même y avoir un chantre pour s'occuper de l'orgue, pensa Wallander. Mais il ne dit rien.

Ils entrèrent dans l'église. Le pasteur, un jeune homme, lisait le journal assis sur une chaise à côté du cercueil. Wallander sentit la main d'Anette Fredman lui agripper le bras. Il la comprenait.

Le pasteur rangea son journal. Ils prirent place côte à côte à droite du cercueil. Anette Fredman n'avait pas lâché son bras.

D'abord, elle a perdu son mari. Björn Fredman était un type brutal et antipathique qui la battait et terrorisait ses enfants, mais c'était quand même leur père. Il a été tué par son propre fils. Ensuite, elle a perdu sa fille, Louise. Et maintenant, elle enterre son fils. Que lui reste-t-il ? Un débris de vie, et encore...

Quelqu'un entra dans l'église. Anette Fredman ne parut pas s'en apercevoir – ou alors elle était trop occupée à survivre au moment présent. C'était une femme de l'âge de Wallander. Anette Fredman remarqua soudain sa présence et lui adressa un signe de tête. La femme s'assit quelques rangs derrière eux.

– C'est un médecin, murmura Anette Fredman. Elle s'appelle Agneta Malmström. Elle s'est occupée de Jens à l'époque où il n'allait pas bien.

Ce nom évoquait quelque chose, mais il lui fallut un moment pour le situer : c'était elle, Agneta Malmström, qui lui avait fourni un indice capital à l'époque de l'enquête. Ils s'étaient parlés une nuit, *via* la radio de Stockholm. Elle se trouvait avec son mari à bord d'un voilier, quelque part au large de Landsort.

La musique d'orgue s'éleva, mais Wallander comprit aussitôt qu'elle ne venait pas d'un exécutant invisible ; le prêtre avait mis en marche un magnétophone.

Pourquoi les cloches n'avaient-elles pas sonné ? Les enterrements ne commençaient-ils pas toujours ainsi ? Il cessa d'y penser en sentant l'étau se resserrer autour de son bras. Il jeta un regard au garçon assis à côté d'Anette Fredman. Était-ce juste d'emmener un enfant de sept ans à des funérailles ? Il n'en était pas sûr. Mais le garçon paraissait calme.

La musique cessa ; le pasteur s'éclaircit la voix. Il avait choisi pour point de départ la parole de Jésus demandant qu'on laisse venir à lui les petits enfants. Wallander garda le regard rivé au cercueil en essayant de compter les fleurs de la couronne pour ne pas sentir la boule dans sa gorge.

La cérémonie fut brève. À tour de rôle ils s'avancèrent jusqu'au cercueil. Anette Fredman respirait avec difficulté, comme si elle courait les derniers mètres d'un sprint. Agneta Malmström les avait rejoints. Wallander se tourna vers le pasteur, qui donnait des signes d'impatience.

– Les cloches. On voudrait entendre les cloches en sortant d'ici. Et pas enregistrées sur cassette, si possible.

Le prêtre acquiesça à contrecœur. Wallander se demanda très vite ce qui se serait passé s'il avait montré sa carte. Anette Fredman et Jens sortirent les premiers. Wallander salua Agneta Malmström.

– Je vous reconnais, dit-elle. On ne s'est jamais rencontrés, mais votre photo a circulé dans la presse.

– Elle m'a demandé de venir. Et vous ?

– C'est moi qui ai tenu à être là.

– Que va-t-il se passer maintenant ?

– Je ne sais pas. Elle s'est mise à boire beaucoup trop. Je ne sais pas comment ça va aller pour Jens.

Ils étaient parvenus à la porte où les attendaient Anette et Jens. Les cloches sonnaient. Wallander se retourna vers le cercueil qu'on soulevait déjà pour le porter au-dehors.

Soudain, un flash crépita. Anette Fredman cacha son visage mais le photographe braquait déjà son appareil sur le petit garçon. Le temps que Wallander s'interpose, l'autre avait appuyé sur le déclencheur.

– Vous ne pouvez pas nous fiche la paix ? cria Anette Fredman.

Le garçon fondit en larmes. Wallander saisit le photographe par le bras et l'entraîna à l'écart.

– Qu'est-ce que vous foutez ?

T'occupe.

Le photographe avait l'âge de Wallander, et mauvaise haleine.

– Je fais ce que je veux. L'enterrement du meurtrier en série Stefan Fredman, c'est des images qui se vendent. Dommage que je sois arrivé trop tard pour la cérémonie.

Wallander s'apprêtait à lui montrer sa carte mais changea d'avis et lui arracha l'appareil des mains. Le photographe tenta de le récupérer mais Wallander le tenait à bout de bras. Il réussit à l'ouvrir et à en retirer la pellicule.

– Il y a des limites, dit-il en lui rendant l'objet.

Le photographe le toisa. Puis il sortit son portable.

– J'appelle la police. C'est une agression.

– Allez-y. Je suis de la brigade criminelle, je m'appelle Kurt Wallander et je travaille à Ystad. Appelez les collègues de Malmö et racontez-leur tout ce que vous voudrez.

Il laissa tomber le rouleau de pellicule et le piétina. Les cloches se turent au même instant.

Il transpirait. Le cri d'Anette Fredman résonnait dans sa tête. Le photographe contemplait sa pellicule détruite d'un œil incrédule. Les garçons continuaient à jouer au football comme si de rien n'était.

Au téléphone déjà, Anette Fredman l'avait invité à prendre le café chez elle après la cérémonie. Il n'avait pas eu le courage de refuser.

– Il n'y aura pas de photo dans le journal, dit-il simplement en revenant vers elle.

– Pourquoi ne peuvent-ils pas nous laisser en paix ?

Wallander n'avait pas de réponse. Il jeta un regard à Agneta Malmström ; elle non plus ne trouva rien à dire.

L'appartement, au quatrième étage d'un immeuble mal entretenu, était identique au souvenir qu'il en gardait. Agneta Malmström les avait accompagnés. Ils attendirent en silence que le café soit prêt. Wallander crut entendre le tintement d'une capsule dans la cuisine.

Le garçon, assis par terre, jouait sans bruit avec une petite voiture. Wallander s'aperçut qu'Agneta Malmström partageait son sentiment d'oppression. Mais il n'y avait rien à dire.

Le café arriva. Ils occupèrent leurs mains avec les tasses. Anette Fredman avait les yeux brillants. Agneta Malmström lui demanda comment elle s'en sortait, avec le chômage.

– Je me débrouille. D'une manière ou d'une autre. Je survis au jour le jour.

La conversation retomba. Wallander consulta sa montre. Presque treize heures. Il se leva. Anette Fredman fondit en larmes au moment où il lui serrait la main. Il se sentit pris de court.

– Je reste un moment, dit Agneta Malmström. Allez-y.

– J'essaierai de vous appeler à l'occasion.

Il effleura maladroitement la tête du garçon et sortit.

Dans la voiture, il resta un long moment sans bouger. Il pensait au photographe, à sa conviction de pouvoir vendre les images de l'enterrement du tueur en série.

C'est arrivé, je ne peux pas le nier. Mais je n'y comprends rien.

Il reprit la direction d'Ystad, dans le paysage d'automne scanien. Ce qu'il venait de vivre lui pesait. Peu après quatorze heures, il franchit le seuil du commissariat.

Le vent d'est s'était levé. Une couverture de nuages venant de la mer recouvrait lentement la ville.

3

En entrant dans son bureau, Wallander fouilla ses tiroirs
à la recherche d'un comprimé. Hansson passa dans le couloir en sifflant. Tout au fond du dernier tiroir, il trouva
enfin un paquet d'aspirine froissé. Il alla chercher un verre
d'eau et un café à la cafétéria. Quelques jeunes policiers
débarqués à Ystad au cours des dernières années discu-
taient à une table. Wallander leur adressa un signe de tête.
Ils parlaient de leurs années de formation à l'école de
police. De retour dans son bureau, il resta assis, inerte, à
regarder les deux comprimés se dissoudre dans le verre
d'eau.

Il pensait à Anette Fredman. Et au garçon qui jouait
silencieusement par terre dans l'appartement de Rosengård.
Comment s'en sortirait-il ? On aurait dit qu'il se cachait du
monde. Avec le souvenir d'un père, d'un frère et d'une
sœur morts.

Wallander vida son verre ; il lui sembla aussitôt que le
mal de tête se dissipait. Sur le bureau, attendait un rapport
avec un post-it rouge signé de Martinsson. *Hyper urgent*.
Wallander savait de quoi il retournait, ils en avaient parlé
ensemble avant le week-end. Un événement survenu la
semaine précédente, dans la nuit de mardi à mercredi. Wallander se trouvait alors à Hässleholm où Lisa Holgersson
l'avait envoyé en séminaire, la direction centrale de la
police devant présenter les nouvelles directives pour la
coordination de la surveillance des gangs de motards. Wallander avait demandé une dispense, mais Lisa avait insisté.

L'un de ces gangs avait racheté une ancienne ferme des environs d'Ystad. On devait s'attendre à des ennuis.

Wallander soupira et se força à redevenir policier. Il ouvrit le dossier et le parcourut, en constatant comme d'habitude que Martinsson avait rédigé un rapport clair et succinct. Il s'enfonça dans son fauteuil et réfléchit à ce qu'il venait de lire.

Deux filles, âgées de dix-neuf et quatorze ans, avaient téléphoné d'un restaurant à vingt-deux heures le mardi soir pour commander un taxi. Elles avaient ensuite demandé à être conduites à Rydsgård. L'une des deux était montée à l'avant ; à la sortie de la ville, elle avait demandé au chauffeur de s'arrêter, disant qu'elle préférait tout compte fait voyager à l'arrière. Le taxi s'était arrêté au bord de la route. La fille assise à l'arrière avait alors brandi un marteau et frappé le chauffeur à la tête, pendant que l'autre lui enfonçait un couteau dans la poitrine. Elles l'avaient dépouillé de son portefeuille et de son portable avant de prendre la fuite. Malgré ses blessures, le chauffeur – Johan Lundberg, soixante ans, dont quarante au volant de son taxi – avait réussi à donner l'alerte et à fournir un bon signalement des deux filles. Martinsson, qui s'était chargé de l'affaire ce soir-là, les avait identifiées sans trop de mal en interrogeant les clients du restaurant. Elles avaient été arrêtées à leur domicile. Celle de dix-neuf ans était restée en garde à vue. En raison de la gravité du crime, on avait décidé de retenir aussi la plus jeune. Johan Lundberg était conscient à son arrivée à l'hôpital ; puis son état s'était brusquement aggravé. Les médecins hésitaient à se prononcer. Selon Martinsson, les deux filles avaient justifié l'agression par un « besoin d'argent ».

Wallander fit la grimace. Il n'avait jamais de sa vie été confronté à une chose pareille : deux jeunes filles passant à l'acte avec une violence incontrôlée. D'après les notes de Martinsson, la plus jeune allait à l'école, c'était même une excellente élève. La plus âgée avait déjà travaillé comme réceptionniste dans un hôtel et comme jeune fille au pair à Londres, et s'apprêtait à entamer des études de langues.

L'une et l'autre n'étaient connues ni de la police ni des services sociaux.

Je ne comprends pas, pensa Wallander avec découragement. Elles auraient pu le tuer, ce chauffeur de taxi. D'ailleurs, elles l'ont peut-être fait, on ne sait pas encore. Deux jeunes filles. Si ça avait été des garçons, j'aurais peut-être pu comprendre. Par préjugé, à défaut d'autre chose.

Ann-Britt Höglund frappa à la porte. Comme d'habitude, elle était pâle et paraissait fatiguée. Wallander songea à la transformation qu'elle avait subie depuis son arrivée à Ystad. Elle avait été l'une des meilleures de sa promotion à l'école de police et était arrivée au commissariat avec beaucoup d'énergie et de grandes ambitions. Il lui restait sa force de volonté. Mais elle avait changé. Sa pâleur venait de l'intérieur.

– Je te dérange ?

– Non.

Elle s'assit prudemment dans le fauteuil déglingué réservé aux visiteurs. Wallander indiqua d'un geste le dossier ouvert devant lui.

– Qu'en dis-tu ?

– Ce sont les filles du taxi ?

– Oui.

– J'ai parlé à celle qui est en garde à vue. Sonja Hökberg. Elle s'exprime bien. Répond de façon précise à toutes les questions. Et ne semble pas éprouver de remords. Les services sociaux s'occupent de l'autre depuis hier.

– Tu y comprends quelque chose ?

Elle répondit après un silence.

– Oui et non. Que des actes de violence soient le fait de gens de plus en plus jeunes, nous le savions déjà.

– Je n'ai pas le souvenir qu'on ait jamais eu affaire à deux adolescentes qui passent à l'acte avec un marteau et un couteau. Est-ce qu'elles avaient bu ?

– Non. Mais je me demande si cela devrait nous étonner. Si nous n'aurions pas plutôt dû prévoir cette éventualité.

– Explique-toi.

– Je ne sais pas si j'y arriverai.

– Essaie.

– On n'a plus besoin des femmes sur le marché du travail. Cette époque-là est révolue.

– Ça n'explique pas pourquoi deux jeunes filles s'en prennent à un chauffeur de taxi avec un marteau et un couteau.

– Il doit y avoir autre chose, si on cherche bien. Toi pas plus que moi ne croyons à l'existence d'un mal inné.

– Je veux encore le croire. Même si c'est parfois difficile.

– Il suffit de regarder les magazines que lisent les filles de cet âge. À nouveau, il n'est plus question que de beauté. Trouver un petit ami et se réaliser à travers ses rêves à lui.

– Ça n'a pas toujours été comme ça ?

– Non. Regarde ta fille. N'a-t-elle pas ses propres idées sur ce qu'elle veut faire de sa vie ?

Wallander secoua la tête. Pourtant, il savait qu'elle avait raison.

– Je ne comprends toujours pas pourquoi elles s'en sont pris à Lundberg.

– Tu devrais. Quand ces filles commencent à saisir ce qui se passe, qu'elles ne sont pas seulement inutiles, mais presque indésirables, elles réagissent. De la même manière que les garçons. Par la violence, entre autres.

Wallander ne répondit pas. Il comprenait maintenant ce qu'elle avait tenté d'exprimer.

– Je ne pense pas pouvoir m'expliquer mieux que cela, conclut-elle. Tu devrais lui parler toi-même.

– C'est aussi l'avis de Martinsson.

– En réalité, je suis venue te voir pour une tout autre raison. J'ai promis de tenir une conférence pour une association féminine, ici, à Ystad. C'est jeudi soir. Mais je n'en ai pas la force. Je n'arrive pas à me concentrer. Il se passe trop de choses.

Wallander savait qu'Ann-Britt traversait un douloureux divorce. Son mari, accompagnateur de voyages, était perpétuellement absent, et la procédure traînait en longueur. Cela faisait plus d'un an maintenant qu'elle lui avait parlé pour la première fois de ses difficultés conjugales.

— Demande à Martinsson. Tu sais bien que je suis mauvais pour ce genre de chose.

— Une demi-heure seulement. Tu dois juste parler du métier. Trente femmes. Elles vont t'adorer.

Wallander secoua la tête avec énergie.

— Martinsson s'en chargera très volontiers. En plus, il a fait de la politique, il a l'habitude de s'exprimer en public.

— Je lui ai posé la question, il n'est pas disponible.

— Lisa Holgersson ?

— Pareil. Il ne reste que toi.

— Et Hansson ?

— Il se mettra à parler tiercé au bout de deux minutes. C'est impossible.

Wallander comprit qu'il ne pouvait pas refuser.

— C'est quoi, cette association féminine ?

— Une sorte de club de lecture qui a pris de l'ampleur. Elles se retrouvent régulièrement depuis plus de dix ans.

— Et je dois juste leur raconter quel effet ça fait d'être flic ?

— Oui. Et peut-être répondre à leurs questions.

— Je ne veux pas y aller. Mais j'irai, puisque c'est toi qui me le demandes.

Elle parut soulagée et déposa un bout de papier sur le bureau.

— Le nom et l'adresse de la personne à contacter.

L'adresse était dans le centre, pas très loin de Mariagatan. Elle se leva.

— La prestation n'est pas rémunérée. Mais tu auras droit à un café avec des gâteaux.

— Je ne mange pas de gâteaux.

— En tout cas, c'est complètement dans la ligne de la direction. Les bonnes relations avec le public, tout ça.

Wallander songea à lui demander comment elle allait. Mais il s'abstint. A elle de décider si elle voulait lui parler de ses problèmes.

Sur le seuil, elle se retourna.

– Tu ne devais pas aller à l'enterrement de Stefan Fredman ?

– J'y suis allé. C'était aussi terrible que je le redoutais.

– Comment allait la mère ? Je ne me souviens pas de son prénom.

– Anette. On dirait qu'il n'y a aucune limite à ce qu'elle doit supporter. Mais je crois qu'elle s'occupe assez bien du fils qui lui reste. Elle essaie, du moins.

– On verra bien.

– Que veux-tu dire ?

– Comment s'appelle-t-il ?

– Jens.

– On verra bien si le nom de Jens Fredman apparaîtra dans les rapports d'ici dix ans.

Ann-Britt sortit. Le café avait refroidi, Wallander alla s'en chercher un autre. Les jeunes policiers avaient disparu. Il poursuivit jusqu'au bureau de Martinsson. La porte était grande ouverte, mais il n'y avait personne. Wallander retourna dans son propre bureau. Le mal de tête avait disparu. Quelques corneilles menaient grand tapage du côté du château d'eau ; il se posta derrière la fenêtre et tenta en vain de les compter.

Le téléphone sonna, il décrocha sans s'asseoir. La librairie l'informait que le livre qu'il avait commandé venait d'arriver. Wallander ne se souvenait pas d'avoir commandé un livre, mais promit de venir le chercher le lendemain.

Puis cela lui revint : un cadeau pour Linda, un livre français sur la restauration des meubles anciens. Wallander l'avait vu dans un magazine feuilleté dans la salle d'attente du médecin. Il pensait encore que Linda, malgré ses étranges hésitations professionnelles, finirait par revenir à son intérêt pour les vieux meubles. Il avait commandé le livre, puis il avait tout oublié. Il reposa sa tasse et décida de téléphoner à Linda le soir même. Cela faisait plusieurs semaines qu'ils ne s'étaient pas parlés.

Martinsson entra sans frapper, pressé comme à son habitude. Au fil des ans, Wallander avait acquis la conviction que Martinsson était un bon flic. Sa faiblesse tenait sans doute au fait qu'au fond de lui il aurait voulu faire autre chose. À plusieurs reprises au cours des dernières années, il avait sérieusement envisagé de donner sa démission. En particulier le jour où sa fille avait été agressée dans la cour de l'école pour l'unique raison que son père était de la police. Cette fois-là, Wallander avait réussi à le convaincre de rester. Martinsson était têtu et pouvait à l'occasion faire preuve d'une certaine acuité d'esprit. Mais l'obstination pouvait se muer en impatience, et le travail de fond laissait parfois à désirer.

Martinsson s'appuya contre le montant de la porte.

– J'ai essayé de te joindre sur ton portable.

– J'étais à l'église, j'ai oublié de le rebrancher après.

– L'enterrement de Stefan ?

Wallander répéta ce qu'il avait dit à Ann-Britt Höglund, que ça avait été une expérience terrible.

Martinsson indiqua d'un signe de tête le dossier ouvert sur le bureau.

– Je l'ai lu, dit Wallander. Et je ne comprends pas ce qui a pu pousser ces deux filles à passer à l'acte à coups de marteau.

– C'est écrit noir sur blanc. Elles avaient besoin d'argent.

– Mais cette violence... Comment va-t-il ?

– Qui ?

– Lundberg, bien sûr.

– Il est toujours dans le coma. Ils ont promis d'appeler dès qu'il y aurait du nouveau. Soit il s'en sort, soit il y passe.

– Tu y comprends quelque chose, toi ?

Martinsson s'assit dans le fauteuil des visiteurs.

– Non. Et je ne suis pas sûr d'avoir envie de comprendre.

– On n'a pas le choix si on veut continuer à faire ce métier.

– Tu sais que j'ai envisagé d'arrêter. Tu m'as fait changer d'avis, mais la prochaine fois je ne sais pas. Ce ne sera pas aussi simple, en tout cas.

Wallander pensa qu'il ne voulait pas le perdre en tant que collègue. Lui pas plus qu'Ann-Britt. Il se leva.

– On devrait peut-être aller parler à la fille. Sonja Hökberg.

– J'ai autre chose dont je voudrais te parler avant.

Wallander se rassit. Martinsson lui tendit un rapport.

– Je voudrais que tu lises ça. Ça s'est passé cette nuit, c'est moi qui m'en suis occupé. Je n'ai pas jugé utile de te réveiller.

– Je t'écoute.

– Un vigile a donné l'alerte vers une heure du matin : il avait trouvé un homme mort devant le distributeur bancaire à côté des grands magasins.

– Quels grands magasins ?

– À côté des impôts.

– Continue.

– On y est allés. Il y avait bien un type allongé sur le trottoir. D'après le médecin qui est arrivé tout de suite, il était mort depuis une heure ou deux, pas plus. On aura les détails dans les prochains jours.

– Que s'était-il passé ?

– C'est bien la question. Il avait une blessure à la tête. Reste à savoir si on l'a frappé ou s'il s'est blessé en tombant...

– Le portefeuille ?

– Il y était. Des billets à l'intérieur

Wallander réfléchit.

– Pas de témoins ?

– Non.

– Qui était-ce ?

Martinsson consulta le rapport.

– Un certain Tynnes Falk. Quarante-sept ans. Il vivait juste à côté, Apelbergsgatan, au numéro 10. Il louait un appartement au dernier étage.

– Tu as bien dit Apelbergsgatan ?

– Oui.

Wallander resta songeur. Quelques années plus tôt, juste après son divorce avec Mona, il avait rencontré une femme à une soirée de l'hôtel de Saltsjöbaden. Ivre mort, il l'avait raccompagnée chez elle et s'était réveillé le lendemain à côté d'une femme endormie qu'il reconnaissait à peine et dont il ne savait même pas le nom. Il s'était rhabillé à toute vitesse et ne l'avait jamais revue. Mais pour une raison ou pour une autre, il était convaincu que c'était cette adresse-là. Apelbergsgatan, au numéro 10.

– Tu penses à quelque chose ?

– J'avais mal entendu, c'est tout.

Martinsson lui jeta un regard surpris.

– Je me fais mal comprendre ?

– Continue.

– Apparemment, il vivait seul. Divorcé. Son ex-femme habite en ville, mais les enfants sont partis. Le fils de dix-neuf ans étudie à Stockholm et la fille de dix-sept ans travaille comme jeune fille au pair dans une ambassade à Paris. La femme a naturellement été prévenue

– Quelle était sa profession ?

– Indépendant. Consultant en informatique

– Et rien n'a été volé ?

– Non. Juste avant de mourir, il a demandé un relevé de compte au distributeur. Il le tenait à la main quand on l'a retrouvé.

– Il n'avait pas effectué de retrait ?

– Pas d'après le papier qu'il tenait à la main. Son dernier retrait remonte à samedi. Une somme insignifiante.

Martinsson lui tendit un sac en plastique contenant le bout de papier ensanglanté. Wallander nota qu'il était minuit passé de deux minutes lorsque le distributeur avait enregistré l'opération. Il rendit le sac à Martinsson.

– Que dit Nyberg ?

– Rien n'indique une agression, hormis la blessure à la tête. Il est sans doute mort d'un infarctus.

– Il s'attendait peut-être à ce qu'il y ait plus d'argent sur son compte, dit Wallander pensivement.

– Et pourquoi donc ?

Wallander se demanda lui-même ce qu'il avait voulu dire. Il se leva.

– Alors on attend le rapport des légistes. En partant de l'idée qu'aucun crime n'a été commis.

Martinsson rassembla ses papiers.

– Je vais appeler l'avocat de Hökberg, commis d'office. Je te dirai quand il peut venir pour que tu parles à la fille.

– Je mentirais en disant que ça me fait envie. Mais je n'ai pas le choix, j'imagine.

Martinsson parti, Wallander se rendit aux toilettes en pensant qu'au moins il n'était plus comme avant obligé d'uriner sans cesse à cause de sa glycémie.

Il consacra l'heure suivante à se replonger dans le dossier des cigarettes de contrebande. La promesse faite à Ann-Britt le tourmentait.

À seize heures, Martinsson annonça que Sonja Hökberg et l'avocat étaient arrivés.

– Qui est l'avocat ?

– Herman Lötberg.

Wallander le connaissait. Un homme mûr, la collaboration avec lui ne posait pas de problème.

– J'arrive dans cinq minutes.

Il se posta à nouveau derrière la fenêtre. Les corneilles avaient disparu. Le vent soufflait fort. Il pensa à Anette Fredman. Au garçon qui jouait par terre, à son regard effrayé. Il se ressaisit et tenta de réfléchir aux premières questions qu'il poserait à Sonja Hökberg. D'après le rapport de Martinsson, c'était elle, assise à l'arrière, qui avait frappé Lundberg à la tête avec le marteau. Pas un seul coup, mais plusieurs. Comme sous l'effet d'une rage incontrôlée.

Il fouilla ses tiroirs à la recherche d'un bloc-notes et d'un crayon. Dans le couloir, il s'aperçut qu'il avait oublié ses lunettes et retourna dans son bureau. Il était prêt.

Il n'y a qu'une seule question qui importe, pensa-t-il en se dirigeant vers la salle d'interrogatoire.

Pourquoi ont-elles fait ça ?

Le besoin d'argent n'est pas une raison suffisante. Il doit y avoir une autre explication.

4

Sonja Hökberg ne ressemblait pas du tout à l'image que s'en était faite Wallander. À quoi s'attendait-il au juste ? En tout cas, pas à ça. Sonja Hökberg était petite, menue, presque transparente. Des cheveux blonds mi-longs, des yeux bleus. Une image publicitaire enfantine, pleine de joie de vivre. Tout sauf une folle furieuse dissimulant un marteau dans son sac.

Martinsson et lui avaient auparavant échangé quelques mots dans le couloir avec l'avocat.

– Elle est très posée. Mais je ne suis pas sûr qu'elle comprenne vraiment de quoi on la soupçonne.

– On ne la soupçonne pas. Elle a avoué.

– Le marteau, dit Wallander. On l'a retrouvé ?

· Caché dans sa chambre, sous son lit. Elle n'avait même pas essuyé le sang. Mais l'autre fille s'est débarrassée du couteau. On le cherche.

Martinsson les laissa. Wallander entra dans la salle d'interrogatoire avec l'avocat ; la fille leur jeta un regard plein de curiosité. Elle ne paraissait pas du tout nerveuse. Wallander lui adressa un signe de tête et s'assit. Un magnétophone était posé sur la table. L'avocat s'assit de telle manière que Sonja Hökberg puisse le voir. Wallander la considéra longuement. Elle soutint son regard.

– Vous n'auriez pas un chewing-gum ? demanda-t-elle soudain.

Wallander jeta un coup d'œil à Lötberg, qui secoua la tête

– On verra si on peut en trouver tout à l'heure. D'abord, il faut qu'on parle.

Il enfonça la touche d'enregistrement.

– J'ai déjà dit ce qui s'était passé. Pourquoi est-ce que je ne peux pas avoir un chewing-gum ? J'ai de quoi payer. Je ne dirai rien si on ne me donne pas de chewing-gum.

Wallander prit le téléphone et appela la réception en pensant qu'Ebba le tirerait sûrement d'affaire. Lorsqu'une voix étrangère lui répondit, il se rappela qu'Ebba ne travaillait plus au commissariat. Elle avait pris sa retraite six mois plus tôt ; il ne s'habituait toujours pas à son absence. La nouvelle réceptionniste – une jeune femme d'une trentaine d'années prénommée Irène, ancienne secrétaire médicale – avait su se faire apprécier de tout le monde en peu de temps. Mais Wallander pensait à Ebba avec nostalgie.

– Il me faut un chewing-gum. Tu connais quelqu'un qui aurait ça ?

– Oui. Moi.

Wallander raccrocha et se rendit à la réception.

– C'est la fille ?

– Tu saisis vite.

Il revint dans la salle d'interrogatoire, tendit le chewing-gum à Sonja Hökberg et s'aperçut qu'il avait oublié d'arrêter le magnétophone.

– Alors on y va, dit-il. Il est seize heures quinze, le 6 octobre 1997. Sonja Hökberg est interrogée par Kurt Wallander.

– Il faut que je répète les mêmes trucs encore une fois ?

– Oui. Et tu vas parler distinctement pour qu'on t'entende dans le micro.

– Mais j'ai déjà tout dit.

– Il se peut que j'aie d'autres questions à te poser

– Je n'ai pas envie de tout redire encore une fois.

Wallander se sentit brièvement pris de court. Il ne comprenait pas cette absence totale d'inquiétude ou de nervosité chez elle.

– Je crois que tu n'as pas le choix. Tu as été arrêtée pour un crime extrêmement grave. Et tu as avoué. Violences aggravées, ça va chercher loin. Et ça peut devenir encore bien pire. Le chauffeur est dans un état critique.

Lötberg lui jeta un regard réprobateur, mais ne dit rien. L'interrogatoire commença.

– Tu t'appelles Sonja Hökberg et tu es née le 2 février 1978.

– Je suis verseau. Et toi ?

– C'est hors sujet. Tu dois répondre à mes questions, rien d'autre. Compris ?

– Je ne suis pas idiote.

– Tu vis chez tes parents. Trastvägen 12, ici à Ystad.

– Oui.

– Tu as un frère plus jeune, Emil, né en 1982.

– C'est lui qui devrait être ici, pas moi.

Wallander lui jeta un regard surpris.

– Pourquoi ?

– On se dispute sans arrêt, il fouille dans mes affaires.

– Ce n'est pas évident d'avoir un frère, mais ce n'est pas ce qui nous occupe dans l'immédiat.

Elle paraissait toujours aussi calme. L'impassibilité de cette fille le mettait mal à l'aise.

– Bon. Peux-tu nous dire maintenant ce qui s'est passé mardi soir ?

– Ça me fait chier de devoir répéter les mêmes choses deux fois de suite.

– Tant pis. Eva Persson et toi, vous étiez donc sorties ?

– Il n'y a rien à faire dans ce bled. Je voudrais habiter à Moscou.

Wallander fut complètement décontenancé. Même Lötberg parut surpris.

– Pourquoi Moscou ?

– J'ai lu quelque part que c'est une ville excitante où il se passe plein de choses. Tu es déjà allé à Moscou ?

– Non. Réponds à mes questions. Vous êtes donc sorties...

– Tu le sais déjà, non ?

– Vous êtes amies, Eva et toi ?

– Pourquoi on serait sorties ensemble sinon ? Tu crois que je passe mon temps avec des gens que je n'aime pas ?

Pour la première fois, Wallander crut déceler une faille chez elle, un signe d'impatience.

– Vous vous connaissez depuis longtemps ?

– Pas très.

– Combien ?

– Quelques années.

– Elle a cinq ans de moins que toi.

– Elle me respecte.

– Que veux-tu dire ?

– C'est elle qui le dit. Elle me respecte.

– Pourquoi ?

– T'as qu'à lui demander.

C'est bien mon intention, pensa Wallander. Je vais lui demander plein de choses.

– Peux-tu me dire maintenant ce qui s'est passé ?

– Merde à la fin !

– Il faudra me le dire, que tu le veuilles ou non. On peut rester jusqu'à ce soir si nécessaire.

– On a été prendre une bière.

– Mais Eva Persson n'a que quatorze ans !

– Elle en paraît plus.

– Ensuite ?

– On a pris une autre bière.

– Ensuite ?

– On a commandé un taxi. Mais tu le sais déjà, alors pourquoi tu me le demandes ?

– Vous aviez donc décidé d'agresser un chauffeur de taxi ?

– On avait besoin d'argent.

– Pourquoi faire ?

– Rien de spécial.

– Vous aviez besoin d'argent, sans raison particulière. C'est bien ça ?

– Oui.

Il crut percevoir une hésitation dans sa voix.

– En général, on a besoin d'argent pour une raison précise.

– Là, c'était pas le cas.

Bien sûr que si, pensa Wallander. Il décida de laisser tomber cette question dans l'immédiat.

– Comment avez-vous eu l'idée de vous en prendre à un chauffeur de taxi ?

– On en avait discuté avant.

– Au restaurant ?

– Oui.

– Et avant cela ? Vous n'en aviez pas parlé ?

– Pourquoi on l'aurait fait ?

Lötberg contemplait ses mains en silence.

– Si je résume ce que tu viens de me dire, vous n'aviez pas décidé d'agresser un chauffeur de taxi avant de venir boire des bières dans ce restaurant. Qui en a eu l'idée ?

– Moi.

– Eva n'y voyait pas d'objection ?

– Non.

Ça ne colle pas, pensa Wallander. Elle ment. Mais elle le fait bien.

– Vous avez appelé le taxi du restaurant. Et vous êtes restées sur place jusqu'à son arrivée. Exact ?

– Oui.

– Où avez-vous pris le marteau et le couteau, si vous n'aviez pas prémédité votre coup ?

Sonja Hökberg planta son regard dans celui de Wallander.

– J'ai toujours un marteau dans mon sac. Et Eva a toujours un couteau.

– Pourquoi ?

– On ne sait jamais.

– Que veux-tu dire ?

– Les rues sont pleines de dingues. Il faut pouvoir se défendre.

– Tu as donc toujours un marteau sur toi ?

– Oui.

– T'est-il déjà arrivé de t'en servir ?

L'avocat tressaillit.

– Cette question n'a aucune pertinence.

– Ça veut dire quoi ?

– Que ce n'est pas une question importante, expliqua Wallander.

– Je peux répondre quand même. Je ne me suis jamais servie du marteau. Eva a donné un coup de couteau dans le bras d'un type une fois, parce qu'il commençait à la tripoter.

Wallander eut une idée et changea momentanément de piste.

– Avez-vous rencontré quelqu'un au restaurant ? Aviez-vous rendez-vous avec quelqu'un ?

– Avec qui ?

– C'est à toi de me le dire.

– Non.

– Par exemple un garçon que vous deviez retrouver là-bas ?

– Non.

– Tu n'as pas de petit ami ?

– Non.

Trop rapide, cette réponse. Il en prit note intérieurement.

– Quand le taxi est arrivé, vous êtes sorties ?

– Oui.

– Qu'avez-vous fait ?

– Qu'est-ce qu'on fait en général ? On monte dans le taxi et on dit où on veut aller.

– Vous avez dit que vous vouliez aller à Rydsgård. Pourquoi ?

– Je ne sais pas. On a dit ça au hasard. Fallait bien qu'on trouve quelque chose.

– Eva est montée à l'avant et toi à l'arrière. Vous aviez décidé ça à l'avance ?

– Ça faisait partie du plan.

– Quel plan ?

– Qu'on allait dire au type de s'arrêter parce qu'Eva voulait monter à l'arrière. On l'attaquerait à ce moment-là.

– Vous aviez donc décidé à l'avance que vous vous ser-
viriez des armes ?

– Pas s'il avait été plus jeune.

– Qu'auriez-vous fait s'il avait été plus jeune ?

– On lui aurait proposé des trucs.

Wallander remarqua qu'il transpirait. Cette fille l'angoissait avec son cynisme imperturbable.

– Quel genre de trucs ?

– À ton avis ?

– Vous auriez essayé de le piéger par des avances
sexuelles ?

– Putain, comment tu parles.

Lötberg se pencha vivement.

– Tu n'es pas obligée de jurer sans arrêt.

Sonja Hökberg toisa son avocat.

– Je parle comme je veux.

Lötberg battit en retraite. Entre-temps Wallander avait
pris la décision d'avancer vite.

– En l'occurrence, dit-il, c'était un homme âgé. Vous lui
avez demandé de s'arrêter. Que s'est-il passé ensuite ?

– Je l'ai frappé à la tête. Eva lui a donné un coup de
couteau.

– Combien de fois as-tu frappé ?

– Je ne sais pas, j'ai pas compté.

– Tu n'avais pas peur de le tuer ?

– On avait besoin d'argent.

– Ce n'était pas ma question. Je t'ai demandé si tu
n'avais pas conscience du fait qu'il pouvait mourir.

Sonja Hökberg haussa les épaules. Wallander attendit.
Rien. Il n'eut pas la force de répéter sa question.

– Tu dis que vous aviez besoin d'argent. Pourquoi
faire ?

À nouveau, il perçut une légère hésitation.

– Rien de spécial, je l'ai déjà dit.

– Que s'est-il passé ensuite ?

– On a pris le portefeuille et le portable et on est ren-
trées.

– Qu'avez-vous fait du portefeuille ?

– On s'est partagé l'argent. Eva l'a jeté après.

Wallander feuilleta le rapport de Martinsson. Johan Lundberg avait à peu près six cents couronnes sur lui. On avait retrouvé le portefeuille dans une poubelle sur les indications fournies par Eva Persson. Sonja Hökberg avait pris le portable, qu'on avait retrouvé à son domicile.

Wallander éteignit le magnétophone. Sonja Hökberg suivait tous ses gestes du regard.

– Je peux partir maintenant ?

– Non. Tu es majeure. Tu as commis un crime grave. Tu vas être écrouée.

– Qu'est-ce que ça veut dire ?

– Que tu restes ici.

– Pourquoi ?

Wallander jeta un regard à Lötberg. Puis il se leva.

– Je crois que ton avocat pourra te l'expliquer.

Il sortit. Il avait la nausée. Sonja Hökberg ne donnait pas le change ; elle était réellement impassible. Il se dirigea vers le bureau de Martinsson, qui parlait au téléphone et lui indiqua d'un geste le fauteuil des visiteurs. Wallander s'assit et attendit. Il sentit brusquement le besoin de fumer une cigarette. Cela lui arrivait rarement. Mais l'entrevue avec Sonja Hökberg avait été pénible.

Martinsson raccrocha.

– Comment ça s'est passé ?

– Elle avoue tout. Elle est complètement glaciale.

– Eva Persson aussi. Et elle n'a que quatorze ans.

Wallander jeta à Martinsson un regard presque implorant.

– Qu'est-ce qui se passe ?

– Je ne sais pas.

– Merde ! Ce sont deux petites filles.

– Je sais. Elles n'ont pas l'air d'avoir de remords.

Ils restèrent silencieux. Wallander se sentait complètement vide.

– Tu comprends maintenant pourquoi je pense si souvent à changer de métier ?

– Tu comprends maintenant pourquoi il faut que tu restes ?

Il se leva et s'approcha de la fenêtre.

– Comment va Lundberg ?

– Toujours pareil. État critique.

– Il faut qu'on aille au fond de cette affaire. Elles l'ont agressé parce qu'elles avaient besoin d'argent dans un but précis. À moins qu'il y ait une autre raison.

– Ah oui ? Laquelle ?

– Je ne sais pas, c'est juste une intuition. Que ça va peut-être chercher plus loin.

– Le plus probable, c'est quand même qu'elles avaient trop bu et qu'elles ont décidé de se procurer de l'argent sans réfléchir aux conséquences.

– Je veux parler à Eva Persson demain. Et à ses parents. Ni l'une ni l'autre n'avait de petit ami ?

– Eva Persson a dit qu'elle avait quelqu'un.

– Mais pas Hökberg ?

– Non.

– Je crois qu'elle ment. Il y a quelqu'un. On va le trouver.

Martinsson prenait des notes.

– Qui s'en charge ? Toi ou moi ?

Wallander répondit sans réfléchir.

– Moi. Je veux comprendre ce qui se passe dans ce pays.

– Franchement, ça me soulage de ne pas avoir à m'en occuper.

– Tu devras t'en occuper quand même. Comme Hansson, comme Ann-Britt. On doit découvrir ce qui se cache derrière cette histoire. C'était une tentative d'homicide. Si Lundberg meurt, ce sera carrément un homicide volontaire.

Martinsson montra d'un geste la paperasse entassée sur son bureau.

– J'ai des dossiers qui traînent depuis deux ans ou plus. Parfois, j'ai envie de tout envoyer au patron et de lui demander où je vais trouver le temps de régler tout ça.

– Il te répondra que c'est de la fainéantise et de la mauvaise organisation. En ce qui concerne l'organisation, je suis prêt à lui donner raison en partie.

– D'accord. Mais ça fait du bien de se plaindre.

– Je sais, on n'a plus le temps de faire notre boulot correctement. Vu la situation, il faut s'en tenir aux priorités. Je vais parler à Lisa.

– J'ai pensé à quelque chose hier soir avant de m'endormir. Quand t'es-tu entraîné au tir pour la dernière fois ?

Wallander réfléchit.

– Ça fera bientôt deux ans.

– Moi aussi. Hansson s'entraîne de son côté. Comme tu sais, il est membre d'une association de tir. Je ne sais pas ce qu'il en est d'Ann-Britt, sinon qu'elle doit encore avoir peur après ce qu'il lui est arrivé il y a deux ans. Mais le règlement prévoit qu'on s'entraîne de façon régulière. Sur nos heures de travail.

Wallander comprit où il voulait en venir. « De façon régulière », c'était plus qu'une fois tous les deux ans. Dans une situation critique, le manque d'entraînement pouvait se révéler dangereux.

– Je n'y avais pas pensé. Tu as raison, il faut faire quelque chose.

– Je doute fort de réussir à viser un mur.

– On a trop de travail. Même le plus important, on n'est pas sûr de bien le faire.

– Dis-le à Lisa.

– Elle a sûrement conscience du problème. Les moyens d'y remédier, c'est une autre affaire.

– Je n'ai même pas quarante ans, et je me surprends déjà à regretter l'ancien temps. J'ai l'impression que c'était mieux avant. En tout cas, pas un enfer comme maintenant.

Wallander ne trouva rien à répondre. Les jérémiades de Martinsson le fatiguaient. Il retourna dans son bureau. Dix-sept heures trente. Il se posta à la fenêtre et scruta l'obscurité en pensant à Sonja Hökberg et à la raison pour laquelle les deux filles avaient eu un besoin d'argent si impérieux. Et s'il existait un autre mobile. Le visage d'Anette Fredman lui apparut de nouveau.

Soudain, il sentit qu'il n'avait pas la force de rester au commissariat, malgré le travail qui l'attendait. Il prit sa veste et sortit. Le vent d'automne le cingla. Il mit le contact ; à nouveau le bruit suspect du moteur. Il devait s'acheter de quoi manger. Son réfrigérateur était vide, à part une bouteille de champagne gagnée à la suite d'un pari avec Hansson. Il ne se souvenait plus de l'enjeu. Sur un coup de tête, il décida de faire un détour par le distributeur bancaire devant lequel un homme s'était écroulé la veille au soir. Il en profiterait pour faire quelques courses.

Il s'approcha du distributeur après avoir garé la voiture ; une femme flanquée d'un landau retirait de l'argent. L'asphalte était dur, irrégulier. Wallander jeta un regard autour de lui. Pas d'habitations à proximité. En pleine nuit, l'endroit était sûrement désert. Personne n'aurait entendu un homme crier, personne ne l'aurait vu tomber.

Wallander entra dans le magasin le plus proche et partit à la recherche du rayon alimentation. Comme d'habitude, l'ennui le saisit au moment de choisir. Il remplit un panier, paya et reprit sa voiture, avec l'impression que le bruit suspect s'intensifiait. De retour chez lui, il ôta son costume sombre et prit une douche. Il ne restait presque plus de savon. Il se prépara une soupe aux légumes et la trouva bonne, à son grand étonnement. Il fit du café et emporta la tasse dans le séjour. Il était fatigué. Après avoir zappé un moment entre les différentes chaînes, il prit le téléphone et composa le numéro de Linda à Stockholm. Elle partageait un appartement sur l'île de Kungsholmen avec deux amies que Wallander ne connaissait que de nom, et travaillait provisoirement comme serveuse dans un restaurant du quartier. Wallander y avait dîné lors de sa dernière visite. On y mangeait bien, mais comment faisait-elle pour supporter le volume de la musique ?

Linda avait vingt-six ans. Sa relation avec sa fille était bonne, mais l'éloignement lui pesait. Il regrettait le contact quotidien d'autrefois.

Un répondeur se déclencha ; le message était répété en anglais. Wallander laissa son nom en précisant qu'il n'y avait pas d'urgence.

Il resta assis dans le canapé. Le café avait refroidi.

Je ne peux pas continuer à vivre comme ça. J'ai cinquante ans, mais je me fais l'effet d'un vieillard à bout de forces.

Il se dit qu'il devait faire sa promenade du soir. Chercha un bon prétexte pour ne pas y aller. Pour finir, il se leva, enfila ses chaussures de sport et sortit.

Il était vingt heures trente lorsqu'il revint chez lui ; la promenade avait dissipé sa mauvaise humeur.

Quand le téléphone sonna, il décrocha en pensant que ce serait Linda, mais c'était Martinsson.

— Lundberg est mort. Ils ont appelé à l'instant de l'hôpital.

Wallander resta debout en silence, le combiné à la main.

— Ça veut dire que Hökberg et Persson sont coupables de meurtre, poursuivit Martinsson.

— Oui. Ça veut dire aussi qu'on se retrouve avec une sale histoire sur les bras.

Ils convinrent de se retrouver le lendemain matin à huit heures. Il n'y avait rien à ajouter.

Wallander se rassit dans le canapé et suivit distraitement le journal télévisé. Il nota que le cours du dollar remontait. Le seul sujet qui capta réellement son attention fut l'histoire de la société Trustor : ainsi, il était apparemment facile de vider une entreprise de ses avoirs sans que quiconque réagisse.

Linda ne rappelait pas. À vingt-trois heures, il décida d'aller se coucher. Il mit longtemps à trouver le sommeil.

5

En se réveillant à six heures du matin, le mardi 7 octobre, Wallander constata qu'il transpirait et avait du mal à avaler sa salive. Il s'attarda sous les couvertures en pensant qu'il devrait se porter malade. Mais la pensée du chauffeur de taxi décédé la veille le tira du lit. Il prit une douche, avala un café et deux comprimés, glissa les autres comprimés dans sa poche. Avant de sortir, il s'obligea aussi à manger un yaourt. Le lampadaire oscillait sur son fil, de l'autre côté de la fenêtre. Le temps était couvert, quelques degrés au-dessus de zéro. Wallander alla chercher un gros pull dans la penderie. En revenant, il posa la main sur le téléphone ; mais il était trop tôt pour appeler Linda. Dans la voiture, il se souvint du mot qu'il avait griffonné la veille au soir dans la cuisine à sa propre intention. Il devait penser à acheter quelque chose, mais quoi ? Il n'eut pas le courage de remonter pour vérifier. Il décida qu'à l'avenir il laisserait ce genre de message sur son répondeur du commissariat.

Il fit le trajet habituel, en passant par Österleden – avec mauvaise conscience, comme d'habitude, il aurait dû aller à pied. Le début de grippe n'était pas un prétexte suffisant.

Si j'avais un chien, il n'y aurait pas de problème. Mais je n'ai pas de chien. L'été dernier, j'ai visité un elevage de labradors du côté de Sjöbo. Mais ça n'a rien donné. Pas de maison, pas de labrador et pas de Baiba. Ça n'a rien donné du tout.

Il laissa la voiture au parking. En s'asseyant dans son bureau, il se souvint brusquement de ce qu'il avait noté sur le bloc de la cuisine : *acheter du savon*. Il griffonna deux mots sur un post-it.

Il consacra les minutes suivantes à résumer la situation. Un chauffeur de taxi assassiné ; l'aveu des deux filles ; une arme aux mains de la police ; une fille mineure ; l'autre, en garde à vue, serait écrouée dans la journée.

Le malaise de la veille lui revint, en pensant à la froideur absolue de Sonja Hökberg. Il tenta de se convaincre qu'elle avait exprimé un semblant de remords qu'il n'avait pas su déceler. En vain. Son expérience lui disait qu'il ne se trompait malheureusement pas. Il se leva, alla chercher un café et partit en quête de Martinsson, qui était aussi matinal que lui. La porte de son bureau était ouverte. Il se demanda comment Martinsson pouvait travailler dans ces conditions. Pour Wallander, c'était une nécessité absolue de fermer sa porte s'il voulait se concentrer. Martinsson leva la tête.

– Je t'attendais, pour ne rien te cacher

– Je ne me sens pas très bien.

– Enrhumé ?

– J'attrape toujours mal à la gorge en octobre.

Martinsson avait une peur maladive des microbes.

– Tu aurais pu rester chez toi. L'affaire est pour ainsi dire réglée.

– En partie seulement. Nous n'avons pas de mobile. Ce vague besoin d'argent, je n'y crois pas une seconde. Est-ce qu'on a retrouvé le couteau ?

Nyberg s'en occupe. Je ne lui ai pas encore parlé.

Appelle-le.

Martinsson fit la grimace.

Il n'est pas commode le matin.

Passe-moi le téléphone.

Wallander composa le numéro du domicile de Nyberg. Après une courte attente, l'appel fut transféré à un portable. Nyberg répondit, mais on l'entendait mal.

– C'est Kurt. Je me demandais juste si vous aviez retrouvé le couteau.

Ah oui ? Et comment on aurait fait, dans le noir ?

— Je croyais qu'Eva Persson vous avait fourni des indications.

— Elle a dit qu'elle l'avait jeté quelque part dans l'ancien cimetière. Ça fait quand même plusieurs centaines de mètres carrés.

— Pourquoi ne l'emmenez-vous pas là-bas ?

— S'il y est, on le trouvera.

Wallander raccrocha.

— J'ai mal dormi, dit Martinsson. Ma fille Terese voit très bien qui est Eva Persson, elles ont pratiquement le même âge. Je pense à ses parents. Si j'ai bien compris, elle est enfant unique.

Ils méditèrent quelques instants là-dessus. Puis Wallander éternua et sortit sans conclure la conversation.

À huit heures, les enquêteurs se rassemblèrent dans l'une des salles de réunion du commissariat. Wallander s'assit à sa place habituelle en bout de table. Hansson et Ann-Britt Höglund étaient déjà arrivés. Martinsson, debout à la fenêtre, parlait au téléphone à voix basse et par monosyllabes, autrement dit à sa femme. Wallander se demanda une fois de plus comment ils pouvaient avoir tant à se dire alors qu'ils venaient de prendre leur petit déjeuner ensemble. Peut-être Martinsson exprimait-il sa crainte d'attraper le rhume de Wallander ? L'ambiance autour de la table était morose. Lisa Holgersson entra. Martinsson raccrocha, Hansson se leva pour fermer la porte.

— Nyberg ?

— Il cherche le couteau.

Wallander jeta un regard à Lisa Holgersson, qui hocha la tête. Il avait la parole.

Combien de fois avait-il vécu cette situation ? Tôt le matin, salle de réunion, ses collègues rassemblés autour de lui, début d'enquête. Au fil des ans, ils avaient changé de locaux, de meubles, de rideaux, de téléphones, de rétroprojecteurs, tout avait été informatisé. Pourtant, c'était comme s'ils étaient autour de cette table depuis toujours. Et lui-même depuis plus longtemps que les autres.

– Johan Lundberg est mort, commença-t-il. Au cas où quelqu'un ne serait pas encore au courant.

Il indiqua l'exemplaire du quotidien *Ystads Allehanda* posé sur la table ; le meurtre du chauffeur de taxi occupait la première page.

– Ça veut dire que ces deux filles, Hökberg et Persson, ont commis un meurtre. Un crime crapuleux, il n'y a pas d'autre mot. Hökberg en particulier s'est montrée très claire dans ses explications. Elles avaient prévu leur coup, elles s'étaient armées en conséquence. Elles avaient l'intention d'agresser le chauffeur de taxi que le hasard leur enverrait. Eva Persson est mineure, son cas relève donc d'autres instances. Nous avons le marteau, le portefeuille de Lundberg et le portable. Le seul élément qui manque, c'est le couteau. Les deux filles ont avoué. Aucune ne rejette la responsabilité sur l'autre. Je pense que nous pourrons remettre le dossier au procureur demain au plus tard. L'expertise médico-légale n'est pas achevée, mais en ce qui nous concerne, il s'agit presque d'une affaire classée. Une affaire extrêmement regrettable.

Il se tut. Personne ne réagit.

– Pourquoi ont-elles fait ça ? demanda enfin Lisa Holgersson. Ça paraît tellement incroyable, tellement... absurde.

Wallander avait espéré cette question, pour ne pas avoir à la formuler lui-même.

– Sonja Hökberg s'est exprimée très clairement à ce sujet au cours des deux interrogatoires, avec Martinsson puis avec moi. Elles avaient besoin d'argent.

– Pour quoi faire ?

La question venait de Hansson.

– Elle ne l'a pas précisé. À l'en croire, elles ne le savaient pas elles-mêmes.

Wallander jeta un regard circulaire avant de poursuivre.

– Je ne crois pas à cette explication. Hökberg ment. L'argent devait servir à un but précis. Je n'ai pas encore parlé à Eva Persson. Je soupçonne qu'elle obéissait à Hökberg. Cela ne diminue pas sa culpabilité, mais ça donne quand même une image de leur relation.

– Est-ce que ça a de l'importance ? intervint Ann-Britt. Savoir si elles voulaient s'acheter des vêtements ou autre chose ?

– Pas vraiment. Le procureur aura plus d'éléments qu'il n'en faut pour condamner Hökberg. Quant à Eva Persson, comme je l'ai dit, son cas ne concerne pas que nous.

– Elles n'ont jamais eu affaire à la police auparavant, dit Martinsson. J'ai fait des recherches. Rien à signaler, aucun problème à l'école.

Wallander eut à nouveau le sentiment qu'ils faisaient peut-être fausse route. Mais il ne dit rien, son intuition était encore trop vague. Dans l'immédiat, ils avaient un travail à accomplir.

Le téléphone sonna. Hansson écouta quelques instants avant de raccrocher.

– C'était Nyberg. Ils ont trouvé le couteau.

Wallander rassembla ses papiers.

– Il faut bien entendu parler aux parents et en apprendre plus sur ces deux filles. Mais on peut d'ores et déjà constituer le dossier à l'intention du procureur.

Lisa Holgersson leva la main.

– On n'échappera pas à une conférence de presse. Les médias font pression. Deux jeunes filles qui commettent un crime violent, ce n'est pas banal.

Wallander jeta un regard à Ann-Britt, qui fit non de la tête. Au cours des dernières années, elle avait souvent épargné à Wallander ces conférences de presse qu'il détestait. Là, elle ne voulait pas. Il la comprenait.

– Je m'en occupe, dit-il. À quelle heure ?

– Treize heures, si ça te convient.

Wallander prit note.

La réunion était presque finie. Ils se répartirent les tâches, avec le sentiment partagé qu'il fallait clore l'enquête policière au plus vite. Personne n'avait envie de patauger plus longtemps que nécessaire dans cette affaire oppressante. Wallander rendrait visite aux parents de Sonja

Hökberg. Martinsson et Ann-Britt se chargeraient d'Eva Persson et de sa famille.

La salle se vida. Son rhume avait empiré. Au mieux je contaminerai un journaliste, pensa-t-il en fouillant ses poches à la recherche d'un mouchoir.

Dans le couloir, il croisa Nyberg, vêtu d'une épaisse combinaison et de bottes, hirsute et de mauvaise humeur.

– Alors, vous avez retrouvé le couteau ?

– Les types de la commune n'ont plus assez d'argent pour entretenir les cimetières. Ou alors ils ont la flemme. On a dû fouiller sous des montagnes de feuilles mortes, mais on a fini par le retrouver.

– C'était quoi ?

– Un couteau de cuisine. Assez long. Elle a dû y aller fort : la pointe s'est cassée, sans doute contre une côte. C'était un couteau de mauvaise qualité, de toute façon.

Wallander secoua la tête.

– C'est dingue, dit Nyberg. Un tel mépris pour la vie. Combien ça leur a rapporté ?

– Dans les six cents couronnes. Lundberg venait de prendre son service, il n'avait pas beaucoup d'argent sur lui.

Nyberg marmonna une phrase inaudible. Wallander retourna dans son bureau et s'assit, en proie à l'indécision. Il avait mal à la gorge. Avec un soupir, il rouvrit le dossier. Sonja Hökberg habitait le secteur ouest de la ville. Il nota l'adresse, se leva, prit sa veste. Il était déjà dans le couloir lorsque le téléphone sonna. C'était Linda. À l'arrière-plan, il perçut des bruits de cuisine.

– J'ai trouvé ton message en rentrant ce matin.

Wallander eut la présence d'esprit de ne pas demander où elle avait passé la nuit. Elle lui aurait sans doute raccroché au nez.

– Je voulais juste savoir comment tu allais, dit-il.

– Bien. Et toi ?

– Un peu enrhumé. Pour le reste, c'est comme d'habitude. Je me demandais si tu viendrais me rendre visite bientôt.

– Je n'ai pas le temps.

– Mais je peux te payer le voyage.

– J'ai dit que je n'avais pas le temps. Ce n'est pas une question de sous.

Pas la peine d'essayer de la convaincre, elle était aussi têtue que lui.

– Comment ça va ? insista-t-elle. Tu as des nouvelles de Baiba ?

– C'est une histoire terminée, Linda. Il faut que tu le comprennes.

– Ça ne te réussit pas de traîner tout seul.

– Que veux-tu dire ?

– Tu le sais très bien. Tu commences à geindre. Ça ne t'arrivait jamais avant.

– Ce n'est pas très gentil de me dire ça.

– Tu vois ? La preuve ! J'ai une idée. Tu devrais prendre contact avec une agence.

– Une quoi ?

– Pour te donner une chance de rencontrer quelqu'un. Sinon, tu vas finir dans la peau d'un papy geignard qui se demande pourquoi sa fille ne dort pas chez elle la nuit.

Et voilà, pensa Wallander avec résignation. Je ne peux rien lui cacher.

– Tu trouves que je devrais passer une annonce dans le journal, c'est ça ?

– Oui. Ou prendre contact avec une agence.

– Impossible.

– Pourquoi ?

– Je n'y crois pas.

– Pourquoi ?

– Je n'en sais rien.

– C'était juste un conseil. Il faut que je retourne travailler.

– Où es-tu ?

– Au restaurant. On ouvre à dix heures.

Wallander raccrocha en se demandant où elle avait passé la nuit. Il se souvenait d'un garçon kenyan qui étudiait la médecine à Lund, mais leur rupture remontait à quelques années déjà. Depuis, il ne savait pas grand-chose des petits amis de Linda, sinon qu'elle en changeait souvent. Il ressentit un pincement d'irritation et de jalousie mêlées. Puis il sortit de son bureau. L'idée de passer une petite annonce ou de contacter une agence lui avait, de fait, déjà traversé l'esprit. Mais il l'avait toujours repoussée, comme une initiative indigne de lui.

Le vent le heurta de plein fouet à peine franchi le seuil du commissariat. Il mit le contact et écouta le bruit inquiétant du moteur. Puis il fit le trajet jusqu'au lotissement où vivaient les parents de Sonja Hökberg. Dans le rapport de Martinsson, le père était qualifié d'« indépendant », sans plus de précisions. Il descendit de voiture, traversa un jardinet bien entretenu, sonna. Un homme lui ouvrit après quelques instants. Aussitôt, Wallander pensa qu'il l'avait déjà rencontré. Il avait une bonne mémoire des visages. L'autre aussi l'avait visiblement reconnu.

– C'est toi ? Je savais que la police viendrait, mais je ne m'attendais pas à te voir.

Il s'effaça pour laisser passer Wallander. Un poste de télévision était allumé quelque part dans la maison.

– Tu ne me reconnais pas ?

– Si. Mais dans quelles circonstances...

– Erik Hökberg.

Wallander chercha dans sa mémoire.

– Et Sten Widén.

Bien sûr ! Autrefois, Sten Widén et lui étaient fous d'opéra, et Erik, l'ami d'enfance de Sten, était souvent là quand ils écoutaient du Verdi sur le gramophone.

– Ça y est. Mais tu ne t'appelais pas Hökberg à l'époque ?

– J'ai pris le nom de ma femme. Avant je m'appelais Eriksson.

Erik Hökberg était d'une stature imposante. Le cintre qu'il tendit à Wallander paraissait minuscule entre ses mains. Et il avait pris beaucoup de poids. Wallander se souvenait d'un type maigre ; c'était la raison pour laquelle il ne l'avait pas reconnu d'emblée.

Il le suivit dans le salon. Il y avait bien un téléviseur, mais éteint ; le son venait d'une autre pièce. Ils prirent place. Wallander se sentait oppressé, face à Erik. Sa mission était assez difficile comme ça.

— C'est terrible, commença Hökberg. Je n'y comprends rien. Qu'est-ce qui lui a pris ?

— Elle n'avait jamais commis d'acte violent auparavant ?

— Jamais.

Derrière son visage bouffi, Wallander en devina un autre — visage d'une époque qui lui paraissait infiniment lointaine.

— Ta femme ? Elle est là ?

— Elle est partie chez sa sœur, à Höör, en emmenant Emil. Elle ne supportait plus les journalistes qui appellent sans le moindre égard, en pleine nuit quand ça les arrange.

— Je dois malheureusement lui parler.

— Bien sûr. Je lui ai expliqué que la police nous contacterait, elle est prévenue.

Wallander se demanda comment poursuivre.

— Vous avez dû parler, tous les deux ?

— Elle est comme moi, elle n'y comprend rien. C'est un choc.

— Tu t'entends bien avec Sonja ?

— Il n'y a jamais eu de problème

— Et sa mère ?

— Même chose. Elles se disputent parfois, mais pour des choses normales, sans importance. Depuis que je connais Sonja, il n'y a jamais eu de problème.

— Pardon ?

— Sonja est ma belle-fille, tu ne le savais pas ?

Ce détail n'était pas mentionné dans le dossier ; il s'en serait souvenu.

— J'ai un fils avec Ruth, poursuivit Hökberg. C'est Emil. Sonja avait deux ans quand j'ai rencontré Ruth, ça fera dix-sept ans en décembre. Ruth et moi, on a fait connaissance autour d'un repas de Noël.

— Qui est le père de Sonja ?

– Un certain Rolf. Il ne s'est jamais occupé d'elle Ruth n'était pas mariée avec lui.

– Sais-tu où il se trouve ?

– Il est mort il y a quelques années. Tué par l'alcool.

Wallander chercha un crayon dans ses poches – il avait déjà constaté que ses lunettes et son bloc étaient restés dans son bureau. La table basse en verre était encombrée de journaux.

– Je peux arracher un bout de papier journal ?

– La police n'a plus les moyens de se payer des blocs-notes ?

– On se le demande. En l'occurrence, je l'ai oublié.

Wallander prit un deuxième journal en guise de support. Une revue financière en langue anglaise.

– Puis-je te demander quelle est ta profession ?

La réponse le prit au dépourvu.

– Je spécule.

– Dans quoi ?

– Actions, options, devises. Des paris aussi, cricket anglais essentiellement. Un peu de base-ball américain.

– Tu joues ?

– Pas les chevaux. Même pas au tiercé. Mais j'imagine qu'on peut considérer la Bourse comme un jeu.

– Tu travailles chez toi ?

Hökberg se leva et lui fit signe de le suivre. Sur le seuil de la pièce voisine, Wallander s'immobilisa, interdit. Il n'y avait pas un seul téléviseur, mais trois ; des colonnes de chiffres défilaient sur les écrans. Plusieurs ordinateurs aussi, des imprimantes. Au mur, des horloges indiquaient l'heure dans différentes villes du monde. Il eut le sentiment d'être entré dans une tour de contrôle.

– Certains prétendent que la nouvelle technologie rétrécit le monde. Ça se discute. Mon monde à moi s'est infiniment agrandi. Sans bouger de mon bureau, dans cette maison mal fichue d'un banal lotissement d'Ystad, je suis présent sur tous les marchés. Je peux me connecter à des bookmakers à Paris, à Londres ou à Rome, je peux acheter des options à la Bourse de Hongkong et vendre des dollars américains à Djakarta.

– Est-ce vraiment si simple ?

– Pas tout à fait. Il faut des autorisations, des contacts et des connaissances. Mais ici, dans cette pièce, je suis à tout moment au centre du monde. C'est une grande force et une grande vulnérabilité, les deux sont liées.

– J'aimerais voir la chambre de Sonja si c'est possible.

Hökberg le précéda dans l'escalier. Ils passèrent devant une porte fermée, la chambre d'Emil sans doute. Hökberg en indiqua une autre.

– Je t'attends en bas. À moins que tu aies besoin de moi ?

– Non, ça ira.

Le pas lourd de Hökberg s'éloigna. Wallander ouvrit la porte. Une chambre mansardée à la fenêtre entrouverte. Un mince rideau bougeait dans le vent. Wallander, parfaitement immobile, parcourut la pièce du regard. Il savait par expérience que la première impression était décisive. Les observations ultérieures pouvaient dévoiler une scénographie invisible de prime abord ; mais il en reviendrait toujours à sa toute première impression.

Dans cette chambre vivait une personne. C'était elle qu'il lui fallait découvrir. Le lit était fait. Partout des coussins roses et fleuris, d'innombrables peluches alignées sur des étagères. Un miroir sur la porte de la penderie, un épais tapis. Sous la fenêtre, un bureau vide. Wallander ne bougeait toujours pas. Cette chambre était celle de Sonja Hökberg. Il fit deux pas, s'agenouilla et jeta un coup d'œil sous le lit. Une trace dans la poussière le fit réagir malgré lui. Le marteau sans doute. Il se redressa et s'assit sur le lit, d'une dureté surprenante. Il se toucha le front. La fièvre avait repris, il avait mal à la gorge. Les comprimés étaient encore dans sa poche. Il se releva et ouvrit les tiroirs du bureau. Aucun n'était fermé à clé. Il n'y avait d'ailleurs pas de clé. Il ignorait ce qu'il cherchait, peut-être un journal intime, ou une photographie. Mais rien ne retint son attention. Il se rassit sur le lit en repensant à son entrevue avec Sonja Hökberg.

Le sentiment lui était venu aussitôt, dès le seuil. Quelque chose clochait ; cette chambre ne correspondait absolument pas à son occupante. Il ne pouvait pas l'imaginer dans ce lieu, au milieu des peluches roses. Pourtant, c'était sa chambre. Où fallait-il chercher la vérité ? Du côté de la personne impassible rencontrée au commissariat ? Ou dans cette chambre rose où elle avait caché un marteau ensanglanté ?

Rydberg lui avait autrefois appris à écouter. *Chaque chambre a sa respiration. Il faut prêter l'oreille. Une chambre raconte bien des secrets sur la personne qui l'habite.*

Au début, Wallander avait accueilli ce conseil avec scepticisme. Peu à peu, cependant, il avait su y voir un enseignement capital.

Le mal de tête empirait, pulsation sourde dans les tempes. Il se leva et ouvrit la penderie. Des vêtements suspendus à des cintres, une rangée de chaussures. Et un ours cassé. À l'intérieur de la porte, une affiche de film, *L'Avocat du diable*, avec Al Pacino. Wallander se souvenait de lui dans *Le Parrain*. Il referma la penderie et s'assit à nouveau sur la chaise du bureau. De là, il avait une perspective différente sur la pièce.

Il manquait quelque chose. Il tenta de revoir intérieurement la chambre de Linda adolescente. Les animaux en peluche y avaient leur place, bien sûr, beaucoup moins importante toutefois que les images des idoles sacrées, variables mais toujours présentes sous une forme ou une autre.

Dans la chambre de Sonja Hökberg, il n'y avait rien. À part une affiche de film cachée dans une penderie.

Wallander s'attarda encore quelques minutes. Puis il redescendit l'escalier. Erik Hökberg l'attendait au salon. Il lui demanda un verre d'eau et prit ses comprimés.

– Tu as trouvé quelque chose ?

– Je voulais juste jeter un coup d'œil.

– Que va-t-il lui arriver ?

Wallander écarta les mains.

– Elle est majeure et elle a avoué. Ce ne sera pas facile.

Hökberg ne dit rien. Wallander perçut sa souffrance.

Il nota le numéro de téléphone de la belle-sœur à Höör. Lorsqu'il ressortit dans la rue, le vent soufflait par rafales. Il reprit la route du commissariat. Il ne se sentait pas bien ; il rentrerait se coucher immédiatement après la conférence de presse.

Dès son entrée, Irène lui fit signe. Elle était pâle.

– Qu'est-ce qu'il y a ?

– Je ne sais pas. On a cherché à te joindre et tu avais oublié ton portable, comme d'habitude.

– Qui me cherche ?

– Tout le monde.

Wallander perdit patience.

– Comment ça, tout le monde ? Tu ne peux pas être un peu plus précise ?

– Martinsson. Et Lisa.

Wallander se rendit tout droit dans le bureau de Martinsson. Hansson y était déjà.

– Que se passe-t-il ?

– Sonja Hökberg s'est enfuie.

Wallander le dévisagea, incrédule.

– Enfuie ?

– Ça s'est passé il y a une heure à peine. Toutes les voitures disponibles sont à sa recherche. Elle a disparu.

Wallander regarda ses collègues. Puis il enleva sa veste et s'assit.

6

En quelques minutes, Wallander eut une image assez claire de ce qui s'était passé.

Quelqu'un avait fait preuve de négligence. Quelqu'un avait enfreint les règles élémentaires du métier. Mais surtout, quelqu'un avait oublié que Sonja Hökberg n'était pas seulement une jolie fille au visage innocent. Elle avait tué un homme.

L'enchaînement était facile à reconstituer. Sonja Hökberg avait eu une conversation avec son avocat. Elle devait ensuite retourner en garde à vue. Elle avait demandé à se rendre aux toilettes. En sortant, elle s'était aperçue que le policier censé la surveiller lui tournait le dos et parlait à quelqu'un dans un bureau. Elle était partie. Personne n'avait tenté de la retenir. Elle était sortie tout droit par la porte principale. Personne ne l'avait vue. Ni Irène, ni quiconque. Au bout de cinq minutes environ, le gardien s'était rendu aux toilettes et avait découvert qu'elle n'y était plus. Il était alors retourné dans la salle où s'était déroulée l'entrevue avec l'avocat. À ce moment-là seulement, il avait donné l'alerte. Sonja Hökberg avait alors dix minutes d'avance. Et c'était assez.

Wallander sentit que la migraine revenait.

– J'ai mis tout le personnel disponible sur le coup, dit Martinsson. Et j'ai appelé son père. Tu venais de repartir de chez lui. Tu as une idée de l'endroit où elle a pu aller ?

– La maman se trouve chez sa sœur, à Höör.

Il tendit à Martinsson le papier portant le numéro de téléphone.

— On imagine mal qu'elle soit allée là-bas à pied, intervint Hansson.

— Elle a son permis, dit Martinsson en composant le numéro. Elle a pu faire du stop, ou voler une voiture.

— Nous devons avant tout parler à Eva Persson. Tout de suite. Je me fiche qu'elle soit mineure, maintenant elle va nous dire ce qu'elle sait.

Hansson sortit et faillit entrer en collision avec Lisa Holgersson, qui revenait d'une réunion à l'extérieur et venait d'apprendre la disparition de Sonja Hökberg. Pendant que Martinsson parlait au téléphone avec la maman, Wallander expliqua à Lisa les circonstances de l'évasion.

— C'est inadmissible, dit-elle lorsqu'il eut fini.

Elle était en colère. Tant mieux. Leur ancien chef, Björk, se serait immédiatement fait du souci pour sa propre réputation.

— Oui. Pourtant c'est arrivé. L'urgence, c'est de la retrouver. Ensuite, on verra où était la faute. Et qui devra en subir les conséquences.

— Tu penses qu'elle peut repasser à l'acte ?

Wallander réfléchit. Il revoyait intérieurement la chambre rose avec sa collection de peluches.

— Ce n'est pas exclu. Nous en savons trop peu sur elle.

Martinsson raccrocha.

— J'ai parlé à sa mère et aux collègues de Höör. Ils savent à quoi s'en tenir.

— Personne ne le sait. Mais je veux qu'on la retrouve le plus vite possible.

— L'évasion était-elle préméditée ? demanda Lisa Holgersson.

— Non, je crois qu'elle a simplement saisi l'occasion qui se présentait.

Wallander regarda Martinsson.

— À mon avis, c'était prémédité. Elle cherchait une occasion. Elle voulait partir d'ici. Quelqu'un a-t-il parlé à l'avocat ? Peut-il nous aider ?

– On n'y a pas pensé. Il est parti dès la fin de son entretien avec elle.

Wallander se leva.

– Je vais lui parler.

– La conférence de presse. Qu'est-ce qu'on fait ?

Il était onze heures vingt.

– On la maintient comme prévu. Mais il faudra leur livrer la nouvelle. Même si ça fait mal.

– Je serai là, dit Lisa Holgersson.

Wallander sortit sans répondre. La migraine lui martelait les tempes, chaque déglutition lui coûtait.

Je devrais être au lit, pensa-t-il. Au lieu de courir après des adolescentes qui tuent des chauffeurs de taxi.

Il trouva quelques mouchoirs en papier dans un tiroir de son bureau et essuya la sueur sous sa chemise. Puis il appela l'avocat et lui résuma la situation.

– C'est une surprise, dit Lötberg.

– C'est surtout une tuile. Pouvez-vous nous aider ?

– Je ne crois pas. On a parlé de ce qui l'attendait maintenant, qu'elle devait prendre patience.

– Et alors ? Elle était prête à patienter ?

Lötberg réfléchit.

– Honnêtement, je n'en sais rien. Elle est d'un contact difficile. En apparence, elle était calme. Mais ça ne signifie rien.

– Elle n'a rien dit d'un éventuel petit ami ? Quelqu'un dont elle souhaitait la visite ?

– Non.

– Personne ?

– Elle a demandé des nouvelles d'Eva Persson.

– Elle n'a pas parlé de ses parents ?

– Non.

Bizarre. Aussi bizarre que sa chambre. Il sentait de plus en plus que quelque chose clochait chez cette fille.

– Si elle prend contact avec moi, je vous préviens tout de suite, conclut Lötberg.

Wallander raccrocha. Il avait encore la vision de sa chambre. Une chambre d'enfant. Elle s'était pétrifiée à un moment donné, tandis que Sonja Hökberg continuait de grandir.

Son intuition manquait de clarté. Mais il savait qu'elle était importante.

Il avait fallu moins d'une demi-heure à Martinsson pour convoquer Eva Persson. Wallander n'en crut pas ses yeux en la voyant. Elle paraissait à peine douze ans. Il la regarda, incapable d'imaginer que ces mains enfantines aient pu tenir un couteau et l'enfoncer dans la poitrine d'un autre être humain. Très vite pourtant, il découvrit une ressemblance avec Sonja Hökberg. Il ne l'avait pas identifiée d'emblée.

C'était les yeux. La même indifférence.

Martinsson les avait laissés seuls. Wallander aurait aimé qu'Ann-Britt participe à l'interrogatoire. Mais elle se trouvait quelque part en ville pour coordonner les recherches.

La mère d'Eva Persson avait les yeux rouges. Wallander eut pitié d'elle, à la pensée de ce qu'elle devait endurer en ce moment.

Il se tourna vers la fille.

— Sonja s'est évadée. Je veux savoir si tu as une idée de l'endroit où elle peut être. Je veux que tu réfléchisses soigneusement. Et que tu dises la vérité. Compris ?

Eva Persson hocha la tête.

— Où a-t-elle pu aller, à ton avis ?

— Elle a dû rentrer chez elle. Ça paraît évident, non ?

Wallander se demanda si elle était sincère ou ironique. La migraine le rendait impatient.

— Si elle était rentrée on l'aurait déjà retrouvée.

Il avait élevé la voix. La maman se recroquevilla sur sa chaise.

— Je ne sais pas où elle est.

Wallander prit un bloc-notes.

— Qui sont ses amis ? Qui fréquente-t-elle ? Connaît-elle quelqu'un qui a une voiture ?

— D'habitude, on n'est que toutes les deux.

— Elle doit bien avoir d'autres amis ?

– Kalle.

– Nom de famille ?

– Ryss.

– Il s'appelle vraiment Kalle Ryss ?

– Oui.

– Je ne veux pas un mot de mensonge. Compris ?

– Arrête de hurler, espèce de vieux nase !

Wallander faillit perdre son sang-froid. Il n'aimait pas se faire traiter de vieux.

– Qui est-ce ?

– Il fait du surf. En général, il est en Australie. En ce moment, il est chez lui, il travaille pour son père.

– Où ça ?

– Ils ont une quincaillerie.

– Kalle est donc un ami de Sonja ?

– Ils étaient ensemble avant.

Wallander poursuivit l'interrogatoire. Mais Eva Persson ne lui donna aucun autre nom. Dans une dernière tentative, il se tourna vers la mère.

– Je ne la connaissais pas, dit celle-ci à voix si basse que Wallander dut se pencher pour l'entendre.

– Vous deviez bien connaître la meilleure amie de votre fille ?

Je ne l'aimais pas.

Eva Persson se tourna brusquement vers sa mère et la frappa au visage. Wallander n'eut pas le temps de réagir. La maman se mit à crier pendant qu'Eva Persson continuait de la frapper en hurlant des insultes. Il voulut s'interposer, mais elle lui mordit la main. Elle était déchaînée.

– Sortez-la ! Je ne veux plus la voir, cette sale bonne femme !

Wallander lui balança une gifle. Elle trébucha. Wallander sortit, hagard. Dans le couloir, il tomba sur Lisa Holgersson qui accourait.

– Qu'est-ce qui se passe ?

Wallander ne répondit pas. Il regardait sa main.

Nul ne remarqua le journaliste arrivé en avance pour la conférence de presse, qui s'était faufilé dans le couloir en profitant du tumulte. Il avait pris des photos et noté tous les détails de la scène ; un gros titre prenait déjà forme dans son esprit. Sans demander son reste, il se hâta vers la sortie.

La conférence de presse commença avec une demi-heure de retard. Jusqu'au bout, Lisa Holgersson avait espéré qu'une patrouille retrouverait Sonja Hökberg. Wallander, qui n'entretenait aucune illusion à cet égard, aurait préféré respecter l'horaire. En plus, son rhume s'aggravait de minute en minute.

Il réussit enfin à la convaincre qu'il ne valait plus la peine d'attendre. Ça ne ferait qu'énerver les journalistes, et la situation était assez difficile comme ça. Lisa était tendue.

– Que dois-je leur dire ?

– Rien. Je m'en charge. Mais je veux que tu sois là.

Wallander fit un détour par les toilettes et se rinça le visage à l'eau froide. En entrant dans la salle, il tressaillit, les journalistes étaient plus nombreux que prévu. Il monta sur l'estrade, suivi de près par son chef. Ils s'assirent. Wallander jeta un regard circulaire. Il connaissait quelques journalistes par leur nom ; d'autres visages lui semblaient familiers, mais la plupart lui étaient inconnus.

Que vais-je leur raconter ? On ne dit jamais toute la vérité, même quand on en a l'intention.

Lisa Holgersson souhaita à tous la bienvenue et laissa la parole à Wallander.

J'ai horreur de ça, pensa-t-il avec désespoir. Ce n'est pas seulement que ça me déplaît ; je hais ces confrontations avec les médias, même si elles sont nécessaires.

Il compta jusqu'à trois avant de se lancer.

– Voici quelques jours, un chauffeur de taxi a été agressé, ici, à Ystad. Comme vous le savez, il est malheureusement décédé de ses blessures. Deux auteurs ont été identifiés, et ont avoué. L'un des deux est mineur ; nous ne livrerons donc pas son nom.

Quelqu'un leva la main.

– Pourquoi parlez-vous au masculin alors qu'on sait qu'il s'agit de deux femmes ?

– J'y viens. Si vous voulez bien vous calmer un peu.

Le journaliste était jeune et têtu.

– La conférence de presse devait débuter à treize heures. Il est treize heures trente passées. Vous croyez qu'on n'a pas d'horaires à tenir ?

Wallander choisit de passer outre.

– Il s'agit en d'autres termes d'un meurtre. Crime crapuleux, d'un caractère particulièrement brutal. On espère donc l'élucider dans les plus brefs délais.

Puis il prit son élan, avec la sensation de plonger au milieu des récifs.

– Malheureusement, la situation se complique du fait que l'un des auteurs s'est enfui. Mais nous espérons la retrouver au plus vite.

Il y eut un bref silence. Puis ce fut un déluge de questions.

– Comment s'appelle-t-elle ?

Wallander jeta un regard à Lisa Holgersson, qui hocha la tête.

– Sonja Hökberg.

– D'où s'est-elle enfuie ?

– Du commissariat.

– Comment est-ce possible ?

– Nous sommes en train de l'établir.

– Que voulez-vous dire ?

– Ce que je dis. Nous sommes en train d'établir dans quelles conditions Sonja Hökberg a pu s'enfuir du commissariat.

– C'est en d'autres termes une femme dangereuse qui se promène en liberté.

Wallander hésita un instant.

– Peut-être.

– Soit elle est dangereuse, soit elle ne l'est pas. Alors ?

Pour la énième fois depuis le début de cette journée, Wallander perdit patience. Il avait envie d'en finir au plus vite et de rentrer se coucher.

– Question suivante.

Le journaliste refusa de lâcher prise.

– Est-elle dangereuse, oui ou non ?

– Vous avez eu la réponse que je pouvais vous donner. Question suivante.

– Est-elle armée ?

– Pas à notre connaissance.

– Comment le chauffeur de taxi a-t-il été tué ?

– Avec un couteau et un marteau.

– Que vous avez retrouvés ?

– Oui.

– Pouvons-nous les voir ?

– Non.

– Pourquoi ?

– Pour des raisons techniques liées à l'enquête. Question suivante.

– Un avis de recherche a-t-il été lancé ?

– À l'échelle régionale seulement. Nous n'avons rien d'autre à dire pour l'instant.

Cette manière de signifier la fin de la séance se heurta à de vives protestations. Il restait une quantité de questions plus ou moins importantes. Mais Wallander se leva et invita d'autorité Lisa Holgersson à le suivre.

– Ça suffit, murmura-t-il.

– On ne devrait pas rester encore un peu ?

– Dans ce cas, je te laisse. Ils ont appris ce qu'ils avaient besoin de savoir. Le reste, ils peuvent l'ajouter eux-mêmes.

Les journalistes de la télévision et de la radio voulaient une interview. Wallander se fraya un chemin entre les caméras et les micros.

– Je te laisse t'en occuper, dit-il à Lisa. Ou demande à Martinsson. Il faut que je rentre.

– Quoi ?

– Si tu veux, tu as le droit de poser la main sur mon front. Je suis malade. J'ai de la fièvre. Il y a d'autres policiers qui peuvent retrouver Hökberg. Et répondre à ces satanées questions.

Il la planta là sans attendre de réponse. Je commets une erreur, pensa-t-il. Je devrais rester pour mettre de l'ordre dans ce chaos. Mais je n'en ai pas la force.

Il retourna dans son bureau, enfila sa veste ; un message posé sur la table attira son attention. L'écriture était celle de Martinsson.

Conclusion des légistes à propos de Tynnes Falk : mort naturelle. On peut classer l'affaire.

Wallander mit quelques secondes à comprendre qu'il s'agissait de l'homme retrouvé mort devant le distributeur bancaire, près des grands magasins. Ça faisait un souci en moins.

Il quitta le commissariat en passant par le garage, pour éviter les journalistes. Il lutta contre le vent, trouva ses clés de voiture et mit le contact. Rien. Il recommença plusieurs fois. Le moteur était complètement mort. Il défit la ceinture de sécurité et partit sans prendre la peine de verrouiller les portières. Sur le chemin de Mariagatan, il se rappela le livre qu'il devait passer prendre à la librairie. Ça attendrait. Tout attendrait. Dans l'immédiat, il voulait seulement dormir.

Il se réveilla en sursaut au milieu d'un rêve.

Il était à nouveau à la conférence de presse, mais celle-ci se déroulait dans la maison de Sonja Hökberg. Il n'avait pu répondre à aucune question. Soudain, il découvrit son père au dernier rang ; impassible au milieu des caméras de télévision, il peignait son éternel paysage d'automne.

Wallander prêta l'oreille. Le vent soufflait de l'autre côté de la fenêtre. Il tourna la tête vers le réveil. Dix-huit heures trente. Il avait dormi près de quatre heures. Il avala sa salive avec précaution. Il avait encore mal à la gorge, mais la fièvre avait baissé. Sonja Hökberg n'avait sans doute pas été retrouvée ; dans le cas contraire, quelqu'un l'aurait prévenu. Dans la cuisine, il aperçut le message lui rappelant qu'il devait acheter du savon. Il ajouta qu'il fallait passer à la librairie. Puis il se fit du thé. Chercha en vain un citron. Dans le bac du réfrigérateur, il ne restait que quelques tomates d'une couleur bizarre et un concombre à moitié pourri qu'il jeta. Il emporta sa tasse dans le séjour. Il y avait plein de poussière dans les coins. Il retourna dans la cuisine et nota qu'il devait acheter de nouveaux sacs pour l'aspirateur.

Le mieux, évidemment, aurait été d'acheter un nouvel aspirateur.

Il appela le commissariat. Le seul collègue disponible était Hansson.

– Du nouveau ?

– Elle reste introuvable.

La fatigue de Hansson était perceptible.

– Personne ne l'a vue ?

– Non. Le patron a téléphoné pour faire part de sa stupeur.

– Je n'en doute pas une seconde. Mais je propose qu'on s'en batte l'œil dans l'immédiat.

– Il paraît que tu es malade ?

– Je serai là demain.

Hansson lui expliqua l'organisation des recherches. Wallander écouta sans formuler d'objection. On envisageait d'élargir l'avis de recherche. Hansson promit de l'appeler dès qu'il y aurait du nouveau.

Wallander raccrocha et prit la télécommande dans l'idée de regarder les actualités régionales. L'évasion de Sonja Hökberg constituait sûrement la nouvelle du jour. Peut-être serait-elle même mentionnée dans l'édition nationale ? Puis il se ravisa, posa la télécommande et mit un CD. *La Traviata* de Verdi. Il s'allongea sur le canapé et ferma les yeux. Pensa à Eva Persson et à sa mère. À la rage incontrôlée de la fille et à son regard indifférent. Le téléphone sonna. Il se redressa et baissa le son de la stéréo.

– Kurt ?

Il reconnut aussitôt la voix de Sten Widén – le plus ancien de ses rares amis.

– Ça faisait longtemps.

– Comme d'habitude. Ça va ? Au commissariat, on m'a dit que tu étais malade.

– Mal à la gorge, rien de spectaculaire.

- On peut se voir ?

– Difficile en ce moment. Tu as peut-être écouté les infos ?

– Je ne regarde pas la télévision, je ne lis pas le journal, sauf les résultats du tiercé et la météo.

– On a une évasion sur les bras. Je dois retrouver cette fille, ensuite je viendrai chez toi.

– Je voulais juste te dire au revoir.

Wallander sentit son ventre se nouer. Sten était-il malade ? S'était-il détruit le foie à force de boire ?

– Pourquoi ?

– Je vends la ferme, je pars.

Ça faisait des années qu'il en parlait. L'élevage de chevaux, hérité de son père, s'avérait de plus en plus difficile et de moins en moins rentable. Wallander avait passé de longues soirées à l'écouter parler de son rêve, commencer une nouvelle vie avant qu'il ne soit trop tard. Il ne l'avait pas pris au sérieux – pas plus qu'il ne prenait au sérieux ses propres rêves. Il avait eu tort, apparemment. Quand Sten était ivre, et il l'était souvent, il avait tendance à exagérer. Là, il paraissait tout à fait sobre, et plein d'énergie Sa voix, d'habitude si traînante, était transformée.

– C'est sérieux ?

– Oui. Je m'en vais.

– Où ?

– Je n'en sais rien encore. Mais je pars bientôt.

Le nœud à l'estomac avait disparu, remplacé par un sentiment d'envie. Les rêves de Sten Widén se révélaient tout compte fait plus solides que les siens.

– Je passe te voir dès que possible. Dans quelques jours, si tout va bien.

– Je serai là.

Après avoir raccroché, Wallander resta un long moment immobile dans le canapé. Il était jaloux, pas la peine de le nier. Son propre rêve de quitter la police lui paraissait soudain infiniment lointain. Ce que Sten s'apprêtait à faire – il n'en serait jamais capable.

Il finit son thé et déposa la tasse dans l'évier de la cuisine. Le thermomètre extérieur indiquait un degré au-dessus de zéro. Plutôt froid pour un début d'octobre.

Il retourna s'asseoir dans le canapé, prit la télécommande et monta le son.

Au même instant, tout s'éteignit.

Il crut que le compteur avait sauté. Mais en s'approchant de la fenêtre, il vit que les lampadaires étaient éteints, eux aussi.

Il retourna s'asseoir dans l'obscurité et attendit. Il ignorait qu'une grande partie de la Scanie se trouvait depuis quelques instants plongée dans le noir.

7

Olle Andersson fut réveillé par la sonnerie du téléphone. Il voulut allumer la lampe. Rien. Il comprit immédiatement, chercha sa torche de secours à tâtons et décrocha. Comme prévu, l'appel venait de Sydkraft où le personnel se relayait vingt-quatre heures sur vingt-quatre. Il reconnut la voix de Rune Ågren, qui était de garde cette nuit-là. Ågren était originaire de Malmö et devait partir à la retraite l'année suivante.

– Un quart de la Scanie est privé de jus.

– Quoi ?

Le vent soufflait fort depuis quelques jours, mais il n'y avait pas eu d'avis de tempête.

– On ne sait pas trop ce qui se passe, poursuivit Ågren, mais le transformateur d'Ystad a cessé de fonctionner. Tu n'as pas le choix, tu t'habilles en quatrième vitesse et tu y vas.

Il n'y avait pas de temps à perdre. Dans le réseau complexe qui fournissait la région en électricité, le poste d'alimentation d'Ystad était un carrefour névralgique. Une panne à cet endroit, et une grande partie de la Scanie pouvait en effet se retrouver dans le noir.

– Je dormais. Ça s'est passé quand ?

– Il y a un quart d'heure. On a mis un moment à localiser le problème. En plus, la police de Kristianstad a un souci de groupe électrogène, leur système d'alarme ne fonctionne plus. Dépêche-toi.

Olle Andersson savait ce que cela impliquait. Il raccrocha et commença à s'habiller. Sa femme, Berit, s'était réveillée entre-temps.

– Qu'est-ce qui se passe ?

– Je dois y aller. La Scanie est dans le noir.

– Ça souffle tant que ça ?

– Non. Il doit y avoir une autre raison. Dors maintenant.

Il prit sa torche électrique et descendit l'escalier. De sa maison de Svarte, il lui fallait vingt minutes en voiture pour rejoindre le transformateur. Il mit sa veste et ses chaussures en se demandant ce qui avait bien pu arriver.

Il y avait un risque qu'il ne parvienne pas à résoudre le problème seul. Si la coupure était importante, il fallait rétablir la tension le plus vite possible.

Ça soufflait fort, dans la cour. Pourtant, il était certain que le vent ne pouvait être en cause. Il monta dans sa voiture, véritable atelier roulant, alluma sa radio et informa Ågren qu'il était en route.

La campagne était plongée dans le noir. Chaque fois qu'il se dirigeait ainsi vers le lieu d'un incident, il pensait que, un siècle plus tôt seulement, cette obscurité compacte était l'évidence même. L'électricité avait tout changé. Aucune personne vivante ne gardait le souvenir de cette époque-là. Il pensait aussi, dans ces moments, à quel point la société était devenue vulnérable. Dans les cas graves, un problème simple survenant dans l'un des points névralgiques du réseau suffisait à interrompre toute activité dans une région entière.

– Je suis arrivé, rapporta-t-il à Ågren.

– Dépêche-toi.

Le poste de transformation se trouvait au milieu d'un champ, isolé par une haute clôture. Partout, des panneaux signalaient que l'accès était interdit et synonyme de danger mortel. Il avança en luttant contre le vent, son trousseau de clés à la main. Il avait mis une paire de lunettes de sa propre fabrication – deux petites torches électriques très puissantes fixées à la monture. Devant le portail, il s'immobilisa net. La serrure avait été fracturée. Il jeta un regard circulaire. Aucune voiture, aucun être humain en vue. Il prit la radio et rappela Ågren.

– La serrure du portail est fracturée.

Ågren avait du mal à l'entendre à cause du vent. Il dut répéter.

– On dirait qu'il n'y a personne. J'entre.

Ce n'était pas la première fois, dans son expérience, qu'un portail était malmené. La police parvenait quelquefois à retrouver les auteurs – des jeunes en mal de distractions, la plupart du temps. Mais que se passerait-il si quelqu'un décidait sérieusement de saboter le réseau ? Il leur arrivait d'en parler, entre collègues. Pas plus tard qu'en septembre, il avait lui-même participé à une réunion de travail où l'un des responsables de la sécurité leur avait exposé les nouvelles mesures qui entreraient bientôt en vigueur.

Il se retourna vers la grille. Le triple faisceau lumineux des lunettes et de la torche joua sur le squelette d'acier du transformateur. Il le dirigea vers le cœur de l'installation, un petit bâtiment gris dont la porte blindée s'ouvrait à l'aide de deux clés différentes – ou alors par une puissante charge d'explosifs. Il avait marqué ses clés à l'aide de bouts de scotch colorés. La rouge était celle du portail ; la jaune et la bleue ouvraient la porte blindée. Il se retourna. Tout était désert. Seul le vent sifflait. Il se remit en marche. Soudain, quelque chose capta son attention. Quoi ? La voix éraillée d'Ågren lui parvenait de l'émetteur qu'il avait fixé à sa veste. Il ne répondit pas. Pourquoi s'était-il arrêté ? Il n'y avait rien. Par contre, une odeur. Ça devait venir des champs, un agriculteur avait répandu ses engrais. Il s'approcha du bâtiment. L'odeur était encore là. Soudain, il recula. La porte blindée était ouverte. Il s'empara de l'émetteur.

– La porte est ouverte. Tu m'entends ?

– Je t'entends. Qu'est-ce que tu veux dire ?

– Ce que je dis. La porte est ouverte.

– Il y a quelqu'un ?

– Je ne sais pas. Mais on ne dirait pas une effraction.

– Alors comment peut-elle être ouverte ?

– Je n'en sais rien.

Silence. Il se sentait brusquement très seul. La voix d'Ågren revint.

– Tu veux dire qu'on l'aurait ouverte avec les clés ?

– On dirait. En plus, il y a une odeur bizarre.

– Va voir. On n'a pas de temps à perdre. Les chefs n'arrêtent pas d'appeler en me demandant ce qui se passe.

Olle Andersson inspira profondément, poussa la porte et éclaira l'intérieur du bâtiment. Tout d'abord il ne comprit pas ce qu'il voyait. La puanteur était atroce. Il y avait une masse calcinée au milieu des câbles nus. Un corps humain. C'était un corps humain qui avait provoqué la panne.

Il recula en trébuchant et rappela Ågren.

– Il y a un mort là-dedans.

Silence.

– Tu peux répéter ?

– Il y a un cadavre. À l'intérieur. C'est lui qui a provoqué la panne.

– C'est sérieux ?

– Puisque je te le dis !

– Alors on prévient la police. Ne bouge pas. On va essayer de reconnecter le réseau à partir d'ici.

Olle Andersson s'aperçut qu'il tremblait de tout son corps. Comment quelqu'un avait-il pu faire une chose pareille ? S'introduire dans un transformateur et se jeter contre les câbles à haute tension. Ça revenait à s'asseoir sur une chaise électrique.

La nausée le submergea. Il sortit pour ne pas vomir et se réfugia dans sa voiture.

Le vent soufflait par rafales. Il s'était mis à pleuvoir

L'alerte parvint peu après minuit au commissariat d'Ystad plongé dans le noir. Le policier de garde prit note de ce que lui racontait le responsable de Sydkraft et évalua rapidement la situation. En présence d'un cadavre, il choisit de prévenir Hansson, qui était de garde pour la brigade criminelle. Hansson alluma une bougie à côté de son téléphone et appela Martinsson. Il dut attendre longtemps, car Martinsson dormait et ne s'était aperçu de rien. Après l'avoir écouté en silence, Martinsson raccrocha et composa à tâtons un numéro qu'il connaissait par cœur.

Wallander s'était endormi sur le divan en attendant que la lumière revienne. Quand la sonnerie le réveilla, le séjour était encore dans l'obscurité. En décrochant, il fit tomber le téléphone.

– C'est Martinsson. Hansson vient de m'appeler.

Wallander retint son souffle.

– On a retrouvé un corps sur l'un des sites de Sydkraft, près d'Ystad.

– C'est ça qui a provoqué la panne ?

– Je ne sais pas. Mais j'ai pensé qu'il fallait t'informer, même si tu es malade.

Wallander avala sa salive. Il avait encore la gorge enflée, mais plus de fièvre.

– Ma voiture est en rade. Tu peux passer me prendre ?

– Dans dix minutes.

– Cinq.

Wallander s'habilla à tâtons et descendit dans la rue. Il pleuvait. Martinsson arriva au bout de sept minutes. Ils traversèrent la ville plongée dans le noir. Hansson les attendait à un rond-point. Ils le suivirent.

– C'est le transformateur qui se trouve au nord du centre de tri des ordures, dit Martinsson.

Wallander connaissait l'endroit. Il s'était promené avec Baiba dans une forêt voisine.

– Que s'est-il passé exactement ?

– Je n'en sais rien. On a été alertés par Sydkraft. Ils ont trouvé un corps en se rendant sur place pour réparer la panne.

– C'est grave ?

– Selon Hansson, un quart de la Scanie est dans le noir.

Wallander lui jeta un regard incrédule. Une panne de cette ampleur pouvait survenir, de façon exceptionnelle, au cours d'une tempête d'hiver très violente. Ou après l'ouragan de l'automne 1969. Mais pas dans les conditions météo de cette nuit.

Ils quittèrent la route principale sous une pluie battante. Wallander suivait le mouvement rapide des essuie-glaces en regrettant de ne pas avoir pris de veste imperméable – sans parler des bottes en caoutchouc qui se trouvaient dans le coffre de sa voiture, sur le parking du commissariat.

Hansson freina. Des lampes torches brillaient dans le noir. Un homme en combinaison de travail s'approcha avec de grands signes.

– C'est un poste à haute tension, dit Martinsson. Si quelqu'un s'est vraiment tué là-dedans, ça ne sera pas beau à voir.

Ils sortirent sous la pluie. Le vent soufflait encore plus fort ici, en plein champ. L'homme qui venait vers eux paraissait bouleversé. La gravité de la situation ne faisait plus aucun doute.

Ils se mirent en marche. Wallander en tête, avec la pluie qui lui fouettait le visage et brouillait sa vision, Martinsson et Hansson derrière, suivis par l'homme effaré.

Ils s'arrêtèrent devant le bâtiment.

– Il y a encore du courant ?

– Non, vous pouvez y aller.

Wallander emprunta la torche de Martinsson et éclaira l'intérieur. L'odeur lui parvint. Une puanteur de chair humaine brûlée. Il n'avait jamais pu s'y habituer, malgré sa longue expérience des incendies. Il pensa de façon fugitive que Hansson vomirait sûrement ; il ne supportait pas l'odeur des cadavres. Puis il entra, suivi de Martinsson.

Le corps était complètement calciné. Il n'y avait plus de visage. Rien qu'une carcasse charbonneuse coincée au milieu des câbles et des raccords.

Il s'écarta. Martinsson gémit.

– Et merde.

Wallander cria à Hansson d'appeler Nyberg et de mettre tout le personnel disponible sur le coup.

– Dis-leur d'apporter un groupe électrogène, qu'on y voie quelque chose.

Il se tourna vers Martinsson.

– Comment s'appelle le type qui a découvert le corps ?

– Olle Andersson.

– Que faisait-il ici ?

– Envoyé par Sydkraft. Ils ont des techniciens qui se relaient jour et nuit.

– Parle-lui, essaie de préciser un horaire. Et ne restez pas à piétiner ici, ça énerverait Nyberg.

Martinsson entraîna Andersson vers l'une des voitures. Wallander se retrouva brusquement seul. Il s'accroupit et dirigea le faisceau de la torche vers le corps. Il ne restait aucune trace de vêtements. Wallander eut la sensation qu'il contemplait une momie. Ou un corps découvert après mille ans dans un champ de tourbe. Mais c'était un transformateur moderne. Il essaya de réfléchir. L'électricité avait été coupée vers vingt-trois heures. Il était près d'une heure du matin. Si cet être humain était responsable du couvre-feu, cela signifiait qu'il était mort deux heures plus tôt.

Wallander se redressa, laissant sa torche posée sur le sol en ciment. Que s'était-il passé ? Quelqu'un s'introduit dans un poste de transformation isolé et se suicide en provoquant une panne générale. Il fit la grimace. Ce ne pouvait pas être aussi simple. Les questions se bousculaient déjà. Il se pencha, ramassa la torche et promena le faisceau autour de lui. Ce qui restait à faire dans l'immédiat, c'était attendre Nyberg.

Il braqua à nouveau le faisceau lumineux sur le corps. Il ignorait d'où lui venait cette sensation, comme si quelque chose avait disparu. Quelque chose manquait.

Il ressortit et examina la robuste porte blindée. Deux serrures impressionnantes. Aucune trace d'effraction. Il retourna vers la clôture, inspecta le portail. Il avait été forcé. Qu'est-ce que cela signifiait ? Un portail fracturé, une porte blindée intacte. Martinsson avait pris place dans le véhicule du technicien. Hansson téléphonait de sa propre voiture. Wallander secoua la pluie de sa veste et monta dans la voiture de Martinsson. Le moteur était allumé, les essuie-glaces fonctionnaient. Il monta le chauffage. Il avait mal à la gorge. En allumant la radio, il tomba sur un bulletin d'information spécial. La gravité de la situation ne tarda pas à lui apparaître.

Un quart de la Scanie était privé d'électricité. L'obscurité régnait de Trelleborg à Kristianstad. Les hôpitaux utilisaient leurs groupes électrogènes, mais partout ailleurs la coupure était totale. Un responsable de Sydkraft, interrogé par téléphone, affirmait que le problème avait été localisé et que le courant serait rétabli dans la demi-heure, sauf dans certaines localités qui devraient attendre un peu plus longtemps.

Ici, le courant ne sera pas rétabli dans une demi-heure, pensa Wallander. Il se demanda si le directeur connaissait l'origine de la panne.

Il fallait informer Lisa Holgersson. Il prit le portable de Martinsson et composa son numéro. Elle mit longtemps à répondre.

– C'est Wallander. On est dans le noir, tu as remarqué ?

– Non, je dormais.

Wallander lui résuma la situation. L'attention de Lisa Holgersson s'aiguisa tout de suite.

– Tu veux que je vienne ?

– Je crois que tu devrais contacter Sydkraft et leur expliquer que leur panne implique une enquête policière.

– C'est un suicide ?

– Je ne sais pas.

– Est-ce que ça peut être un sabotage ? Un acte de terrorisme ?

– On ne peut rien exclure pour l'instant.

– Je les appelle. Tiens-moi au courant.

Wallander raccrocha. Hansson approchait en courant sous la pluie. Il ouvrit sa portière.

– Nyberg est en route. C'était comment, là-dedans ?

– Il ne restait rien. Même plus de visage.

Hansson ne répondit pas. Il disparut sous la pluie vers sa propre voiture.

Vingt minutes plus tard, Wallander aperçut les lumières de la voiture de Nyberg dans son rétroviseur et alla à sa rencontre. Nyberg paraissait fatigué.

– C'est quoi, cette histoire ? Hansson m'a raconté des trucs confus comme d'habitude, je n'ai rien compris.

– Il y a un mort là-dedans. Calciné. Il n'en reste rien.

– C'est ce qui se passe en général quand quelqu'un touche une ligne à haute tension. C'est pour ça qu'on n'a plus de lumière ?

– Sans doute.

– Alors la moitié de la Scanie devra attendre que j'aie fini de travailler ?

– Si c'est le cas, on n'y peut rien. Mais je crois qu'ils sont en train de rétablir le courant partout ailleurs.

– Nous vivons dans une société vulnérable.

Nyberg s'éloigna pour distribuer des ordres à ses techniciens.

Wallander pensa à ce que venait de dire Nyberg. Erik Hökberg avait tenu des propos similaires. Ses ordinateurs venaient sans doute de s'éteindre – à supposer qu'il passe ses nuits à pianoter pour gagner de l'argent.

Nyberg travaillait vite et bien. Bientôt, les projecteurs furent montés et reliés à un générateur bruyant. Martinsson et Wallander étaient retournés dans la voiture. Martinsson feuilletait ses notes.

– Il a donc été contacté par un responsable du nom d'Ågren. Ils avaient localisé la panne. Andersson habite à Svarte. Il a mis vingt minutes pour venir ici. Il a immédiatement constaté que le portail était fracturé. La porte blindée en revanche avait été ouverte avec les clés. En jetant un coup d'œil à l'intérieur, il a compris.

– D'autres observations ?

Il n'y avait personne quand il est arrivé, et il n'a croisé personne.

Il faut qu'on comprenne cette histoire de clés.

Andersson était au téléphone avec Ågren lorsque Wallander monta dans sa voiture. Il se dépêcha de conclure.

– Je comprends que vous soyez secoué, commença Wallander.

– J'ai jamais vu un truc pareil. C'est horrible. Que s'est-il passé ?

– On n'en sait rien. Quand vous êtes arrivé, le portail était fracturé et la porte blindée ouverte et intacte. Comment expliquez-vous ça ?

– Je ne l'explique pas.

– Qui a les clés, à part vous ?

– Un autre monteur qui s'appelle Moberg. Il habite à Ystad. Au siège de l'entreprise, il y a aussi des clés, évidemment. Tout ça est très surveillé.

– Mais quelqu'un a ouvert la porte.

– On dirait.

– Je suppose qu'on ne peut pas copier ces clés ?

– Les serrures sont fabriquées aux États-Unis. En principe, on ne peut pas les forcer avec de fausses clés.

– C'est quoi, le prénom de Moberg ?

– Lars.

– Quelqu'un a-t-il pu oublier de fermer la porte ?

Andersson secoua la tête.

– Ça équivaudrait à un renvoi immédiat. Le contrôle est sévère, pour des raisons de sécurité évidentes. Les mesures ont même été renforcées ces dernières années.

– Il vaut mieux que vous attendiez ici, au cas où on aurait d'autres questions. Je veux que vous appeliez Lars Moberg.

– Pourquoi ?

– Vous pouvez par exemple lui demander de vérifier qu'il a bien ses clés.

Wallander quitta la voiture. Il pleuvait un peu moins fort. La conversation avec Andersson avait aiguisé son inquiétude. Ce pouvait naturellement être un hasard si un candidat au suicide avait choisi ce transformateur plutôt qu'un autre. Mais c'était peu probable. Rien que le fait que la porte ait été ouverte avec les bonnes clés indiquait tout autre chose. Un meurtre. Quelqu'un avait été assassiné, puis coincé entre les câbles nus pour empêcher l'identification du corps.

Wallander retourna dans le bâtiment. Le photographe avait pris ses clichés et terminait l'enregistrement vidéo. Nyberg était agenouillé près du corps. Wallander eut le malheur de s'interposer entre le projecteur et lui. Nyberg grommela entre ses dents.

– Qu'est-ce que tu en dis ? fit Wallander en s'écartant de la lumière.

– Que le légiste met des plombes à arriver. Je dois déplacer le corps pour voir s'il y a quelque chose derrière.

– Que s'est-il passé à ton avis ?

– Tu sais bien que je n'aime pas jouer aux devinettes.

– On ne fait que ça. Alors, ton avis ?

Nyberg réfléchit avant de répondre.

– Si quelqu'un a choisi ce moyen de se suicider, le moins qu'on puisse dire, c'est que c'est tordu. S'il s'agit d'un meurtre, c'est d'une violence inouïe. Ça équivaut à la chaise électrique.

C'est ça, pensa Wallander. Cela nous conduit à l'hypothèse d'une vengeance. Une variante très spéciale de la chaise électrique.

Nyberg se remit au travail. Un technicien avait commencé à fouiller le périmètre de la clôture. Le légiste arriva ; une femme que Wallander avait rencontrée plusieurs fois ; elle s'appelait Susann Bexell et parlait peu. Elle se mit immédiatement au travail. Nyberg alla chercher sa bouteille Thermos et se servit un café. Il en proposa à Wallander, qui accepta. Il ne dormirait plus cette nuit, de toute façon. Martinsson se joignit à eux. Il était trempé et frigorifié, Wallander lui tendit son gobelet.

– Ils ont commencé à rétablir le courant. La lumière est déjà revenue tout autour d'Ystad. Je me demande comment ils s'y prennent.

– Est-ce qu'Andersson a parlé à son collègue, au sujet des clés ?

Martinsson partit se renseigner. Wallander sortit lui aussi et aperçut Hansson tout seul, immobile, au volant de sa voiture. Il le rejoignit et lui dit de retourner au commissariat, il se rendrait plus utile là-bas ; la ville elle-même était encore plongée dans le noir. Hansson hocha la tête avec gratitude et démarra. Wallander s'approcha du médecin.

– Pouvez-vous nous dire quelque chose ?

– En tout cas, ce n'est pas un homme. C'est une femme.

– Vous en êtes sûre ?

– Oui. Mais je n'ai pas l'intention de répondre a d'autres questions.

– Était-elle déjà morte, ou est-ce le courant qui l'a tuée ?

– Je n'en sais rien encore.

Wallander se détourna, pensif. Depuis le début, il s'était imaginé un homme.

Au même instant, il vit que le technicien chargé de fouiller le périmètre extérieur apportait quelque chose à Nyberg Il les rejoignit.

C'était un sac à main. Wallander le contempla fixement D'abord, il crut s'être trompé ; puis il acquit la certitude qu'il avait déjà vu ce sac. La veille, plus précisément.

– Je l'ai trouvé là-bas contre la clôture, côté nord.

– C'est une femme ? demanda Nyberg, surpris.

– Oui, dit Wallander. En plus, on la connaît.

Il avait vu ce sac la veille, posé sur la table de la salle d'interrogatoire. La boucle imitait une feuille de chêne. Il ne se trompait pas.

– Ce sac appartient à Sonja Hökberg.

Il indiqua le corps carbonisé.

– C'est elle.

Il était deux heures dix. La pluie tombait toujours.

8

La lumière revint à Ystad peu après trois heures du matin.

Wallander se trouvait encore sur le site de Sydkraft avec les techniciens. Hansson l'appela du commissariat pour lui annoncer la nouvelle. Wallander vit de loin l'éclairage extérieur d'une grange s'allumer dans la plaine.

Susann Bexell avait fini son travail ; on avait emporté le corps ; Nyberg poursuivait ses investigations techniques. Il avait demandé l'aide d'Olle Andersson pour se faire expliquer les détails du fonctionnement du réseau. Pendant ce temps, on continuait de rechercher des empreintes et d'éventuels indices sur le site. La pluie rendait le travail difficile. Martinsson avait glissé dans la boue et s'était fait mal au coude. Wallander tremblait de froid et regrettait plus que jamais ses bottes en caoutchouc.

Peu après le rétablissement du courant, Wallander entraîna Martinsson vers l'une des voitures de police pour faire le point. Sonja Hökberg s'était enfuie du commissariat treize heures avant de trouver la mort dans le transformateur. Elle aurait eu le temps de s'y rendre à pied. Mais c'était peu probable. Le site était malgré tout à huit kilomètres d'Ystad.

– Quelqu'un l'aurait vue, dit Martinsson. On avait beaucoup de voitures sur le coup.

– Il faut vérifier ce point, savoir si une patrouille a fait ce trajet.

– Quelles sont les autres possibilités ?

– Quelqu'un a pu la conduire jusqu'ici et repartir en voiture.

Ils savaient tous deux ce que cela impliquait. La question était décisive. Sonja Hökberg s'était-elle suicidée ou avait-elle été assassinée ?

– Les clés, reprit Wallander. Le portail a été forcé, mais pas la porte. Pourquoi ?

Ils cherchèrent en silence une explication possible.

– Nous devons établir la liste de tous ceux qui ont accès à ces clés. Je veux une justification détaillée pour chacune d'entre elles. Savoir qui les détient et où se trouvaient ces gens hier soir.

– J'ai du mal à y croire. Sonja Hökberg commet un meurtre, et elle serait assassinée à son tour ? Le suicide me paraît malgré tout plus plausible.

Wallander ne répondit pas. Les idées lui venaient pêle-mêle, sans qu'il puisse en tirer de conclusion cohérente. Il se repassait sans cesse le film de son unique conversation avec Sonja Hökberg.

– C'est toi qui lui as parlé le premier, dit-il. Quelle impression elle t'a faite ?

– Pareil qu'à toi. Elle n'avait pas de remords. Elle avait tué un vieux chauffeur de taxi, mais ç'aurait pu aussi bien être un insecte.

– Ça contredit l'idée du suicide.

Martinsson interrompit le va-et-vient des essuie-glaces. Par le pare-brise, ils apercevaient Olle Andersson, immobile dans sa voiture, et, à l'arrière-plan, Nyberg en train de déplacer un projecteur avec des gestes brusques.

– Et si c'était un meurtre ? reprit Martinsson. Quels sont les arguments ?

– Il n'y en a pas. Aussi peu que pour le suicide. On doit garder les deux possibilités présentes à l'esprit. Mais on peut laisser tomber l'hypothèse de l'accident.

La conversation retomba. Après un moment, Wallander demanda à Martinsson de réunir le groupe d'enquête pour huit heures. Il sortit de la voiture. La pluie avait cessé. Il était épuisé. Frigorifié. Il avait mal à la gorge. Il rejoignit Nyberg qui achevait le travail dans le bâtiment.

– Tu as trouvé quelque chose ?

– Non.

– Andersson avait-il un avis sur le sujet ?

– Quel sujet ? Ma façon de travailler ?

Wallander compta en silence jusqu'à dix. Nyberg était de très mauvaise humeur. Si on le poussait à bout, tout dialogue devenait impossible.

– Il m'a expliqué ce qui s'est passé d'un point de vue technique, dit Nyberg. Le corps a bien provoqué la panne. Mais était-ce un cadavre ou une personne vivante ? Seuls les légistes peuvent répondre à cela. Et ce n'est même pas sûr.

Wallander regarda sa montre. Trois heures et demie. Inutile de s'attarder plus longtemps.

– J'y vais. On se réunit à huit heures.

Nyberg marmonna une réponse inaudible. Wallander crut comprendre que ça signifiait qu'il serait là. Puis il retourna à la voiture où Martinsson prenait des notes.

– On s'en va. Tu peux me reconduire chez moi ?

– Qu'est-ce qu'elle a, ta voiture ?

– Le moteur est mort.

Ils retournèrent à Ystad en silence. Chez lui, Wallander fit couler un bain. Il avala ses derniers comprimés et griffonna un mot sur la liste déjà longue posée sur la table de la cuisine. Il se demanda, résigné, quand il aurait le temps d'aller à la pharmacie.

Son corps se détendit peu à peu dans l'eau chaude. Pendant quelques minutes, il somnola, la tête vide. Puis les images revinrent. Sonja Hökberg. Et Eva Persson. En pensée, il déroulait le film des événements. Il avançait avec d'infinies précautions, pour n'oublier aucun détail. Rien ne collait, dans cette histoire. Pourquoi Johan Lundberg avait-il été tué ? Quel était le mobile de Sonja Hökberg ? Pourquoi Eva Persson avait-elle accepté d'être sa complice ? Il était convaincu qu'il ne s'agissait pas d'un vague besoin d'argent. Cet argent devait servir à un but précis. À moins que la vérité ne soit très différente...

Dans le sac à main de Sonja Hökberg retrouvé contre la clôture, il n'y avait pas plus de trente couronnes. L'argent volé à Lundberg avait été confisqué par la police.

Elle s'enfuit du commissariat en profitant d'une occasion fortuite. Il est dix heures du matin. Elle n'a rien pu prévoir. Elle disparaît pendant treize heures. Son corps est retrouvé à huit kilomètres de la ville.

Comment est-elle parvenue jusque-là ? Elle a pu faire du stop. Mais elle peut aussi avoir pris contact avec quelqu'un, qui vient la chercher. Que se passe-t-il ensuite ? Demande-t-elle à être conduite sur les lieux où elle a décidé de commettre son suicide ? Ou bien est-elle tuée ? Qui détient les clés de la porte – mais pas celle du portail ?

Wallander sortit de la baignoire. Il y a deux questions décisives dans l'immédiat qui indiquent deux directions différentes. Si elle a décidé de se suicider, pourquoi avoir choisi un transformateur ? Comment s'est-elle procuré les clés ? Et, si elle a été tuée : pour quel motif ?

Wallander se coucha. Il était quatre heures et demie du matin. Ses pensées tourbillonnaient. Il était trop épuisé pour réfléchir, il devait dormir. Avant d'éteindre la lampe, il programma le réveil et le poussa le plus loin possible par terre, de manière à être obligé de se lever pour l'éteindre.

Au réveil, il lui sembla n'avoir dormi que quelques minutes. Il essaya d'avaler sa salive. Pénible, mais moins que la veille. Il se toucha le front. La fièvre avait disparu. Par contre, il avait le nez bouché. Il alla à la salle de bains et se moucha en évitant de se regarder dans la glace. La fatigue lui vrillait le corps. Pendant que l'eau du café chauffait, il regarda par la fenêtre. Le vent soufflait encore, mais les nuages chargés de pluie avaient disparu. Cinq degrés au-dessus de zéro. Il se demanda vaguement quand il trouverait le temps de faire réparer sa voiture.

Peu après huit heures, ils étaient rassemblés dans l'une des salles de réunion du commissariat. En contemplant les visages blêmes de Martinsson et de Hansson, il pensa que lui non plus ne devait pas être beau à voir. Lisa Holgersson, elle, était impassible, malgré le manque de sommeil. Elle prit la parole.

– Nous devons garder à l'esprit que la coupure de courant qui a frappé la Scanie cette nuit est l'une des plus importantes qui se soient produites à ce jour. Elle met en évidence notre vulnérabilité. Ce qui s'est produit aurait dû être impossible ; pourtant, ça s'est produit. Du coup, les autorités, les entreprises d'électricité et la défense civile doivent s'atteler une fois de plus à la question de la sécurité, et à la manière de l'améliorer. Ceci en guise d'introduction.

Elle fit signe à Wallander, qui commença par une courte synthèse.

– En un mot, nous ignorons ce qui s'est passé. *A priori* il peut s'agir d'un accident, d'un suicide ou d'un meurtre. Nous pouvons d'ores et déjà exclure l'hypothèse de l'accident. Le portail a été forcé, par Sonja Hökberg ou par quelqu'un d'autre. Cette personne avait par ailleurs accès aux clés du bâtiment proprement dit. Tout cela est pour le moins étrange.

Il marqua une pause. Martinsson en profita pour signaler qu'au cours des recherches plusieurs patrouilles avaient à différentes reprises parcouru la route menant au poste de transformation.

– Ça fait une incertitude en moins. Quelqu'un l'a conduite là-bas. Qu'en est-il des traces de pneus ?

La question s'adressait à Nyberg, assis à l'autre bout de la table, hirsute et les yeux rouges.

– À part nos propres véhicules et celui du monteur Andersson, on a retrouvé deux traces différentes. Mais il n'a pas arrêté de pleuvoir cette nuit. Les empreintes n'étaient pas nettes.

– Deux autres voitures seraient donc venues ?

– D'après Andersson, l'une des deux pouvait bien être celle de son collègue Moberg. On est en train de vérifier.

– Resterait alors une voiture au conducteur inconnu ?

– Oui.

– On ne peut évidemment pas savoir à quelle heure cette voiture serait arrivée là-bas ?

Nyberg le dévisagea.

– Comment pourrait-on le savoir ?

– Je me fais une haute idée de tes compétences.

– Il y a des limites.

Ann-Britt Höglund leva la main.

– Peut-il s'agir d'autre chose que d'un meurtre ? J'ai autant de peine que vous à imaginer un suicide. Si elle avait décidé d'en finir, elle n'aurait jamais choisi de se faire brûler vive.

Wallander repensa à un événement survenu quelques années auparavant. Une jeune fille originaire d'Amérique centrale s'était immolée par le feu dans un champ de colza, après s'être inondée d'essence. Cette scène faisait partie de ses pires souvenirs. Il était présent. Il avait vu la fille brûler comme une torche. Et il n'avait rien pu faire.

– Les femmes prennent des médicaments, poursuivit Ann-Britt. Elles se tirent rarement une balle dans la tête. Quant à se jeter contre des câbles nus...

– Je pense que tu as raison. Mais il faut attendre les conclusions des légistes.

Il regarda ses collaborateurs. Personne ne prit la parole.

– Les clés, poursuivit-il. C'est le plus important. Vérifier qu'aucun jeu de clés n'a été volé. C'est le premier point. Ensuite, nous avons une enquête en cours sur le meurtre du chauffeur de taxi. Sonja Hökberg est morte. Mais Eva Persson est toujours là et il faut boucler le dossier.

Martinsson prit sur lui de vérifier la question des clés. Ils se séparèrent. Wallander se rendit dans son bureau, en se servant un café au passage. Le téléphone sonna.

– Tu as de la visite, dit la voix d'Irène.

– Qui est-ce ?

– Un médecin. Il s'appelle Enander.

– Qu'est-ce qu'il veut ?

– Te parler.

– De quoi ?

– Il n'a pas voulu me le dire.

– Envoie-le chez quelqu'un d'autre.

– J'ai essayé. Mais c'est à toi qu'il veut parler. Et c'est urgent.

Wallander soupira.

– J'arrive.

L'homme qui l'attendait à la réception avait une cinquantaine d'années, les cheveux en brosse et une poignée de main vigoureuse. Il portait un survêtement.

– David Enander.

– Je suis occupé, dit Wallander. De quoi s'agit-il ?

– Je n'en ai pas pour longtemps. C'est important.

– La coupure de courant de cette nuit a causé pas mal de désordre. Je vous donne dix minutes. Vous voulez déposer plainte ?

– Seulement corriger un malentendu.

Wallander attendit la suite. Silence. Il précéda son visiteur jusqu'à son bureau. L'accoudoir céda lorsque Enander s'assit dans le fauteuil.

– Ce n'est rien, le fauteuil est cassé.

Enander prit la parole.

– C'est au sujet de Tynnes Falk. qui est mort il y a quelques jours.

– En ce qui nous concerne, c'est une affaire classée.

– C'est précisément le malentendu que je voudrais corriger, dit Enander en caressant ses cheveux ras.

Il paraissait sûr de son fait.

– Je vous écoute.

David Enander prit son temps, choisissant ses mots avec soin.

– J'étais son médecin depuis 1981. Plus de quinze ans, autrement dit. Au départ, il est venu pour des éruptions d'origine allergique, sur les mains. À l'époque, je travaillais au service de dermatologie de l'hôpital. Quand j'ai ouvert mon propre cabinet, en 1986, Tynnes Falk m'a suivi. Il n'était pour ainsi dire jamais malade. Les problèmes d'allergie avaient disparu, mais je lui faisais régulièrement un bilan de santé. Tynnes Falk était un homme qui voulait savoir précisément où il en était. D'ailleurs, il avait une hygiène de vie exemplaire. Il mangeait correctement, prenait de l'exercice, évitait toute forme d'excès.

Où voulait-il en venir ? Wallander sentait monter l'impatience.

– J'étais en déplacement lors de son décès, poursuivit Enander. J'ai appris la nouvelle hier en rentrant.

– Comment l'avez-vous apprise ?

– Son ex-femme m'a téléphoné.

Wallander lui fit signe de poursuivre.

– D'après elle, il serait mort d'un infarctus.

– C'est en effet ce qui a été établi.

– Mais c'est impossible.

Wallander haussa les sourcils.

– Pourquoi donc ?

– Pour une raison très simple. Je venais de lui faire un bilan de santé approfondi, il y a à peine dix jours de cela. Son cœur était en parfait état. Sa condition physique était celle d'un homme de vingt ans.

– Que voulez-vous dire au juste ? Que les médecins légistes se sont trompés ?

– Je sais qu'un infarctus peut, dans certains cas très rares, frapper une personne en pleine santé. Mais dans le cas de Falk, je refuse de le croire.

– Alors, de quoi serait-il mort, d'après vous ?

– Je n'en sais rien. Mais je veux corriger le malentendu. Ce n'était pas le cœur.

– Je vais transmettre votre témoignage. Y avait-il autre chose ?

– Si j'ai bien compris, il avait une blessure à la tête. Je pense qu'il a été agressé. Tué.

– Rien ne l'indique. On ne lui a rien volé.

– Ce n'était pas le cœur, répéta Enander avec conviction. Je ne suis pas légiste, je ne peux pas vous dire de quoi il est mort. Mais ce n'était pas le cœur. Ça, j'en suis certain.

Wallander nota l'adresse et le numéro de téléphone d'Enander. Puis il se leva pour signifier que l'entretien était clos. Il raccompagna son visiteur dans le hall.

– Je suis certain de ce que j'avance, insista Enander.

De retour dans son bureau, Wallander rangea les notes concernant Tynnes Falk dans un tiroir et consacra l'heure suivante à rédiger un rapport sur les événements de la nuit.

Un an plus tôt, comme tous ses collaborateurs, Wallander avait reçu un ordinateur et une journée de formation spéciale. Mais il avait mis longtemps à pouvoir se servir tant bien que mal de la machine. Un mois plus tôt, il la considérait encore avec méfiance. Puis un jour, il avait compris qu'elle facilitait son travail. Son bureau ne débordait plus de bouts de papier épars où il griffonnait en vrac pensées et observations. Grâce à l'ordinateur, il était devenu plus ordonné. Mais il tapait encore avec deux doigts et faisait beaucoup de fautes de frappe. D'un autre côté, il n'était plus obligé de corriger ses erreurs au blanc correcteur. Rien que ça, c'était un soulagement.

À onze heures, Martinsson apparut avec la liste des gens ayant accès aux clés du poste de transformation. Ils étaient six en tout. Wallander parcourut les noms du regard.

– Tous ont les clés en leur possession. Personne ne s'en est séparé au cours des dernières vingt-quatre heures. En dehors de Moberg, personne ne s'est rendu sur le site ces derniers jours. Dois-je vérifier leur emploi du temps pendant les treize heures de la disparition de Sonja Hökberg ?

– Ça peut attendre. Avant d'avoir eu les conclusions des légistes on ne peut pas faire grand-chose, de toute façon.

– Qu'est-ce qu'on fait d'Eva Persson ?

– Il faut mener un interrogatoire approfondi.

– Tu t'en charges ?

– Non, merci. J'ai pensé qu'on pouvait laisser ce travail à Ann-Britt. Je vais lui parler.

À midi, Ann-Britt et lui avaient fini de passer en revue le dossier du meurtre de Lundberg. Il avait un peu moins mal à la gorge. La fatigue ne le quittait pas. Après avoir tenté de faire démarrer sa voiture sans succès, il appela le garage et demanda qu'on lui envoie une dépanneuse. Il laissa ses clés de voiture à Irène et se rendit à pied dans le centre-ville pour déjeuner. Aux tables voisines, on commentait la coupure de courant de la nuit. Ensuite, il acheta du savon et de l'aspirine à la pharmacie. Il venait de revenir au commissariat lorsqu'il se rappela qu'il devait passer à la librairie. Il envisagea brièvement d'y retourner, mais le vent était trop dur ; il laissa tomber. Sa voiture n'était plus sur le parking. De retour dans son bureau, il rappela le garage, mais on n'avait pas encore découvert l'origine de la panne. Lorsqu'il s'enquit du prix probable de la réparation, il n'obtint pas de réponse claire. En raccrochant, il pensa que cela ne pouvait plus durer, il devait changer de voiture.

Puis il resta un long moment immobile, comme figé dans son fauteuil. Soudain, il eut la certitude que Sonja Hökberg ne s'était pas retrouvée dans ce transformateur par hasard. Et ce n'était pas non plus un hasard si celui-ci était l'un des carrefours stratégiques du réseau scanien.

Les clés. Quelqu'un l'avait conduite là-bas. Quelqu'un qui avait les clés.

Mais alors : pourquoi le portail avait-il été forcé ?

Il parcourut à nouveau la liste que lui avait remise Martinsson. Cinq personnes, cinq jeux de clés.

Olle Andersson, monteur.

Lars Moberg, monteur.

Hilding Olofsson, responsable technique.

Artur Wahlund, responsable de la sécurité.

Stefan Molin, directeur technique.

Ces noms ne lui disaient rien. Il composa le numéro du poste de Martinsson.

– Les détenteurs des clés. Tu n'aurais pas vérifié si l'un d'entre eux figure dans le fichier ?

– Pourquoi, j'aurais dû ?

– Pas du tout. Mais tu as l'habitude de faire les choses à fond.

– Je peux m'en occuper maintenant.

– Ça peut attendre. Rien de neuf du côté des légistes ?

– À mon avis, on n'aura rien avant demain matin.

– Alors, va pour le fichier.

Contrairement à Wallander, Martinsson adorait les ordinateurs. Quand on avait un problème informatique au commissariat, c'était à lui qu'on s'adressait.

Wallander se replongea dans le dossier du meurtre du chauffeur de taxi. À quinze heures, il retourna se chercher un café. Il n'avait presque plus mal à la gorge. Hansson lui apprit qu'Ann-Britt interrogeait Eva Persson. Ça roule, pensa Wallander. Pour une fois, on a le temps de faire les choses correctement.

Il était à nouveau penché sur ses papiers lorsque Lisa Holgersson apparut sur le seuil, un tabloïd à la main. Wallander soupçonna immédiatement un problème.

– Tu as vu ? fit-elle en dépliant le journal.

Wallander écarquilla les yeux. La photo montrait Eva Persson, à terre, dans la salle d'interrogatoire. Il sentit son estomac se nouer.

Un policier connu maltraite une adolescente.

– Qui a pris cette photo ? Il n'y avait pas de journaliste sur place, pourtant ?

– Il faut croire que si.

Wallander se souvint vaguement d'une porte entrebâillée et d'une silhouette vite disparue.

– C'était juste avant la conférence de presse, dit Lisa Holgersson. Un photographe a pu arriver en avance et se faufiler dans le couloir, ça n'a rien d'impossible.

Wallander était comme paralysé. Au cours de ses trente années de carrière, il y avait souvent eu des bagarres. Mais il s'agissait toujours d'arrestations difficiles. Jamais au grand jamais il ne s'en était pris physiquement à quelqu'un au cours d'un interrogatoire, même quand il était hors de lui.

Sauf une fois. Et, ce jour-là, un photographe était présent.

– Il va y avoir du grabuge. Pourquoi n'as-tu rien dit ?

– Elle frappait sa mère. Je me suis interposé pour protéger la maman.

– L'image ne le montre pas.

– Pourtant, c'est la vérité.

– Pourquoi n'as-tu rien dit ?

Wallander ne trouva rien à répondre.

– On est obligé d'ouvrir une enquête. J'espère que tu le comprends ?

Wallander perçut sa méfiance. La colère le submergea.

– Tu as peut-être l'intention de me retirer la direction de l'enquête ?

– Non. Mais je veux savoir ce qui s'est passé.

– Je te l'ai déjà dit.

– Eva Persson a affirmé tout autre chose à Ann-Britt. Elle dit que tu l'as frappée sans raison.

– Elle ment. Demande à sa mère.

Lisa Holgersson hésita un instant avant de répondre.

– C'est déjà fait. Elle nie que sa fille l'ait frappée.

Wallander resta muet. Je démissionne, pensa-t-il. Je quitte la police. Je m'en vais. Je ne reviens plus jamais.

Lisa Holgersson attendit. Wallander ne répondait toujours pas. Elle sortit du bureau.

9

Wallander quitta le commissariat.

Avait-il pris la fuite, ou cherchait-il simplement à se calmer ? Il n'en savait rien. Bien entendu, il avait dit la vérité à Lisa Holgersson. Mais elle ne l'avait pas cru, et c'était cela qui le mettait hors de lui.

Sur le parking, il jura tout haut en se rappelant qu'il n'avait plus de voiture. Sa méthode habituelle, lorsqu'il était énervé pour une raison ou pour une autre, était de rouler au hasard sur les petites routes jusqu'à ce qu'il soit calmé. Mais il n'avait plus de voiture.

Il prit à pied la direction du magasin d'État, acheta une bouteille de whisky, rentra tout droit chez lui, débrancha le téléphone et s'attabla dans la cuisine. Les premières gorgées avaient mauvais goût. Tant pis, il en avait besoin. S'il y avait une chose au monde capable de lui ôter tous ses moyens, c'était les accusations injustifiées. Lisa Holgersson n'avait rien exprimé clairement. Mais sa méfiance sautait aux yeux. Hansson a peut-être raison, pensa-t-il hargneusement. Avoir une bonne femme pour chef, c'est la fin des haricots. Il but une autre gorgée. Il regrettait déjà d'être rentré chez lui. Cela pouvait être interprété comme un aveu. Il rebrancha le téléphone et s'exaspéra aussitôt, comme un enfant, de ne recevoir aucun appel. Il composa le numéro du commissariat. Irène répondit.

– Je voulais seulement dire que je suis rentré chez moi. Je suis enrhumé.

– Hansson te cherche. Et Nyberg. Et plusieurs journaux.

– Qu'est-ce qu'ils veulent ?

– Les journaux ?

– Non, Hansson et Nyberg.

– Ils ne me l'ont pas dit.

Elle a sûrement le journal sous les yeux, pensa Wallander, et tous les autres aussi. Ils ne doivent parler que de ça, au commissariat. Et j'en connais qui ne sont sûrement pas mécontents que Wallander morde la poussière.

Il demanda à Irène de lui passer Hansson, qui mit un temps fou à décrocher. Wallander l'imaginait, absorbé dans l'un de ses raisonnements complexes qui devaient infailliblement lui rapporter le tiercé dans l'ordre et qui, en réalité, lui permettaient tout juste de ne pas perdre trop d'argent.

– Comment vont les chevaux ? demanda-t-il lorsque Hansson répondit enfin.

C'était pour le désarmer. Pour bien lui montrer qu'il n'était pas déstabilisé par l'article paru dans le journal.

Il y eut un silence.

– Quels chevaux ?

– Tu ne joues pas au tiercé ?

– Pas maintenant. Pourquoi ?

– Laisse tomber. Qu'est-ce que tu me voulais ?

– Tu es dans ton bureau ?

– Non, chez moi. Je suis enrhumé.

– Je me suis renseigné pour savoir à quelle heure nos patrouilles se trouvaient sur cette fameuse route. J'ai interrogé tout le monde. Personne n'a vu Sonja Hökberg. Ils ont parcouru cette route quatre fois, aller et retour.

– Dans ce cas, on peut être sûrs qu'elle n'est pas allée là-bas à pied. Quelqu'un l'y a conduite. La première chose qu'elle a dû faire en quittant le commissariat, c'est trouver un téléphone. Ou alors elle est allée chez quelqu'un. J'espère qu'Ann-Britt a pensé à poser la question à Eva Persson.

– Quelle question ?

– Qui sont les autres amis de Sonja Hökberg. Qui a pu l'emmener là-bas.

– Tu as parlé à Ann-Britt ?

99

– Je n'en ai pas eu le temps.

Il y eut un silence. Wallander décida soudain de prendre l'initiative.

– Ce n'était pas une jolie photo, dans le journal.

– Non.

– Comment un journaliste a-t-il réussi à se faufiler dans le couloir ? Pour les conférences de presse, on les fait entrer en troupeau, en général.

– C'est bizarre que tu n'aies pas vu le flash.

- Les appareils actuels n'ont pas besoin de flash.

– Qu'est-ce qui s'est passé, au juste ?

Wallander lui dit la vérité. Les mêmes mots exactement qu'il avait employés avec Lisa, sans ajouter ni retrancher quoi que ce soit.

– Il n'y avait aucun témoin ?

– Non, à part le journaliste, qui va s'empresser de mentir, évidemment. Autrement, sa photo n'a aucune valeur.

– J'imagine que tu devras dire simplement ce qu'il en est.

– Mais c'est ce que je fais !

– Au journal, je veux dire.

– La parole d'un vieux flic contre celle d'une mère et de sa fille ? Laisse tomber !

– Tu oublies que la fille a quand même commis un meurtre.

Wallander se demanda si l'argument porterait. Un policier usant de brutalité, c'était une chose grave. Il en était lui-même convaincu. Les circonstances atténuantes ne pesaient pas lourd, dans ce cas.

– Je vais y réfléchir. Tu peux me passer le poste de Nyberg ?

Lorsque Nyberg répondit enfin, plusieurs minutes s'étaient écoulées. Entre-temps, Wallander avait bu quelques gorgées de plus. Il commençait à être ivre Mais la pression intérieure avait diminué.

– Nyberg, dit Nyberg.

Tu as vu le journal ?

Quel journal ?

– La photo d'Eva Persson.

– Je ne lis pas ce genre de canards, mais on m'a raconté l'histoire. Si j'ai bien compris, elle avait frappé sa mère.

– La photo ne le montre pas.

– Quel rapport ?

– Je vais avoir des ennuis. Lisa veut ouvrir une enquête

– Et alors ? La vérité sera faite, ce n'est pas plus mal.

– Je me demande seulement si les journaux vont l'accepter. Que vaut un vieux flic à leurs yeux, comparé à une jeune meurtrière toute fraîche ?

Nyberg parut surpris.

– Tu ne t'es jamais soucié de ce que racontaient les journaux jusqu'ici.

– Peut-être. Mais ils ne m'ont jamais accusé d'avoir frappé une gamine.

– Elle a commis un meurtre.

– Ça ne change rien.

– Tu verras que ça va se calmer tout seul. À part ça, je voulais juste te confirmer qu'une des traces de pneus provient bien de la voiture de Moberg. Ça signifie qu'on a identifié toutes les empreintes sauf une. Mais la voiture inconnue a des pneus standard.

– En tout cas, on peut être sûrs que quelqu'un l'a conduite là-bas.

– Autre chose. Le sac à main...

– Oui ?

– J'ai essayé de comprendre pourquoi on l'a retrouvé à cet endroit. Contre la clôture.

– Il a dû le jeter là.

– Mais pourquoi ? Il ne s'imaginait quand même pas qu'on ne le retrouverait pas ?

Wallander comprit que c'était important.

– Tu veux dire, pourquoi ne l'a-t-il pas emporté s'il voulait éviter l'identification du corps ?

– À peu près.

– Et quelle est ta réponse ?

– C'est ton boulot, pas le mien. Je te dis juste ce qu'il en est. Le sac se trouvait à quinze mètres de l'entrée du transformateur.

– Autre chose ?
– Non. On n'a rien trouvé.

La conversation était terminée. Wallander prit la bouteille, mais la reposa. Ça suffisait. S'il continuait à boire, il franchirait une limite, et il ne le voulait pas. Il alla dans le séjour. C'était une sensation bizarre de se trouver chez soi au milieu de la journée. Était-ce ça, l'effet de la retraite ? Cette idée le fit frissonner. Il s'approcha de la fenêtre. Le crépuscule tombait sur Mariagatan. Il pensa au médecin qui lui avait rendu visite et à l'homme retrouvé mort devant un distributeur bancaire. Il prit note d'appeler le légiste dès le lendemain pour lui faire part de la visite d'Enander et de son opinion sur l'impossibilité d'un infarctus. Ça ne changerait rien ; mais il aurait du moins transmis l'information. Il ne fallait pas attendre.

Puis il réfléchit à ce que Nyberg venait de dire sur le sac à main de Sonja Hökberg. Au fond, il n'y avait qu'une conclusion possible à tirer de cette trouvaille. Et celle-ci ranima d'un coup ses réflexes d'enquêteur. *Quelqu'un voulait qu'on retrouve le sac.*

Cela n'expliquait pas pourquoi il se trouvait si loin du bâtiment.

Wallander examina une fois de plus l'enchaînement des faits. Mais le placement du sac restait une énigme. Il abandonna provisoirement cette piste, en se disant qu'il avançait trop vite. Tout d'abord, il fallait obtenir confirmation du fait que Sonja Hökberg avait réellement été assassinée.

Il retourna à la cuisine et fit du café. Le téléphone restait silencieux. Seize heures déjà. Il s'attabla avec sa tasse et rappela Irène. Les journaux et la télévision continuaient de vouloir le joindre, mais elle ne leur avait pas donné son numéro privé. Depuis quelques années, il était sur liste rouge.

Wallander songea à nouveau que son absence serait interprétée comme un aveu de culpabilité, tout au moins de malaise. J'aurais dû rester là-bas, pensa-t-il ; j'aurais dû prendre les appels et expliquer à tous ces journalistes qu'Eva Persson et sa mère mentent toutes les deux.

Son moment de faiblesse était passé. La colère reprenait le dessus. Il demanda à Irène de lui passer Ann-Britt. En réalité, il aurait dû commencer par Lisa Holgersson et lui dire clairement sa façon de voir.

Soudain, il raccrocha. Là, tout de suite, il ne voulait parler à aucun de ses collègues. Il composa le numéro de Sten Widén. Une fille répondit. Les grooms, toujours des filles, changeaient sans cesse à Stjärnsund. Wallander avait souvent pensé avec méfiance que Sten ne les laissait peut-être pas toujours tranquilles. Le temps que son ami arrive au téléphone, il regrettait presque de l'avoir appelé. D'un autre côté, Sten n'avait probablement pas eu l'occasion de voir la photo dans le journal.

— Je pensais te rendre visite, mais ma voiture est en panne.

— Je viens te chercher, si tu veux.

Ils convinrent que Sten passerait le prendre vers dix-neuf heures. Wallander jeta un regard à la bouteille de whisky, mais ne la toucha pas.

Au même moment quelqu'un sonna à la porte. Il sursauta. Il n'avait pour ainsi dire jamais de visite. C'était sûrement un journaliste qui avait réussi à dénicher son adresse. Il rangea la bouteille de whisky dans le placard et alla ouvrir. C'était Ann-Britt

— Je te dérange ?

Il la fit entrer en tournant la tête pour qu'elle ne sente pas son haleine chargée. Ils s'assirent dans le séjour.

— Je suis enrhumé, je n'ai pas la force de travailler.

Elle hocha la tête. Elle n'en croyait pas un mot, sûrement. La fièvre n'avait jamais empêché Wallander de travailler.

— Comment ça va ?

Sa faiblesse était passée. Et même si elle était encore là, tout au fond, il n'avait pas l'intention de la montrer.

— Si tu penses à la photo dans le journal, c'est mauvais, bien sûr. Comment un photographe peut-il se faufiler jusque dans nos salles d'interrogatoire sans être repéré ?

— Lisa est très soucieuse.

– Elle devrait m'écouter. Elle devrait me soutenir, au lieu de croire immédiatement à des bobards de journaliste.

– L'image est difficile à nier.

– Je ne nie rien. Je l'ai frappée parce qu'elle agressait sa mère.

– Ce n'est pas leur version des faits. J'imagine que tu es au courant ?

– Elles mentent. Mais toi, tu les crois peut-être ?

– Non. Mon unique question c'est : comment le prouver ?

– Qui est à l'initiative du mensonge ?

Ann-Britt répondit sans hésiter.

– La mère. Je crois qu'elle est rusée, elle a vu une possibilité de détourner l'attention de la culpabilité de sa fille. Si en plus Sonja Hökberg est morte, elles peuvent tout rejeter sur elle.

– Pas le couteau.

– Si, le couteau aussi. Même si nous l'avons retrouvé d'après ses indications, elle pourra toujours dire que c'est Sonja qui a poignardé Lundberg.

Elle avait raison. Les morts étaient réduits au silence. Et une grande photo en couleurs montrait un policier debout et une jeune fille à terre. L'image était floue, mais aucun doute quant à ce qu'elle représentait.

– Le procureur a demandé une enquête express.

– Lequel ?

– Viktorsson.

Wallander ne l'aimait pas. Viktorsson n'était à Ystad que depuis le mois d'août, mais il s'était déjà plusieurs fois heurté à lui.

- Ce sera leur parole contre la mienne.

- Non. Deux paroles contre une.

- Eva Persson n'aime pas sa mère. C'était évident quand je leur ai parlé.

- Elle a dû comprendre qu'elle se trouvait dans une mauvaise passe, même si elle est mineure et qu'elle ne risque pas la prison. Elle a sans doute conclu une trêve provisoire avec sa mère.

Wallander sentit brusquement qu'il n'avait pas la force de parler de ça. Pas tout de suite.

– Pourquoi es-tu venue ?

– J'ai entendu dire que tu étais malade.

– Je ne vais pas mourir. Je retourne au boulot demain matin. Raconte-moi plutôt ce qu'a donné ta conversation avec Eva Persson.

– Elle est revenue sur ses aveux.

– Elle ne pouvait pas savoir que Sonja Hökberg était morte pourtant ?

– Justement, c'est bizarre.

Il fallut un instant à Wallander pour comprendre ce que venait de dire Ann-Britt. Il la regarda droit dans les yeux.

– Tu penses à quelque chose ?

– Pourquoi change-t-on une histoire ? Elle a avoué un crime. Tous les morceaux du puzzle coïncident. Les témoignages concordent parfaitement. Alors pourquoi se met-elle soudain à raconter tout autre chose ?

– Pourquoi ou à quel moment ?

– C'est pour ça que je suis venue. Au début de l'interrogatoire, Eva Persson ne pouvait pas savoir que Sonja Hökberg était morte. Mais elle a changé ses déclarations du tout au tout. Maintenant, c'est Sonja Hökberg qui a tout fait, Eva Persson est innocente. Elles n'avaient pas du tout l'intention d'agresser un chauffeur de taxi pour lui voler de l'argent. Elles n'allaient pas à Rydsgård. Sonja avait suggéré de rendre visite à un oncle à Bjäresjö.

– Il existe, cet oncle ?

– Je lui ai téléphoné. Il prétend ne pas avoir vu Sonja depuis six ans.

Wallander réfléchit.

– Dans ce cas, il n'y a qu'une explication. Eva Persson n'inventerait pas une histoire de toutes pièces si elle n'était pas certaine que Sonja Hökberg est hors d'état de la contredire.

– C'est aussi mon avis. Je lui ai bien sûr demandé pourquoi elle avait avoué auparavant.

– Qu'a-t-elle répondu ?

– Qu'elle ne voulait pas faire porter toute la responsabilité à Sonja.

– Parce qu'elles étaient amies ?

– C'est ça.

L'un et l'autre comprenaient ce que cela impliquait. Eva Persson savait que Sonja Hökberg était morte.

– Qu'en penses-tu ? demanda Wallander.

– Il y a deux possibilités. Sonja a pu téléphoner à Eva après son évasion et lui dire qu'elle avait l'intention de se suicider.

– Ça ne paraît pas plausible.

– Non. Je crois qu'elle a appelé quelqu'un d'autre.

– Qui aurait ensuite téléphoné à Eva Persson pour lui apprendre la mort de Sonja ?

– C'est possible.

– Dans ce cas, ça signifie qu'Eva Persson sait qui a tué Sonja Hökberg, à supposer que ce soit un meurtre.

– Tu penses que ce pourrait être autre chose ?

– Pas vraiment. Mais on doit attendre le rapport des légistes.

– J'ai essayé de leur soutirer des conclusions préliminaires. Mais apparemment, le travail sur les corps calcinés prend du temps.

Ils ont compris que c'était urgent, au moins ?

C'est toujours urgent.

Elle regarda sa montre et se leva.

– Je dois rentrer, mes gosses m'attendent.

Wallander pensa qu'il devait dire quelque chose. Il savait par expérience à quel point c'était dur de rompre un mariage.

– Comment va le divorce ?

– Tu es passé par là. Alors tu sais que c'est un cauchemar du début à la fin.

Wallander la raccompagna jusqu'à la porte.

– Bois un coup, dit-elle. Ça te fera du bien.

– C'est déjà fait.

À dix-neuf heures, il entendit klaxonner dans la rue et aperçut par la fenêtre de la cuisine la camionnette rouillée de Sten Widén. Il rangea la bouteille de whisky dans un sac plastique et descendit.

À Stjärnsund, comme d'habitude, Wallander voulut commencer par une tournée des écuries. Plusieurs boxes étaient vides. Une fille de dix-sept ou dix-huit ans finissait de desseller. Après son départ, Wallander s'assit sur un ballot de foin. Sten Widén s'appuya contre le mur.

– La ferme est à vendre.

– Qui l'achètera, à ton avis ?

– Quelqu'un d'assez cinglé pour croire que ça peut encore rapporter quelque chose.

– Tu en tireras un bon prix ?

– Non, mais suffisant, je pense. Si je fais un peu attention, je pourrai vivre des intérêts.

Wallander aurait voulu savoir à combien s'élevait une telle somme, dans l'esprit de Sten, mais il n'osa pas lui poser la question.

– Tu sais où tu vas aller ?

– D'abord, je vends. Ensuite, je me décide.

Wallander déballa la bouteille et la tendit à Sten.

– Tu ne t'en sortiras jamais sans les chevaux. Qu'est-ce que tu vas faire ?

– Je ne sais pas.

– Moi, je sais. Picoler jusqu'à ce que mort s'ensuive.

– Ou le contraire. J'arrêterai peut-être de boire.

Ils sortirent des écuries et traversèrent la cour. Il faisait froid. Wallander sentit à nouveau un pincement de jalousie. Son vieil ami Per Åkeson, le procureur, se trouvait depuis plusieurs années au Soudan. Wallander était de plus en plus convaincu qu'il ne reviendrait jamais. Et maintenant Sten s'en allait. Vers une vie inconnue, mais différente. Wallander, de son côté, avait sa photo dans un tabloïd, sous un gros titre expliquant qu'il avait frappé une adolescente de quatorze ans.

La Suède est devenue un pays dont on s'échappe. Ceux qui en ont les moyens le font, et ceux qui ne les ont pas essaient de gagner suffisamment d'argent pour le faire. Comment en est-on arrivé là ? Que s'est-il passé ?

Ils s'installèrent dans le séjour en désordre qui faisait aussi office de bureau. Sten Widén se servit un cognac.

– J'envisage de devenir machino.

– Quoi ?

– Tu m'as entendu. Je pourrais aller à la Scala de Milan et leur demander de m'engager comme ouvreur de rideaux.

– On n'ouvre quand même plus les rideaux à la main, merde ?

– Il doit bien y avoir des décors à transporter. Imagine ça, être dans les coulisses tous les soirs et entendre les chanteurs sans payer un centime. Je pourrais me proposer comme bénévole.

– C'est ce que tu as décidé ?

– Non. J'ai plein d'idées. Parfois, je me demande si je ne devrais pas partir dans le Norrland et m'enterrer sous un tas de neige vraiment froid, vraiment désagréable. Je ne sais pas encore. Tout ce que je sais, c'est que je vais vendre la ferme et partir. Et toi ?

Wallander haussa les épaules. Il avait déjà trop bu. Il se sentait la tête lourde.

– Tu continues à chasser les bouilleurs de cru ?

Le ton était ironique. Wallander sentit monter la colère.

– Je chasse les tueurs. Les gens qui tuent d'autres gens. À coups de marteau dans le crâne. Je suppose que tu as entendu parler du chauffeur de taxi ?

– Non.

– Deux petites filles ont tué un chauffeur de taxi l'autre soir, avec un marteau et un couteau. Alors, ne me parle pas de bouilleurs de cru.

– Je ne comprends pas ou tu trouves la force.

– Moi non plus. Mais quelqu'un doit le faire, et je ne suis peut-être pas le pire.

Sten Widén le regarda en souriant.

– Calme-toi. Je ne doute pas que tu sois un bon flic. J'ai même toujours pensé que tu l'étais. Je me demande seulement si tu auras le temps de faire autre chose un jour, dans ta vie.

– Je ne suis pas quelqu'un qui prend la tangente.

– Quelqu'un comme moi ?

Wallander ne répondit pas. Une faille venait d'apparaître entre eux ; soudain, il se demanda depuis combien de temps elle existait, à leur insu. Ils étaient très proches autrefois. Puis chacun avait suivi son chemin. En se retrouvant bien des années plus tard, ils avaient tablé sur l'amitié ancienne, sans jamais s'apercevoir que tout avait changé. Wallander le comprenait pour la première fois. Sten Widén aussi, probablement.

– L'une des deux filles a un beau-père qui s'appelle Erik Hökberg.

– Erik ? C'est sérieux ?

– Oui. Et cette fille est morte hier soir, probablement assassinée. Alors je ne pense pas avoir le temps de partir, même si j'en avais envie.

Il rangea la bouteille dans le sac.

– Tu peux m'appeler un taxi ?

– Tu rentres déjà ?

– Je crois, oui.

Une ombre de déception passa sur le visage de Sten Widén. Wallander éprouvait la même chose. Une amitié venait de prendre fin. Plus exactement : ils venaient de découvrir qu'elle était finie depuis longtemps.

– Je te ramène.

– Non, tu as bu.

Sten Widén prit le téléphone sans un mot et commanda un taxi.

– Il arrive dans dix minutes.

Ils sortirent. La nuit d'automne était limpide. Pas de vent, pour une fois.

– Qu'est-ce qu'on croyait ? demanda soudain Sten Widén. Quand on était jeune ?

– J'ai oublié. J'ai assez à faire avec le présent. Et assez de souci pour l'avenir.

Le taxi arriva

– Écris-moi, dit Wallander. Pour me raconter comment ça s'est passé.

– D'accord.

Wallander monta à l'arrière. Le taxi démarra dans le noir, en direction d'Ystad.

Il venait d'ouvrir la porte de l'appartement quand le téléphone sonna. C'était Ann-Britt.

– Ça y est, tu es rentré ? Il faudrait penser à brancher ton portable de temps en temps.

– Que se passe-t-il ?

– J'ai fait une nouvelle tentative auprès des légistes de Lund. J'ai parlé à celui qui a effectué l'autopsie. Il ne voulait pas s'engager, mais il a trouvé quelque chose. Sonja Hökberg avait une fracture à l'arrière du crâne.

– Elle était donc morte quand elle a été électrocutée ?

– Inconsciente tout au moins.

– Elle n'a pas pu se blesser en tombant ?

– Pas d'après lui. Il paraissait assez sûr de son fait.

– Ça fait une incertitude en moins. Elle a été assassinée.

– On le savait déjà, non ?

– Non. On le soupçonnait. Maintenant, on le sait.

Wallander entendit un enfant crier. Ann-Britt se dépêcha de conclure. Ils convinrent de se retrouver le lendemain matin à huit heures.

Wallander s'assit à la table de la cuisine. Il pensa à Sten Widén. Et à Sonja Hökberg. Mais surtout, il pensa à Eva Persson.

Elle devait savoir. Elle savait qui avait tué Sonja Hökberg.

10

Wallander se réveilla en sursaut à cinq heures. Il comprit ce qui l'avait tiré du sommeil : la promesse faite à Ann-Britt de prendre la parole le soir même devant une association féminine. Il avait complètement oublié.

Il resta allongé immobile dans le noir. Il n'avait rien préparé, même pas quelques notes.

Son estomac se noua. Ces femmes avaient forcément vu la photo dans le journal. Et Ann-Britt avait dû les prévenir qu'il la remplacerait.

Je n'y arriverai pas. Elles ne verront en moi qu'un type brutal qui maltraite les femmes.

Comment faire, comment se dérober ? Hansson ! Mais c'était impossible. Hansson ne savait parler que d'un sujet, les chevaux. Pour le reste, il passait sa vie à marmonner, seuls ceux qui le connaissaient bien étaient capables de le comprendre.

À cinq heures et demie, il se leva. Il n'y avait aucune échappatoire. Il s'assit à la table de la cuisine, prit son bloc-notes et écrivit en haut de la page : *Conférence*. Il se demanda ce que Rydberg aurait raconté à un groupe de femmes. Mais Rydberg ne se serait sans doute jamais laissé convaincre de faire ça.

À six heures, il n'avait toujours pas écrit un mot. Il était sur le point de laisser tomber lorsqu'il entrevit soudain la solution. Il leur parlerait de ce qui le préoccupait en ce moment même : l'enquête sur le meurtre du chauffeur de taxi. Peut-être même pourrait-il commencer par l'enterrement de Stefan Fredman ? Quelques jours dans la vie d'un policier... La réalité toute nue, sans périphrases. Il nota deux ou trois repères. Il ne pourrait pas éviter d'aborder l'épisode du journaliste. Ce serait interprété comme une plaidoirie, à juste titre. D'un autre côté, il était seul à pouvoir leur dire ce qui s'était réellement passé. À six heures et quart, il posa son crayon. Le malaise était toujours là. Mais il se sentait un peu moins démuni. En s'habillant, il vérifia qu'il lui restait une chemise propre pour la soirée. Il y en avait une, tout au fond de la penderie. Les autres gisaient en vrac par terre. Ça faisait longtemps qu'il n'avait pas fait de lessive.

Vers sept heures, il appela le garage. Ce fut déprimant. Ils envisageaient de démonter le moteur. Le garagiste s'engagea à lui transmettre un devis dans la journée. Le thermomètre de la fenêtre indiquait sept degrés au-dessus de zéro. Un peu de vent, des nuages, mais pas de pluie. Wallander suivit du regard un vieil homme qui avançait lentement. Devant une poubelle, il s'arrêta et la fouilla d'une main sans rien trouver. Wallander repensa à la soirée de la veille. Le sentiment envieux avait disparu, remplacé par une mélancolie vague. Sten Widén allait disparaître de son existence. Qui restait-il, de sa vie d'avant ? Bientôt plus personne.

Il pensa à Mona, la mère de Linda. Elle était partie, elle aussi. À l'époque, quand elle lui avait annoncé son intention de le quitter, il était tombé des nues. Même si, tout au fond de lui, ce n'était pas réellement une surprise. Elle était remariée depuis un an. Avant cela, Wallander avait passé des années à tenter de la convaincre de revenir. Avec le recul, il ne se comprenait pas lui-même. Il n'avait pas envie qu'elle revienne. C'était la solitude qu'il ne supportait pas. Il n'aurait jamais pu vivre de nouveau avec Mona. Leur rupture était nécessaire, elle aurait même dû se produire beaucoup plus tôt. Maintenant, elle était remariée avec un joueur de golf, un consultant qui travaillait dans les assurances. Wallander ne l'avait jamais rencontré, seulement entendu sa voix deux ou trois fois au téléphone. Linda ne paraissait pas très emballée, elle non plus. Mais Mona, apparemment, était contente de sa nouvelle vie. Il y avait une maison quelque part en Espagne. Le mari semblait avoir de l'argent, ce qui n'avait jamais été le cas de Wallander.

Il abandonna ces pensées et quitta l'appartement. Sur le chemin du commissariat, il pensa de nouveau à ce qu'il dirait ce soir-là. Une patrouille s'arrêta et proposa de l'emmener. Il dit qu'il préférait marcher.

Un homme attendait devant les portes du commissariat. Il lui sembla vaguement le reconnaître.

– Kurt Wallander, vous avez deux minutes ?

– Ça dépend. Qui êtes-vous ?

– Harald Törngren.

Wallander secoua la tête.

– C'est moi qui ai pris la photo.

Wallander se rappela alors l'avoir vu à la conférence de presse. C'était pour ça qu'il lui avait semblé le reconnaître.

– Vous voulez dire que c'est vous qui vous êtes faufilé dans le couloir ?

Harald Törngren avait une trentaine d'années, un visage tout en longueur, les cheveux très courts.

– En fait, dit-il avec un sourire, je cherchais les toilettes et personne ne m'a arrêté.

– Qu'est-ce que vous voulez ?

– Vous demander de commenter la photo. Une interview, en quelque sorte.

– Pour quoi faire ? Vous déformerez mes propos.

– Comment pouvez-vous le savoir ?

Wallander envisagea de lui demander de disparaître. D'un autre côté, c'était peut-être une ouverture.

– Dans ce cas, je veux que quelqu'un assiste à l'entretien.

Törngren souriait toujours.

– Un témoin ?

– J'ai une mauvaise expérience des journalistes.

– Dix témoins, si vous voulez.

Wallander regarda sa montre. Sept heures vingt-cinq.

– Je vous donne une demi-heure

– Quand ?

– Tout de suite.

Ils entrèrent. Irène l'informa que Martinsson était arrivé. Wallander dit à Törngren d'attendre. Il trouva Martinsson dans son bureau, devant l'ordinateur. Il lui expliqua rapidement la situation.

– Tu veux que j'apporte le magnéto ?

– Non, ta présence suffira. À condition que tu m'écoutes et que tu te souviennes de mes paroles.

Martinsson parut soudain hésiter.

– Tu ne sais pas ce qu'il va te demander ?

– Non. Mais je sais ce qui s'est passé.

– J'espère juste que tu sauras te contrôler.

Wallander fut surpris.

– Pourquoi, j'ai l'habitude de tenir des propos incontrôlés ?

– Ça arrive.

– J'y penserai. Viens, on y va.

Ils prirent place dans une petite salle de réunion. Törngren installa son magnétophone sur la table. Martinsson s'était placé en retrait.

– J'ai parlé à la mère d'Eva Persson hier soir, commença Törngren. Elles ont décidé de porter plainte contre vous.

– À quel sujet ?

– Maltraitance. Qu'en dites-vous ?

– Il n'était absolument pas question de maltraitance.

– Ce n'est pas leur point de vue. De plus, il y a ma photo.

– Voulez-vous savoir ce qui s'est passé ?

– Je veux entendre votre version.

– Ce n'est pas ma version. C'est la vérité.

– Ce sera leur parole contre la vôtre.

Wallander comprit soudain l'absurdité de la situation et regretta d'avoir accepté. Mais il était trop tard. Il raconta l'épisode, une fois de plus. Eva Persson avait brusquement agressé sa mère. Il s'était interposé. La fille était hors d'elle. Il l'avait giflée.

– La mère et la fille nient que les choses se soient passées comme ça.

– Pourtant, c'est la vérité.

– Est-ce que ça vous paraît plausible qu'une fille frappe sa mère ?

– Eva Persson venait d'avouer un meurtre. La situation était extrêmement tendue. Dans ce cas, il peut y avoir des réactions imprévisibles.

– Eva Persson m'a dit hier qu'elle avait avoué sous la contrainte.

Wallander et Martinsson échangèrent un regard incrédule.

– Quelle contrainte ?

– C'est ce qu'elle a dit.

– Qui l'aurait contrainte ?

– Ceux qui l'interrogeaient.

– C'est quoi, ces conneries ? intervint Martinsson. On n'a jamais pratiqué ce genre de méthode ici.

– C'est ce qu'elle affirme pourtant. Elle est revenue sur ses aveux. Elle dit qu'elle est innocente.

Wallander jeta un regard à Martinsson, qui resta silencieux. Pour sa part, il était maintenant parfaitement calme.

– L'enquête préliminaire est loin d'être achevée. Eva Persson est liée à ce crime. Le fait qu'elle se mette en tête de revenir sur ses aveux n'y change rien.

– Vous affirmez donc qu'elle ment ?

– Je ne souhaite pas répondre à cette question.

– Pourquoi ?

– Parce que cela me conduirait à révéler certaines données de l'enquête en cours, qui ne peuvent être divulguées pour l'instant.

– Mais vous affirmez qu'elle ment ?

– Ce sont vos propos, pas les miens. Je me contente de vous dire ce qui s'est réellement passé.

Wallander voyait déjà les gros titres étalés en première page. Mais il avait trouvé la riposte. La ruse d'Eva Persson et de sa mère ne les aiderait en rien. Pas plus que le renfort inespéré que leur offrait la presse à sensation.

– La fille est très jeune, reprit Törngren. Elle prétend avoir été entraînée par son amie plus âgée. N'est-ce pas le plus vraisemblable ?

Wallander réfléchit très vite. Fallait-il annoncer la vérité, à propos de Sonja Hökberg ? Sa mort n'avait pas encore été rendue publique, il n'avait donc pas le droit d'en parler. En même temps, ça lui donnait un avantage.

– Que voulez-vous dire par là ?

– Qu'Eva Persson dit la vérité. Qu'elle a été embobinée par son amie.

– Ce n'est pas vous qui êtes chargé de l'enquête sur le meurtre de Lundberg. Maintenant, si vous voulez tirer vos propres conclusions et rendre votre verdict, personne ne peut vous en empêcher. La vérité se révélera sans doute très différente. Mais je pense que vous lui accorderez moins de place dans vos colonnes.

Wallander laissa retomber ses mains sur la table pour signifier que l'entretien était clos. Törngren éteignit son magnétophone.

– Merci d'avoir répondu à mes questions.

– Martinsson vous raccompagnera, dit Wallander en se levant.

Il ne lui serra pas la main, quitta simplement la pièce. En allant chercher son courrier, il essaya d'évaluer le résultat objectif de l'échange avec Törngren. Avait-il omis quelque chose ? Aurait-il dû s'exprimer autrement ? Le courrier sous le bras, un café à la main, il alla dans son bureau. Il était parvenu à la conclusion que l'entretien s'était bien passé. Même s'il ne pouvait en aucune façon prévoir quel en serait le résultat dans le journal. Il s'assit et parcourut son courrier. Rien d'urgent. Soudain, il se rappela le médecin qui lui avait rendu visite la veille. Il récupéra ses notes dans le tiroir et téléphona à l'institut de Lund. Par chance, on lui passa directement le médecin qui avait pratiqué l'autopsie. Il lui raconta en peu de mots la visite d'Enander. Le médecin nota toutes les informations et s'engagea à le rappeler au cas où celles-ci devaient modifier d'une manière ou d'une autre les conclusions de l'expertise.

À huit heures, Wallander se leva et se rendit dans la salle de réunion. Ses collaborateurs s'y trouvaient déjà, ainsi que Lisa Holgersson et le procureur Lennart Viktorsson. À sa vue, Wallander sentit une décharge d'adrénaline. Quelqu'un d'autre, dans sa situation, aurait adopté un profil bas. Mais Wallander avait eu son accès de faiblesse la veille, en quittant le commissariat. Maintenant, il était sur le pied de guerre. Il s'assit et prit aussitôt la parole.

– Comme vous le savez tous, un journal à grand tirage a publié hier soir une photographie d'Eva Persson que je venais de gifler. La fille et sa mère ont beau prétendre le contraire, la vérité est que je me suis interposé pour l'empêcher de frapper à nouveau sa mère. La gifle n'était pas très forte, mais elle a trébuché et elle est tombée. C'est ce que j'ai dit au journaliste qui a pris cette photo après avoir réussi à se faufiler dans nos couloirs. Je l'ai rencontré ce matin, en présence de Martinsson.

Il marqua une pause et jeta un regard circulaire avant de poursuivre. Lisa Holgersson paraissait mécontente. Il devina qu'elle aurait préféré aborder le sujet elle-même.

– On m'a informé qu'une enquête interne était prévue. Ça ne me dérange pas. Si vous le voulez bien, j'aimerais qu'on passe maintenant au sujet qui nous occupe, le meurtre de Lundberg et ce qui est arrivé à Sonja Hökberg.

Il se tut. Lisa Holgersson en profita pour prendre la parole, avec une expression qui déplut profondément à Wallander. Il eut à nouveau l'impression qu'elle le trahissait.

– Il va de soi que tu n'interrogeras plus Eva Persson.

– Ça, même moi je suis capable de le comprendre.

J'aurais dû dire autre chose, pensa-t-il. Que le premier devoir d'un commissaire est de soutenir ses collaborateurs. Pas de façon inconditionnelle, pas à tout prix. Mais tant qu'une parole s'oppose à une autre, c'est son devoir. Or elle préfère un mensonge à une vérité inconfortable.

Viktorsson leva la main.

– Bien entendu, je vais suivre cette enquête avec la plus grande attention. Concernant Eva Persson, il est possible que nous devions prendre très au sérieux ses nouvelles déclarations. Les choses se sont probablement passées comme elle le dit. C'est Sonja Hökberg qui a prémédité et exécuté le crime.

Wallander n'en croyait pas ses oreilles. Son regard fit le tour de la table, pour chercher le soutien de ses collègues. Hansson, vêtu de sa chemise de flanelle à carreaux, paraissait perdu dans de lointaines pensées. Martinsson se frottait le menton, Ann-Britt était rencognée dans son fauteuil. Personne ne croisa son regard. Il crut néanmoins pouvoir interpréter leur silence comme une forme de soutien.

– Eva Persson ment, dit-il. Et nous pourrons le démontrer si nous faisons un effort.

Viktorsson voulait poursuivre, mais Wallander ne lui en laissa pas l'occasion. Les autres n'étaient probablement pas informés de ce que lui avait appris Ann-Britt au téléphone la veille au soir.

– Sonja Hökberg a bien été assassinée. L'institut de Lund nous a signalé l'existence de lésions attestant qu'elle a été frappée à l'arrière du crâne. Le coup a pu être mortel. Ensuite, on l'a balancée dans les installations électriques. Il ne subsiste aucun doute quant à la réalité du meurtre.

La nouvelle surprit en effet tout le monde.

– Je précise qu'il s'agit là d'une conclusion préliminaire. Nous pouvons nous attendre à de nouvelles informations. Mais celle-ci est d'ores et déjà indiscutable.

Personne ne prit la parole. Il sentit qu'il dominait la situation. La photo parue dans le journal l'irritait et décuplait son énergie. Mais le pire, à ses yeux, était la méfiance déclarée de Lisa Holgersson.

Le moment était venu de faire le point.

– Johan Lundberg a été assassiné dans son taxi. En apparence, il s'agit d'un crime crapuleux, prémédité et exécuté à la va-vite. Les filles affirment qu'elles avaient besoin d'argent, sans raison précise. Elles ne font aucun effort pour dissimuler leur crime. Au moment de leur arrestation, elles passent très vite aux aveux. Leurs récits concordent et elles ne manifestent aucun remords. De plus, nous retrouvons les deux armes. Ensuite, Sonja Hökberg disparaît du commissariat. Selon toute vraisemblance, elle a profité d'une occasion fortuite. Treize heures plus tard, on la retrouve assassinée dans un transformateur à huit kilomètres de la ville. Comment est-elle allée là-bas ? C'est une question décisive, à laquelle nous n'avons pas encore de réponse. Nous ignorons également pour quel motif elle a été tuée. En parallèle, il se produit un événement qui doit retenir toute notre attention. Eva Persson revient sur ses aveux. Elle rejette maintenant toute la responsabilité sur Sonja Hökberg. Ses nouvelles allégations ne peuvent être vérifiées dans la mesure où Sonja Hökberg est morte. Comment Eva Persson pouvait-elle le savoir ? Sa mort n'a pas encore été rendue publique. Seul un très petit nombre de gens est au courant. Et ce nombre était encore plus réduit hier, au moment où Eva Persson a modifié ses déclarations.

Wallander se tut. L'attention de ses collaborateurs s'était aiguisée. Il avait cerné les questions décisives.

Hansson prit la parole.

— Qu'a fait Sonja Hökberg après avoir quitté le commissariat ?

— Nous savons qu'elle ne s'est pas rendue à pied sur le site de Sydkraft. On ne peut pas le prouver de façon irréfutable, mais l'hypothèse la plus vraisemblable est qu'elle y est allée en voiture.

— N'est-ce pas une conclusion un peu rapide ? objecta Viktorsson. Elle était peut-être déjà morte en arrivant là-bas.

— Je n'ai pas fini. Cette possibilité existe, naturellement.

— Y a-t-il un élément qui contredise cette hypothèse ?

— Non.

— N'est-ce pas le plus vraisemblable, dans ce cas ? Hökberg était déjà morte. Pourquoi se serait-elle rendue là-bas de son plein gré ?

— Elle connaissait peut-être la personne qui l'y a conduite.

Viktorsson secoua la tête.

– Que diable serait-elle allée faire dans un transformateur en plein champ, alors qu'il pleuvait en plus, si je me souviens bien ? Tout indique qu'elle a été tuée ailleurs.

– Là, il me semble que c'est vous qui tirez des conclusions hâtives. Nous essayons d'envisager les possibilités. Ce n'est pas le moment de choisir. Pas encore.

– Qui l'a conduite là-bas ? intervint Martinsson. Si on répond à cette question, on saura qui l'a tuée. Quant au mobile...

– On verra ça plus tard, coupa Wallander. Mon idée est qu'Eva Persson n'a pu être informée de la mort de Sonja que par le meurtrier lui-même. Ou par quelqu'un qui connaissait la vérité.

Il regarda Lisa Holgersson.

– Cela signifie qu'Eva Persson est désormais un témoin clé. Elle est mineure, et elle ment. Mais là, il faut lui mettre la pression. Je veux savoir comment elle a appris la mort de Sonja Hökberg.

Il se leva.

– Mais comme ce n'est pas moi qui vais l'interroger, je vais m'occuper d'autre chose entre-temps.

Il quitta la salle de réunion, très satisfait de sa sortie. C'était puéril, d'accord. Mais, sauf erreur, ça leur ferait de l'effet. Ann-Britt serait chargée d'interroger Eva Persson. Elle savait quelles questions lui poser ; inutile de préparer l'interrogatoire avec elle. Wallander prit sa veste. De son côté, il allait essayer d'obtenir une réponse à une autre question. Grâce à laquelle il espérait pouvoir cerner doublement le meurtrier de Sonja Hökberg. Avant de quitter son bureau, il prit deux photographies dans le dossier de l'enquête et les fourra dans sa poche.

Il prit la direction du centre-ville. Dans toute cette histoire, un détail étrange continuait de l'inquiéter. Pourquoi Sonja Hökberg avait-elle été tuée ? Pourquoi sa mort avait-elle plongé un quart de la Scanie dans le noir ? Était-ce vraiment une coïncidence ?

Il traversa la place centrale et s'engagea dans Hamngatan. Le restaurant où Sonja Hökberg et Eva Persson avaient

bu des bières le soir du crime n'était pas encore ouvert. Il
jeta un coup d'œil à l'intérieur. Il y avait quelqu'un derrière
le comptoir. Il frappa à la fenêtre. Pas de réaction. Il frappa
plus fort ; l'homme leva la tête et approcha. En reconnaissant Wallander, il sourit et ouvrit la porte.

– Il n'est même pas neuf heures. Tu as déjà envie d'une
pizza ?

– Un café ne serait pas de refus. J'ai besoin de te parler.

István Kecskeméti était arrivé de Hongrie en 1956. Il
avait tenu plusieurs restaurants successifs à Ystad. Quand
Wallander n'avait pas la force de se préparer à dîner, il
allait chez István. Il était très bavard, mais Wallander l'aimait bien. En plus, il était au courant pour le diabète et lui
proposait des menus en conséquence.

István était seul en salle. On entendait le bruit d'un bat-
toir à viande dans la cuisine, le service commençait à onze
heures. Wallander s'attabla au fond du local. En attendant
qu'István revienne avec le café, il se demanda où les deux
filles avaient été assises ce soir-là, juste avant de commander un taxi. István posa deux tasses sur la table.

– Tu ne viens plus très souvent. Et maintenant que tu
viens, le restaurant est fermé. Autrement dit, tu viens me
demander quelque chose.

István ouvrit les bras et poussa un soupir.

– Tout le monde demande quelque chose à István. Les
gens n'arrêtent pas d'appeler, les clubs sportifs, les associa-
tions humanitaires, des types qui veulent créer un cimetière
pour animaux. Tout le monde a besoin d'argent, tout le
monde veut qu'István participe, en disant que ça lui fera de
la réclame. Mais comment faire la pub d'une pizzeria dans
un cimetière pour chiens ?

Il soupira à nouveau.

– Qu'est-ce que tu veux ? Qu'István fasse un don à la
police suédoise ?

– Si tu pouvais répondre à quelques questions, ce serait
bien. Mercredi dernier, tu étais là ?

– Je suis toujours là. Mais mercredi dernier, c'est loin.

Wallander posa les deux photographies sur la table. Il n'y avait pas beaucoup de lumière au fond du restaurant.

– Tu les reconnais ?

István emporta les deux photos, les posa sur le comptoir et les examina longuement avant de revenir.

– Je crois.

– Tu as entendu parler du meurtre du chauffeur de taxi ?

– C'est terrible que des choses pareilles puissent arriver. Des jeunes, en plus.

István parut soudain comprendre.

– C'était ces deux-là ?

– Oui. Et elles étaient ici ce soir-là. C'est très important. Si tu pouvais te souvenir de l'endroit où elles étaient assises, et s'il y avait quelqu'un avec elles...

Wallander vit qu'István faisait un gros effort de mémoire. Il attendit. István prit les deux photos et commença à faire le tour des tables. Il avançait lentement, comme à tâtons. Il cherche ses clients, pensa Wallander. Il fait exactement comme moi à sa place. Mais ce n'est pas sûr qu'il les retrouve.

István s'arrêta devant une table près de la fenêtre. Wallander se leva et le rejoignit.

– Je crois qu'elles étaient là.

– Tu en es sûr ?

– À peu près.

– Qui était où ?

István hésita. Wallander attendit pendant qu'il faisait le tour de la table une fois, puis deux. Comme s'il avait disposé des menus, il plaça la photo de Sonja Hökberg et celle d'Eva Persson.

– Tu en es sûr ?

– Oui.

István fronçait les sourcils. Wallander comprit qu'il cherchait autre chose.

– Il s'est passé quelque chose au cours de la soirée. Je me souviens d'elles parce que je me suis demandé si l'une des deux avait vraiment dix-huit ans.

– Non. Mais oublie ça.

István se tourna vers la cuisine.

– Laila ! Viens voir !

Une jeune femme obèse approcha.

– Assieds-toi, dit István.

La fille était blonde. Il la fit asseoir à la place d'Eva Persson.

– Qu'est-ce qu'il y a ?

L'accent scanien de la fille était si prononcé que même Wallander dut faire un effort pour la comprendre.

– Ne bouge pas, dit István.

Wallander attendit.

– Il s'est passé quelque chose au cours de la soirée, répéta-t-il.

Soudain, son visage s'illumina. Il demanda à Laila de s'asseoir sur l'autre chaise.

– C'est ça ! Elles ont changé de place à un moment donné.

Laila retourna dans la cuisine. Wallander s'assit à la place qui avait été celle de Sonja Hökberg au début de la soirée. Il voyait un mur, et la fenêtre donnant sur la rue. Les autres tables du restaurant se trouvaient derrière lui. En changeant de place, il se retrouva face à la porte d'entrée. Le reste du restaurant, à l'exception d'une table pour deux, était caché par un pilier et un box.

– Y avait-il quelqu'un là ? demanda-t-il en indiquant la table du doigt. Quelqu'un qui serait arrivé à peu près au moment où les filles ont changé de place.

István réfléchit.

– Oui. Quelqu'un est entré et s'est assis à cette table. Mais je ne sais pas si c'était à ce moment-là.

Wallander retint son souffle.

– Tu peux le décrire ? Tu le connais ?

– Je ne l'avais jamais vu. Mais c'est facile de le décrire.

– Pourquoi ?

– Parce qu'il avait les yeux bridés.

– Quoi ?

– Un Chinois. Du moins un Asiatique.

Wallander réfléchit. Il sentait qu'il était au bord d'une découverte importante.

– Il est resté après le départ des deux filles ?

– Oui. Une heure au moins.

– Est-ce qu'ils se sont parlé ?

István secoua la tête.

– Je ne sais pas, je n'ai rien remarqué. Mais c'est possible.

– Tu te souviens comment cet homme a payé ?

– Par carte, je crois. Mais je n'en suis pas sûr.

– Parfait. Je veux que tu me montres le reçu.

– Je l'ai déjà envoyé. Je crois que c'était American Express.

– Dans ce cas, on va retrouver ta copie.

Le café avait refroidi. Wallander sentit qu'il y avait urgence. Sonja Hökberg a vu quelqu'un arriver, dans la rue. Elle a changé de place pour être face à lui. Il était asiatique.

– Qu'est-ce que tu cherches au juste ? demanda István.

– J'essaie juste de comprendre ce qui s'est passé. C'est tout pour l'instant.

Il prit congé et quitta le restaurant. Un homme aux yeux bridés...

L'inquiétude revint. Il accéléra le pas. Il était vraiment pressé maintenant.

11

Wallander arriva essoufflé au commissariat. Il avait marché vite, sachant qu'Ann-Britt était en train d'interroger Eva Persson. Il fallait lui communiquer les observations d'István et obtenir une réponse aux nouvelles questions qui venaient de surgir. Irène lui tendit une pile de messages téléphoniques. Il les fourra dans sa poche sans les lire et composa le numéro de poste du bureau où se trouvait Ann-Britt avec Eva Persson.

– J'ai presque fini, dit-elle.

– Non. Il y a d'autres questions. Fais une pause. J'arrive.

Elle accepta sans discuter. Lorsqu'elle apparut dans le couloir, Wallander l'attendait déjà avec impatience. Il lui raconta l'échange de places au restaurant et la présence de l'homme à la seule table que pouvait voir Sonja Hökberg. Ann-Britt ne parut pas convaincue.

– Un Asiatique, dis-tu ?

– Oui.

– Tu crois vraiment que c'est important ?

– Sonja Hökberg a changé de place. Elle voulait avoir ce type en face d'elle. Ça doit signifier quelque chose.

Ann-Britt haussa les épaules.

– Je vais lui en parler. Que veux-tu que je lui demande au juste ?

– Pourquoi elles ont changé de place. Et à quel moment. Essaie de voir si elle ment. A-t-elle remarqué l'homme assis derrière elle ?

– C'est difficile, elle ne laisse presque rien paraître.

– Elle maintient sa nouvelle version des faits ?

– Sonja Hökberg a frappé Lundberg avec le marteau et le couteau. Eva Persson n'était au courant de rien.

– Que dit-elle quand tu lui rappelles ses précédents aveux ?

– Qu'elle avait peur de Sonja.

– Pour quelle raison ?

– Elle ne le dit pas.

– Tu crois qu'elle avait peur ?

– Non. Elle ment.

– Comment a-t-elle réagi quand tu lui as annoncé la mort de Sonja ?

– Elle n'a rien dit. Mais c'était un silence mal joué. En fait, je crois que la nouvelle l'a prise de court.

– Elle n'était donc pas au courant ?

– Je ne crois pas.

Ann-Britt se leva. Au moment d'entrer dans le bureau, elle se retourna.

– Sa mère lui a trouvé un avocat. Il a déjà rédigé la plainte contre toi. Il s'appelle Klas Harrysson.

Wallander ne connaissait pas ce nom.

– Un jeune type de Malmö, avide de reconnaissance. Il paraît certain d'emporter le morceau.

Wallander ressentit brusquement une immense fatigue. Puis la colère reprit le dessus ; le sentiment d'être accusé à tort.

– Tu as réussi à lui soutirer quelque chose de neuf ?

– Franchement, je crois qu'Eva Persson est un peu bête. Mais elle s'en tient mot pour mot à sa deuxième version. On dirait une machine.

Wallander secoua la tête.

– Ce meurtre va chercher plus loin qu'on ne le pensait. J'en suis convaincu.

– J'espère que tu as raison. Qu'elles n'ont pas tué ce chauffeur de taxi à cause d'un vague besoin d'argent.

Ann-Britt retourna auprès d'Eva Persson et Wallander alla dans son bureau. Il tenta de joindre Martinsson, sans succès. Hansson n'était pas là non plus. Il jeta un coup d'œil à ses messages téléphoniques. Des journalistes, pour la plupart. Mais il y avait eu aussi un appel de l'ex-femme de Tynnes Falk. Wallander le rangea à part, prit le téléphone et demanda à Irène de ne lui passer aucune communication. Puis il appela les renseignements et fut mis en relation avec American Express, où il exposa son affaire à une certaine Anita. Celle-ci demanda à le rappeler, histoire de vérifier son identité. Wallander raccrocha et attendit. Après quelques minutes, il se souvint qu'il avait demandé à Irène de ne lui passer aucune communication. Il jura tout haut et rappela American Express. Cette fois, l'opération de vérification réussit. Wallander transmit à Anita tous les éléments dont il disposait.

– Ça risque de prendre du temps, dit-elle.

– Du moment que vous comprenez que c'est très urgent.

– Je vais faire mon possible.

Wallander raccrocha et appela immédiatement le garage. Le patron mit longtemps à venir jusqu'au téléphone et annonça un prix qui le laissa sans voix. Mais la voiture serait prête pour le lendemain. C'étaient les pièces qui coûtaient cher, pas la main-d'œuvre. Wallander s'engagea à venir chercher sa voiture à midi.

Puis il resta un moment inactif. En pensée, il se trouvait dans la salle d'interrogatoire avec Ann-Britt. Cela l'énervait de ne pas y être en personne. Ann-Britt pouvait se montrer un peu faible quand il s'agissait de mettre la pression à quelqu'un. En plus, il avait été accusé à tort. Et Lisa Holgersson ne cherchait même pas à dissimuler sa défiance. Il ne le lui pardonnait pas. Pour passer le temps, il composa le numéro de la femme de Tynnes Falk. Elle décrocha très vite.

– Mon nom est Wallander, je voudrais parler à Marianne Falk.

– C'est moi. J'attendais votre appel.

Sa voix était claire, agréable. Comme celle de Mona. Une impression lointaine, de chagrin peut-être, le traversa fugitivement.

– Le docteur Enander a-t-il pris contact avec vous ?

– Je lui ai parlé.

– Alors, vous savez que Tynnes n'est pas mort d'un infarctus.

– Cette conclusion est peut-être un peu hâtive.

– Pourquoi ? Il a été agressé.

Elle paraissait sûre d'elle. L'intérêt de Wallander s'aiguisa malgré lui.

– On dirait que cela ne vous surprend pas.

– Quoi donc ?

– Qu'il ait été agressé.

– Ça ne me surprend pas du tout. Tynnes avait beaucoup d'ennemis.

Wallander prit son bloc-notes et un crayon. Ses lunettes, il les avait déjà sur le nez.

– Quelle sorte d'ennemis ?

– Je n'en sais rien. Mais il était toujours inquiet.

Wallander fouilla sa mémoire. Quelque chose dans le rapport de Martinsson...

– Il était consultant en informatique, c'est cela ?

– Oui.

– Ça ne me paraît pas une occupation dangereuse.

– Ça dépend de ce qu'on fait.

– Et que faisait-il ?

– Je ne sais pas.

– Vous ne savez pas ?

- Non.

– Cependant vous pensez qu'il a été agressé.

– Je connaissais mon mari. Nous ne vivions plus ensemble. Mais cette dernière année, il était inquiet.

– Il ne vous a pas dit pourquoi ?

– Tynnes n'était pas bavard.

– Vous avez dit tout à l'heure qu'il avait des ennemis.

– Ce sont ses propres termes.

– Quels ennemis ?

La réponse se fit attendre.

– C'est étrange, je sais, mais je ne peux pas m'exprimer plus clairement.

– On n'emploie pas le terme d'« ennemis » à la légère.

– Tynnes voyageait beaucoup, dans le monde entier. Il l'a toujours fait. Je ne sais pas qui il a rencontré. Mais parfois, en rentrant, il était exalté. D'autres fois, quand j'allais le chercher à l'aéroport, il était soucieux.

– Il a dû vous dire quelque chose, pourquoi il avait des ennemis, de qui il s'agissait.

– Il ne parlait pas beaucoup. Mais je voyais bien qu'il n'était pas tranquille.

Wallander commençait à penser que la femme à l'autre bout du fil était un peu nerveuse.

– Vouliez-vous me dire autre chose ?

– Ce n'était pas un infarctus. Je veux que la police enquête sur ce qui est réellement arrivé.

– J'ai pris note de vos observations. Nous vous rappellerons si nécessaire.

– Je m'attends à ce que vous fassiez la lumière sur ce qui s'est passé. Nous étions séparés, Tynnes et moi. Mais je l'aimais encore.

La conversation était terminée. Wallander se demanda distraitement si Mona, elle aussi, l'aimait encore. Il en doutait fort. La question était plutôt de savoir si elle l'avait jamais aimé. Il repoussa ces pensées avec irritation et tenta de saisir ce que venait de lui apprendre Marianne Falk. Son inquiétude paraissait sincère, mais ses arguments n'étaient pas très solides. La personnalité réelle de Tynnes Falk restait extrêmement floue. Il reprit le dossier et composa le numéro de l'institut de Lund, tout en guettant le pas d'Ann-Britt dans le couloir. Le résultat de l'interrogatoire d'Eva Persson, voilà ce qui l'intéressait. Tynnes Falk était mort d'un infarctus, malgré les affirmations d'une épouse inquiète qui voyait des ennemis imaginaires autour de son ancien mari. Il parla une nouvelle fois au médecin qui avait effectué l'autopsie et lui fit part de sa conversation avec Marianne Falk. Le médecin fut catégorique.

– Il n'est pas rare qu'un infarctus survienne sans aucun signe avant-coureur. L'homme qu'on nous a amené est mort de cela, l'autopsie l'a montré. Ces deux témoignages n'y changent rien.

– Et la fracture à la tête ?

– Il s'est blessé en heurtant le trottoir.

Wallander remercia et raccrocha. Un court instant, il fut rongé par un doute. Marianne Falk était convaincue que son mari avait des ennemis.

Puis il referma sèchement le rapport de Martinsson. Il n'avait pas le temps de ruminer les fantasmes des uns et des autres.

Il alla se chercher un café. Onze heures trente. Martinsson et Hansson n'étaient toujours pas revenus, personne ne savait où ils se trouvaient. Wallander retourna dans son bureau. Une fois de plus, il parcourut la pile de messages téléphoniques. Anita de l'American Express ne donnait pas signe de vie. Il se posta à la fenêtre et contempla le château d'eau où les corneilles menaient grand tapage. Il se sentait impatient, énervé. La décision de Sten Widén le tourmentait. Comme si lui-même avait raté un concours qu'il ne pensait peut-être pas pouvoir gagner, mais où il n'aurait tout de même pas cru qu'il arriverait bon dernier. Son idée était confuse. Mais il savait ce qui le gênait : la sensation que le temps passait très vite, et qu'il lui restait de moins en moins de marge.

– Ça ne peut pas continuer, dit-il à voix haute. Il faut que quelque chose change.

– À qui parles-tu ?

Il ne l'avait pas entendu approcher. Personne au commissariat n'avait une démarche aussi silencieuse que Martinsson.

– Je parle tout seul. Ça ne t'arrive jamais ?

– Ma femme prétend que je parle dans mon sommeil. C'est peut-être la même chose.

– Qu'est-ce que tu veux ?

– J'ai fait la recherche sur les détenteurs des clés du site de Sydkraft. Aucun ne figure dans le fichier.

– C'est bien ce qu'on pensait.

– J'ai essayé de comprendre pourquoi le portail avait été forcé. À mon avis, il n'y a que deux explications possibles. Soit la clé manquait. Soit quelqu'un a voulu donner le change pour une raison que nous ne comprenons pas encore.

— À mon sens, il y a une troisième possibilité : la personne qui a forcé le portail n'est pas celle qui a ouvert la porte.

Martinsson le dévisagea, perplexe.

— Comment l'expliquerais-tu ?

— Je n'explique rien. J'avance des hypothèses.

La conversation prit fin. Martinsson disparut. Il était midi. Wallander continua d'attendre. Ann-Britt arriva à midi vingt-cinq.

— On ne peut pas accuser cette fille d'être pressée. Comment quelqu'un d'aussi jeune peut-il parler aussi lentement ?

— Elle craignait peut-être de se contredire.

Ann-Britt s'était assise dans le fauteuil des visiteurs.

— Je lui ai posé la question. Elle n'a pas remarqué de Chinois.

— Je n'ai pas dit Chinois. J'ai dit Asiatique.

— En tout cas, elle n'a rien vu. Elles ont changé de place parce que Sonja se plaignait du courant d'air de la fenêtre.

— Comment a-t-elle réagi à la question ?

Ann-Britt prit un air soucieux.

— Comme tu t'y attendais. Elle a été prise au dépourvu. Et sa réponse était un pur mensonge.

Le poing de Wallander s'abattit sur la table.

— Très bien. Il y a un lien avec ce type qui est entré dans le restaurant.

— Quel lien ?

— On n'en sait rien encore. Mais ce n'était pas un crime crapuleux.

— Je ne vois pas où ça nous mène.

Wallander lui parla de la communication qu'il attendait de l'American Express.

— Ça nous donnera un nom. Et là, on aura fait un grand progrès. Entre-temps, je veux que tu rendes visite à la famille d'Eva Persson. Je veux que tu jettes un coup d'œil à sa chambre. Où se trouve son père ?

Ann-Britt feuilleta ses papiers.

– Il s'appelle Hugo Lövström. Ils ne sont pas mariés.

– Il habite en ville ?

– À Växjö, paraît-il.

– Comment ça, « paraît-il » ?

– D'après Eva Persson, c'est un alcoolique qui vit comme un clochard. Elle est pleine de haine, cette fille. Difficile de savoir lequel elle déteste le plus de son père ou de sa mère.

Ils n'ont aucun contact ?

– Apparemment, non.

Wallander réfléchit.

– Ce n'est pas le fond de l'histoire. On doit trouver ce qui se cache là-dessous. Soit je me trompe, et les jeunes d'aujourd'hui, pas seulement les garçons, considèrent réellement qu'un meurtre n'a rien d'extraordinaire. Dans ce cas, je me rends. Mais je crois qu'il s'agit d'autre chose. Elles avaient un mobile.

– C'est peut-être un drame triangulaire.

– Comment ça ?

– On devrait peut-être enquêter sur Lundberg ?

– Pourquoi ? Elles ne pouvaient pas savoir quel chauffeur viendrait les chercher.

– Tu as raison.

Wallander vit qu'elle réfléchissait. Il attendit.

– On peut retourner la question, dit-elle pensivement. Il y a peut-être, tout compte fait, un élément impulsif. Elles avaient commandé un taxi. Nous découvrirons peut-être où elles voulaient se rendre. Mais suppose que l'une d'entre elles – ou les deux – réagisse en découvrant que c'est précisément Lundberg qui est là.

– Tu as raison. C'est une possibilité.

– Les filles étaient armées, nous le savons. Un couteau, un marteau. Tu vas voir que ça fera bientôt partie de l'équipement de base des jeunes. Elles voient que c'est Lundberg. Et elles le tuent. Ça a pu se passer comme ça, même si ça paraît tiré par les cheveux.

– Pas plus que le reste. Essayons de voir si nous avons eu affaire à Lundberg auparavant.

Ann-Britt se leva et quitta le bureau. Wallander prit son bloc-notes et tenta de résumer par écrit ce qu'elle venait de lui apprendre, sans grand résultat. À treize heures, il sentit qu'il avait faim et se rendit à la cafétéria, au cas où il resterait des sandwiches. La cafétéria était déserte. Il enfila sa veste et quitta le commissariat. Cette fois, il avait pris son portable et demandé à Irène de lui transmettre tout appel de l'American Express. Il se rendit dans le restaurant le plus proche. Les gens le reconnaissaient. L'image parue dans le journal avait sûrement fait l'objet de nombreuses conversations en ville. Gêné, il se dépêcha de finir son repas. Il venait de ressortir lorsque le portable bourdonna. C'était Anita.

– On l'a retrouvé.

Wallander chercha en vain de quoi écrire.

– Je peux vous rappeler dans dix minutes ?

Elle lui donna le numéro de sa ligne directe. Wallander se dépêcha de retourner au commissariat et la rappela de son bureau.

– La carte est au nom d'un certain Fu Cheng.

Wallander prit note.

– Elle a été délivrée à Hongkong. Il y a une adresse à Kowloon.

Wallander lui demanda d'épeler.

– Le seul problème, c'est que la carte est fausse.

Wallander sursauta.

– Elle a été volée ?

– Non, elle est fausse. L'American Express n'a jamais établi de carte au nom de Fu Cheng.

– Qu'est-ce que cela signifie ?

– Que c'est une chance de l'avoir découvert aussi rapidement. Et que le propriétaire du restaurant ne verra jamais la couleur de son argent, à moins qu'il ait une assurance.

– Autrement dit, il n'existe pas de Fu Cheng ?

– Si, sûrement. Mais sa carte de crédit est fausse. Comme son adresse.

– Pourquoi ne me l'avez-vous pas dit tout de suite ?

– J'ai essayé.

Wallander la remercia de son aide et conclut. Un homme - peut-être originaire de Hongkong – avait surgi dans le restaurant d'István, à Ystad, avec une fausse carte de crédit. Et il y avait eu contact entre Sonja Hökberg et lui, du moins par le regard.

Il essaya de découvrir un lien susceptible de les faire avancer, mais ne trouva rien. Je me fais peut-être des idées. Sonja Hökberg et Eva Persson sont peut-être les monstres des temps nouveaux, qui considèrent la vie des autres avec une indifférence absolue.

Son propre langage le fit sursauter. Il les avait traitées de monstres. Une fille de dix-neuf ans et une autre qui en avait à peine quatorze.

Il écarta ses papiers. Bientôt, il ne pourrait plus repousser davantage la corvée de préparer la conférence qu'il devait tenir le soir même. Malgré sa décision de parler le plus simplement possible, il devait développer ses notes. Sinon, la nervosité prendrait le dessus.

Il commença à écrire, mais la concentration faisait défaut. L'image du corps brûlé de Sonja Hökberg surgissait sans cesse. Il prit le téléphone et appela Martinsson.

– Vois si tu peux trouver quelque chose sur le père d'Eva Persson. Hugo Lövström. Il habite Växjö, paraît-il. Alcoolique sans domicile fixe.

– Le plus simple est sans doute de contacter les collègues de Växjö. Je suis occupé à chercher Lundberg dans le fichier.

– C'est ton initiative ?

– Non, Ann-Britt m'en a chargé. Elle est chez les parents d'Eva Persson. Je me demande ce qu'elle espère trouver là-bas.

– J'ai un autre nom pour toi. Fu Cheng.

– Quoi ?

Wallander épela.

– C'est qui ?

– Je t'expliquerai plus tard. Je propose qu'on se retrouve à seize heures trente. Ça ne prendra pas beaucoup de temps. Préviens les autres.

– Il s'appelle vraiment Fu Cheng ?

Wallander consacra le reste de l'après-midi à réfléchir, avec une répulsion croissante, à ce qu'il dirait le soir. L'année précédente, il avait rendu visite à l'école de police et tenu une conférence, ratée d'après lui, sur son expérience d'enquêteur. Mais plusieurs élèves étaient venus ensuite le remercier, il n'avait jamais compris pourquoi.

À seize heures trente, il abandonna ses préparatifs. On verrait bien ce que ça donnerait. Il rassembla ses papiers et se rendit à la salle de réunion. Personne. Il tenta de faire le point, mentalement. Mais ses pensées s'égaraient.

Ça ne colle pas. Le meurtre de Lundberg ne colle pas avec les deux filles. Et les deux filles ne collent pas avec la mort de Sonja Hökberg dans le transformateur. Toute cette enquête manque de fond. On a une série d'événements, assortis d'un énorme point d'interrogation.

Hansson arriva en compagnie de Martinsson, bientôt suivis par Ann-Britt. Lisa Holgersson ne se montra pas, au grand soulagement de Wallander.

Ann-Britt avait rendu visite à la famille d'Eva Persson.

– Tout paraissait normal. Un appartement dans Stödgatan. La mère travaille comme cuisinière à l'hôpital. La chambre de la fille ressemblait à ce qu'on pouvait attendre.

– Il y avait des affiches au mur ?

– Des groupes pop que je ne connais pas, mais rien qui sorte de l'ordinaire. Pourquoi ?

Le décryptage de l'interrogatoire d'Eva Persson était prêt. Ann-Britt fit circuler les copies. Wallander leur fit part de sa visite chez István et de la découverte de la fausse carte de crédit.

– On va retrouver cet homme, conclut-il. Ne serait-ce que pour l'exclure une fois pour toutes de cette enquête.

Ils continuèrent à faire le point des résultats de la journée, Martinsson d'abord, puis Hansson qui avait parlé à Kalle Ryss, l'ancien petit ami de Sonja Hökberg. Mais celui-ci n'avait rien à dire, sinon qu'il ne savait au fond pas grand-chose de Sonja.

– Il a dit qu'elle était secrète, conclut Hansson. Ne me demandez pas ce qu'il entendait par là.

Après vingt minutes, Wallander s'essaya à un bref résumé.

– Lundberg a été tué par l'une des deux filles, ou par les deux. Le mobile indiqué serait l'argent, mais je ne pense pas que ce soit aussi simple, c'est pourquoi nous allons continuer à chercher. Sonja Hökberg a été tuée. Il doit exister un lien entre ces événements. Un fond commun, que nous ignorons. Nous devons continuer à travailler sans *a priori*. Mais certaines questions sont plus importantes que d'autres. Qui a conduit Sonja Hökberg sur le site de Sydkraft ? Pourquoi a-t-elle été tuée ? Nous devons continuer à identifier toutes les personnes impliquées d'une façon ou d'une autre dans la vie de ces deux filles. Je crois que ça va prendre du temps.

La réunion prit fin peu après dix-sept heures. Ann-Britt lui souhaita bonne chance en prévision de la soirée.

– Elles vont m'accuser de maltraiter les femmes.

– Je ne crois pas. Tu as une bonne réputation.

– Ah ? Je croyais que ma réputation était cassée depuis longtemps.

Wallander rentra chez lui. Une lettre de Per Åkeson l'attendait. Il la posa sur la table de la cuisine ; il la lirait plus tard. Puis il prit une douche et se changea. À dix-huit heures trente, il quitta l'appartement et se rendit à l'adresse où il devait rencontrer toutes ces femmes inconnues. Il resta un moment dans le noir à regarder la villa éclairée. Puis il rassembla son courage et sonna à la porte.

Lorsque Wallander ressortit de la villa, il était vingt et une heures passées et il était en sueur. Il avait parlé plus longtemps que prévu. Les questions aussi avaient été plus nombreuses que prévu. Mais les femmes l'avaient inspiré. La plupart avaient son âge, et leur attention le flattait. Il serait volontiers resté un peu plus longtemps.

Il rentra chez lui sans se presser. Il ne se souvenait déjà plus de ce qu'il leur avait dit. Mais elles l'avaient écouté. C'était le plus important.

Il avait remarqué une femme en particulier. Il avait échangé quelques mots avec elle au moment de partir. Elle s'appelait Solveig Gabrielsson. Il dut faire un effort pour cesser de penser à elle.

En rentrant, il nota son nom dans le bloc de la cuisine. Pourquoi ?

Le téléphone sonna. Il décrocha sans prendre le temps d'enlever sa veste. C'était Martinsson.

– Comment s'est passée la conférence ?

– Bien. Mais j'imagine que tu ne m'appelles pas pour ça ?

Martinsson se laissa prier.

– Je suis au bureau. J'ai eu un coup de fil dont je ne sais trop que penser. C'était l'institut de Lund.

Wallander retint son souffle.

– Tynnes Falk. Tu te souviens de lui ?

– L'homme du distributeur. Bien sûr que je m'en souviens.

– Il semblerait que son corps ait disparu.

Wallander fronça les sourcils.

– Un cadavre ne peut disparaître qu'au fond d'un cercueil, non ?

– C'est un point de vue intéressant. Mais il semblerait que quelqu'un ait volé le corps.

Wallander ne trouva rien à dire. Il essayait de réfléchir.

– On a retrouvé quelque chose à sa place, dans le compartiment de la chambre froide.

– Quoi ?

– Un relais cassé.

Il n'était pas sûr de savoir ce qu'était un relais. Sinon que ça avait un rapport avec l'électricité.

– Ce n'était pas un petit relais ordinaire, poursuivit Martinsson. Il était d'une taille imposante.

Il devinait déjà la suite.

— Du genre de ceux qu'on trouve dans les postes de transformation. Par exemple celui où on a retrouvé Sonja Hökberg.

Wallander resta silencieux. Un lien venait de surgir. Mais pas celui qu'il attendait.

12

Martinsson l'attendait à la cafétéria.

Jeudi soir, vingt-deux heures. Dans le central, où parvenaient tous les appels nocturnes, une radio était allumée. À part ça, le commissariat était désert. Martinsson finit son thé et sa biscotte. Wallander prit place en face de lui sans enlever sa veste.

– Comment s'est passée la conférence ?

– Tu m'as déjà posé la question.

– Avant, j'aimais bien parler en public. Aujourd'hui, je ne sais plus si j'y arriverais.

– Mieux que moi, sûrement. Si tu tiens à le savoir, j'ai compté jusqu'à dix-neuf femmes entre quarante et cinquante ans qui ont écouté avec un mélange de fascination et de malaise les aspects les plus désagréables de notre engagement au service de la collectivité. Elles étaient très gentilles, elles ont posé des questions polies qui n'engageaient à rien, et j'y ai répondu d'une manière qui aurait sûrement obtenu l'aval du patron. Ça te va comme ça ?

Martinsson hocha la tête et chassa les miettes de la table avant de prendre son bloc-notes.

– Je reprends les choses depuis le début. À vingt heures cinquante, le central reçoit un coup de fil. Le policier de garde me transmet l'appel, puisqu'il n'est pas question d'intervenir et qu'il sait que je suis là. Sinon, l'interlocuteur aurait été prié de rappeler demain. Le type s'appelle Pålsson. Sture Pålsson. Je n'ai pas compris quelle était sa fonction exacte, mais il est plus ou moins responsable de la chambre froide à l'institut de Lund – ça ne s'appelle sans doute pas comme ça, mais tu vois ce que je veux dire, l'endroit où on garde les corps en attendant l'autopsie ou les pompes funèbres. Vers vingt heures, Pålsson remarque que l'un des tiroirs n'est pas bien fermé. Il s'approche et constate que le corps a disparu. À la place, sur la table réfrigérante, il y a un relais électrique. Il téléphone alors au gardien qui était de service dans la journée d'hier. Un certain Lyth, qui affirme que le corps était encore là vers dix-huit heures quand il a quitté la morgue pour rentrer chez lui. Le corps a donc disparu entre dix-huit et vingt heures. Il existe une porte de service qui donne sur une cour, à l'arrière du bâtiment. En examinant la porte, Pålsson s'aperçoit que la serrure a été forcée. Il contacte aussitôt la police de Malmö. Une patrouille se présente un quart d'heure plus tard. En apprenant que le corps disparu vient d'Ystad et qu'il a fait l'objet d'une expertise médico-légale, on conseille à Pålsson de prendre contact avec nous.

Martinsson posa son bloc.

– En principe, c'est aux collègues de Malmö de retrouver le corps. Mais on peut dire que ça nous concerne aussi.

Wallander réfléchit. Cette histoire était fort étrange. Et désagréable. Il se sentait de plus en plus inquiet.

– Espérons qu'ils penseront aux empreintes. « Enlèvement de cadavre », ça relève de quelle catégorie de délit ? Vol ou profanation ? À mon avis, ils ne vont pas nous prendre au sérieux. Nyberg a bien dû relever quelques empreintes sur le site du transformateur ?

– Je crois. Tu veux que je l'appelle ?

– Pas tout de suite. Mais ce serait bien si les collègues de Malmö pouvaient retrouver des empreintes sur ce relais ou ailleurs dans la chambre froide.

– Tout de suite ?

– Je crois que ça vaut mieux.

Martinsson partit téléphoner. Wallander se servit un café en essayant de comprendre. Un lien venait d'apparaître. Il pouvait s'agir d'une coïncidence singulière, ce ne serait pas la première fois. Mais son intuition lui disait que ce n'était pas le cas. Quelqu'un s'était introduit par effraction dans une morgue pour voler un corps. En échange, il avait laissé un relais électrique. Il pensa à une phrase de Rydberg, bien des années plus tôt, tout au début de leur collaboration. *Les criminels laissent souvent un message, une signature, sur le lieu du crime. Parfois, c'est délibéré. Mais parfois, non.*

Là, ce n'était pas une erreur. On ne se promène pas par hasard avec un relais électrique sur soi. On ne l'oublie pas dans une morgue. L'intention est manifeste. Et le message ne s'adresse pas aux légistes. Il s'adresse à nous.

La deuxième question coulait de source. Pourquoi dérobe-t-on un cadavre ? Cela pouvait arriver dans le cadre de sectes marginales, mais il avait du mal à imaginer Tynnes Falk dans ce genre de contexte. Il ne restait qu'une seule explication. Le cadavre avait été volé parce qu'il fallait dissimuler quelque chose.

Martinsson revint.

– On a de la chance. Le relais était rangé dans un sac en plastique.

– Alors ? Les empreintes ?

– Ils s'en occupent.

– Aucune nouvelle du corps ?

– Non.

– Pas de témoin ?

– Pas que je sache.

Wallander fit part de ses conclusions à Martinsson, qui tomba d'accord avec lui. Il lui fit part aussi de la visite d'Enander et de sa conversation avec l'ex-femme de Falk.

– Leur opinion me laisse sceptique. En principe, on fait confiance aux légistes.

– La disparition du corps ne signifie pas nécessairement que Falk ait été assassiné...

– C'est vrai, mais je ne vois pas quelle raison on peut avoir de faire disparaître un corps, sinon la peur que la cause réelle de la mort soit découverte.

– Il avait peut-être avalé quelque chose ?

Wallander haussa les sourcils.

– Quoi ?

141

– Des diamants, de la drogue, que sais-je ?

– On s'en serait aperçu à l'autopsie.

– Qu'est-ce qu'on fait ?

– On peut se demander qui était vraiment Tynnes Falk. Au départ, on n'avait aucune raison de s'en préoccuper. Mais Enander s'est donné la peine de venir jusqu'ici pour mettre en question la cause du décès. Et son ex-femme affirme que Falk était inquiet, qu'il avait des ennemis. Elle en a dit assez pour indiquer qu'il s'agissait d'un bonhomme complexe.

Martinsson grimaça.

– Un consultant en informatique entouré d'ennemis ?

– C'est ce qu'elle prétend. Et aucun d'entre nous n'a eu de conversation approfondie avec elle.

Martinsson avait apporté le mince dossier relatif à la mort de Tynnes Falk.

– On n'a pas pris contact avec ses enfants. On n'a parlé à personne, puisqu'on croyait à une mort naturelle.

– On y croit encore, dit Wallander. Au moins à titre d'hypothèse. Ce que nous devons admettre en revanche, c'est qu'il existe un lien avec Sonja Hökberg. Peut-être même avec Eva Persson.

– Pourquoi pas aussi avec Lundberg ?

– Tu as raison. Peut-être même avec le chauffeur de taxi.

– Ce qui est certain en tout cas, c'est que Tynnes Falk était mort lorsque Sonja Hökberg a été tuée. Il n'est donc pas le meurtrier.

– Mais si on admet que Falk a été tué lui aussi, le meurtrier est peut-être le même.

Wallander sentait croître son malaise. Ils effleuraient quelque chose qu'ils ne comprenaient pas du tout. Il faut continuer à creuser, pensa-t-il de nouveau. Sonder cette histoire en profondeur.

Martinsson bâilla. Il était en général couché à cette heure.

– Je ne vois pas ce qu'on peut faire de plus dans l'immédiat. Ce n'est pas à nous de retrouver ce cadavre.

– On devrait jeter un coup d'œil à l'appartement de Falk, dit Martinsson en étouffant un nouveau bâillement. Il vivait seul. On devrait commencer par là, et ensuite parler à sa femme.

– Son ex-femme. Il était divorcé.

Martinsson se leva.

– Je rentre. Où tu en es, avec ta voiture ?

– Elle sera réparée demain.

– Tu veux que je te ramène chez toi ?

– Je reste encore un moment.

Martinsson s'attarda, indécis.

– Je comprends que tu sois secoué. Par la photo dans le journal.

Wallander lui jeta un regard aigu.

– Quelle est ton opinion ?

– À quel sujet ?

– Suis-je coupable ou non ?

– La gifle paraît difficile à nier. Mais je pense que tu as dit la vérité, qu'elle avait agressé sa mère.

– Quoi qu'il en soit, j'ai pris ma décision. En cas de sanction, je démissionne.

Ses propres paroles le prirent au dépourvu. Cette idée ne l'avait encore jamais effleuré.

– Dans ce cas, on échangera les rôles.

– Comment ça ?

– Ce sera à moi de te convaincre de rester.

– Tu n'y arriveras pas.

Martinsson ne répondit pas. Il prit ses dossiers et sortit. Wallander resta assis à la table. Deux policiers de l'équipe de nuit entrèrent, ils échangèrent un signe de tête Wallander écouta distraitement leur conversation. L'un des deux envisageait de s'acheter une nouvelle moto au printemps.

Ils sortirent avec leurs cafés. Wallander resta seul. Une décision commençait à prendre forme dans son esprit.

Vingt-trois heures trente. Il valait mieux attendre jusqu'au lendemain. Mais l'inquiétude était trop forte.

Peu avant minuit, il quitta le commissariat. Dans sa poche, il avait les passes qu'il conservait sous clé dans le dernier tiroir de son bureau.

Il lui fallut dix minutes pour se rendre à pied jusqu'à Apelbergsgatan. Peu de vent, quelques degrés au-dessus de zéro, ciel nuageux. La ville paraissait abandonnée. Quelques poids lourds passèrent en direction du terminal des ferries vers la Pologne. Wallander songea que Tynnes Falk avait trouvé la mort à cette heure-ci – du moins d'après le reçu sanglant qu'il tenait à la main.

Wallander s'immobilisa et scruta la façade du numéro 10. Le dernier étage n'était pas éclairé. L'appartement du dessous était lui aussi plongé dans le noir. Mais une fenêtre était éclairée au deuxième. Wallander frissonna. C'était là qu'il s'était endormi une nuit, complètement ivre, dans les bras d'une inconnue.

Il hésita. Ce qu'il s'apprêtait à faire était à la fois illégal et inutile. Il pouvait attendre le lendemain et se procurer les clés de l'appartement en toute légalité. Mais l'inquiétude le poussait. Elle lui signalait une urgence, et Wallander respectait ses intuitions.

Il n'y avait pas de code. Le hall d'entrée était plongé dans le noir. Par chance, il avait pensé à emporter une petite torche électrique. Il tendit l'oreille avant de monter prudemment l'escalier. Tenta en vain de se rappeler sa précédente visite, en compagnie de cette femme. Il arriva au palier du dernier étage. Il y avait deux portes. Celle de Falk était à droite. Il prêta l'oreille, s'approcha de la porte de gauche, écouta. Rien. Il logea la lampe de poche entre ses dents et sortit ses passes. Si Falk avait eu une porte blindée, il aurait été contraint de renoncer. Mais c'était une serrure ordinaire. Ça ne colle pas avec ce que dit sa femme. L'inquiétude de Falk, les ennemis... Elle a dû se faire des idées.

Il lui fallut plus de temps que prévu pour ouvrir la porte. Ce n'était pas seulement au tir qu'il manquait d'entraînement. Il était en sueur, ses doigts ne lui obéissaient pas. Pour finir, la serrure céda. Doucement, il ouvrit la porte. L'espace d'un instant, il crut entendre le bruit d'une respiration dans le noir. Puis plus rien. Il entra dans le vestibule et referma la porte avec précaution.

La première chose qu'il remarquait en entrant dans un logement inconnu, c'était toujours l'odeur. Mais ici, il n'y en avait pas. Comme si l'appartement avait été neuf, jamais habité. Il mémorisa cette sensation et se mit lentement en mouvement, la torche à la main, prêt à découvrir à tout instant la présence de quelqu'un. Quand il fut certain d'être seul, il enleva ses chaussures et tira tous les rideaux avant d'allumer.

Il se trouvait dans la chambre à coucher lorsque le téléphone sonna. Il sursauta, retint son souffle. Un répondeur se déclencha dans le séjour. Il se dépêcha d'y aller. Mais l'interlocuteur raccrocha sans laisser de message. Qui avait appelé ? En pleine nuit, chez un mort ?

Wallander s'approcha d'une fenêtre et jeta un coup d'œil entre les rideaux. La rue était déserte. Il scruta les ombres. Mais il n'y avait personne.

Il alluma une lampe sur le bureau et commença à explorer le séjour. Puis il se plaça au centre de la pièce et regarda autour de lui. Ici, pensa-t-il, vivait un homme du nom de Tynnes Falk. Un salon bien rangé. Des fauteuils en cuir, des marines aux murs. Des rayonnages.

Il retourna vers le bureau où trônait une ancienne boussole en cuivre. Un sous-main vert. Des stylos en rangée régulière à côté d'une antique lampe à huile en terre cuite.

Wallander se rendit à la cuisine. Une tasse à café était posée à côté de l'évier. Sur la table recouverte d'une toile cirée à carreaux, un bloc-notes. *Porte balcon.* Tynnes Falk et moi avons peut-être un point commun, pensa-t-il en retournant dans le séjour. Il ouvrit la porte du balcon et la referma avec difficulté. Tynnes Falk n'avait donc pas eu le temps de remédier au problème. Il alla dans la chambre à coucher. Le double lit était fait. Il s'agenouilla et jeta un coup d'œil dessous. Une paire de pantoufles. Il ouvrit la penderie et les tiroirs de la commode. Tout était bien rangé. Il retourna dans le séjour. Sous le répondeur téléphonique, il trouva un livret d'instructions. Il avait pensé à emporter une paire de gants jetables. Quand il eut la certitude de pouvoir écouter les messages sans les effacer, il enfonça le bouton *play*.

Un certain Jan avait appelé pour prendre de ses nouvelles, sans préciser ni la date ni l'heure. Ensuite, deux messages où l'on n'entendait qu'un bruit de respiration. Wallander eut l'impression que c'était la même personne dans les deux cas. Le quatrième message provenait d'un tailleur de Malmö, l'informant que son pantalon était prêt. Wallander nota le nom du tailleur. Puis un nouveau bruit de respiration – c'était le message qui venait d'être enregistré. Wallander réécouta la bande. Nyberg et ses techniciens seraient-ils capables de déterminer si ces trois séquences provenaient de la même personne ?

Il reposa le livret d'instructions à sa place. Il y avait trois photographies sur le bureau. Deux d'entre elles représentaient sans doute les enfants de Falk. Un garçon et une fille. Le garçon souriait, assis sur une pierre dans un paysage tropical. Il pouvait avoir dix-huit ans. Wallander retourna la photo. *Jan, 1996 Amazonie.* C'était donc lui qui avait laissé le premier message sur le répondeur. La fille était plus jeune. Elle était photographiée sur un banc, entourée de pigeons. Wallander retourna la photo. *Ina, Venise 1995.* La troisième représentait un groupe d'hommes debout devant un mur blanc. Le cliché était flou. Wallander le retourna, mais il n'y avait pas d'annotation. En ouvrant le premier tiroir du bureau, il trouva une loupe et examina le groupe de plus près. Ils étaient d'âges différents. À gauche, un homme aux traits asiatiques. Wallander reposa la photo et essaya de réfléchir. Il rangea la photo dans la poche intérieure de sa veste.

Puis il souleva le sous-main et découvrit une recette de cuisine découpée dans un journal. Fondue de poisson. Il commença à explorer les tiroirs. Partout, le même ordre exemplaire. Dans le troisième, un gros volume. Wallander le prit et examina la reliure en cuir où était gravé le mot *Logbook* en lettres d'or. Wallander l'ouvrit et le feuilleta. Le dimanche 5 octobre, Tynnes Falk avait noté les derniers mots de ce qui était manifestement son journal. Le vent a faibli. Le thermomètre affiche trois degrés. Ciel dégagé. Il a rangé l'appartement. Cela lui a pris trois heures et vingt-cinq minutes, soit dix minutes de moins que le dimanche précédent.

Wallander fronça les sourcils. Cette remarque était étrange. Puis il lut la dernière ligne : *Deuxième promenade dans la soirée.*

À nouveau, Wallander fut surpris. Il était un peu plus de minuit lorsque Falk était mort devant le distributeur bancaire. Avait-il fait une troisième promenade ?

Il lut les notes de la veille. *Samedi 4 octobre 1997. Le vent a soufflé par rafales toute la journée. De 8 à 10 m/seconde d'après la météo marine. Course de nuages déchiquetés dans le ciel. Température extérieure à six heures du matin : 7°. À quatorze heures : 8°. Dans la soirée : 5°. L'espace est désert aujourd'hui. Aucun message des amis. C. ne répond pas à l'appel. Tout est calme.*

Wallander relut les dernières phrases. Qu'est-ce que cela pouvait bien signifier ? Il continua de feuilleter le livre de bord. Falk donnait chaque jour des détails de la météo. Et il parlait encore de « l'espace ». Tantôt cet espace était désert, tantôt il recevait des messages. Quels messages ?

De plus, l'auteur de ce journal ne mentionnait aucun nom. Pas même celui de ses enfants.

Le journal ne parlait de rien, sinon de l'état de la météo et des messages de l'espace, différés ou reçus. À part ça, il notait à la minute près combien de temps lui avait pris son ménage du dimanche...

Wallander rangea le livre. Il commençait à se demander si ce Tynnes Falk était sain d'esprit. On aurait dit les notations d'un maniaque, ou d'un individu qui n'avait pas toute sa tête.

Wallander se leva et se posta de nouveau à la fenêtre Rue déserte. Il était plus d'une heure du matin.

Il se rassit et continua d'explorer les tiroirs. Tynnes Falk possédait une société anonyme dont il était le seul actionnaire. Dans une chemise, il trouva une copie des statuts. Tynnes Falk s'occupait de conseil et de suivi d'installation de systèmes informatiques. Le détail n'était pas précisé, ou alors en des termes incompréhensibles pour Wallander. Il nota cependant que plusieurs banques figuraient dans sa clientèle.

Il referma le dernier tiroir. Il n'avait pas fait d'autre découverte.

Tynnes Falk est quelqu'un qui ne laisse pas de traces. Tout est parfaitement rangé, impersonnel, d'une neutralité absolue. Je ne trouve l'homme nulle part.

Il se leva et entreprit d'examiner la bibliothèque ; un mélange de littérature et de livres techniques en suédois, en anglais et en allemand. Près d'un mètre de rayonnage était consacré à la poésie. Wallander prit un recueil au hasard. Le livre s'ouvrit de lui-même. Il avait été lu et relu. Il y avait aussi une série d'épais volumes consacrés à l'histoire des religions et à la philosophie. L'astronomie et la technique de la pêche au saumon l'avaient visiblement intéressé aussi. Wallander délaissa la bibliothèque et s'accroupit devant la chaîne stéréo. La collection de disques était hétéroclite. De l'opéra, des cantates de Bach, des compilations d'Elvis Presley et de Buddy Holly, des enregistrements en provenance de l'espace et des grands fonds marins. Dans un présentoir, à côté, il trouva un certain nombre de 33 tours. Siw Malmkvist et John Coltrane, entre autres. Quelques cassettes vidéo s'empilaient sur le magnétoscope. L'une était consacrée aux ours en Alaska et une autre, produite par la NASA, décrivait l'époque *Challenger* dans l'histoire américaine de l'exploration de l'espace. Il y avait aussi un film pornographique.

Wallander se leva. Genoux douloureux. Plus rien à faire là. Il n'avait pas trouvé de nouveau lien ; pourtant, il était convaincu que ce lien existait.

D'une manière ou d'une autre, le meurtre de Sonja Hökberg était lié à la mort de Tynnes Falk. Et à la disparition du corps de celui-ci.

Peut-être y avait-il aussi un lien avec Johan Lundberg ?

Wallander tira la photographie de sa poche et la reposa sur le bureau. Il ne voulait pas laisser de trace de sa visite nocturne. Si l'ex-femme de Falk possédait les clés, elle ne devait constater aucune anomalie.

Il fit le tour de l'appartement, éteignit les lampes et écarta les rideaux. Puis il prêta l'oreille avant d'ouvrir la porte d'entrée. Le passe n'avait pas laissé de marque visible.

Une fois dans la rue, il s'immobilisa et regarda autour de lui. Personne. Il prit la direction du centre-ville. Il était une heure vingt-cinq du matin. À aucun moment il ne remarqua l'ombre silencieuse qui le suivait à distance.

13

Wallander fut réveillé par le téléphone.

Il fut aussitôt sur le qui-vive, comme s'il n'avait fait qu'attendre cette sonnerie. Il jeta un coup d'œil au réveil. Cinq heures et quart. Il prit le combiné.

– Kurt Wallander ? Désolé de vous réveiller.

– Je ne dormais pas.

Pourquoi mentir sur un sujet pareil ? Qu'y avait-il de honteux à dormir à cinq heures du matin ?

– Je voudrais vous poser quelques questions concernant la bavure.

Il se redressa tout à fait. L'homme lui dit son nom et celui du journal pour lequel il travaillait. J'aurais dû comprendre tout de suite, pensa Wallander. J'aurais dû laisser sonner. En cas d'urgence, un collègue m'aurait rappelé sur le portable. Ce numéro-là, au moins, est encore secret.

Trop tard. Il était obligé de répondre.

– J'ai déjà expliqué qu'il ne s'agissait pas d'une bavure.

– Alors, d'après vous, une photographie peut mentir ?

– Elle ne dit pas toute la vérité.

– Vous pouvez me dire la vérité ?

– Pas aussi longtemps que l'enquête est en cours.

– Vous devez bien pouvoir dire quelque chose ?

– Je l'ai déjà fait. Ce n'était pas une bavure.

Il raccrocha et débrancha le téléphone. Il voyait déjà les gros titres : « Notre reporter se fait raccrocher au nez. Mutisme obstiné de la police. » Il se recoucha. Le lampadaire oscillait sur son fil de l'autre côté de la fenêtre. La lumière, dans la chambre, gagnait peu à peu du terrain.

La sonnerie du téléphone l'avait surpris en plein rêve. Les images lui revenaient à présent.

C'était un an plus tôt à l'automne, dans l'archipel de l'Östergötland. Il était l'invité de quelqu'un qu'il avait rencontré à l'occasion d'une enquête particulièrement dure. Le lendemain de son arrivée, son hôte l'avait emmené de très bonne heure sur un îlot à l'extrême pointe de l'archipel, là où les blocs rocheux émergent de l'eau comme des animaux préhistoriques pétrifiés. Il s'était promené sur l'île avec une étrange sensation de clairvoyance. Souvent, il revenait en pensée à cette heure de solitude, pendant que son hôte l'attendait sur le bateau. Plusieurs fois, il avait éprouvé le besoin impérieux de revivre l'expérience de ce matin-là.

Le rêve essaie de me dire quelque chose. Quoi ?

À six heures moins le quart, il se leva et rebrancha le téléphone. Le thermomètre extérieur indiquait trois degrés. Le vent soufflait fort. Tout en buvant son café, il déroula une fois de plus en pensée le film de l'enquête. Un lien inattendu avait surgi entre la mort de Sonja Hökberg et l'homme dont il avait fouillé l'appartement la veille au soir. Il repensa aux différents événements dans l'ordre. Qu'est-ce que je ne vois pas ? Le fond m'échappe. Quelles questions devrais-je poser ?

Il renonça. Le seul résultat de ses réflexions avait été de cerner la priorité immédiate : obtenir d'Eva Persson qu'elle commence à dire la vérité. Pourquoi avaient-elles changé de place au restaurant ? Qui était l'homme qui était entré peu après ? Pourquoi avaient-elles tué le chauffeur de taxi ? Comment pouvait-elle savoir que Sonja Hökberg était morte ? Quatre questions décisives.

Il se rendit à pied au commissariat. Le froid le surprit. Il ne s'était pas encore habitué à l'automne, il aurait dû enfiler un gros pull. Tout en marchant, il sentit que son pied gauche était mouillé. En examinant la chose de plus près, il constata que sa semelle était trouée. Cette découverte le mit hors de lui. Il dut se dominer pour ne pas arracher ses chaussures et continuer pieds nus.

Voilà ce qu'il me reste. Après toutes ces années dans la police. Une paire de chaussures bonnes à jeter.

Un passant lui jeta un regard perplexe. Wallander comprit qu'il avait parlé à haute voix.

À l'accueil, il demanda à Irène qui était arrivé.

– Martinsson et Hansson.

– Envoie-les-moi. Ou plutôt, non, dis-leur qu'on se retrouve en salle de réunion. Et transmets la consigne à Ann-Britt.

Martinsson et Hansson apparurent en même temps.

– Comment s'est passée la conférence ?

– On s'en fout.

Wallander regretta aussitôt d'avoir laissé sa mauvaise humeur retomber sur Hansson.

– Je suis fatigué, s'excusa-t-il.

– Qui ne l'est pas ? Surtout quand on lit des trucs pareils...

Hansson brandit un journal. Wallander pensa qu'il fallait l'arrêter tout de suite, ils n'avaient pas de temps à consacrer à un truc que Hansson venait de lire dans le journal. Mais il laissa tomber et s'assit sans un mot.

– La ministre de la Justice s'est exprimée à propos de la « nécessaire réorganisation de l'activité policière de ce pays », je cite. « Ce travail de réforme implique de grands sacrifices. Mais la police est maintenant sur la bonne voie. »

Hansson jeta le journal sur la table.

– La bonne voie ! Qu'est-ce que ça veut dire, merde ? On tourne comme des idiots sur un rond-point sans savoir quelle direction prendre. Ils nous bombardent de directives, en ce moment c'est les violences, les viols, les crimes impliquant des enfants et la criminalité en col blanc. Personne ne sait quelles nouvelles priorités ils vont nous inventer demain.

– Ce n'est pas le problème, intervint Martinsson. Les choses évoluent si vite que tout devient prioritaire. En même temps, ils n'arrêtent pas de réduire les effectifs. Ils devraient plutôt nous dire ce qu'on peut laisser tomber carrément.

– Je sais, dit Wallander. Nous avons ici, à Ystad, en ce moment même, mille quatre cent soixante-cinq affaires en attente. Je ne veux pas en avoir une de plus.

Il laissa tomber ses mains sur la table, signe que la minute de lamentation était close. Martinsson et Hansson avaient raison, il le savait mieux que quiconque. D'un autre côté, il existait en lui une volonté féroce de serrer les dents et de continuer le travail.

Peut-être commençait-il simplement à être usé au point qu'il n'avait plus la force de protester.

Ann-Britt Höglund ouvrit la porte.

– Ça souffle, dit-elle en enlevant sa veste.

– C'est l'automne. On peut commencer maintenant ?

Il fit un signe de tête à Martinsson, qui résuma l'épisode de la disparition du corps de Tynnes Falk.

– Au moins, dit Hansson quand Martinsson eut fini, ça change de l'ordinaire. Je me souviens d'un Zodiac, mais un cadavre...

Wallander grimaça. Lui aussi se souvenait du Zodiac qui, après s'être échoué à Mossby Strand, avait disparu du commissariat pour des raisons non encore élucidées.

Ann-Britt lui jeta un regard.

– Il y aurait donc un lien entre Sonja Hökberg et l'homme qui est mort devant le distributeur ? Ça paraît complètement incroyable.

– Oui. On pensait avoir affaire au meurtre d'un chauffeur de taxi, violent mais néanmoins assez simple. Tout a changé avec la découverte du corps de Sonja Hökberg dans le transformateur. Quant à l'homme qui s'est écroulé, victime d'un infarctus, devant un distributeur bancaire, rien n'indiquait une piste criminelle. Puis le corps disparaît. Et quelqu'un a posé un relais sur la table réfrigérante.

Wallander s'interrompit et réfléchit aux quatre questions qu'il avait formulées le matin même. Il s'apercevait soudain qu'il fallait attaquer par un autre biais.

– Quelqu'un s'introduit par effraction dans une morgue et fait disparaître un corps. Nous pouvons deviner, sans en être sûrs, que cet individu cherche à dissimuler quelque chose. En même temps, il laisse un relais. Celui-ci n'a pas été oublié, il n'est pas arrivé là par erreur. Celui qui a enlevé le corps voulait qu'on le retrouve.

– Ça ne peut signifier qu'une chose, dit Ann-Britt.

– Quelqu'un veut que nous fassions le lien entre Sonja Hökberg et Tynnes Falk.

– C'est peut-être une fausse piste ? objecta Hansson. Fabriquée par quelqu'un qui aurait lu un article dans le journal sur la mort de la fille.

– Si j'ai bien compris les collègues de Malmö, dit Martinsson, le relais était lourd. Pas du genre qu'on peut transporter dans une petite mallette.

– Il faut procéder par ordre. Nyberg doit d'abord établir si le relais provient de notre transformateur. Dans ce cas, les choses seront claires.

– Pas nécessairement, dit Ann-Britt. C'est peut-être une piste symbolique.

Wallander secoua la tête.

– Je ne le pense pas.

Martinsson téléphona à Nyberg pendant que les autres allaient se chercher un café. Wallander leur parla du journaliste qui l'avait réveillé.

– Ça va se tasser, dit Ann-Britt.

– Je l'espère. Mais je n'en suis pas sûr.

Ils retournèrent dans la salle de réunion.

– Autre chose, dit Wallander. Eva Persson. Le fait qu'elle soit mineure n'a plus d'importance, il faut l'interroger sérieusement. Ann-Britt, tu t'en charges. Tu sais quelles questions lui poser. Je ne veux pas que tu lâches le morceau avant d'avoir obtenu des réponses dignes de ce nom.

Ils passèrent encore une heure à organiser la suite du travail. Wallander s'aperçut soudain que son rhume était passé et que ses forces revenaient. À neuf heures et demie, ils se séparèrent. Hansson et Ann-Britt disparurent dans le couloir. Wallander et Martinsson allaient faire une visite à l'appartement de Tynnes Falk. Wallander fut tenté de révéler qu'il y était déjà allé, mais se retint. Il avait toujours eu cette faiblesse, de ne pas faire part à ses collègues de toutes ses initiatives, et il avait renoncé à y remédier.

Pendant que Martinsson tentait d'obtenir les clés de l'appartement, Wallander emporta dans son bureau le journal que Hansson avait laissé sur la table et le feuilleta pour voir si on parlait de lui. Il trouva un entrefilet faisant état d'un policier expérimenté soupçonné de maltraitance de mineure. Son nom n'était pas mentionné, mais il sentit l'indignation le reprendre.

Il s'apprêtait à ranger le journal lorsque son regard tomba sur les petites annonces. Il les parcourut distraitement. Une femme divorcée de cinquante ans disait se sentir seule, maintenant que ses enfants étaient partis. Elle s'intéressait aux voyages et à la musique classique. Wallander essaya de se la représenter, mais le visage qui lui apparut fut celui d'une autre femme, prénommée Erika. Il l'avait rencontrée un an plus tôt, elle tenait un café près de Västervik. Il lui arrivait encore de penser à elle, sans savoir pourquoi. Exaspéré, il jeta le journal dans la corbeille. Puis il le repêcha, arracha la page et la rangea dans un tiroir.

– Sa femme doit nous rejoindre là-bas avec les clés, dit Martinsson. On y va à pied ou en voiture ?

– En voiture. J'ai un trou dans ma semelle.

Martinsson le considéra avec intérêt.

– Qu'en penserait le patron, à ton avis ?

– On a déjà la police de proximité. L'étape suivante pourrait bien être la police aux pieds nus.

Ils prirent la voiture de Martinsson.

– Comment ça va ? demanda celui-ci après un silence.

– J'enrage. On croit qu'on s'habitue, mais ce n'est pas vrai. Pendant toutes ces années dans la police, on m'a accusé de presque tout. Sauf d'être feignant, et encore. On croit s'être forgé une carapace, mais ça ne marche pas. Du moins pas comme on voudrait.

– Tu parlais sérieusement, hier ?

- Pourquoi, qu'est-ce que j'ai dit ?
– Que tu démissionnerais en cas de sanction.
– Je ne sais pas. Pour l'instant, je n'ai pas la force d'y penser.

Ils s'arrêtèrent devant l'immeuble d'Apelbergsgatan. Une femme les attendait, debout à côté d'une voiture.

– Marianne Falk, dit Martinsson. Elle a gardé le nom après le divorce.

Il s'apprêtait à ouvrir la portière, mais Wallander le retint.

– Elle est au courant, pour la disparition du corps ?
– Quelqu'un a apparemment pensé à le lui dire.
– Elle t'a fait quel effet, quand tu lui as parlé au téléphone ? Elle était surprise de ton appel ?
– Je ne crois pas.

La femme qui les attendait, dans la rue balayée par le vent, était grande et mince, vêtue avec élégance. Wallander songea vaguement à Mona.

– L'a-t-on retrouvé ? Je ne comprends pas qu'il puisse arriver des choses pareilles.
– C'est très regrettable, évidemment.
– Regrettable ? C'est scandaleux.
– Nous en reparlerons tout à l'heure, si vous le voulez bien.

Ils montèrent l'escalier. Wallander s'inquiétait à l'idée d'avoir pu oublier quelque chose à l'appartement, malgré ses précautions.

Marianne Falk les précédait. Arrivée sur le palier du dernier étage, elle s'immobilisa net. Martinsson était juste derrière elle, Wallander l'écarta pour mieux voir. La porte de l'appartement était ouverte. La serrure qu'il avait eu tant de mal à faire jouer la nuit précédente avait été forcée avec un pied de biche. Martinsson était à côté de lui. Ni l'un ni l'autre n'était armé. Wallander hésita. Puis il fit signe aux autres de redescendre avec lui à l'étage du dessous.

– Il y a peut-être quelqu'un, dit-il à voix basse. Il vaut mieux appeler des renforts.

Martinsson prit son portable. Wallander se tourna vers Marianne Falk.

– Je veux que vous attendiez dans la voiture

– Que s'est-il passé ?

– Faites ce que j'ai dit. Attendez-nous dans la voiture.

Elle disparut dans l'escalier.

– Ils arrivent, dit Martinsson en raccrochant.

Ils attendirent sans bouger. Aucun bruit ne leur parvenait du dernier étage.

– Je leur ai dit de ne pas mettre les sirènes.

Wallander hocha la tête.

Huit minutes plus tard, Hansson apparut dans l'escalier, suivi de trois autres policiers. Hansson avait son arme de service, Wallander emprunta celle d'un collègue.

– On y va, dit-il.

Ils se mirent en place. Wallander constata que la main qui tenait le pistolet tremblait. Il avait peur, comme toujours au moment d'aborder une situation imprévisible. Il chercha le regard de Hansson. Puis il poussa la porte du pied en criant : « Police ! » Pas de réponse. Il cria une deuxième fois. L'autre porte s'ouvrit. Wallander sursauta. Une femme âgée le dévisageait timidement. Martinsson la repoussa à l'intérieur et ferma la porte. Wallander cria une troisième fois sans obtenir de réponse.

Ils entrèrent.

L'appartement était désert. Mais ce n'était pas celui auquel Wallander avait rendu visite la veille au soir, qui lui avait donné une impression d'ordre presque maniaque. Les tiroirs jonchaient le sol, leur contenu éparpillé, les tableaux pendaient de travers et la collection de CD gisait en pagaille.

– Appelle Nyberg. Dis-lui de venir le plus vite possible avec son équipe. En attendant, personne ne doit circuler ici.

Hansson et les autres disparurent. Martinsson partit interroger les voisins. Wallander s'attarda. Combien de fois s'était-il tenu ainsi, immobile, sur le seuil d'une pièce cambriolée ? Mais là, sans qu'il puisse se l'expliquer clairement, c'était différent. Son regard se déplaçait lentement à travers le séjour. Il manquait quelque chose. Quoi ? Lentement, il refit le tour de la pièce. Soudain, il comprit. Il retira ses chaussures et avança jusqu'au bureau.

La photo avait disparu. Celle qui représentait un groupe d'hommes, dont un Asiatique, devant un mur blanc inondé de soleil. Il se pencha, jeta un coup d'œil sous le bureau, chercha parmi les documents éparpillés. La photo avait disparu.

Il manquait un autre objet. Le livre de bord qu'il avait feuilleté la veille au soir.

Il recula d'un pas et inspira profondément. *Quelqu'un sait que je suis venu. Quelqu'un m'a vu arriver et repartir.*

Était-ce cette certitude instinctive qui lui avait fait à deux reprises s'approcher de la fenêtre et épier la rue entre les rideaux ? Il y avait eu quelqu'un, caché parmi les ombres.

Martinsson revint.

– La voisine est veuve et s'appelle Håkansson. Elle n'a rien vu, rien entendu.

Wallander pensa à la nuit qu'il avait passée, complètement ivre, au deuxième étage.

– Interroge tous les habitants de l'immeuble. Ils ont peut-être remarqué quelque chose.

– Tu ne peux pas demander ça à quelqu'un d'autre ? J'ai du pain sur la planche.

– Non, il faut s'en occuper à fond. Et les voisins ne sont pas nombreux.

Martinsson disparut. Wallander attendit. Un technicien arriva au bout de vingt minutes.

– Nyberg est en route. Il s'occupait d'un truc important sur le site du transformateur.

Wallander hocha la tête.

– Le répondeur. Je veux le plus de renseignements possible.

Le policier prit note.

– Ensuite, je veux une vidéo complète. De tout l'appartement, dans ses moindres détails.

– Les occupants sont en voyage ?

– Tu te souviens du type qui est mort devant le distributeur l'autre jour ? On est chez lui. Et il faut faire le travail à fond.

Il redescendit dans la rue. Le ciel était complètement dégagé. Marianne Falk fumait une cigarette dans sa voiture. En apercevant Wallander, elle ouvrit sa portière.

– Que s'est-il passé ?

– Cambriolage.

– C'est incroyable. Un culot pareil, cambrioler quelqu'un qui vient de mourir.

– Je sais que vous ne viviez pas ensemble. Mais connaissiez-vous cet appartement ?

– On avait de bonnes relations. J'ai souvent rendu visite à Tynnes ici.

– Plus tard dans la journée, quand les techniciens auront fini, je veux que vous reveniez et que vous fassiez le tour de l'appartement avec moi. Vous pourrez peut-être me dire si quelque chose a disparu.

– Ça m'étonnerait.

– Pourquoi ?

– Au début de notre mariage, je pensais le connaître assez bien. Par la suite, non.

– Que s'est-il passé ?

– Rien. Il a changé.

– Comment ?

– Je ne savais plus du tout ce qu'il avait dans la tête.

Wallander la considéra pensivement.

– Vous devriez pourtant pouvoir me dire si un objet a disparu ? Vous avez dit tout à l'heure que vous lui rendiez souvent visite.

– Un tableau ou une lampe, peut-être. Mais c'est tout. Tynnes avait beaucoup de secrets.

– Que voulez-vous dire ?

– Ça me semble assez clair pourtant. Je ne savais rien, ni de ses pensées, ni de ses occupations. J'ai déjà essayé de vous l'expliquer au téléphone.

Soudain, Wallander eut une idée.

– Savez-vous si votre mari tenait un journal ?

– Je suis sûre que non.

– Jamais ?

– Jamais.

Jusque-là, pensa Wallander, ça colle. Elle ignore l'existence du livre de bord.

– S'intéressait-il à l'espace ?

– Et pourquoi donc ?

– C'est juste une question.

– Dans notre jeunesse, il nous est peut-être arrivé de regarder les étoiles. Mais jamais par la suite.

Wallander choisit d'aborder une autre piste.

– Vous m'avez dit au téléphone que votre mari avait beaucoup d'ennemis et qu'il était inquiet.

– Ce sont ses propres termes.

– Que vous a-t-il dit exactement ?

– Que les gens comme lui avaient des ennemis.

– C'est tout ?

– Oui.

– « Les gens comme moi ont des ennemis » ?

– Oui.

– Qu'entendait-il par là ?

– Je vous ai déjà dit que je ne le connaissais plus depuis longtemps.

Une voiture freina à leur hauteur. C'était Nyberg. Wallander décida d'interrompre la conversation pour l'instant. Il nota son numéro de téléphone et prit congé, en disant qu'il la rappellerait dans la journée.

– Un dernier point. Avez-vous la moindre idée de la raison pour laquelle on aurait enlevé le corps de votre mari ?

– Non, bien sûr.

Elle remonta dans sa voiture et démarra. Nyberg rejoignit Wallander sur le trottoir.

– C'est quoi ?

– Un cambriolage.

– On a vraiment le temps de s'en occuper ?

– Oui. Mais d'abord, j'aimerais savoir ce que tu as trouvé là-bas.

Nyberg se moucha dans son poing avant de répondre.

– Tu avais raison. Quand les collègues de Malmö sont arrivés avec le relais, les monteurs de Sydkraft l'ont tout de suite reconnu. Ils leur ont même montré son emplacement exact dans le transformateur.

Wallander sentit monter la tension.

– Aucun doute ?

– Aucun.

Nyberg se dirigea vers l'immeuble. La porte se referma derrière lui. Wallander contempla la rue déserte, en direction des grands magasins et du distributeur bancaire.

Le lien entre Sonja Hökberg et Tynnes Falk était avéré. Mais que signifiait-il ? Il n'en avait pas la moindre idée.

Lentement, il reprit la direction du commissariat. Puis il accéléra le pas. L'inquiétude l'avait repris.

14

De retour dans son bureau, Wallander tenta de mettre un ordre provisoire dans le chaos de détails qui s'accumulaient. Mais les événements semblaient pour ainsi dire en chute libre, s'entrechoquant avant de repartir dans des directions différentes.

Vers onze heures, il alla se rincer le visage. Ça aussi, c'était une habitude apprise de Rydberg. *Rien ne vaut l'eau froide quand l'impatience prend le dessus.* Puis il alla se chercher un café. Comme tant de fois auparavant, le distributeur était en panne. Martinsson avait proposé un jour de faire une collecte auprès des habitants de la ville, en leur expliquant qu'aucun travail policier digne de ce nom n'était possible sans un accès illimité à une source de café fiable. Wallander considéra le distributeur avec découragement. Il retourna dans son bureau et finit par dénicher un bocal de café instantané au fond d'un tiroir, à côté d'une brosse à chaussures et d'une paire de gants déchirés.

Puis il dressa un tableau chronologique, en notant dans la marge le jour et l'heure. Son objectif était de pénétrer sous la surface des événements. Il était maintenant convaincu qu'il existait un fond commun. Mais lequel ?

À la fin, il se retrouva face à une sorte de conte cruel et incompréhensible. Deux filles sortent un soir au restaurant et boivent des bières. L'une des deux est si jeune qu'on aurait dû refuser de la servir. Au cours de la soirée, elles changent de place. Au même moment, un inconnu de type asiatique entre et s'installe à une table. Cet homme utilise une fausse carte de crédit établie au nom d'un certain Fu Cheng, domicilié à Hong Kong.

Les filles commandent un taxi, demandent à être conduites à Rydsgård et agressent le chauffeur de taxi. Elles prennent son argent et rentrent chez elles. Arrêtées, elles avouent sur-le-champ, se déclarent complices et invoquent le mobile de l'argent. La plus âgée profite d'une minute d'inattention pour s'enfuir du commissariat. On la retrouve brûlée dans un transformateur des environs d'Ystad. Assassinée selon toute vraisemblance. Ce site est un carrefour stratégique du réseau scanien ; la mort de la jeune fille plonge une partie de la province dans le noir, de Trelleborg à Kristianstad. Au même moment, l'autre fille revient sur ses aveux.

Parallèlement, on a une action subsidiaire, ou peut-être décisive. Un consultant en informatique du nom de Tynnes Falk fait le ménage dans son appartement et sort se promener. On le retrouve mort devant un distributeur bancaire proche de son domicile. Après l'examen préliminaire des lieux et l'expertise médico-légale, tout soupçon est écarté. Plus tard, le corps disparaît de la morgue, et à sa place, sur la table réfrigérante, on trouve un relais électrique originaire du même transformateur. L'appartement de la victime est cambriolé ; un journal de bord et une photo, au moins, disparaissent.

À la périphérie de ces événements, on trouve un homme « de type asiatique ». Dans le restaurant et sur la photo volée.

Wallander relut ses notes. Il était beaucoup trop tôt pour en tirer la moindre conclusion, mais il le fit quand même. Une pensée venait de le frapper.

Si Sonja Hökberg avait été assassinée, c'était que quelqu'un voulait l'empêcher de parler. Le corps de Tynnes Falk avait été retiré de la morgue pour l'empêcher de révéler quelque chose. Il y avait là un dénominateur commun.

Il reprit son raisonnement très lentement, comme s'il se déplaçait en terrain miné. Il était à la recherche d'un centre, qui demeurait introuvable. Rydberg lui avait enseigné que les événements ne devaient pas nécessairement être interprétés en fonction de leur place chronologique. Le plus important pouvait être le premier, ou le dernier, ou un autre.

Il allait renoncer lorsqu'un détail lui revint soudain à l'esprit. Des propos tenus par Erik Hökberg, sur la société vulnérable... Il reprit ses notes et recommença depuis le début. Que se passait-il si on plaçait le transformateur au centre ? Quelqu'un avait, par l'intermédiaire d'un corps humain, privé de courant une partie de la Scanie. On pouvait y voir un acte de sabotage soigneusement calculé. Pourquoi avoir placé ce relais en lieu et place du corps ? Seule explication plausible : quelqu'un voulait faire apparaître un lien entre Sonja Hökberg et Tynnes Falk. Mais que signifiait ce lien ?

Exaspéré, Wallander repoussa ses notes. Il était trop tôt pour croire à une interprétation possible. Ils devaient continuer à chercher, systématiquement et sans *a priori*.

Il finit son café en se balançant distraitement dans son fauteuil. Puis il sortit du tiroir la page de journal arrachée et lut les autres petites annonces. À quoi ressemblerait la mienne, si je devais en écrire une ? Qui s'intéresserait à un flic diabétique de cinquante ans découragé par son travail, qui n'aime ni les promenades en forêt, ni la voile, ni les soirées au coin du feu ? Il posa la page de journal et prit un crayon.

La première tentative s'avéra en partie mensongère. *Policier, cinquante ans, divorcé avec fille adulte, cherche à rompre sa solitude. Âge et physique indifférents à condition d'aimer l'opéra et la vie de famille. Répondre à « Police 97 ».*

Mensonge, pensa-t-il. Le physique est tout sauf indifférent. De plus, je ne cherche pas à rompre ma solitude. C'est une complicité que je veux. Ce n'est pas du tout la même chose. Je veux quelqu'un avec qui coucher, qui soit là quand j'en ai envie et me fiche la paix le reste du temps.

Il déchira la feuille et recommença. Cette fois, le texte était trop brutal. *Policier, cinquante ans, diabétique, divorcé, fille adulte, cherche à passer moments agréables.*

La femme que je cherche doit être jolie, bien roulée et aimer l'érotisme. Répondre à « Vieux chien ».

Qui répondrait à une annonce pareille ? Aucun être sensé en tout cas.

Il prit une feuille vierge, mais fut interrompu presque aussitôt par l'arrivée d'Ann-Britt. La page de journal était toujours posée sur la table. Il s'en aperçut un peu tard et la jeta au panier. Ann-Britt avait sans doute eu le temps de la voir. Ça le mit de mauvaise humeur.

Je n'enverrai jamais de petite annonce. Le risque serait de recevoir une réponse de quelqu'un comme Ann-Britt.

Elle se laissa tomber dans le fauteuil des visiteurs. Elle paraissait fatiguée.

— Je viens d'interroger Eva Persson.

Wallander cessa de penser aux petites annonces.

— Comment était-elle ?

— Elle maintient que c'est Sonja Hökberg toute seule qui a tué Lundberg.

— Je t'ai demandé comment elle était.

Ann-Britt réfléchit.

— Différente. Elle paraissait mieux préparée.

— Qu'est-ce qui te fait dire ça ?

— Elle parlait plus vite. Ses réponses m'ont donné l'impression d'avoir été fabriquées à l'avance. C'est quand j'ai commencé à poser des questions inattendues que son espèce d'indifférence traînante est revenue. Elle se protège comme ça, se donne le temps de réfléchir. Je ne sais pas si elle est très intelligente, mais elle a les idées claires. Elle ne s'est pas contredite une seule fois en plus de deux heures d'interrogatoire. C'est assez remarquable.

Wallander prit son bloc-notes.

— Je veux juste l'essentiel pour l'instant. Tes impressions. Le reste, je le lirai dans le rapport.

— Pour moi, il est évident qu'elle ment. Sincèrement, j'ai du mal à comprendre comment une fille de quatorze ans peut être aussi endurcie.

— Parce que c'est une fille ?

— Même les garçons, c'est rare d'en voir d'aussi durs.

– Tu n'as pas réussi à la déstabiliser ?

– Pas vraiment. Elle maintient qu'elle n'était au courant de rien. Et qu'elle avait peur de Sonja Hökberg. J'ai essayé de lui faire dire pourquoi elle avait peur. Impossible. Elle s'est contentée de dire que Sonja était « balèze ».

– C'est sûrement vrai.

Ann-Britt feuilleta ses notes.

– Elle affirme ne pas avoir reçu de coup de fil de Sonja après son évasion du commissariat. Aucun autre appel non plus, d'ailleurs.

– Comment a-t-elle appris sa mort ?

– Erik Hökberg aurait appelé sa mère, qui le lui aurait répété.

- La nouvelle a dû la secouer ?

– C'est ce qu'elle prétend. Moi, je n'ai rien remarqué. Elle n'avait aucune idée de la raison pour laquelle Sonja se serait rendue sur le site d'un transformateur en pleine campagne. Et aucune idée de celui qui aurait pu l'emmener là-bas.

Wallander se leva et s'approcha de la fenêtre.

– Tu n'as vraiment rien décelé ? Aucune réaction de chagrin ou de douleur ?

– Non. Elle est contrôlée, froide. Beaucoup de réponses étaient fabriquées, comme je l'ai déjà dit, d'autres étaient de purs mensonges. Mais j'ai eu l'impression qu'elle n'était pas du tout surprise, même si elle affirmait le contraire.

Soudain, Wallander eut une idée.

– Avait-elle peur qu'il puisse lui arriver quelque chose, à elle aussi ?

- Non. J'y ai pensé. Ce qui est arrivé à Sonja ne semblait pas l'inquiéter pour elle-même.

Wallander retourna à son bureau.

– Supposons que ce soit vrai. Qu'est-ce que cela implique ?

– Qu'Eva Persson dit peut-être la vérité. Pas au sujet du meurtre de Lundberg, je suis convaincue qu'elle y a pris part. Mais elle ne savait peut-être pas grand-chose des autres activités de Sonja Hökberg.

– Quelles activités ?

– Je ne sais pas.

– Pourquoi ont-elles changé de place au restaurant ?

– Parce que Sonja se plaignait du courant d'air. Elle répète ça obstinément.

– Et l'homme ?

– Elle maintient qu'elle n'a rien vu. Et qu'à sa connaissance Sonja n'a eu de contact avec personne à part elle.

– N'a-t-elle rien remarqué quand elles ont quitté le restaurant ?

– Non. Et c'est peut-être la vérité. Je ne pense pas qu'on puisse accuser Eva Persson d'être très observatrice.

– Lui as-tu demandé si elle connaissait Tynnes Falk ?

– Elle prétend n'avoir jamais entendu ce nom.

– Tu la crois ?

Ann-Britt tarda à répondre.

– J'ai peut-être senti une hésitation. Je ne sais pas.

J'aurais dû l'interroger moi-même, pensa Wallander avec découragement. Si elle avait hésité, je l'aurais vu.

Ann-Britt sembla lire dans ses pensées.

– Je n'ai pas ton assurance dans ce domaine. Je regrette de ne pouvoir te donner une meilleure réponse.

– On le découvrira tôt ou tard. Si la porte est fermée, il faut entrer par la fenêtre.

– J'essaie de comprendre. Mais rien ne colle.

– Ça va prendre du temps. Je me demande si on n'aurait pas besoin d'aide. Cette affaire mobilise tout le monde, mais on n'est pas assez nombreux.

Ann-Britt lui jeta un regard surpris.

– Jusqu'ici tu as toujours dit qu'on travaillait mieux seuls. Tu as changé d'avis ?

– Peut-être.

– Quelqu'un sait-il en quoi consiste exactement la restructuration en cours ? Je n'y comprends rien.

– En tout cas, le district de police d'Ystad n'existe plus. Nous faisons maintenant partie de la « zone sud de Scanie »

– Qui regroupe deux cent vingt policiers et huit communes, de Simrishamn à Vellinge. Personne ne sait comment ça va fonctionner. Ou si ça va améliorer quoi que ce soit.

– Ce n'est pas mon souci dans l'immédiat. Mon problème à moi, c'est la quantité de travail de terrain, les détails qui s'accumulent et dont il faut s'occuper dans cette enquête. Je vais en toucher deux mots à Lisa. Si elle ne me retire pas la direction de l'enquête, bien entendu.

– Au fait, Eva Persson maintient sa version. Que tu l'as frappée de façon gratuite.

– Bien sûr. Elle n'est pas à un mensonge près.

Wallander se leva. Il lui raconta brièvement le cambriolage de l'appartement de Tynnes Falk.

– A-t-on retrouvé le corps ?

– Pas que je sache.

Ann-Britt était encore assise.

– Tu y comprends quelque chose, toi ?

– Rien, dit Wallander. Mais je suis inquiet. N'oublie pas qu'une bonne partie de la Scanie a été privée de courant.

Il la suivit dans le couloir. Hansson passa la tête par la porte de son bureau et leur apprit que la police de Växjö avait retrouvé le père d'Eva Persson.

– D'après eux, il habite dans une cabane déglinguée entre Växjö et Vislanda. Ils veulent savoir ce qu'on cherche exactement.

– Rien dans l'immédiat. On a d'autres priorités.

Ils convinrent de se réunir à treize heures trente, après le retour de Martinsson. Wallander alla à son bureau et appela le garage. La voiture était prête. Il quitta le commissariat et prit par Fridhemsgatan, en direction de Surbrunnsplan. Le vent soufflait par rafales irrégulières.

Le patron du garage s'appelait Holmlund et s'occupait personnellement depuis des années des voitures successives de Wallander. Il avait un amour immodéré pour les motos, un accent scanien à couper au couteau, et presque pas de dents ; d'ailleurs, depuis qu'il le connaissait, Holmlund avait toujours la même tête. Wallander se demandait encore s'il avait plutôt la cinquantaine ou la soixantaine.

– Ça te revient cher, dit Holmlund avec son sourire édenté. Mais ça vaut le coup, si tu revends la bagnole tout de suite.

Wallander paya et repartit au volant. Le bruit du moteur avait disparu. La pensée d'une voiture neuve le mit de bonne humeur. Devait-il rester fidèle à Peugeot ou changer de marque ? Il résolut de demander conseil à Hansson, qui en savait aussi long sur les voitures que sur les chevaux.

Il s'arrêta à un grill d'Österleden et feuilleta distraitement un journal en attendant son déjeuner. Soudain, une pensée lui traversa l'esprit. Ils cherchaient un centre, dans cette enquête – sa dernière hypothèse avait tourné autour de la coupure d'électricité, l'idée que le meurtre du transformateur était aussi un acte de sabotage savant. Mais que se passait-il s'il plaçait au centre l'homme qui avait surgi dans le restaurant ? Sonja Hökberg avait changé de place pour mieux le voir. L'homme avait une fausse identité. Et cette photographie volée dans l'appartement de Tynnes Falk... Wallander se maudit de l'avoir replacée sur le bureau. István aurait peut-être reconnu l'homme aux traits asiatiques.

Il posa sa fourchette et appela Nyberg sur son portable. Il avait presque renoncé lorsque Nyberg décrocha.

– Une photo représentant un groupe d'hommes. Tu aurais trouvé ça ?

– Je vais me renseigner.

Wallander attendit en chipotant dans son assiette de poisson grillé insipide.

La voix de Nyberg revint.

– On a une photo de trois hommes brandissant des saumons. Prise en Norvège en 1983.

– Rien d'autre ?

· Non. Qu'est-ce qui te fait croire qu'il pourrait y avoir la photo que tu dis ?

Nyberg n'était pas idiot. Mais Wallander avait prévu la question.

– Rien. Je cherche des photos de gens qu'aurait fréquentés Tynnes Falk.

– On a bientôt fini dans l'appartement.

– Tu as trouvé quelque chose ?

– On dirait un cambriolage ordinaire. Peut-être des toxicos.

– Pas d'indices ?

– Pas mal d'empreintes. Mais ce sont peut-être celles de Falk. Ne me demande pas comment on va vérifier, maintenant que son corps a disparu.

– On le retrouvera tôt ou tard.

– J'en doute. Si on vole un cadavre, à mon avis, c'est pour l'enterrer.

Il avait raison, bien sûr. Aussitôt, une autre pensée lui traversa l'esprit. Mais Nyberg le devança.

– J'ai demandé à Martinsson de chercher Tynnes Falk dans le fichier, au cas où.

– Et alors ?

– Il y était. Mais sans empreintes.

– Qu'est-ce qu'il a fait ?

– D'après Martinsson, il aurait été condamné à une amende pour vandalisme.

– C'est-à-dire ?

– Demande-le-lui.

Il était treize heures dix. Wallander fit le plein d'essence et retourna au commissariat. Martinsson arriva en même temps que lui.

– Personne n'a vu ou entendu quoi que ce soit, dit Martinsson pendant qu'ils traversaient le parking. J'ai vu tous les voisins. Des retraités, pour la plupart, qui passent la journée chez eux. Et une kiné qui a à peu près ton âge.

Wallander changea de sujet.

– C'est quoi, cette histoire de vandalisme ?

– J'ai les papiers dans mon bureau. Une affaire de visons.

Wallander lui jeta un regard interrogateur mais ne dit rien.

Il prit connaissance du dossier dans le bureau de Martinsson. En 1991, Tynnes Falk avait été appréhendé au nord de Sölvesborg. Un éleveur de visons avait surpris des gens en train d'ouvrir les cages des animaux en pleine nuit. Il avait alerté la police, deux voitures étaient intervenues. Tynnes Falk n'était pas seul, mais les autres avaient réussi à prendre la fuite. À l'interrogatoire, il avait avoué aussitôt, affirmant qu'il s'opposait à ce qu'on tue les animaux pour leur fourrure. Il avait cependant nié toute appartenance à une organisation et refusé de livrer le nom de ses complices.

Wallander reposa les papiers.

– En 1991, Tynnes Falk avait plus de quarante ans. Je croyais que c'étaient les jeunes qui se livraient à ce genre d'action.

– On devrait sympathiser avec eux. Ma fille est membre de l'association des biologistes amateurs.

– Entre observer les oiseaux et pourrir la vie des éleveurs de visons, il y a de la marge.

– On leur enseigne le respect des animaux.

Wallander ne voulait pas se laisser entraîner dans une discussion où il aurait sans doute eu le dessous. Mais la nouvelle que Tynnes Falk ait été impliqué dans une opération de libération de visons le surprenait beaucoup.

Peu après treize heures trente, ils étaient de nouveau réunis. Wallander, qui avait pensé présenter à ses collègues le fruit de ses réflexions, résolut en définitive d'attendre. Il était trop tôt. Ils se séparèrent après trois quarts d'heure. Hansson devait parler au procureur. Martinsson retourna à ses ordinateurs, tandis qu'Ann-Britt s'apprêtait à faire une nouvelle visite à la mère d'Eva Persson. Wallander appela Marianne Falk de son bureau. Il tomba sur un répondeur, mais lorsqu'il se fut présenté, elle décrocha. Ils convinrent de se retrouver à l'appartement d'Apelbergsgatan à quinze heures. Wallander arriva un peu en avance. Nyberg et ses hommes étaient déjà partis. Une voiture de police stationnait devant l'immeuble. Il monta l'escalier. Au deuxième étage, une porte s'ouvrit. Il crut reconnaître la femme qui se tenait sur le seuil.

– Je t'ai vu arriver par la fenêtre, dit-elle en souriant. Alors j'ai voulu te dire bonjour. Si tu te souviens de moi.

– Bien sûr.

– Tu avais promis que tu donnerais de tes nouvelles.

Wallander n'en avait aucun souvenir. Mais ce n'était pas exclu. Quand il était suffisamment ivre et attiré par une femme, il était capable de promettre n'importe quoi.

– J'ai été très occupé. Tu sais ce que c'est.

– Ah bon ?

Wallander marmonna une phrase inaudible.

– Je peux t'inviter à prendre un café ?

– Comme tu sais, il y a eu un cambriolage au-dessus. Je n'ai pas le temps.

Elle indiqua sa porte d'un geste.

– J'ai fait installer une porte blindée il y a plusieurs années. Presque tout le monde l'a fait dans l'immeuble. Sauf Falk.

– Tu le connaissais ?

– Il n'était pas très causant. On se saluait dans l'escalier, c'est tout.

Wallander eut aussitôt le sentiment qu'elle ne disait peut-être pas la vérité. Mais il n'insista pas. Tout ce qu'il voulait dans l'immédiat, c'était s'éloigner au plus vite.

– Une autre fois, dit-il. Pour le café.

– On verra bien.

La porte se referma. Wallander constata qu'il transpirait. Il se dépêcha de monter les dernières volées de marches. Elle avait fait une observation importante. La plupart des habitants de l'immeuble avaient fait poser une porte blindée. Mais pas Tynnes Falk – pourtant décrit par sa femme comme un homme inquiet entouré d'ennemis.

La porte n'était pas encore réparée. Il entra. Nyberg et ses techniciens avaient laissé le désordre en l'état.

Il s'assit sur une chaise dans la cuisine et attendit. Il régnait un grand silence dans l'appartement. Il regarda sa montre. Trois heures moins dix. Il lui sembla entendre un pas dans l'escalier.

Il se peut que Tynnes Falk ait été un type avare. Une porte blindée, ça vaut entre dix et quinze mille. Je n'arrête pas de recevoir des publicités dans ma boîte aux lettres. Mais il se peut aussi que Marianne Falk se trompe. Il n'y avait pas d'ennemis. Pourtant... Il se rappela les étranges annotations du livre de bord. Le corps de Tynnes Falk disparaît de la morgue. À peu près au même moment, son appartement est cambriolé. Le journal de bord et la photographie disparaissent.

Soudain, les choses lui apparurent très clairement. Quelqu'un ne souhaitait pas qu'on le reconnaisse, ou que le livre de bord soit examiné de trop près.

Une fois de plus, il se reprocha de ne pas avoir emporté la photo. Les annotations du journal étaient étranges, comme rédigées par un homme en pleine confusion. Mais il aurait peut-être changé d'avis en l'étudiant plus à fond.

Les pas approchaient. Wallander se leva pour accueillir Marianne Falk. Il se dirigea vers l'entrée.

D'instinct, il perçut le danger et se retourna.

Trop tard. Le bruit de la déflagration résonna dans l'appartement.

15

Wallander s'était rejeté sur le côté.

Ce fut après coup seulement qu'il comprit que ce geste instinctif lui avait sauvé la vie. À ce moment-là, Nyberg et ses techniciens avaient déjà retiré la balle, logée dans le mur à côté de la porte d'entrée. L'emplacement de la balle et l'examen de la veste de Wallander avaient permis de reconstituer l'incident avec précision. Wallander était allé dans l'entrée pour accueillir Marianne Falk. Il était tourné vers la porte au moment où son instinct l'avait averti d'une menace derrière lui. Il s'était jeté sur le côté, en trébuchant sur le bord du tapis. Cela avait suffi pour que la balle qui visait sa poitrine passe entre son thorax et son bras gauche. La balle avait effleuré sa veste en laissant une petite trace bien visible.

Le soir même, de retour chez lui, il avait déniché un mètre ruban. La veste était restée au commissariat pour un examen approfondi. Mais il avait mesuré la distance entre la manche de sa chemise et l'endroit où, présumait-il, commençait son cœur. Sept centimètres. La conclusion qu'il en tira, tout en se versant un verre de whisky, fut que ce tapis lui avait sauvé la vie. Une fois de plus, il se rappela la nuit où il s'était pris un coup de couteau, alors qu'il était tout jeune policier à Malmö. La lame avait pénétré dans sa poitrine à huit centimètres du cœur. Cette nuit-là, il s'était fabriqué une formule de conjuration. *La vie a son temps, la mort a le sien*. Maintenant, trente ans plus tard, il avait la sensation inquiétante que sa marge d'espoir avait diminué d'un centimètre exactement.

Que s'était-il passé en réalité ? Qui l'avait visé ? Il n'en savait rien. Une ombre volatile, qui avait disparu dans le chaos de la détonation et de sa propre chute au milieu des manteaux de Tynnes Falk.

Il s'était cru blessé. Entendant un cri, alors que le coup de feu lui résonnait encore aux oreilles, il pensa que c'était lui qui hurlait. Mais c'était Marianne Falk, bousculée par l'ombre en fuite. Elle non plus n'avait pas eu le temps de distinguer quoi que ce soit. Interrogée par Martinsson, elle dit qu'elle regardait toujours ses pieds lorsqu'elle montait un escalier. Elle avait entendu la détonation, mais cru qu'elle provenait de l'étage du dessous. Elle s'était donc retournée. Au même moment, elle avait perçu une présence dans l'escalier et fait volte-face ; frappée au visage, elle était tombée.

Le plus étrange cependant était que les deux policiers en faction devant l'immeuble n'avaient rien vu. L'homme avait pourtant dû quitter l'immeuble par l'entrée principale. La porte du sous-sol était fermée à clé. Les policiers avaient remarqué l'entrée de Marianne Falk. Puis ils avaient entendu le coup de feu, sans comprendre sur le moment de quoi il s'agissait. Mais ils n'avaient vu personne sortir de l'immeuble.

Martinsson, pourtant incrédule, avait fait fouiller tout l'immeuble, contraint des retraités terrorisés et une kinésithérapeute plutôt calme à lui ouvrir leur porte, et ordonné aux policiers présents de regarder dans chaque penderie, sous tous les lits. Aucune trace de l'agresseur. S'il n'y avait eu la balle logée dans le mur, Wallander lui-même aurait commencé à douter.

Pourtant, il savait. Il savait aussi autre chose, qu'il décida de garder pour lui jusqu'à nouvel ordre. Il avait plus d'une raison de remercier le tapis. Parce qu'il l'avait fait trébucher, mais aussi parce que cette chute avait convaincu son agresseur qu'il avait été touché. La balle logée dans le béton du mur était de celles qui provoquent des blessures en forme de cratère. Quand Nyberg la délogea et la lui fit voir, Wallander comprit pourquoi l'homme n'avait tiré qu'une fois. Elle aurait amplement suffi à le tuer.

Passé la première confusion, la chasse avait commencé. La cage d'escalier était remplie de policiers armés conduits par Martinsson. Pas plus Marianne Falk que Wallander n'avaient pu fournir le moindre signalement. Les voitures sillonnaient la ville, on avait lancé un avis de recherche régional en sachant par avance que ça ne donnerait rien. Martinsson et Wallander avaient établi leur QG dans la cuisine de Falk pendant que Nyberg et ses hommes relevaient les empreintes et récupéraient la balle écrasée. Marianne Falk était rentrée chez elle. Wallander avait abandonné sa veste aux techniciens. Il avait encore mal aux oreilles. Lisa Holgersson arriva en compagnie d'Ann-Britt, et Wallander fut obligé de récapituler une fois de plus les événements.

– Pourquoi a-t-il tiré ? dit Martinsson. L'appartement avait déjà été cambriolé.

– On peut évidemment se demander si c'est le même homme. Pourquoi est-il revenu ? Je ne vois qu'une explication. Il cherche quelque chose, qu'il n'a pas trouvé la première fois.

– Il y a une autre question, dit Ann-Britt. Qui visait-il ?

Wallander s'était d'emblée posé la même question. L'incident pouvait-il être relié à sa première visite nocturne à l'appartement ? Il pensa qu'il devait leur dire la vérité. Mais quelque chose l'en empêcha.

– Quelle raison pourrait-on avoir de me tirer dessus ? On devrait plutôt se demander ce qu'il cherchait. Il faut que Marianne Falk revienne ici le plus vite possible.

Martinsson quitta Apelbergsgatan en compagnie de Lisa Holgersson. Les techniciens finissaient leur travail. Ann-Britt s'attarda dans la cuisine avec Wallander en attendant Marianne Falk.

– Comment ça va ? demanda Ann-Britt.

– Mal. Tu en sais quelque chose.

Quelques années plus tôt, Ann-Britt avait été touchée par une balle dans un champ. C'était en partie la faute de Wallander, qui lui avait donné l'ordre d'attaquer sans savoir que la femme qu'ils s'apprêtaient à arrêter avait réussi à s'emparer de l'arme de Hansson. Ann-Britt avait été grièvement blessée. Après une longue convalescence, elle était revenue au commissariat changée. Elle avait plusieurs fois confié à Wallander que la peur la hantait jusque dans ses rêves.

– Je l'ai échappé belle, dit-il. Une fois, je me suis pris un coup de couteau. Mais aucune balle jusqu'ici.

– Tu devrais en parler à quelqu'un. Il y a des groupes pour ça.

Wallander eut un geste d'impatience.

– Pas besoin. D'ailleurs, je ne veux plus en parler.

– Je ne comprends pas pourquoi tu t'obstines. Tu es un bon flic, mais ça ne t'empêche pas d'être un homme comme les autres. Fais le malin, si ça te chante. Mais tu as tort.

Wallander fut surpris par cette sortie inattendue. Elle avait raison, bien sûr. Le rôle de policier qu'il endossait chaque jour cachait un être humain dont il avait presque oublié l'existence.

– Rentre chez toi, au moins.

– Qu'est-ce que ça changerait ?

L'arrivée de Marianne Falk fournit à Wallander l'occasion de se débarrasser d'Ann-Britt et de ses questions indiscrètes.

– Je préfère lui parler moi-même. Merci pour ton aide.

– Quelle aide ?

Ann-Britt partit. En se levant à son tour, Wallander eut un instant de vertige.

– Que s'est-il passé ? demanda Marianne Falk.

Wallander vit qu'elle avait la joue gauche enflée.

– Je suis arrivé en avance. J'ai entendu un pas dans l'escalier, j'ai cru que c'était vous. Mais il y avait quelqu'un d'autre.

– Qui ?

– Je ne sais pas. Vous non plus, apparemment.

– Je n'ai pas eu le temps de voir à quoi il ressemblait.

– Mais vous êtes certaine que c'était un homme ?
Elle réfléchit avant de répondre.
– Oui. C'était un homme.
Wallander était intuitivement du même avis.
– Commençons par le séjour, dit-il. Je veux que vous en fassiez le tour et que vous me disiez si quelque chose a disparu. Prenez votre temps. Vous pouvez ouvrir les tiroirs et regarder derrière les rideaux.
– Tynnes ne l'aurait jamais permis. C'était un homme plein de secrets.
– On parlera tout à l'heure. Commencez par le séjour.
Il vit qu'elle faisait un réel effort. Il suivait ses déplacements depuis le seuil. Plus il la regardait, plus elle lui paraissait belle. Il se demanda comment formuler une petite annonce capable de faire répondre Marianne Falk. Elle passa dans la chambre à coucher. Il la surveillait, guettant le moindre signe d'hésitation. Quand ils s'attablèrent à la cuisine, il s'était écoulé plus d'une demi-heure.
– Vous n'avez pas ouvert ses armoires, dit Wallander.
– Je ne savais pas ce qu'il y rangeait. Comment aurais-je pu voir si un objet avait disparu ?
– Vous a-t-il semblé qu'il manquait quelque chose ?
- Non, rien.
– Cet appartement vous était-il familier ?
– Il a emménagé après notre divorce. Il nous arrivait de dîner ensemble.
Wallander essaya de se rappeler ce qu'avait dit Martinsson la première fois qu'il lui avait parlé de la découverte du corps devant le distributeur bancaire.
– Votre fille vit à Paris, n'est-ce pas ?
– Ina n'a que dix-sept ans, elle travaille comme jeune fille au pair à l'ambassade du Danemark. Elle veut apprendre le français.
– Et votre fils ?
– Jan étudie à Stockholm Il a dix-neuf ans.
Wallander revint au sujet principal.
– S'il manquait un objet dans l'appartement, l'auriez-vous remarqué ?

– Seulement si je l'avais déjà vu.

Wallander hocha la tête et s'excusa. Dans le séjour, il retira l'un des trois coqs en porcelaine qui ornaient l'appui d'une fenêtre. Puis il lui demanda d'examiner la pièce une fois de plus.

Elle remarqua très vite l'absence du coq. Wallander comprit qu'il n'en apprendrait pas davantage. La mémoire visuelle de Marianne Falk était bonne, mais elle ne connaissait même pas le contenu des armoires.

Ils retournèrent dans la cuisine. Il était dix-sept heures. La nuit d'automne tombait sur la ville.

– Que faisait-il exactement ? Si j'ai bien compris, il travaillait dans l'informatique.

– Il était consultant.

– C'est-à-dire ?

Elle lui jeta un regard surpris.

– Ce sont les consultants qui dirigent la Suède de nos jours. Bientôt, même les chefs de parti seront remplacés par des consultants. Des experts très bien payés qui volent d'un endroit à un autre et proposent des solutions. En cas de problème, ils endossent le rôle de bouc émissaire. Moyennant finances.

– Votre mari était donc consultant en informatique ?

– J'aimerais que vous ne disiez pas « mon mari ». Il ne l'était plus.

Wallander sentit l'impatience le gagner.

– Pouvez-vous me parler plus en détail de ses activités ?

– Il était très fort pour mettre au point des systèmes de contrôle interne.

– Qu'est-ce que cela veut dire ?

Pour la première fois, elle lui sourit.

– Je ne pense pas pouvoir vous l'expliquer si vous ne maîtrisez pas les bases de l'informatique.

– Qui étaient ses clients ?

– À ma connaissance, il travaillait beaucoup avec les banques.

– Une banque en particulier ?

– Je ne sais pas.

– Qui pourrait me renseigner là-dessus ?

– Il avait un comptable.

Wallander chercha un papier, mais ne trouva que la facture du garage.

– Il s'appelle Rolf Stenius, il a son bureau à Malmö. Je ne connais pas l'adresse.

Wallander reposa son crayon. Un doute venait de l'effleurer ; la sensation d'avoir omis quelque chose, mais quoi ? Marianne Falk avait sorti un paquet de cigarettes.

– Ça vous dérange si je fume ?

– Pas du tout.

Elle se leva, prit une soucoupe à côté de l'évier et alluma une cigarette.

– Tynnes se retournerait dans sa tombe. Il détestait le tabac. Pendant tout notre mariage, il m'a obligée à sortir dans la rue pour fumer. Maintenant, je me venge.

Wallander saisit l'occasion pour orienter l'entretien dans un autre sens.

– Lors de notre première conversation, vous avez dit qu'il avait des ennemis. Et qu'il était inquiet.

– C'est l'impression qu'il donnait.

– Vous comprenez bien sûr que c'est un point très important.

– Si j'en savais plus, je vous le dirais. Mais la vérité, c'est que je ne sais rien.

– Quand quelqu'un est inquiet, ça se voit. Mais des ennemis ? Il a bien dû vous dire quelque chose.

La réponse se fit attendre. Elle tira une bouffée de sa cigarette en regardant par la fenêtre. Il faisait noir au-dehors. Wallander attendit.

– Ça a commencé il y a quelques années. Il était inquiet. Excité en même temps. Comme s'il était devenu maniaque. Puis il s'est mis à tenir des propos étranges. Quand je venais prendre un café ici, il me disait soudain : Si les gens étaient au courant, ils me tueraient. Ou bien : On ne peut jamais savoir à quelle distance se trouvent les poursuivants.

– Il a vraiment dit ça ?

– Oui.

– Sans explication ?

– Non.

– Vous ne l'avez pas interrogé ?

– Il s'énervait facilement quand on lui posait des questions.

Wallander réfléchit avant de poursuivre.

– Parlons de vos enfants.

– Ils sont informés de sa mort, bien entendu.

– Croyez-vous qu'ils aient pu avoir la même impression que vous ? Qu'il était devenu inquiet ? Qu'il parlait d'ennemis ?

– J'en doute. Ils n'avaient pas de liens étroits avec leur père. Ils vivaient avec moi. Et Tynnes n'aimait pas les avoir trop souvent chez lui. Jan et Ina vous le confirmeront, je ne cherche pas à médire.

– Il devait avoir des amis ?

– Très peu. J'ai compris peu à peu que j'avais épousé un solitaire.

– Qui le connaissait, en dehors de vous ?

– Je sais qu'il fréquentait une femme qui était, elle aussi, consultante en informatique. Elle s'appelle Siv Eriksson. Je n'ai pas son numéro de téléphone, mais son bureau se trouve dans Skansgränd, à côté de Sjömansgatan. Il leur arrivait d'effectuer des missions ensemble.

Wallander prit note. Marianne Falk écrasa son mégot dans la soucoupe.

– J'ai une dernière question. Il y a quelques années, Tynnes Falk a été arrêté alors qu'il libérait des visons. Il a été condamné à une amende.

Elle le considéra avec une surprise sincère.

– C'est la première fois que j'en entends parler.

– Mais pouvez-vous le comprendre ?

– Qu'il ait libéré des visons ? Pourquoi, au nom du ciel, aurait-il fait une chose pareille ?

– Vous ne savez pas s'il était en relation avec une organisation ?

– Quelle organisation ?

– Des écologistes militants. Des amis des animaux.

— Cela me paraît complètement incroyable.

Elle se leva.

— Je vous recontacterai certainement, conclut Wallander.

— Mon ex-mari m'a accordé une pension généreuse au moment de notre divorce. Je suis donc dispensée de faire ce que je déteste le plus au monde.

— Quoi donc ?

— Travailler. Je passe mes journées à lire. Et à broder des roses sur des serviettes en lin.

Wallander se demanda si elle se payait sa tête, mais ne dit rien. Il la raccompagna jusqu'à la porte. Elle considéra le trou dans le mur.

— Les cambrioleurs tirent sur les gens, maintenant ?

— Ça arrive.

Elle le toisa.

— Et vous n'avez pas d'arme pour vous défendre ?

— Non.

Elle secoua la tête et lui tendit la main.

— Encore une chose, dit Wallander. Tynnes Falk s'intéressait-il à l'espace ?

— Que voulez-vous dire ?

— Les vaisseaux spatiaux, l'astronomie.

— Vous m'avez déjà posé cette question. Je vous ai répondu. S'il lui arrivait de lever la tête, c'était sûrement pour vérifier que les étoiles étaient encore à leur place. C'était quelqu'un de peu romantique.

Elle s'était attardée sur le palier.

— Qui va faire réparer cette porte ?

— Il n'y a pas de syndic ?

— Ce n'est pas à moi qu'il faut le demander.

Après son départ, Wallander se rassit dans la cuisine. À l'endroit précis où il avait eu la sensation, un peu plus tôt, d'omettre quelque chose. Rydberg lui avait appris à se fier à ses signaux d'alarme intérieurs. Dans le monde technique et rationaliste où ils vivaient par la force des choses, l'élément intuitif conservait une importance décisive.

Il resta quelques minutes sans bouger. Puis il comprit. Une fois de plus, il fallait renverser la perspective pour la remettre à l'endroit. Marianne Falk n'avait pas décelé d'objet manquant. Cela pouvait-il signifier que l'homme n'était pas venu pour prendre, mais pour laisser quelque chose ? Ça paraissait difficile à croire. Wallander s'apprêtait à se lever lorsqu'un bruit le fit tressaillir. On venait de frapper à la porte. Son cœur se mit à battre. On frappa de nouveau. Alors seulement il comprit que le risque que cette personne soit venue pour le tuer était infime. Il alla ouvrir. Un homme d'un certain âge se tenait sur le palier, une canne à la main.

– Je cherche M. Falk. Je viens pour me plaindre.

– Qui êtes-vous ?

– Je m'appelle Carl-Anders Setterkvist, je suis le propriétaire de cet immeuble. J'ai reçu plusieurs plaintes concernant le tapage occasionné par des militaires qui courent dans les escaliers. Si M. Falk est là, je voudrais lui parler personnellement.

– M. Falk est mort, répliqua Wallander avec une brutalité inutile.

– Que voulez-vous dire ?

– Je suis de la brigade criminelle. L'appartement a été cambriolé. Ce ne sont pas des militaires qui courent, mais des policiers. Quant à Tynnes Falk, il est mort lundi dernier.

Setterkvist le dévisagea avec méfiance.

– Je voudrais voir votre insigne.

– Les insignes ont disparu il y a longtemps. Mais je peux vous montrer ma carte.

Setterkvist l'examina longuement.

– Très regrettable, dit-il enfin. Que va-t-il arriver aux appartements ?

Wallander haussa les sourcils.

– Quels appartements ?

– À mon âge, c'est toujours un souci de prendre de nouveaux locataires. On préfère savoir à qui on a à faire, surtout dans un immeuble comme celui-ci où l'on a surtout des personnes âgées.

– Vous vivez ici ?

Setterkvist parut vexé.

– J'habite une villa en dehors de la ville.

– Vous avez parlé des appartements au pluriel ?

– Bien sûr.

– Tynnes Falk louait-il un logement en dehors de celui-ci ?

Setterkvist fit signe avec sa canne qu'il voulait entrer. Wallander s'effaça.

– Je tiens à vous rappeler que l'appartement a été cambriolé. Ne soyez donc pas choqué par le désordre.

– J'ai été cambriolé moi aussi, répondit Setterkvist avec insouciance, je sais à quoi ça ressemble.

Wallander le fit entrer dans la cuisine.

– M. Falk était un locataire exemplaire. Il payait ses loyers rubis sur l'ongle. À mon âge, on ne s'étonne plus de rien. Mais je dois dire que les plaintes qui me sont parvenues m'ont surpris. C'est pour ça que je suis venu.

– Il avait donc un autre logement ?

– Je possède un bien très élégant sur la place Runnerström. Falk louait un petit appartement sous les combles. Pour son travail, si j'ai bien compris.

Cela peut expliquer l'absence d'ordinateurs, pensa Wallander. Cet endroit-ci ne donne pas l'impression d'une activité débordante.

– Je voudrais visiter cet appartement.

Setterkvist réfléchit un instant. Puis il tira de sa poche le plus imposant jeu de clés que Wallander eût jamais vu. Il en détacha deux, sans une seconde d'hésitation, et les lui tendit.

· Je vais vous établir un reçu bien sûr.

Setterkvist secoua la tête.

– On doit pouvoir se fier aux gens. Ou plutôt, à sa propre jugeote.

Le vieil homme repartit au pas de charge. Wallander appela le commissariat et demanda qu'on vienne mettre l'appartement sous scellés. Puis il se rendit directement place Runnerström. Il était dix-neuf heures. Le vent soufflait encore par rafales irrégulières. Wallander avait froid.

La veste prêtée par Martinsson était trop mince. Il repensa au coup de feu auquel il avait échappé ; l'épisode lui paraissait encore irréel. Comment réagirait-il dans quelques jours, quand il comprendrait réellement à quel point il avait été près de mourir ?

L'immeuble à trois étages datait du début du siècle. Wallander observa la dernière rangée de fenêtres. Pas de lumière. Avant de traverser, il jeta un regard autour de lui. Un homme passa à vélo. Il entra dans le hall de l'immeuble. De la musique s'échappait d'un appartement. Arrivé au dernier étage, il ne trouva qu'une seule porte. Une porte blindée dépourvue de nom et de boîte aux lettres. Il prêta l'oreille. Silence. Il ouvrit avec la clé et s'immobilisa sur le seuil. L'espace d'un instant, il crut entendre un bruit de respiration. La panique le saisit. Je me fais des idées, pensa-t-il. Il alluma et referma la porte derrière lui.

La pièce était vaste et entièrement vide, à l'exception d'une table et d'une chaise. Sur la table, un grand ordinateur. Wallander s'avança. À côté de la machine, il découvrit quelque chose qui ressemblait à un dessin et alluma la lampe de bureau.

Il mit quelques instants à comprendre ce qu'il avait sous les yeux.

Les plans du transformateur où l'on avait retrouvé Sonja Hökberg.

16

Wallander retint son souffle.

Il pensa qu'il avait dû mal voir. Puis ses derniers doutes se dissipèrent. Il reposa doucement la feuille de papier à côté de l'écran noir où se reflétait son propre visage, à la lumière de la lampe. Un téléphone était posé sur la table. Il devait appeler quelqu'un, Martinsson ou Ann-Britt. Et Nyberg. Mais au lieu de soulever le combiné, il commença à faire lentement le tour de la pièce. C'est ici que travaillait Tynnes Falk. À l'abri d'une porte blindée quasi inviolable. Consultant en informatique. Je ne sais rien encore de la nature exacte de son travail. Mais on l'a retrouvé mort devant un distributeur de billets. Son corps a disparu de la morgue. Et maintenant, je trouve à côté de son ordinateur les plans du transformateur.

L'espace d'un instant vertigineux, Wallander crut entrevoir une explication. Mais les détails étaient trop nombreux. Il fit le tour de la pièce. Qu'y avait-il ici ? Un ordinateur, une chaise, une table et une lampe. Un téléphone et un dessin. Mais pas de rayonnages. Aucun dossier, aucun livre. Pas même un stylo.

Il retourna vers le bureau, s'empara de la lampe, ôta l'abat-jour et éclaira les murs lentement, l'un après l'autre. La lumière était puissante. Mais il ne découvrit aucun signe d'une cachette. Il s'assit sur la chaise. Le silence était assourdissant. Les murs épais ne laissaient filtrer aucun son. Si Martinsson avait été là, Wallander lui aurait demandé d'allumer l'ordinateur. Martinsson s'en serait fait une joie. Mais tout seul, Wallander n'osait même pas y toucher. À nouveau, il pensa qu'il devait appeler Martinsson. Mais il hésitait encore.

Je dois comprendre. C'est le plus important dans l'immédiat. En très peu de temps, un lien inespéré a surgi. Le problème, c'est que je n'arrive pas à interpréter ce que je vois.

Il était près de vingt heures quand il se résolut enfin à appeler Nyberg.

Celui-ci travaillait presque sans interruption depuis plusieurs jours, mais que faire ? Un autre aurait pensé que l'examen du bureau pouvait attendre jusqu'au lendemain, mais pas Wallander. Son sentiment d'urgence ne cessait de croître. Il composa le numéro du portable. Nyberg l'écouta sans commentaire et nota l'adresse. Wallander descendit l'attendre dans la rue.

Nyberg arriva seul. Wallander l'aida à porter ses mallettes jusqu'au dernier étage.

– Qu'est-ce que je dois chercher ?

– Empreintes. Cachettes.

– Alors je ne fais venir personne dans l'immédiat. Les photos et la vidéo peuvent attendre ?

– Jusqu'à demain, ça ira.

Nyberg hocha la tête, enleva ses chaussures et ouvrit une mallette d'où il tira une autre paire, en plastique. Il avait toujours été insatisfait des surchaussures qu'on trouvait sur le marché. Un an plus tôt, il avait imaginé un modèle entièrement personnel et pris contact avec un artisan. Wallander le soupçonnait d'avoir tout payé de sa poche.

– Tu t'y connais en ordinateurs ?

– Non Mais je peux toujours faire démarrer celui-là, si tu veux.

– Il vaut mieux laisser ça à Martinsson. Sinon, il ne me le pardonnera pas.

Il montra à Nyberg le papier posé sur la table. Nyberg prit un air pensif.

– Qu'est-ce que ça veut dire ? C'est Falk qui a tué la fille ?

– Il était déjà mort à ce moment-là.

Nyberg hocha la tête.

– Je suis fatigué, je mélange les jours, les heures et les événements. J'attends la retraite.

Mensonge, pensa Wallander. Tu ne l'attends pas, tu la redoutes.

Nyberg choisit une loupe et s'assit. Pendant quelques minutes, il examina le dessin en détail. Wallander attendait en silence.

– Ce n'est pas une copie, dit Nyberg enfin. C'est l'original.

– Tu en es sûr ?

– Presque.

– Ça voudrait dire que ces plans manquent dans les archives de quelqu'un ?

– Je ne sais pas si j'ai bien compris. Mais j'ai pas mal discuté avec ce monteur, Andersson, à propos de leur système de sécurité. En principe, aucune personne extérieure à la boîte n'aurait pu copier ce dessin. Encore moins se procurer l'original.

Très important, pensa Wallander. Si les plans avaient été volés, cela pouvait leur fournir de nouveaux indices.

Nyberg commença à monter ses projecteurs. Wallander décida de le laisser tranquille.

– J'y vais. Si tu as besoin de moi, je suis au commissariat.

Nyberg ne répondit pas ; il était déjà au travail.

Une fois dans la rue, Wallander changea d'avis. Il n'allait pas se rendre au commissariat. Du moins pas directement. Marianne Falk lui avait parlé d'une femme qui pourrait lui dire en quoi consistait exactement le travail de Tynnes Falk, et son bureau était à deux pas. Wallander laissa la voiture, emprunta Långgatan vers le centre et prit à droite dans Skansgränd. La ville était déserte. Deux fois, il se retourna. Mais il n'y avait personne. Le vent soufflait toujours aussi fort, il avait froid. Tout en marchant, il repensa au coup de feu. Quand comprendrait-il réellement ce qui lui était arrivé ? Et quelle serait sa réaction à ce moment-là ?

En arrivant à la maison décrite par Marianne Falk, il aperçut immédiatement la plaque *SERCON*. « Siv Eriksson Consultant », ce devait être ça.

Il sonna à l'Interphone. Si ce n'était qu'un bureau, il serait obligé de dénicher son adresse personnelle. On lui répondit presque aussitôt. Wallander se présenta. Il y eut un silence. Puis la porte bourdonna.

Elle l'attendait sur le seuil. Il la reconnut aussitôt.

Il l'avait rencontrée la veille au soir lors de sa conférence. Il lui avait même serré la main, mais ne s'était évidemment pas souvenu de son nom. Elle ne lui avait pas dit qu'elle travaillait avec Falk. Pourquoi ? Elle devait pourtant être informée de sa mort.

Il hésita. Peut-être ne savait-elle rien ?

– Désolé de vous déranger, dit-il.

Elle le fit entrer. Il sentit une odeur de feu de bois. Il la regarda. Une quarantaine d'années, des cheveux bruns mi-longs et des traits accusés. La veille au soir, il avait été beaucoup trop nerveux pour prêter attention à son physique. Là, il eut un brusque accès de gêne, comme cela ne lui arrivait que lorsqu'une femme l'attirait.

– Je vais vous expliquer la raison de ma venue.

– Je sais que Tynnes est mort. Marianne m'a téléphoné.

Wallander remarqua qu'elle paraissait triste. Pour sa part, il était soulagé. Après toutes ces années passées dans la police, il ne s'était pas encore habitué à devoir annoncer une mort à quelqu'un.

– Vous deviez être proches...

– Oui et non. Nous étions très proches. Mais seulement dans le travail.

Wallander se demanda s'il n'y avait pas malgré tout autre chose. Un sentiment confus de jalousie le traversa.

– Si la police me rend visite le soir, dit-elle en lui tendant un cintre, je suppose que c'est important.

Il la suivit dans un séjour meublé avec goût. Un feu brûlait dans la cheminée. Wallander eut l'impression que les meubles et les tableaux valaient beaucoup d'argent.

– Je peux vous proposer quelque chose ?

Whisky, pensa Wallander. J'en aurais besoin.

– Ce n'est pas nécessaire.

Il s'assit dans l'angle d'un canapé bleu foncé. Elle prit place dans le fauteuil en face de lui. Elle avait de belles jambes. En levant la tête, il vit qu'elle avait suivi son regard.

– Je reviens du bureau de Tynnes Falk, dit-il. En dehors d'un ordinateur, il n'y avait rien du tout.

– Tynnes était d'un tempérament ascétique. Il voulait avoir de l'espace quand il travaillait.

– C'est pour cela que je suis venu. Pour vous demander ce qu'il faisait. Ou ce que vous faisiez.

– Nous collaborions. Mais pas toujours.

– Commençons par ce qu'il faisait lorsqu'il travaillait seul.

Wallander regretta de ne pas avoir proposé à Martinsson de venir. Il y avait un risque sérieux qu'il ne comprenne rien aux réponses qu'elle lui ferait. D'ailleurs, il n'était pas trop tard pour l'appeler. Mais, pour la troisième fois de la soirée, il ne le fit pas.

– Je ne suis pas très calé en informatique. Je vous demanderai donc d'être très claire. Sinon, je ne comprendrai rien.

– Ça m'étonne, dit-elle avec un sourire. Hier soir à la conférence, j'ai eu l'impression que la police considérait les ordinateurs comme ses meilleurs alliés.

– Pas moi. Certains d'entre nous doivent encore aller voir les gens et leur parler.

Elle se leva pour tisonner le feu. Il la regardait. Lorsqu'elle se retourna, il baissa vivement la tête.

– Que voulez-vous savoir ? Et pourquoi ?

Wallander décida de répondre d'abord à la deuxième question.

– Nous ne sommes plus certains de la cause de la mort de Tynnes Falk. Même si les médecins ont au départ conclu à un infarctus.

– Un infarctus ?

Sa surprise paraissait absolument sincère. Wallander pensa au médecin qui lui avait rendu visite au commissariat.

– Ça m'étonne. Tynnes avait une santé exceptionnelle.

– Ce n'est pas la première fois que j'entends ça. C'est une des raisons pour lesquelles nous nous interrogeons. Que s'est-il passé, dans ce cas ? On pense naturellement à une agression. Ou à un accident. Il a pu trébucher et faire une mauvaise chute...

– Tynnes n'aurait jamais laissé quelqu'un s'approcher de lui.

– Que voulez-vous dire ?

– Il était toujours sur ses gardes. Il disait souvent qu'il ne se sentait pas en sécurité dans la rue. Il était prêt à tout. Et il était très rapide. En plus, il avait appris une technique de combat orientale dont j'ai oublié le nom.

– Il cassait des briques à mains nues ?

– Quelque chose comme ça.

– Vous pensez donc qu'il s'agirait d'un accident ?

– *A priori* oui.

Wallander acquiesça en silence, avant de poursuivre.

– Je suis aussi venu pour d'autres raisons, dont je ne peux malheureusement pas vous faire part pour l'instant.

Elle se servit un verre de vin et posa le verre avec précaution sur l'accoudoir.

– Vous éveillez ma curiosité.

– Désolé, je ne peux rien dire.

Mensonge, pensa-t-il. Rien ne m'en empêche. Je me laisse juste aller à un jeu de pouvoir idiot.

– Que voulez-vous savoir ?

– Ce qu'il faisait.

– C'était un créateur de systèmes extrêmement doué.

Wallander leva la main.

– Je vous arrête déjà. Qu'est-ce que cela signifie ?

– Il mettait au point des programmes pour différentes entreprises. Dans d'autres cas, il adaptait et améliorait les programmes existants. Quand je dis qu'il était doué, c'est sincère. On lui a proposé plusieurs fois des missions hautement qualifiées, en Asie comme aux États-Unis. Mais il a toujours dit non, alors même qu'il aurait pu gagner beaucoup d'argent.

– Pourquoi ce refus ?

– Je n'en sais rien.

– Mais vous en parliez ensemble ?

– Il me parlait de ces propositions, oui. On lui offrait beaucoup d'argent. À sa place, j'aurais dit oui sans hésiter. Mais pas lui.

– Vous a-t-il dit pourquoi ?

– Il ne voulait pas. Il ne pensait pas en avoir besoin.

– Il était riche ?

– Non, je ne crois pas. Cela lui arrivait de m'emprunter de l'argent.

Wallander fronça les sourcils. Ils approchaient d'un point important.

– Il ne vous a rien dit d'autre ?

– Rien. Il ne pensait pas devoir accepter, c'est tout. Si j'insistais, il me coupait la parole. Il pouvait être brusque parfois. C'était lui qui fixait les limites, pas moi.

Alors pourquoi ? pensa Wallander. Pourquoi refusait-il ces propositions ?

– Qu'est-ce qui motivait votre collaboration ?

– Le degré d'ennui.

– J'ai peur de ne pas bien comprendre.

– Il y a toujours des parties de routine dans ce travail. Tynnes était d'une nature impatiente. Il me laissait la routine. Pour mieux se consacrer à ce qui était difficile et excitant. De préférence quelque chose d'entièrement neuf, auquel personne n'avait encore pensé.

– Et vous vous en contentiez ?

– Il faut bien reconnaître ses limites. Pour moi, ce n'était pas si ennuyeux. Je n'avais pas ses capacités intellectuelles.

– Comment vous êtes-vous rencontrés ?

– Jusqu'à l'âge de trente ans, j'étais femme au foyer. Puis j'ai divorcé et j'ai repris mes études. Tynnes est venu donner une conférence un jour. Il m'a fascinée. Je lui ai demandé si je pouvais lui être utile. Il a dit non. Un an plus tard, il m'a rappelée. Notre première mission concernait le système de sécurité d'une banque.

— Qu'est-ce que cela impliquait ?

— De nos jours, l'argent circule à une vitesse vertigineuse. Entre particuliers et entreprises, entre banques dans différents pays... Il y a toujours des gens désireux de s'infiltrer dans ces systèmes. La seule manière de leur tenir tête, c'est de garder toujours une longueur d'avance. C'est une lutte perpétuelle.

— Ça me paraît très calé.

— Oui, c'est vrai.

— D'un autre côté, je dois dire que ça me paraît étrange qu'un consultant solitaire d'Ystad puisse s'acquitter de tâches aussi complexes.

— L'un des grands avantages de la nouvelle technologie, c'est que, où qu'on soit, on se trouve au centre du monde. Tynnes discutait avec des entreprises, des fabricants de composants et d'autres programmeurs dans le monde entier.

— De son bureau, ici, à Ystad ?

— Oui.

Wallander se demanda comment poursuivre. Il n'avait pas le sentiment d'avoir bien compris en quoi consistait le travail de Tynnes Falk. En même temps, il ne lui servirait à rien de continuer sur ce terrain sans la présence de Martinsson. Et il fallait prévenir la cellule informatique de la direction de la PJ à Stockholm.

Il décida de changer de piste.

— Tynnes Falk avait-il des ennemis ?

Il l'observait attentivement. Mais il ne put rien déceler, sinon la surprise.

— Pas à ma connaissance.

— Avez-vous observé un changement chez lui, ces derniers temps ?

Elle réfléchit avant de répondre.

— Il était comme d'habitude.

— C'est-à-dire ?

— Capricieux. Et il travaillait toujours beaucoup.

– Où vous rencontriez-vous ?

– Ici. Jamais dans son bureau.

– Pourquoi ?

– Je crois qu'il avait un peu la terreur des microbes, pour dire les choses franchement. Et il ne supportait pas qu'on vienne salir chez lui. Je crois qu'il avait la manie du ménage.

– Il me fait l'effet d'un monsieur assez compliqué.

– Pas une fois qu'on s'y était habitué. Il était comme les hommes en général.

Wallander la dévisagea avec intérêt.

– Comment sont les hommes en général ?

Elle sourit.

– Est-ce une question privée, ou liée à Tynnes ?

– Je ne pose pas de questions privées.

Elle m'a percé à jour, pensa-t-il. Tant pis.

– Les hommes peuvent être puérils et vaniteux. Bien qu'ils affirment résolument le contraire.

– Cela me paraît un propos très général.

– Je parle sérieusement.

– Et Tynnes Falk était ainsi ?

– Oui. Mais il pouvait aussi être généreux. Il me payait plus que mon dû. Mais il était d'humeur vraiment imprévisible.

– Il avait des enfants...

– On ne parlait jamais de la famille. J'ai attendu au moins un an avant d'apprendre qu'il avait été marié.

– Avait-il des centres d'intérêt, en dehors de son travail ?

– Pas à ma connaissance.

– Rien du tout ?

– Non.

– Mais il devait avoir des amis ?

– Ils communiquaient par mail. Je ne l'ai jamais vu recevoir ne serait-ce qu'une carte postale au cours des quatre années de notre collaboration.

– Comment pouvez-vous le savoir si vous ne lui rendiez jamais visite ?

Elle mima un applaudissement.

– Bonne question ! Son courrier arrivait chez moi. Le problème, c'est qu'il n'en recevait aucun.

– Rien du tout ?

– Littéralement rien. Pendant toutes ces années, il n'y a jamais eu la moindre enveloppe à son nom. Pas même une facture.

Wallander fronça les sourcils.

– J'ai du mal à comprendre. Le courrier arrivait chez vous, mais il ne recevait rien ?

– Très rarement, de la publicité personnalisée. Mais c'est tout.

– Il devait avoir une autre adresse postale ?

– Peut-être.

Wallander pensa aux deux appartements de Falk. Place Runnerström, il n'avait rien trouvé. Il ne se rappelait pas non plus avoir vu du courrier à Apelbergsgatan.

– Il va falloir s'en occuper, dit-il. Tynnes Falk donne indéniablement l'impression d'être un homme très secret.

– Certaines personnes n'aiment peut-être pas recevoir du courrier. Alors que d'autres adorent ça.

Wallander n'avait soudain plus de questions. Tynnes Falk apparaissait comme un véritable mystère. J'avance trop vite, pensa-t-il. Il faut d'abord découvrir ce qui se cache dans son ordinateur. S'il avait une vie digne de ce nom, c'est là qu'on devrait la trouver.

Elle remplit son verre et lui en proposa. Wallander fit non de la tête.

– Vous avez dit que vous étiez proches. Mais, si je vous ai bien comprise, il n'était proche de personne, au fond. Ne vous parlait-il vraiment jamais de sa femme ou de ses enfants ?

– Non.

– Et quand il lui arrivait de le faire, par exception, que disait-il ?

– C'étaient des commentaires soudains, inattendus. Par exemple, on était en train de travailler et il m'annonçait tout à trac que c'était l'anniversaire de sa fille. Mais il ne fallait surtout pas l'interroger. Il coupait court directement.

– Lui avez-vous jamais rendu visite chez lui ?

– Jamais.

La réponse avait fusé un peu trop vite. N'y avait-il pas malgré tout quelque chose entre Tynnes Falk et son assistante ?

Il consulta sa montre. Vingt et une heures déjà. Les bûches finissaient de se consumer dans la cheminée.

– Je suppose qu'il n'a pas reçu de courrier ces derniers jours ?

– Non, rien.

– Que s'est-il passé à votre avis ?

– Je ne sais pas. Je pensais que Tynnes vivrait vieux. C'était en tout cas son ambition. Je pense qu'il a dû être victime d'un accident.

– Ne pouvait-il pas être malade à votre insu ?

– Bien sûr, mais j'ai du mal à le croire.

Wallander se demanda s'il devait lui parler de la disparition du corps. Il décida d'attendre et de tester une autre piste.

– On a trouvé les plans d'un transformateur dans son bureau. Ça vous dit quelque chose ?

– Je sais à peine ce que c'est.

– L'une des installations de Sydkraft, dans les environs d'Ystad.

Elle réfléchit.

– Je sais qu'il a accompli plusieurs missions pour Sydkraft. Mais sans ma participation.

Une pensée venait de frapper Wallander.

– Je voudrais que vous me fassiez une liste des projets auxquels vous avez collaboré, et de ceux qu'il exécutait seul.

– Depuis combien de temps ?

– Cette dernière année, dans un premier temps.

– Il peut y avoir des missions que j'ignore.

– Je vais parler à son comptable. Il y a forcément des traces. Mais je veux quand même que vous me donniez cette liste.

– Tout de suite ?

– Demain, ça suffira.

Elle se leva et tisonna les braises. Wallander tenta rapidement de formuler une annonce susceptible de faire répondre Siv Eriksson.

– Vous avez faim ? demanda-t-elle en se rasseyant.

– Non. Je vais partir.

– Mes réponses ne vous ont pas beaucoup aidé, je crois.

– J'en sais plus sur Tynnes Falk maintenant que lorsque j'ai sonné à votre porte. Le travail policier est une affaire de patience.

Il pensa qu'il devait partir sur-le-champ.

– Je vous recontacterai, dit-il en se levant. Mais je vous serais reconnaissant de me faxer cette liste demain au commissariat.

– Je ne peux pas vous l'envoyer par e-mail ?

– Sûrement, oui. Mais je ne sais pas comment on fait, s'il y a un numéro spécial ou une adresse.

– Je peux me renseigner.

Elle le raccompagna jusqu'à la porte. Wallander enfila sa veste.

– Tynnes Falk vous a-t-il jamais parlé de visons ?

– Des visons ? Jamais de la vie.

Elle ouvrit la porte. Wallander pensa confusément qu'il aurait préféré rester.

– La conférence était bien, dit-elle. Mais vous étiez vraiment nerveux.

– Ce sont des choses qui arrivent. Surtout quand on est seul, exposé sans défense à un public de femmes.

Elle lui serra la main. Wallander sortit. Au moment où il ouvrait la porte de l'immeuble, son portable bourdonna C'était Nyberg.

– Où es-tu ?

– Pas loin. Pourquoi ?

– Je crois qu'il vaut mieux que tu viennes.

Nyberg raccrocha. Wallander sentit les battements de son cœur s'accélérer. Nyberg n'appelait jamais, sauf en cas d'urgence.

17

Il lui fallut moins de cinq minutes pour retourner place Runnerström. Nyberg avait allumé une cigarette sur le palier. Ça ne lui arrivait que dans une seule situation quand il était sur le point de s'évanouir d'épuisement. Wallander se souvenait encore de la dernière fois, pendant l'enquête autour de Stefan Fredman, Nyberg était debout sur un ponton, au bord d'un lac où l'on venait de repêcher un cadavre. Soudain, il était tombé. Wallander crut qu'il venait de mourir d'une crise cardiaque, mais au bout de quelques secondes, il avait rouvert les yeux et demandé une cigarette qu'il avait fumée en silence. Puis il avait repris le travail sans un mot.

Nyberg écrasa le mégot sous sa semelle.

– J'ai examiné les murs. Ils avaient un air bizarre. C'est souvent le cas dans les vieilles maisons, quand le projet initial de l'architecte a été détruit par les réaménagements successifs. Mais j'ai quand même pris des mesures. Voilà ce que j'ai trouvé.

Il l'entraîna vers un angle qui semblait avoir autrefois abrité un conduit de cheminée.

– J'ai frappé. Ça sonnait creux Puis j'ai trouvé ça.

Il indiqua la plinthe. Wallander s'accroupit. Il y avait un raccord imperceptible. Et une fente, masquée par du ruban adhésif et une fine couche de peinture.

– Tu as regardé ce qu'il y avait derrière ?

– Je préférais t'attendre.

Wallander hocha la tête. Nyberg tira doucement le ruban adhésif, dévoilant une petite porte, haute d'un mètre cinquante environ. Il s'écarta. Wallander poussa la porte qui s'ouvrit sans un bruit. Nyberg alluma sa lampe torche.

La pièce secrète était plus grande que prévu. Wallander se demanda si Setterkvist connaissait son existence. Il prit la lampe de Nyberg et trouva le commutateur. La pièce faisait huit mètres carrés environ. Il n'y avait pas de fenêtre, juste un ventilateur. Aucun meuble, à part une table. Un autel plutôt. Il y avait deux candélabres. Au mur, derrière la table, un portrait représentant Tynnes Falk. Wallander eut l'impression que la photo avait été prise dans cette même pièce. Il demanda à Nyberg de tenir la lampe pendant qu'il examinait le cliché. Tynnes Falk regardait l'appareil bien en face. Son visage était grave.

– Qu'est-ce qu'il tient à la main ?

Wallander chercha ses lunettes et examina le portrait de très près.

– Je ne sais pas ce que tu en penses, dit-il en se redressant. Mais pour moi, ça ressemble à une télécommande.

Ils échangèrent leurs places. Nyberg parvint à la même conclusion. Tynnes Falk tenait vraiment une télécommande ordinaire.

– Ne me demande pas de t'expliquer ce que je vois, dit Wallander.

– Il s'adressait des prières à lui-même ? C'était un dingue ?

– Je ne sais pas.

Ils regardèrent autour d'eux, mais il n'y avait rien en dehors du petit autel. Wallander enfila les gants en plastique que lui tendit Nyberg et décrocha la photo avec précaution. Aucune inscription au dos. Il tendit le portrait à Nyberg.

– Pour toi.

– C'est peut-être un emboîtement de poupées russes. La chambre cachée en cache peut-être une autre.

Ils examinèrent les murs. Mais ceux-ci étaient solides. Il n'y avait pas de porte dérobée.

Ils retournèrent dans le bureau.

- Tu as trouvé autre chose ?

- Rien. À croire que quelqu'un vient de faire le ménage.

· Tynnes Falk était un homme méticuleux.

Wallander se souvenait de ce que lui avait dit Siv Eriksson et des annotations dans le journal de bord.

- Je ne pense pas pouvoir faire grand-chose ce soir, dit Nyberg. Mais à la première heure, on s'y remet.

– Avec Martinsson. Je veux savoir ce qu'il y a dans cet ordinateur.

Wallander l'aida à rassembler ses affaires.

– Comment peut-on s'adresser des prières à soi-même ? marmonna Nyberg.

Il paraissait indigné.

– Ce ne sont pas les exemples qui manquent.

– Quand je serai à la retraite, au moins, je ne serai plus obligé de voir des autels construits par des malades.

Dehors, le vent avait durci. Ils chargèrent les mallettes dans la voiture de Nyberg. Wallander lui fit un signe de tête et regarda la voiture s'éloigner. Vingt-deux heures trente. Il avait faim. La pensée de rentrer chez lui et de se préparer à manger était trop décourageante. Il prit sa voiture et s'arrêta devant un kiosque de la route de Malmö. Quelques garçons braillaient autour d'une machine de jeu. Wallander faillit leur demander de se taire, mais ne dit rien. Il jeta un coup d'œil prudent aux gros titres. Rien sur lui. Mais il n'osa pas ouvrir un journal. Il y aurait sûrement un article. Il ne voulait rien savoir. Le photographe avait peut-être d'autres images en réserve. La mère d'Eva Persson avait peut-être inventé de nouveaux mensonges.

Il emporta sa barquette de saucisses et de purée dans la voiture. Dès la première bouchée, il renversa de la moutarde sur la veste de Martinsson. Sa première impulsion fut d'ouvrir sa portière et de tout jeter. Mais il se maîtrisa.

Lorsqu'il eut fini de dîner, il se demanda s'il devait rentrer chez lui ou retourner au commissariat. Il avait besoin de dormir. Mais l'inquiétude ne le lâchait pas. Il prit le chemin du commissariat, où il trouva la cafétéria déserte. La machine à café avait été réparée. Mais un mot rageur informait les personnes concernées qu'il ne fallait pas tirer trop fort sur les manettes.

Quelles manettes ? pensa Wallander, découragé. Tout ce que je fais, c'est poser ma tasse au bon endroit et appuyer sur un bouton. Je n'ai jamais vu de manette.

Il ressortit dans le couloir avec son café. Combien de soirées solitaires semblables avait-il passées au commissariat ?

Un soir – il n'était pas divorcé à l'époque, Linda était encore petite – Mona était arrivée hors d'elle, en disant qu'il devait choisir entre sa famille et son travail. Ce soir-là, il l'avait suivie sans un mot. Mais tant d'autres fois, il avait refusé.

Il passa aux toilettes et tenta d'effacer la tache sur la veste de Martinsson. Aucun succès. Puis il s'assit à son bureau et prit un bloc-notes. Pendant une demi-heure, il résuma de mémoire sa conversation avec Siv Eriksson. Lorsqu'il eut fini, il bâilla longuement. Vingt-trois heures trente. Il devrait rentrer chez lui. S'il voulait continuer, il fallait dormir. Mais il s'obligea à se relire. Puis il resta assis, pensif, à s'interroger sur l'étrange personnalité de Tynnes Falk. Et sur le fait que personne ne semblait savoir où il recevait son courrier. Puis il repensa à une réflexion de Siv Eriksson.

Tynnes Falk n'avait pas accepté une seule des missions lucratives qu'on lui proposait. Parce qu'il en avait, selon ses propres termes, déjà suffisamment.

Il regarda sa montre. Minuit moins vingt. C'était un peu tard pour téléphoner. Mais son intuition lui disait que Marianne Falk n'était pas encore couchée. Il fouilla dans ses papiers et composa le numéro. Il s'apprêtait à raccrocher lorsqu'il entendit sa voix. Il s'excusa de l'appeler si tard.

– Je ne me couche jamais avant une heure, dit-elle. Mais ce n'est pas tous les jours que quelqu'un me téléphone à minuit.

– Voici ma question. Tynnes Falk avait-il rédigé un testament ?

– Pas à ma connaissance.

– Ce testament pourrait-il exister sans que vous en ayez connaissance ?

– Bien entendu. Mais je n'y crois pas.

– Pourquoi pas ?

– Notre divorce s'est fait largement à mon avantage. Presque comme une avance sur l'héritage que je ne toucherais jamais. Et les enfants vont hériter automatiquement.

– Bien, c'est tout ce que je voulais savoir.

– Avez-vous retrouvé le corps ?

– Pas encore.

– Et le type qui vous a tiré dessus ?

– Non plus. Le problème, c'est qu'on n'a aucun signalement. On ne sait même pas si c'est un homme. Même si vous et moi en sommes convaincus.

– Je regrette de n'avoir pu vous être utile.

– Nous allons vérifier le point du testament.

– J'ai touché beaucoup d'argent, dit-elle soudain. Beaucoup de millions. Et les enfants s'attendent sans doute à un bel héritage.

– Tynnes était riche ?

– Au moment du divorce, j'ai été stupéfaite qu'il puisse m'en donner autant.

– Comment l'a-t-il expliqué ?

– Il m'a dit qu'il avait eu quelques missions importantes aux États-Unis. Mais ce n'était pas vrai.

– Pourquoi pas ?

– Il n'est jamais allé aux États-Unis.

– Comment le savez-vous ?

– J'ai vu son passeport. Il n'y avait aucun visa. Aucun tampon.

Et alors ? Erik Hökberg faisait des affaires avec des pays lointains sans quitter son lotissement d'Ystad. Cela pouvait aussi valoir pour Tynnes Falk.

Il s'excusa une fois de plus, raccrocha et constata en bâillant qu'il était minuit moins deux. Il enfila la veste et éteignit la lumière. Au moment où il traversait la réception, un policier de garde passa la tête par la porte du central.

– Je crois que j'ai quelque chose pour toi.

Wallander ferma les yeux et fit une prière muette qu'il ne soit pas arrivé un événement qui l'obligerait à rester debout toute la nuit.

– Apparemment, quelqu'un aurait trouvé un cadavre.

Ah non, pensa Wallander. Pas un de plus. Pas maintenant. On n'y arrivera pas.

Il prit le téléphone

– Kurt Wallander, j'écoute.

L'homme à l'autre bout du fil était bouleversé et criait si fort qu'il dut écarter le combiné de son oreille.

– Parlez lentement. Et calmement. Sinon, nous ne pourrons rien faire. Votre nom ?

– Nils Jönsson Il y a un type mort dans la rue.

– Où ça ?

– À Ystad. J'ai trébuché dessus. Il est tout nu et il est mort. C'est horrible à voir. Ça ne devrait pas être permis. Je suis cardiaque et...

– Lentement. Calmement. Vous dites qu'il y a un homme nu et mort dans la rue ?

– Vous êtes sourd ou quoi ?

– Je vous entends. Quelle rue ?

– Comment voulez-vous que je sache comment il s'appelle, ce parking ?

– C'est un parking ou une rue ?

– Les deux.

– Où ?

– Je viens de Trelleborg, j'allais à Kristianstad, je me suis arrêté pour faire le plein. C'est là que je l'ai vu.

– Vous me parlez d'une station-essence ? D'où appelez-vous exactement ?

– Je suis dans ma voiture.

Wallander commença à espérer que l'homme avait trop bu. Mais son agitation était réelle.

– Que voyez-vous par le pare-brise ?

– Un grand magasin.

– Il a un nom ?

– Je ne peux pas le voir. Mais il n'est pas loin de la bretelle d'autoroute.

– Quelle bretelle ?

– Celle qui va vers la ville, bien sûr.

– De Trelleborg ?

– De Malmö. J'étais sur l'autoroute.

Une idée l'effleura. Mais il avait du mal à y croire.

– Pouvez-vous voir un distributeur de billets de là où vous êtes ?

– C'est là qu'il se trouve ! Par terre, sur le trottoir.

Wallander retint son souffle. Il regarda le policier qui avait suivi la conversation avec curiosité. L'homme parlait encore dans le combiné.

– C'est l'endroit où est mort Tynnes Falk. Je me demande si on ne l'a pas retrouvé.

– Grosse intervention, alors ?

– Non. Réveille Martinsson. Et Nyberg. Il n'est sans doute pas couché encore. Combien de voitures sont en service ?

– Deux. Une à Hedeskoga pour une histoire de famille, un anniversaire qui aurait dégénéré.

– Et l'autre ?

– En ville.

– Dis-leur de se rendre au parking de Missunnavägen le plus vite possible. Je prends ma propre voiture.

Wallander quitta le commissariat en frissonnant. La veste était trop légère. Pendant les quelques minutes du trajet, il se demanda ce qui l'attendait. Mais au fond de lui, il savait. Tynnes Falk était revenu sur le lieu de sa mort.

Il arriva presque en même temps que la patrouille. Un homme surgit d'une Volvo rouge et se précipita vers lui en criant. Nils Jönsson de Trelleborg, sans doute. Wallander eut le temps de sentir qu'il avait mauvaise haleine.

– Attendez là !

Il s'approcha du distributeur.

L'homme couché sur le bitume était effectivement nu. Et c'était bien Tynnes Falk. Il était couché sur le ventre, les mains sous lui, la tête tournée vers la gauche. Wallander ordonna aux collègues de dresser un périmètre de sécurité

et de prendre tous les renseignements concernant Nils Jönsson. Lui-même n'en avait pas la force. D'ailleurs, Jönsson
n'aurait rien à leur apprendre. Celui ou ceux qui avaient
déposé le corps avaient sûrement choisi un moment où personne ne les regardait. Mais les grands magasins étaient
surveillés. La première fois, c'était un vigile qui avait
découvert le corps.

Il n'avait jamais été confronté à cela. Un cadavre qui
resurgissait sur le lieu de sa mort.

Il n'y comprenait rien. Il fit le tour du corps avec précaution, comme s'il attendait à tout moment que Tynnes Falk
se lève et s'en aille.

C'est une idole que je vois, pensa-t-il. Tu t'adressais des
prières à toi-même. D'après Siv Eriksson, tu avais l'intention de vivre très vieux. Mais tu n'as même pas atteint mon
âge.

Nyberg arriva et descendit de voiture. Il considéra longuement le corps.

– Comment il a fait pour revenir ? Il veut être enterré au
pied du distributeur ou quoi ?

Wallander ne répondit pas. Il ne savait pas quoi dire.
Puis il aperçut la voiture de Martinsson et alla à sa rencontre.

Martinsson était en survêtement. Il jeta un regard réprobateur à la tache sur la veste, mais ne dit rien.

– Qu'est-ce qui se passe ?

– Tynnes Falk est revenu.

– Tu plaisantes ?

– Non. Il est couché à l'endroit où il est mort.

Ils s'approchèrent. Nyberg parlait dans son portable.
Wallander crut comprendre qu'il réveillait l'un de ses techniciens et se demanda si Nyberg allait à nouveau s'évanouir
de fatigue.

– Première question, dit-il à Martinsson. Était-il dans la
même position quand on l'a trouvé la première fois ?

Martinsson fit lentement le tour du corps. Il avait une
excellente mémoire.

– La première fois, il était plus loin du distributeur. Et il avait une jambe repliée.

– Tu en es sûr ?

– Oui.

Wallander réfléchit.

– Sa mort est officielle depuis une semaine. Je crois qu'on peut le retourner sans qu'on nous accuse de faute grave.

Martinsson hésita. Mais Wallander était sûr de lui. Il ne voyait aucune raison d'attendre. Nyberg prit quelques photos. Puis ils retournèrent le corps.

Martinsson recula. Wallander mit un instant à comprendre. Il manquait un doigt à chaque main. L'index de la main droite, le majeur de la main gauche. Il se redressa.

– C'est qui, ces gens ? marmonna Martinsson. Des profanateurs de cadavres ?

– Je ne sais pas. Mais ça veut dire quelque chose. Tout comme le fait qu'on l'ait enlevé et replacé au même endroit.

Martinsson était pâle. Wallander l'entraîna à l'écart.

– Il faut qu'on retrouve le vigile qui l'a découvert la première fois. Il faut reconstituer leur emploi du temps. À quel moment passent-ils à cet endroit ? Ça nous donnera une idée de l'heure à laquelle il a été déposé.

– Qui l'a trouvé cette fois-ci ?

– Un certain Nils Jönsson de Trelleborg.

– Il voulait prendre de l'argent au distributeur ?

– Non, faire le plein d'essence. En plus, il est cardiaque.

– Ce serait bien qu'il ne nous claque pas entre les doigts là tout de suite. Je crois que je ne le supporterais pas.

Wallander parla au policier qui avait interrogé Nils Jönsson. Comme prévu, celui-ci n'avait pas eu d'observations intéressantes à communiquer.

– Qu'est-ce qu'on en fait ? demanda le policier.

– On le renvoie chez lui.

Jönsson démarra sur les chapeaux de roue. Wallander se demanda distraitement s'il arriverait à destination ou si son cœur le lâcherait avant Kristianstad.

Entre-temps, Martinsson avait parlé à l'entreprise de gar-
diennage.

– Le vigile est passé ici à vingt-deux heures trente.

Il était minuit et demie. Le coup de fil était parvenu au
commissariat à minuit. Nils Jönsson affirmait avoir découvert le corps vers minuit moins le quart. Ça pouvait coller.

– Il est donc là depuis une à deux heures. À mon avis,
ceux qui l'ont déposé là savaient à quel moment passerait
le vigile.

– « Ceux » ?

– Ce n'était pas un homme seul. J'en suis convaincu.

– Tu penses qu'il a pu y avoir des témoins ?

– Pas vraiment. Il n'y a pas d'habitations à proximité.
Et qui viendrait traîner par ici à cette heure ?

– Des gens qui promènent leur chien.

– Peut-être.

– Quelqu'un pourrait avoir remarqué une voiture. Les
propriétaires de chiens ont des habitudes fixes, ils font souvent le même tour chaque jour à la même heure. Ils auraient
sûrement remarqué un détail inhabituel.

Wallander était d'accord.

– On enverra quelqu'un demain soir.

– Hansson aime beaucoup les chiens.

Moi aussi, pensa Wallander. Mais ce n'est pas pour ça
que j'ai envie de revenir traîner ici demain soir.

Une voiture freina devant le périmètre de sécurité. Un
jeune homme vêtu d'un survêtement presque identique à
celui de Martinsson en descendit. Wallander se demanda
s'il commençait à être cerné par une équipe de football.

– Le vigile de dimanche soir, commenta Martinsson. Il
était de congé ce soir.

Il s'éloigna pour lui parler. Wallander retourna auprès de
Nyberg.

– On lui a tranché deux doigts. C'est de pire en pire.

– Je sais que tu n'es pas médecin. Mais tu as dit « tranché » ?

– L'entaille est nette. On peut aussi imaginer une grosse
pince. Le médecin le dira. Il est en route.

– Susann Bexell ?

– Sais pas.

Le médecin arriva au bout d'une demi-heure. C'était bien Bexell, Wallander lui expliqua la situation. Un maître-chien, contacté par Nyberg, arriva au même moment. Il était censé chercher les doigts manquants.

– Je ne sais pas ce que je fais là, dit Bexell quand Wallander eut fini. Il était mort l'autre jour, ça n'a pas changé.

– Je veux que vous regardiez ses mains. On lui a tranché deux doigts.

Nyberg avait allumé une cigarette. Wallander lui-même s'étonna de ne pas se sentir plus fatigué que ça. Le chien était déjà au travail. Wallander se rappela vaguement un autre chien, qui avait découvert un jour un doigt noir. Quand était-ce ? Il ne s'en souvenait plus. Cinq ans plus tôt, dix ans peut-être.

Susann Bexell se redressa.

– Je crois qu'ils ont été coupés avec une pince. Mais je ne peux pas vous dire si ça s'est passé ici ou ailleurs.

– Ça ne s'est pas passé ici, affirma Nyberg.

Personne ne lui demanda comment il pouvait être aussi catégorique.

Le médecin avait fini. Le fourgon réfrigéré venait d'arriver. On s'apprêta à emporter le corps.

– J'aimerais qu'il ne disparaisse pas de la morgue une nouvelle fois, dit Wallander. Ce serait bien si on pouvait l'enterrer maintenant.

Le médecin et le fourgon disparurent. Le maître-chien avait entre-temps abandonné les recherches.

– S'il y avait eu des doigts dans le coin, on les aurait déjà trouvés.

Wallander pensait au sac à main de Sonja Hökberg.

– Je crois quand même qu'on va fouiller le périmètre à fond demain matin. On les a peut-être jetés plus loin, pour nous compliquer la tâche.

Il était deux heures moins le quart. Le vigile était rentré chez lui.

– Il est du même avis que moi, dit Martinsson. La position du corps était différente dimanche dernier.

– Ça peut signifier deux choses. Soit ils n'ont pas pris la peine d'arranger le corps à l'identique. Soit ils ne savaient pas dans quelle position il était la première fois.

– Mais pourquoi l'ont-ils ramené ?

– Je n'en sais rien. Et ça ne vaut pas la peine qu'on s'éternise ici. On a besoin de dormir.

Nyberg rangea ses mallettes pour la deuxième fois de la soirée. Le périmètre de sécurité resterait en place jusqu'au lendemain.

– À demain, huit heures.

Ils se séparèrent. De retour chez lui, Wallander se prépara un thé qu'il ne finit pas. En se couchant, il constata qu'il avait mal au dos et aux jambes. Le lampadaire oscillait sur son fil de l'autre côté de la fenêtre.

Sur le point de s'endormir, il sursauta et prêta l'oreille. Puis il comprit que l'avertissement venait de l'intérieur.

Quelque chose à propos de ces doigts coupés.

Il se redressa dans le lit. Deux heures vingt.

Il voulait en avoir le cœur net. Ça ne pouvait pas attendre jusqu'au lendemain.

Il se leva, se rendit à la cuisine. L'annuaire était posé sur la table. En moins d'une minute, il trouva le numéro qu'il cherchait.

18

Siv Eriksson dormait.

Wallander attendit en espérant qu'il ne venait pas interrompre un rêve agréable. Elle décrocha à la onzième sonnerie.

– C'est Kurt Wallander.

– Qui ?

– Je vous ai rendu visite hier soir

Il lui laissa le temps de reprendre ses esprits.

– Ah, la police. Quelle heure est-il ?

– Deux heures et demie du matin. Je ne vous aurais pas dérangée si ce n'était pas important.

– Il est arrivé quelque chose ?

– On a retrouvé le corps.

Il y eut un bruit confus à l'autre bout du fil. Il pensa qu'elle venait de s'asseoir dans le lit.

– Vous pouvez répéter ?

– On a retrouvé le corps de Tynnes Falk.

Au même moment, il comprit qu'elle ignorait tout de sa disparition. Il était épuisé au point d'oublier qu'il ne lui en avait pas parlé la veille.

Il lui raconta tout. Elle l'écouta sans l'interrompre.

– C'est vrai ? demanda-t-elle lorsqu'il eut fini.

– Je me rends compte que ça paraît absurde. Mais c'est absolument vrai.

– Qui aurait fait une chose pareille ? Et pourquoi ?

– C'est la question que je me pose, moi aussi.

– Et vous avez retrouvé le corps au même endroit ?

– Oui.

– C'est invraisemblable. Comment a-t-il pu se retrouver là ?

– On ne le sait pas encore. Je vous appelle parce que j'ai une question.

– Vous avez l'intention de passer chez moi ?

– Non, on peut le faire par téléphone.

– Que voulez-vous savoir ? Vous ne dormez jamais ?

– On n'en a pas toujours le temps. Ma question vous paraîtra peut-être étrange.

– C'est vous qui me paraissez étrange. Si vous me permettez d'être franche, comme ça en pleine nuit.

Wallander fut complètement décontenancé.

– Je ne comprends pas très bien.

Elle éclata de rire.

– Ce n'est pas la peine de prendre un ton dramatique. Mais je trouve étrange quelqu'un qui refuse de boire quoi que ce soit alors qu'il en meurt d'envie. Et qui ne veut rien manger, alors qu'il est visiblement affamé.

– Je n'étais ni assoiffé ni affamé. Si c'est à moi que vous pensez.

– À qui, sinon vous ?

Wallander se demanda pourquoi il s'obstinait. De quoi avait-il peur, au juste ? Elle ne croyait pas un mot de ses dénégations.

– Je vous ai vexé ?

– Pas du tout. Puis-je poser ma question maintenant ?

– Je vous écoute.

– Pourriez-vous me dire comment Tynnes Falk se servait du clavier de son ordinateur ?

– C'est ça, votre question ?

– Oui. Et j'aimerais avoir une réponse.

– Il s'en servait comme tout le monde, je dirais.

– C'est très variable selon les gens. Les policiers, par exemple, on les représente souvent en train de taper avec un seul doigt sur une vieille machine.

– Ah, je comprends mieux

– Il se servait de tous ses doigts ?

- Très peu de gens font ça, à l'ordinateur.
- Il n'en utilisait donc que certains ?
- Oui.

Wallander retint son souffle. Restait à savoir s'il avait vu juste.

- Quels doigts ?
- Il faut que je réfléchisse.

Wallander attendit.

- Il utilisait les deux index, dit-elle.

Il sentit la déception l'envahir.

- Vous en êtes absolument certaine ?
- Pas vraiment.
- C'est très important.
- J'essaie de me le représenter.
- Prenez votre temps.

Elle était bien réveillée maintenant. Il devina qu'elle faisait de son mieux.

- Je peux vous rappeler ? Je ne suis pas tout à fait sûre de moi. Je crois que ce serait plus facile si je m'asseyais devant mon ordinateur.

Wallander lui donna son numéro personnel. Puis il s'assit à la table de la cuisine et attendit. Il avait un mal de crâne lancinant. Demain soir, pensa-t-il, quoi qu'il arrive je me couche de bonne heure et je dors toute la nuit. Il se demanda distraitement si Nyberg dormait en ce moment ou s'il se retournait entre ses draps.

Elle le rappela au bout de dix minutes. La sonnerie le fit sursauter. La peur que ce puisse être un journaliste le reprit. Mais les journalistes appelaient rarement avant quatre heures du matin. Elle alla droit au but.

- L'index de la main droite et le majeur de la main gauche.

Wallander sentit la tension intérieure monter d'un cran.

- Vous en êtes sûre ?
- Oui. C'est très inhabituel. Mais c'est comme ça qu'il faisait.
- Bien. Cette réponse est très importante pour moi.
- Mais est-ce la bonne ?

– Elle confirme un soupçon.

– Vous devez comprendre ma curiosité.

Wallander faillit lui parler des doigts manquants, mais se ravisa.

· Je ne peux malheureusement pas vous en dire davantage. Plus tard peut-être.

Que s'est-il passé au juste ?

– C'est ce que nous essayons de découvrir. N'oubliez pas la liste que je vous ai demandée. Bonne nuit.

– Bonne nuit.

Wallander se leva et s'approcha de la fenêtre. La température avait un peu monté. Sept degrés au-dessus de zéro. Le vent soufflait encore et une pluie fine tombait sur la ville. Trois heures moins quatre minutes. Wallander retourna se coucher. Les doigts coupés dansèrent un long moment devant ses yeux avant qu'il ne trouve le sommeil.

*

L'homme dissimulé dans l'ombre de la place Runnerström compta lentement ses inspirations. C'était un truc qu'il avait appris dans l'enfance. Le souffle et la patience étaient liés. Savoir à quel moment il était primordial d'attendre.

C'était aussi une façon de garder l'inquiétude sous contrôle. Trop d'événements imprévus s'étaient accumulés. On ne pouvait se prémunir contre tout, bien sûr ; mais la mort de Falk représentait un sérieux accroc. Il avait fallu se réorganiser. Le temps commençait à manquer. Mais si aucun nouvel incident ne survenait, le plan se déroulerait malgré tout comme prévu.

Il pensa à l'homme qui se trouvait quelque part, très loin, dans la nuit tropicale. Celui qui tirait les ficelles. Qu'il n'avait jamais rencontré. Mais qui lui inspirait une crainte mêlée de respect.

Rien ne devait dérailler. Cet homme ne le tolérerait pas.

Mais il n'y avait pas de danger. Personne n'était capable de s'introduire dans l'ordinateur qui était le cerveau de l'organisation. Son inquiétude était injustifiée. Une faiblesse.

C'était une erreur de ne pas avoir réussi à tuer le policier dans l'appartement de Falk. Mais ça ne remettait pas en cause le système de sécurité. Ce policier ne savait probablement rien. Même s'ils ne pouvaient en être sûrs à cent pour cent.

C'était une expression de Falk. *Rien n'est absolument sûr*. Maintenant, Falk était mort. Et sa mort confirmait son propos. Rien n'était jamais tout à fait sûr.

Ils devaient être prudents. L'homme auquel toutes les décisions revenaient, seul désormais, lui avait ordonné d'attendre. La mort du flic susciterait une émotion inutile. Rien n'indiquait d'ailleurs que la police eût la moindre idée de ce qui se passait.

Il avait donc continué à surveiller l'immeuble d'Apelbergsgatan. Il avait suivi le flic jusqu'à la place Runnerström. Sans surprise, le bureau de Falk avait été découvert. Ensuite, un autre policier avait débarqué avec des mallettes. Le premier flic était sorti de l'immeuble pour y retourner une heure plus tard. Ils avaient quitté le bureau ensemble peu avant minuit.

Il avait continué d'attendre. Il était maintenant trois heures du matin. La rue était déserte. Il avait froid. Il lui paraissait peu vraisemblable que quelqu'un revienne désormais. Avec précaution, il se détacha de l'ombre, traversa la rue, monta silencieusement jusqu'au dernier étage et enfila des gants avant d'ouvrir avec ses clés. Il alluma sa lampe torche. Ils avaient trouvé la porte de la chambre secrète. Il n'en fut pas surpris. Sans savoir pourquoi, il avait acquis un certain respect pour ce flic qui avait réagi vite, dans l'appartement, alors qu'il n'était plus très jeune. Ça aussi, il l'avait appris dans l'enfance. Le fait de sous-estimer un adversaire était un péché mortel, aussi grave que la convoitise.

Il dirigea le faisceau de la torche vers l'ordinateur et le fit démarrer. L'écran s'éclaira. Il fit apparaître la date et l'heure de la dernière mise en service. Celle-ci remontait à six jours. Les policiers n'avaient donc pas même pris la peine de l'allumer.

Ils avaient peut-être l'intention de faire appel à un spécialiste. L'inquiétude revint. Pourtant, tout au fond de lui, il savait qu'ils ne parviendraient jamais à craquer les codes. Même en y travaillant pendant mille ans. La seule possibilité était que l'un des flics fasse preuve d'une intuition proprement prodigieuse. Ou une acuité d'esprit inouïe. Mais c'était peu probable – d'autant plus qu'ils ne savaient pas quoi chercher. Même dans leurs rêves les plus fous, ils ne pouvaient imaginer ce qui se cachait dans cette machine, l'ampleur des forces attendant d'être libérées.

Il quitta l'immeuble aussi silencieusement qu'il était venu. L'instant d'après, il avait disparu parmi les ombres.

*

Wallander se réveilla avec le sentiment d'avoir trop dormi. Il n'était que six heures pourtant. Il se laissa retomber sur l'oreiller. Le manque de sommeil lui donnait la migraine. Encore dix minutes. Ou sept. Je n'ai pas la force de me lever.

Il tituba jusqu'à la salle de bains. Il avait les yeux injectés de sang. Sous la douche, il s'appuya contre le mur, aussi lourd qu'un cheval. Peu à peu, il sentit qu'il se réveillait.

À sept heures moins cinq, il freinait sur le parking du commissariat. La pluie fine de la nuit n'avait pas cessé. Hansson, pour une fois matinal, feuilletait un journal dans le hall d'accueil. Et il avait mis un costume et une cravate. D'habitude, il se présentait en pantalon de velours chiffonné et ne repassait jamais ses chemises.

– C'est ton anniversaire ?

Hansson leva la tête.

– Je me suis aperçu dans la glace l'autre jour, ce n'était pas beau à voir. J'ai pensé que je pouvais faire un effort. On est samedi en plus. On verra bien combien de temps ça dure.

Ils prirent le chemin de la cafétéria et des obligatoires tasses de café. Wallander lui résuma les événements de la nuit.

– Ça ne paraît pas croyable, dit Hansson lorsqu'il eut fini. Pourquoi irait-on recoucher un mort dans la rue ?

– C'est pour répondre à ce genre de question qu'on nous paie. D'ailleurs, tu vas chercher des chiens ce soir.

– Quoi ?

– C'est une idée de Martinsson. Quelqu'un a pu remarquer quelque chose du côté du distributeur hier soir. On se disait que tu pourrais y aller ce soir et parler aux gens qui promènent leurs chiens, s'il y en a.

– Pourquoi moi ?

– Tu aimes bien les chiens.

– Je suis invité ce soir. On est samedi, comme je l'ai dit tout à l'heure.

– Ça n'empêche pas. Si tu y es pour vingt-trois heures, ça suffit.

Hansson hocha la tête sans protester. Même s'il n'avait pas spécialement d'amitié pour son collègue, Wallander ne pouvait mettre en cause sa bonne volonté lorsque la situation l'exigeait.

– Réunion à huit heures, dit Wallander. On doit faire le point.

– On passe notre temps à ça. Mais ce n'est pas pour autant qu'on avance.

Wallander s'assit à son bureau. Après un moment, il repoussa son bloc. Il ne savait même plus ce qu'il avait l'intention de noter. Dans quel sens fallait-il orienter l'enquête ? Jamais encore il ne s'était senti aussi démuni. Ils avaient sur les bras : un chauffeur de taxi assassiné, une meurtrière tout aussi morte, un consultant terrassé devant un distributeur de billets, un cadavre qui jouait les prestidigitateurs et auquel il manquait deux doigts. Une importante coupure de courant en Scanie et un relais électrique reliaient ces différentes morts. Pourtant, rien ne collait. D'autre part, quelqu'un lui avait tiré dessus. Dans l'intention évidente de le tuer.

Tout se dérobe dans cette affaire, pensa Wallander. Je ne sais pas où est le début, ni la fin, ni pourquoi ces gens sont morts. Pourtant, il doit y avoir une cohérence cachée.

Il se leva et se posta à la fenêtre, son café à la main.

Qu'aurait fait Rydberg à sa place ? Quel conseil lui aurait-il donné ? Aurait-il été aussi perdu que lui ?

Pour une fois, il n'obtint aucune réponse. Rydberg gardait le silence.

Il se rassit. Il devait préparer la réunion. C'était malgré tout son rôle d'orienter le travail du groupe d'enquête. Il refit le point intérieurement, en essayant de voir les choses sous un autre angle. Quels étaient les événements principaux ? Quels éléments pouvaient être considérés comme secondaires ? C'était comme de construire un système planétaire où des satellites décrivaient des trajectoires différentes autour d'un même centre. Mais là, il n'y avait pas de centre. Seulement un grand trou.

Il y a toujours un personnage principal, pensa-t-il. Tous les rôles ne sont pas aussi importants. Mais qui est qui, parmi ces morts ? Et dans quel jeu ?

Il était de retour à son point de départ. La seule certitude pour l'instant, c'était que la tentative de meurtre dirigée contre lui n'était pas centrale. Pas plus sans doute que le meurtre du chauffeur de taxi.

Restait Tynnes Falk. Il existait un lien entre lui et Sonja Hökberg : un relais et les plans d'un transformateur. Voilà à quoi ils devaient se tenir. Le lien était ténu et incompréhensible. Mais il existait.

Il repoussa le bloc. Je ne sais pas ce que je vois, pensa-t-il avec découragement.

Il s'attarda encore quelques minutes. Le rire d'Ann-Britt lui parvint du couloir. Ça faisait longtemps qu'il ne l'avait pas entendu rire. Il rassembla ses papiers et se dirigea vers la salle de réunion.

La réunion dura près de trois heures, au cours desquelles l'atmosphère de fatigue et d'abattement se dissipa peu à peu.

Nyberg fit son apparition à huit heures trente et s'assit sans un mot à sa place en bout de table. Wallander l'interrogea du regard, mais il n'avait rien d'urgent à communiquer.

Ils testèrent différentes pistes, différentes approches possibles. Mais le terrain se dérobait sans cesse. Ils décidèrent de faire une pause pour aérer. Ann-Britt était songeuse.

– Avons-nous affaire à quelqu'un qui sème des fausses pistes de façon délibérée ? Tout cela est peut-être extrêmement simple, si seulement nous pouvions découvrir le mobile.

– Quel mobile ? fit Martinsson. Une fille qui tue un chauffeur de taxi ne peut pas avoir le même mobile que celui qui électrocute cette même fille en provoquant une énorme panne dans toute la région. En plus, on ne sait même pas si Tynnes Falk a été tué. Moi, je crois encore à un accident.

– En fait, ce serait plus simple s'il avait été tué, dit Wallander. Dans ce cas, on aurait la certitude d'avoir affaire à un enchaînement criminel.

Ils avaient refermé les fenêtres et repris place autour de la table.

– Le plus grave, dit Ann-Britt, c'est malgré tout qu'on ait tiré sur toi. C'est très rare qu'un cambrioleur soit prêt à tuer quelqu'un.

– Je ne sais pas si c'est plus grave que le reste. Ça montre en tout cas qu'il existe un grand cynisme chez les gens qui sont à l'origine de tout ceci. Quel que soit leur but.

Ils continuèrent à retourner en tous sens les éléments dont ils disposaient. Wallander parla peu, mais écouta ses collègues avec attention. Il était arrivé plusieurs fois qu'une enquête difficile se débloque d'un coup à la suite de quelques mots jetés en l'air, sous la forme d'un commentaire ou d'une remarque insignifiante. Ils cherchaient pour l'instant des accès possibles, et un centre capable de remplacer ce qui n'était pour l'instant qu'un trou noir. C'était rébarbatif, comme de gravir une côte sans fin. Mais ils n'avaient pas le choix.

La dernière heure fut consacrée à la répartition des tâches. Chacun, à tour de rôle, cocha sa liste personnelle de priorités. Peu avant onze heures, Wallander comprit qu'il était temps de conclure.

– Ça va prendre du temps. Il faudra peut-être envisager des renforts. Je vais en parler à Lisa. Dans l'immédiat, on n'accomplira plus rien autour de cette table. Malheureusement, il faudra travailler tout le week-end. On doit avancer, coûte que coûte.

Hansson se rendit chez le procureur, qui voulait un rapport détaillé sur l'état de l'enquête. Martinsson partit téléphoner – Wallander lui avait demandé pendant la pause s'il pouvait l'accompagner au bureau de Falk à la fin de la réunion. Nyberg resta quelques instants assis à se triturer les cheveux. Puis il se leva et sortit sans un mot. Restait Ann-Britt. Wallander comprit qu'elle désirait lui parler en tête à tête et referma la porte.

– J'ai pensé à quelque chose. L'homme qui t'a tiré dessus.

– Quoi ?

– Il t'a vu. Et il a tiré sans hésiter.

– Je préfère ne pas y penser.

– Tu devrais.

Wallander la considéra attentivement.

– Comment cela ?

– Tu devrais peut-être faire attention. Le plus vraisemblable, c'est que tu l'as surpris. Mais on ne peut pas complètement exclure qu'il croie que tu sais quelque chose. Et qu'il essaiera de nouveau.

Wallander s'étonna de n'y avoir pas pensé lui-même. La peur revint.

– Je ne veux pas t'effrayer, dit-elle. Mais je devais te le dire.

Il hocha la tête.

– Que pense-t-il que je sais, dans ce cas ?

– Si ça se trouve, il a raison. Tu as peut-être vu quelque chose à ton insu.

Wallander venait de penser à un autre détail.

– On devrait peut-être mettre Apelbergsgatan et la place Runnerström sous surveillance. Discrètement. Par mesure de sécurité.

Elle partit s'en occuper. Wallander resta seul avec sa peur. Il pensa à Linda. Puis il se ressaisit et alla attendre Martinsson dans le hall.

Ils entrèrent dans l'appartement de la place Runnerström peu avant midi. Martinsson s'intéressa immédiatement à l'ordinateur, mais Wallander voulut d'abord lui montrer la cachette avec l'autel. Martinsson grimaça.

– L'espace cybernétique tourne la tête des gens. Tout cet appartement me rend malade.

Wallander ne répondit pas. Martinsson venait d'utiliser un mot. *L'espace*. Le même mot que Falk dans son journal de bord.

L'espace était désert, écrivait-il. Aucun message des amis.

Quel genre de message ? Il aurait donné cher pour le savoir.

Martinsson avait ôté sa veste et allumé l'ordinateur. Wallander s'approcha.

– Il contient quelques programmes très calés, déclara Martinsson d'emblée. Et il est sans doute terriblement rapide. Je ne suis pas certain de m'en sortir.

– Essaie. Si ça ne marche pas, on fera appel à la cellule informatique de Stockholm.

Martinsson ne répondit pas. Il contemplait l'écran en silence. Puis il se leva et examina l'arrière de l'appareil sous le regard attentif de Wallander. L'écran s'était entre-temps allumé. Une myriade de symboles tourbillonna un instant. Puis un ciel étoilé apparut.

Martinsson se rassit.

– On dirait qu'il se connecte automatiquement à un serveur dès qu'on l'allume. Tu veux que je t'explique ce que je fais ?

– Je n'y comprendrai rien de toute façon.

Martinsson ouvrit le disque dur. Une liste de codes apparut. Wallander mit ses lunettes et se pencha par-dessus l'épaule de Martinsson, mais ne vit que des alignements de chiffres et de lettres. Martinsson cliqua sur le premier nom de la liste. Soudain, il tressaillit.

— Qu'est-ce qui se passe ?

Martinsson indiqua un point clignotant qui venait de s'allumer à droite.

— Je ne sais pas si j'ai raison, dit-il lentement. Mais je crois que quelqu'un vient d'être averti qu'on essaie d'ouvrir un dossier sans autorisation.

— Comment est-ce possible ?

— Cet ordinateur est relié à d'autres.

— Quelqu'un verrait en ce moment même qu'on essaie d'ouvrir un dossier ?

— À peu près.

— Où se trouve cet individu ?

— N'importe où. Dans une ferme en Californie. Sur une île au large de l'Australie. Ou dans l'appartement du dessous.

— C'est difficile à comprendre.

— Avec un ordinateur relié au Net, tu es au centre du monde où que tu sois.

— Tu penses pouvoir l'ouvrir ?

Martinsson se mit au travail. Après une dizaine de minutes, il repoussa sa chaise.

— Tout est verrouillé, dit-il. Protégé par des codes complexes, eux-mêmes protégés par des systèmes de sécurité.

— Tu laisses tomber ?

Martinsson sourit.

— Pas encore. Pas tout à fait.

Il se remit à pianoter. Soudain, il poussa une exclamation.

— Qu'est-ce qu'il y a ?

— Je n'en suis pas absolument certain. Mais je crois que quelqu'un s'est servi de cet ordinateur il y a quelques heures à peine.

— Comment tu peux voir ça ?

— Je sais pas si ça vaut la peine que j'essaie de t'expliquer.

– Tu es sûr ?

– Attends.

Wallander attendit. Après dix minutes, Martinsson se leva.

– J'avais raison. Quelqu'un a allumé l'ordinateur cette nuit.

– Tu en es certain ?

– Oui.

– Autrement dit, quelqu'un en dehors de Falk y a accès.

– Et il n'est pas entré ici par effraction.

Wallander acquiesça en silence.

– Comment faut-il l'interpréter ?

– Je ne sais pas. C'est encore trop tôt.

Martinsson se rassit devant l'ordinateur. Le travail continua.

À seize heures trente, ils décidèrent de faire une pause. Martinsson invita Wallander à venir manger chez lui. À dix-huit heures trente, ils étaient de retour. La présence de Wallander était parfaitement inutile, mais il ne voulait pas laisser son collègue seul.

Vers vingt-deux heures, Martinsson renonça.

– Je n'y arrive pas. Je n'ai jamais vu des systèmes de sécurité pareils. Des barbelés électroniques sur des milliers de kilomètres. Et des murs impossibles à franchir.

– Très bien, dit Wallander. Il faudra faire appel à Stockholm.

– Peut-être.

– On n'a pas le choix.

– Si. Robert Modin. Il habite à Löderup, pas très loin de la maison de ton père.

– Qui est-ce ?

– Un garçon de dix-neuf ans, qui est sorti de prison il y a quelques semaines.

– Et alors ?

– Il a réussi à s'introduire dans les superordinateurs du Pentagone l'année dernière. Il est considéré comme l'un des meilleurs hackers d'Europe.

Wallander hésita. Mais la proposition de Martinsson le séduisait. Il ne réfléchit pas longtemps.

– Va le chercher. Pendant ce temps, je vais voir où en est Hansson avec ses chiens.

Martinsson partit pour Löderup. Wallander jeta un regard autour de lui. Une voiture était stationnée un peu plus loin. Il salua ses occupants d'un signe de la main.

Soudain, il pensa à ce qu'avait dit Ann-Britt. Il devait faire attention.

Il se retourna. Puis il prit, à pied, la direction de Missunnavägen.

La pluie fine avait cessé.

19

Hansson avait garé sa voiture devant le bâtiment des impôts. Wallander le reconnut de loin, en train de lire le journal sous un réverbère. Un flic, à l'évidence. Dans l'exercice de ses fonctions, sans aucun doute possible. Mais quelles fonctions ? On se le demande. Il n'est pas assez couvert. La deuxième règle d'or de la police – la première étant de rentrer chez soi vivant à la fin de la journée –, c'est de s'habiller chaudement quand on doit planquer en plein air.

Hansson, complètement absorbé par sa lecture, s'aperçut *in extremis* de la présence de Wallander. Ce dernier crut comprendre qu'il s'agissait d'une revue hippique.

– Je ne t'ai pas entendu venir. Je me demande si je deviens dur de la feuille.

– Comment vont les chevaux ?

– Je vis de mes illusions. Mais si tu crois que les chevaux se conforment aux pronostics, tu crois n'importe quoi. Ça n'arrive jamais.

– Et comment vont les chiens ?

– Je viens d'arriver. Je n'ai encore vu personne.

Wallander regarda autour de lui.

– Quand je suis arrivé à Ystad, il y avait des champs à cet endroit. Rien de tout ceci n'existait encore.

– Svedberg disait souvent ça. À quel point la ville avait changé. Mais lui, il était né ici.

Ils pensèrent en silence à leur collègue mort. Wallander croyait encore entendre le gémissement de Martinsson dans

224

son dos à l'instant où ils l'avaient découvert, la tête à moitié arrachée, sur le tapis du salon.

– Il aurait eu cinquante ans bientôt, dit Hansson. Et toi, c'est pour quand ?

– Le mois prochain.

– J'espère que je suis invité.

– Où ? J'ai pas l'intention de faire une fête.

Il raconta à Hansson les tentatives de Martinsson pour s'introduire dans l'ordinateur de Tynnes Falk. Entre-temps, ils étaient arrivés devant le distributeur.

– On s'habitue vite, dit Hansson. Je me souviens à peine de l'époque où ces machines n'existaient pas. Et je ne sais toujours pas comment elles fonctionnent. Je m'imagine encore qu'il y a un petit bonhomme assis à l'intérieur qui compte les billets et vérifie que tout se passe bien.

Wallander repensa à ce qu'avait dit Hökberg, à propos de la société vulnérable. La coupure d'électricité survenue quelques nuits plus tôt confirmait ses paroles.

Ils retournèrent à la voiture de Hansson. Toujours pas de chien en vue.

– J'y vais. Comment était ton dîner ?

– Je n'y suis pas allé. Quel intérêt de dîner dehors si on ne peut pas boire un coup ?

– Tu aurais pu demander à une patrouille de passer te prendre.

Hansson le dévisagea avec intérêt.

– Alors, d'après toi, j'aurais pu venir ici et interroger les gens en puant l'alcool ?

– Un verre, dit Wallander avec patience. Je ne te parle pas d'être ivre mort.

Sur le point de partir, il se rappela quelque chose.

– Comment ça s'est passé avec Viktorsson ? Il a fait des commentaires ?

– Pas vraiment.

– Il a bien dû te dire quelque chose ?

– Il ne voyait pas de raison d'orienter l'enquête dans une direction précise pour l'instant. On doit continuer à ratisser large, sans *a priori*.

– La police ne travaille jamais sans *a priori*, il devrait le savoir.

- C'est ce qu'il a dit, en tout cas.

- Rien d'autre ?

- Non.

Wallander eut soudain l'impression que Hansson s'esquivait. Qu'il lui cachait quelque chose. Il attendit, mais Hansson n'ajouta rien.

– Passé minuit trente, je pense qu'il ne vaut pas la peine d'insister. Bon, j'y vais. À demain.

- J'aurais dû mieux me couvrir. Il fait froid.

- C'est l'automne.

Wallander reprit la direction du centre. Plus il y réfléchissait, plus il était convaincu que Hansson lui cachait quelque chose. Arrivé place Runnerström, il avait acquis la certitude que Viktorsson avait fait un commentaire sur lui, Wallander. À propos de la « bavure ». Et de l'enquête interne.

Il s'irrita du silence de son collègue. Mais il n'était pas surpris. Hansson vivait dans un effort perpétuel pour être l'ami de tout le monde. Soudain, il sentit à quel point tout cela le fatiguait. Le déprimait, peut-être.

Il regarda autour de lui. La voiture banalisée était toujours là. Pour le reste, la rue était déserte. Il s'apprêtait à démarrer lorsque son portable bourdonna. C'était Martinsson.

– Où es-tu ?

– Chez moi.

– Tu n'as pas trouvé Molin ?

– Modin. Robert Modin. J'ai eu un scrupule tout à coup.

– Pourquoi ?

– Tu connais le règlement aussi bien que moi. On ne peut pas faire appel à n'importe qui, n'importe comment. Après tout, Modin a été condamné.

Et voilà. Martinsson avait les jetons. Ce n'était pas la première fois, ils s'étaient même heurtés à ce sujet. Wallander le trouvait beaucoup trop prudent, dans certains cas. Il n'aurait pas utilisé le mot *lâche*, même si, tout au fond de lui, c'était ce qu'il pensait.

– Il faut demander l'accord du procureur, poursuivit Martinsson. Ou du moins en parler à Lisa.

– Tu sais que j'endosse la responsabilité.

– N'empêche.

Wallander comprit qu'il ne reviendrait pas sur sa décision.

– Donne-moi son adresse. Comme ça, tu ne seras même pas impliqué.

– On devrait attendre.

– Pas le temps. Je veux savoir ce qu'il y a dans cet ordinateur.

– Si tu veux mon avis personnel, tu devrais dormir. Tu t'es regardé dans un miroir ?

– Je sais. Donne-moi l'adresse.

Il trouva un crayon dans la boîte à gants bourrée de papiers et de barquettes en carton provenant des différents kiosques à saucisses de la ville. Wallander nota l'adresse au dos d'une facture d'essence.

– Il est presque minuit, dit Martinsson.

– Je sais. On se voit demain.

Wallander posa le portable sur le siège du passager. Il commença à mettre le contact, mais suspendit son geste. Martinsson avait raison. Ce qu'il lui fallait avant tout, c'était une nuit de sommeil. Quel intérêt de se rendre à Löderup ? Robert Modin dormait sans doute. Ça pouvait attendre jusqu'au matin.

Puis il quitta la ville.

Il conduisait vite, pour calmer son énervement à l'idée qu'il n'était même plus capable de mettre en œuvre ses propres décisions.

L'adresse de Modin était posée sur le siège à côté du portable. Mais il connaissait l'endroit ; c'était à quelques kilomètres à peine de la maison où avait vécu son père. Il pensait même avoir déjà rencontré le père de Robert Modin, même si le nom n'était pas resté gravé dans sa mémoire. Il baissa la vitre. L'air froid lui rafraîchit le visage. Il était énervé à la fois contre Hansson et contre Martinsson. Ils rampent, pensa-t-il. Ils courbent l'échine. Vis-à-vis d'eux-mêmes et vis-à-vis des chefs.

Il était minuit et quart lorsqu'il quitta la route principale. Le risque, évidemment, était de tomber sur une maison endormie. Mais la colère et l'exaspération avaient chassé toute fatigue. Il voulait rencontrer Robert Modin et l'emmener place Runnerström.

Il parvint à une ferme démembrée entourée d'un grand jardin. Un cheval solitaire, immobile dans une prairie, apparut dans la lumière des phares. Une Jeep et une voiture plus petite étaient stationnées devant la maison blanchie à la chaux. Il y avait de la lumière au rez-de-chaussée.

Wallander coupa le moteur et descendit. Une lampe s'alluma aussitôt sur le perron et un homme apparut sur le seuil. Wallander le reconnut ; il ne s'était pas trompé.

Il le salua. Modin père avait une soixantaine d'années. Il était maigre et voûté, mais ses mains n'étaient pas celles d'un agriculteur.

– Je vous reconnais. Votre père habitait par ici.

– On s'est déjà rencontrés, mais dans quelles circonstances...

– Votre père se baladait dans un champ, une valise à la main.

Wallander se souvint. Une nuit, dans un accès de confusion passagère, son père avait décidé de se rendre en Italie. Il avait fait sa valise et il était parti à pied. Modin l'avait découvert dans un champ ; il avait appelé le commissariat.

– Je ne pense pas que nous nous soyons revus depuis qu'il nous a quittés, poursuivit Modin.

– Gertrud a emménagé chez sa sœur à Svarte. Je ne sais même pas qui a racheté la maison.

– Un gars du nord du pays. Il se prétend homme d'affaires, mais je le soupçonne d'être plutôt bouilleur de cru.

Wallander n'eut aucun mal à imaginer la scène, l'atelier de son père transformé en distillerie.

– Je suppose que vous venez pour Robert. Je croyais qu'il avait déjà assez payé ?

– Sûrement. Mais vous avez raison, c'est pour lui que je viens.

– Qu'est-ce qu'il a encore fait ?

Wallander perçut son angoisse.

– Rien du tout. Mais il peut nous aider.

Modin le fit entrer.

– La mère dort, dit-il. Elle a ses boules Quiès.

Au même instant, Wallander se rappela que Modin était expert géomètre. D'où tenait-il cette information ?

– Robert fait la fête chez des amis. Mais il a un portable.

Modin le fit entrer dans le séjour. Wallander sursauta en reconnaissant, au-dessus du canapé, un tableau de son père. Un paysage sans coq de bruyère. Modin avait suivi son regard.

– Il me l'a donné. Quand il y avait beaucoup de neige, je lui déblayais son chemin. Et je passais parfois causer un peu. C'était un homme étonnant, à sa manière.

– Ce n'est rien de le dire.

– Je l'aimais bien. Il n'y en a plus beaucoup, des comme lui.

– Il n'était pas facile tous les jours. Mais il me manque. Et c'est vrai que les gens comme lui se font de plus en plus rares. Un jour, il n'y en aura plus.

– Vous êtes quelqu'un de facile, vous ? Qui est facile ? Pas moi en tout cas. Demandez à ma femme.

Wallander s'assit dans le canapé. Modin prit une pipe et commença à la vider tout en parlant.

– Robert est un bon gars. J'ai trouvé la peine un peu lourde. Un mois, ce n'est pas le bout du monde, mais quand même. Pour lui, c'était un jeu, pas un crime.

– Je ne sais pas ce qui s'est passé au juste. Sinon qu'il a réussi à s'introduire dans les ordinateurs du Pentagone.

– Il se débrouille bien avec ces engins-là. Le premier, il l'a acheté quand il avait neuf ans, avec l'argent gagné en cueillant les fraises. Du jour au lendemain, il a disparu dans le monde des ordinateurs. Tant qu'il continuait à travailler à l'école, moi, je n'y trouvais rien à redire. Mais ma femme était contre. Et maintenant, elle pense évidemment qu'elle avait raison depuis le début.

Wallander eut l'impression que Modin était un homme très seul. Il aurait volontiers bavardé un peu. Mais il n'en avait pas le temps.

– J'ai besoin de parler à Robert, dit-il. Ses compétences pourraient éventuellement nous aider.

Modin tira sur sa pipe.

– Peut-on demander de quelle façon ?

– Tout ce que je peux vous dire, c'est qu'il s'agit d'un problème informatique complexe.

Modin hocha la tête et se leva.

– Je ne pose plus de questions.

Il disparut dans l'entrée. Wallander l'entendit parler au téléphone. Il leva les yeux vers le paysage peint par son père. Où sont passés les messieurs en costume de soie, qui arrivaient dans leurs autos rutilantes et lui achetaient ses toiles pour une bouchée de pain ? Peut-être ont-ils un cimetière spécial, rien que pour eux, où on les enterre avec leurs beaux costumes, leurs portefeuilles bien remplis et leurs voitures américaines...

Modin reparut.

– Il arrive. Mais il est à Skillinge, alors ça va prendre un moment.

– Que lui avez-vous dit ?

– La vérité. Qu'il n'avait pas de souci à se faire, mais que la police avait besoin d'aide.

Modin se rassit. Sa pipe s'était éteinte.

– Ce doit être urgent, si vous débarquez comme ça en pleine nuit.

– Certaines choses ne peuvent attendre.

– Je peux vous offrir quelque chose ?

– Un café ne serait pas de refus.

– En pleine nuit ?

– Je vais sans doute travailler encore quelques heures. Mais ce n'est pas important.

– Bien sûr que si. Venez.

Ils étaient attablés à la cuisine lorsqu'une voiture freina dans la cour. La porte s'ouvrit et Modin apparut.

Wallander lui aurait donné treize ans. Il était petit de taille, les cheveux coupés court, des lunettes rondes. Sûrement, avec les années, il ressemblerait de plus en plus à son père. Il portait un jean, une chemise et une veste en cuir. Wallander se leva et lui serra la main.

— Désolé de t'avoir dérangé en pleine fête.

— On allait partir de toute façon.

Modin se leva.

— Je vous laisse. Si vous avez besoin de moi, je suis dans le séjour.

— Tu es fatigué ? demanda Wallander quand ils furent seuls.

— Pas spécialement.

— J'ai pensé qu'on pourrait faire un tour à Ystad

— Pourquoi ?

— Je voudrais que tu jettes un coup d'œil à quelque chose. Je t'expliquerai dans la voiture.

Le garçon était sur ses gardes. Wallander essaya un sourire.

— Il n'y a pas de souci, dit-il.

— Je vais juste changer de lunettes.

Robert Modin monta à l'étage. Wallander alla dans le séjour et remercia le père pour le café.

— J'emmène Robert à Ystad, pas pour longtemps.

— C'est vraiment sûr qu'il n'a rien fait ?

— Promis. J'ai dit la vérité.

Il était une heure vingt lorsqu'ils quittèrent la maison. Le garçon monta à côté de Wallander et lui tendit le portable.

— Quelqu'un vous a appelé.

Wallander écouta le message. C'était Hansson. J'aurais dû garder le portable avec moi, pensa-t-il en composant le numéro. Hansson décrocha après plusieurs sonneries.

— Je te réveille ?

— Qu'est-ce que tu crois ? Je suis resté là-bas jusqu'à minuit et demi. J'ai cru que j'allais tomber d'épuisement.

— Tu as cherché à me joindre.

– Figure-toi que ça a donné quelque chose.

– Vas-y, je t'écoute.

– Une femme avec un berger allemand. Si j'ai bien compris, elle avait vu Tynnes Falk le soir de sa mort.

– Bien. Alors ?

– Elle a bonne mémoire. Alma Högström, dentiste à la retraite. Elle m'a dit qu'elle voyait souvent Tynnes Falk. Il avait apparemment l'habitude de se promener.

– Et le soir où le corps a reparu ?

– Il lui a semblé voir une camionnette. Si les horaires collent, ce devait être vers vingt-trois heures trente. Le véhicule stationnait devant le distributeur. Elle l'a remarqué parce qu'il se trouvait à cheval sur deux places de parking.

– Elle a vu quelqu'un ?

– Elle a cru voir un homme.

– *Cru* voir ?

– Elle n'en était pas certaine.

– Pourrait-elle identifier la camionnette ?

– Je lui ai demandé de venir au commissariat demain matin.

– Bien. Ça peut donner quelque chose.

– Tu es chez toi ?

– Pas tout à fait. On se voit demain

Il était deux heures du matin lorsqu'il freina devant l'immeuble de la place Runnerström. Une nouvelle voiture banalisée était garée au même endroit que la précédente. Wallander regarda autour de lui. S'il arrivait quelque chose, Robert Modin serait aussi exposé que lui. Mais la rue était déserte. La pluie avait cessé.

Pendant le trajet de Löderup à Ystad, Wallander avait expliqué à Robert qu'il devait tout simplement essayer de s'introduire dans l'ordinateur de Falk.

– L'histoire du Pentagone, je m'en fiche. C'est cet ordinateur qui m'intéresse.

– En fait, je n'aurais jamais dû me faire pincer. C'était ma faute.

- Pourquoi ?
- Je n'ai pas pris la peine de camoufler mes traces.
- C'est-à-dire ?
- Quand on entre en territoire interdit, on laisse des traces. C'est comme découper une clôture. Quand on s'en va, on doit la réparer. Je ne l'ai pas fait avec assez de soin. C'est pour ça qu'ils m'ont repéré.
- Les gens du Pentagone ont réussi à voir que c'était un type de Löderup qui leur avait rendu visite ?
- Pas un type de Löderup. Son ordinateur.

Wallander aurait dû se souvenir de l'affaire, puisque Löderup appartenait à l'ancien district de police d'Ystad. Mais ça ne lui disait rien.

- Qui t'a arrêté ?
- Deux types de la brigade criminelle de Stockholm.
- Que s'est-il passé ensuite ?
- J'ai été interrogé par les Américains.
- Pourquoi ?
- Ils voulaient savoir comment je m'y étais pris. Je le leur ai dit.
- Et après ?
- J'ai été condamné.

Wallander lui aurait volontiers posé d'autres questions. Mais le garçon ne semblait pas enclin à répondre.

Ils montèrent l'escalier. Wallander était constamment aux aguets. Avant d'ouvrir la porte blindée, il s'immobilisa et prêta l'oreille. Robert Modin le dévisageait derrière ses lunettes, mais ne dit rien. Ils entrèrent. Wallander alluma et indiqua l'ordinateur. Robert s'assit et le fit démarrer sans hésitation. Les symboles tourbillonnèrent. Wallander se tenait un peu en retrait. Robert pianota un moment – comme un soliste avant un concert. Son visage était tout près de l'écran, comme s'il cherchait un indice invisible.

Puis il se mit au travail. Après une minute, il éteignit brusquement l'ordinateur et se retourna.

- Je n'ai jamais rien vu de pareil. Je n'arriverai pas à l'ouvrir.
- Tu en es sûr ?

La déception était cruelle.

– Ou alors, il faut que je dorme d'abord. Et qu'on me laisse beaucoup de temps.

Wallander comprit soudain toute l'absurdité d'avoir fait venir Robert Modin en pleine nuit. À contrecœur, il s'avoua que son entêtement n'était dû qu'aux tergiversations de Martinsson.

– Demain ? Tu auras le temps ?

– Toute la journée.

Wallander éteignit, ferma la porte à clé, escorta le garçon jusqu'à la voiture banalisée et demanda qu'une patrouille le raccompagne chez lui. Il fut convenu que quelqu'un passerait le chercher à Löderup à midi, pour lui laisser le temps de dormir.

Wallander prit la direction de Mariagatan. Il était près de trois heures du matin lorsqu'il se glissa entre les draps. Il s'endormit presque aussitôt, avec la ferme intention de ne pas aller travailler avant onze heures le lendemain.

*

La femme s'était présentée au commissariat le vendredi peu avant treize heures, et avait timidement demandé un plan de la ville. Irène l'avait renvoyée à l'office du tourisme ou à la librairie. La femme avait remercié poliment et demandé où étaient les toilettes. Irène lui avait indiqué les toilettes des visiteurs. Elle s'y était enfermée et avait ouvert le verrou de la fenêtre, en le remplaçant par du ruban adhésif discret. La femme de ménage n'avait rien remarqué lors de son passage le vendredi soir.

Dans la nuit de dimanche à lundi, peu après quatre heures du matin, une ombre se faufila le long du mur du commissariat et disparut par la fenêtre des toilettes. Les couloirs étaient déserts. Une radio solitaire s'entendait du central. L'homme tenait à la main un plan du commissariat, qu'il s'était procuré très simplement en pillant l'ordinateur d'un architecte. Il savait exactement où il devait aller.

Il ouvrit la porte du bureau de Wallander. Une veste maculée d'une grosse tache jaune était suspendue à un cintre.

L'homme examina l'ordinateur un instant en silence avant de l'allumer.

Il lui fallait vingt minutes. Mais le risque que quelqu'un survienne à cette heure était infime. Il n'eut aucun problème pour accéder aux documents et à la correspondance de Wallander.

Lorsqu'il eut fini, il entrouvrit la porte avec précaution. Le couloir était désert.

Il disparut sans bruit par le même chemin.

20

Dimanche 12 octobre. Wallander se réveilla à neuf heures. Six heures de sommeil seulement, mais il se sentait reposé. Il fit une promenade avant de se rendre au commissariat. La pluie avait cessé. C'était une journée d'automne limpide, neuf degrés au-dessus de zéro. À dix heures et quart, il s'arrêta devant le central et demanda comment s'était passée la nuit. À part une effraction dans l'église Sankta Maria, où les voleurs avaient été effrayés par le déclenchement de l'alarme, il avait régné un calme inhabituel. Les policiers qui surveillaient Apelbergsgatan et la place Runnerström n'avaient rien signalé.

— Martinsson est là, poursuivit le policier de garde. Hansson devait passer chercher quelqu'un. Je n'ai pas vu Ann-Britt.

— Je suis ici, dit une voix dans le dos de Wallander J'ai manqué quelque chose ?

- Non. Tu peux venir dans mon bureau ?

— Le temps d'enlever ma veste.

Wallander expliqua au policier de garde que quelqu'un devait aller chercher Robert Modin à Löderup à midi. Il lui indiqua le chemin.

— Une voiture banalisée, conclut-il. C'est important.

Quelques minutes plus tard, Ann-Britt le rejoignait dans son bureau. Elle paraissait moins fatiguée que ces derniers jours. Comme d'habitude, il n'était pas sûr que ce soit le bon moment de lui demander comment elle allait. Il dit simplement que Hansson était parti chercher un témoin. Et il lui parla de Robert Modin.

– Je me souviens de lui, dit-elle lorsque Wallander eut fini.

– Il prétend avoir été interrogé par des types de la PJ de Stockholm. Pourquoi ?

– Ils devaient être inquiets. Le gouvernement n'a pas vraiment envie que ce genre de chose s'ébruite. Un citoyen suédois qui pianote sur son ordinateur, chez lui, et qui parvient à s'introduire dans les secrets de la défense américaine...

– Tout de même, c'est bizarre que je n'en aie pas entendu parler.

– Tu étais peut-être en vacances ?

– C'est bizarre.

– Je ne pense pas qu'il se passe des choses importantes ici sans que tu en sois informé.

Wallander repensa à son sentiment de la veille au soir. Hansson lui cachait-il quelque chose ? Il faillit interroger Ann-Britt, mais renonça. Il ne se faisait aucune illusion. Les flics étaient solidaires, en général, mais si un collègue se prenait les pieds dans le tapis, il pouvait vite se retrouver très isolé.

– Tu crois donc que la solution se trouve dans cet ordinateur ? continua Ann-Britt.

– Je ne crois rien. Mais nous devons comprendre de quoi s'occupait exactement Tynnes Falk. Qui il était. Ces temps-ci, on dirait que l'identité réelle de certains se cache dans leur disque dur.

Il lui parla ensuite de la femme au berger allemand, qui n'allait pas tarder à arriver.

– Ce serait la première à avoir vu quelque chose, dit-elle.

– Espérons-le.

Ann-Britt se tenait appuyée contre le montant de la porte. C'était une habitude récente. Jusque-là, quand elle venait dans le bureau de Wallander, elle s'asseyait dans le fauteuil.

– J'ai essayé de réfléchir hier soir. Je regardais une émission de variétés à la télé. Les gosses étaient endormis.

– Et ton mari ?

– Mon ex-mari. Il est au Yémen. Enfin, je crois. Bref, j'ai éteint la télé et je me suis assise à la cuisine avec un verre de vin. J'ai essayé de faire le point. Le plus simplement possible, sans détails superflus.

– Alors ?

– Certaines choses peuvent être considérées comme acquises. Tout d'abord, le lien entre Tynnes Falk et Sonja Hökberg est avéré. Mais il existe une possibilité que nous n'avons pas vraiment envisagée jusqu'ici.

– Laquelle ?

– Tynnes Falk et Sonja Hökberg n'étaient peut-être pas reliés directement.

– Tu penses à une tierce personne ?

– Tynnes Falk était mort au moment où Sonja Hökberg a été électrocutée. Mais la personne qui a tué Sonja Hökberg peut très bien avoir déplacé le corps de Falk.

– Nous ne savons toujours pas ce que nous cherchons. Il n'y a pas de mobile qui relie ces deux événements. Aucun dénominateur commun. Sinon que l'obscurité a été la même pour tout le monde au moment de la panne.

– Une panne survenue à un endroit stratégique du réseau. Est-ce un hasard ?

Wallander indiqua la carte de Scanie suspendue au mur.

– C'est la plus proche d'Ystad. Et Sonja Hökberg est partie du commissariat.

– Mais nous avons déjà établi qu'elle avait pris contact avec quelqu'un. Qui a choisi de la conduire là-bas.

– À moins qu'elle l'ait demandé elle-même. Après tout, c'est une possibilité.

Ils contemplèrent la carte en silence.

– Je me demande si on ne devrait pas commencer par Lundberg, dit Ann-Britt pensivement. Le chauffeur de taxi.

– On a trouvé quelque chose dans le fichier ?

– Non, il n'y est pas. J'ai parlé à certains de ses collègues. Et à sa veuve. Apparemment, il n'y a que du bien à dire de lui. Un homme qui conduisait son taxi et consacrait ses loisirs à sa famille. Une vie suédoise belle et banale. Hier, dans ma cuisine, j'ai pensé que c'était presque trop beau. Si tu es d'accord, j'ai l'intention de continuer à fouiller un peu dans la vie de Lundberg.

– D'accord. Avait-il des enfants ?

– Deux fils. L'un habite à Malmö, l'autre est encore ici. J'avais pensé leur parler aujourd'hui.

– Fais-le. Ne serait-ce que pour établir une fois pour toutes qu'il s'agit bien d'un crime crapuleux.

– Y a-t-il une réunion prévue aujourd'hui ?

– Je te préviendrai.

Elle disparut. Wallander médita ses paroles. Puis il alla se chercher un café. Un journal du matin traînait sur une table. Il l'emporta dans son bureau et le feuilleta distraitement. Soudain, une annonce retint son attention. Une agence de contact vantait la qualité de ses services. Elle s'intitulait sans originalité : *Cyber-rencontres.* Sans réfléchir, il alluma son ordinateur et rédigea un petit texte. S'il ne le faisait pas maintenant, il ne le ferait jamais. D'ailleurs, personne n'en saurait rien. Il resterait anonyme aussi longtemps qu'il le voudrait. Les éventuelles réponses arriveraient chez lui sans mention de l'expéditeur. Il essaya de s'exprimer le plus simplement possible. *Policier, cinquante ans, divorcé, un enfant, cherche rencontre. Pas mariage. Mais amour.* Signé non pas « Vieux Chien » mais « Labrador ». Il fit une copie papier, sauvegarda le texte dans l'ordinateur, prit une enveloppe et un timbre dans le premier tiroir de son bureau, nota l'adresse, scella l'enveloppe et la rangea dans la poche de sa veste. Quand ce fut fait, il éprouva malgré lui une certaine excitation. Il n'aurait sûrement aucune réponse. Ou alors, le genre de réponse qu'il déchirerait aussitôt. Mais l'excitation était là. Il ne pouvait le nier.

Hansson apparut à la porte.

– Elle est là. Alma Högström, dentiste à la retraite. Notre témoin.

239

Wallander se leva et suivit Hansson dans l'une des petites salles de réunion. Alma Högström attendait sur une chaise ; à ses pieds, un berger allemand considérait son entourage d'un regard vigilant. Wallander la salua. Il eut l'impression qu'elle s'était habillée avec soin pour sa visite au commissariat.

– Je vous suis reconnaissant d'avoir pris le temps de venir jusqu'ici, bien qu'on soit dimanche.

Il se maudit intérieurement. Comment pouvait-il encore être aussi raide, après toutes ces années dans le métier ?

– J'estime qu'il faut accomplir son devoir de citoyen.

Elle est pire que moi, pensa Wallander, découragé. On se croirait dans un vieux film.

Il laissa à Hansson le soin de l'interroger, se contentant de prendre des notes. Alma Högström avait l'esprit clair et ses réponses étaient réfléchies. Lorsqu'elle avait un doute, elle le précisait. Surtout, elle semblait avoir une bonne idée de l'heure.

Elle avait vu une camionnette de couleur sombre. Elle savait, pour avoir jeté un regard à sa montre quelques instants plus tôt, qu'il était vingt-trois heures trente.

– C'est une vieille manie que j'ai. Un patient dans le fauteuil, sous anesthésie, la salle d'attente pleine de monde. Le temps passait toujours trop vite.

Hansson essaya de lui faire préciser l'aspect de la camionnette. Il avait apporté un dossier constitué par ses soins quelques années plus tôt, avec différents modèles de voitures et un échantillon de coloris offert par un droguiste. Tout cela existait évidemment sur ordinateur. Mais Hansson, tout comme Wallander, avait du mal à renoncer à ses vieilles habitudes.

Ils finirent par établir qu'il s'agissait probablement d'un minibus Mercedes. Et qu'il devait être noir ou bleu nuit.

Elle n'avait pas remarqué le numéro d'immatriculation, ni le conducteur. En revanche, elle avait entrevu une ombre derrière le véhicule.

– En fait, ce n'est pas moi qui l'ai remarquée, mais mon chien, Loyal. Il a dressé les oreilles dans cette direction.

– C'est difficile de décrire une ombre, dit Hansson. Mais pouvez-vous nous en dire un peu plus ? Était-ce un homme ou une femme ?

Elle réfléchit.

– En tout cas, il ne portait pas de jupe. Et je crois bien que c'était un homme. Mais je ne peux pas en être certaine.

– Avez-vous entendu quoi que ce soit ? intervint Wallander. Un bruit quelconque ?

– Non. Mais il y avait pas mal de circulation sur la route de Malmö.

– Que s'est-il passé ensuite ?

– J'ai fait mon tour habituel.

Hansson étala sur la table un plan de la ville. Elle lui indiqua son itinéraire.

– Vous êtes donc repassée par le même endroit au retour. Le véhicule avait-il disparu à ce moment-là ?

– Oui.

– Quelle heure était-il ?

– Minuit dix environ.

– Comment pouvez-vous le savoir ?

– Je suis arrivée chez moi à minuit vingt-cinq. Ça me prend à peu près un quart d'heure pour rentrer, en partant des grands magasins.

Elle montra son domicile sur la carte. Wallander et Hansson étaient d'accord. Ça devait coller.

– Mais vous n'avez rien vu sur le trottoir ? Et le chien n'a pas réagi ?

– Non.

– N'est-ce pas étrange ? dit Hansson en se tournant vers Wallander.

– Le corps devait être congelé. Dans ce cas, il ne dégage peut-être pas d'odeur. On peut poser la question a Nyberg ou à un maître-chien.

– Je suis contente de n'avoir rien vu, dit Alma Högström avec fermeté. C'est terrible d'imaginer des choses pareilles, des gens qui transportent des cadavres en pleine nuit.

Hansson lui demanda si elle avait vu quelqu'un en passant devant le distributeur. Elle secoua la tête.

Ils parlèrent ensuite de ses précédentes rencontres avec Tynnes Falk au cours de ses promenades du soir. Wallander pensa soudain à une question essentielle, qui ne l'avait pas effleuré jusque-là.

– Saviez-vous qu'il s'appelait Falk ?

La réponse le prit au dépourvu.

– Je l'ai eu comme patient autrefois. Il avait de bonnes dents, il venait très rarement. Mais j'ai la mémoire des noms et des visages.

– Il avait donc l'habitude de se promener le soir ? dit Hansson.

– Je le croisais plusieurs fois par semaine

– Lui arrivait-il d'être accompagné ?

– Jamais. Il était toujours seul.

– Est-ce que vous vous adressiez la parole ?

– Une fois, je l'ai salué. Mais c'était évident qu'il voulait être tranquille.

Hansson n'avait plus de questions. Il jeta un regard à Wallander.

– Aviez-vous remarqué quelque chose d'inhabituel chez lui ces derniers temps ?

– Quoi, par exemple ?

Wallander lui-même n'était pas très sûr de sa question.

– Semblait-il avoir peur ? Regardait-il autour de lui ?

Elle réfléchit.

– S'il y avait un changement, je dirais que c'était plutôt le contraire.

– Comment cela ?

– Il paraissait de bonne humeur et plein d'énergie ces derniers temps. Avant, il paraissait souvent... un peu abattu peut-être.

Wallander fronça les sourcils.

– Vous en êtes sûre ?

– Comment peut-on être sûr de ce qui se trame chez un autre être humain ? Je vous livre simplement mon impression.

Wallander hocha la tête

– Ce sera tout. Il se peut que nous vous recontactions. Si un détail vous revenait, prévenez-nous sans attendre.

Hansson la raccompagna dans le hall. Wallander resta assis en pensant à ce qu'elle venait de dire. Au cours des derniers temps de sa vie, Tynnes Falk avait paru d'une bonne humeur inhabituelle... Tout devenait de plus en plus incohérent.

Hansson revint.

– J'ai bien entendu ? Le chien s'appelait vraiment Loyal ?

– Oui.

– C'est dingue.

– Je ne sais pas. Un chien loyal. J'ai entendu pire

– On ne peut pas appeler un chien comme ça, si ?

– Apparemment, elle l'a fait. Ce n'est quand même pas interdit.

Hansson secoua la tête.

– Un minibus Mercedes noir ou bleu. Je suppose qu'il faut commencer à s'intéresser aux véhicules volés.

– Pose aussi la question à un maître-chien, à propos de l'odeur. En tout cas, on dispose maintenant d'un horaire fiable. C'est déjà beaucoup.

Wallander retourna dans son bureau. Midi moins le quart. Il composa le numéro de poste de Martinsson et lui raconta les événements de la nuit. Martinsson l'écouta sans un mot. Wallander sentit monter son irritation, mais il se domina et lui demanda simplement de se rendre place Runnerström pour accueillir Robert Modin.

Ils se retrouvèrent à la réception ; Wallander lui remit les clés de l'appartement.

– Ça peut être instructif de voir un maître à l'œuvre, dit Martinsson.

– Je te promets que ta responsabilité n'est pas engagée. Mais je ne veux pas qu'il soit là-bas tout seul.

Martinsson perçut immédiatement le sous-entendu ironique.

– Tout le monde ne peut pas se permettre de mépriser le règlement.

— Je sais, répondit Wallander avec patience. Tu as entièrement raison. Mais je n'ai pas l'intention d'aller voir le procureur ou Lisa pour leur demander une autorisation.

Martinsson disparut en direction du parking. Wallander avait faim. Il se rendit à pied dans le centre. Il faisait toujours aussi beau. Il déjeuna à la pizzeria, mais István était très occupé et ils n'eurent pas l'occasion de reparler de Fu Cheng et de la fausse carte de crédit. Sur le chemin du retour, Wallander s'arrêta à la poste et déposa la lettre contenant sa petite annonce. Puis il retourna au commissariat, avec la certitude tranquille qu'il n'obtiendrait pas une seule réponse.

Il venait d'enlever sa veste lorsque le téléphone sonna. C'était Nyberg. Wallander descendit à l'étage inférieur, où se trouvait son bureau. Dès le seuil, il aperçut sur la table le marteau et le couteau qui avaient tué Lundberg. Nyberg était d'une humeur exécrable.

— Aujourd'hui, ça fait pile quarante ans que je suis dans la police. J'ai commencé un lundi matin. Mais c'est évidemment un dimanche que je fête mon jubilé absurde.

— Si tu en as marre à ce point, je ne comprends pas pourquoi tu ne démissionnes pas tout de suite.

Son agressivité le surprit lui-même. Il ne s'était jamais emporté contre Nyberg. Au contraire, il respectait ses compétences et son mauvais caractère, et prenait toujours des gants avec lui.

Nyberg le dévisagea avec une pointe de curiosité.

— Je croyais que j'étais le seul à avoir du tempérament ici.

— Excuse-moi, marmonna Wallander.

— Merde ! Je ne comprends pas pourquoi tout le monde a tellement peur de dire ce qu'il pense. Tu as raison, je suis insupportable, je passe mon temps à geindre.

— C'est peut-être tout ce qui nous reste à la fin.

Nyberg s'empara avec brusquerie du sac en plastique contenant le couteau.

– J'ai reçu les conclusions, à propos des empreintes. On a trouvé les deux.

Wallander s'intéressa immédiatement à la question.

– Eva Persson et Sonja Hökberg ?

– Oui.

– Persson n'a donc peut-être pas menti sur ce point ?

– En tout cas, c'est une possibilité.

– Hökberg aurait agi seule ?

– Je n'ai pas dit ça. J'ai dit que c'était une possibilité.

– Et le marteau ?

– Il ne porte que les empreintes de Hökberg.

Wallander hocha la tête.

– Ça fait une incertitude en moins.

– Deux incertitudes, dit Nyberg en feuilletant les papiers entassés sur son bureau. Parfois, les légistes se surpassent. Ils affirment que ça s'est fait en deux fois. D'abord le marteau. Puis le couteau.

– Pas l'inverse ?

– Non. Et pas au même moment.

– Comment peuvent-ils l'affirmer ?

– Je crois le savoir dans les grandes lignes. Mais ça prendrait du temps à expliquer.

– Dans ce cas, Hökberg aurait pu changer d'arme ?

– C'est ce que je pense. Eva Persson avait peut-être son couteau dans son sac. Hökberg le lui a demandé, et elle le lui a donné.

– Comme au bloc opératoire, le chirurgien demandant qu'on lui passe les instruments.

Ils méditèrent un instant cette comparaison désagréable.

– Autre chose. J'ai repensé au sac à main, qu'on a trouvé à un endroit improbable.

Wallander attendait la suite. Nyberg était avant tout un technicien de haut vol, mais il lui arrivait aussi de faire preuve d'une intuition surprenante.

– Je suis retourné là-bas. J'avais emporté le sac et j'ai essayé de le jeter contre la clôture en me plaçant à différents endroits. C'était très difficile.

– Pourquoi ?

- Tu te souviens de l'endroit, des pylônes, des barbelés, des grands socles en béton. Chaque fois, le sac se coinçait Je n'ai réussi qu'après vingt-cinq tentatives.

– Cela voudrait dire que quelqu'un aurait pris la peine d'aller le déposer à cet endroit ?

– C'est possible. Mais pourquoi ?

– Tu as une idée ?

– L'hypothèse la plus vraisemblable, c'est évidemment que le sac a été placé là pour qu'on le retrouve. Mais peut-être pas tout de suite.

– Quelqu'un aurait voulu que le corps soit identifié, mais pas immédiatement ?

– C'est ça. Mais ensuite, j'en ai découvert plus. L'endroit où se trouvait le sac est particulièrement bien éclairé. Pile dans le faisceau d'un projecteur.

Wallander comprit où il voulait en venir, mais ne dit rien.

– J'ai pensé que quelqu'un avait peut-être fouillé dans le sac en profitant de la lumière.

– Et il aurait peut-être trouvé quelque chose ?

– Oui. Mais c'est ton boulot de tirer les conclusions.

Wallander se leva.

– Bien. Si ça se trouve, tu as vu juste.

Il remonta l'escalier et entra dans le bureau d'Ann-Britt, qui était penchée sur un dossier.

– La mère de Sonja Hökberg. Je veux que tu lui demandes si elle sait ce que contenait d'habitude le sac de sa fille.

Il lui fit part de l'idée de Nyberg. Ann-Britt hocha la tête et chercha le numéro de téléphone.

Wallander se sentait trop agité pour attendre. Il reprit le chemin de son bureau en se demandant combien de dizaines de kilomètres il avait parcouru dans ce couloir. Puis il perçut la sonnerie du téléphone et accéléra. C'était Martinsson.

– Je crois qu'il est temps que tu viennes.

– Pourquoi ?

– Robert Modin est un jeune homme plein de ressources.

Que s'est-il passé ?

– Ce qu'on espérait. On a réussi à entrer dans l'ordinateur.

Wallander raccrocha.

On y est, pensa-t-il. La percée décisive. On a mis le temps, mais on y est arrivés.

Il prit sa veste et quitta le commissariat. Il était treize heures quarante-cinq, le dimanche 12 octobre.

II

Le mur

21

Carter fut réveillé à l'aube par le brusque silence du climatiseur. Il prêta l'oreille dans l'obscurité. Le chant des cigales. Un chien qui aboyait au loin. Encore une coupure de courant. Ça arrivait une nuit sur deux, à Luanda. Les bandits de Savimbi cherchaient sans cesse de nouveaux moyens de suspendre l'approvisionnement de la capitale. Et alors, plus d'air conditionné. Carter resta parfaitement immobile sous le drap. D'ici quelques minutes, la chaleur serait suffocante. Mais il n'avait pas la force de se lever, de descendre à l'office et de mettre en marche le groupe électrogène. Qu'est-ce qui était le pire, le raffut du générateur ou la chaleur moite ?

Il tourna la tête vers le réveil. Cinq heures et quart. L'un des gardes de nuit ronflait devant la maison, il l'entendait de sa chambre. Ce devait être José. Tant que l'autre, Roberto, restait éveillé, ce n'était pas trop grave. En bougeant la tête, il sentit la crosse du revolver qu'il gardait toujours sous l'oreiller. Au-delà de tous les vigiles et de toutes les clôtures, c'était en définitive sa seule sécurité, au cas où l'un des innombrables voleurs cachés dans l'ombre se décidait à frapper. Il les comprenait parfaitement. Il était blanc, il était riche. Dans un pays pauvre comme l'Angola, la criminalité était une évidence. À leur place, il aurait fait pareil.

Soudain, le climatiseur se remit en route. Parfois, les coupures étaient de courte durée. Dans ce cas, ce n'était pas les bandits, mais un problème technique. Le réseau était

vétuste. Les Portugais l'avaient installé à l'époque coloniale. Combien d'années de négligence depuis ?

Carter resta allongé, les yeux ouverts. Il fêterait bientôt
ses soixante ans. Au fond, c'était curieux qu'il soit encore
là, avec la vie qu'il avait menée. Mouvementée et intéres-
sante. Dangereuse aussi.

Il repoussa le drap et laissa l'air frais caresser sa peau. Il
n'aimait pas se réveiller à l'aube. Les heures précédant le
lever du soleil étaient celles où il se sentait le plus vulnérable. Il n'y avait alors que lui, l'obscurité et les souvenirs.
Il se mettait parfois dans tous ses états en pensant à toutes
les injustices. La seule façon de se calmer alors, c'était de
se concentrer sur la vengeance imminente. Mais ça pouvait
prendre des heures.

Les gardes bavardaient entre eux. Bientôt, il entendrait
le bruit des cadenas signalant que Celina s'apprêtait à
entrer dans la cuisine pour lui préparer son petit déjeuner.

Il se couvrit à nouveau avec le drap. Son nez le déman-
geait ; l'éternuement n'était pas loin. Il détestait cela. Il
détestait ses allergies, une faiblesse méprisable. Il lui était
déjà arrivé de devoir interrompre un discours parce que les
éternuements l'empêchaient de poursuivre.

Parfois, c'était des éruptions cutanées. Ou ses yeux qui
coulaient sans raison.

Il remonta le drap et se couvrit la bouche. Cette fois, il
fut le plus fort. Le besoin d'éternuer disparut. Il se mit à
penser aux années écoulées. Tous les événements qui
avaient conduit à sa présence dans cette chambre d'une
maison de la capitale angolaise.

Tout avait commencé trente ans plus tôt, à ses débuts en
tant que jeune économiste à la Banque mondiale, en poste
à Washington. Il était à l'époque plein de confiance. La
Banque pouvait contribuer à améliorer le monde ou, du
moins, à le rendre plus juste. Les gros emprunts nécessaires
aux pays pauvres, que les nations ou les banques privées
ne pouvaient garantir à elles seules, avaient justifié sa création lors des accords de Bretton Woods. Ses amis de
faculté, en Californie, pensaient qu'il avait tort, qu'aucune

solution raisonnable aux problèmes économiques du monde ne pourrait sortir des bureaux de la Banque mondiale, mais il s'était accroché à sa décision. Il n'était pas moins gauchiste que les autres. Il avait participé aux mêmes manifestations contre la guerre du Vietnam. Mais il n'avait jamais réussi à se convaincre de l'efficacité de la désobéissance civile. Il ne croyait pas non plus aux partis socialistes, trop petits et trop conservateurs. Sa conclusion à lui, c'était qu'il fallait agir au sein des structures existantes. Pour ébranler le pouvoir, il fallait se tenir dans son voisinage immédiat.

De plus, il avait un secret. C'était la raison pour laquelle il avait quitté New York et l'université de Columbia pour la Californie. Il avait passé un an au Vietnam. Et ça lui avait plu. Il avait été incorporé dans une unité combattante stationnée presque sans interruption près d'An Khe, le long d'une importante voie de communication à l'ouest de Qui Nhon. Au cours de cette année-là, il avait tué plusieurs soldats ennemis, et il ne l'avait jamais regretté. Pendant que ses camarades se droguaient, lui s'était soumis à la discipline militaire. Et il avait toujours su qu'il survivrait ; il ne ferait pas le voyage du retour dans un sac en plastique. C'était à cette époque, au cours des nuits suffocantes passées en mission quelque part dans la jungle, qu'il était parvenu à cette certitude : pour ébranler le pouvoir, on devait se tenir dans sa proximité immédiate. Maintenant dans la nuit angolaise, il lui arrivait de retrouver cette sensation : la chaleur étouffante, et la certitude d'avoir eu raison, à trente ans de distance.

Peu de temps après son entrée à la Banque mondiale, il avait su qu'un poste de responsable national allait se libérer en Angola, et il s'était mis à apprendre le portugais. Sa carrière avait jusque-là été rapide et rectiligne. Ses chefs reconnaissaient ses mérites. Malgré le grand nombre de postulants, dont beaucoup avaient plus d'expérience que lui, il avait obtenu le poste sans discussion.

C'était la première fois qu'il se rendait en Afrique. La première fois qu'il mettait le pied dans un pays pauvre de l'hémisphère Sud. Son expérience de soldat au Vietnam ne comptait pas. Là-bas, il avait été un ennemi indésirable. En Angola, il était le bienvenu. Au début, il n'avait fait qu'écouter. Regarder et apprendre. Il s'était étonné de la joie et de la dignité si fortes là-bas, malgré la misère.

Il avait mis presque deux ans à comprendre que la Banque faisait n'importe quoi. Au lieu de faciliter la reconstruction d'un pays dévasté par la guerre et de soutenir son accès à l'indépendance, elle ne contribuait au fond qu'à enrichir les riches. En vertu de sa position, il rencontrait partout des gens prudents, obséquieux et faux. Derrière les discours progressistes, il découvrait la corruption, la lâcheté, l'intérêt personnel à peine voilé. Certains, des intellectuels indépendants, l'un ou l'autre ministre, voyaient les choses du même œil que lui. Mais ceux-là occupaient toujours une position marginale. Personne ne les écoutait. Personne, à part lui.

Son rôle lui devint peu à peu insupportable. Il avait tenté d'expliquer à ses chefs que la stratégie de la Banque était complètement erronée. Ses allers et retours répétés par-dessus l'Atlantique pour tenter d'influencer le bureau central n'avaient aucun effet. Il rédigea d'innombrables notes soulignant la gravité de la situation. Mais il se heurtait systématiquement à une indifférence bienveillante. Au cours de l'une de ces réunions, il sentit pour la première fois qu'il devenait indésirable. Un soir, il avait parlé au plus âgé de ses mentors, un analyste financier du nom de Whitfield, qu'il connaissait depuis l'université et qui avait contribué à sa nomination. Ils s'étaient retrouvés dans un petit restaurant de Georgetown, et Carter l'avait interrogé sans détour : n'y avait-il vraiment personne pour comprendre qu'il avait raison et que la Banque avait tort ? Whitfield lui avait répondu que la question était mal posée. Il ne s'agissait pas de savoir qui avait raison. La banque avait décidé d'une politique. Erronée ou non, elle devait être suivie.

Carter reprit l'avion pour Luanda. Au cours du voyage, dans son siège confortable de première classe, une idée inouïe commença à prendre forme dans son cerveau.

D'innombrables nuits sans sommeil furent ensuite nécessaires pour préciser son désir et imaginer sa mise en œuvre.

À la même époque, il rencontra l'homme qui allait le convaincre de la légitimité de son projet.

Après coup, il lui arriva de penser que les événements importants d'une vie reposaient toujours sur une étrange combinaison de décisions conscientes et de hasards. Les femmes qu'il avait aimées lui étaient venues par les biais les plus surprenants. Et l'avaient quitté de même.

C'était un soir de mars, au milieu des années 1970. Il était au cœur de sa période insomniaque, cherchant désespérément une issue à son dilemme. Un soir qu'il se sentait particulièrement agité, il avait dîné au Métropole, l'un des restaurants du port. Il y allait assez souvent, car il ne risquait pas d'y croiser des employés de la Banque, ni aucun représentant des élites du pays. Il avait la paix. La table voisine était occupée par un homme qui parlait très mal le portugais. Le serveur ne comprenait pas l'anglais ; Carter se proposa comme interprète.

Ils avaient engagé la conversation. L'homme était un Suédois de passage à Luanda pour accomplir une mission de consultant dans le secteur complètement arriéré des télécommunications d'État. Il ne put jamais établir ce qui avait retenu son intérêt, chez cet homme. En temps normal, il gardait ses distances. Quand il rencontrait quelqu'un, il partait du principe que c'était un ennemi.

Très vite cependant, il décela chez cet homme – qui, après un moment, le rejoignit à sa table – une intelligence peu commune. De plus, ce n'était pas un technicien ordinaire, aux centres d'intérêt limités, mais un homme cultivé, bien informé de l'histoire coloniale de l'Angola et de la situation politique complexe du moment.

L'homme s'appelait Tynnes Falk. Il lui avait dit son nom lorsqu'ils s'étaient séparés, tard cette nuit-là. Ils étaient les derniers clients, un serveur solitaire somnolait derrière le comptoir. Leurs chauffeurs les attendaient devant le restaurant. Falk logeait à l'hôtel Luanda. Ils convinrent de se retrouver le lendemain soir.

Falk devait rester trois mois en Angola. À la fin de cette période, Carter lui proposa une nouvelle mission, un prétexte qui lui donnerait la possibilité de revenir, afin qu'ils poursuivent leur conversation.

Falk était revenu deux mois plus tard. Il avait alors confié qu'il était célibataire. Carter non plus n'avait jamais été marié. Mais il avait vécu avec plusieurs femmes différentes et il avait quatre enfants, trois filles et un garçon, qu'il ne voyait presque jamais. À Luanda, il avait deux maîtresses noires qu'il fréquentait en alternance. L'une était professeur à l'université, l'autre divorcée d'un ministre. Fidèle à ses habitudes, il tenait ses liaisons secrètes ; seuls ses domestiques étaient au courant. Il évitait aussi toute aventure avec des femmes travaillant pour la Banque. Sensible à la solitude de Falk, il lui dénicha une femme, une certaine Rosa, fille d'un marchand portugais et de la servante noire de celui-ci.

Falk commença à se plaire en Afrique. Carter lui avait procuré une maison avec jardin et vue sur la mer, dans la jolie baie de Luanda. De plus, il lui avait établi un contrat qui lui garantissait des honoraires élevés en échange d'un travail minime.

Ils avaient continué à parler. Quel que soit le sujet, au cours des longues nuits brûlantes, ils avaient vite constaté la convergence de leurs opinions politiques et morales. Pour la première fois, Carter avait trouvé quelqu'un à qui se confier. Même chose pour Falk. Ils s'écoutaient avec un intérêt croissant, étonnés l'un et l'autre de se découvrir si semblables. Ce n'était pas seulement le gauchisme déçu qui les rapprochait. Ni l'un ni l'autre n'avait cédé à la passivité ou à l'amertume. Jusqu'à l'instant où le hasard les avait réunis, chacun avait cherché une issue de son côté. Maintenant, ils pouvaient continuer ensemble. Ils formulèrent quelques axiomes simples, qu'ils pouvaient accepter l'un et l'autre sans réserve. Que restait-il, après la faillite des idéologies ? Dans cette multitude innombrable de gens et d'idées, dans un univers qui leur semblait de plus en plus corrompu ? Était-il même envisageable de construire autre

chose tant que les vieilles fondations resteraient en place ?
Ils comprirent après coup, peut-être s'étaient-ils mutuellement entraînés vers cette conclusion, que rien ne pourrait
être entrepris à moins d'un préalable absolu : la destruction
des fondements mêmes de l'ordre mondial.

Ce fut au cours de ces conversations nocturnes que le
projet prit forme peu à peu. Ils cherchaient lentement le
point de convergence de leurs connaissances et de leur
expérience respectives. Carter avait écouté avec une fascination croissante ce que lui racontait Falk sur l'univers
informatique où il vivait. Falk lui avait fait comprendre que
rien n'était impossible. Ceux qui maîtrisaient les communications électroniques étaient les détenteurs du pouvoir réel.
Falk avait évoqué les guerres du futur. Le rôle joué par les
tanks dans la Première Guerre mondiale et par la bombe
dans la Deuxième reviendrait, dans les conflits de l'avenir
proche, aux techniques de l'information. Des bombes à
retardement, uniquement constituées de virus qu'il suffisait
d'inoculer dans l'arsenal de l'ennemi potentiel pour
détruire ses systèmes de communication et ses places financières. La lutte pour la suprématie ne se jouerait plus sur
les champs de bataille, aussi raffinés soient-ils, mais devant
des claviers d'ordinateurs et dans des laboratoires. Le
temps des sous-marins nucléaires serait bientôt révolu. Les
véritables menaces se cachaient désormais dans les câbles
en fibre optique qui tissaient autour de la planète un réseau
de plus en plus serré.

Le grand projet commençait à prendre forme. Dès le
départ, ils avaient décidé de prendre leur temps. Pas de pré-
cipitation. Mais un jour, au moment venu, ils passeraient à
l'action.

Ils se complétaient admirablement. Carter avait des
contacts. Il connaissait intimement le fonctionnement de la
Banque, le détail des systèmes financiers et la fragilité
réelle de l'économie mondialisée. L'imbrication de plus en
plus étroite des économies, généralement considérée
comme une puissance, ou plutôt comme une source de
puissance, pouvait être transformée en son contraire. Falk

de son côté était le technicien, capable de mettre en pratique ces différentes idées.

Pendant plusieurs mois, ils passèrent presque toutes leurs soirées ensemble à affiner leur grand projet.

Et pendant les vingt années qui suivirent, ils gardèrent un contact régulier. Ils avaient compris d'emblée que l'époque n'était pas encore mûre. Un jour, elle le serait – quand l'outil électronique serait suffisamment performant, et le monde de la finance mondiale si unifié qu'un seul coup porté au bon endroit suffirait à le détruire. Alors, ils agiraient.

Carter fut arraché à ses pensées. D'un geste instinctif, il tendit la main vers le revolver. Mais ce n'était que Celina qui peinait à ouvrir les cadenas de la cuisine. Il aurait dû la renvoyer depuis longtemps. Elle faisait trop de bruit en préparant son petit déjeuner. Elle n'arrivait jamais à cuire ses œufs comme il les aimait. Celina était laide, grosse et bête. Elle ne savait ni lire ni écrire, elle avait neuf enfants. Et un mari qui passait le plus clair de son temps à palabrer sous un arbre, quand il n'était pas ivre mort.

Autrefois, Carter pensait que c'étaient ces gens-là qui construiraient le monde de demain. Il n'y croyait plus. Alors autant tout démolir. Tout détruire de fond en comble.

Le soleil s'était levé, mais Carter s'attarda sous le drap. Il pensait aux événements récents. Tynnes Falk était mort. Ce qui n'aurait jamais dû se produire s'était produit. Ils avaient toujours été conscients de cette dimension : la part d'inattendu, d'incontrôlable. Ils l'avaient intégrée dans leurs estimations, ils avaient construit des systèmes de protection et imaginé des alternatives. Mais jamais ils n'avaient envisagé que l'un des deux puisse être frappé personnellement. Que l'un des deux puisse mourir, de façon complètement absurde et imprévisible. Pourtant, cela s'était produit. En recevant l'appel de Suède, Carter avait d'abord refusé d'y croire. Son ami était mort. Tynnes Falk n'était plus. Cela lui causait de la douleur. Cela bousculait tous leurs projets. Et cela intervenait au pire moment, juste avant le déclenchement de l'opération. Désormais, il serait seul à l'instant décisif. Mais la vie ne consistait pas seulement en décisions conscientes et en projets soigneusement élaborés. Le hasard y jouait aussi un rôle.

Dans son esprit, l'opération avait un nom : *Marais de Jakob*.

Il se souvenait encore du soir où Falk, par exception, avait trop bu et s'était soudain mis à parler de son enfance. Il avait grandi dans une ferme où son père était régisseur – l'équivalent d'un contremaître dans les grandes plantations portugaises en Angola. Il y avait un bois et, derrière, ce marais dont la flore était, au dire de Falk, déconcertante, chaotique et belle. Il y avait joué, enfant, il avait regardé les libellules voler. Cela faisait partie des meilleurs souvenirs de sa vie. Et il connaissait l'histoire du lieu : voici très longtemps, un certain Jakob s'y était rendu une nuit en proie à un chagrin d'amour, et s'y était noyé.

Pour Falk, le marais de Jakob avait pris une dimension nouvelle après sa rencontre avec Carter, lorsqu'il avait découvert qu'ils partageaient un sentiment essentiel par rapport à la nature de la vie. Le marais était devenu un symbole de ce monde chaotique où il ne restait d'autre solution, à la fin, que de se noyer – ou de noyer le monde.

Marais de Jakob. C'était un beau nom, à supposer que l'opération en ait besoin. Comme un hommage, dont Carter serait seul à comprendre la portée.

Il pensa à Falk encore quelques instants mais s'aperçut qu'il devenait sentimental. Il se leva, prit une douche et descendit prendre son petit déjeuner.

Puis il alla au salon et écouta un quatuor à cordes de Beethoven, jusqu'au moment où le vacarme de Celina dans la cuisine le mit hors de lui. Il prit sa voiture jusqu'à la plage et fit une promenade. Son chauffeur, Alfredo, qui faisait aussi office de garde du corps, marchait quelques pas derrière lui. Chaque fois que Carter traversait Luanda en voiture et qu'il voyait la décrépitude, les immondices, la misère, son sentiment d'avoir raison se confirmait. Falk l'avait accompagné presque jusqu'au bout. Maintenant, il devait accomplir le reste seul.

Il marchait sur la plage, face à la ville en décomposition, avec un sentiment de grand calme intérieur. Le monde qui naîtrait des cendres, après l'incendie qu'il s'apprêtait à déclencher, ne pourrait jamais être pire que celui-là.

Peu avant onze heures, il était de retour à la villa. Celina était rentrée chez elle. Il but un café et un verre d'eau et monta à son bureau du deuxième étage. La vue sur la mer était magnifique, mais il ferma les rideaux. Il préférait le crépuscule. Ou les doubles rideaux qui écartaient le soleil de ses yeux sensibles. Puis il alluma l'ordinateur et se livra distraitement aux procédures routinières.

Quelque part dans ce monde électronique, il existait une horloge invisible, créée par Falk selon ses instructions. On était maintenant le dimanche 12 octobre, J moins 8.

À onze heures et quart, il avait achevé ses opérations de vérification.

Soudain, il tressaillit. Un point lumineux clignotait dans un coin de l'écran. Deux impulsions courtes, une longue, deux courtes. Il chercha le code dans le manuel de Falk.

D'abord, il crut s'être trompé. Quelqu'un venait de franchir la toute première barrière de sécurité. Dans la petite ville d'Ystad, que Carter n'avait jamais vue qu'en photo.

Il regardait l'écran, incrédule. Falk lui avait garanti que personne ne pourrait déjouer son système de verrouillage.

Apparemment, quelqu'un avait pourtant réussi.

Carter constata qu'il transpirait. Il fallait rester calme. Le cœur du système, les missiles invisibles, étaient protégés par des murailles infranchissables. Personne ne pouvait y accéder.

Pourtant, quelqu'un essayait de le faire.

Après la mort de Falk, il avait aussitôt dépêché quelqu'un à Ystad pour surveiller la situation et le tenir informé. Plusieurs incidents regrettables s'étaient produits. Jusqu'à présent, Carter avait pourtant cru que tout était sous contrôle, puisqu'il avait chaque fois réagi très vite et sans hésiter.

Il analysa rapidement la nouvelle donne. La situation était encore sous contrôle, conclut-il. Mais il fallait réagir sans attendre.

Il réfléchissait intensément. Qui s'était introduit dans l'ordinateur ? Il avait du mal à imaginer que ce puisse être l'un des policiers qui, d'après ses rapports, s'employaient discrètement à enquêter sur la mort de Falk et certains événements annexes.

Alors qui ?

Il ne trouva pas de réponse. Lorsque le crépuscule tomba sur Luanda, il était encore devant son écran. Quand il se leva enfin, il était calme.

Mais que s'était-il passé ? Il devait en avoir le cœur net le plus rapidement possible pour réagir.

Peu avant minuit, il était à nouveau devant son ordinateur. Falk lui manquait plus que jamais. Il lança son appel dans l'espace électronique. Après une minute d'attente, on lui répondit.

*

Wallander s'était placé à côté de Martinsson. Robert Modin était assis devant l'écran saturé de colonnes de chiffres qui défilaient à une vitesse vertigineuse. Quelques séries de 1 et de 0 apparurent. Puis ce fut le noir. Robert Modin jeta un regard à Martinsson, qui hocha la tête. Il continua de pianoter. De nouveaux essaims de chiffres tourbillonnèrent. Soudain, tout s'immobilisa. Martinsson et Wallander se penchèrent pour mieux voir.

– Je ne sais pas ce que c'est, dit Modin. Je n'ai jamais rien vu de pareil.

– Ce sont peut-être simplement des calculs ? proposa Martinsson.

– Je ne crois pas. On dirait un système de chiffres qui attendent une commande supplémentaire.

– C'est-à-dire ?

– Ça ressemble à un code.

Wallander était déçu. Il ne savait pas à quoi il s'attendait, mais pas à un essaim de chiffres dénué de sens.

– Je croyais que les messages codés avaient pris fin après la Deuxième Guerre mondiale ?

Personne ne lui répondit.

– Ça a un rapport avec le nombre 20, dit soudain Robert Modin.

Martinsson se pencha. Wallander s'abstint ; il commençait à avoir mal au dos. Robert Modin se lança dans des explications que Martinsson écouta avec intérêt tandis que Wallander pensait à autre chose.

– L'an 2000 peut-être ? demanda Martinsson. Le grand bug informatique de l'an 2000 ?

– Non. C'est bien le nombre 20. D'ailleurs, un ordinateur ne perd pas les pédales, il n'y a que les humains pour faire ça.

– Dans huit jours, dit Wallander pensivement, sans vraiment savoir pourquoi.

Robert Modin et Martinsson continuèrent à discuter. De nouveaux chiffres apparurent. Wallander en profita pour apprendre en détail ce qu'était un modem. Jusque-là, il savait juste que c'était un engin qui reliait un ordinateur au reste du monde par l'intermédiaire du réseau téléphonique. Il sentait croître son impatience. Mais Robert Modin tenait peut-être une piste.

Son portable bourdonna dans sa poche. Il s'éloigna pour répondre. C'était Ann-Britt.

– J'ai peut-être trouvé quelque chose.

Wallander sortit sur le palier.

– Quoi ?

– J'avais l'intention de parler aux fils Lundberg, si tu t'en souviens. L'aîné s'appelle Carl-Einar. Soudain, j'ai eu l'impression d'avoir déjà entendu ce nom-là.

– Ah ?

– J'ai consulte le fichier.

– Je croyais que seul Martinsson savait faire ça.

– Disons plutôt que tu es le seul à ne pas savoir le faire.

– Alors ?

– Carl-Einar Lundberg a été jugé il y a quelques années. Je crois que c'était pendant ton congé maladie prolongé.

– Qu'avait-il fait ?

– Rien, apparemment, puisqu'il a été acquitté. Mais il était soupçonné de viol.

Wallander réfléchit.

– Ça vaut peut-être le coup de s'y intéresser. Mais j'ai du mal à voir le rapport avec Falk. Et avec Sonja Hökberg.

– Je continue de chercher, dit Ann-Britt.

Wallander retourna auprès des autres.

On n'arrive à rien, pensa-t-il dans un brusque accès de découragement. On ne sait pas ce qu'on cherche. On est dans un trou noir, sans aucun repère.

22

Robert Modin déclara forfait à dix-huit heures. Il se plaignait de maux de tête et n'avait plus la force de poursuivre. Il plissa les yeux derrière ses lunettes.

– Je veux bien continuer demain. Je dois juste réfléchir, mettre au point une stratégie. Et consulter quelques amis.

Martinsson veilla à ce que quelqu'un le raccompagne à Löderup

– Que voulait-il dire ? demanda Wallander lorsqu'ils furent de retour au commissariat.

– Ce qu'il a dit. Il a besoin de réfléchir et de mettre au point une stratégie, exactement comme nous.

– On aurait dit un vieux docteur confronté à un patient plein de symptômes bizarres. C'est quoi, ces amis qu'il doit consulter ?

– D'autres hackers sans doute. Par le Net ou par téléphone. La comparaison avec le toubib n'est pas mal.

Martinsson semblait s'être remis du fait qu'ils n'avaient pas demandé l'autorisation de recourir aux services de Robert Modin. Wallander préféra ne pas aborder la question.

Ann-Britt et Hansson étaient là. Pour le reste, il régnait dans le commissariat une paix dominicale trompeuse. Wallander pensa à la quantité de dossiers en attente qui ne faisait que croître. Puis il rassembla son équipe afin de clore, au moins symboliquement, la semaine de travail. L'avenir proche était plein d'incertitudes.

– J'ai parlé à Norberg, l'un des maîtres-chiens, dit Hansson. D'ailleurs, il est en train de changer de chien. Hercule devient trop vieux.

– Il n'est pas mort ? demanda Martinsson. Il me semble qu'il est là depuis toujours, ce chien.

– C'est la fin, apparemment. Il commence à être aveugle.

Martinsson eut un rire las.

– Ce serait un bon sujet d'article. Les chiens aveugles de la police...

Wallander ne trouvait pas ça drôle. Le vieux chien allait lui manquer. Peut-être même plus que certains de ses collègues.

– J'ai réfléchi à la question des noms de chiens, poursuivit Hansson. À la rigueur, je peux comprendre qu'on appelle un clébard Hercule. Mais *Loyal* ?

– Pourquoi ? fit Martinsson, surpris. On a un chien qui s'appelle comme ça ?

Le poing de Wallander s'abattit sur la table – le geste le plus autoritaire dont il se sentît capable dans l'immédiat.

– On s'en fout. Qu'a dit Norberg ?

– Qu'il est bien possible que les objets ou les corps congelés n'aient pas d'odeur. Par exemple, les chiens peuvent avoir du mal à trouver un corps en hiver quand il fait très froid.

Wallander enchaîna sans attendre les commentaires.

– Et la Mercedes ? Tu as eu le temps de t'en occuper ?

– Un minibus Mercedes noir a été volé à Ånge il y a quelques semaines.

– Ånge ? C'est où ?

– À côté de Luleå, dit Martinsson.

– N'importe quoi, répliqua Hansson. C'est près de Sundsvall.

Ann-Britt se leva et consulta la carte punaisée au mur. Hansson avait raison.

– C'est possible que ce soit celui-là, poursuivit Hansson. La Suède est un petit pays.

265

– D'autres voitures peuvent avoir été volées sans qu'on en soit informé encore. Il faut continuer à s'en occuper.

Ann-Britt prit la parole.

– Lundberg a deux fils, aussi différents que possible, semble-t-il. Celui qui habite à Malmö, Nils-Emil, travaille comme surveillant dans un lycée. J'ai essayé de le joindre au téléphone mais sa femme m'a dit qu'il était à l'entraînement, il fait partie d'une équipe de course d'orientation. Elle était très bavarde. Son mari est bouleversé par la mort de son père, m'a-t-elle dit. Si j'ai bien compris, Nils-Emil est très croyant. Ce serait donc plutôt le cadet, Carl-Einar, qui pourrait nous intéresser. En 1993, il a été inculpé pour viol. Une fille de la ville, qui s'appelle Englund. Mais on n'a jamais pu le prouver.

– Je m'en souviens, dit Martinsson. C'était une histoire horrible.

Wallander se rappelait seulement qu'à cette époque il errait le long des plages de Skagen, au Danemark. Ensuite, un assassinat avait été commis et, à sa propre surprise, il avait repris le travail.

– C'est toi qui étais chargé de l'enquête ?

Martinsson fit une grimace.

– C'était Svedberg.

Silence. Tous pensaient à leur collègue assassiné.

– Je n'ai pas eu le temps de lire le rapport, reprit Ann-Britt. Je ne sais pas pourquoi il a été acquitté.

– Personne n'a été condamné, dit Martinsson. L'auteur du viol s'en est tiré. On n'a jamais réussi à trouver un autre suspect. Je crois me souvenir que Svedberg était convaincu que c'était bien Lundberg, malgré tout. Mais je n'avais pas imaginé que ce puisse être le fils de Johan Lundberg.

– Supposons que ce soit lui. De quelle manière cela peut-il nous aider à comprendre le meurtre de son père ? Ou la mort de Sonja Hökberg ? Ou les doigts coupés de Tynnes Falk ?

– Le viol était extrêmement brutal, dit Ann-Britt. Le fait d'un homme qui ne recule devant rien, ou presque. La fille

Englund est restée longtemps à l'hôpital. Elle était grièvement blessée, à la tête et ailleurs.

– On va y regarder de plus près. Mais j'ai du mal à croire qu'il soit lié à cette affaire.

La transition était toute trouvée, et il se mit à parler de Robert Modin et de l'ordinateur de Falk. Ni Hansson ni Ann-Britt ne réagirent au fait qu'ils avaient recouru à quelqu'un qui venait d'être condamné à une peine de prison.

– Je ne comprends pas bien, dit Hansson quand Wallander eut fini. Que penses-tu trouver exactement dans cet ordinateur ? Une confession ? Un compte rendu des événements qui nous intéressent ?

– Je n'en sais rien, dit Wallander avec simplicité. Mais on doit essayer de comprendre ce que fabriquait ce Tynnes Falk. Il va falloir se plonger dans son passé. J'ai le sentiment que c'était un type très étrange.

Hansson ne paraissait pas convaincu, mais il ne dit rien. Wallander comprit qu'il fallait clore la réunion au plus vite. Ils avaient besoin de repos.

– On doit continuer à chercher comme on l'a fait jusqu'à présent, en largeur comme en profondeur. Isoler les différents événements, y travailler chacun de notre côté et confronter nos informations pour découvrir de nouveaux dénominateurs communs. Il faut en apprendre plus sur Sonja Hökberg. Qui était-elle ? Elle a travaillé à l'étranger, elle a touché un peu à tout. Ce n'est pas suffisant comme information.

Il s'interrompit et se tourna vers Ann-Britt.

– Et le sac à main ?

– J'avais oublié, excuse-moi. Sa mère pense qu'il y manquait peut-être un carnet d'adresses.

– Peut-être ?

– Je crois qu'elle m'a dit la vérité. Apparemment, Sonja Hökberg ne laissait personne s'approcher d'elle, en dehors d'Eva Persson, et encore. La mère pense que Sonja avait dans son sac un petit carnet noir où elle notait des numéros de téléphone. Dans ce cas, ce carnet aurait disparu. Mais elle n'en était pas certaine.

– Si c'est exact, c'est une information importante. Eva Persson devrait pouvoir nous renseigner là-dessus.

Wallander réfléchit avant de poursuivre.

– Je crois qu'il faut revoir un peu la répartition des tâches. À compter de maintenant, je veux qu'Ann-Britt se consacre exclusivement à Sonja Hökberg et à Eva Persson. Il doit y avoir un petit ami à l'arrière-plan. Quelqu'un qui a pu emmener Sonja en voiture. Je veux aussi que tu explores sa personnalité et son passé. Qui était-elle ? Martinsson de son côté va continuer de tenir compagnie à Robert Modin. Quelqu'un d'autre peut s'occuper du fils Lundberg. Moi, par exemple. Et je vais essayer d'en apprendre un peu plus sur Falk. Hansson continue à s'occuper de la coordination, à tenir Viktorsson au courant et à organiser l'arrière-garde – en particulier retrouver d'éventuels témoins et une explication au fait qu'un corps ait pu disparaître de la morgue de Lund. Par ailleurs, quelqu'un doit aller à Växjö et parler au père d'Eva Persson.

Il jeta un regard circulaire avant de conclure.

– Ça va prendre du temps. Mais tôt ou tard, on va bien finir par trouver le dénominateur commun.

– On n'oublierait pas quelque chose ? intervint Martinsson. Quelqu'un a quand même essayé de te tuer...

– Non, on ne l'a pas oublié. Ça montre seulement qu'on a affaire à des gens qui ne plaisantent pas. Ce qui laisse deviner un arrière-plan nettement plus complexe qu'on ne l'imaginait.

– Si ça se trouve, c'est très simple au contraire, objecta Hansson. C'est juste qu'on ne le voit pas encore.

Ils se séparèrent. Wallander voulait quitter le commissariat le plus vite possible. Dix-neuf heures trente. Il n'avait presque rien mangé de la journée, mais il n'avait pas faim. Il rentra chez lui en voiture. Le vent avait presque disparu. Température inchangée. Il jeta un regard derrière lui avant d'ouvrir la porte de l'immeuble.

Il consacra l'heure suivante à faire un ménage approximatif et à rassembler son linge sale. De temps à autre, il jetait un coup d'œil aux informations télévisées. Un sujet retint son attention. On interrogeait un commandant de l'armée américaine sur le visage que pourrait prendre une guerre future. Presque tout se ferait par ordinateur, répondait-il. Les forces terrestres n'auraient bientôt plus qu'un rôle marginal.

Une pensée le frappa. Vingt et une heures vingt ; il pouvait encore téléphoner. Il s'assit à la cuisine après avoir cherché le numéro.

Erik Hökberg décrocha tout de suite.

– Où en êtes-vous ? Ici, c'est la maison du deuil. On n'en peut plus, de ne pas savoir exactement ce qui est arrivé à Sonja.

– On fait notre possible.

– Mais vous obtenez des résultats ? Qui l'a tuée ?

– On ne le sait pas encore.

– Je ne comprends pas que ce soit si difficile de retrouver quelqu'un qui a fait brûler une pauvre fille dans un transformateur.

Wallander changea de sujet.

– Je t'appelle parce que j'ai une question. Sonja savait-elle se servir d'un ordinateur ?

– Bien sûr, comme tous les jeunes.

– S'intéressait-elle à l'informatique ?

– Elle surfait sur le Net. Elle se débrouillait. Mais moins bien qu'Emil.

Wallander se sentait démuni. En fait, c'était Martinsson qui aurait dû aborder ce sujet avec Hökberg. Il décida de changer de piste.

– Tu as dû réfléchir. Te demander comment Sonja avait pu tuer ce chauffeur de taxi, et pourquoi elle avait été tuée à son tour.

Erik Hökberg ne répondit pas tout de suite.

– Je vais souvent dans sa chambre, dit-il ensuite d'une voix changée. Je m'assieds, je regarde autour de moi. Et je ne comprends rien.

– Comment décrirais-tu Sonja ?

– Elle était forte, volontaire, indépendante. Pas commode. Elle s'en serait bien sortie, dans la vie. Comment dit-on déjà ? Une personne pleine de ressources.

Wallander pensa à sa chambre. La chambre d'une petite fille. Pas de la personne que décrivait à présent son beau-père.

– Elle n'avait pas de petit ami ?

– Pas à ma connaissance.

– Ça ne te paraît pas bizarre ?

– Pourquoi ?

– Elle avait quand même dix-neuf ans, elle était jolie.

– En tout cas, elle ne ramenait personne à la maison.

– Elle ne recevait pas de coups de fil ?

– Elle avait sa propre ligne. Elle l'avait demandée pour ses dix-huit ans. Son téléphone sonnait souvent. Mais je ne sais pas qui l'appelait.

– Avait-elle un répondeur ?

– Je l'ai écouté. Il n'y avait pas de message.

– Si jamais il y en venait un, j'aimerais l'entendre.

Wallander songea soudain à l'affiche de film dans la penderie. Le seul élément, en dehors des vêtements, qui suggérait la présence d'une adolescente. D'une jeune femme presque adulte. Il se souvint du titre. *L'Avocat du diable*.

– Tu vas être contacté par l'inspecteur Höglund. Elle aura beaucoup de questions à te poser, ainsi qu'à ta femme. Si vous voulez vraiment qu'on découvre ce qui est arrivé à Sonja, il faudra répondre de votre mieux.

– Ce n'est pas ce que je fais ?

Wallander ne comprenait que trop bien son agressivité.

– Si, dit-il. Et je ne vais pas te déranger davantage.

Il raccrocha et resta assis, sans pouvoir lâcher la pensée de l'affiche dans la penderie. Il regarda sa montre. Vingt et une heures trente. Il composa le numéro du restaurant de Stockholm où travaillait Linda. Un homme pressé lui répondit dans un suédois approximatif et accepta d'aller la chercher. Plusieurs minutes s'écoulèrent. En reconnaissant la voix de son père, Linda s'énerva.

– Tu sais que tu ne peux pas m'appeler à cette heure-ci, ça les stresse si on téléphone pendant le coup de feu.

– Je sais. Juste une question.

– Vite, alors.

– Est-ce que tu as vu un film qui s'appelle *L'Avocat du diable*, avec Al Pacino ?

– C'est pour ça que tu me déranges ?

– Je n'avais personne d'autre à qui la poser.

– Je raccroche.

Ce fut au tour de Wallander de s'énerver.

– Tu dois quand même pouvoir me répondre ! Tu l'as vu, oui ou non ?

– Oui.

– De quoi ça parle ?

– Je rêve !

– Ça parle de Dieu ?

– Si on veut. Ça parle d'un avocat qui, en fait, est le diable.

– C'est tout ?

– Ça ne te suffit pas ? Pourquoi tu veux savoir ça ? Tu as des cauchemars ?

– Je suis chargé d'une enquête pour meurtre. Pourquoi une fille de dix-neuf ans aurait-elle l'affiche de ce film punaisée dans sa chambre ?

– Sans doute parce qu'elle trouve qu'Al Pacino est beau. Ou peut-être parce qu'elle est amoureuse du diable. Comment veux-tu que je le sache, merde ?

– Tu es obligée de parler comme ça ?

– Oui.

– Bon, il parle d'autre chose, à part ça ?

– Regarde-le toi-même. Il existe sûrement en vidéo.

Wallander se sentit complètement idiot. Il aurait dû y penser. Il pouvait louer la cassette dans n'importe quelle boutique, plutôt que d'énerver Linda.

– Désolé de t'avoir dérangée.

Elle n'était plus fâchée.

– Ça ne fait rien. Il faut que j'y aille maintenant.

– Je sais. Salut.

Il raccrocha. Le téléphone sonna aussitôt. Il prit le combiné avec méfiance. S'il y avait une chose qu'il n'avait

271

pas le courage d'affronter à l'instant, c'était bien un journaliste.

Il reconnut la voix de Siv Eriksson.

— J'espère que je ne vous dérange pas, dit-elle.

— Pas du tout.

— J'ai réfléchi. J'ai essayé de trouver quelque chose qui pourrait vous aider.

Invite-moi, pensa Wallander. Si tu veux vraiment m'aider. J'ai faim, j'ai soif, j'en ai marre d'être assis dans cet appartement.

— Et vous avez trouvé quelque chose ?

— Malheureusement, non. Je suppose que la personne qui le connaît le mieux c'est sa femme. Ou peut-être ses enfants.

— Si j'ai bien compris, ses missions pouvaient être très variées, en Suède comme à l'étranger. C'était quelqu'un de très recherché. Il n'a jamais fait de réflexion, à propos de son travail, qui vous aurait surprise ?

— Il parlait peu. Il était prudent dans ses paroles. Il était prudent en tout.

— Pourriez-vous m'en dire plus ?

— Parfois, j'avais l'impression qu'il était complètement ailleurs. Nous discutions d'un problème, il m'écoutait, il me répondait. Pourtant, il n'était pas là.

— Où était-il, alors ?

— Je ne sais pas. Il était très secret, je m'en rends compte maintenant. À l'époque, je le croyais timide, ou distrait, mais ce n'était pas ça. L'opinion qu'on a de quelqu'un se transforme après sa mort.

Wallander pensa très vite à son propre père ; mais il aurait menti en disant que celui-ci lui paraissait très différent depuis sa mort.

— Et vous n'avez aucune idée de ce à quoi il pensait en réalité ?

— Pas vraiment..

La réponse resta en suspens. Wallander attendit la suite.

— Au fond, je n'ai qu'un seul souvenir un peu déviant. Ce n'est pas beaucoup, quand on pense que je l'ai fréquenté pendant des années.

– Dites toujours.

– C'était il y a deux ans, en octobre, ou début novembre. Il est arrivé ici un soir, très secoué. On avait un travail urgent, pour l'union des agriculteurs, je crois. Je l'ai interrogé. Il m'a dit avoir été témoin d'une scène entre quelques jeunes et un vieil homme soûl. L'homme avait tenté de se défendre ; les jeunes l'avaient bousculé et lui avaient donné des coups de pied alors qu'il était à terre.

– C'est tout ?

– Ça ne suffit pas ?

Wallander réfléchit. Tynnes Falk avait réagi à un acte de violence. Comment l'interpréter ? Cela avait-il un intérêt pour l'enquête ?

– Il n'est pas intervenu ?

– Non. Il était juste indigné.

– Qu'a-t-il dit ?

– Que c'était le chaos. Que le monde était livré au chaos. Que ça ne valait plus le coup.

– Quoi donc ?

– Je ne sais pas. J'ai eu le sentiment qu'il visait l'humanité en bloc. Que c'était l'humain qui ne valait plus le coup, en quelque sorte, à partir du moment où la bestialité prenait le dessus. Quand j'ai voulu en savoir plus, il a changé de sujet. On n'en a jamais reparlé.

– Comment interprétez-vous son indignation ?

– Elle m'a paru assez naturelle. N'auriez-vous pas réagi de même ?

Peut-être, pensa Wallander. Mais je n'aurais peut-être pas tiré la conclusion que le monde était livré au chaos.

– Vous ne savez pas qui étaient ces jeunes ? Ou le vieil homme ?

– Comment diable voulez-vous que je le sache ?

– Je suis policier. Je pose des questions.

– Désolée de ne pas pouvoir vous aider mieux que ça.

Wallander sentit qu'il avait envie de la retenir au téléphone. Mais elle s'en serait aperçue, bien sûr.

– Vous avez bien fait de m'appeler, dit-il simplement. N'hésitez pas à me joindre si vous pensez à autre chose. De mon côté, je vous téléphonerai sûrement demain.

– Je fais un travail de programmation pour une chaîne de restaurants. Je serai à mon bureau toute la journée.

– Que va-t-il vous arriver maintenant, d'un point de vue professionnel ?

– Je ne sais pas. J'espère que ma réputation est suffisamment établie pour survivre sans Tynnes. Sinon, il faudra que je trouve autre chose.

– Quoi ?

Elle éclata de rire.

– Vous avez vraiment besoin de savoir ça pour l'enquête ?

– Simple curiosité.

– Il est possible que je parte à l'étranger.

Tout le monde s'en va, pensa Wallander. À la fin, il ne restera plus dans ce pays que les bandits associés et moi.

– Ça m'arrive d'y penser moi aussi, dit-il. Mais je suis coincé, comme tout le monde.

– Moi non, répliqua-t-elle sur un ton léger. On décide soi-même.

Après avoir raccroché, Wallander pensa à ce qu'elle venait de dire. *On décide soi-même.* Elle avait évidemment raison. De la même manière que Per Åkeson et que Sten Widén.

Soudain, il se sentit content d'avoir envoyé sa petite annonce. Même s'il n'attendait pas de réponse, il aurait quand même fait une tentative.

Il enfila une veste, se rendit à la boutique vidéo de Stora Östergatan et découvrit que le magasin fermait à vingt et une heures le dimanche soir. Il continua vers la place centrale, en s'arrêtant de temps à autre devant une vitrine.

Soudain, il se retourna. À part quelques jeunes et un vigile, la rue était déserte. Il repensa à ce qu'avait dit Ann-Britt. Qu'il devait faire attention.

Je me fais des idées. Personne n'est bête au point de s'en prendre à un flic deux fois de suite.

Sur la place, il tourna dans Hamngatan avant de rentrer par Österleden. L'air était frais. Ça lui faisait du bien de marcher. Il en avait besoin.

À vingt-deux heures quinze, il était de retour à l'appartement. Il trouva une canette de bière dans le frigo et se prépara quelques sandwiches. Puis il s'assit devant la télévision et regarda un débat sur l'économie suédoise. La seule chose qu'il crut comprendre, c'est que cette économie allait bien et mal en même temps. Il s'aperçut qu'il somnolait et se réjouit de la perspective d'une vraie nuit de sommeil.

L'enquête lui laissait un court répit.

À vingt-trois heures trente, il se coucha et éteignit la lumière. Il venait de s'endormir lorsque le téléphone sonna.

Il compta jusqu'à neuf sonneries. Puis il débrancha le téléphone et attendit. Si c'était un collègue qui cherchait à le joindre, son portable ne tarderait pas à sonner. Il espérait que non.

Au même instant, le portable bourdonna. L'appel venait de la patrouille de nuit qui surveillait Apelbergsgatan. Le policier s'appelait Elofsson.

— Je ne sais pas si c'est important. Mais une voiture est passée plusieurs fois au cours de la dernière heure.

— Vous avez vu le conducteur ?

— C'est pour ça que j'appelle. À cause des instructions.

Wallander attendit en retenant son souffle.

— Il pourrait bien être chinois. Mais c'est difficile d'en être sûr.

La nuit de sommeil venait de prendre fin.

— J'arrive.

Il regarda le réveil. Il était un peu plus de minuit.

23

Wallander quitta la route de Malmö, dépassa Apelbergs-gatan et laissa sa voiture dans Jörgen Krabbes Väg. De là, il lui fallait à peine cinq minutes pour rejoindre l'immeuble de Falk. Le vent était complètement tombé. Ciel limpide. Wallander sentit que le froid s'installait. Octobre, en Scanie, c'était toujours un mois instable du point de vue de la météo.

La voiture d'Elofsson et de son collègue stationnait en face de l'immeuble. La portière arrière s'ouvrit, il monta. Ça sentait le café. Il pensa à toutes les nuits de planque désespérantes qu'il avait lui-même passées à lutter contre le sommeil dans une voiture ou, pire encore, sur un trottoir balayé par le vent.

Ils se saluèrent. Le collègue d'Elofsson – El Sayed, originaire de Tunisie – n'était à Ystad que depuis six mois. C'était le premier agent d'origine immigrée que l'école de police envoyait à Ystad. Wallander s'était inquiété à l'avance. Il n'avait aucune illusion sur ce que penseraient nombre de ses collègues de l'arrivée d'un collaborateur arabe. Et ses craintes s'étaient avérées. Il y avait eu des commentaires, détournés mais malveillants. Quant à savoir à quel point El Sayed en était conscient et dans quelle mesure il y était préparé, il n'en avait pas la moindre idée. Parfois, lui-même éprouvait des remords de ne l'avoir pas invité chez lui, au moins une fois. À sa connaissance, personne d'autre ne l'avait fait. Mais le jeune homme au sourire amical s'était fait une place, tant bien que mal, dans

276

l'équipe. Même si cela avait pris du temps. Wallander se demandait parfois ce qui serait arrivé si El Sayed avait réagi aux commentaires au lieu de rester toujours aimable.

– Il est arrivé par le nord, dit Elofsson. De Malmö, en direction du centre. Il est passé trois fois.

– Quand était la dernière ?

– Juste avant que je t'appelle. J'ai d'abord essayé ton téléphone. Tu as le sommeil lourd.

Wallander laissa passer le commentaire.

– Alors ?

– Tu sais ce que c'est. Ce n'est que lorsque quelqu'un passe pour la deuxième fois qu'on y prête attention.

– La voiture ?

– Une Mazda bleu foncé.

– Il a ralenti en passant devant l'immeuble ?

– La première fois, je ne sais pas. La deuxième, oui, c'est sûr.

– Il a ralenti dès la première fois, intervint El Sayed.

Wallander nota la réaction d'Elofsson. Ça lui déplaisait que son collègue en ait vu plus que lui.

– Mais il ne s'est pas arrêté ?

– Non.

– Il vous a vus ?

– La première fois, je ne crois pas. La deuxième, oui, sans doute.

– Ensuite ?

– Il est repassé vingt minutes plus tard. Mais sans ralentir.

– C'était sans doute pour vérifier si vous étiez encore là. Vous avez pu voir s'il était seul ?

– On en a parlé. On ne peut pas en être sûrs, mais on croit que oui.

– Vous avez parlé aux collègues de la place Runnerström ?

– Ils ne l'ont pas vu.

Wallander fut surpris. Quelqu'un qui s'intéressait à Falk aurait normalement dû passer aussi par son bureau.

Il réfléchit. Le conducteur de la Mazda ignorait peut-être l'existence du bureau. Ou alors, le policier de garde était endormi au moment de son passage. Wallander n'excluait pas du tout cette hypothèse.

Elofsson lui tendit un bout de papier portant le numéro d'immatriculation de la voiture.

– Je suppose que vous avez lancé une recherche ?

– Apparemment, il y a un problème informatique. On nous a demandé d'attendre.

Wallander prit le papier. MLR 331. Il le mémorisa.

– Quand l'ordinateur sera-t-il réparé ?

– Ils n'ont pas pu nous le dire.

– Ils ont bien dû vous répondre quelque chose.

– Peut-être demain.

– Ça veut dire quoi ?

– Qu'ils arriveront peut-être à le faire marcher demain.

Wallander secoua la tête.

– On a besoin d'une réponse le plus vite possible. Quand est la relève ?

– À six heures.

– Avant de rentrer chez vous, je voudrais que vous rédigiez un rapport et que vous le posiez sur le bureau de Hansson ou de Martinsson. Ils s'en occuperont.

– Qu'est-ce qu'on fait s'il revient ?

– Il ne reviendra pas. Pas tant qu'il sait que vous êtes là.

– Et s'il revient, on doit intervenir ?

– Non. Ce n'est pas un crime de conduire une voiture dans Apelbergsgatan. Mais rappelez-moi sur le portable.

Il leur souhaita bon courage, rejoignit sa propre voiture et prit la direction de la place Runnerström. C'était moins grave qu'il ne l'imaginait. Seul l'un des deux policiers dormait. Ni l'un ni l'autre n'avait remarqué une Mazda bleue.

– Ouvrez l'œil, dit Wallander en leur donnant le numéro d'immatriculation.

En revenant à sa voiture, il s'aperçut soudain qu'il avait dans sa poche les clés de Setterkvist. Il aurait dû les passer à Martinsson, c'était lui qui en aurait besoin le lendemain. Sans vraiment savoir pourquoi, il monta jusqu'au dernier étage et colla son oreille contre la porte. Une fois à l'intérieur, lorsqu'il eut allumé, il regarda autour de lui comme il l'avait fait la première fois. Quelque chose lui aurait-il échappé ? Il ne trouva rien. Il s'assit et contempla l'écran éteint.

Robert Modin avait évoqué le nombre 20. Là où Martinsson et lui-même ne voyaient qu'un tourbillon de chiffres, Modin avait décelé ce nombre, sans aucune hésitation. Pour sa part, Wallander voyait simplement que dans une semaine précise on serait le 20 octobre et que l'an 2000 n'était pas loin, comme l'avait dit Martinsson. Et alors ? Quel rapport avec l'enquête ?

Pendant toute sa scolarité, Wallander avait été un cancre en mathématiques. Ce n'était pas comme d'autres matières, où sa médiocrité tenait uniquement à la paresse. Il avait beau faire des efforts, le monde des chiffres restait pour lui impénétrable.

Soudain, le téléphone posé à côté de l'ordinateur sonna. Wallander sursauta. À la septième sonnerie, il souleva le combiné et l'appuya contre son oreille

Il entendit un grésillement. Comme si l'appel venait de très loin.

Allô ? fit Wallander. Une fois, deux fois. Pas de réponse ; seulement un bruit de respiration, noyé dans le grésillement.

Puis il y eut un déclic, la ligne fut coupée. Wallander reposa le combiné, le cœur battant. Il avait déjà entendu ce grésillement. Sur le répondeur d'Apelbergsgatan.

Quelqu'un veut parler à Falk. Mais Falk est mort. Il n'existe plus.

Soudain, il comprit qu'il existait une autre possibilité. Quelqu'un l'aurait-il vu monter jusqu'au bureau de Falk ?

Une fois déjà dans la soirée, il s'était immobilisé en pleine rue avec la sensation d'être suivi.

L'inquiétude revint. Jusqu'à présent, il avait refoulé le souvenir de l'ombre qui, quelques jours plus tôt, avait tenté de le tuer. Les paroles d'Ann-Britt résonnaient dans son esprit Il devait faire attention.

Il se leva, s'approcha de la porte, écouta. Tout était silencieux.

Il s'assit à nouveau devant l'ordinateur. Sans vraiment savoir pourquoi, il souleva le clavier.

Une carte postale.

Il ajusta le faisceau de la lampe et mit ses lunettes. La carte était ancienne, les couleurs avaient pâli. Un front de mer. Des palmiers, un quai. La mer avec de petits bateaux de pêche. Une rangée d'immeubles à l'arrière-plan. Il retourna la carte. Elle était adressée à Tynnes Falk, Apelbergsgatan. Siv Eriksson ne recevait donc pas tout son courrier. Avait-elle menti ? Ou bien ignorait-elle que Falk recevait aussi du courrier chez lui ? Le texte était court. Impossible de faire plus court. Une seule lettre. « C ».

Wallander tenta de déchiffrer le tampon de la poste. Le timbre était presque entièrement arraché. Il discerna un L et un D. La date était illisible. Aucune légende ne précisait le nom de la ville. Une tache recouvrait la moitié de l'adresse. Comme si quelqu'un avait mangé une orange tout en écrivant – ou en lisant – la carte. Wallander essaya de combiner les deux lettres L et D avec différentes voyelles, sans succès. Il examina à nouveau la photo. On distinguait des personnes réduites par la distance à de petits points. Impossible de voir la couleur de leur peau. Wallander pensa au voyage malheureux et chaotique qui l'avait conduit, quelques années plus tôt, aux Antilles. Les palmiers étaient les mêmes. Mais la ville à l'arrière-plan lui était étrangère.

Et puis ce « C » solitaire. Le même que dans le journal de Falk. Un nom. Falk savait qui lui avait envoyé la carte, et il l'avait gardée. Dans cette pièce austère où il n'y avait rien, en dehors de l'ordinateur et des plans d'un transformateur, Falk avait laissé une carte postale, salutation de Curt ou de Conrad. Wallander la rangea dans la poche de sa veste. Puis il essaya de soulever l'ordinateur proprement dit. Il n'y avait rien. Il souleva le téléphone. Rien.

Il s'attarda encore quelques minutes. Puis il se leva, éteignit la lumière et partit.

De retour à Mariagatan, la fatigue prit le dessus. Pourtant, il ne put s'empêcher de chercher une loupe et de s'asseoir à la table de la cuisine pour examiner une fois de plus la carte postale. Mais il ne découvrit rien.

Peu avant deux heures, il se coucha et s'endormit aussitôt.

Le lundi matin, Wallander ne fit qu'une courte visite au commissariat. Il laissa le jeu de clés à Martinsson et lui parla de la voiture observée au cours de la nuit. Le rapport portant le numéro d'immatriculation était déjà sur son bureau. Wallander ne dit rien de la carte postale, non qu'il voulût la garder secrète, mais parce qu'il était pressé. Il ne voulait pas s'embarquer dans des palabres inutiles. Avant de repartir, il passa deux coups de fil. Le premier à Siv Eriksson, pour lui demander si le nombre 20 lui évoquait quelque chose, et si Falk avait mentionné à l'occasion une personne dont le nom de famille ou le prénom commençait par la lettre C. Elle répondit qu'elle allait réfléchir. Ensuite, il lui parla de la carte postale, retrouvée place Runnerström, mais adressée à Apelbergsgatan. Elle fut surprise. Wallander ne remit pas en cause sa sincérité. Mais le mystérieux C. s'était servi de l'adresse d'Apelbergsgatan.

Wallander lui décrivit la carte. Mais ce paysage ne lui évoquait rien, pas plus que les lettres L et D.

– Il avait peut-être d'autres adresses encore, suggéra-t-elle.

Wallander décela une nuance de déception dans sa voix. Comme si Falk l'avait trahie.

– Vous avez peut-être raison. On va s'en occuper.

Elle n'avait pas oublié la liste ; elle l'apporterait au commissariat dans le courant de la journée.

En raccrochant, Wallander s'aperçut qu'il était content d'avoir entendu sa voix. Mais il ne s'attarda pas sur ses états d'âme, composa immédiatement le deuxième numéro et informa Marianne Falk qu'il serait chez elle dans une demi-heure.

Il feuilleta la paperasse accumulée sur son bureau. Pas mal d'urgences. Mais il n'avait pas le temps. La montagne continuerait de grandir. À huit heures trente, il quitta le commissariat sans préciser où il allait.

Il passa les heures suivantes dans le canapé de Marianne Falk, à évoquer avec elle l'homme qui avait été son mari. Il commença par le début. Comment s'étaient-ils rencontrés ? Où ? Quand ? Marianne Falk avait bonne mémoire. Il lui arrivait rarement d'hésiter ou de chercher ses mots. Wallander avait pensé à emporter un bloc-notes, mais n'écrivit presque rien. Il en était encore à la toute première étape, où il tentait de se faire une image d'ensemble de la vie de Tynnes Falk.

Il avait donc grandi dans une ferme des environs de Linköping. Enfant unique. Après le bac, à Linköping, il avait fait son service militaire dans le régiment de blindés de Skövde, puis commencé de vagues études de droit et de littérature à l'université d'Uppsala. Un an plus tard, il déménageait et s'inscrivait à l'école supérieure de commerce de Stockholm. Marianne et lui s'étaient rencontrés à cette époque, au cours d'une soirée.

– Tynnes ne dansait pas. Mais il était là. Quelqu'un nous a présentés. Il m'a semblé ennuyeux, je m'en souviens. Ce n'était vraiment pas le coup de foudre, du moins pas de mon côté. Quelques jours plus tard, il m'a appelée, je ne sais même pas comment il avait obtenu mon numéro. Il voulait me revoir. Mais il n'a pas proposé de m'emmener au cinéma.

– Quoi alors ?

– Il voulait aller regarder les avions à l'aéroport de Bromma.

– Pourquoi ?

– Il aimait les avions. On y est allés. Il savait presque tout sur les appareils alignés devant les hangars. Je dois dire qu'il m'a paru un peu bizarre. Ce n'était peut-être pas ainsi que je m'étais imaginé l'homme de ma vie.

Ils s'étaient rencontrés en 1972. Tynnes était très insistant, au dire de Marianne Falk qui, de son côté, avait plutôt des doutes. Sa franchise à cet égard était même surprenante, pensa Wallander.

– Il ne tentait rien. Il s'est passé trois mois avant qu'il comprenne qu'il devait peut-être m'embrasser. J'envisageais de rompre, il a dû le sentir. Alors il y a eu ce baiser.

Pendant ce temps, de 1973 à 1977, elle suivait des études d'infirmière. Son rêve était de devenir reporter. Mais elle n'avait pas réussi le concours d'entrée à l'école de journalisme. Ses parents vivaient à Spånga, près de Stockholm, où son père possédait un atelier de mécanique.

– Tynnes ne parlait jamais de sa famille, ni de son enfance. Il fallait tout lui soutirer mot par mot. La seule certitude, c'est qu'il n'avait pas de frères et sœurs. Moi, j'en avais cinq. Ça m'a pris un temps infini de le convaincre de rendre visite à mes parents. Il était très timide. Du moins, il faisait semblant.

– Que voulez-vous dire ?

– Tynnes avait beaucoup d'assurance. Je crois au fond qu'il nourrissait un mépris intense pour une grande partie de l'humanité. Même s'il affirmait le contraire.

– Comment cela ?

– Quand j'y repense, notre histoire me paraît évidemment très curieuse. Il vivait dans une chambre louée, à Odenplan, dans le centre de Stockholm. Moi, j'habitais encore à Spånga. Je n'étais pas riche et je ne voulais pas emprunter trop d'argent pour mes études. Mais Tynnes n'a jamais proposé qu'on cherche un logement ensemble. On se voyait trois ou quatre soirs par semaine. Ce qu'il faisait – à part étudier et regarder les avions – je n'en savais trop rien. Jusqu'au jour où j'ai commencé à me poser des questions.

C'était un jeudi après-midi, dans son souvenir. Peut-être en avril, ou début mai, six mois environ après leur première rencontre. Ils ne devaient pas se voir ce jour-là, Tynnes avait un cours important qu'il ne voulait pas manquer. De son côté, elle avait fait quelques achats pour le compte de sa mère. En retournant à la gare, au moment de traverser Drottninggatan, elle avait croisé un cortège de manifestants. Les banderoles visaient la Banque mondiale et les guerres coloniales portugaises. Elle-même ne s'était jamais beaucoup intéressée à la politique. Dans sa famille, on était tranquillement social-démocrate, et elle n'avait pas été entraînée par la vague gauchiste. Tynnes de son côté n'avait jamais exprimé que des pensées socialistes bon teint. Mais, quel que soit le sujet, ses opinions étaient toujours très tranchées. Il avait aussi une certaine tendance à briller avec ses connaissances en science politique. Quoi qu'il en soit, elle l'avait soudain reconnu au milieu des manifestants. Elle n'en croyait pas ses yeux. Il tenait une banderole, « Viva Cabral ». Après, elle s'était renseignée ; Amílcar Cabral était le chef du mouvement indépendantiste en Guinée-Bissau. Sur le moment, elle avait été si surprise qu'elle avait reculé dans la foule. Il ne l'avait pas aperçue.

Par la suite, elle l'avait interrogé. En comprenant qu'elle l'avait vu, dans le cortège, il était devenu fou de rage, pour la première fois depuis qu'elle le connaissait. Il s'était vite calmé, et elle n'avait jamais compris les raisons de sa colère. Mais elle s'était aperçue ce jour-là qu'elle ignorait beaucoup de choses, au sujet de Tynnes Falk.

— J'ai rompu au mois de juin. Je n'avais pas rencontré quelqu'un d'autre. Simplement, je n'y croyais plus. Et son explosion de ce jour-là n'y était pas pour rien.

— Comment a-t-il réagi ?

— Je ne sais pas.

— Pardon ?

— Nous nous étions retrouvés dans un café du parc de Kungsträdgården à Stockholm. Je lui ai dit sans détour que je voulais mettre un terme à notre relation. Il m'a écoutée. Puis il s'est levé et il est parti.

— C'est tout ?

— Il n'a pas dit un mot. Je me rappelle que son visage était complètement inexpressif. Quand je me suis tue, il est parti. Mais il a d'abord posé de l'argent sur la table, pour le café.

– Et ensuite ?

– Je ne l'ai pas revu pendant des années.

– Combien ?

– Quatre ans.

– Qu'a-t-il fait pendant ce temps-là ?

– Je ne sais pas.

Wallander commençait à être franchement surpris.

– Vous voulez dire qu'il a disparu pendant quatre ans ? Vous ne saviez même pas où il était, ni ce qu'il faisait ?

– Ça paraît difficile à croire, mais c'est la vérité. Une semaine après le rendez-vous du parc, je me suis résolue à l'appeler. Il avait déménagé sans laisser d'adresse. Quelques semaines plus tard, j'ai réussi à retrouver ses parents près de Linköping. Eux non plus n'avaient pas de nouvelles. Pendant quatre ans, il n'a donné aucun signe de vie. Il n'allait plus en cours. Personne ne savait rien. Jusqu'au jour où il a resurgi.

– Quand était-ce ?

– Le 2 août 1977. Je venais de prendre mon premier poste d'infirmière, à Sabbatsberg. Il m'attendait devant l'hôpital. Avec des fleurs. Et il souriait. Moi, je sortais d'une liaison qui n'avait rien donné. J'ai été contente de le revoir. J'étais assez seule et désemparée, je crois, à cette époque. Ma mère venait de mourir.

– Alors vous avez renoué ?

– Il voulait qu'on se marie. Il a commencé à en parler très vite, après quelques jours.

– Il a dû vous dire ce qu'il avait fait pendant tout ce temps ?

– Non. Il a dit qu'il ne m'interrogerait pas sur ma vie, à condition que je ne l'interroge pas sur la sienne. Comme si ces quatre ans n'avaient pas existé.

Wallander la dévisagea, perplexe.

– Avait-il changé ?

– Non, à part qu'il était devenu brun.

– Vous voulez dire bronzé ?

– Oui. Pour le reste, fidèle à lui-même. C'est par un pur hasard que j'ai appris où il avait passé ces quatre années.

Le portable de Wallander bourdonna, il répondit après une hésitation. C'était Hansson.

– Martinsson m'a refilé la Mazda. Les ordinateurs ne marchent pas, mais c'est un numéro volé.

– Quoi ? La voiture ou les plaques ?

– Les plaques. Volées à une Volvo stationnée place Nobel, à Malmö, la semaine dernière.

– Très bien. Elofsson et El Sayed avaient raison, cette voiture n'était pas là par hasard.

– Je ne sais pas très bien comment poursuivre.

– Préviens les collègues de Malmö. Je veux qu'on lance un avis de recherche régional.

– À quel titre ?

Wallander réfléchit.

– Le conducteur de cette voiture est soupçonné d'être lié au meurtre de Sonja Hökberg. Et au coup de feu tiré contre moi.

– C'était lui ?

– C'est peut-être un témoin.

– Où es-tu ?

– Chez Marianne Falk. À tout à l'heure.

Elle servit le café, dans une belle cafetière en porcelaine bleu et blanc. Wallander se souvint d'un service semblable, dans sa maison d'enfance.

– Alors, dit-il lorsqu'elle fut rassise, parlons un peu de ce hasard.

– C'était un mois environ après la réapparition de Tynnes. Il s'était acheté une voiture et venait souvent me chercher à l'hôpital. Un médecin de mon service l'a vu et m'a demandé le lendemain si cet homme était bien Tynnes Falk. Il a dit qu'il l'avait rencontré l'année précédente. En Afrique.

– Où ?

– En Angola. Il avait travaillé là-bas comme bénévole, après l'indépendance, et il l'avait croisé dans un restaurant, tard le soir. Au moment de payer, Tynnes avait sorti son passeport, où il rangeait son argent. Le médecin lui avait adressé la parole. Tynnes lui avait dit son nom, sans ajouter

grand-chose. Le médecin se souvenait de lui à cause de sa
réserve, comme s'il ne voulait pas être identifié en tant que
Suédois.

– Vous avez dû lui demander ce qu'il fabriquait là-bas ?

– Plusieurs fois, j'ai failli le faire. Mais c'était comme
si nous nous étions mutuellement engagés à ne pas fouiller
dans cette époque de notre vie. Alors, j'ai essayé d'en
savoir plus par un autre biais.

– Lequel ?

– J'ai appelé différentes organisations d'aide humani-
taire en Afrique. La Sida m'a répondu. En effet, Tynnes
avait passé deux mois en Angola, pour installer des mâts
radio.

– Mais il est resté absent quatre années, pas deux mois.

Elle garda le silence, plongée dans ses pensées. Wallander attendit.

– On s'est mariés, les enfants sont nés. En dehors de
cette rencontre dans un restaurant de Luanda, je ne savais
rien de sa vie durant ces années-là. Et je ne l'ai jamais
interrogé à ce sujet. C'est maintenant seulement, alors qu'il
est mort, que j'ai fini par obtenir la réponse.

Elle se leva et quitta la pièce. En revenant, elle tenait à
la main un objet enveloppé dans un bout de toile cirée. Elle
posa le paquet sur la table.

– Après sa mort, je suis descendue à la cave. Je savais
qu'il avait un coffre-fort. Je l'ai forcé. Voilà ce que j'ai
trouvé, à part la poussière.

Elle lui fit signe de l'ouvrir. Wallander déplia la toile et
découvrit un album de photos en cuir marron. La couverture portait une inscription au feutre. *Angola 1973-1977.*

– J'ai regardé les photos, dit-elle. J'ignore ce qu'elles
racontent. Mais je crois comprendre que Tynnes est resté
là-bas longtemps.

Wallander n'avait pas encore ouvert l'album. Une pensée venait de le frapper.

– Je suis inculte. Je ne sais même pas quelle est la capitale de l'Angola.

– Luanda.

Wallander acquiesça en silence. Dans la poche de sa veste, il avait encore la carte postale trouvée sous le clavier de l'ordinateur. Il avait identifié un L et un D.

La carte postale venait de Luanda. Que s'est-il passé là-bas ? Qui est l'homme ou la femme dont le nom commence par un C ?

Il s'essuya les mains sur une serviette en papier.

Puis il ouvrit l'album.

24

La première image représente une carcasse d'autobus calcinée, au bord d'une route rougie par le sable et peut-être aussi par le sang. La photo a été prise à distance. Le bus ressemble à une charogne. Une annotation au crayon : *Nord-est de Huambo, 1975.* Sous l'image, la même tache jaunâtre que sur la carte postale.

Il tourna la page. Un groupe de femmes noires rassemblées au bord d'un marigot. Paysage brûlé, desséché. Pas une ombre. Le soleil doit être au zénith. Aucune des femmes ne regarde le photographe. Le marigot est presque à sec.

Il considéra la photo. Tynnes Falk, à supposer que ce soit lui, a décidé de photographier ces femmes. Mais le marigot est au centre. C'est cela qu'il veut montrer. Des femmes qui n'auront bientôt plus d'eau.

Wallander tourna la page. Marianne Falk ne disait rien. Il perçut le tic-tac d'une horloge. Nouvelles images de sécheresse. Un village aux huttes rondes et basses. Des enfants et des chiens. La poussière rouge qui semble tourbillonner. Personne ne regarde le photographe.

Soudain, les villages cèdent la place à un champ de bataille abandonné. La végétation est plus dense, plus verte. Un hélicoptère gît renversé comme un insecte géant. Des canons pointés vers un ennemi invisible. C'est tout. Aucun être humain, vivant ou mort. La date et le nom du lieu, c'est tout. Suivent deux pages de mâts radio. Certains clichés sont flous.

Une photo de groupe. Neuf hommes alignés devant une sorte de bunker, avec un garçon et une chèvre que l'un des hommes tente visiblement de chasser au moment où la photo est prise. Le garçon regarde l'appareil bien en face. Il rit. Sept hommes noirs au visage joyeux, deux Blancs à l'expression fermée. Wallander tourna l'album vers Marianne Falk et lui demanda si elle les reconnaissait. Elle secoua la tête. Sous la photo, un nom de lieu illisible et une date : *janvier 1976*. À cette époque, Falk a sûrement installé ses mâts depuis longtemps. Il est peut-être revenu en Angola pour s'assurer qu'ils sont encore en place. Ou alors, il n'a jamais quitté le pays. Rien ne contredit cette hypothèse. Sa mission reste inconnue. Personne ne sait de quoi il vit. Wallander tourna la page. Images de Luanda, un mois plus tard, février 1976. Quelqu'un prononce un discours dans un stade. Des gens agitent des banderoles rouges et des drapeaux – le drapeau angolais, sans doute. Falk ne semble pas s'intéresser aux individus. Ici, c'est une foule ; la photo est prise de si loin qu'on ne distingue aucun visage. Mais il a bien dû se rendre dans ce stade. Peut-être est-ce le jour de la fête nationale, célébrant le tout jeune État angolais. Pourquoi Falk a-t-il pris ces photos ? Mal cadrées, toujours prises de très loin. De quoi veut-il se souvenir ?

Puis quelques photos de ville. *Luanda, avril 1976*. Wallander tourna les pages. Puis il s'arrêta.

Une image interrompt la cohérence de l'ensemble. C'est une photo ancienne, en noir et blanc. Un groupe d'Européens solennels sont alignés devant l'appareil, les femmes assises, les hommes debout. Dix-neuvième siècle. Une grande maison à l'arrière-plan, paysage rural. On entrevoit des serviteurs noirs vêtus de blanc. Certains rient, mais les personnages au premier plan sont graves. *Missionnaires écossais, Angola, 1894*.

Que faisait-elle là ? Un bus calciné, un champ de bataille abandonné, des femmes qui n'ont presque plus d'eau, des mâts radio et, pour finir, un groupe de missionnaires.

Puis on revient à la période contemporaine. Pour la première fois, des personnages vus de près. Une fête. Photos prises au flash. Rien que des Blancs, le flash leur fait les yeux rouges. Beaucoup de bouteilles. Marianne Falk se pencha et lui indiqua un individu tenant un verre à la main, entouré d'hommes plus jeunes qui trinquent et s'adressent bruyamment, semble-t-il, au photographe. Mais Tynnes Falk paraît sérieux. C'est lui qu'elle vient de désigner. Il est maigre, sa chemise blanche est boutonnée jusqu'au col, alors que les autres sont débraillés, couperosés et en sueur. Wallander lui demanda à nouveau si elle reconnaissait quelqu'un. Mais elle secoua la tête.

Quelque part se trouve quelqu'un dont le nom commence par C. Falk est resté en Angola. Il a été abandonné par la femme qu'il aime – à moins que ce soit lui qui l'ait quittée ? Il trouve du travail à l'autre bout du monde. Pour oublier, peut-être. Ou pour préparer son retour. Quelque chose le fait rester là-bas. Wallander tourna la page. Tynnes Falk devant une église blanchie à la chaux. Il regarde le photographe. Il sourit, pour la première fois. Il a même déboutonné sa chemise. Qui se tient derrière l'objectif ? C. ?

Page suivante. Wallander se pencha pour mieux voir. Pour la première fois, un visage revient. L'homme se tient assez près de l'appareil. Il est grand, maigre, bronzé, le regard droit, les cheveux coupés court. Il pourrait être originaire d'Europe du Nord, Allemand peut-être, ou Russe. Wallander examina l'arrière-plan. La photo a été prise dehors. On devine des montagnes couvertes d'une épaisse végétation. L'homme se tient devant quelque chose qui ressemble à une grande machine. Wallander crut vaguement reconnaître la construction. Mais il dut reculer pour comprendre ce qu'il voyait. Un transformateur. Des câbles à haute tension.

Un lien, pensa-t-il. Falk, à supposer que ce soit lui, a photographié un homme devant un transformateur pas très différent de celui où Sonja Hökberg a trouvé la mort. Et alors ? Il tourna lentement la page, comme s'il espérait une révélation. Mais c'est un éléphant qui le regarde. Et quelques lions somnolant contre un mur. La photo a été prise en voiture. *Parc Kruger, août 1976.* Il reste encore un an avant le retour de Falk en Suède et son apparition devant l'hôpital de Sabbatsberg. Lions qui somnolent. Falk disparu. Le parc Kruger se trouve en Afrique du Sud. Wallander s'en souvenait à cause d'une enquête qui l'avait entraîné là-bas, quelques années plus tôt.

Falk a donc quitté l'Angola. Il est dans une voiture et photographie des animaux par la vitre baissée. Huit pages d'oiseaux et d'animaux divers, parmi lesquels un groupe d'hippopotames bâilleurs. Des souvenirs de touriste. Falk fait rarement preuve d'inspiration dans ses photos. Fin des animaux. Falk est revenu en Angola. *Luanda, juin 1976.* À nouveau l'homme maigre au regard droit et aux cheveux en brosse, assis sur un banc face à la mer. Pour une fois, la composition est réussie. Les photos s'arrêtent là. L'album est inachevé. Pages blanches, pas de photos arrachées, pas de textes raturés. La dernière image est celle de l'homme assis sur un banc. À l'arrière-plan, la même ville que sur la carte postale.

Wallander referma l'album.

– Je ne sais pas ce que racontent ces images. Mais je dois vous l'emprunter. Il se peut qu'on ait besoin d'agrandir certaines photos.

Elle le raccompagna dans l'entrée.

– Pourquoi voulez-vous savoir ce qu'il a fait à cette époque ? C'était il y a si longtemps.

– Il s'est passé quelque chose là-bas qui a influencé le reste de sa vie.

– Mais quoi ?

– Je n'en sais rien.

– Qui a tiré sur vous à l'appartement ?

– On n'en sait rien. Ni qui il était, ni ce qu'il faisait là. Il avait enfilé sa veste.

– On peut vous envoyer un reçu, pour l'album.

– Ce n'est pas nécessaire.

Wallander lui serra la main et ouvrit la porte.

– Une dernière chose, dit-elle d'une voix hésitante. Les policiers ne s'intéressent peut-être qu'aux faits. Ce à quoi je pense est très confus, même pour moi...

– Au point où on en est, tout peut avoir de l'importance.

– J'ai vécu longtemps avec Tynnes. Je croyais le connaître. L'épisode de sa disparition était comme une parenthèse. Je n'y pensais plus, puisqu'il était d'humeur égale et qu'il nous traitait bien, les enfants et moi.

Elle s'interrompit. Wallander attendit.

– Mais il m'est arrivé d'avoir la sensation que j'étais mariée à un fanatique. Un homme double.

– Comment cela ?

– Il exprimait parfois des opinions très bizarres.

– À quel sujet ?

– La vie, les gens, le monde, n'importe quoi. Il pouvait exploser en accusations violentes qui ne s'adressaient à personne en particulier. Comme s'il envoyait des messages sans destinataire.

– Il ne s'en expliquait pas ?

– Ça me faisait peur. Je n'osais pas l'interroger. Il paraissait rempli de haine. Et puis, ça passait d'un coup. J'avais parfois l'impression qu'il croyait s'être trahi, en avoir trop dit, je ne sais pas.

Wallander réfléchit.

– Vous maintenez qu'il n'a jamais eu d'engagement politique ?

– Il méprisait les politiciens. Je crois bien qu'il n'a jamais voté.

– Il n'était pas lié à un quelconque mouvement ?

– Non.

– Y avait-il des gens qu'il admirait ?

– Pas que je sache.

Puis elle se ravisa.

– Je crois qu'il avait un amour bizarre pour Staline.

Wallander fronça les sourcils.

– Ah bon. Pourquoi ?

– Je ne sais pas. Mais il m'a dit plusieurs fois que Staline détenait le pouvoir absolu. Plus exactement, qu'il s'était emparé du pouvoir pour régner de manière absolue

Ce sont ses propres termes ?

– Oui.

– Et il ne s'en est jamais expliqué ?

– Non.

Wallander hocha la tête.

– Si vous pensez à autre chose, appelez-moi immédiatement.

Elle s'y engagea. Wallander remonta en voiture. L'album était posé sur le siège du passager. Un homme debout devant un transformateur en Angola, vingt ans plus tôt.

Était-ce lui qui avait envoyé la carte postale ? L'homme dont le nom commençait par un C ?

Sur une impulsion confuse, il quitta la ville et retourna à l'endroit où l'on avait retrouvé le corps de Sonja Hökberg. Le transformateur était désert, le portail fermé. Wallander jeta un regard autour de lui. Des champs labourés, des corneilles criardes. Tynnes Falk était mort ; il n'avait pas pu tuer Sonja Hökberg. D'autres fils, encore invisibles, reliaient les différents événements.

Il pensa aux doigts coupés. Quelqu'un voulait cacher quelque chose. Comme dans le cas de Sonja Hökberg. Il n'y avait pas d'autre explication. Elle avait été tuée parce que quelqu'un voulait l'empêcher de parler.

Wallander avait froid. Il retourna à la voiture, mit le chauffage et reprit la direction d'Ystad. À l'entrée de la ville, son portable bourdonna. Martinsson. Il s'arrêta au bord de la route.

– Modin est en plein travail.

– Comment ça se passe ?

– Ces chiffres sont comme une muraille qu'il essaie de franchir. Ce qu'il fabrique en réalité, je serais incapable de te le dire.

– Patience.

Je suppose que la police lui paie son déjeuner ?

– N'oublie pas la facture. Je la ferai passer en note de frais.

– Je me demande si on ne devrait pas malgré tout contacter la cellule de Stockholm. Qu'est-ce qu'on gagne à repousser l'échéance ?

Martinsson avait raison. Mais Wallander préférait laisser un peu de temps à Robert Modin.

– On va le faire.

Il remit le contact. Arrivé au commissariat, il apprit par Irène que Gertrud avait téléphoné. Il la rappela immédiatement, de son bureau. Il lui arrivait parfois de prendre sa voiture et de lui rendre visite le dimanche. Mais pas souvent. Et ça lui donnait mauvaise conscience. Malgré tout, Gertrud s'était occupée de son lunatique de père pendant des années. Sans elle, il n'aurait sûrement pas vécu aussi vieux. Mais maintenant que son père n'était plus là, ils n'avaient plus rien à se dire.

Ce fut la sœur qui répondit. Elle était très bavarde et avait une opinion sur tout. Wallander tenta d'abréger. Après une éternité, elle alla chercher Gertrud. Il s'était inquiété pour rien.

– Je voulais juste prendre de tes nouvelles.

– Beaucoup de travail. Sinon, ça va.

– Ça fait longtemps que tu n'es pas venu me voir.

– Je sais. Je passerai dès que je pourrai.

– Un jour il sera peut-être trop tard. À mon âge, on ne sait jamais.

Gertrud avait à peine soixante ans. Mais on voyait qu'elle avait subi l'influence de Wallander père. C'était le même chantage affectif.

– Je vais venir, dit-il avec gentillesse. Dès que je pourrai.

Puis il s'excusa en prétextant une réunion importante et alla se chercher un café. Il tomba sur Nyberg qui buvait son infusion spéciale, extrêmement difficile à se procurer. Pour une fois, Nyberg paraissait reposé. Il s'était même peigné.

– Les chiens n'ont pas retrouvé de doigts, dit-il. Mais on a les empreintes d'Apelbergsgatan. On les a passées dans le fichier.

– Et alors ?

– Falk ne figure pas dans le registre suédois.

– Transmets à Interpol. Tu sais si l'Angola est membre au fait ?

– Comment veux-tu que je le sache ?

- C'était juste une question.

Nyberg prit sa tasse et se leva. Wallander vola quelques biscottes dans le paquet personnel de Martinsson et retourna dans son bureau. Il était midi. La matinée avait passé vite. L'album était posé devant lui. Il ne savait pas trop comment poursuivre. Il en savait un peu plus sur Falk. Mais rien quant à son lien énigmatique avec Sonja Hökberg.

Il composa le numéro de poste d'Ann-Britt. Personne. Hansson n'était pas là non plus. Et Martinsson travaillait avec Robert Modin. Il tenta d'imaginer ce qu'aurait fait Rydberg à sa place. Cette fois, il entendit nettement sa voix. Rydberg aurait réfléchi. *Ce qu'un flic a de mieux à faire, à part rassembler des informations.* Wallander posa les pieds sur sa table et ferma les yeux. Une fois de plus, il passa mentalement en revue tout ce qui s'était passé, en choisissant différents points de départ. La mort de Lundberg. Celle de Sonja Hökberg. La panne d'électricité.

Lorsqu'il rouvrit les yeux, ce fut avec le même sentiment que quelques jours plus tôt. La solution était là, toute proche. Mais il ne la voyait pas.

Le téléphone sonna. C'était Irène. Siv Eriksson l'attendait à la réception. Il se leva d'un bond, se peigna avec les doigts et alla à sa rencontre. C'était vraiment une femme attirante. Il lui proposa d'aller dans son bureau, mais elle n'avait pas le temps. Elle lui tendit une enveloppe.

– Voilà la liste.

– J'espère que ça ne vous a pas pris trop de temps.

– Du temps, oui. Trop, je ne sais pas.

Elle déclina le café qu'il lui proposait.

– Tynnes a laissé quelques missions inachevées. J'essaie d'assurer le suivi.

– Il en avait peut-être d'autres, à votre insu ?

– Je ne pense pas. Ces derniers temps, il a refusé beaucoup de propositions. Je le sais parce qu'il me chargeait d'y répondre à sa place.

Wallander n'avait pas d'autres questions. Siv Eriksson disparut par les portes vitrées. Un taxi l'attendait. Quand le chauffeur lui ouvrit la portière, Wallander vit qu'il portait un brassard noir.

Il retourna dans son bureau et ouvrit l'enveloppe. La liste des entreprises pour lesquelles avaient travaillé Falk et Eriksson était longue. Certaines lui étaient inconnues, mais toutes étaient domiciliées en Scanie, sauf une, qui avait son adresse au Danemark. D'après ce qu'il crut comprendre, elle fabriquait des grues de chantier. Il identifia plusieurs banques. Sydkraft n'y figurait pas en revanche, pas plus que d'autres fournisseurs d'électricité. Wallander repoussa la liste et retomba dans ses pensées.

Tynnes Falk était sorti se promener, une femme l'avait vu, il s'était arrêté devant le distributeur et avait demandé un relevé de compte, sans effectuer de retrait. Puis il était tombé, mort. Wallander eut soudain la sensation d'avoir négligé quelque chose. Si ce n'était pas un infarctus ou une agression, qu'est-ce que cela pouvait être ?

Après un temps de réflexion, il appela l'agence de Nordbanken à Ystad. Il lui était arrivé d'emprunter de l'argent, au moment de changer de voiture, et il avait à cette occasion fait la connaissance d'un conseiller du nom de Winberg. Sa ligne directe était occupée. Il raccrocha et décida de se rendre à l'agence à pied. Winberg était avec un client. Il fit signe à Wallander de patienter.

— Je vous attendais, dit-il après le départ du client. C'est le moment de changer de voiture ?

Wallander ne cessait de s'étonner de la jeunesse des employés de banque. La première fois, il s'était même demandé si ce Winberg qui lui accordait un crédit avait l'âge de conduire.

— Je viens dans le cadre de mon travail. La voiture attendra.

Le sourire de Winberg se figea.

— Il s'est passé quelque chose à la banque ?

— Dans ce cas, je me serais adressé à la hiérarchie. Non, j'ai besoin de renseignements concernant vos distributeurs.

– Je ne peux vous en dire grand-chose, pour des raisons de sécurité évidentes.

Ce Winberg avait beau être jeune, il s'exprimait avec autant de raideur que lui.

– Mes questions sont d'ordre technique. La première est très simple. Quelle est la marge d'erreur lorsque la machine enregistre un retrait ou délivre un relevé de compte ?

– Cela arrive très rarement. Mais je n'ai pas de statistiques.

– Pour moi, « très rarement » signifie pour ainsi dire jamais.

– Pour moi aussi.

– Peut-il y avoir une erreur sur l'heure indiquée sur un relevé ?

– Je n'en ai jamais entendu parler. Je suppose que ça peut arriver. Mais en principe, non. Les règles de sécurité sont draconiennes.

– On peut donc faire confiance aux distributeurs ?

– Il vous est arrivé une mésaventure ?

– Non. Mais j'avais besoin d'une réponse à ces questions.

Winberg fouilla dans un tiroir et posa sur la table un dessin humoristique représentant un homme en train de se faire avaler par un distributeur de billets.

– On n'en est pas là, sourit-il. Mais le dessin n'est pas mal. Et les ordinateurs des banques sont aussi vulnérables que les autres.

Encore quelqu'un qui me parle de vulnérabilité, pensa Wallander en regardant le dessin qui, en effet, n'était pas mal.

– Nordbanken a un client du nom de Tynnes Falk, poursuivit-il. J'ai besoin d'avoir accès à tous les mouvements enregistrés sur son compte au cours de l'année écoulée y compris ses retraits bancaires.

– Dans ce cas, il faudra vous adresser plus haut. Je ne peux pas me permettre de toucher au secret bancaire.

– À qui dois-je parler ?

– Martin Olsson. Il est au premier étage.

– Vous pensez qu'il pourrait me recevoir maintenant ?

Winberg disparut. Wallander redoutait une longue procédure bureaucratique mais, quand Winberg l'eut escorté au premier étage, il tomba sur un chef étonnamment jeune, lui aussi, qui s'engagea à l'aider tout de suite moyennant une demande officielle de la police. Apprenant que le titulaire du compte venait de décéder, il précisa que la demande pouvait être faite par la veuve

– Il était divorcé.

– Un papier de la police suffit. Je m'engage à faire au plus vite.

Wallander le remercia et retrouva Winberg au rez-de-chaussée. Il avait encore une question.

– Pourriez-vous vérifier si ce client, Tynnes Falk, avait un coffre à l'agence ?

– Je ne sais pas si j'en ai le droit.

– Martin Olsson a donné son feu vert, mentit Wallander.

Winberg disparut et revint après quelques minutes.

– Nous n'avons pas de coffre à ce nom.

Wallander se leva. Puis il se rassit. Puisqu'il était là, autant s'occuper tout de suite de l'emprunt pour la voiture.

– Combien voulez-vous ?

Wallander réfléchit rapidement. Il n'avait pas d'autres dettes.

– Cent mille. Si c'est possible.

– Pas de problème, dit Winberg en s'emparant d'un formulaire.

À treize heures trente, tout était réglé. Winberg avait consenti au prêt sans même passer par la hiérarchie. Wallander quitta l'agence avec la sensation douteuse d'être devenu riche. En passant devant la librairie, il se rappela le livre pour Linda, qu'il aurait dû aller chercher depuis plusieurs jours. Son portefeuille était vide ; il rebroussa chemin. Quatre personnes attendaient déjà devant le distributeur de la poste. Une femme avec une poussette, deux adolescentes et un homme âgé. Wallander regarda distraitement la femme insérer sa carte et retirer l'argent, puis le reçu. Il repensa à Tynnes Falk. Les deux adolescentes retirèrent un billet de cent couronnes en discutant avec animation à propos du reçu. L'homme âgé jeta un regard derrière lui avant d'insérer sa carte et de composer son code. Il retira cinq cents couronnes et rangea le reçu dans sa poche sans le lire. Wallander demanda mille couronnes et consulta le reçu. Tout semblait coller. La somme, la date, l'heure. Il chiffonna le papier et le jeta dans une poubelle. Soudain, il s'immobilisa. La coupure d'électricité. Quelqu'un connaissait l'un des points faibles du réseau. Il repensa aux plans retrouvés à côté de l'ordinateur de Falk. Ce n'était pas une coïncidence. Pas plus que le relais retrouvé à la morgue.

La pensée le frappa instantanément. Elle n'impliquait rien de neuf. Mais il venait de comprendre pleinement un point qui était resté flou jusque-là.

Rien, dans ces événements, ne relevait de la coïncidence. Les plans se trouvaient sur le bureau parce que Tynnes Falk s'en était servi. Cela impliquait à son tour que Sonja Hökberg n'avait pas été tuée à cet endroit par hasard.

Tynnes Falk cachait un autel dans sa chambre secrète. Sonja Hökberg n'avait pas été simplement tuée. Elle avait été sacrifiée. Pour révéler la vulnérabilité, le point faible. La panne : on avait jeté une cagoule sur la Scanie, et tout s'était arrêté.

Cette pensée le fit frissonner. Il avait de plus en plus le sentiment de tâtonner dans le vide.

Il considéra les gens qui attendaient pour retirer de l'argent. Si l'on peut paralyser le réseau électrique, pensa-t-il, on peut sûrement aussi paralyser un réseau de distributeurs, et Dieu sait quoi encore. Tours de contrôle, aiguillage ferroviaire, système de distribution de l'eau, tout peut être manipulé, à une seule condition : qu'on en connaisse le point faible. L'endroit où la fragilité cesse d'être une menace et devient réalité.

Wallander retourna au commissariat sans passer par la librairie. Irène voulait lui parler mais il passa sans s'arrêter, avec un signe de la main, jeta sa veste sur le fauteuil des visiteurs, attrapa un bloc-notes et s'assit à son bureau. En quelques minutes de concentration intense, il fit le point dans une perspective entièrement nouvelle. Pouvait-on malgré tout imaginer une forme de sabotage minutieusement orchestré ? Était-ce là le dénominateur commun qui se dérobait sans cesse ? Falk avait été arrêté pour avoir libéré des visons. Cet incident dissimulait-il un projet infiniment plus ambitieux ? Était-ce un exercice, une répétition en vue d'autre chose ?

Lorsqu'il jeta son crayon sur la table, il n'était pas du tout certain d'avoir trouvé la clé qui leur permettrait enfin d'entamer la surface des événements ; mais il envisageait un scénario possible. Le meurtre de Lundberg n'entrait pas dans ce nouveau contexte. C'est pourtant là que ça a commencé, pensa-t-il. Peut-on imaginer qu'un mouvement incontrôlable se soit déclenché à ce moment-là ? À cause d'un événement complètement imprévu, mais qui exigeait une riposte immédiate ? On devine déjà maintenant, du moins on croit deviner, que Sonja Hökberg est morte parce qu'on voulait l'empêcher de parler. Pareil pour le corps de Falk. Il s'agissait de cacher quelque chose.

Puis il comprit qu'il existait une autre possibilité. Dans l'hypothèse d'un sacrifice, les deux doigts coupés de Falk pouvaient avoir, eux aussi, une signification rituelle.

Il reprit tout depuis le début, avec un autre présupposé. Que se passait-il si on imaginait que le meurtre de Lundberg n'était pas lié aux autres événements ? Si le meurtre de Lundberg était au fond une erreur ?

Le découragement le saisit au bout d'une demi-heure. C'était trop tôt. Ça ne tenait pas debout.

Mais il avait malgré tout la sensation d'avoir accompli un progrès. Les interprétations possibles étaient plus nombreuses qu'il ne l'avait cru jusque-là.

Il venait de se lever pour se rendre aux toilettes lorsque Ann-Britt frappa à la porte. Elle alla droit au but.

– Tu avais raison. Sonja Hökberg avait bien un petit ami. Je sais comment il s'appelle, mais pas où il se trouve.

– Comment cela ?
– On dirait qu'il a disparu.
Wallander se rassit lentement dans son fauteuil.
Il était quatorze heures quarante-cinq.

25

Après coup, Wallander penserait toujours qu'il avait commis l'une des plus grandes erreurs de sa carrière cet après-midi-là en écoutant Ann-Britt. Il aurait dû comprendre tout de suite que certains détails clochaient dans cette histoire de petit ami. Les informations d'Ann-Britt n'étaient qu'une demi-vérité. Et les demi-vérités, il le savait bien, avaient tendance à se muer en mensonge pur et simple. Il ne décela donc pas ce qu'il aurait dû voir, mais autre chose, qui ne le mit que partiellement sur la bonne piste.

L'erreur fut coûteuse. Dans ses moments sombres, Wallander pensait qu'elle avait causé la mort de quelqu'un. Et qu'elle aurait pu mener tout droit à une autre catastrophe.

Le lundi 13 octobre au matin, Ann-Britt s'était donc attelée à la tâche de retrouver le petit ami qui évoluait dans l'entourage de Sonja Hökberg. Elle avait commencé par en parler, une fois de plus, avec Eva Persson, dont le mode de détention restait problématique. Pour l'instant, le procureur et les services sociaux s'étaient mis d'accord pour une surveillance à domicile, entre autres à cause de l'incident de la salle d'interrogatoire et de la fameuse photo. Certains auraient crié au scandale si Eva Persson avait été enfermée, au commissariat ou ailleurs. Ann-Britt lui avait donc parlé à son domicile, en lui expliquant clairement qu'elle n'avait rien à craindre. Mais Eva Persson avait persisté à dire – avec un peu moins de froideur, cependant – qu'elle ne connaissait pas de petit ami, à part Kalle Ryss, mais c'était de l'histoire ancienne. Ann-Britt finit par laisser tomber. Avant de partir, elle échangea quelques mots avec la mère dans la cuisine. La mère s'exprimait d'une voix inaudible ; Ann-Britt devina qu'Eva écoutait derrière la porte. En tout cas, elle n'était pas au courant de l'existence d'un petit ami. Et tout était la faute de Sonja Hökberg. C'était elle qui avait tué le pauvre chauffeur de taxi. Sa fille était innocente et elle avait été brutalement agressée par l'horrible Wallander.

Ann-Britt coupa court avec brusquerie et quitta la maison. Elle imaginait sans peine le contre-interrogatoire serré auquel la mère devait être soumise en ce moment même.

Elle se rendit tout droit à la quincaillerie où travaillait Kalle Ryss. Il la conduisit dans la réserve et lui parla au milieu des paquets de clous et des scies électriques. À l'inverse d'Eva Persson, qui semblait mentir presque tout le temps, Kalle Ryss répondait de manière simple et directe. Elle eut le sentiment qu'il aimait encore beaucoup Sonja. Il était très affecté par sa mort, effrayé aussi. Mais il en savait peu sur la vie qu'elle avait menée depuis leur séparation, un an plus tôt. Ystad avait beau être une petite ville, on ne croisait pas ses connaissances tous les jours. En plus, il passait presque tous ses week-ends à Malmö. Il avait une nouvelle petite amie là-bas.

– Mais je crois qu'il y avait quelqu'un. Un type avec qui elle est sortie.

Kalle Ryss savait juste qu'il s'appelait Jonas et qu'il vivait seul dans une villa de Snapphanegatan. Quel numéro ? C'était à l'angle de Friskyttegatan, sur le trottoir de gauche en venant du centre-ville. Nom de famille : Landahl. Mais il ne savait rien de ses occupations.

Ann-Britt s'y rendit immédiatement. Une belle villa moderne. Elle sonna à la porte. La maison donnait l'impression d'être abandonnée. Elle sonna plusieurs fois avant d'en faire le tour. Elle frappa à la porte de service, jeta un coup d'œil par les fenêtres. En revenant, elle vit qu'un homme la dévisageait depuis le trottoir. Il portait un peignoir et de grandes bottes. C'était une vision étrange : un homme en peignoir dans la rue par une froide matinée d'automne. Il se présenta. Il habitait en face et il l'avait vue venir.

— Je m'appelle Yngve, dit-il sans préciser son nom de famille. Et il n'y a personne dans la villa. Même pas le garçon.

La conversation fut courte mais instructive. Apparemment, Yngve ne cessait jamais de surveiller ses voisins. Il lui apprit aussitôt que, avant sa retraite, il avait été responsable de la sécurité d'un hôpital à Malmö. Les Landahl étaient de drôles d'oiseaux qui s'étaient installés dans le quartier avec leur fils une dizaine d'années plus tôt. Ils avaient racheté la maison à un ingénieur employé par la commune, qui avait de son côté déménagé à Karlstad. Quelle était la profession de Landahl ? Yngve l'ignorait. Ils n'avaient même pas pris la peine de se présenter à leurs voisins en arrivant. Ils avaient fourré leurs meubles et leur fils dans la maison, et ils avaient refermé la porte. Ils ne se montraient presque jamais. Le garçon, qui n'avait que douze ou treize ans à l'époque, restait souvent seul. Les parents partaient pour de longs voyages, Dieu sait où. De temps en temps, ils revenaient, avant de disparaître à nouveau en laissant le garçon seul. Celui-ci saluait poliment, faisait ses courses lui-même, récupérait le courrier et se couchait beaucoup trop tard. L'une des maisons voisines appartenait à un professeur de son école. D'après elle, Jonas se débrouillait bien. Les choses avaient continué ainsi. Le garçon grandissait et les parents voyageaient. À une époque, une rumeur avait circulé comme quoi ils auraient gagné au Loto. Ni l'un ni l'autre ne semblait travailler. Et de l'argent, visiblement, il y en avait. On les avait revus pour la dernière fois à la mi-septembre. Et le garçon, devenu adulte, s'était retrouvé seul une fois de plus. Mais un taxi était venu le chercher quelques jours plus tôt.

— La maison est vide ?
— Il n'y a personne.
— Quand le taxi est-il passé le prendre ?
— Mercredi dernier dans l'après-midi.

Ann-Britt n'imaginait que trop bien le retraité Yngve épiant de sa cuisine les déplacements de la famille Landahl.

– Vous vous souvenez du nom de l'entreprise de taxis ?

– Non.

Pas vrai, pensa-t-elle. Tu te souviens peut-être même du numéro d'immatriculation. Mais tu ne veux pas dévoiler ce que j'ai déjà compris : que tu espionnes tes voisins.

– Si jamais il revient, je veux que vous preniez immédiatement contact avec nous.

– Qu'a-t-il fait ?

– Rien. On a juste besoin de lui parler.

– De quoi ?

La curiosité d'Yngve n'avait aucune limite. Elle secoua la tête. Il n'insista pas, mais elle vit bien qu'il était contrarié. Comme si elle venait de rompre une complicité.

De retour au commissariat, elle eut de la chance. Il lui fallut moins d'un quart d'heure pour identifier l'entreprise et le chauffeur qui avait pris la course. Il s'engagea à venir tout de suite. Elle sortit pour l'attendre ; il freina devant le commissariat et elle monta à côté de lui. Il s'appelait Östensson et avait une trentaine d'années. Il portait un brassard noir – après coup, elle comprit que c'était évidemment lié à Lundberg.

Östensson avait bonne mémoire.

– Peu avant quatorze heures. Le client s'appelait Jonas.

– Pas de nom de famille ?

– J'ai dû penser que c'était son nom de famille. Par les temps qui courent, les gens s'appellent n'importe comment.

– Il était seul ?

– Un jeune homme. Aimable.

– Des bagages ?

– Une petite valise à roulettes.

– Où allait-il ?

– Au ferry.

– Il allait en Pologne ?

– Pourquoi, il y a des ferries qui vont ailleurs ?

– Quelle impression vous a-t-il faite ?

– Aucune. Mais aimable, comme je l'ai déjà dit.

– Il ne paraissait pas inquiet ?

– Non.

– A-t-il dit quelque chose ?

– Il est monté à l'arrière, et il a passé le trajet à regarder par la fenêtre sans rien dire. Il m'a donné un pourboire.

Östensson n'avait pas d'autres informations. Ann-Britt le remercia pour le dérangement. Puis elle alla voir le procureur, qui l'écouta et lui donna l'autorisation nécessaire pour pénétrer dans la villa.

Elle s'apprêtait à y retourner lorsqu'elle reçut un appel de la crèche. Son enfant avait vomi plusieurs fois, elle devait venir. Elle passa les heures suivantes à la maison. Tout rentra dans l'ordre. Sa voisine, bénie soit-elle, avait accepté de prendre le relais.

– On a les clés ? demanda Wallander.

– J'ai pensé qu'on pouvait emmener un serrurier.

– N'importe quoi. C'était une porte blindée ?

– Non, des serrures ordinaires.

– Je devrais y arriver.

– Je te préviens qu'un homme en peignoir et en bottes vertes surveille tout depuis sa cuisine.

– Tu iras lui parler. Invente une jolie petite conspiration. Dis-lui que sa vigilance nous a déjà beaucoup aidés, mais qu'il doit continuer et veiller à ce que personne ne nous dérange. Et pas un mot à quiconque, bien entendu. Un voisin curieux peut en cacher d'autres.

Elle éclata de rire.

– Il va marcher à fond ! C'est tout à fait son genre.

Ils prirent la voiture d'Ann-Britt. Comme d'habitude, il pensa qu'elle conduisait mal, sans aucune souplesse. Il avait pensé lui parler de l'album photos, mais la crainte de l'accident l'obnubila pendant tout le trajet et il ne dit rien.

Wallander s'attaqua immédiatement aux serrures pendant qu'Ann-Britt allait parler au voisin. Il eut le même sentiment qu'elle : la maison était abandonnée. Il venait d'ouvrir la porte lorsqu'elle reparut.

– L'homme au peignoir fait désormais partie du groupe d'enquête.

– Tu ne lui as pas dit que c'était lié au meurtre de Sonja Hökberg, j'espère.

– Quelle idée te fais-tu de moi, au juste ?

– La meilleure.

Ils refermèrent la porte derrière eux.

– Il y a quelqu'un ?

L'appel de Wallander résonna dans le silence.

Ils parcoururent méthodiquement la maison. Tout était bien rangé, le ménage avait été fait. Rien n'indiquait un départ précipité. Les meubles et les tableaux avaient un air impersonnel, comme si tout avait été acheté d'un coup, dans le simple but de remplir les pièces. En dehors de quelques photos d'un couple jeune avec un nouveau-né, il n'y avait aucun objet un peu personnel. Un répondeur clignotait sur une table. Wallander enfonça la touche de lecture. Un message d'une entreprise de Lund signalant que le modem était arrivé ; puis un faux numéro ; puis un appel de quelqu'un qui ne précisait pas son nom.

Enfin ce que Wallander espérait depuis le début : la voix de Sonja Hökberg.

Il la reconnut immédiatement. Ann-Britt mit quelques secondes à l'identifier.

Je te rappelle. C'est important. Je te rappelle.

Wallander réussit à rembobiner la bande ; ils réécoutèrent le message.

– Bien. Sonja avait vraiment un lien avec le garçon qui habite ici. Elle ne dit même pas son nom.

– Tu penses que c'est l'appel sur lequel on s'interroge ? Juste après son évasion ?

– Sans doute.

Wallander traversa la buanderie et ouvrit la porte du garage. Il y avait une voiture. Une Golf bleu nuit.

– Appelle Nyberg. Je veux qu'on passe cette voiture au crible.

– C'est celle qui l'a conduite sur le site de Sydkraft ?

– Peut-être.

Ann-Britt prit son portable. Wallander monta l'escalier. Sur les quatre chambres, deux seulement semblaient être en usage. Wallander ouvrit la penderie de la chambre des parents. Les vêtements s'y alignaient en rangées impeccables. Il entendit le pas d'Ann-Britt dans l'escalier.

– Nyberg arrive.

Elle jeta un coup d'œil aux vêtements.

– Ils ont du goût. Et de l'argent.

– Un goût un peu particulier, dit-il pensivement en lui montrant une laisse de chien et un petit fouet en cuir qu'il venait de trouver au fond de la penderie.

– Très tendance, dit Ann-Britt sur un ton léger. Il paraît qu'on baise mieux quand on s'enfile des sacs en plastique sur la tête et qu'on flirte un peu avec la mort.

Wallander sursauta devant ce vocabulaire. Il se sentait gêné. Mais il ne dit rien.

Ils entrèrent dans la chambre du garçon, étonnamment spartiate. Un lit, des murs blancs. Et une grande table où trônait un ordinateur.

– On va demander à Martinsson d'y jeter un coup d'œil

– Si tu veux, je peux le faire démarrer.

– Pas maintenant.

Ils retournèrent au rez-de-chaussée. Wallander se mit à ouvrir des tiroirs dans la cuisine.

– Je ne sais pas si tu as remarqué, mais il n'y avait pas de nom sur la porte, ce qui est assez inhabituel. En tout cas, voici quelques publicités adressées à Harald Landahl.

– On lance un avis de recherche ?

– Pas tout de suite. On doit d'abord en savoir un peu plus.

– C'est lui qui l'a tuée ?

– Pas sûr. Mais son départ ressemble à une fuite.

Ils examinèrent le contenu des placards en attendant Nyberg. Ann-Britt trouva quelques photographies d'une maison récente, développées et tirées en Corse.

– C'est là que vont les parents ?

– Peut-être.

– D'où vient l'argent ?

– Pour l'instant, c'est le fils qui nous intéresse.

Nyberg arriva avec ses techniciens, Wallander les escorta jusqu'au garage.

– Je veux des empreintes. Et savoir si on les retrouve ailleurs, par exemple sur le sac à main de Sonja Hökberg, dans l'appartement de Falk ou dans le bureau de la place Runnerström. Mais surtout, je veux que tu cherches d'éventuelles traces indiquant que cette voiture est allée sur le site de Sydkraft. Et que Sonja Hökberg était à bord.

– Alors on commence par les pneus. C'est le plus rapide.

Wallander attendit. Il fallut moins de dix minutes à Nyberg pour lui fournir la réponse qu'il espérait.

– Ça colle, dit-il après avoir comparé le dessin des pneus avec celui des photos prises devant l'installation de Sydkraft.

– Tu en es absolument certain ?

– Bien sûr que non. Il y a des milliers de dessins de pneus presque identiques. Mais, comme tu peux le voir toi-même, le pneu arrière gauche est un peu sous-gonflé. Il y a aussi une usure de la face interne, puisque les roues ne sont pas parfaitement équilibrées. Ça augmente très sérieusement la possibilité que ce soit bien cette voiture-là.

– Tu es sûr de toi, autrement dit ?

– Assez, oui.

Wallander quitta le garage. Ann-Britt s'affairait dans le séjour. Fallait-il lancer un avis de recherche immédiatement ? Mû par une brusque inquiétude, il remonta au premier étage, s'assit devant le bureau du garçon et regarda autour de lui. Puis il se leva et ouvrit la penderie. Rien ne retint son attention. Il se haussa sur la pointe des pieds et inspecta les étagères supérieures Retourna devant le bureau, souleva impulsivement le clavier. Rien. Il appela Ann-Britt et lui indiqua l'ordinateur

– Tu veux que je l'allume ?

Il hocha la tête.

– On n'attend plus Martinsson ?

Son ironie était perceptible. Peut-être l'avait-il vexée tout à l'heure mais, dans l'immédiat, il n'en avait rien à faire. Combien de fois ne s'était-il pas lui-même senti humilié au cours de sa carrière ? Par des collègues, des criminels, des procureurs et des journalistes, sans oublier le « public ».

Ann-Britt s'était assise. Il y eut un bruit de clochette, et l'écran s'éclaira. Elle ouvrit le disque dur. Plusieurs icônes apparurent.

– Que dois-je chercher ?

– Je ne sais pas.

Elle cliqua sur une icône au hasard. Contrairement à celui de Falk, cet ordinateur n'offrait aucune résistance. Mais le dossier était vide.

Wallander mit ses lunettes et se pencha par-dessus son épaule.

– Essaie le dossier « Correspondance ».

Elle cliqua sur l'icône. Rien.

– Qu'est-ce que ça veut dire ?

– Que le dossier est vide.

– Ou qu'on l'a vidé. Continue.

Elle cliqua sur chaque icône, l'une après l'autre.

– C'est un peu étrange. Il n'y a rien du tout dans cet ordinateur.

Wallander se mit à la recherche d'éventuelles disquettes ou d'un disque dur externe, mais ne trouva rien. Ann-Britt cliqua sur l'icône d'information sur le contenu de l'ordinateur.

– Il a servi pour la dernière fois le 9 octobre.

– C'était jeudi.

Ils échangèrent un regard perplexe.

– Le lendemain de son départ pour la Pologne ?

– À moins que le détective au peignoir se soit trompé. Mais ça m'étonnerait.

Wallander s'assit sur le lit.

– Explique-moi.

– Ça peut signifier deux choses. Soit il est revenu. Soit quelqu'un d'autre est venu.

– Et cette personne aurait pu vider le disque dur ?

– Sans problème, puisqu'il n'est pas verrouillé.

Wallander rassembla ses pauvres connaissances informatiques.

– Est-ce que le verrouillage qui existait éventuellement a pu être enlevé ?

– Oui. Mais dans ce cas il y a des traces.

– Comment ça ?

– C'est un truc que Martinsson m'a expliqué.

– Alors ?

– Imagine une maison dont on aurait enlevé les meubles. Il peut y rester des marques. Des pieds de chaise ont rayé le parquet, le bois s'est éclairci ou assombri à cause du soleil.

– Quand un tableau est resté longtemps accroché au mur et qu'on l'enlève, ça se voit. C'est ce que tu veux dire ?

– Martinsson parlait de la « cave » des ordinateurs. Rien ne disparaît entièrement, tant que le disque dur n'est pas détruit. Il est possible de reconstituer des éléments, bien qu'ils soient effacés en principe.

Wallander secoua la tête.

– Je comprends sans comprendre. Pour l'instant, ce qui m'intéresse, c'est que quelqu'un s'est servi de cet ordinateur jeudi dernier.

– Laisse-moi regarder les jeux.

Elle cliqua sur une icône.

– Tiens. Je n'ai jamais entendu parler de ce jeu-là. *Marais de Jakob*. Mais il est vide. On peut se demander pourquoi l'icône est toujours là.

Ils fouillèrent à nouveau la chambre. Mais il n'y avait pas de disquettes. Wallander sentait intuitivement que l'accès à l'ordinateur le 9 octobre pouvait être décisif. Quelqu'un avait vidé le disque dur. Qui ?

Wallander retourna dans le garage et demanda à Nyberg de fouiller la maison à la recherche d'éventuelles disquettes. Ce serait la priorité, après la voiture.

Lorsqu'il revint dans la cuisine, Ann-Britt était au téléphone avec Martinsson. Elle lui tendit le portable.

– Comment ça va ?

– Robert Modin est un monsieur très énergique. À déjeuner, il a commandé une espèce de tarte bizarre et il a mangé comme quatre, mais j'en étais à peine au café qu'il a voulu s'y remettre.

– Ça donne des résultats ?

– Il s'obstine à dire que le nombre 20 est important. Mais il n'a pas encore escaladé la muraille.

– Qu'est-ce que ça veut dire ?

– C'est sa propre expression. Il n'a pas réussi à craquer le code, mais il prétend qu'il se compose de trois mots. Ou d'un nombre et d'un mot. Ne me demande pas pourquoi.

Wallander lui fit un bref compte rendu des événements, raccrocha et demanda à Ann-Britt de retourner parler au voisin. Était-il absolument certain de la date ? Avait-il vu quelqu'un à proximité de la maison le jeudi 9 ?

Il s'assit dans le canapé pour réfléchir. Mais au retour d'Ann-Britt vingt minutes plus tard, il n'avait fait aucun progrès

– Il prend des notes, tiens-toi bien. C'est ça qui nous attend à la retraite ? Quoi qu'il en soit, il est absolument sûr de son fait. Le garçon est parti mercredi après-midi.

– Et le 9 ?

– Personne. Mais il admet qu'il ne passe pas tout son temps à sa fenêtre.

– Très bien. Ou bien le garçon est revenu, ou bien c'est quelqu'un d'autre.

Il était dix-sept heures. Ann-Britt partit chercher ses enfants, après avoir proposé de revenir dans la soirée. Wallander lui dit de rester chez elle ; il l'appellerait si nécessaire.

Pour la troisième fois, il retourna dans la chambre du garçon, s'agenouilla et regarda sous le lit. Ann-Britt l'avait déjà fait, mais il voulait s'assurer par lui-même qu'il n'y avait rien.

Puis il s'allongea sur le lit et examina la chambre de ce nouveau point de vue. Il allait se relever lorsqu'il constata que la bibliothèque à côté de la penderie penchait. Ça se voyait très nettement quand on était allongé sur le lit. Il se redressa. L'inclinaison disparut. Il s'approcha. Le socle de la bibliothèque avait été surélevé à l'aide de deux coins dis-

crets. Il glissa la main dans la cavité et sentit immédiatement qu'un objet était fixé sous l'étagère du bas. Il comprit
tout de suite, avant même de l'avoir regardé. Une disquette.
Il fit le numéro de portable de Martinsson, qui nota
l'adresse et dit qu'il arrivait tout de suite. Robert Modin
resterait seul un moment devant l'ordinateur de Falk.

Quinze minutes plus tard, Martinsson introduisait la disquette dans l'ordinateur. L'icône apparut, Wallander se
pencha pour lire le titre. *Marais de Jakob*. Il se rappela
vaguement qu'Ann-Britt avait parlé d'un jeu, et sa déception fut immédiate. Martinsson cliqua sur l'icône. La disquette contenait un seul document, modifié pour la dernière
fois le 29 septembre. Martinsson cliqua deux fois.

Perplexes, ils lurent le texte qui venait d'apparaître à
l'écran.

Il faut libérer les visons.

— Qu'est-ce que c'est ? demanda Martinsson.

— Un lien supplémentaire. Entre Jonas Landahl et
Tynnes Falk, cette fois.

— Je ne suis pas sûr de saisir.

— Tu ne te souviens pas ? L'arrestation de Falk chez un
éleveur de visons. Je me demande si Jonas Landahl ne faisait pas partie de ceux qui ont disparu dans la nature cette
nuit-là.

Martinsson était sceptique.

— Tu crois que c'est une histoire de visons ?

— Sûrement pas. Mais on ferait bien de retrouver Jonas
Landahl le plus vite possible

26

Le mardi 14 octobre à l'aube, Carter prit une décision importante. Il avait ouvert les yeux et écouté le sifflement de la climatisation. Il faudrait bientôt nettoyer le ventilateur. Il se leva, secoua ses pantoufles pour en chasser d'éventuels insectes, enfila son peignoir et descendit à la cuisine. Par les fenêtres grillagées, il vit l'un des gardes lourdement endormi dans le vieux fauteuil. Mais Roberto veillait, immobile à côté du portail. Bientôt Roberto attraperait un grand balai et commencerait à faire le ménage devant la maison. Le son régulier du balai donnait toujours à Carter un sentiment de sécurité. Une personne qui répétait les mêmes gestes, jour après jour, avait quelque chose d'immémorial, de profondément rassurant. Roberto et son balai étaient une image de la vie quand elle était au mieux. Sans surprise, sans tension. Rien qu'une série de gestes rythmés, tandis que le balai éloignait sable, gravier et branches mortes. Carter prit une bouteille d'eau bouillie dans le réfrigérateur et but lentement deux grands verres. Puis il remonta l'escalier et s'assit devant son ordinateur, qui était toujours allumé, relié à la fois à un régulateur, qui corrigeait les perpétuelles variations de tension du réseau, et à une batterie de secours de forte capacité.

Un e-mail de Fu Cheng l'attendait. Il l'ouvrit et le lut attentivement.

Ce n'était pas bien. Pas bien du tout. Cheng avait exécuté les ordres. Apparemment, les policiers persistaient à vouloir s'introduire dans l'ordinateur de Falk. Carter n'avait aucune inquiétude à ce sujet. Si, contre toute attente, ils parvenaient à leurs fins, ils ne sauraient pas à quoi ils avaient affaire, encore moins s'y opposer. Mais apparemment – selon l'inquiétante observation de Cheng –, ils avaient fait appel à un jeune homme.

Carter se méfiait absolument des jeunes gens à lunettes qui passaient leur temps devant les écrans lumineux. Plusieurs fois, il avait eu des conversations avec Falk à ce sujet. Les petits génies des temps nouveaux, capables de s'introduire dans les réseaux les plus secrets et de décoder les protocoles informatiques les plus complexes.

Ce jeune homme, un certain Modin, faisait apparemment partie du lot. Les hackers suédois, lui rappelait Cheng dans son courrier, avaient à plusieurs reprises forcé le secret défense de pays étrangers.

Un hérétique d'aujourd'hui, pensa Carter. Qui ne respecte pas l'informatique et ses mystères. Autrefois, on l'aurait brûlé sur un bûcher.

Tout cela ne lui plaisait guère, pas plus que les autres événements survenus depuis quelque temps. Falk était mort trop tôt, le laissant seul face aux initiatives qui devaient être prises – et d'abord, faire le ménage autour de Falk lui-même. Le temps manquait pour réfléchir. Il n'avait pas pris une seule décision sans consulter le programme de logique volé à l'université de Harvard, mais, apparemment, ça n'avait pas suffi. C'était une erreur d'avoir récupéré le corps de Falk. Et peut-être aussi de tuer la jeune femme. Mais elle aurait pu parler. Comment savoir ? Et ces policiers ne semblaient pas vouloir lâcher le morceau.

Carter avait déjà vu ça. Un chasseur qui refusait de lâcher prise. Et un fauve blessé qui se cachait quelque part.

Il savait depuis plusieurs jours qu'il avait avant tout affaire à un dénommé Wallander. Les rapports de Cheng ne laissaient aucun doute à ce sujet. Ils avaient donc décidé de le supprimer. Ils avaient échoué. Et l'homme paraissait aussi obstiné qu'auparavant.

Carter se leva et s'approcha de la fenêtre. La ville dormait encore. La nuit africaine était saturée d'odeurs. Cheng était fiable. Il possédait ce dévouement fanatique que Falk et lui estimaient nécessaire. Mais était-ce assez ?

Il se rassit devant l'ordinateur. Il lui fallut une heure pour noter toutes les informations, définir les solutions qu'il envisageait et interroger le logiciel de Harvard. Celui-ci était inhumain au meilleur sens du terme. Aucune émotion ne troublait la clarté de son raisonnement.

La réponse arriva après quelques secondes. Carter avait intégré dans ses notes la faiblesse découverte chez Wallander. Une faiblesse synonyme d'opportunité pour eux. La possibilité de le détruire.

Tout le monde avait des secrets. Ce Wallander autant que les autres. Des secrets et des faiblesses.

Il se remit à écrire. L'aube pointait déjà, et Celina était arrivée depuis longtemps lorsqu'il mit un point final à son courrier. Il le relut trois fois avant d'en être satisfait. Puis il appuya sur « envoi ». Son message disparut dans l'espace électronique.

Qui avait formulé cette comparaison le premier ? Falk, probablement. Ils faisaient partie d'une nouvelle race d'astronautes, voyageant dans des espaces inédits. *Les amis de l'espace*, avait-il dit. *C'est nous.*

Carter descendit à la cuisine prendre son petit déjeuner. Chaque matin, il examinait Celina à la dérobée pour voir si elle était à nouveau enceinte. Il avait décidé de la renvoyer le cas échéant. Puis il lui remit la liste de ce qu'elle devait acheter au marché. Pour s'assurer qu'elle comprenait vraiment, il l'obligea à la lire à haute voix. Il lui donna de l'argent et se leva pour ouvrir les deux portes de la façade. Il avait compté jusqu'à seize serrures, qu'il fallait ouvrir tous les matins.

Celina partit. La ville était réveillée à présent : mais la maison, construite autrefois pour un médecin portugais, avait des murs épais. Carter retourna au premier étage avec le sentiment d'être enveloppé par le silence qui existait toujours au cœur du vacarme, en Afrique. Un point clignotant signalait l'arrivée d'un e-mail.

C'était la réponse qu'il attendait. Dès le lendemain, ils commenceraient à exploiter la faiblesse découverte chez ce Wallander.

Il resta longtemps assis à contempler l'écran. Lorsque celui-ci s'éteignit, il se leva et s'habilla.

Dans une semaine à peine maintenant, le raz de marée déferlerait sur le monde.

*

Vers dix-neuf heures, ce lundi soir, Wallander et Martinsson eurent un passage à vide au même moment. Ils étaient revenus au commissariat. Nyberg travaillait encore dans le garage de Snapphanegatan en compagnie d'un technicien. Il le faisait à sa manière habituelle, méthodique, mais aussi avec une sorte de hargne silencieuse. Wallander pensait parfois à Nyberg comme à une explosion ambulante perpétuellement réprimée.

Ils avaient tenté de comprendre. Si Jonas Landahl était revenu pour vider son ordinateur, pourquoi avait-il laissé la disquette ? Il pensait peut-être avoir effacé aussi le contenu de la disquette. Mais, dans ce cas, pourquoi se serait-il donné la peine de la cacher ? Les questions étaient nombreuses, relativement simples pour la plupart, mais ils n'avaient aucune réponse. Martinsson lança prudemment une théorie selon laquelle le message absurde – *il faut libérer les visons* – était précisément destiné à les mettre sur une fausse piste. Quelle fausse piste ? pensa Wallander, découragé. On nage déjà en pleine confusion.

Ils avaient discuté longuement pour savoir s'il fallait lancer un avis de recherche le soir même. Mais Wallander hésitait. Il n'y avait pas de véritable motif, du moins tant que Nyberg n'avait pas fini d'examiner la Golf. Martinsson n'était pas d'accord. Ce fut à peu près à ce moment – alors qu'ils peinaient à définir un point de vue commun – qu'ils furent tous les deux submergés par une immense fatigue. Ou était-ce du découragement ? Wallander était angoissé par son échec à donner une direction à l'enquête et soupçonnait Martinsson d'être secrètement du même avis. Sur le chemin du retour, ils étaient passés par la place Runner-ström. Wallander avait attendu dans la voiture pendant que Martinsson montait chercher Robert Modin. La voiture qui devait le raccompagner chez lui arriva peu après. Modin aurait volontiers passé toute la nuit devant l'écran, dit Martinsson en remontant dans la voiture. Il n'avait pas progressé, mais continuait d'affirmer que le nombre 20 était très important.

De retour au commissariat, Martinsson avait cherché Jonas Landahl dans le fichier – en relation avec les groupes d'activistes qui n'hésitaient pas à saboter des élevages de visons. Aucun résultat. Dans le couloir, il s'était heurté à un Wallander déprimé, un gobelet de café froid à la main.

Ils avaient décidé de rentrer chez eux. Wallander s'était attardé à la cafétéria, trop fatigué pour réfléchir, trop fatigué pour se lever. Sa dernière initiative fut de se renseigner sur la disparition de Hansson – on finit par l'informer qu'il était probablement parti pour Växjö dans l'après-midi – et de téléphoner à Nyberg, qui n'avait rien de neuf à signaler. Les techniciens travaillaient encore sur la voiture.

Il s'arrêta pour faire quelques courses. Au moment de payer, il s'aperçut qu'il avait oublié son portefeuille au commissariat. Mais le caissier, qui l'avait reconnu, accepta de lui faire crédit. Une fois rentré chez lui, Wallander commença par griffonner en grandes lettres de ne pas oublier d'aller payer le lendemain. Il déposa le mot sur son paillasson. Puis il se fit des spaghetti, qu'il mangea devant la télévision. Pour une fois, les pâtes étaient bien cuites. Il passa d'une chaîne à l'autre, finit par trouver un film passable, qui avait malheureusement commencé depuis un moment. Il pensa qu'il avait un autre film à regarder. Al Pacino dans le rôle du diable. À vingt-trois heures, il débrancha le téléphone et se coucha. Le lampadaire était immobile de l'autre côté de la fenêtre. Il s'endormit très vite.

Il se réveilla reposé peu avant six heures. Il avait rêvé. Son père marchait dans un étrange paysage minéral en compagnie de Sten Widén. Wallander les suivait, craignant de les perdre de vue. Même moi, pensa-t-il, je suis capable d'interpréter ce rêve. J'ai aussi peur qu'un petit enfant à l'idée d'être abandonné.

Le téléphone sonna. C'était Nyberg, qui alla droit au but, comme d'habitude. Il semblait partir du principe que les gens ne dormaient jamais, alors que lui-même se plaignait toujours d'être réveillé à des heures impossibles.

– Je reviens de Snapphanegatan. J'ai trouvé quelque chose que je n'avais pas vu hier. Coincé dans la fente de la banquette arrière.

– Quoi ?

– Un chewing-gum Spearmint, goût citron.

– Il était collé à la banquette ?

– Non, il était encore dans son emballage. Sinon, je l'aurais trouvé hier.

Wallander s'était levé. Il se tenait pieds nus sur le sol froid de la chambre.

– Bien. À tout à l'heure.

Une demi-heure plus tard, il était douché et habillé. Il prendrait son café au commissariat. Il avait décidé d'y aller à pied, mais changea d'avis et prit la voiture. Tant pis pour sa conscience. À sept heures, il entra et chercha Irène du regard. Personne. Ebba serait déjà là, pensa-t-il. Elle aurait senti intuitivement que je voulais lui parler. Mais c'était une réflexion injuste. Personne ne pouvait être comparé à Ebba de toute façon. Il alla se chercher un café à la cafétéria. Un grand contrôle routier devait avoir lieu ce jour-là et Wallander échangea quelques mots avec un agent qui se plaignit de ce que les gens conduisaient de plus en plus vite, alors qu'ils avaient bu et qu'ils n'avaient même pas le permis. Wallander l'écouta distraitement, en pensant que la police avait toujours été une corporation de geignards, et retourna à la réception. Irène enlevait son manteau.

– Tu te souviens du chewing-gum que je t'ai emprunté l'autre jour ?

– Un chewing-gum, ça ne s'emprunte pas, ça se donne.
– C'était quoi, comme marque ?
– La marque habituelle, Spearmint.
Wallander hocha la tête.
– C'est tout ?
– Ça ne te suffit pas ?
Il se dirigea vers son bureau en essayant de ne pas renverser son café. Il était pressé. Il voulait suivre son raisonnement jusqu'au bout. Il composa le numéro personnel d'Ann-Britt. Des cris d'enfants l'accueillirent.
– J'ai une mission pour toi. Peux-tu demander à Eva Persson si elle a une préférence en matière de chewing-gum, et si elle avait l'habitude d'en passer à Sonja ?
– Pourquoi ?
– Je t'expliquerai.
Elle le rappela dix minutes plus tard. Les cris ne s'étaient pas calmés.
– J'ai parlé à sa mère, qui m'a dit que sa fille changeait souvent de marque et de parfum. Je ne vois pas pourquoi elle mentirait sur un sujet pareil.
– Elle serait au courant du genre de chewing-gum que mâche sa fille ?
– Les mères en savent souvent très long sur leurs enfants.
– Ou alors rien du tout ?
– C'est ça.
– Et Sonja ?
– Eva Persson lui en donnait probablement. Pourquoi ?
– Je te le dirai tout à l'heure.
– C'est un chantier ici. Je ne sais pas pourquoi, le matin du mardi est toujours le pire.
Wallander raccrocha. Chaque matin est le pire, pensa-t-il. Sans exception. En tout cas quand on se réveille à cinq heures sans pouvoir se rendormir. Il alla dans le bureau de Martinsson. Personne. Il devait déjà se trouver place Runnerström avec Modin. Hansson aussi était absent. Il n'était probablement pas encore revenu de son voyage, complètement inutile sans doute, à Växjö.

Wallander retourna dans son bureau et tenta de faire le point tout seul. Il paraissait acquis que Sonja Hökberg avait fait son dernier trajet dans la Golf bleu nuit. Jonas Landahl l'avait conduite jusqu'au transformateur, après quoi il avait pris le ferry pour la Pologne.

Il y avait des failles, certes. Jonas Landahl n'était pas nécessairement au volant de la voiture. Ce n'était pas nécessairement lui qui avait tué Sonja. Mais de sérieux soupçons pesaient sur lui. Il fallait le retrouver et l'interroger au plus vite.

L'ordinateur posait problème. Si Jonas Landahl n'avait pas effacé le contenu lui-même, alors qui ? Et que penser de la disquette de sauvegarde cachée sous la bibliothèque ?

Wallander tenta de formuler une interprétation cohérente. Après quelques minutes, il s'aperçut qu'il y avait une autre possibilité : Jonas Landahl avait peut-être effacé lui-même le contenu du disque dur. Mais quelqu'un d'autre était venu contrôler que cela avait bien été fait.

Wallander ouvrit un bloc-notes, chercha un crayon et nota une suite de noms, dans l'ordre où ils étaient apparus au cours de l'enquête.

Lundberg, Sonja et Eva.

Tynnes Falk.

Jonas Landahl.

Un lien était avéré. Mais toujours pas de mobile discernable. On n'a pas touché le fond, pensa Wallander. On tâtonne encore.

Il fut interrompu dans ses pensées par l'arrivée de Martinsson.

– Robert est déjà au travail. Il a demandé qu'on vienne le chercher à dix-huit heures. Aujourd'hui, il a apporté son propre casse-croûte. Un thé bizarre et des biscottes biodynamiques cultivées à Bornholm. Et un baladeur. Il dit qu'il travaille mieux en musique. J'ai noté les titres.

Martinsson tira un bout de papier de sa poche.

– *Le Messie* de Haendel et *Requiem* de Verdi. Ça te dit quelque chose ?

– Ça me dit qu'il a bon goût.

Wallander lui résuma ses conversations avec Nyberg et Ann-Britt. Sonja avait vraisemblablement voyagé à bord de la Golf.

— Peut-être pas pour son dernier trajet, objecta Martinsson.

— Pour l'instant, c'est l'hypothèse qu'on retient. Et on la justifie par le départ de Landahl tout de suite après

— Avis de recherche, alors ?

— Oui. Parles-en au procureur.

Martinsson fit la grimace.

— Hansson ne peut pas s'en charger ?

— Il n'est pas encore arrivé.

— Où se planque-t-il ?

— On m'a dit qu'il était parti à Växjö.

— Pour quoi faire ?

— Le père d'Eva Persson habite dans le coin. Alcoolique, à ce qu'il paraît.

— C'est vraiment important de parler à ce type ?

Wallander haussa les épaules.

— Je ne peux pas passer mon temps à fixer les priorités pour tout le monde.

Martinsson se leva.

— Je vais parler à Viktorsson. Et je vais voir ce que je peux obtenir sur Landahl. À supposer que les ordinateurs marchent.

Wallander le retint.

— Qu'est-ce qu'on sait, au juste, de ces groupes de militants écologistes ?

— Hansson prétend que ce sont des gangs de motards spécialisés dans le saccage des laboratoires où l'on fait des expériences sur les animaux.

— C'est un peu injuste, non ?

— Hansson n'a jamais eu le sens de la justice.

— Je croyais que c'était des gens inoffensifs. Désobéissance civile sans violence.

— Oui, la plupart du temps.

— Mais Falk était impliqué.

— Rien ne dit qu'il a été assassiné.

– Mais Sonja Hökberg, oui. Et Lundberg aussi.

– Ça veut seulement dire qu'on n'a aucune idée de ce qui se cache derrière tout ça.

– Robert Modin va-t-il réussir ?

– Je l'espère.

– Et il persiste à dire que le nombre 20 est important ?

– Oui. Il est sûr de lui. Je ne comprends que la moitié de ce qu'il m'explique. Mais il est très convaincant.

Wallander jeta un regard au calendrier.

– On est le 14 octobre. Le 20 est dans un peu moins d'une semaine.

– On ne sait pas s'il s'agit de cette date.

– Des nouvelles de Sydkraft ? Le portail fracturé ?

– C'est Hansson qui s'en occupe. Ils ne font pas les choses à moitié, on dirait. D'après lui, beaucoup de têtes vont tomber.

– Je me demande si nous avons pris cet aspect des choses suffisamment au sérieux, dit Wallander, pensivement. Comment Falk a-t-il pu se procurer les plans ? Pourquoi ?

– On ne peut pas exclure l'hypothèse du sabotage. Le pas n'est peut-être pas si grand entre libérer des visons et plonger une province dans le noir. Si on est suffisamment fanatique.

Wallander sentit l'inquiétude l'étreindre à nouveau.

– Ce fameux nombre 20. Supposons que ce soit bien le 20 octobre. Que va-t-il se passer ?

– Je partage tes craintes. Mais je n'ai pas de réponse.

– Ne devrait-on pas organiser une réunion avec Sydkraft ? Pour qu'ils se tiennent prêts au cas où.

Martinsson hocha la tête sans conviction.

– On peut voir les choses autrement. D'abord les visons, puis une installation électrique. Ensuite ?

Ni l'un ni l'autre ne répondit.

Martinsson quitta le bureau. Wallander consacra les heures suivantes à parcourir les éléments qui s'amoncelaient sur son bureau, en cherchant sans relâche un détail qu'il aurait négligé jusque-là. Mais il ne trouva rien, sinon la confirmation du fait qu'ils tâtonnaient encore.

Le groupe d'enquête se réunit en fin d'après-midi. Martinsson avait parlé à Viktorsson. Jonas Landahl était maintenant recherché au niveau national et international. La police polonaise avait immédiatement répondu au télex d'Ystad. En effet, Landahl était entré dans le pays le jour où son voisin l'avait vu pour la dernière fois dans Snapphanegatan. Mais rien n'indiquait qu'il eût quitté le territoire depuis. Wallander n'était pas convaincu ; son intuition lui disait que Landahl n'était plus en Pologne. Juste avant la réunion, Ann-Britt avait eu une conversation avec Eva Persson sur le thème des chewing-gums. Sonja en prenait au goût citron, mais elle ne se souvenait pas de la dernière fois où ça s'était produit. Nyberg avait passé la voiture au crible et envoyé à Nyköping une quantité de sacs en plastique contenant des cheveux et des fibres diverses. Il ne restait plus qu'à attendre les conclusions du laboratoire pour acquérir la certitude que Sonja Hökberg avait vraiment voyagé dans la voiture de Landahl. Ce point précis donna lieu à une discussion extrêmement vive entre Martinsson et Ann-Britt. Si Sonja et Landahl sortaient ensemble, il était naturel qu'elle soit montée dans sa voiture. Ça ne prouvait rien, surtout pas qu'elle ait voyagé dans la Golf le jour de sa mort.

Wallander n'intervint pas. Martinsson et Ann-Britt étaient aussi fatigués l'un que l'autre ; la controverse retomba d'elle-même. Hansson avait effectivement fait un voyage inutile jusqu'à Växjö. En plus, il s'était trompé de route et s'en était aperçu trop tard. Il avait fini par dénicher le père d'Eva Persson dans un taudis improbable près de Vislanda. Le type était ivre et n'avait rien pu lui apprendre. De plus, il éclatait en sanglots chaque fois qu'il mentionnait le nom de sa fille et l'avenir qui l'attendait. Hansson était reparti le plus vite possible.

D'autre part, on n'avait pas retrouvé de minibus Mercedes susceptible de correspondre à celui qu'ils cherchaient. Et Wallander avait reçu, par l'intermédiaire de l'American Express, un fax de Hong Kong. Un chef de la police du nom de Wang l'informait qu'il n'y avait pas de Fu Cheng à l'adresse indiquée. Quant à Robert Modin, il continuait de se débattre avec l'ordinateur de Falk. Après une discussion fort longue et, selon Wallander, complètement inutile, ils décidèrent d'attendre encore un jour ou deux avant de prendre contact avec la cellule informatique de Stockholm.

Dix-huit heures ; le groupe d'enquête était à bout de force. Wallander regarda les visages gris de fatigue qui l'entouraient et comprit qu'il fallait conclure. Ils convinrent de se retrouver à huit heures le lendemain. Wallander continua de travailler après la réunion. À vingt heures trente, il rentra chez lui. Après avoir mangé le reste des spaghetti de la veille, il s'allongea sur son lit avec un livre consacré aux guerres napoléoniennes. Mortellement ennuyeux. Il s'endormit très vite, le livre sur le visage.

Le portable bourdonna. Il mit un moment à reconnaître le lieu et l'heure. L'appel venait du central.

– On vient de recevoir une alerte en provenance d'un ferry.

– Qu'est-ce qui se passe ?

– Il y avait une gêne au niveau d'un arbre d'hélice. Ils sont allés voir.

– Alors ?

– Il y avait un cadavre dans la salle des machines.

Wallander inspira profondément.

– Où est le ferry ?

– Il sera à quai dans quelques minutes.

– J'arrive.

– Je dois prévenir quelqu'un d'autre ?

Il réfléchit.

– Martinsson et Hansson. Et Nyberg. Dis-leur qu'on se retrouve au terminal.

– À part ça ?

· Informe Lisa Holgersson.

Elle est à une conférence à Copenhague.

- Je m'en fous. Appelle-la.
- Qu'est-ce que je dois lui dire ?
- Qu'un tueur présumé est rentré de Pologne. Mais qu'il est mort, malheureusement.

Vingt minutes plus tard, ils attendaient devant le bâtiment du terminal que l'énorme ferry finisse la manœuvre pour se mettre à quai.

27

En descendant l'échelle vers la salle des machines, Wallander eut la sensation qu'il descendait vers l'enfer. Le bateau était immobilisé, on n'entendait qu'un vague sifflement, mais l'enfer était là, sous lui. Ils avaient été accueillis à bord par un second bouleversé et deux machinistes très pâles. Le corps qu'on avait retrouvé dans l'eau mêlée d'huile était apparemment dans un sale état. Un légiste allait venir. Une voiture de pompiers et une équipe de secours étaient déjà sur place.

Wallander descendit le premier. Martinsson avait préféré s'abstenir. Wallander lui demanda d'interroger l'équipage ; Hansson l'aiderait dès son arrivée.

Il descendit les échelles l'une après l'autre, suivi de près par Nyberg. Le machiniste qui avait découvert le corps les conduisit vers l'arrière du bateau. Wallander fut impressionné par les dimensions de la salle des machines qui s'ouvrait sous lui. Il descendit la dernière échelle. Nyberg lui piétina la main ; il jura, faillit perdre l'équilibre et se rattrapa de justesse. Enfin, ils furent en bas. Sous l'un des deux gigantesques arbres d'hélice luisants, ils découvrirent le corps.

Le machiniste n'avait pas exagéré. Ce qu'il avait sous les yeux ne ressemblait pas à un être humain. On aurait dit un animal massacré. Il entendit Nyberg gémir et crut comprendre qu'il était question d'un départ à la retraite anticipé et immédiat. Lui-même fut surpris de ne pas avoir la nausée. Au fil des ans, il en avait beaucoup vu : des victimes d'accidents de la route, des corps découverts après plusieurs mois ou plusieurs années de décomposition. Cette vision-ci était pire. Dans la chambre à la bibliothèque inclinée, il y avait une photo de Jonas Landahl – un jeune homme au physique banal. Était-ce lui ? Le visage du mort n'était plus qu'une bouillie sanglante.

Le garçon de la photo était blond. Là, sur la tête presque arrachée au corps, il restait quelques mèches de cheveux qui n'avaient pas été imbibées d'huile. Des mèches blondes. Wallander était sûr de son fait. Il s'écarta pour faire de la place à Nyberg. Au même instant, il vit arriver Susann Bexell en compagnie de deux pompiers.

– Comment a-t-il atterri là ?

Les machines avaient beau tourner à vide, Nyberg dut crier pour se faire entendre. Wallander secoua la tête sans répondre. Il voulait remonter, sortir de là, quitter cet enfer le plus vite possible, pour réfléchir. Il laissa Nyberg, le médecin et les pompiers, remonta sur le pont et inspira plusieurs fois profondément. Martinsson surgit à ses côtés.

– Alors ?

– Pire que ce que tu peux imaginer.

– C'était Landahl ?

Ils n'en avaient pas parlé ensemble ; mais Martinsson avait eu la même idée que lui. Sonja Hökberg était morte dans un poste de transformation et Landahl dans les entrailles d'un ferry polonais.

– Il n'a plus de visage. Mais je crois que c'est lui.

Puis il fit un effort sur lui-même et commença à organiser le travail. Martinsson s'était renseigné : le ferry ne devait pas repartir avant le lendemain matin. D'ici là, les investigations techniques seraient achevées et le corps aurait été emporté.

– J'ai demandé une liste des passagers. Il n'y avait pas de Jonas Landahl à bord.

– Je m'en fous. C'est lui.

– Après l'*Estonia*, je croyais que les contrôles étaient devenus draconiens.

– Il a pu donner un autre nom. En tout cas, il nous faut une copie de cette liste. Et le nom de tous les membres de l'équipage. On verra bien si ça nous évoque quelque chose.

– Tu exclus l'accident ?

– Oui. Comme pour Sonja Hökberg. Et ce sont les mêmes auteurs.

Il demanda si Hansson était arrivé. Martinsson répondit qu'il interrogeait les machinistes.

Ils quittèrent le pont. Le ferry paraissait abandonné. Quelques employés nettoyaient le grand escalier central. Wallander fit entrer Martinsson dans la cafétéria déserte. Du bruit leur parvenait des cuisines. Par les hublots, ils apercevaient les lumières d'Ystad.

– Va voir si tu peux nous trouver du café. Il faut qu'on parle.

Martinsson disparut en direction des cuisines. Wallander s'assit à une table. Que signifiait la mort de Jonas Landahl ? Lentement, il formula les deux théories provisoires qu'il voulait présenter à Martinsson.

Un homme en uniforme surgit devant lui

– Pourquoi n'avez-vous pas quitté le bateau ?

Wallander le considéra. Une grande barbe dissimulait le bas de son visage couperosé. Des bandes jaunes sur les épaulettes. C'est grand, un ferry. Tout le monde n'est pas nécessairement au courant de ce qui s'est passé dans la salle des machines.

– Je suis de la police. Et vous ?

– Je suis second à bord de ce bateau.

– Bien. Allez voir votre commandant et vous saurez pourquoi je suis là.

L'homme parut hésiter. Puis il disparut. Martinsson revint avec un plateau.

– Ils étaient en train de manger, dit-il en s'asseyant. Ils avaient remarqué que le bateau avançait à vitesse réduite depuis un moment, mais ils n'étaient au courant de rien.

– J'ai vu passer un officier. Il n'était pas non plus au courant.

– On n'aurait pas commis une erreur ?

– Laquelle ?

– Je me demande si on n'aurait pas dû retenir tout le monde à bord, le temps de vérifier les noms et de fouiller les voitures.

Martinsson avait raison. Mais ça représentait une opération de grande envergure, qui aurait requis énormément de monde et qui n'aurait pas forcément donné de résultat.

– Peut-être, dit-il simplement. Mais c'est trop tard.

– Je rêvais de la mer quand j'étais jeune.

– Moi aussi. Tout le monde, tu ne crois pas ?

Il revint au sujet de l'enquête.

– On commençait à croire que Landahl avait conduit Sonja Hökberg à l'installation de Sydkraft, qu'il l'avait tuée, et que c'était la raison de sa fuite. Voilà qu'il est tué à son tour. En quoi est-ce que cela modifie notre hypothèse ?

– Tu exclus toujours l'accident.

– Pas toi ?

Martinsson remua son café sans répondre.

– À mon sens, on peut formuler deux théories. La première, c'est que Jonas Landahl a effectivement tué Sonja Hökberg. Elle sait quelque chose, il ne veut pas qu'elle parle, il la tue et il s'en va – sous le coup de la panique ou de façon préméditée. Ensuite, il est tué à son tour. Soit il s'agit d'une vengeance, soit il est à son tour devenu dangereux pour quelqu'un.

Wallander se tut, mais Martinsson n'avait rien à dire.

– La deuxième possibilité est complètement différente. Un tiers inconnu aurait tué à la fois Sonja Hökberg et Landahl.

– Pourquoi, dans ce cas, Landahl serait-il parti si vite ?

– Il comprend ce qui est arrivé à Sonja et prend peur. Mais quelqu'un le rattrape.

Martinsson hocha la tête. Ça y est, il s'anime, pensa Wallander.

– Deux meurtres qui sont en même temps des actes de sabotage.

– Tu te souviens de ce qu'on disait hier après-midi ? D'abord les visons. Puis la coupure de courant. Maintenant un arbre d'hélice. Ensuite ?

Martinsson secoua la tête, découragé.

– Ça ne rime à rien. Je comprends l'histoire des visons, une bande de militants qui passe à l'offensive. Je peux aussi comprendre la coupure de courant, comme une manière de démontrer la vulnérabilité de notre société. Mais à quoi ça rime de semer la pagaille dans une salle des machines ?

– Imagine un jeu de dominos. Si un domino tombe, tous s'écroulent. Le domino, c'est Falk.

– Et le meurtre de Lundberg ?

Justement, il ne cadre pas avec le reste. Du coup, j'entrevois une autre possibilité.

– Qu'il n'a effectivement rien à voir avec le reste ?

Martinsson réfléchissait vite quand il le voulait.

– Ce ne serait pas la première fois qu'on pense que tout se tient, alors qu'il s'agit d'une coïncidence.

– Tu crois qu'on devrait dissocier les enquêtes ? Mais Sonja Hökberg est au centre dans les deux cas.

- C'est bien le problème. Mais imagine que son rôle soit moins important qu'on ne le pensait.

Au même instant, Hansson fit son entrée. Il jeta un regard envieux aux tasses de café. Un homme aux cheveux gris, au regard aimable et aux épaulettes bardées de bandes jaunes l'accompagnait. Wallander se leva et fut présenté au capitaine Sund, qui s'exprimait avec un fort accent du nord.

– C'est terrible, dit-il.

– Personne n'a rien vu, dit Hansson. Pourtant, il a bien dû y arriver, sous cet arbre d'hélice.

– Aucun témoin ?

– J'ai parlé aux deux machinistes de service. Mais ils n'ont rien remarqué.

Wallander se tourna vers le capitaine.

– Les portes de la salle des machines sont-elles fermées à clé ?

– Les règles de sécurité ne le permettent pas. Mais toutes les portes sont équipées de panneaux interdisant l'accès, et les machinistes sont tenus de réagir immédiatement en cas d'intrusion. Il est arrivé qu'un passager ivre s'égare dans la salle des machines. Mais une chose pareille...

– Je suppose que le ferry est vide maintenant. Auriez-vous repéré un véhicule abandonné ?

Sund contacta le pont des voitures sur son radiotéléphone.

– Le pont est vide.

– Qu'en est-il des cabines ? Un sac ? Une valise ?

Sund partit se renseigner. Hansson s'assit. Pour une fois, constata Wallander, il s'était montré très minutieux en rassemblant ses informations.

La traversée, au départ de Swinoujscie, durait environ sept heures. Les machinistes avaient-ils une idée du moment où le corps s'était retrouvé sous l'arbre d'hélice – pendant que le bateau était encore à quai en Pologne ou juste avant l'alerte ? Telle était la question de Wallander, et Hansson avait pensé à la poser aux machinistes. Leurs réponses concordaient. Le corps pouvait très bien être là depuis le départ du bateau.

En dehors de cela, il n'y avait pas grand-chose à dire. Si Landahl était encore en vie au début de la traversée, personne ne semblait l'avoir remarqué. Il y avait une centaine de passagers à bord, essentiellement des chauffeurs de poids lourds polonais, ainsi qu'une délégation de l'industrie suédoise du ciment, qui revenait de Pologne où elle avait discuté d'éventuels investissements.

– Nous devons découvrir s'il était accompagné. C'est le plus important. Il nous faut donc une photographie de Landahl. Quelqu'un devra prendre le ferry demain, faire le tour du personnel, montrer la photo à tout le monde et voir si quelqu'un le reconnaît.

– J'espère que ce ne sera pas moi. J'ai le mal de mer.

– Trouve quelqu'un d'autre alors. En attendant, je veux que tu emmènes un serrurier à Snapphanegatan et que tu nous rapportes la photo du garçon. Vérifie auprès du quincaillier qu'elle est à peu près ressemblante.

– Ryss, tu veux dire ?

– C'est ça. Il a bien dû voir son rival au moins une fois.

– Le ferry part à six heures du matin.

– Alors il faut s'en occuper maintenant, dit Wallander sur un ton sans réplique.

Une autre question lui vint à l'esprit. Ils jetèrent un coup d'œil à la liste des passagers. Aucun nom asiatique.

– Celui qui fera l'aller-retour demain devra aussi poser cette question. Y avait-il un passager de type asiatique ?

Hansson disparut. Wallander et Martinsson restèrent assis. Susann Bexell les rejoignit. Elle était très pâle.

– Je n'ai jamais vu ça. D'abord une fille électrocutée, maintenant ceci.

– On peut supposer qu'il s'agit d'un homme jeune ?

– Oui.

– Cause de la mort ? Heure exacte ? Je suppose qu'il est trop tôt pour répondre.

– Vous l'avez vu. Il est en bouillie. L'un des pompiers a vomi, et je le comprends.

– Nyberg y est encore ?

– Je crois.

Susann Bexell s'éloigna. Le capitaine Sund n'etait toujours pas revenu. Le portable de Martinsson bourdonna. Lisa Holgersson, de Copenhague. Martinsson tendit le portable à Wallander, qui fit non de la tête.

– Parle-lui.

– Qu'est-ce que je dois lui dire ?

– La vérité, bien sûr.

Wallander se leva et se mit à arpenter la cafétéria déserte. Le décès de Landahl venait de leur barrer une piste. Mais ce qui l'angoissait réellement, c'était l'idée qu'ils auraient pu éviter sa mort. Que le garçon avait fui non parce qu'il avait commis un crime, mais parce qu'il avait peur.

Wallander s'adressait des reproches. Il avait mal réfléchi, et trop vite. Il s'était raccroché à une explication immédiate, au lieu d'envisager différentes hypothèses. Maintenant, Landahl était mort. Peut-être n'aurait-il rien pu faire ; mais il n'en était pas sûr.

Martinsson avait raccroché. Wallander retourna à la table.

– J'ai l'impression qu'elle avait bu.

– Normal, elle est à une fête. Maintenant, au moins, elle sait à quoi on consacre notre soirée.

Le capitaine Sund reparut.

– On a retrouvé une valise dans une cabine.

Wallander et Martinsson se levèrent en même temps. Le capitaine les précéda dans les couloirs interminables. Une femme portant l'uniforme de la compagnie des ferries les attendait. Elle était polonaise et parlait mal le suédois.

– D'après la liste des passagers, cette cabine était réservée au nom de Jonasson.

Wallander et Martinsson échangèrent un regard.

– Pourrait-elle le décrire ?

Il s'avéra que le capitaine maîtrisait le polonais presque aussi bien que son dialecte du Dalsland. La femme l'écouta, puis secoua la tête.

– Était-elle réservée pour une seule personne ?

– Oui.

Wallander entra. La cabine était étroite et n'avait pas de hublot. Il frissonna à l'idée de passer une nuit de grand vent enfermé dans un endroit pareil. Une valise à roulettes était posée sur la couchette. Wallander demanda à Martinsson de lui passer des gants en plastique. Puis il l'ouvrit. La valise était vide. Ils fouillèrent la cabine pendant dix minutes.

– Demande à Nyberg d'y jeter un coup d'œil, dit Wallander lorsqu'ils eurent abandonné tout espoir. Et décris la valise au chauffeur de taxi qui a conduit Landahl au terminal. Il la reconnaîtra peut-être.

Wallander ressortit dans le couloir pendant que Martinsson expliquait au capitaine que le ménage ne devait pas être fait jusqu'à nouvel ordre. Wallander examina les portes voisines. Des serviettes et des draps en boule. Elles portaient les numéros 309 et 311.

– Qui occupait ces cabines ? Il se peut qu'un voisin ait entendu du bruit, ou vu quelqu'un entrer ou sortir.

Martinsson prit note dans son carnet et commença à interroger la femme de chambre polonaise. Wallander lui avait souvent envié son anglais impeccable. Lui-même s'exprimait très mal, de son propre avis. Linda se moquait de sa prononciation lors de leurs voyages. Le capitaine Sund le suivit dans l'escalier. Il était près de minuit.

– Puis-je vous proposer un grog après cette épreuve ?

– Malheureusement, non.

Le radiotéléphone grésilla. Sund écouta quelques instants et s'excusa. Wallander fut soulagé de se retrouver seul. Sa conscience le tourmentait. Landahl aurait-il encore été en vie s'il avait raisonné autrement ? Il n'avait pas de réponse. Seulement un remords lancinant contre lequel il ne pouvait rien.

Martinsson reparut au bout de vingt minutes.

– La cabine 309 était occupée par un Norvégien nommé Larsen, qui doit être sur la route en ce moment même. Mais j'ai son numéro de téléphone personnel, dans une ville qui s'appelle Moss. La cabine 311 était réservée par un couple, M. et Mme Tomander, d'Ystad.

– Parle-leur demain. On ne sait jamais.

– J'ai croisé Nyberg dans l'escalier. Il avait de l'huile partout. Il a dit qu'il allait changer de combinaison et jeter un coup d'œil à la cabine.

– Je crois qu'on n'a plus rien a faire ici.

Ils traversèrent le terminal désert. Quelques jeunes dormaient sur des bancs. Les caisses étaient fermées. Ils se séparèrent devant la voiture de Wallander.

– Il faudra tout reprendre à zéro demain matin. On se retrouve à huit heures.

– Tu parais inquiet.

– Oui. Je ne comprends pas ce qui se passe.

– Comment ça va, du côté de l'enquête interne ?

– Je n'ai pas de nouvelles. Les journalistes ne m'appellent plus, mais c'est peut-être parce que j'ai débranché le téléphone.

– C'est malheureux, cette histoire.

Wallander décela une ambiguïté dans la réplique de Martinsson. Immédiatement, il fut sur ses gardes.

– Que veux-tu dire ?

– N'est-ce pas ce que nous redoutons tous ? De perdre le contrôle et de nous mettre à frapper les gens ?

– Je l'ai giflée pour protéger sa mère.

– Oui. Mais quand même.

Il ne me croit pas, pensa Wallander après son départ. Si ça se trouve, personne ne me croit.

Cette idée lui vint comme un choc. Jamais encore il ne s'était senti trahi, ou du moins abandonné, par ses collègues les plus proches. Il resta assis, comme pétrifié, sans penser à mettre le contact. Soudain, ce sentiment domina tous les autres, effaçant même l'image du jeune homme massacré sous l'arbre d'hélice.

Pour la deuxième fois au cours de cette semaine, l'amertume l'envahit. Je démissionne, pensa-t-il. Je rédige ma lettre demain matin. Ils n'ont qu'à se débrouiller avec l'enquête, je n'en ai rien à foutre.

De retour chez lui, encore sous le coup de l'indignation, il poursuivit intérieurement une discussion houleuse avec Martinsson.

Il mit longtemps à s'endormir

Mercredi matin à huit heures, ils étaient de nouveau réunis, en présence de Viktorsson. Et de Nyberg, qui avait encore de l'huile sur les doigts. Wallander s'était réveillé un peu moins agité que la veille. Il n'allait pas démissionner sur-le-champ. Ni attaquer Martinsson de front. Dans un premier temps, il allait laisser l'enquête établir ce qui s'était réellement passé au cours de l'interrogatoire. Puis il choisirait une occasion appropriée pour dire à ses collègues ce qu'il pensait de leur attitude.

Ils firent un point approfondi des événements de la nuit. Martinsson avait déjà parlé aux Tomander, les voisins de cabine. Ils n'avaient rien vu, rien entendu. Le Norvégien n'était toujours pas rentré chez lui. Une femme, qui devait être Mme Larsen, avait dit au téléphone qu'elle l'attendait dans la matinée.

Puis Wallander exposa les deux théories auxquelles il était parvenu au cours de sa conversation avec Martinsson. Personne ne formula d'objection. La réunion se poursuivit mais, sous la concentration apparente, Wallander sentait bien que chacun était pressé de retourner à sa tâche.

Lorsqu'ils se séparèrent, Wallander avait pris la décision de se consacrer entièrement à Tynnes Falk. Tout tournait autour de lui ; il en était plus convaincu que jamais. Le meurtre du chauffeur de taxi resterait en suspens jusqu'à nouvel ordre. La priorité revenait à une question très simple : quelles forces avaient été mises en branle lors de la mort de Tynnes Falk ? Wallander rappela une fois de plus l'institut de Lund et insista jusqu'à ce qu'on lui passe le médecin qui avait réalisé l'autopsie. Avait-on réellement examiné toutes les possibilités ? Pouvait-il malgré tout s'agir d'une agression ? Il rappela aussi Enander, le médecin qui lui avait rendu visite au commissariat. Les avis divergeaient toujours. Mais au cours de l'après-midi, alors qu'il se sentait de plus en plus affamé, Wallander crut pourtant devoir se ranger du côté des légistes ; Falk était bien décédé de causes naturelles. Mais cette mort devant un distributeur avait déclenché différents événements. Il prit un bloc-notes.

Falk.

Visons.

Angola.

Après une hésitation, il ajouta :

Le nombre 20.

Il regarda fixement ce qu'il venait de noter. Les mots semblaient se refermer sur eux-mêmes. Qu'était-ce donc qu'il ne parvenait pas à voir ? Pour calmer son irritation et son impatience, il quitta le commissariat, fit une courte promenade et mangea dans une pizzeria avant de retourner au bureau. À dix-sept heures, il abandonna. Il ne voyait rien au-delà des faits. Aucun mobile, aucune piste. Il piétinait.

Il venait d'aller se chercher un café lorsque le téléphone sonna.

— Je suis place Runnerström, dit Martinsson.

— Alors ?

— Robert a franchi la muraille. Il est entré dans l'ordinateur de Falk. Et il se passe de drôles de choses sur l'écran.

Enfin ! pensa Wallander. On y est.

28

Il verrouilla les portières de la voiture et traversa la rue. S'il avait jeté un regard derrière lui, il aurait peut-être deviné l'ombre tapie dans le noir et compris qu'on ne se contentait pas de les suivre. Leur adversaire était informé à chaque instant de leurs déplacements, de leurs faits et gestes, voire de leurs pensées. Les patrouilles qui surveillaient nuit et jour Apelbergsgatan et la place Runnerström étaient impuissantes face à cette ombre.

Mais Wallander ne se retourna pas. Il monta l'escalier. À son entrée, Modin et Martinsson levèrent à peine la tête. Ils étaient rivés à l'écran. Wallander constata avec surprise que Martinsson avait apporté un petit siège pliant de chasseur. Et deux nouveaux ordinateurs avaient fait leur apparition sur la table. Modin et Martinsson parlaient à voix basse. Wallander eut l'impression d'avoir pénétré dans un bloc opératoire. Mais l'image d'un rituel était peut-être plus juste. Il pensa à l'autel de Falk, surmonté de son propre portrait.

Son bonjour resta sans réponse. Il s'approcha.

L'écran avait changé d'aspect. Les tourbillons de chiffres avaient disparu. Plutôt, ils s'étaient immobilisés. Robert Modin avait ôté son casque de baladeur et pianotait sur les trois claviers avec une dextérité de virtuose. Martinsson tenait un bloc et un stylo-bille. De temps à autre, Modin lui demandait de noter quelque chose. C'était à l'évidence lui qui contrôlait les opérations. Après une dizaine de minutes, il parut enfin s'apercevoir de la présence de Wallander. Le pianotage cessa.

– Que se passe-t-il ? Pourquoi y a-t-il de nouveaux ordinateurs ?

– Quand on ne peut pas escalader la montagne, il faut la contourner.

Modin était en sueur, mais paraissait content – comme un jeune homme qui aurait réussi à forcer une serrure interdite.

– Je n'ai pas identifié le code. Mais en branchant mes ordinateurs sur celui-là, j'ai pu entrer par la porte de service.

C'était déjà trop abstrait pour Wallander. Il connaissait l'existence de fenêtres, en informatique. Mais des portes ?

– J'ai fait semblant de frapper à l'entrée. Pendant ce temps, je creusais un tunnel par-derrière.

– Comment cela ?

– C'est un peu difficile à expliquer. De plus, il y a une sorte de secret professionnel.

– Laisse tomber. Qu'avez-vous trouvé ?

Martinsson prit la parole.

– Dans un dossier qui porte un nom bizarre, on a trouvé une série de numéros de téléphone disposée dans un ordre particulier. Maintenant, il s'avère que ce ne sont pas des numéros de téléphone, mais des codes. Deux groupes. Un mot et une combinaison de chiffres. On essaie de comprendre de quoi il s'agit.

– En fait, intervint Modin, c'est à la fois des codes et des numéros de téléphone. En plus, il y a des groupes de chiffres superposés qui renvoient de façon codée à différentes institutions. Dans le monde entier, apparemment. Aux États-Unis, en Asie et en Europe. Il y a aussi quelque chose au Brésil. Et au Nigeria.

– Quel genre d'institutions ?

– C'est ce qu'on essaie de comprendre, dit Martinsson. Robert en a identifié une. C'est à ce moment-là que je t'ai appelé.

– Laquelle ?

341

– Le Pentagone.

Avait-il perçu une note de triomphe dans la voix de Modin ? Ou était-ce de la peur ?

– Qu'est-ce que ça signifie ?

– On n'en sait rien encore, dit Martinsson. Mais on peut déjà affirmer que cet ordinateur contient des informations capitales et probablement secrètes. Ça laisse penser que Falk avait accès à ces institutions.

– Ou alors c'était quelqu'un comme moi, dit Modin.

– Un hacker ?

– C'est un peu l'impression que ça donne.

Wallander comprenait de moins en moins. Mais l'inquiétude était revenue.

– À quoi peuvent servir ces informations ?

– C'est trop tôt pour le dire. Il faut d'abord identifier ces institutions. Ça prend du temps, et c'est compliqué – puisque tout est fait pour nous empêcher d'y accéder.

Il se leva de son siège pliant et tendit le bloc-notes à Wallander.

– Je dois rentrer, c'est l'anniversaire de Terese. Mais je serai de retour dans une heure.

– Dis-lui bonjour de ma part. Ça lui fait quel âge ?

– Seize ans.

Wallander l'avait connue toute petite. Pour ses cinq ans, il avait même mangé une part de gâteau chez les Martinsson. Il pensa qu'elle avait deux ans de plus qu'Eva Persson.

Martinsson sortit, mais revint aussitôt.

– J'ai oublié de te dire que j'ai parlé à Larsen de Moss. Il a bien entendu du bruit dans la cabine voisine, les cloisons ne sont pas très épaisses. Mais il n'a vu personne. Il était fatigué, il a dormi pendant tout le trajet.

– Quel genre de bruit ?

– Rien qui indique du désordre ou une bagarre.

– Des voix ?

– Oui. Mais il n'a pas su me dire combien. Je lui ai demandé de nous rappeler s'il se souvenait d'autre chose.

Après son départ, Wallander s'assit avec précaution sur le siège pliant. Robert Modin continua de travailler. Wallander renonça à l'interroger et se mit à réfléchir. Au rythme où ça allait, avec ces ordinateurs, on aurait bientôt besoin d'une police complètement nouvelle. Comme d'habitude, les criminels avaient une longueur d'avance. La mafia américaine avait très tôt compris à quoi pouvait servir l'informatique. Et on disait, sans pouvoir le prouver, que les cartels de la drogue en Amérique du Sud étaient informés par satellite de l'état du contrôle aux frontières et de la surveillance de l'espace aérien des États-Unis. Quant aux téléphones portables, un numéro ne servait en général qu'une seule fois. Ainsi, il devenait presque impossible d'identifier l'auteur de l'appel.

Robert Modin enfonça une touche et recula sur sa chaise. Le modem posé à côté de l'ordinateur se mit à clignoter.

– Que fais-tu ?

– J'essaie d'envoyer un mail pour voir s'il arrive, et où. Mais je l'envoie de mon propre ordinateur.

– Pourtant tu as écrit l'adresse sur celui de Falk ?

– Je les ai reliés.

Un point lumineux apparut. Robert Modin sursauta et approcha son visage de l'écran. Puis il se remit à pianoter.

Soudain, tout disparut. Un court instant, il n'y eut que du noir. Puis à nouveau, les tourbillons de chiffres. Robert Modin fronça les sourcils.

– Qu'est-ce qui se passe ?

– Je ne sais pas. Mais on m'a refusé l'accès. Je dois effacer mes traces. Ça va prendre quelques minutes.

Le pianotage continua. Wallander attendit avec une impatience croissante.

– Encore..., marmonna Modin.

Puis il tressaillit et s'immobilisa.

– La Banque mondiale, dit-il.

– Pardon ?

– L'une des institutions désignées par ces codes est la Banque mondiale. Si j'ai bien compris, il s'agirait d'un département qui s'occupe du contrôle des finances.

– Le Pentagone et la Banque mondiale. Pas l'épicier du coin, autrement dit.

343

– Je crois qu'il est temps de réunir une petite conférence. Mes amis sont prévenus.

– Où sont-ils ?

– L'un habite près de Rättvik, l'autre en Californie.

Wallander pensa qu'il était grand temps de contacter la brigade informatique de Stockholm. Modin avait beau être très fort, son initiative lui serait lourdement reprochée.

Pendant que Modin conférait avec ses amis, Wallander fit les cent pas en pensant à Jonas Landahl qui avait trouvé la mort dans la cale d'un ferry. Il pensa aussi au corps calciné de Sonja Hökberg, et à cet étrange bureau où il se trouvait à l'instant même. Il était rongé d'inquiétude à l'idée d'avoir égaré le groupe d'enquête sur une fausse piste. Sa mission était d'orienter leur travail. En avait-il encore la capacité ? Cette impression que ses collègues ne lui faisaient plus confiance comme avant... Ce n'était pas seulement cette histoire d'interrogatoire qui avait mal tourné. Ses collègues murmuraient peut-être dans son dos qu'il n'était plus tout à fait à la hauteur, qu'il était temps que Martinsson prenne la relève.

Il était blessé. Il se faisait l'effet d'une victime. En même temps, il ressentait une sourde colère. Il n'avait pas l'intention de se rendre sans combat. D'autant plus qu'il n'avait pas de Soudan où commencer une nouvelle vie, pas de haras à vendre. L'avenir, pour lui, se réduisait à une pension d'État plutôt maigre.

Le pianotage avait cessé. Modin se leva et s'étira dans tous les sens.

– J'ai faim.

– Qu'ont dit tes amis ?

– On s'est donné une heure pour réfléchir.

Wallander proposa une pizza. Modin parut choqué.

– Je n'en mange jamais. C'est malsain.

– Qu'est-ce que tu veux, alors ?

– Des graines germées.

– C'est tout ?

– Des œufs au vinaigre.

Wallander prit un air résigné pendant que Modin fouillait dans ses sacs en plastique. Mais rien ne parut le tenter dans l'immédiat.

– D'accord pour une salade, dit-il. Exceptionnellement.

Ils sortirent de l'immeuble. Wallander lui demanda s'il voulait prendre la voiture, mais Modin préférait marcher. La voiture banalisée était à sa place.

– Qu'est-ce qu'ils attendent ? dit Modin lorsqu'ils l'eurent dépassée.

– On peut se le demander.

Ils s'arrêtèrent dans un bar à salade, le seul de la ville à la connaissance de Wallander. Lui-même mangea avec grand appétit, pendant que Robert Modin inspectait chaque feuille de laitue, chaque bout de légume avant de le porter à sa bouche. Wallander n'avait jamais vu quelqu'un mâcher aussi lentement.

– On peut dire que tu n'avales pas n'importe quoi.

– Je veux garder les idées claires.

Et le cul propre, pensa Wallander dans un élan d'amertume. Le sale boulot, ce n'est pas toi qui t'en charges.

Il tenta d'engager la conversation, mais comprit vite que Modin était encore plongé dans les essaims de chiffres et les secrets de l'ordinateur de Falk.

Peu après dix-neuf heures, ils étaient à nouveau place Runnerström. Martinsson n'était toujours pas revenu. Robert Modin reprit son conciliabule avec ses conseillers dans le nord de la Suède et en Californie. Wallander les imaginait très bien ; ils devaient avoir exactement la même tête que Modin.

– Personne n'a retrouvé ma trace, dit Modin après quelques manœuvres complexes sur le clavier.

– Comment peux-tu voir ça ?

– Je le vois.

Wallander essaya de se mettre à l'aise sur le siège pliant. C'est une chasse, pensa-t-il. Une chasse à l'élan électronique. Ils sont quelque part. Mais on ne sait pas d'où ils risquent de surgir.

Son portable bourdonna. Modin sursauta.

– Je déteste les portables.

Wallander sortit sur le palier. C'était Ann-Britt. Il lui expliqua où il était et ce que Modin avait tiré de l'ordinateur de Falk.

– La Banque mondiale et le Pentagone, dit-elle. Deux des principaux centres de pouvoir de ce monde.

– Le Pentagone, je sais ce que c'est. Mais la Banque mondiale ? Je me souviens que Linda m'en a parlé une fois, en termes très négatifs.

– La banque des banques. Elle octroie des prêts, essentiellement aux pays pauvres, mais elle peut aussi intervenir pour soutenir un État. Elle est très critiquée, à cause des conditions draconiennes qu'elle impose à ses débiteurs.

– Comment sais-tu tout cela ?

– Mon ex-mari avait souvent affaire à la Banque, quand il était en mission. Il m'en parlait.

– On ne sait toujours pas à quoi ça rime. Pourquoi m'appelais-tu ?

– J'ai pensé tout à coup que je devais reparler à ce type, Ryss. C'est lui, malgré tout, qui nous a mis sur la piste de Landahl. Je crois de plus en plus qu'Eva Persson idolâtrait Sonja Hökberg, mais qu'elle ne savait presque rien sur elle.

– Qu'a-t-il dit ? C'est quoi déjà, son prénom ?

– Kalle. Kalle Ryss. Je lui ai demandé pourquoi ils avaient rompu. Ça l'a pris au dépourvu, il n'avait pas envie de répondre. Mais j'ai insisté. Et c'est là que j'ai appris un truc surprenant. Il avait rompu avec elle parce qu'elle ne voulait jamais.

– Quoi ?

– Qu'est-ce que tu crois ? Coucher, bien sûr.

– Il a dit ça ?

– Tout est sorti d'un coup. Il l'a rencontrée, elle lui plaisait beaucoup, mais il s'est vite aperçu qu'elle refusait toute forme de sexualité. Et tu sais pourquoi ?

– Pourquoi ?

– Elle aurait été violée quelques années plus tôt. Et elle ne s'en était jamais remise.

– Sonja Hökberg, violée ?

– D'après lui, oui. J'ai cherché dans le fichier. Mais il n'y a absolument rien concernant Sonja Hökberg.

– Ça se serait passé ici, à Ystad ?

– Oui. Mais j'ai une idée.

Wallander comprit immédiatement.

– Le fils Lundberg, Carl-Einar ?

– C'est une hypothèse risquée, mais pas complètement absurde, j'imagine.

– Que vois-tu ?

– Carl-Einar Lundberg est suspecté de viol. Il est acquitté, mais il semblerait quand même bien que ce soit lui. Dans ce cas, rien n'empêche qu'il l'ait déjà fait auparavant. Mais Sonja Hökberg n'est pas allée au commissariat.

– Pourquoi ?

– Les femmes ont plein de raisons de ne pas porter plainte pour viol, tu devrais le savoir.

– Tu as tiré une conclusion ?

– Très provisoire.

– Vas-y.

– C'est un peu tiré par les cheveux, je l'admets. Mais Carl-Einar était malgré tout le fils de Lundberg.

– Elle se serait vengée sur le père ?

– Ça nous donnerait du moins un mobile. Et nous savons quelque chose de très important concernant Sonja Hökberg.

– Quoi ?

– Elle avait de la suite dans les idées. C'est ce qu'a dit son beau-père. Elle était très forte.

– J'ai du mal à y croire. Elle ne pouvait pas savoir que ce serait Lundberg qui viendrait les chercher, ni même que Carl-Einar était son fils.

– Ystad est une petite ville. Et nous ne savons presque rien de Sonja Hökberg. Si ça se trouve, elle était obsédée par l'idée d'une vengeance. Le viol est une chose terrible. Beaucoup de femmes essaient sans doute d'oublier. Mais il y a des exemples de victimes pour qui la vengeance devient une idée fixe.

Elle se tut avant de poursuivre.

– On en a rencontré une il n'y a pas si longtemps.

– Yvonne Ander ?

– Oui.

Il repensa à cette affaire. Une série de meurtres atroces, qui ressemblaient à des exécutions ; les victimes étaient sans exception des hommes coupables de violences à l'égard de femmes. C'était au cours de cette enquête qu'Ann-Britt avait été grièvement blessée.

Wallander comprit qu'elle avait peut-être malgré tout débusqué une information décisive. Qui concordait avec sa propre idée, selon laquelle le meurtre de Lundberg se situait à la périphérie d'une nébuleuse dont le centre était Falk, son journal de bord et son ordinateur.

– Bon. Il faudrait interroger Eva Persson là-dessus le plus vite possible.

– Et demander à la famille de Sonja si elle est rentrée un jour dans un sale état. Le viol dont était soupçonné Carl-Einar Lundberg était très brutal, si tu t'en souviens.

– Tu t'en charges ?

– D'accord.

– Ensuite, on prendra un moment pour examiner les faits à la lumière de cette nouvelle hypothèse.

Ann-Britt promit de le rappeler dès qu'elle aurait du nouveau. Wallander rangea le portable dans la poche de sa veste et s'attarda sur le palier plongé dans l'obscurité. Une pensée affleurait lentement à sa conscience. Ils étaient à la recherche d'un centre. Parmi toutes les pistes, ils en avaient peut-être négligé une. Pourquoi au fond Sonja Hökberg s'était-elle enfuie du commissariat ? Ils n'avaient pas accordé beaucoup de temps à cette question. Ils s'en étaient tenus à une évidence superficielle. Elle ne voulait pas subir les conséquences de son acte – elle avait déjà avoué à ce moment-là. Mais il y avait peut-être une autre explication. Sonja Hökberg était partie parce qu'elle voulait cacher quelque chose. Quoi ? Intuitivement, Wallander sentit qu'il approchait d'un point décisif. Mais il y avait aussi autre chose. Un autre maillon de la chaîne...

Soudain, il comprit : Sonja Hökberg avait pu disparaître du commissariat dans le vain espoir d'échapper non pas à la police – à quelqu'un d'autre. Pour une tout autre histoire que celle du viol et de la vengeance.

Ça tient la route, pensa-t-il. Ça permet de caser Lundberg. Ça explique certains autres éléments. Quelqu'un veut à tout prix dissimuler quelque chose. Il soupçonne Sonja Hökberg de nous l'avoir révélé, ou de pouvoir nous le révéler plus tard. Elle est tuée. Et le meurtrier est tué à son tour. De la même manière que Robert Modin efface ses traces, des balayeurs sont intervenus après la mort de Falk.

Que s'est-il passé à Luanda ? Qui se cache derrière la lettre C ? Que signifie le nombre 20 ? Qu'y a-t-il dans cet ordinateur ?

La découverte d'Ann-Britt le tirait malgré lui de son abattement. Il retourna auprès de Modin avec une énergie renouvelée.

Martinsson revint un quart d'heure plus tard et décrivit en détail l'extraordinaire gâteau qu'il venait de manger. Wallander l'écouta avec impatience, puis demanda à Modin de raconter à Martinsson ce qu'il avait découvert en son absence.

– La Banque mondiale ? Quel rapport avec Falk ?

– C'est justement ce qu'on essaie de comprendre.

Martinsson ôta sa veste, reprit possession du siège pliant et mima le geste de cracher dans ses mains. Wallander lui résuma sa conversation avec Ann-Britt.

– C'est une piste, dit-il lorsque Wallander eut fini.

– Plus que ça. Ça nous donne un début d'enchaînement logique.

– En fait, je crois que je n'ai jamais rien vu de pareil, dit Martinsson, pensivement. En attendant, le filet est plein de trous. On ne s'explique toujours pas la présence du relais à la morgue. Ni la disparition du corps. On ne l'a tout de même pas enlevé simplement pour lui couper deux doigts...

– Je m'en vais, dit Wallander. Essayer de réparer le filet. Ou faire le point, tout au moins. Appelle-moi immédiatement s'il y a du nouveau.

– Jusqu'à vingt-deux heures, dit Robert Modin. Ensuite, il faudra que je dorme.

Dans la rue, Wallander hésita. Aurait-il réellement la force de travailler quelques heures encore ? Ou devait-il rentrer chez lui ?

L'un n'excluait pas l'autre. Rien ne l'empêchait de travailler à la table de sa cuisine. Ce qu'il lui fallait avant tout, c'était du temps pour digérer les informations d'Ann-Britt. Il prit sa voiture et rentra chez lui.

Après de longues recherches, il trouva un sachet de soupe à la tomate instantané. Il suivit scrupuleusement les instructions, mais la soupe n'avait aucun goût. Il ajouta du tabasco. Un peu trop. Il s'obligea à avaler la moitié du bol et jeta le reste. Puis il se fit un café fort et étala ses papiers sur la table. Lentement, il passa une nouvelle fois les événements au crible. Il parcourut le terrain de l'enquête en tous sens, en retourna chaque pierre, à l'écoute de son intuition. La théorie d'Ann-Britt reposait comme une grille invisible sur ses pensées. Aucun appel téléphonique ne le dérangea. À vingt-trois heures, il se leva et étira ses membres engourdis.

Les trous sont toujours là. Mais je me demande si Ann-Britt n'a pas flairé une piste décisive.

Peu avant minuit, il alla se coucher. Il s'endormit très vite.

À vingt-deux heures pile, Robert Modin déclara qu'il cessait le travail. Il remballa les deux ordinateurs, et Martinsson le raccompagna lui-même jusqu'à Löderup. Ils convinrent qu'il passerait le prendre le lendemain à huit heures. Ensuite, Martinsson rentra directement chez lui. Une part de gâteau l'attendait au réfrigérateur.

Robert Modin, lui, n'alla pas se coucher. Il savait qu'il valait mieux s'abstenir, sa mésaventure avec le Pentagone était encore cuisante. Mais la tentation était trop forte. Et il avait tiré les leçons de son erreur ; cette fois, il serait prudent, il effacerait toute trace de ses attaques.

Ses parents dormaient. Le silence régnait sur Löderup. Martinsson n'avait rien vu lorsque Modin avait copié
certaines données de Falk sur son disque dur. Il connecta à
nouveau ses deux ordinateurs et se remit au travail. Il cherchait de nouvelles brèches. De nouvelles lézardes dans la
muraille.

*

Un orage obscurcit le ciel de Luanda en début de soirée.
Carter lisait un rapport sur les agissements du FMI dans
quelques pays d'Afrique orientale. Les critiques étaient
sévères et bien formulées. Lui-même n'aurait pas mieux fait.
Et sa conviction n'en était que renforcée. Il n'y avait plus
d'issue. Aucun réel changement n'était possible tant que les
bases du système financier mondial seraient en place.

Il referma le rapport, s'approcha de la fenêtre, observa le
jeu des éclairs dans le ciel. Les gardes s'étaient réfugiés
sous leur abri de fortune.

Il s'apprêtait à se coucher. Par habitude, il fit un détour
par son bureau. La climatisation bourdonnait.

Un regard à l'écran lui apprit que quelqu'un cherchait
encore à s'introduire dans le serveur. Mais il y avait du
nouveau. Il s'assit devant l'ordinateur. Après un certain
temps, il comprit.

L'autre avait soudain renoncé à la prudence.

Carter s'essuya les mains sur un mouchoir. Puis il se mit
en chasse.

29

Jeudi matin, Wallander resta chez lui jusqu'à dix heures. Il s'était réveillé de bonne heure, reposé. Son plaisir d'avoir dormi était tel que le contrecoup ne se fit pas attendre. Il aurait dû travailler. Se lever à cinq heures et entreprendre quelque chose d'utile. D'où lui venait cette attitude, par rapport au devoir ? Sa mère n'avait jamais travaillé à l'extérieur du foyer, et elle ne s'en était jamais plainte. Du moins pas en présence de Wallander. Quant à son père, il ne s'était vraiment pas tué à la tâche – à moins d'en avoir lui-même envie. Les rares fois où on lui passait de grosses commandes, il râlait. Et dès que les types en costume de soie étaient repartis avec les toiles, il reprenait son rythme indolent. Certes, il passait ses journées à l'atelier, il y restait jusque tard le soir, ne se montrant qu'aux repas. Mais Wallander, qui l'avait plus d'une fois espionné par la fenêtre, ne le voyait pas toujours devant son chevalet. Parfois, il lisait, ou dormait, allongé sur son matelas crasseux. Parfois, il était assis à la table bancale et faisait des patiences. Non, Wallander ne se retrouvait pas chez ses parents. Par le physique, il ressemblait de plus en plus à son père. Mais intérieurement, il était mû par un troupeau de furies insatisfaites.

Vers huit heures, il appela le commissariat. Seul Hansson était arrivé. Wallander comprit que les membres du groupe d'enquête travaillaient dur, chacun de son côté. En descendant à la buanderie de l'immeuble, il découvrit avec surprise qu'elle était vide et que personne ne s'était inscrit pour les heures à venir. Il monta vite à l'appartement rassembler une première cargaison de linge sale.

En remontant chez lui après avoir fait démarrer le lave-linge, il découvrit la lettre sur le tapis de l'entrée. Il n'y avait pas d'autre courrier. Son nom et son adresse étaient notés à la main. Pas de nom d'expéditeur. Il la posa sur la table de la cuisine. Une invitation, sans doute, ou alors un jeune qui voulait correspondre avec un policier. Ce n'était pas exceptionnel que quelqu'un passe déposer une lettre en personne. Il sortit sur le balcon pour aérer les draps. Il faisait plus froid que la veille, mais il ne gelait pas encore. Un mince écran nuageux masquait le ciel. Il se refit un café. Puis il ouvrit l'enveloppe. Elle en contenait une deuxième. Vierge, celle-ci. Il l'ouvrit. Tout d'abord, il ne comprit rien. Puis il se rendit à l'évidence. On avait répondu à son annonce. Il se leva, fit le tour de la table, se rassit et lut la lettre une deuxième fois.

Elle s'appelait Elvira Lindfeldt. Dans sa tête, il la rebaptisa aussitôt Elvira Madigan. Elle n'avait pas joint de photographie ; mais il décida aussitôt qu'elle était très belle. Son écriture était droite, décidée. Sans fioritures. L'agence lui avait envoyé l'annonce de Wallander. Elle avait répondu le jour même. Trente-neuf ans, divorcée elle aussi. Elle vivait à Malmö et travaillait pour une entreprise de transport, Heinemann & Nagel. Elle finissait sa lettre en donnant son numéro de téléphone, dans l'espoir, disait-elle, de le rencontrer bientôt.

Wallander se fit l'effet d'un loup affamé qui aurait enfin cerné une proie. Il voulut l'appeler tout de suite. Mais il se contrôla. Puis il faillit jeter la lettre. Elle serait sûrement déçue, elle devait l'imaginer complètement différent, ce serait une rencontre ratée.

En plus, il n'avait pas le temps. Il était plongé dans une enquête pour meurtre, l'une des plus difficiles de sa carrière. Il fit encore quelques tours de la table, en comprenant toute l'absurdité d'avoir écrit cette annonce. Il déchira la lettre et la jeta dans le sac poubelle. Puis il reprit son raisonnement de la veille, après le coup de fil d'Ann-Britt.

Avant de se rendre au commissariat, il descendit au sous-sol, vida la machine et la remplit de nouveau. Arrivé dans son bureau, il commença par griffonner un mot à sa propre intention : *vider la machine avant midi.* Dans le couloir, il croisa Nyberg, un sac en plastique à la main.

– On doit recevoir plein de résultats aujourd'hui. Le croisement de toutes les empreintes digitales, entre autres.

– Que s'est-il passé au juste dans la salle des machines du ferry ?

– Je n'en sais rien, mais je n'envie pas la légiste. Il n'y avait pas un seul os intact, à mon avis.

– Sonja Hökberg était morte ou inconsciente quand on l'a jetée contre les fils à haute tension. Et Jonas Landahl, si c'est bien lui...

– C'est lui.

– C'est confirmé ?

– On aurait identifié une marque de naissance inhabituelle à la cheville.

– Qui s'en est occupé ?

– Ann-Britt, je crois. En tout cas, c'est elle qui m'en a parlé.

– Il n'y a aucun doute alors ?

– D'après ce que j'ai compris, non. On aurait aussi retrouvé les parents.

– Bien. D'abord Sonja Hökberg. Puis son petit ami.

Nyberg parut surpris.

– Je croyais que c'était lui qui l'avait tuée ? Dans ce cas, on penserait plutôt à un suicide. Même si la méthode est délirante.

– Il y a d'autres possibilités. Mais le plus important, dans l'immédiat, c'est qu'on sache que c'est bien lui.

Wallander alla à son bureau. Il venait de retirer sa veste, en regrettant amèrement d'avoir jeté la lettre d'Elvira Lindfeldt, lorsque le téléphone sonna. Lisa Holgersson voulait le voir immédiatement. Mû par un mauvais pressentiment, il reprit le couloir. D'habitude, il aimait bien parler avec elle ; mais, depuis une semaine, il faisait tout pour l'éviter.

Il la trouva assise derrière son bureau. Son sourire habituellement amical était crispé. Wallander prit place en face d'elle. Il était en colère ; manière de s'armer pour la riposte, quelle que soit l'attaque dont il allait être l'objet.

– Je vais aller droit au but. L'enquête interne destinée à faire la lumière sur ce qui s'est passé entre toi, Eva Persson et sa mère est ouverte.

– Qui s'en occupe ?

– Un homme de Hässleholm.

– On dirait le titre d'une série télé.

– C'est un inspecteur de la PJ. D'autre part, une plainte a été déposée contre toi. Et contre moi.

– Toi ? Tu ne l'as pas giflée, que je sache ?

– Je suis responsable de ce qui se passe ici.

– Qui a déposé plainte ?

– L'avocat d'Eva Persson. Il s'appelle Klas Harrysson.

– Très bien, dit Wallander en se levant.

Il était très en colère. Son énergie matinale commençait à s'épuiser ; il désirait en conserver un peu.

– Je n'ai pas tout à fait fini.

– On travaille sur une enquête difficile.

– J'ai vu Hansson ce matin. Il m'a informée des derniers événements.

Ça, pensa Wallander, il ne m'en a rien dit au téléphone. Le sentiment que ses collègues complotaient dans son dos le reprit.

Il se rassit lourdement.

– C'est une affaire très regrettable, poursuivit Lisa Holgersson.

– Non. Ce qui s'est passé entre Eva Persson, sa mère et moi s'est passé exactement de la manière que j'ai dite. Je n'ai pas changé un mot à ma version des faits. Ça devrait se voir, d'ailleurs, je ne transpire pas, je ne suis pas inquiet, je n'essaie pas de donner le change. Ce qui me met en colère, c'est que tu ne me crois pas.

– Que veux-tu que je fasse ?

– Je veux que tu me croies.

– La fille et sa mère affirment autre chose. Et elles sont deux.

– Elles pourraient être mille, tu devrais me croire quand même. En plus, elles ont des raisons de mentir.

– Toi aussi.

– Ah oui ?

– Oui, si tu l'as frappée sans raison.

Pour la deuxième fois, Wallander se leva. Brutalement, cette fois.

– Je n'ai pas l'intention de répondre à ce que tu viens de dire. Pour moi, c'est une insulte.

Elle tenta de protester, mais il l'interrompit.

– Autre chose ?

– Je n'ai toujours pas fini.

Wallander resta debout. L'ambiance était tendue. Il n'avait pas l'intention de céder. Mais il voulait quitter ce bureau le plus vite possible.

– La situation est suffisamment grave pour que je prenne des mesures. Pendant la durée de l'enquête interne, tu es suspendu de tes fonctions.

Wallander entendit ses paroles. Et il comprit ce qu'elles signifiaient. Deux collègues, Hansson et le défunt Svedberg, avaient déjà été suspendus le temps d'une enquête interne relative à de prétendues agressions. Dans le cas de Hansson, Wallander était convaincu que les accusations étaient fausses. Dans le cas de Svedberg, il s'était avéré qu'elles étaient fondées. Mais dans les deux cas, il avait contesté la décision de leur chef de l'époque, Björk. Quel sens y avait-il à stigmatiser un collègue avant même que l'enquête ait abouti ?

Sa colère était retombée. Il était absolument calme.

– Libre à toi. Mais si je suis suspendu, je démissionne sur-le-champ.

– J'interprète ça comme une menace.

– Interprète ça comme tu veux. Mais c'est ce qui va se passer. Et je ne reviendrai pas sur ma décision après que l'enquête aura confirmé ma version des faits.

– La photo constitue une circonstance aggravante.

– Au lieu d'écouter Eva Persson, l'homme de Hässle-holm et toi feriez mieux de découvrir si c'était bien légal, pour ce photographe, de rôder dans les couloirs du commissariat.

– J'aimerais que tu te montres coopératif, au lieu d'agiter cette menace de démission.

– Ça fait longtemps que je suis dans la police. Alors ce n'est pas la peine de me raconter d'histoires. Quelqu'un, là-haut, a pris peur à cause d'une photo parue dans un tabloïd. On veut faire un exemple, et tu as choisi de ne pas t'y opposer.

– Ce n'est pas du tout ça.

– Si, tu le sais aussi bien que moi. À quel moment avais-tu pensé faire intervenir la suspension ? À l'instant où je quitte ce bureau ?

– J'avais pensé la repousser à plus tard. À cause de l'affaire en cours.

– Pourquoi ? Laisse la direction de l'enquête à Martinsson. Il s'en acquittera parfaitement.

– Je pensais laisser cette semaine se dérouler normalement.

– Non. Rien n'est normal dans cette situation. Soit tu me suspends tout de suite. Soit tu ne me suspends pas du tout.

– Je ne comprends pas pourquoi tu me menaces. Je croyais que nous avions de bonnes relations.

– Moi aussi. Apparemment, je me trompais.

Il y eut un silence.

– J'attends. Je suis suspendu, oui ou non ?

– Non. Du moins pas tout de suite.

Wallander sortit. Une fois dans le couloir, il s'aperçut qu'il était en sueur. Il regagna son bureau, ferma sa porte à clé et laissa libre cours à son indignation. Autant écrire sa lettre de démission tout de suite, faire le ménage dans son bureau et quitter le commissariat une fois pour toutes. La réunion de l'après-midi aurait lieu sans lui. Il ne participerait plus jamais à aucune réunion.

D'un autre côté, s'il partait maintenant, ce serait interprété comme un aveu. Peu importait la conclusion du rapport d'enquête, il serait toujours considéré comme coupable.

Sa décision prit forme lentement. Il allait rester, jusqu'à nouvel ordre. Mais il profiterait de la réunion de l'après-midi pour informer ses collègues. Le plus important, c'était malgré tout d'avoir tenu tête à Lisa. Il n'avait pas l'intention de plier. De se soumettre. De demander grâce à quiconque.

Peu à peu, le calme revint. Il ouvrit la porte, la laissa ostensiblement grande ouverte, et se remit au travail. À midi moins le quart, il rentra chez lui en voiture, vida le lave-linge et suspendit ses chemises dans le séchoir. De retour à l'appartement, il récupéra dans le sac poubelle les fragments de la lettre déchirée. Pourquoi ? Il n'en savait rien. Mais Elvira Lindfeldt, du moins, n'était pas de la police.

Il déjeuna chez István, où il croisa l'un des rares amis encore vivants de son père : un droguiste à la retraite qui lui avait toujours fourni ses toiles, pinceaux et couleurs. Il bavarda un peu avec lui. Peu après treize heures, il était de retour au commissariat.

Il franchit les portes vitrées avec une curiosité mêlée d'appréhension. Lisa Holgersson avait peut-être changé d'avis. Comment devait-il réagir dans ce cas ? Tout au fond de lui, il savait que l'idée de démissionner était terrifiante. Il n'osait même pas imaginer à quoi ressemblerait sa vie après cela. Mais il ne trouva sur son bureau que quelques messages téléphoniques sans urgence. Lisa Holgersson n'avait pas cherché à le joindre. Wallander respira et appela Martinsson sur son portable. Il était place Runnerström.

– Ça avance, lentement mais sûrement. Robert a décrypté deux autres codes.

Wallander entendit un bruit de paperasse. Puis à nouveau la voix de Martinsson.

– Le premier serait un courtier de Séoul et l'autre, une entreprise anglaise qui s'appelle Lonrho. J'ai appelé un collègue de la brigade financière, à Stockholm, qui sait tout ou presque sur les entreprises à l'étranger. Lonrho a des racines en Afrique. Entre autres, beaucoup de trafic illégal en Rhodésie à l'époque des sanctions.

— Mais qu'est-ce que ça veut dire ? Un courtier coréen, cette boîte anglaise... Comment tu interprètes ça ?

— D'après Robert, il y a au moins quatre-vingts stations dans ce réseau. Il faudra peut-être attendre un peu avant de comprendre ce qui les relie.

— D'accord, mais qu'en penses-tu, là tout de suite ? Que vois-tu ?

Martinsson ricana.

— L'argent. Voilà ce que je vois.

— Et à part ça ?

— Ça ne te suffit pas ? La Banque mondiale, un courtier coréen et une entreprise basée en Afrique ont du moins ce point commun. L'argent.

— Oui. Va savoir, le rôle principal, dans cette affaire, revient peut-être au distributeur devant lequel Falk est mort.

Martinsson éclata de rire. Wallander proposa de fixer la réunion à quinze heures.

Après avoir raccroché, il pensa à Elvira Lindfeldt. Essaya de l'imaginer, physiquement. Mais c'était Baiba qu'il voyait. Et Mona. Et une autre femme, croisée de façon fugitive l'année précédente dans un café des environs de Västervik.

Hansson se matérialisa sur le seuil. Wallander sursauta, comme si son collègue avait pu lire dans ses pensées.

— Les clés, dit Hansson. Elles existent.

Wallander le dévisagea. Quelles clés ? Apparemment, il aurait dû le savoir.

— J'ai reçu un mot de Sydkraft. Tous ceux qui avaient accès aux clés du transformateur les ont encore en leur possession.

— Bien. Toutes les questions qu'on peut éliminer sont les bienvenues.

— Je n'ai pas retrouvé le minibus Mercedes.

— Laisse tomber pour l'instant. On a d'autres priorités.

Hansson tira un trait dans son bloc-notes. Wallander l'informa qu'une réunion était prévue à quinze heures. Hansson s'éloigna.

Elvira Lindfeldt avait disparu de ses pensées. Il se pencha sur ses papiers et réfléchit à ce que venait de lui apprendre Martinsson. Le téléphone sonna. Viktorsson venait aux nouvelles.

– Je croyais que Hansson te tenait informé ?

– C'est tout de même toi qui diriges cette enquête.

Ce commentaire le désarçonna. Il avait cru que le discours de Lisa Holgersson était l'émanation directe de ses conciliabules avec Viktorsson. Mais apparemment, celui-ci le considérait vraiment comme le responsable de l'enquête. Il lui parut tout de suite plus sympathique.

– Je passerai te voir demain matin.

– J'ai un créneau à huit heures trente.

Wallander prit note.

– Comment ça se passe, dans l'immédiat ?

– Lentement.

– Que savons-nous au sujet du ferry ?

– Que c'était bien Jonas Landahl. Et qu'il y a un lien entre lui et Sonja Hökberg.

– D'après Hansson, Landahl aurait vraisemblablement tué Hökberg. Cette opinion ne me paraît pas très étayée

– Tu auras les arguments demain, éluda Wallander.

– Je l'espère. Mon impression personnelle, c'est que vous piétinez.

– Tu veux modifier les directives ?

– Non. Mais je veux un compte rendu digne de ce nom.

Wallander consacra la demi-heure suivante à préparer la réunion. À trois heures moins vingt, il alla se chercher un café. L'appareil était à nouveau en panne. Il repensa à la remarque d'Erik Hökberg à propos de la vulnérabilité. Cela lui donna une nouvelle idée. Il retourna dans son bureau, sa tasse vide à la main. Hökberg décrocha immédiatement. Wallander lui fit un résumé prudent des événements, et lui demanda s'il avait déjà entendu le nom de Jonas Landahl. Hökberg répondit non sans hésiter.

– Tu en es absolument sûr ?

– C'est un nom inhabituel, je m'en serais souvenu. C'est lui qui a tué Sonja ?

– On n'en sait rien. Mais ils se connaissaient. On croit savoir qu'ils avaient une liaison.

Wallander hésita à lui faire part de l'histoire du viol. Mais l'occasion était mal choisie. On ne pouvait pas parler de ça au téléphone. Il passa directement au motif de son appel.

– Quand je suis venu chez toi, tu m'as dit que tu pouvais conclure toutes tes affaires sans quitter ta maison. J'ai eu l'impression qu'il n'y avait pas de limite réelle.

– À partir du moment où on est connecté aux grandes bases de données, on est toujours au centre du monde. Où qu'on soit.

– Si l'envie t'en prenait, tu pourrais conclure une affaire avec un courtier de Séoul ?

– En principe, oui.

– Qu'est-ce que ça suppose ?

– Tout d'abord, je dois connaître son adresse e-mail. Ensuite, il faut fixer les conditions de paiement. Il doit pouvoir m'identifier, et vice versa. À part ça, il n'y a pas de problème. Du moins pas technique.

– Que veux-tu dire ?

– Chaque pays a une législation concernant les transactions boursières. Il faut la connaître. À moins d'être dans l'illégalité.

– Vu les sommes dont il s'agit, la sécurité doit être impressionnante ?

– Oui.

– Impossible à contourner ?

– J'en sais trop peu là-dessus, il faudrait interroger quelqu'un d'autre. Mais toi, en tant que flic, tu devrais savoir qu'en gros on peut faire n'importe quoi, à condition d'être suffisamment motivé. Comment dit-on déjà ? Si quelqu'un veut réellement tuer le président des États-Unis, il peut le faire. Pourquoi ces questions ?

– Tu me parais très initié.

– En surface seulement. L'électronique est un monde incroyablement complexe, qui se développe très vite. Je doute fort qu'une personne seule puisse comprendre tout ce qui s'y passe. Encore moins le contrôler.

Wallander s'engagea à le rappeler dans la journée ou le lendemain. Puis il se rendit à la salle de réunion. Hansson et Nyberg parlaient de la machine à café, qui tombait en panne de plus en plus souvent. Wallander les salua d'un signe de tête et s'assit. Ann-Britt arriva en même temps que Martinsson. Wallander n'avait toujours pas décidé s'il leur parlerait de son entrevue avec Lisa au début ou à la fin de la réunion. Il résolut d'attendre. Malgré tout, il était là pour diriger une enquête difficile, et ses collègues travaillaient dur. Il ne voulait pas leur encombrer inutilement l'esprit.

Ils commencèrent par faire le point sur les événements entourant la mort de Jonas Landahl. Les témoignages étaient étonnamment clairsemés. Personne ne semblait avoir vu quoi que ce soit. Un policier avait fait l'aller et retour à bord du ferry, et remis son rapport à Ann-Britt. Une serveuse avait cru reconnaître le jeune homme de la photo. Dans son souvenir, il était arrivé juste après l'ouverture de la cafétéria et avait mangé un sandwich. Mais c'était tout.

– Personne ne l'aurait vu payer sa cabine, se déplacer à bord ou entrer dans la salle des machines ? Ça me paraît invraisemblable.

– Il était probablement accompagné, dit Ann-Britt. J'ai parlé à l'un des machinistes avant de revenir ici. D'après lui, il était impossible que Landahl se soit coincé sous l'arbre d'hélice de son propre gré.

– Cela veut dire qu'un tiers est impliqué. Un tiers que personne n'a vu, que ce soit en compagnie de Landahl ou après. On peut en conclure que Landahl l'a suivi de son plein gré. Sinon, quelqu'un l'aurait remarqué. D'ailleurs, il aurait été impossible de lui faire descendre les échelles.

Pendant près de deux heures, ils continuèrent de déblayer le terrain. Lorsque Wallander présenta ses réflexions, nourries par celles d'Ann-Britt, la discussion devint très vive.

Mais la piste de Carl-Einar Lundberg, bien qu'hasardeuse, ne pouvait être écartée. Wallander insista cependant sur le fait que la clé des événements devait être cherchée du côté de Tynnes Falk. Il n'avait pas de réels arguments, seulement son intime conviction. À dix-huit heures, il estima qu'ils avaient fait le tour ; la fatigue était palpable et les pauses pour aérer devenaient de plus en plus fréquentes. Il décida de ne pas aborder son entrevue avec Lisa Holgersson. Il n'en avait tout simplement pas la force.

Martinsson retourna place Runnerström, où Robert Modin travaillait seul. Pendant la réunion, Hansson avait suggéré que la direction de Stockholm décerne une médaille à ce jeune homme. Ou, du moins, qu'elle lui paie des honoraires de consultant. Nyberg bâillait sur sa chaise ; il avait encore de l'huile sur les mains. Wallander conféra dans le couloir avec Ann-Britt et Hansson. Ils se répartirent quelques tâches. Puis il alla dans son bureau et ferma la porte.

Il resta longtemps assis devant le téléphone sans comprendre pourquoi il hésitait. Puis il prit le combiné, composa le numéro d'Elvira Lindfeldt à Malmö et compta sept sonneries.

— Lindfeldt.

Il raccrocha immédiatement. Il jura et attendit quelques minutes avant de refaire le numéro. Cette fois, elle décrocha tout de suite. Elle avait une belle voix.

Wallander se présenta. Ils parlèrent de choses et d'autres. Apparemment, il n'y avait pas plus de vent à Malmö qu'à Ystad ce soir-là. Elvira Lindfeldt se plaignit du nombre de collègues enrhumés au bureau. Wallander convint que l'automne était un mauvais moment à passer. Lui-même avait eu un peu mal à la gorge récemment.

— Cela me ferait plaisir de vous voir, dit-elle.

— En fait, je ne crois pas tellement aux petites annonces.

Il se maudit intérieurement.

— Pourquoi ? On est adultes, après tout.

Puis elle ajouta quelque chose qui le décontenança complètement. Elle lui demanda ce qu'il faisait ce soir-là. Ils pouvaient peut-être se retrouver à Malmö.

Impossible, pensa Wallander. J'ai trop de travail. Ça va trop vite.

– D'accord.

Ils convinrent de se retrouver à vingt heures trente au bar de l'hôtel Savoy.

– Pas de fleurs, dit-elle avec un petit rire. Je pense qu'on se reconnaîtra.

Wallander se demanda dans quel pétrin il venait de se fourrer.

Dix-huit heures trente. Il n'avait pas de temps à perdre.

30

Wallander freina devant l'hôtel Savoy à vingt heures vingt-sept. Il avait conduit beaucoup trop vite. Et passé beaucoup trop de temps devant sa penderie. Elle s'attendait peut-être à voir débarquer un type en uniforme ? Il prit une chemise chiffonnée directement dans le panier de linge propre, hésita devant ses cravates, laissa finalement tomber l'idée de la cravate. Mais les chaussures avaient besoin d'un coup de cirage. Quand enfin il quitta Mariagatan, il était en retard.

Hansson avait téléphoné au dernier moment en demandant où était Nyberg. Que pouvait-il avoir de si urgent à lui dire ? Wallander répondit de façon tellement abrupte que Hansson lui demanda s'il était pressé. Oui, dit Wallander, sur un tel ton que Hansson n'osa pas l'interroger. Alors qu'il était enfin prêt à partir, le téléphone sonna de nouveau. Il hésita, décrocha quand même. C'était Linda. Il n'y avait pas grand monde au restaurant, son chef était en vacances, elle avait pour une fois le temps de parler. Wallander fut tenté de lui dire la vérité. C'était elle, malgré tout, qui lui avait donné l'idée de l'annonce. Et il était très difficile de lui mentir. Mais il prétexta une urgence liée au travail. Ils convinrent qu'elle le rappellerait le lendemain soir. Dans la voiture, alors qu'il avait déjà quitté la ville, il s'aperçut que la jauge était à zéro. Il avait sans doute de quoi aller jusqu'à Malmö, mais il ne voulait pas risquer de se retrouver en panne. Il jura, s'arrêta à une station-service près de Skurup, de plus en plus persuadé qu'il n'arriverait pas à l'heure au rendez-vous. Et pourquoi était-ce si important d'être à l'heure ? Il n'en savait rien. Mais il se souvenait encore de la fois où Mona était partie après l'avoir attendu dix minutes, alors qu'ils venaient de se rencontrer.

Il jeta un coup d'œil au rétroviseur. Il avait maigri. Les contours de son visage apparaissaient plus nettement qu'avant. Il ressemblait de plus en plus à son père – mais ça, elle n'était pas censée le savoir. Il ferma les yeux, inspira profondément, s'obligea à refouler tous ses espoirs. Même s'il n'était pas déçu, elle de son côté le serait sûrement. Ils se présenteraient, ils parleraient un moment, puis ce serait fini. Avant minuit, il serait au lit. Au réveil, il l'aurait déjà oubliée. Et il aurait obtenu la confirmation de ce qu'il soupçonnait depuis le début : qu'une femme susceptible de lui convenir ne croiserait jamais son chemin par l'intermédiaire d'une petite annonce.

Il était à l'heure. Du coup, il s'attarda dix minutes dans la voiture. À neuf heures moins vingt, il inspira profondément et traversa la rue.

Il l'aperçut tout de suite. Elle était assise au fond du bar. À part quelques hommes qui buvaient des bières au comptoir, il n'y avait pas beaucoup de monde. Et elle était la seule femme non accompagnée. Elle croisa son regard, sourit et se leva. Elle était très grande. Elle portait un tailleur bleu foncé. La jupe s'arrêtait juste au-dessus du genou. Elle avait de belles jambes.

– J'ai raison ?

– Si vous êtes Kurt Wallander, je suis Elvira.

– Lindfeldt.

– Elvira Lindfeldt.

Ils s'assirent.

Je ne fume pas, dit-elle. Mais je bois.

– Comme moi. Sauf que j'ai pris la voiture.

Il aurait aimé prendre un verre de vin. Ou plusieurs. Mais il avait un mauvais souvenir. Un dîner avec Mona, alors qu'ils étaient déjà séparés. Il l'avait suppliée de revenir, elle avait dit non, et lorsqu'elle était partie, il avait vu, impuissant, qu'un homme l'attendait dehors. Wallander avait dormi dans sa voiture et c'est en rentrant chez lui le lendemain qu'il avait été intercepté par ses collègues Peters et Norén. Ils n'avaient rien dit, mais tous trois savaient que son état d'ivresse aurait pu motiver son renvoi. Ce souvenir comptait parmi les pires, dans la comptabilité privée de Wallander.

Le serveur s'approcha. Elvira Lindfeldt vida son verre de vin et en commanda un autre.

Wallander se sentait gêné. Depuis l'adolescence, il s'imaginait être plus à son avantage de profil que de face. Il fit pivoter sa chaise.

– Vous n'avez pas de place pour vos jambes ? Je peux rapprocher la table.

– Pas du tout. Ça va très bien.

Qu'est-ce que je suis censé dire ? Que je suis tombé amoureux d'elle dès que j'ai franchi le seuil, ou plutôt dès que j'ai reçu sa lettre ? Elle prit les devants.

– Ça vous est déjà arrivé de faire ça ?

– Jamais.

– Moi si, dit-elle avec insouciance. Mais ça n'a rien donné.

Elle était vraiment directe. Contrairement à lui, qui s'inquiétait pour son profil.

– Pourquoi ?

– Pas la bonne attitude. Pas le bon humour. Pas les bonnes attentes. Pas la bonne manière de boire. Tant de choses peuvent mal tourner.

– Vous avez peut-être déjà repéré plein de défauts chez moi ?

– En tout cas, vous paraissez gentil.

– En général, les gens ne me perçoivent pas comme le flic jovial. Mais pas non plus comme le flic méchant.

Au même instant, il pensa à la photo parue dans le journal. Le méchant policier d'Ystad qui se déchaînait contre les mineures sans défense.

Au cours des heures qu'ils passèrent ensemble dans le bar, elle n'y fit aucune allusion. Wallander commençait à croire qu'elle ne l'avait pas vue. Elvira Lindfeldt était peut-être quelqu'un qui n'ouvrait jamais, ou rarement, un tabloïd. Il buvait son eau minérale à petites gorgées, avec le désir intense de quelque chose de plus fort. Elle l'interrogea sur son travail. Il essaya de lui répondre le plus honnêtement possible, mais s'aperçut qu'il soulignait malgré lui les aspects difficiles du boulot. Comme s'il cherchait une compréhension qui n'avait pas de raison d'être.

Les questions qu'elle lui posait étaient réfléchies, parfois surprenantes. Il dut se concentrer pour lui donner de bonnes réponses.

Elle évoqua son propre travail. L'entreprise qui l'employait assurait entre autres le déménagement des missionnaires suédois qui partaient dans le monde. Il comprit peu à peu qu'elle occupait un poste important ; son chef était souvent en voyage. À l'évidence, son travail lui plaisait.

Le temps passa vite. Il était vingt-trois heures passées lorsque Wallander s'aperçut qu'il était en train de lui raconter le naufrage de son couple. Il avait compris beaucoup trop tard ce qui était en train d'arriver. Mona l'avait averti à plusieurs reprises, il s'était chaque fois engagé à remédier à la situation. Puis un jour, ç'avait été fini. Il n'y avait plus eu de retour possible. Plus d'avenir à partager. Restait Linda. Et une quantité de souvenirs, douloureux pour certains, dont il n'était pas encore complètement quitte. Elle l'écoutait avec attention, l'encourageant à poursuivre.

– Et depuis ?

– Il y a eu de longues périodes de solitude plutôt triste. À un moment, il y a eu une femme en Lettonie, elle s'appelait Baiba. J'ai eu un espoir, et pendant un temps j'ai cru qu'elle le partageait. Mais ça n'a pas marché.

– Pourquoi ?

– Elle voulait rester à Riga. Je voulais qu'elle vienne ici. J'avais fait de grands projets, une maison à la campagne, un chien. Une autre vie.

– Le projet était peut-être trop ambitieux, dit-elle pensivement. Il y a toujours un prix à payer.

Wallander eut le sentiment d'en avoir trop dit. De s'être livré, et peut-être aussi d'avoir livré Mona et Baiba. Mais cette femme lui inspirait confiance.

Elle lui parla d'elle. Son histoire ne différait pas tellement de la sienne. Dans son cas, il y avait eu deux mariages ratés, et un enfant de chaque union. Sans qu'elle en parle directement, Wallander crut comprendre que son premier mari la battait – pas souvent peut-être, mais assez pour que la situation devienne invivable. Son deuxième mari était argentin. Elle lui raconta avec intelligence et ironie comment la passion l'avait mise sur le droit chemin avant de l'égarer complètement.

– Il a disparu il y a deux ans. Puis il m'a appelée de Barcelone, il était à court d'argent. Je l'ai aidé pour qu'il puisse au moins rentrer en Argentine. Là, ça fait un an que je n'ai pas de nouvelles. Et sa fille se pose naturellement des questions.

– Quel âge ont-ils, vos enfants ?

– Alexandra a dix-huit ans, Tobias vingt et un.

Il était onze heures et demie lorsqu'ils demandèrent l'addition. Wallander voulait l'inviter, mais elle insista pour partager la note.

– Figurez-vous que je ne suis jamais allée à Ystad, dit-elle lorsqu'ils furent dans la rue.

Il avait pensé lui demander s'il pouvait l'appeler. Mais cette simple réplique changeait tout. Il ne savait pas très bien ce qu'il ressentait ; mais, de son côté, elle n'avait apparemment pas détecté de défaut majeur chez lui. Et dans l'immédiat, c'était plus qu'assez.

– J'ai une voiture, ajouta-t-elle. Ou alors, je peux prendre le train. Si vous avez le temps ?

– Même les policiers doivent se reposer parfois.

Elle habitait un quartier résidentiel du côté de Jägersro. Wallander proposa de la raccompagner. Mais elle voulait prendre l'air.

– Je fais souvent de longues promenades. Je déteste courir.

– Moi aussi.

Pas un mot sur la raison des promenades : son diabète.

Ils se serrèrent la main.

– Ça m'a fait plaisir de vous voir, dit-elle.

– Moi aussi.

Il la vit tourner au coin de la rue. Puis il reprit sa voiture et fouilla dans la boîte à gants jusqu'à trouver une cassette. Jussi Björling. En dépassant la sortie de Stjärnsund où Sten Widén avait son haras, il sentit que sa jalousie était moins intense qu'avant.

Il était minuit et demi lorsqu'il arriva à Mariagatan. Il s'assit dans le canapé. Cela faisait très longtemps qu'il n'avait pas ressenti une joie semblable. La dernière fois devait remonter au jour où Baiba, contre toute attente, lui avait fait comprendre qu'elle partageait ses sentiments.

Lorsqu'il se coucha et s'endormit enfin, il n'avait pas pensé une seule fois à l'enquête en cours.

Pour la première fois, l'enquête pouvait attendre.

Vendredi matin, Wallander débarqua au commissariat avec une énergie démesurée. Sa première initiative fut de suspendre la surveillance d'Apelbergsgatan – mais pas de la place Runnerström. Puis il se rendit dans le bureau de Martinsson. Personne. Hansson non plus n'était pas arrivé. Dans le couloir, il croisa Ann-Britt, fatiguée et de mauvaise humeur. Il voulut lui dire une parole encourageante, mais n'en trouva aucune qui ne lui parût artificielle.

– Le carnet d'adresses de Sonja Hökberg reste introuvable, dit-elle.

– On est sûr qu'elle en avait un ?

– Eva Persson l'a confirmé. Un petit carnet bleu entouré d'un élastique.

– Alors, on peut penser que celui qui a jeté son sac l'a récupéré au passage. Quels numéros contenait-il ? Quels noms ?

Elle haussa les épaules. Wallander la regarda attentivement.

– Comment ça va ?

– Comme ça peut. Moins bien qu'on ne le mériterait.

Elle entra dans son bureau et ferma la porte. Wallander hésita. Puis il frappa deux coups discrets.

– On a encore des choses à se dire.

– Je sais. Excuse-moi.

– Pourquoi ? Tu l'as dit toi-même : on mérite mieux que ça.

Il s'assit dans le fauteuil des visiteurs. Comme d'habitude, le bureau d'Ann-Britt était parfaitement rangé.

– On doit mettre au clair cette histoire de viol. Et je n'ai toujours pas parlé à la mère de Sonja Hökberg.

– Elle est bouleversée par la mort de sa fille. En même temps, j'ai l'impression qu'elle avait peur d'elle.

– Comment ça ?

– Juste un sentiment.

– Et son frère ? Erik ?

– Emil. Il me paraît solide. Secoué, bien sûr, mais robuste.

– Je dois parler à Viktorsson à huit heures et demie. Ensuite, je pensais faire un tour chez eux. Je suppose que la maman est revenue de Höör ?

– Ils préparent l'enterrement. C'est assez terrible.

Wallander se leva.

– Si jamais tu as envie de parler, tu sais que je suis là.

– Pas maintenant.

– Que va-t-il arriver à Eva Persson ?

– Je ne sais pas.

– Même si Sonja Hökberg est reconnue seule coupable, sa vie sera détruite.

Ann-Britt fit la grimace.

– Je ne sais pas. Elle me fait l'effet d'être indifférente à tout. Il y a des gens comme ça. Moi, ça me dépasse.

Wallander médita ses paroles en silence. Il n'était pas sûr de bien comprendre.

– Tu as vu Martinsson ? Il n'était pas dans son bureau tout à l'heure.

– Je l'ai vu entrer chez Lisa.

– Lisa ? À cette heure ? Elle n'est jamais là.

– Ils avaient rendez-vous.

Quelque chose dans la voix d'Ann-Britt le fit réagir. Il se retourna. Elle lui jeta un regard, parut hésiter. Puis elle lui fit signe de refermer la porte.

– Parfois, tu m'étonnes. Tu vois tout, tu entends tout, tu es un bon policier, tu sais motiver tes collègues. En même temps, c'est comme si tu ne voyais rien.

Wallander sentit un pincement au creux de l'estomac. Il attendit.

– Tu n'as que du bien à dire de Martinsson. Et vous travaillez bien ensemble.

– Je m'inquiète toujours à l'idée qu'il démissionne.

– Il ne le fera pas.

– Ce n'est pas ce qu'il me dit. Et c'est un bon policier, c'est vrai.

Elle le regarda droit dans les yeux.

– Je ne devrais pas te dire ça, mais tant pis. Tu lui fais trop confiance.

– Que veux-tu dire ?

– Simplement qu'il trafique dans ton dos. Que crois-tu qu'ils font en ce moment, Lisa et lui ? Ils envisagent certains changements qui pourraient avoir lieu. Qui t'écarteraient et prépareraient la voie à Martinsson.

Wallander n'en croyait pas ses oreilles. Elle eut un geste d'impatience.

– J'ai mis du temps à m'en apercevoir, mais Martinsson est un intrigant. Rusé, habile. Il va voir Lisa et se plaint de la manière dont tu conduis cette enquête.

– Il pense que je fais mal mon boulot ?

– Il n'est pas aussi direct. Non, il fait état d'un vague mécontentement, il invoque des faiblesses, des priorités étranges. Quand tu as fait appel à Robert Modin, il est allé le lui raconter directement.

– Je n'arrive pas à le croire.

– Tu devrais. Et, s'il te plaît, souviens-toi que je t'ai dit ça en confidence.

Wallander hocha la tête. Il avait mal au ventre.

– Il m'a semblé que tu devais être mis au courant. C'est tout.

– Tu partages peut-être son opinion ?

– Dans ce cas, je l'aurais dit. À toi. Sans détour.

– Et Hansson ? Nyberg ?

– Non. C'est Martinsson. Il veut la place.

– Mais il n'arrête pas de dire qu'il envisage de quitter la police.

– Tu dis souvent qu'il faut chercher au-delà des apparences. Dans le cas de Martinsson, tu ne l'as jamais fait. Moi, oui. Et ce que je vois ne me plaît pas.

Wallander était comme paralysé. La joie qu'il ressentait au réveil avait disparu. Remplacée, lentement mais sûrement, par une énorme colère.

– Je vais me le payer. Tout de suite.

– Ce ne serait pas très malin.

– Ah oui ? Et comment vais-je continuer à travailler avec lui ?

– Je n'en sais rien. Mais si tu l'agresses maintenant, ça ne fera qu'apporter de l'eau à son moulin. Tu es déséquilibré, tu n'as pas giflé Eva Persson par hasard, etc.

– Toi qui es si renseignée, tu sais peut-être aussi que Lisa envisage de me suspendre ?

– Ce n'est pas Lisa. C'est une idée de Martinsson.

– Comment le sais-tu ?

– Il a un point faible. Il me fait confiance. Il croit que je suis de son côté, bien que je lui aie déjà dit de cesser de te doubler.

Wallander s'était levé.

– Ne l'agresse pas maintenant, répéta-t-elle. Ce que je viens de te dire te donne un avantage. Utilise-le à bon escient, le moment venu.

Wallander se rendit tout droit dans son bureau. Sa colère était nuancée de tristesse. Il aurait pu imaginer cela de la part de quelqu'un d'autre. Mais pas de Martinsson. N'importe qui, mais pas Martinsson.

Il fut interrompu par la sonnerie du téléphone. Viktorsson lui demanda ce qu'il fichait. Il se dirigea vers le service des procureurs, craignant sans cesse de croiser Martinsson. Mais celui-ci était sûrement déjà place Runnerström avec Robert Modin.

La conversation avec Viktorsson fut vite expédiée. Wallander refoula toute pensée relative à ce que lui avait appris

Ann-Britt, et fournit un compte rendu succinct mais précis de l'état de l'enquête et des axes qu'ils avaient l'intention de suivre dans l'immédiat. Viktorsson posa quelques questions brèves, mais ne formula aucune objection.

– Si j'ai bien compris, il n'y a pas de suspect pour l'instant ?

– Non.

– Que pensez-vous pouvoir trouver dans l'ordinateur de Falk ?

– Au moins une indication quant au mobile.

– Falk a-t-il enfreint la loi ?

– Pas à notre connaissance.

Viktorsson se gratta le front.

– Êtes-vous vraiment capables de mener ces recherches seuls ?

– On a un expert local. Mais on a pris la décision d'informer la cellule informatique à Stockholm.

– Faites-le tout de suite. Sinon, ils vont râler. Qui est l'expert local ?

– Il s'appelle Robert Modin.

– Et il est compétent ?

– Oui.

Wallander pensa qu'il venait de commettre une faute grave. Il aurait dû dire que Robert Modin avait été condamné. Trop tard. En choisissant de protéger l'enquête, il s'engageait sur une voie qui pouvait mener tout droit à une catastrophe personnelle. À supposer que la suspension n'ait pas été justifiée jusque-là, la limite venait d'être franchie. Martinsson aurait alors tous les atouts en main pour l'éliminer.

Viktorsson changea brusquement de sujet.

– Tu sais naturellement qu'une enquête interne est en cours, après le regrettable incident de l'interrogatoire. Il y a une plainte contre toi.

– La photo ne donne pas une image véridique des faits. Je protégeais la mère, quoi qu'elle dise.

Viktorsson ne répondit pas.

Qui me croit ? pensa Wallander. À part moi ?

Il était neuf heures. Wallander se rendit tout droit chez les Hökberg, sans les prévenir de son arrivée. Le plus important, dans l'immédiat, était de s'éloigner ces couloirs où il risquait de croiser Martinsson. La rencontre aurait lieu tôt ou tard. Mais tout de suite, il n'était pas certain de pouvoir se maîtriser.

Il venait de laisser la voiture lorsque son portable bourdonna. C'était Siv Eriksson.

– J'espère que je ne vous dérange pas.

– Qu'y a-t-il ?

– J'ai besoin de vous parler.

– Je suis occupé.

– Ça ne peut pas attendre.

Elle n'était pas dans son état normal. Il pressa instinctivement le portable contre son oreille et se plaça dos au vent.

– Qu'y a-t-il ?

– Je ne peux pas en parler au téléphone.

Il s'engagea à venir tout de suite. La conversation avec la mère de Sonja Hökberg attendrait. Il reprit la direction du centre et laissa la voiture dans Lurendrejargränd. Le vent d'est s'était levé, aigre et froid. Il sonna à l'interphone. Elle l'attendait. Il constata tout de suite qu'elle avait peur. Lorsqu'ils furent au salon, elle alluma une cigarette avec des mains tremblantes.

– Que s'est-il passé ?

Il lui fallut un moment pour réussir à allumer sa cigarette. Elle en tira une bouffée et l'écrasa dans le cendrier.

– Ma mère vit encore, commença-t-elle. Je suis allée la voir hier à Simrishamn. Il était tard, j'ai passé la nuit là-bas. C'est en rentrant ce matin que j'ai vu...

Elle se leva. Wallander la suivit dans le bureau. Elle indiqua l'ordinateur.

– J'ai voulu me mettre au travail. Rien. Au début, j'ai cru que l'écran était débranché. Puis j'ai compris.

– Je ne suis pas tout à fait sûr de vous suivre.

– Quelqu'un a vidé le disque dur. Mais ce n'est pas tout.

Elle ouvrit un caisson de rangement.

– Toutes mes disquettes ont disparu. Il ne reste rien. Rien. J'avais un disque dur externe. Il a disparu aussi.

Wallander regarda autour de lui.

– Il y aurait eu un cambriolage ici cette nuit ?

– Mais il n'y a aucune trace d'effraction. Et qui pouvait savoir que je passerais la nuit chez ma mère ?

– Vous n'aviez pas laissé une fenêtre ouverte ?

– Non. J'ai vérifié.

– Et vous êtes seule à avoir les clés ?

Il y eut un silence.

– Oui et non, dit-elle enfin. Tynnes avait un double.

– Pourquoi ?

– Au cas où il arriverait quelque chose. Au cas où je ne serais pas chez moi. Mais il ne s'en servait jamais.

Il comprenait son désarroi. Quelqu'un s'était introduit chez elle. Et la seule personne qui détenait les clés était un mort.

– Savez-vous où il les gardait ?

– Chez lui. D'après ce qu'il m'en avait dit, du moins.

Wallander hocha la tête, en pensant à l'homme qui lui avait tiré dessus avant de disparaître.

Il venait peut-être d'apprendre ce que cherchait cet homme dans l'appartement.

Un double des clés de Siv Eriksson.

31

Pour la première fois depuis le début de l'enquête, Wallander eut le sentiment de distinguer un enchaînement très clair. Après avoir examiné la porte d'entrée et les fenêtres, il s'était rangé à l'avis de Siv Eriksson. La personne qui avait vidé l'ordinateur disposait d'un jeu de clés. Il en tira une conclusion supplémentaire : Siv Eriksson était, d'une manière ou d'une autre, surveillée. La personne qui avait accès aux clés avait attendu le moment opportun. À nouveau, Wallander devina la présence de l'ombre qui s'était enfuie après le coup de feu dans l'appartement. Ann-Britt lui avait dit d'être prudent. L'inquiétude le reprit.

Ils retournèrent dans le séjour. Elle continuait d'allumer des cigarettes et de les éteindre aussitôt. Wallander décida d'attendre un peu avant d'appeler Nyberg. Il prit place en face d'elle dans le canapé.

— Avez-vous une idée de qui a pu faire ça ?

— Non. C'est incompréhensible.

— Vos ordinateurs valent sûrement de l'argent. Mais le voleur n'était intéressé que par le contenu.

— Tout a disparu. Absolument tout. Mon gagne-pain disparu en fumée. J'avais tout sauvegardé sur un disque dur externe, mais il a disparu aussi.

— Vous n'aviez pas de mot de passe ? Pour empêcher ce genre de chose ?

— Bien sûr que oui.

— Le voleur le connaissait donc ?

— Il a dû s'en passer.

– Dans ce cas, ce n'était pas un voyou ordinaire.

Elle leva la tête.

– Je n'avais pas poussé le raisonnement aussi loin. J'étais bouleversée.

– C'est normal. Quel était votre mot de passe ?

– *Cookie*. Mon surnom quand j'étais petite.

– Quelqu'un le connaissait-il ?

– Non.

- Pas même Tynnes Falk ?

- Non.

– Vous en êtes certaine ?

– Oui.

– L'aviez-vous noté quelque part ?

– Je ne l'avais pas noté sur un bout de papier. Ça, j'en suis certaine.

Wallander poursuivit prudemment.

– Qui était au courant de ce surnom de l'enfance ?

– Ma mère. Mais elle est presque sénile.

– Quelqu'un d'autre ?

– J'ai une amie qui vit en Autriche. Elle le connaissait.

– Étiez-vous en correspondance ?

– Oui. Ces dernières années, ça se passait surtout par e-mail.

– Vous signiez de votre surnom ?

– Oui.

Wallander réfléchit.

– Je suppose que ces lettres étaient sauvegardées dans votre ordinateur ?

– Oui.

– Quelqu'un aurait donc pu lire ces lettres, découvrir votre surnom et deviner qu'il pouvait servir de mot de passe.

– Impossible. Il faut avoir le code pour lire les lettres.

– Justement. Supposez que quelqu'un se soit introduit dans votre ordinateur pour copier des informations.

– Pourquoi quelqu'un ferait-il ça ?

– Vous seule pouvez répondre à cette question. Qu'y avait-il dans cet ordinateur ?

– Je n'ai jamais travaillé sur des dossiers confidentiels.

– C'est important. Réfléchissez.

– Ce n'est pas la peine de le répéter sans cesse.

Wallander attendit. Elle faisait visiblement un effort. Puis elle secoua la tête.

– Il n'y avait rien.

– Quelque chose dont vous-même auriez ignoré la nature confidentielle ?

– Quoi, par exemple ?

– Encore une fois, vous êtes seule à pouvoir répondre.

– J'ai toujours mis un point d'honneur à avoir de l'ordre dans ma vie. Ça vaut aussi pour mon travail. Je faisais souvent le ménage dans l'ordinateur. Et mes tâches n'étaient pas très complexes techniquement, je vous l'ai déjà dit.

Wallander réfléchit encore.

– Parlons de Tynnes Falk. Vous travailliez parfois ensemble, parfois séparément. Lui arrivait-il de se servir de votre ordinateur ?

– Pourquoi aurait-il fait ça ?

– Je dois vous poser la question. Peut-il l'avoir fait sans que vous en soyez informée ? Après tout, il avait les clés de l'appartement.

– Je m'en serais aperçue.

– Comment ?

– Différents indices. Je ne sais pas si vous vous y connaissez en informatique...

– Non. Mais Falk était très fort, vous l'avez souligné vous-même.

– Pourquoi aurait-il agi de la sorte ?

– Il voulait peut-être dissimuler quelque chose. Le coucou dépose ses œufs dans le nid des autres.

– Mais pourquoi ?

– Du moins, quelqu'un a pu croire qu'il l'avait fait. Et maintenant que Falk est mort, cet individu souhaite vérifier qu'il n'y avait rien dans votre ordinateur que vous auriez pu découvrir tôt ou tard.

– Qui donc ?

– Je me le demande.

Les choses ont dû se passer ainsi, pensa-t-il, il n'y a pas d'autre explication. Falk est mort. Et quelqu'un est très occupé à faire le ménage. Quelque chose doit à tout prix être dissimulé.

Il répéta la phrase intérieurement. *Quelque chose doit à tout prix être dissimulé.* Voilà. C'était le nœud. S'ils parvenaient à le défaire, tout apparaîtrait en pleine lumière.

– Falk vous a-t-il jamais parlé du nombre 20 ?

– Et pourquoi donc ?

– Répondez, s'il vous plaît.

– Je ne crois pas.

Wallander composa le numéro de Nyberg. Personne. Il demanda à Irène de se renseigner.

Siv Eriksson le raccompagna dans l'entrée.

– Vous allez recevoir la visite de techniciens. Je vous demanderai de ne toucher à rien dans votre bureau. Il y a peut-être des empreintes.

– Je ne sais pas quoi faire. Tout a disparu, toute ma vie professionnelle anéantie en une nuit.

Wallander n'avait aucun réconfort à lui offrir. À nouveau, il pensa à ce qu'avait dit Erik Hökberg à propos de la vulnérabilité.

– Savez-vous si Tynnes Falk était croyant ?

Elle écarquilla les yeux.

– En tout cas, il ne m'en a jamais rien dit.

Wallander n'avait pas d'autre question. Une fois dans la rue, il hésita. Le plus urgent était de contacter Martinsson. Mais devait-il suivre le conseil d'Ann-Britt ? Ou l'attaquer de front tout de suite ? Une immense fatigue le submergea. La trahison était trop énorme, trop inattendue. Il avait encore du mal à y croire. Mais au fond de lui, il savait qu'Ann-Britt avait dit la vérité.

Il n'était pas encore onze heures. Il allait commencer par rendre visite à la famille Hökberg. Avec un peu de chance, sa colère retomberait et sa jugeote s'en porterait mieux. Il se rendit là-bas en voiture. Soudain, il songea à un oubli et retourna à la boutique vidéo. Cette fois, il réussit à se procurer le film avec Al Pacino.

La porte s'ouvrit au moment où il s'apprêtait à sonner.

– Je t'ai vu arriver et repartir tout à l'heure, dit Erik Hökberg.

– Un appel imprévu.

Ils entrèrent. Un silence absolu régnait dans la maison.

– En fait, je voulais parler à ta femme.

– Elle se repose là-haut. Elle pleure, plus exactement. Ou les deux.

Erik Hökberg lui-même était gris de fatigue. Il avait les yeux injectés de sang.

– Emil a repris l'école. Ça vaut mieux pour lui.

– Nous ne savons pas encore qui a tué Sonja. Mais on a bon espoir de le retrouver.

– Je me croyais opposé à la peine de mort. Maintenant, je ne sais plus. Promets-moi une chose. Ne me laisse jamais approcher de lui. Sinon, je ne garantis rien.

Il le lui promit. Hökberg alla chercher sa femme. Wallander attendit près d'un quart d'heure dans le silence oppressant. Erik Hökberg reparut, seul.

– Elle est très fatiguée. Mais elle va venir.

– Je regrette de ne pas pouvoir remettre cette conversation à plus tard.

– Elle le comprend aussi bien que moi.

Ils attendirent en silence. Soudain, elle fut sur le seuil. Pieds nus, vêtue de noir. Elle paraissait petite à côté de son mari. Wallander lui serra la main et lui offrit ses condoléances. Elle eut un vacillement imperceptible. Wallander pensa malgré lui à Anette Fredman. Une autre mère qui avait perdu son enfant. En la regardant, il se demanda combien de fois il s'était retrouvé dans cette situation. Contraint de poser des questions qui n'étaient qu'une manière de retourner le couteau dans la plaie.

Cette fois, c'était encore pire. Par où allait-il commencer ?

– Si nous voulons arrêter le coupable, nous devons remonter dans le passé. J'ai besoin d'en savoir plus sur un événement. Vous êtes probablement les seuls à pouvoir me répondre.

Hökberg et sa femme le dévisageaient attentivement.

– Il y a trois ans, en 1994 ou 1995. Avez-vous remarqué quelque chose d'inhabituel chez Sonja à cette époque ?

La femme vêtue de noir murmura quelques mots. Wallander fut obligé de se pencher pour l'entendre.

– Que se serait-il passé ?

– L'avez-vous vue rentrer dans un état inhabituel ? Comme si elle avait eu un accident ?

– Elle s'est cassé la cheville une fois.

– Foulé, dit Erik Hökberg. Pas cassé.

– Je pensais plutôt à des bleus au visage ou sur d'autres parties du corps.

La réponse de Ruth Hökberg le désarçonna.

– Ma fille ne se montrait jamais nue dans cette maison.

– Elle était peut-être secouée, bouleversée. Ou déprimée.

– Elle était d'humeur très changeante.

– Vous n'avez pas un souvenir particulier ?

– Je ne comprends pas le sens de vos questions.

– Il est obligé, dit Erik Hökberg. C'est son travail.

Wallander lui jeta un regard reconnaissant.

– Je ne me souviens pas de l'avoir jamais vue rentrer avec des bleus.

Wallander comprit qu'il ne pourrait pas tourner en rond éternellement.

– Certaines informations indiqueraient que Sonja aurait été victime d'un viol à peu près à cette époque. Mais elle n'a jamais porté plainte.

La femme tressaillit.

– Ce n'est pas vrai !

– Vous en a-t-elle jamais parlé ?

– Jamais. Qui affirme des choses pareilles ? C'est un mensonge.

Wallander eut le sentiment qu'elle savait, malgré tout.

– Nous avons de fortes raisons de croire que ce viol a bel et bien eu lieu.

– Qui l'affirme ? Qui répand des mensonges sur Sonja ?

– Je ne peux malheureusement pas vous le dire.

– Pourquoi ?

La question, véhémente, venait d'Erik Hökberg. Wallander devina toute l'agressivité refoulée en lui.

– Pour des raisons techniques liées à l'enquête.

– Qu'est-ce que ça signifie ?

– Que, jusqu'à nouvel ordre, la ou les personnes qui nous ont informés doivent être protégées.

– Et ma fille ? cria la femme. Qui la protège ? Elle est morte. Qui l'a protégée ?

Wallander sentit que la situation commençait à lui échapper. Il regretta de ne pas avoir confié cette mission à Ann-Britt. Erik Hökberg tentait d'apaiser sa femme qui pleurait. C'était épouvantable.

Après quelques instants, il reprit.

– Elle ne vous a jamais dit qu'elle avait été violée ?

– Jamais.

– Et vous n'avez rien remarqué d'inhabituel ?

– Elle n'était pas toujours d'un abord facile.

– Comment cela ?

– Elle était spéciale. Souvent en colère. Mais ça fait peut-être partie de l'adolescence.

– Et sa colère retombait sur vous ?

– Sur son petit frère, en général.

Wallander se rappela l'unique conversation qu'il avait eue avec Sonja Hökberg. Elle s'était plainte de ce que son frère fouillait dans ses affaires.

– Revenons à l'année 1994, ou 1995, après son retour d'Angleterre. Vous n'avez rien remarqué ?

Erik Hökberg se leva si brusquement que sa chaise se renversa.

– Si. Elle est rentrée une nuit, le nez et la bouche en sang. C'était au mois de février 1995. On lui a demandé ce qui s'était passé, mais elle a refusé de nous répondre. Ses vêtements étaient sales et elle était en état de choc. On n'a jamais su ce qui lui était arrivé. Elle nous a dit qu'elle était tombée. Je comprends tout maintenant. Pourquoi le cacher ?

La femme vêtue de noir s'était remise à pleurer. Elle murmura quelques mots que Wallander ne comprit pas. Erik Hökberg lui fit signe de le suivre dans son bureau.

– Ma femme ne te dira rien, dans l'état où elle est.

– Pour les questions qui restent, tu peux me répondre aussi bien qu'elle.

– Savez-vous qui l'a violée ?

– Non.

– Vous avez des soupçons ?

– Oui. Mais si tu me demandes un nom, je ne te le donnerai pas.

– C'est lui qui l'a tuée ?

– Je ne crois pas. Mais ça peut nous aider à comprendre.

Il y eut un silence.

– C'était à la fin du mois de février. Il avait neigé, je m'en souviens. Tout était blanc. Elle est rentrée, elle saignait. Le lendemain matin, les traces de sang étaient encore visibles dans la neige.

Il paraissait soudain vaincu. La même impuissance que chez la femme vêtue de noir qui pleurait dans le séjour.

– Je veux que vous arrêtiez celui qui a fait ça. Il faut qu'il soit puni.

– On fait ce qu'on peut. On va l'arrêter, mais on a besoin d'aide.

– Tu dois la comprendre. Elle a perdu sa fille. Comment veux-tu qu'elle supporte en plus l'idée que Sonja a été soumise à une chose pareille ?

Wallander ne le comprenait que trop bien.

– Fin février 1995. Avait-elle un petit ami à cette époque ?

– Elle ne nous disait rien.

– Y avait-il des voitures qui passaient la chercher ? L'as-tu jamais vue en compagnie d'un homme ?

Une lueur dangereuse traversa le regard de Hökberg.

– Un homme ? Tout à l'heure tu parlais de petit ami ?

– C'est la même chose.

– C'est un homme plus âgé qui l'aurait violée ?

– Je ne peux pas répondre à ce genre de question.

Hökberg leva les mains comme pour se défendre.

– Je t'ai dit tout ce que je savais. Il faut que je retourne auprès de ma femme.

– Avant de partir, j'aimerais revoir la chambre de Sonja.
– Vas-y. Rien n'a bougé depuis l'autre jour.

Hökberg alla dans le séjour. Wallander monta l'escalier. Il eut exactement la même impression que la première fois. Ce n'était pas la chambre d'une jeune fille presque adulte. Il ouvrit la porte de la penderie. L'affiche était toujours là. Qui est le diable ? Tynnes Falk avait un autel à sa propre effigie. Et cette affiche... Mais il n'avait jamais entendu parler d'un groupe de jeunes satanistes à Ystad.

Il n'y avait rien d'autre à voir. Il s'apprêtait à sortir lorsqu'un garçon apparut sur le seuil.

– Qui êtes-vous ?

Wallander se présenta. Le garçon le considéra avec répugnance.

– Si tu es flic, tu devrais arrêter celui qui a tué ma sœur.
– On fait notre possible.

Le garçon n'avait pas bougé. Wallander se demanda s'il avait peur ou s'il voulait autre chose.

– Tu es Emil, n'est-ce pas ?

Pas de réponse.

– Tu devais beaucoup aimer ta sœur ?
– Parfois.
– C'est tout ?
– Ça ne suffit pas ? On doit aimer les gens tout le temps ?
– Non, ce n'est pas une obligation.

Il sourit. Le garçon gardait les dents serrées.

– Je crois savoir qu'il y a eu un jour où tu l'as beaucoup aimée.
– Ah bon ? Quand ?
– Il y a quelques années. Elle est rentrée à la maison, elle saignait.

Le garçon tressaillit.

– Comment le savez-vous ?
– C'est mon métier. Elle ne t'a jamais dit ce qui s'était passé ?
– Non. Mais quelqu'un lui avait tapé dessus.
– Je croyais qu'elle ne t'avait rien raconté ?

– Ce n'est pas ce que j'ai dit.

Wallander réfléchit intensément. S'il le brusquait, le garçon risquait de se fermer complètement.

– Tu m'as demandé tout à l'heure pourquoi on n'avait pas arrêté celui qui a tué ta sœur. Pour y arriver, on a besoin d'aide. Comment sais-tu que quelqu'un l'avait frappée ?

– Elle a fait un dessin.

– Elle dessinait ?

– Elle était douée pour ça. Elle ne montrait ses dessins à personne, elle les déchirait. Mais moi, parfois, j'allais dans sa chambre quand elle n'était pas là.

– Et tu as trouvé quelque chose ?

– Elle avait dessiné ce qui s'était passé.

– C'est ce qu'elle t'a dit ?

– Elle avait fait un dessin. Un type qui la frappait au visage.

– Tu ne l'aurais pas gardé par hasard ?

Le garçon ne répondit pas. Il disparut et revint après quelques instants, une feuille de papier à la main.

– Il faudra me le rendre.

– Je te le promets.

Wallander examina la feuille à la lumière de la fenêtre. Un dessin au crayon noir, qui le mit très mal à l'aise. Il reconnut le visage de Sonja Hökberg, dominé par un homme gigantesque. Le poing de l'homme s'abattait sur sa bouche. Wallander examina son visage. S'il était aussi ressemblant que l'autoportrait, il devrait être possible de l'identifier. Il avait aussi quelque chose au poignet. Wallander crut d'abord qu'il s'agissait d'une sorte de bracelet. Puis il vit que c'était un tatouage. Il plia soigneusement le dessin et le rangea dans la poche de sa veste.

– Tu as bien fait de le garder. Et je te promets de te le rendre.

Il le suivit dans l'escalier. On entendait des sanglots dans le séjour. Le garçon s'immobilisa.

– Elle ne va jamais s'arrêter ?

Wallander sentit sa gorge se nouer.

– Ça va prendre du temps. Mais ça passera, tôt ou tard.

Il ne prit pas congé de Hökberg et de sa femme. Il effleura les cheveux du garçon et referma doucement la porte d'entrée. Il pleuvait. Wallander se rendit tout droit au commissariat. Le bureau d'Ann-Britt était désert Il essaya de la joindre sur son portable. Enfin Irène l'informa qu'elle avait dû rentrer chez elle. Un enfant malade, de nouveau. Wallander reprit sa voiture. Il pleuvait plus fort. Il pensa à protéger la poche contenant le dessin. Ann-Britt lui ouvrit, un enfant dans les bras.

– Je ne t'aurais pas dérangée si ce n'était pas important.

– Ça ne fait rien. C'est juste un peu de fièvre, mais ma voisine ne sera libre que dans quelques heures.

Wallander entra. Cela faisait longtemps qu'il n'était pas venu chez Ann-Britt. Quelques masques japonais avaient disparu. Elle suivit son regard.

– Il a emporté ses souvenirs de voyages.

– Il habite toujours en ville ?

– Non, à Malmö.

– Tu vas garder la maison ?

– Je ne sais pas si j'en ai les moyens.

La fillette était presque endormie. Ann-Britt la déposa doucement sur le canapé.

– Je veux te montrer un dessin. Mais d'abord, j'ai une question concernant Carl-Einar Lundberg. Tu ne l'as pas rencontré, mais tu as vu des photos et tu as lu les rapports d'enquête. Peux-tu me dire s'il avait un tatouage au poignet droit ?

– Oui. Un serpent.

Le poing de Wallander s'abattit sur la table basse. L'enfant sursauta et se mit à pleurer, mais se rendormit presque aussitôt. Enfin quelque chose qui tenait la route. Il posa le dessin devant Ann-Britt.

– C'est Carl-Einar Lundberg, dit-elle. Sans aucun doute possible. Où as-tu trouvé ça ?

Wallander lui parla d'Emil et des talents insoupçonnés de Sonja Hökberg pour le dessin.

– On n'arrivera sans doute jamais à le traîner en justice. Mais on a la preuve que tu avais raison. Ce n'est plus une théorie provisoire.

J'ai quand même du mal à comprendre pourquoi elle aurait tué le père...

— On ne sait pas tout encore. Mais on peut d'ores et déjà faire pression sur Lundberg. Et supposer qu'elle s'est vraiment vengée sur le père. Eva Persson disait peut-être la vérité malgré tout. C'est Sonja Hökberg qui a tout fait. La froideur effrayante d'Eva Persson est un mystère auquel on pourra réfléchir plus tard.

Ils méditèrent quelques instants sur ce qu'ils venaient d'apprendre.

— Quelqu'un craignait que Sonja Hökberg soit au courant de quelque chose et qu'elle nous en parle. Dès lors, on a trois questions décisives. Que savait-elle ? En quoi cela concernait-il Tynnes Falk ? Et qui a pris peur ?

La fillette se mit à geindre. Wallander se leva.

— Tu as vu Martinsson ? demanda Ann-Britt.

— Non. Mais je vais le voir maintenant. Et j'ai l'intention de suivre ton conseil.

Wallander quitta la maison et prit la route de la place Runnerström sous une pluie battante. Il s'attarda un long moment dans la voiture pour rassembler ses forces. Puis il monta l'escalier pour parler à Martinsson.

32

Martinsson l'accueillit avec son plus large sourire.

– J'ai essayé de te joindre. Il se passe plein de choses ici.

Wallander ressentait une tension extrême dans tout le corps. Il aurait voulu lui envoyer son poing dans la figure. Et ensuite lui dire en face ce qu'il pensait de ses manières de conspirateur et de faux jeton. Mais Martinsson attira aussitôt son attention sur l'ordinateur. Tant mieux. Ça lui laissait un répit. Le temps des règlements de comptes viendrait bien assez vite. Devant le sourire de Martinsson, il eut même un doute. Ann-Britt avait-elle mal interprété la situation ? Martinsson pouvait avoir des raisons tout à fait légitimes de s'enfermer avec Lisa. Il lui arrivait aussi de manquer de finesse, certains propos avaient pu prêter à confusion.

Mais au fond de lui, il savait. Ann-Britt n'avait pas exagéré. Elle lui avait parlé sans détour car elle était elle-même indignée.

Le règlement de comptes aurait lieu, le jour où il ne serait plus possible, ni nécessaire, de le repousser davantage. Entre-temps, il avait besoin d'issues de secours. Il salua Robert Modin.

– Alors ?

– Robert avance dans les tranchées, dit Martinsson d'un air satisfait. Je peux te dire que le monde de Falk est à la fois bizarre et fascinant.

Il lui proposa le siège pliant, mais Wallander préféra rester debout. Martinsson feuilleta ses notes pendant que

389

Modin buvait au goulot quelque chose qui ressemblait à du jus de carotte.

– On a identifié quatre autres institutions. La première est la Banque centrale d'Indonésie. Robert se fait jeter chaque fois qu'il leur demande de confirmer leur identité. Mais on sait quand même qu'il s'agit de la banque de Djakarta, ne me demande pas comment. Robert est un sorcier.

Il continua de feuilleter ses notes.

– Ensuite, nous avons une banque du Liechtenstein qui s'appelle Lyders Privatbank. Après, ça se complique. Si on a bien compris, il y aurait une entreprise de télécoms française et une boîte de satellites commerciaux basée à Atlanta.

– Qu'est-ce que ça veut dire ?

– Notre idée de départ, qu'il s'agit d'une histoire d'argent, tient le coup. Quant à savoir de quelle manière les télécoms français et les satellites d'Atlanta sont impliqués, c'est une autre affaire.

– Rien n'est là par hasard, intervint Robert Modin.

Wallander se tourna vers lui.

– Tu peux m'expliquer ça en suédois ordinaire ?

– Chacun a sa méthode pour ranger les livres. Dans une bibliothèque, je veux dire. C'est pareil pour les ordinateurs. Celui qui a rangé celui-ci est quelqu'un de méticuleux. Rien de superflu. Et rien de convenu, aucune suite ordinaire de lettres ou de chiffres.

– C'est-à-dire ?

– En général, les gens choisissent un ordre alphabétique ou numérique. A vient avant B, B avant C. 1 vient avant 2, 5 avant 7, etc. Rien de tel ici.

– Quoi alors ?

– Autre chose. Les chiffres et les lettres n'ont pas d'importance en eux-mêmes.

– Il y aurait un autre schéma ?

– Deux éléments n'arrêtent pas de surgir. Le premier que j'ai découvert est le nombre 20. J'ai essayé d'ajouter quelques zéros, ou d'inverser les chiffres. Il se passe alors quelque chose d'intéressant. Regardez.

Modin sélectionna les chiffres 2 et 0. Ils disparurent aussitôt.

– Comme des animaux farouches. Quand je braque la lumière sur eux, ils se cachent. Mais quand je leur fiche la paix, ils reviennent. Au même endroit.

– Comment interprètes-tu cela ?

– Ces chiffres sont importants. Or, il y a un autre élément qui se comporte de la même manière.

Modin montra à nouveau l'écran. Cette fois, il s'agissait d'une combinaison de lettres : M J.

– C'est pareil. Quand j'essaie de les caresser, ils disparaissent.

Wallander acquiesça en silence. Jusque-là, il suivait.

– Ils surgissent sans arrêt, dit Martinsson. Chaque fois qu'on parvient à identifier une nouvelle institution. Mais Robert a découvert autre chose, de vraiment intéressant pour le coup.

Wallander leur demanda d'attendre pendant qu'il essuyait ses lunettes.

– Quand on les laisse tranquilles, dit Modin, on s'aperçoit qu'ils se déplacent.

Il indiqua l'écran.

– La première institution dont on a décrypté le code était aussi la première dans l'organisation de Falk. À ce moment-là, les animaux de nuit se trouvaient en haut à gauche de la première colonne.

– Les animaux de nuit ?

– On a trouvé que ce nom leur allait bien.

– Continue.

– La deuxième se trouvait un peu plus bas, dans la deuxième colonne. Entre-temps, les animaux de nuit se sont déplacés vers la droite. Quand on parcourt la liste, on s'aperçoit qu'ils suivent un mouvement régulier. Comme s'ils avaient un but. Ils se dirigent vers le bas et vers la droite.

Wallander s'étira.

– Ça ne nous apprend toujours pas...

– On n'a pas fini, dit Martinsson. C'est là que ça devient vraiment intéressant. Et assez sinistre.

– J'ai découvert une impulsion rythmée, reprit Modin. Ces animaux se déplacent depuis hier. Ça signifie qu'une horloge invisible s'est déclenchée. Je me suis amusé à faire un calcul. Si on part du principe que le coin en haut à gauche représente 0, qu'il existe 74 stations en tout dans le réseau et que le nombre 20 représente une date – par exemple le 20 octobre –, voici ce qu'on obtient.

Modin pianota. Un texte apparut à l'écran. Wallander lut le nom de l'entreprise de satellites d'Atlanta.

– Celui-ci est le quatrième, en partant de la fin. Nous sommes aujourd'hui le vendredi 17 octobre.

Wallander hocha lentement la tête.

– Tu veux dire que les animaux auront atteint la fin de leur voyage lundi ?

– C'est en tout cas envisageable.

– Mais l'autre élément ? M J ?

Personne n'avait de réponse.

– Le lundi 20 octobre, reprit Wallander. Que va-t-il se passer ?

– Je ne sais pas, dit Modin avec simplicité. Mais il est évident qu'un processus est enclenché. Un compte à rebours.

– On devrait peut-être débrancher cet ordinateur.

– Ça ne sert à rien, dit Martinsson. Ce n'est qu'un terminal. On n'a pas accès au réseau, on ne sait pas si c'est un ou plusieurs serveurs qui fournissent l'information.

– Imaginons que quelqu'un a l'intention de faire exploser une sorte de bombe. D'où partent les ordres ?

– D'ailleurs. N'importe où.

– Autrement dit, on commence à entrevoir quelque chose, mais on ne sait pas quoi.

– Oui. Il faut découvrir le lien qui existe entre ces banques et ces boîtes de télécoms.

– Il ne s'agit pas nécessairement du 20 octobre, dit Modin. Ce n'était qu'une proposition.

Wallander eut soudain le sentiment qu'ils faisaient complètement fausse route.

La solution n'était peut-être pas du tout dans l'ordinateur de Falk. Le meurtre de Lundberg pouvait très bien être une vengeance aussi désespérée que déplacée. Tynnes Falk était peut-être mort de sa belle mort. Tout le reste, y compris le décès de Landahl, pouvait avoir une explication inconnue pour l'instant, mais parfaitement naturelle.

Wallander hésitait. Le doute qui venait de l'assaillir était dévastateur.

– Nous devons tout reprendre à zéro.

Martinsson lui jeta un regard stupéfait.

– Tu veux qu'on arrête ?

– On doit revoir l'éclairage de l'enquête. Il s'est passé des choses dont on n'a pas eu le temps de t'informer.

Ils sortirent sur le palier. Wallander résuma les conclusions concernant Carl-Einar Lundberg. Il se sentait extrêmement mal à l'aise face à Martinsson.

– Nous devons donc revoir le rôle de Sonja Hökberg, conclut-il. Je pense de plus en plus que quelqu'un craignait ce qu'elle pouvait éventuellement nous révéler à propos d'un tiers.

– Comment expliques-tu la mort de Landahl, dans ce cas ?

– Ils avaient eu une liaison. Ce que savait Sonja Hökberg, Landahl pouvait le savoir aussi. D'une manière ou d'une autre, c'est lié à Falk.

Il lui raconta ce qui s'était passé chez Siv Eriksson.

– Ça collerait avec le reste, dit Martinsson.

– Mais ça n'explique pas le relais, ni la disparition du corps de Falk. Ni le meurtre de Hökberg et de Landahl. Il y a quelque chose de désespéré dans tout cela. De froidement calculateur en même temps. Un mélange de cynisme et de prudence. Qui se comporte de cette manière ?

Martinsson réfléchit.

– Des fanatiques. Des gens qui ont perdu le contrôle de leurs convictions. Des sectes.

Wallander indiqua le bureau de Falk.

– Il y a un autel là-dedans. Nous avons déjà évoqué l'aspect sacrificiel de la mort de Sonja Hökberg.

– Cela nous reconduit malgré tout à l'ordinateur. Un processus est en cours. Il va se passer quelque chose.

– Robert Modin a fait un excellent travail. Mais imagine qu'il arrive quelque chose lundi, qui aurait pu être prévu par les gens de Stockholm. Nous ne pouvons pas prendre ce risque. Le moment est venu de faire appel à eux.

– Et de remercier Robert ?

– Je crois que ça vaut mieux. Appelle-les immédiatement. Demande-leur de nous envoyer quelqu'un. Aujourd'hui, de préférence.

– Mais on est vendredi ?

– On s'en fout. Lundi, on sera le 20. C'est ça qui compte.

Ils retournèrent dans le bureau. Wallander expliqua à Modin qu'on lui était très reconnaissant, mais qu'on n'avait plus besoin de ses services. La déception de Modin fut manifeste. Mais il ne dit rien et se mit aussitôt à rassembler ses affaires.

Wallander et Martinsson lui tournaient le dos et évoquaient à voix basse la question de sa rétribution. Wallander s'engagea à s'en occuper.

Ni l'un ni l'autre ne vit Modin copier les données disponibles sur son disque dur.

Ils se séparèrent sous la pluie. Martinsson allait raccompagner Modin à Löderup.

Wallander lui serra la main et le remercia une fois de plus. Puis il prit la direction du commissariat. Elvira Lindfeldt lui rendrait visite le soir même. Il se sentait à la fois excité et plein d'appréhension. Avant cela, le groupe d'enquête devait reprendre le dossier à zéro, en fonction de cette nouvelle donnée : la confirmation du viol.

Dans le hall d'accueil, Wallander aperçut un homme assis sur la banquette qui se leva à son entrée et se présenta sous le nom de Rolf Stenius. Ce nom lui était vaguement familier. Quand l'homme ajouta qu'il était le comptable de Tynnes Falk, il le situa tout à fait.

– J'aurais dû vous appeler avant de venir, dit Stenius. Mais j'avais un rendez-vous ici, à Ystad, qui a été reporté.

– Je n'ai malheureusement pas beaucoup de temps à vous accorder. Suivez-moi.

Ils s'installèrent dans son bureau. Rolf Stenius était un homme de son âge, maigre, les cheveux clairsemés. Wallander avait vu quelque part sur un post-it que Hansson avait été en relation avec lui. Stenius tira de sa serviette une chemise plastifiée contenant des documents.

– J'étais déjà informé de la mort de Falk lorsque vous m'avez contacté.

– Qui vous en a informé ?

– Son ex-femme.

Wallander lui fit signe de poursuivre.

– Je vous ai apporté un résumé des deux derniers bilans. Et quelques autres documents susceptibles de vous intéresser.

Wallander prit la chemise sans la regarder.

– Falk était-il un homme riche ?

– Ça dépend de ce qu'on entend par là. Ses avoirs s'élevaient à dix millions de couronnes environ.

– À mes yeux, cela fait de lui un homme riche. Avait-il des dettes ?

– Insignifiantes. Et pas beaucoup de frais fixes.

– Si j'ai bien compris, ses revenus provenaient de ses activités de consultant ?

– Vous trouverez ça dans les papiers que je vous ai remis.

– Avait-il un client privilégié ?

– Il effectuait pas mal de missions aux États-Unis. Bien payées, sans plus.

– Quelles missions ?

– Pour une chaîne publicitaire, Moseson and Sons. Il a amélioré certains programmes graphiques.

– Et à part ça ?

– Un importateur de whisky qui s'appelle Du Pont. Si je m'en souviens bien, il s'agissait de construire un programme complexe de gestion des stocks.

Wallander avait du mal à se concentrer.

— Et au cours de la dernière année ? Ses ressources ont-elles diminué ?

— Pas vraiment. Il veillait à ne pas mettre tous ses œufs dans le même panier. Des fonds de placement en Suède, dans le reste de la Scandinavie et aux États-Unis. Une bonne réserve de liquidités. Des actions, Ericsson surtout.

— Qui s'occupait des placements ?

— Lui-même.

— Avait-il quelque chose en Angola ?

— Où ?

— En Angola.

— Pas à ma connaissance.

— Et à votre insu, c'est possible ?

— Bien sûr. Mais je ne le crois pas.

— Pourquoi ?

— Tynnes Falk était d'une honnêteté scrupuleuse. D'après lui, il fallait payer ses impôts. Je lui ai suggéré un jour de se faire domicilier à l'étranger, pour échapper à la pression fiscale suédoise. L'idée ne lui a pas plu.

— Qu'a-t-il dit ?

— Il s'est fâché. Il m'a menacé de changer de comptable si je lui refaisais ce genre de proposition.

Wallander sentit qu'il n'avait pas la force de poursuivre.

— Je vais regarder ces papiers dès que j'en aurai le temps.

— Une regrettable disparition, dit Stenius en refermant sa serviette. Falk était un homme sympathique. Réservé, mais sympathique.

Wallander le raccompagna. Soudain, une idée lui traversa l'esprit.

— Une société anonyme a forcément une direction. Qui en faisait partie ?

— Lui-même, naturellement. Ainsi que le chef du bureau pour lequel je travaille. Et ma secrétaire.

— Ils se retrouvaient donc régulièrement ?

— J'organisais tout par téléphone.

— Il n'est donc pas nécessaire de se réunir ?

– Non, il suffit de faire circuler papiers et signatures.

Stenius sortit. Wallander le vit ouvrir son parapluie ; puis il retourna dans son bureau, en se demandant si quelqu'un avait trouvé le temps de parler aux enfants de Falk.

On n'arrive même pas à s'occuper des priorités. Alors qu'on se tue au travail. La société de droit suédoise est en train de devenir un entrepôt moisi croulant sous les dossiers de crimes non élucidés.

À quinze heures trente en ce vendredi après-midi, Wallander réunit le groupe d'enquête. Nyberg s'était excusé · selon Ann-Britt, il avait eu un accès de vertige. L'ambiance était morose. Quelqu'un demanda à haute voix qui le premier serait victime d'un infarctus. Puis ils firent un point approfondi des conséquences, pour l'enquête, du fait que Sonja Hökberg avait vraisemblablement été violée par Carl-Einar Lundberg quelques années plus tôt. Viktorsson, qui participait à la réunion à la demande expresse de Wallander, écouta sans poser de questions, et acquiesça lorsque Wallander demanda que Lundberg soit convoqué au plus vite pour interrogatoire. Ann-Britt devait se consacrer en priorité à découvrir si Lundberg père avait pu être mêlé aux événements. Hansson s'indigna.

– Lui aussi s'en serait pris à elle ? C'est quoi, cette famille ?

– C'est extrêmement important. On doit être sûrs de notre coup.

– Une vengeance par procuration ? intervint Martinsson. Excusez-moi, mais j'ai du mal à digérer cette idée.

– On ne parle pas de ta digestion, on parle de ce qui a pu se produire.

Il avait haussé le ton et cela n'échappa à personne autour de la table. Il se dépêcha de reprendre d'une voix plus aimable.

– La brigade informatique de Stockholm. Où en est-on ?

– Ils n'ont pas apprécié que je leur demande de nous envoyer quelqu'un dès demain. Mais il arrive à neuf heures, par avion.

– Il a un nom ?

– Hans Alfredsson.

Une certaine hilarité se répandit dans la salle[1] Martinsson s'engagea à accueillir Alfredsson à l'aéroport et à le mettre au courant.

– Tu vas te débrouiller, avec l'ordinateur ?

– Je n'ai pas arrêté de prendre des notes.

La réunion se poursuivit jusqu'à dix-huit heures. Le dossier restait confus, contradictoire et fuyant, mais Wallander sentit néanmoins que le groupe d'enquête gardait le moral. La découverte concernant le passé de Sonja Hökberg était importante ; c'était l'ouverture dont ils avaient désespérément besoin. Sans le dire, ils plaçaient sans doute aussi beaucoup d'espoir dans la venue de l'expert Alfredsson.

Ils conclurent en évoquant Jonas Landahl. Hansson s'était acquitté de la lourde tâche consistant à prévenir les parents, qui se trouvaient effectivement en Corse. Ils étaient attendus à l'aéroport d'un moment à l'autre. Nyberg avait laissé un mot à Ann-Britt l'informant en peu de mots qu'il était certain que Sonja Hökberg avait voyagé à bord de la Golf, et que c'était bien cette voiture qui avait laissé les traces de pneus devant le site de Sydkraft. D'autre part, quelqu'un avait vérifié le fait que Jonas Landahl n'avait jamais eu affaire à la police. Il n'était cependant pas exclu, fit remarquer Wallander, qu'il fût impliqué dans l'affaire des visons.

Mais entre libérer des visons et commettre ou subir un meurtre, il y avait un abîme. Wallander insista à plusieurs reprises sur ce qu'il croyait déceler dans ces événements : le mélange de brutalité et de maîtrise. Et l'image du sacrifice, de la victime sacrificielle. Vers la fin, Ann-Britt demanda s'ils ne devaient pas aussi faire appel à Stockholm pour obtenir des renseignements sur les groupes extrémistes de défense de l'environnement. Martinsson, dont la fille était végétarienne et membre des Biologistes amateurs, répliqua que ces gens-là ne pouvaient être mis en cause.

1. Hans Alfredsson est le nom d'un célèbre comique suédois (*NdT*).

Pour la deuxième fois, Wallander lui répondit sur un ton sec. On ne pouvait rien exclure. Tant qu'on n'avait pas défini avec précision un centre et un mobile, il ne fallait négliger aucune piste.

À ce point de la réunion, l'inspiration collective parut s'épuiser d'un coup. Wallander laissa retomber ses mains sur la table, et ce fut le signal de la dispersion. Le groupe se réunirait à nouveau le lendemain. Wallander était pressé de partir, pour faire le ménage dans l'appartement avant l'arrivée d'Elvira Lindfeldt. Il prit quand même le temps d'appeler Nyberg, qui mit un temps fou à décrocher. Il commençait à se faire du souci lorsque Nyberg répondit enfin, de mauvaise humeur comme toujours. Le malaise était passé, il reprendrait le travail le lendemain. Avec toute son énergie de râleur.

Wallander avait juste eu le temps de tout ranger et de se rendre présentable lorsque le téléphone sonna. Elvira Lindfeldt l'appelait de sa voiture. Elle venait de dépasser la sortie vers Skurup. Wallander, qui avait réservé une table dans un restaurant de la ville, lui expliqua comment se rendre sur la place centrale. Au moment de raccrocher, il eut un geste si brusque que l'appareil tomba. Il le ramassa en jurant et se souvint que Linda devait l'appeler dans la soirée. Après beaucoup d'hésitation, il enregistra un message donnant le numéro du restaurant. Le risque était qu'un journaliste essaie de le joindre. Mais c'était peu probable. L'histoire de la gifle semblait avoir provisoirement perdu de son intérêt pour les médias.

Puis il se mit en route, à pied. Il ne pleuvait plus. Le vent était tombé. Il se sentait vaguement déçu. Elle avait pris sa voiture ; cela indiquait qu'elle avait l'intention de retourner à Malmö. Ce qu'il avait espéré en secret, de son côté, était clair, pas besoin d'épiloguer. Mais c'était une déception relative. Pour une fois, il s'apprêtait quand même à dîner avec une femme.

Il se posta devant la librairie pour l'attendre. Au bout de cinq minutes, il l'aperçut, venant de Hamngatan. Sa gêne de la veille lui revint. Il se sentait perdu devant ses manières directes. Alors qu'ils remontaient Norregatan, elle glissa son bras sous le sien. Pile au moment où ils passaient devant l'immeuble où avait vécu Svedberg. Wallander lui raconta en peu de mots ce qui s'était passé cette fois-là. Elle l'écouta attentivement.

— Que ressentez-vous maintenant ?

— Je ne sais pas. C'est irréel. Comme si je l'avais rêvé.

Le restaurant avait ouvert un an plus tôt. Wallander n'y était jamais allé, mais Linda disait qu'on y mangeait bien. Ils entrèrent. Wallander pensait que ce serait complet, mais seules quelques tables étaient occupées.

— Ystad n'est pas une ville où l'on sort beaucoup, dit-il sur un ton d'excuse. Mais il paraît qu'on mange bien ici.

Une serveuse que Wallander reconnut de l'hôtel Continental les précéda jusqu'à leur table.

— Vous êtes venue en voiture, dit-il en regardant la carte des vins.

— Et je rentre en voiture.

— Alors c'est mon tour de boire ce soir.

— Que dit la police ? Je peux en prendre aussi ?

— Le mieux est de s'abstenir. Mais un verre, à la rigueur. Si vous voulez, on pourra toujours passer au commissariat souffler dans le ballon.

La cuisine était soignée. Wallander hésita pour la forme avant de commander un verre de vin supplémentaire. La conversation tourna beaucoup autour de son travail. Pour une fois, il constata que ça ne lui déplaisait pas. Il lui raconta ses débuts à Malmö, le coup de couteau qui avait failli lui coûter la vie, et la formule de conjuration qui le suivait depuis ce jour. Elle l'interrogea sur ses occupations du moment ; sa conviction qu'elle ignorait tout de la photo publiée dans le journal se renforça. Il lui parla de l'étrange meurtre dans le transformateur, de l'homme retrouvé mort devant le distributeur bancaire et du garçon broyé sous l'arbre d'hélice d'un ferry polonais.

Ils venaient de commander le café lorsque la porte du restaurant s'ouvrit.

Robert Modin entra.

Wallander l'aperçut aussitôt. Modin, voyant qu'il n'était pas seul, hésita. Mais Wallander lui fit signe d'approcher et lui présenta Elvira. Robert Modin dit son nom. Il était visiblement inquiet.

— Je crois avoir trouvé quelque chose.

— Si vous voulez parler en tête à tête, dit Elvira, je peux faire un tour.

— Ce n'est pas nécessaire.

— J'ai demandé à mon père de me conduire ici. J'ai eu le numéro par votre répondeur.

— Tu disais que tu as trouvé quelque chose ?

— C'est difficile à expliquer, mais je crois que j'ai découvert un moyen de passer outre aux codes qu'on n'a pas réussi à craquer jusqu'à présent.

Il paraissait convaincu.

— Appelle Martinsson demain. Je vais le prévenir de mon côté.

— Je suis assez sûr de mon coup.

— Ce n'était pas la peine de venir jusqu'ici. Tu aurais pu laisser un message sur mon répondeur.

— J'étais peut-être un peu remonté. Ça m'arrive des fois.

Modin adressa un signe de tête hésitant à Elvira. Wallander pensa qu'il devait avoir une conversation approfondie avec le garçon. Mais il ne pouvait de toute façon rien faire avant le lendemain. Et, dans l'immédiat, il voulait être tranquille. Robert Modin comprit le message et disparut. La conversation n'avait duré que deux minutes.

— Un jeune homme très doué, dit Wallander. Un petit génie de l'informatique. Il nous aide, pour une partie de l'enquête.

— Il m'a semblé nerveux, dit Elvira Lindfeldt avec un sourire. Mais il est sûrement très fort.

Ils quittèrent le restaurant vers minuit et remontèrent en flânant vers la place centrale. Elle avait garé sa voiture dans Hamngatan.

– J'ai passé une très bonne soirée, dit-elle au moment de le quitter.

– Ça veut dire que vous ne vous êtes pas encore lassée de moi ?

– Non. Et vous ?

Wallander voulut la retenir. Mais il sentait bien que ça ne marcherait pas. Ils convinrent de se reparler au cours du week-end.

Il la serra contre lui un bref instant. Elle monta dans sa voiture et démarra. Wallander reprit le chemin de son appartement. Soudain, il s'immobilisa. Est-ce vraiment possible ? J'ai fini par rencontrer quelqu'un, alors que je n'y croyais plus du tout.

Il se remit en marche. Peu après une heure du matin, il s'endormit.

Elvira Lindfeldt avait pris la route de Malmö. À hauteur de Rydsgård, elle s'arrêta sur un parking, prit son portable dans son sac et composa le numéro de Luanda.

Elle dut s'y reprendre à trois fois, la communication était mauvaise. Lorsque Carter décrocha enfin, elle avait préparé ce qu'elle devait dire.

– Fu Cheng avait raison. Le garçon s'appelle Robert Modin. Il habite près d'Ystad, à Löderup.

Elle répéta deux fois ces informations. L'homme de Luanda avait bien reçu le message. La communication fut interrompue.

Elvira Lindfeldt reprit la route de Malmö.

33

Le samedi matin, Wallander commença par passer un coup de fil à Linda.

Comme d'habitude, il s'était réveillé tôt. Mais il avait réussi à se rendormir et ne s'était levé qu'à huit heures. En l'appelant, après avoir pris son petit déjeuner, il la réveilla. Elle demanda aussitôt où il avait passé la soirée. Elle avait essayé de le joindre deux fois au numéro qu'il indiquait sur le répondeur, mais c'était toujours occupé. Wallander se décida très vite à lui dire la vérité. Elle l'écouta sans l'interrompre.

– Je n'aurais jamais cru que tu aurais assez de plomb dans la cervelle pour suivre mon conseil.

– J'ai beaucoup hésité.

Elle le questionna sur Elvira Lindfeldt. Ce fut une longue conversation. Elle se réjouissait, même s'il faisait de son mieux pour minimiser l'événement. Pour lui, c'était déjà beaucoup d'avoir échappé à la solitude le temps d'un dîner.

– Tu mens, dit-elle sans hésiter. Je te connais, tu espères bien autre chose. Et moi aussi.

Puis elle changea brusquement de sujet.

– Je veux que tu saches que j'ai vu la photo dans le journal. Ça m'a choquée, bien sûr. Quelqu'un au restaurant me l'a montrée en demandant si tu étais mon père.

– Qu'as-tu répondu ?

– J'ai failli dire non. Mais je me suis ravisée.

– C'est gentil.

– Je me suis dit que ce ne pouvait pas être vrai, tout simplement.

– En effet.

Il lui raconta l'incident tel qu'il s'était réellement produit. Une enquête interne était en cours, il espérait que la vérité s'imposerait.

– C'est important pour moi, dit-elle. En ce moment précis.

– Pourquoi ?

– Je ne peux pas te le dire. Pas encore.

La curiosité de Wallander s'aiguisa. Ces derniers mois, il avait une fois de plus eu l'impression que Linda s'apprêtait à changer de voie, et il l'avait interrogée sur ses projets, sans résultat.

Il lui demanda si elle pensait lui rendre visite prochainement. Pas avant la mi-novembre, dit-elle.

En raccrochant, Wallander se souvint du livre qui l'attendait à la librairie. Il se demanda si elle avait réellement l'intention de suivre une formation et de s'établir à Ystad.

Elle a d'autres projets. Pour une raison ou pour une autre, elle ne veut pas m'en parler.

Avec un soupir, il endossa son uniforme invisible et redevint policier. Huit heures vingt. Martinsson devait déjà être à l'aéroport de Sturup pour accueillir le dénommé Alfredsson. Il repensa à l'irruption de Robert Modin dans le restaurant la veille au soir. Il paraissait vraiment sûr de lui. Wallander réfléchit.

Il ne voulait pas avoir affaire à Martinsson au-delà du strict nécessaire. Il se demandait encore dans quelle mesure ce que lui avait appris Ann-Britt était vrai. Il espérait se tromper. S'il devait perdre l'amitié de Martinsson, leur collaboration deviendrait presque impossible ; la trahison serait trop lourde à porter. En même temps, il ne pouvait nier son inquiétude à l'idée qu'il se tramait quelque chose qui pouvait remettre en cause de façon spectaculaire sa position au commissariat. Cette idée le remplissait d'indignation et d'amertume. Et de fierté blessée. Il avait tout appris à Martinsson. Comme Rydberg l'avait fait pour lui, en son temps. Mais lui n'avait jamais mis en cause l'autorité évidente de Rydberg, et encore moins songé à comploter contre lui.

La police est un nid de serpents, pensa-t-il. C'est jalousie, malveillance, intrigues et compagnie. Je croyais m'en être tiré à bon compte. Et tout à coup, on dirait que je suis au centre. Comme un prince entouré de prétendants pressés.

Il surmonta sa répulsion et composa le numéro du portable de Martinsson. Après tout, Modin avait obligé son père à le conduire jusqu'à Ystad, il fallait le prendre au sérieux. Peut-être avait-il déjà pris contact avec Martinsson. Dans le cas contraire, Wallander lui demanderait de l'appeler. Martinsson décrocha aussitôt. Il venait de laisser sa voiture sur le parking de l'aéroport. Modin ne l'avait pas appelé. Wallander lui expliqua la situation en peu de mots.

– Ça me paraît bizarre. Comment a-t-il pu découvrir quelque chose s'il n'a pas accès à l'ordinateur ?

– C'est à toi de le lui demander.

– Il est malin. Va savoir s'il n'a pas copié des informations.

Martinsson s'engagea à prendre contact avec Modin. Ils convinrent de se rappeler dans la matinée.

Martinsson paraissait égal à lui-même. Soit c'est un comédien consommé, pensa Wallander en raccrochant. Soit Ann-Britt se trompe.

Il prit sa voiture. Au commissariat, il trouva un message sur son bureau. Hansson désirait lui parler immédiatement. « Il s'est passé quelque chose », disait le message rédigé en lettres pointues. Wallander soupira. Hansson n'avait jamais été un as de la précision.

La machine à café était réparée. Nyberg mangeait du fromage blanc, assis à une table. Wallander s'installa en face de lui.

– Si c'est pour me parler de mon malaise, dit Nyberg, je m'en vais.

– Alors, je n'en parlerai pas.

– Je vais bien. Mais j'attends la retraite. Même si je sais déjà que je ne toucherai presque rien.

– Qu'est-ce que tu comptes faire ?

– Nouer des tapis à la main. Lire des livres. Marcher en Laponie.

À d'autres, pensa Wallander. Il ne doutait pas une seconde de l'épuisement réel de Nyberg. Mais la perspective de la retraite l'effrayait sans doute terriblement.

– Des nouvelles des légistes, concernant Landahl ?

– Il est mort trois heures environ avant l'arrivée au port. Autrement dit, le meurtrier se trouvait encore à bord à l'arrivée. À moins qu'il ait sauté à l'eau.

– J'ai fait une erreur. On aurait dû contrôler tout le monde, passagers et équipage.

– On aurait dû choisir un autre métier. Parfois, la nuit, j'essaie de calculer le nombre de pendus que j'ai décrochés dans ma vie. Rien que ça. Pas ceux qui se sont tiré une balle dans la tête, ceux qui se sont noyés ou empoisonnés, ceux qui ont sauté du haut d'un toit, ceux qui se sont fait sauter à la dynamite. Rien que les pendus. Avec une corde, du fil de fer, une corde à linge, même des barbelés une fois. Je n'y arrive pas. Je sais que j'en oublie plein. Puis je me dis que c'est de la folie. Pourquoi devrais-je passer mes nuits à me souvenir de la misère où on me fait patauger ?

– Ce n'est pas bien. On risque de devenir blasé, à ce compte.

Nyberg posa sa cuillère et dévisagea Wallander.

– Tu veux me dire que tu ne l'es pas encore ?

– J'espère que non.

Nyberg hocha la tête, mais ne dit rien. Il valait mieux le laisser tranquille. D'autant plus qu'il n'était jamais nécessaire de se mêler de son travail. Nyberg était parfaitement organisé. Quelle que soit la situation, il savait ce qui était urgent et ce qui pouvait attendre.

– J'ai réfléchi, dit-il soudain.

Wallander leva la tête. Nyberg était capable d'une acuité d'esprit étonnante, y compris sur des sujets qui ne touchaient pas sa spécialité. Plus d'une fois, ses réflexions avaient suffi à orienter une enquête dans la bonne direction

– Je t'écoute

– Le relais qu'on a retrouvé dans la chambre froide. Le sac à main près de la clôture. Le corps rapporté devant le distributeur, deux doigts en moins. Nous cherchons à faire coller ces détails avec le reste. Je me trompe ?

– On essaie, mais on n'y arrive pas très bien.

Nyberg finit son assiette avant de poursuivre.

– Ann-Britt m'a raconté la réunion d'hier. Apparemment, tu aurais parlé d'un aspect double ou ambigu, comme chez quelqu'un qui essaierait de parler deux langues à la fois. Un côté calculateur et en même temps hasardeux. Un côté brutal et un côté prudent. J'ai bien compris ?

– C'est à peu près ça.

– Moi, ça me paraît l'idée la plus sensée qui ait été formulée jusqu'à présent. Que se passe-t-il si on la prend au sérieux ? Le côté double, le calcul et le hasard ?

Wallander secoua la tête. Il préférait écouter.

– On fait peut-être trop d'efforts d'interprétation. On découvre soudain que le meurtre du chauffeur de taxi n'a peut-être rien à voir avec l'affaire, en dehors du fait que c'est Sonja Hökberg qui l'a tué. En réalité, c'est nous, la police, qui commençons à tenir le rôle principal.

– À cause de ce qu'elle aurait pu nous dire ?

– Pas seulement. Imagine qu'on fasse un tri, en se demandant si certains événements pourraient être de fausses pistes délibérément entretenues.

– À quoi tu penses ?

– Tout d'abord, naturellement, au relais.

– Tu veux dire que Falk n'aurait rien à voir avec le meurtre de Hökberg ?

– Pas forcément. Mais quelqu'un veut nous faire croire qu'il est beaucoup plus impliqué qu'il ne l'est en réalité.

Wallander était de plus en plus intéressé.

– Ou le corps qui resurgit soudain avec deux doigts en moins. On se pose peut-être trop de questions. Supposons que ça ne veuille rien dire. Qu'est-ce que ça donne ?

Wallander réfléchit.

– Ça donne un marécage où on ne sait pas où mettre les pieds.

– La comparaison est bonne. On se balade donc dans un marécage où quelqu'un veut nous voir patauger.

– On devrait retrouver la terre ferme ? C'est ce que tu veux dire ?

– Je pense à la clôture, là-bas, sur le site de Sydkraft. Le portail avait été forcé. On devient fou à force de se demander pourquoi, alors que la porte blindée était intacte.

Nyberg touchait vraiment un point important. Il aurait dû y penser lui-même depuis longtemps.

– Tu veux dire que celui qui s'est introduit dans la station avait accès à toutes les clés, et qu'il a abîmé le portail après coup pour simuler une effraction ?

– C'est une explication toute simple.

– Bien vu. J'aurais dû y penser moi-même.

– Tu ne peux pas penser à tout, éluda Nyberg.

– Tu as d'autres détails en tête qu'on pourrait voir comme des fausses pistes délibérées ?

– Il faut être prudent.

– Tous les exemples peuvent avoir leur importance.

– C'était surtout ces deux-là. Et je ne prétends pas avoir raison. Je réfléchis à haute voix, c'est tout.

– Ça nous donne au moins une idée neuve. Une nouvelle tour d'observation.

– Parfois, je me dis qu'on est comme un peintre devant son chevalet. On trace quelques traits, on ajoute un peu de couleur, on recule d'un pas pour juger de l'effet. Puis on continue. Je me demande si ce pas en arrière n'est pas le moment le plus important. Celui où on voit réellement ce qu'on a devant les yeux.

– L'art de voir ce qu'on voit. Tu devrais leur en parler, à l'école de police.

Nyberg eut une grimace de mépris.

– Tu crois que les jeunes ont quelque chose à faire de ce que peut leur raconter un vieux technicien à moitié mort ?

– Plus que tu ne crois. Quand j'y suis allé il y a un an, ils m'ont écouté.

– Je vais partir à la retraite, dit Nyberg sur un ton sans réplique. Je vais nouer des tapis et marcher en Laponie, un point c'est tout.

À d'autres, pensa Wallander une fois de plus. Mais il ne dit rien. Nyberg se leva et entreprit de laver son assiette dans l'évier. Au moment de sortir, Wallander l'entendit jurer à cause du produit vaisselle qui ne valait rien.

Il se mit en quête de Hansson. La porte de son bureau était entrebâillée. Hansson remplissait une grille de tiercé, comme d'habitude. Hansson vivait dans l'attente du jour où l'un de ses systèmes de prévision complexes finirait par le rendre riche. Le jour où les chevaux courraient selon son désir, Hansson serait touché par la grâce qu'il attendait depuis longtemps.

Wallander frappa discrètement et laissa à Hansson le temps de faire disparaître son coupon de jeu avant de pousser la porte du pied.

– J'ai trouvé ton mot, dit-il.

– Le minibus Mercedes a resurgi.

Wallander s'appuya contre le montant de la porte pendant que Hansson fouillait dans le chaos de son bureau.

– J'ai suivi ton conseil. J'ai consulté le fichier à nouveau. Hier, une petite boîte de location de Malmö a signalé le vol d'un véhicule. Un minibus Mercedes bleu nuit, qui aurait dû être restitué mercredi. La boîte s'appelle Auto Service Plus. Ils ont leurs bureaux et leurs garages dans le port de Frihamnen.

– Qui l'avait loué ?

– La réponse va te plaire. Un homme de type asiatique.

– Qui s'appelait Fu Cheng et qui a payé par American Express ?

– Exactement.

– Il a dû laisser une adresse ?

– L'hôtel Sankt Jörgen. Mais ils ont fait une vérification dès qu'ils ont eu des soupçons. L'hôtel n'a jamais eu de client à ce nom.

Wallander fronça les sourcils. Quelque chose clochait dans cette histoire.

– Ça ne te paraît pas bizarre ? Le dénommé Fu Cheng prendrait-il vraiment le risque qu'on s'aperçoive qu'il a donné une fausse adresse ?

– L'hôtel a eu un client du nom d'Andersen. Un Danois d'origine asiatique. D'après les signalements croisés donnés au téléphone, il pourrait s'agir du même homme.

– Comment a-t-il payé sa chambre ?

– En liquide.

– Quelle adresse a-t-il donnée ?

Hansson feuilleta ses papiers. Une autre grille de tiercé tomba par terre à son insu. Wallander fit semblant de rien.

– Voilà. Andersen a donné une adresse à Vedbaek.

– Elle a été vérifiée ?

– La boîte de location est pointilleuse. J'imagine que ce minibus vaut pas mal d'argent. La rue n'existe même pas.

– Fin de piste.

– Et on n'a pas retrouvé le véhicule. Qu'est-ce qu'on fait ?

Wallander répondit sans hésiter.

– On attend. Tu ne vas pas gaspiller ton énergie à essayer de le retrouver. Il y a d'autres priorités.

Hansson indiqua la paperasse d'un geste découragé.

– Je ne sais pas où je vais trouver le temps.

Wallander n'avait pas la force de s'engager dans une énième discussion sur les restrictions budgétaires.

– À plus tard, dit-il sans se retourner.

Après avoir feuilleté les papiers qui jonchaient son propre bureau, il prit sa veste. Il était temps de se rendre à la place Runnerström pour faire la connaissance d'Alfredsson. Il était également curieux de voir ce que donnerait la rencontre entre l'expert de Stockholm et Robert Modin.

Il ne mit pas le contact tout de suite. Ses pensées étaient revenues à la veille au soir. Cela faisait longtemps qu'il ne s'était pas senti aussi joyeux. Il n'osait pas encore croire qu'il s'était réellement passé quelque chose. Mais Elvira Lindfeldt existait. Ce n'était pas un mirage.

Soudain, il ne put résister à l'envie de lui téléphoner. Il prit son portable et composa le numéro qu'il connaissait déjà par cœur. Elle répondit après trois sonneries et parut contente de l'entendre. Mais Wallander eut aussitôt l'impression de l'avoir appelée à un mauvais moment. Pourquoi ? Impossible à dire. Mais il était certain de ne pas se tromper. Une vague de jalousie inattendue le submergea. Mais il parvint à contrôler sa voix.

– Je voulais juste vous remercier pour hier soir.

– Ce n'était pas nécessaire.

– Le retour à Malmö s'est bien passé ?

– J'ai failli écraser un lièvre, c'est tout.

– Je suis au travail. J'essaie d'imaginer ce que vous faites, un samedi matin. Mais je suppose que je vous dérange.

– Pas du tout. Je fais le ménage.

– Ce n'est peut-être pas le bon moment. Mais je me demandais si on pouvait se voir ce week-end.

– Le mieux pour moi serait demain. Vous pouvez me rappeler plus tard ? Cet après-midi ?

Après avoir raccroché, Wallander resta assis, le portable à la main. Il était certain de l'avoir dérangée. Quelque chose dans le ton de sa voix. Je me fais des idées, pensat-il. Une fois, j'ai fait la même erreur avec Baiba. Je suis même allé à Riga sans la prévenir pour en avoir le cœur net, savoir s'il y avait un autre homme. Mais ce n'était pas le cas.

Il prit le parti de la croire. Elle faisait le ménage. Lorsqu'il la rappellerait dans l'après-midi, tout serait différent.

Il prit la direction de la place Runnerström. Il venait de s'engager dans Skansgatan lorsqu'il dut freiner et donner un brusque coup de volant. Une femme avait trébuché sur le bord du trottoir. Il réussit à l'éviter, mais heurta un lampadaire de plein fouet. Il tremblait. Il descendit de voiture. Il était certain de ne pas l'avoir touchée, mais elle paraissait inerte. En se penchant sur elle, il vit qu'elle était très jeune, quatorze ou quinze ans, pas plus. Et elle était dans un sale état. Droguée ou ivre. Wallander essaya de lui parler, mais n'obtint que quelques syllabes sans suite. Entre-temps une voiture s'était arrêtée. Le conducteur accourut en demandant s'il y avait eu un accident.

– Non. Mais vous pouvez m'aider à la remettre debout

Ce fut impossible. Ses jambes pliaient sous elle.

411

– Elle est ivre ? demanda l'homme avec dégoût.

– Aidez-moi à la porter jusqu'à ma voiture. Je vais la conduire à l'hôpital.

Ils réussirent à l'installer tant bien que mal sur la banquette arrière. Wallander remercia l'homme pour son aide et démarra. La fille poussa un gémissement. Puis elle vomit. Wallander lui-même avait mal au cœur. Les adolescents ivres avaient depuis longtemps cessé de l'indigner. Mais cette fille-ci était trop mal en point. Il s'arrêta à l'entrée des urgences et se retourna. Elle avait vomi sur sa veste et sur la moitié de la banquette. Elle se mit à secouer la poignée de la portière.

– Reste où tu es ! Je vais chercher quelqu'un.

Il sonna à la porte. Une ambulance arriva au même instant. Il reconnut le conducteur, qui s'appelait Lagerbladh, un vieux de la vieille. Ils se saluèrent.

– Tu as un client ou tu vas chercher quelqu'un ?

Le collègue de Lagerbladh les avait rejoints. Wallander lui fit un signe de tête. Il ne l'avait jamais vu.

– On va chercher quelqu'un, dit Lagerbladh.

– Alors aidez-moi d'abord.

Ils le suivirent. La fille avait réussi à ouvrir la portière, mais pas à s'extirper de la voiture. Le haut de son corps dépassait de la banquette. Wallander n'avait jamais rien vu de pareil. Les cheveux sales qui traînaient sur l'asphalte mouillé, la veste couverte de vomissures.

– Tu l'as trouvée où ?

– J'ai failli l'écraser.

– D'habitude, ils ne sont pas ivres avant le soir.

– Je ne suis pas sûr qu'elle soit ivre.

– Ça peut être n'importe quoi. On trouve de tout en ville, héroïne, cocaïne, extasy, tout ce qu'on veut.

Le collègue était parti chercher une civière.

– J'ai l'impression de la reconnaître, dit Lagerbladh. Je me demande si je ne l'ai pas déjà emmenée une fois.

Il se pencha et ouvrit la veste de la fille sans ménagement. Elle protesta à peine. Lagerbladh finit par trouver une carte d'identité.

– Sofia Svensson. Ça ne me dit rien. Mais je la reconnais. Elle a quatorze ans.

L'âge d'Eva Persson, pensa Wallander. Qu'est-ce qui se passe, au juste ?

Le collègue revint avec la civière. Ils la soulevèrent. Lagerbladh jeta un coup d'œil à la banquette et fit la grimace.

– Bonne chance pour le nettoyage.

– Appelle-moi. Je veux être tenu au courant. Et savoir ce qu'elle a avalé.

Lagerbladh promit de l'appeler. Les deux ambulanciers s'éloignèrent avec la civière. La pluie avait augmenté d'intensité. Wallander contempla les dégâts dans sa voiture. Puis il vit les portes vitrées des urgences se refermer. Une fatigue infinie le submergea. Je vois une société se décomposer autour de moi. Autrefois, Ystad était une petite ville entourée de cultures prospères. Il y avait un port, quelques ferries qui nous reliaient au continent, mais pas trop. Malmö était loin. Ce qui arrivait là-bas n'arrivait jamais ici. Cette époque-là est révolue. Il n'y a plus de différence entre eux et nous. Ystad est au centre de la Suède. Bientôt au centre de l'univers. Erik Hökberg fait des affaires dans le monde entier sans quitter son bureau, une fille de quatorze ans erre dans les rues complètement ivre ou droguée à neuf heures du matin. Je ne sais pas ce que je vois. Mais c'est un pays où les gens sont exposés, sans abri, une société de part en part vulnérable. Une coupure d'électricité, et tout s'arrête. La vulnérabilité s'est insinuée en profondeur dans chaque individu. Sofia Svensson en est une image. Comme Eva Persson. Et Sonja Hökberg. Et moi. Qu'est-ce que je peux faire ? À part les charger dans ma voiture et les conduire à l'hôpital ou au commissariat ?

Il s'approcha d'un container, trouva quelques journaux trempés avec lesquels il essuya tant bien que mal la banquette. Puis il fit le tour de la voiture et considéra sa calandre enfoncée. Il pleuvait à verse. Mais il s'en fichait.

Il remonta en voiture. Soudain, il pensa à Sten Widén. La Suède est devenu un pays que les gens fuient. Ceux qui le peuvent s'en vont. Restent les gens comme moi, comme Sofia Svensson, comme Eva Persson. Il était indigné. Pour elles, mais aussi pour lui-même. On est en train de trahir toute une génération. On leur vole leur avenir. Les jeunes quittent des écoles où les profs luttent en vain, avec des classes trop nombreuses et des moyens insuffisants. Des jeunes qui n'auront jamais accès à un travail digne de ce nom. Qui ne se sentent pas seulement superflus, mais carrément indésirables dans leur propre pays.

Arrivé place Runnerström, il coupa le contact, toujours perdu dans ses pensées. Quelqu'un frappa à la vitre, il sursauta. C'était Martinsson, tout sourire, un sachet de viennoiseries à la main. Wallander fut malgré lui content de le voir. En temps normal, il lui aurait parlé de la fille qu'il venait de conduire à l'hôpital. Là, il ne dit rien, se contenta de descendre de voiture.

– Je croyais que tu dormais.

– Je réfléchissais. Alfredsson est arrivé ?

Martinsson rit.

– Figure-toi qu'il ressemble vraiment à l'autre Alfredsson. Sauf qu'on ne peut pas franchement l'accuser d'être drôle.

– Robert Modin est arrivé ?

– Je dois aller le chercher à treize heures.

Ils montèrent l'escalier.

– Un certain Setterkvist s'est pointé ce matin. Un vieux monsieur plutôt autoritaire. Il voulait savoir qui paierait le loyer de Falk à partir de maintenant.

– Je l'ai rencontré. C'est lui qui m'a appris l'existence de ce bureau.

Wallander pensait à la fille qu'il avait transportée aux urgences. Il se sentait abattu. Ils s'arrêtèrent sur le palier.

– Alfredsson prend son temps, dit Martinsson. Mais il est sûrement très fort. Il est en train d'analyser les résultats qu'on a obtenus jusqu'à présent. Sa femme n'arrête pas d'appeler pour se plaindre qu'il soit ici et pas à la maison.

– Je vais juste lui dire bonjour. Puis je vous laisse jusqu'à l'arrivée de Modin.

– Que croit-il avoir trouvé au juste ?

– Je ne sais pas. Mais il était persuadé d'avoir découvert un moyen de s'infiltrer dans les secrets de Falk.

Ils entrèrent. L'homme de Stockholm ressemblait vraiment à son célèbre homonyme. Wallander ne put s'empêcher de sourire et en oublia même un instant ses pensées moroses. Ils se saluèrent.

– Nous vous sommes très reconnaissants d'avoir accepté de venir si vite.

– Pourquoi ? J'avais le choix ?

– J'ai acheté des viennoiseries, dit Martinsson. J'espère que vous aimez ça.

Wallander décida de s'en aller sans attendre. Sa présence n'avait d'intérêt que si Modin était là.

– Appelle-moi quand il sera arrivé, dit-il à Martinsson. J'y vais.

Alfredsson s'était rassis devant l'ordinateur. Soudain, il poussa une exclamation. Wallander et Martinsson se rapprochèrent. Un point clignotant signalait l'arrivée d'un e-mail.

– C'est pour vous, dit Alfredsson, surpris, en se tournant vers Wallander.

Wallander mit ses lunettes. Le message était de Robert Modin.

Ils m'ont repéré. J'ai besoin d'aide. Robert.

Oh non, pensa Wallander avec désespoir. Pas un de plus. Je n'y arriverai pas.

Il était déjà dans l'escalier.

La voiture de Martinsson était la plus proche. Wallander mit le gyrophare.

Il était dix heures du matin lorsqu'ils quittèrent la ville. Il pleuvait à verse.

34

En arrivant à Löderup, après un trajet défiant toutes les règles de sécurité, Wallander rencontra pour la première fois la mère de Robert Modin – une grosse dame qui paraissait très nerveuse. Elle était allongée sur le canapé, du coton hydrophile dans les narines, une serviette mouillée sur le front. Le père leur avait ouvert en annonçant que Robert avait pris la voiture. Il le répéta plusieurs fois.

– Il a pris la voiture et il n'a même pas son permis.

– Il sait conduire ? demanda Martinsson.

– À peine.

Il leur expliqua à voix basse que sa femme était au salon.

– Elle saigne du nez. Ça lui arrive toujours quand elle est bouleversée.

Wallander et Martinsson entrèrent pour la saluer. Elle fondit en larmes lorsque Wallander lui apprit qu'ils étaient de la police.

– Il vaut mieux qu'on aille à la cuisine, dit Axel Modin. Ma femme est d'un tempérament un peu nerveux.

Wallander devina quelque chose de lourd, de douloureux peut-être, dans sa façon de parler de sa femme. Ils allèrent à la cuisine. Modin laissa la porte entrebâillée. Il semblait guetter le moindre bruit venant du salon.

Il leur proposa un café, qu'ils refusèrent. À présent, Wallander avait vraiment peur. Il ignorait ce qui se tramait, mais Robert Modin était en danger, sans aucun doute possible. Deux jeunes avaient été tués, et Wallander sentait bien qu'il n'en supporterait pas un de plus. Il serait métamorphosé en monument d'incompétence s'il ne parvenait pas à protéger le jeune homme qui avait mis ses extraordinaires capacités à leur service. Au cours du trajet jusqu'à Löderup, il avait été terrorisé par la vitesse à laquelle Martinsson conduisait. À la fin seulement, lorsque l'état de la route l'avait contraint de ralentir, il avait posé quelques questions.

– Comment pouvait-il savoir qu'on était place Runnerström ? Et comment a-t-il pu envoyer ce mail à l'ordinateur de Falk ?

– Il a peut-être essayé de t'appeler. Tu as branché ton portable ?

Wallander sortit l'appareil. Éteint. Il jura à haute voix.

– Il a dû deviner où nous étions, continua Martinsson. Et l'adresse e-mail de Falk, il l'avait évidemment notée. On ne peut pas dire que ce garçon ait un problème de mémoire.

A présent, dans la cuisine, Wallander se tourna vers le père.

– Que s'est-il passé ? Nous avons reçu une sorte d'appel au secours de Robert.

Axel Modin le dévisagea sans comprendre.

– Un appel au secours ?

– Par ordinateur. Mais le plus urgent, c'est que vous nous disiez en peu de mots ce qui s'est passé.

– Je ne sais rien. Je ne savais même pas que vous alliez venir. Mais ces derniers temps, j'ai entendu du bruit dans sa chambre, la nuit. Je ne sais pas ce qu'il fabriquait. Ces ordinateurs de malheur, j'imagine. En me réveillant ce matin vers six heures, j'ai entendu qu'il y était encore. Faut croire qu'il n'avait pas dormi de la nuit. J'ai frappé à la porte pour lui demander s'il voulait un café. Il a dit oui. Je l'ai appelé du rez-de-chaussée quand le café était prêt. Il a mis presque une demi-heure à venir. Mais il n'a rien dit. Il paraissait plongé dans ses pensées.

– Ça lui arrive souvent ?

– Oui. Et j'ai bien vu qu'il n'avait pas dormi.

– Il vous a dit à quoi il était occupé ?

– Non, il ne m'en parlait jamais. Ça n'aurait servi à rien. Je suis un vieil homme qui ne comprend rien aux ordinateurs.

– Que s'est-il passé ensuite ?

– Il a bu son café et il est remonté dans sa chambre avec un verre d'eau.

– Je croyais qu'il ne buvait pas de café, dit Martinsson. Seulement des boissons très spéciales.

– C'est vrai. Il est végétalien. Le café est la seule exception.

Wallander n'était pas sûr de savoir ce qu'était un végétalien. Linda avait essayé de lui expliquer le rapport entre la conscience écologique, le sarrasin et les lentilles. Pour l'instant, cela n'avait pas d'importance. Il poursuivit.

– Il est donc remonté dans sa chambre. Quelle heure était-il ?

– Sept heures moins le quart.

– Savez-vous si quelqu'un l'a appelé ?

– Il a un portable. Je ne peux pas entendre s'il sonne.

– Que s'est-il passé ensuite ?

– À huit heures, j'ai apporté son petit déjeuner à ma femme. En passant devant la chambre de Robert, je n'ai rien entendu. J'avoue que je me suis arrêté pour deviner s'il s'était endormi.

– Et c'était le cas ?

– Je n'ai rien entendu. Mais je crois qu'il réfléchissait.

Wallander fronça les sourcils.

– Comment pouvez-vous le savoir ?

– Ce sont des choses qui se sentent, non ? Quand quelqu'un réfléchit derrière une porte fermée.

Martinsson hocha la tête d'un air entendu, ce qui exaspéra Wallander.

– Et ensuite ? Une fois que vous avez apporté à votre femme son petit déjeuner au lit ?

– Pas au lit. Elle mange à une petite table, dans la chambre. Elle est nerveuse le matin, elle doit prendre son temps.

– Ensuite ?

– Je suis descendu laver la vaisselle, nourrir les chats et les poules. On a aussi quelques oies. Je suis allé chercher le journal dans la boîte aux lettres. Puis je me suis refait un café et j'ai feuilleté le journal

– Toujours pas de bruit à l'étage ?

– Non. C'est après que c'est arrivé.

Martinsson et Wallander se raidirent imperceptiblement Axel Modin se leva et ferma la porte donnant sur le séjour.

– Soudain, j'ai entendu la porte de Robert s'ouvrir à toute volée. Il a déboulé dans la cuisine. J'étais assis au même endroit que maintenant. On aurait dit qu'il avait vu un fantôme. Il s'est précipité vers la porte d'entrée et l'a fermée à clé. Puis il m'a demandé en hurlant si j'avais vu quelqu'un.

– Ce sont ses propres mots ? Si vous aviez vu quelqu'un ?

– Oui, il paraissait hors de lui. Je lui ai demandé ce qui se passait. Mais il n'a rien voulu entendre. Il allait de la cuisine au séjour en regardant par les fenêtres. Ma femme s'est mise à crier là-haut. Elle avait peur. C'était le chaos. Après, c'est devenu pire.

– Que s'est-il passé ?

– Il est revenu dans la cuisine avec mon fusil de chasse en me criant de lui donner des cartouches. J'ai pris peur, je lui ai redemandé ce qui n'allait pas. Il n'a rien voulu me dire. Il voulait des cartouches. Mais je ne lui en ai pas donné.

– Ensuite ?

– Il a jeté le fusil sur le canapé et il a pris les clés de la voiture. J'ai essayé de l'en empêcher, mais il m'a bousculé et il est parti.

– Quelle heure était-il ?

– Je ne sais pas. Ma femme criait dans l'escalier. J'ai dû m'occuper d'elle. Il devait être neuf heures et quart environ.

Wallander regarda sa montre. Cela faisait un peu plus d'une heure. Robert Modin avait lancé un appel au secours et il était parti.

Il se leva.

– Dans quelle direction est-il parti ?

– Vers le nord.

– Avez-vous vu quelqu'un quand vous êtes sorti chercher le journal et nourrir les poules ?

– Et qui ça serait ? Par ce temps ?

- Une voiture peut-être. Stationnée quelque part. Ou qui serait passée sur la route.

– Il n'y avait personne.

– Il faut qu'on jette un coup d'œil à sa chambre.

Axel Modin était effondré.

– Quelqu'un peut-il m'expliquer ce qui se passe ici ?

– Pas dans l'immédiat. Mais nous allons essayer de retrouver Robert.

– Il avait peur. Je ne l'ai jamais vu dans cet état. Comme sa mère est capable d'avoir peur, ajouta-t-il après un silence.

Martinsson et Wallander montèrent l'escalier. Martinsson indiqua le fusil appuyé contre la balustrade. Deux ordinateurs étaient allumés dans la chambre de Robert. Des vêtements gisaient, éparpillés. La corbeille à papier débordait.

– Peu avant neuf heures, il se passe quelque chose, résuma Wallander. Robert prend peur, il nous lance un appel et s'en va. Il est désespéré, terrifié. Il veut des cartouches. Il regarde par les fenêtres, puis il prend la voiture.

Martinsson indiqua le portable posé sur la table.

– Quelqu'un a pu l'appeler. Ou bien il a lui-même passé un appel et appris quelque chose qui lui a fait très peur Dommage qu'il n'ait pas pris le portable.

– Il a peut-être reçu un mail. Il nous a écrit qu'on l'avait repéré.

– Mais il ne nous a pas attendus.

– Cela indique qu'il a pu se passer autre chose après ce message. Ou alors il n'a pas osé attendre.

Martinsson s'était assis devant les ordinateurs.

– On laisse tomber celui-là pour l'instant, dit-il en montrant le plus petit des deux.

Wallander ne lui demanda pas comment il pouvait savoir lequel des deux était le plus important. Dans l'immédiat, il avait besoin de lui. Situation inhabituelle : l'un de ses collaborateurs en savait plus que lui.

Martinsson pianota sur le clavier. La pluie fouettait les vitres. Wallander jeta un regard autour de lui. Au mur, une affiche représentant une carotte géante. À part cela, tout dans cette chambre tournait autour de l'électronique. Livres, disquettes, accessoires, câbles enroulés comme des nids de serpents, modem, imprimante, poste de télévision, deux magnétoscopes. Wallander se plaça à côté de Martinsson et plia les genoux. Que pouvait voir Robert Modin par la fenêtre lorsqu'il travaillait à son bureau ? Des champs, un chemin de traverse au loin. Une voiture avait pu surgir... Il parcourut à nouveau la chambre du regard. Martinsson marmonnait devant l'écran. Wallander souleva un tas de papiers avec précaution. Des jumelles. Il les dirigea vers le chemin noyé de pluie. Une pie traversa son champ de vision. Wallander sursauta malgré lui. À part ça, rien. Une clôture à moitié effondrée, quelques arbres. Et le chemin qui serpentait à travers champs.

– Tu trouves quelque chose ?

Martinsson grommela. Wallander mit ses lunettes et examina le bloc posé près de l'ordinateur. Robert Modin avait une écriture indéchiffrable. Des calculs, des phrases griffonnées, souvent incomplètes. Un mot revenait plusieurs fois. *Le retard*. Suivi d'un point d'interrogation, ou souligné. *Le retard*. Wallander continua de feuilleter les notes. Un chat noir avec de longues oreilles pointues et une queue qui finissait en gribouillis – comme lorsqu'on réfléchit ou qu'on écoute quelqu'un au téléphone. Sur la page suivante, il avait écrit : *Programmation achevée quand ?* Puis ces deux mots : *Insider nécessaire ?* Beaucoup de points d'interrogation, pensa Wallander. Il cherche des réponses. Comme nous.

– Ici ! s'exclama Martinsson. Il a reçu un mail juste avant de nous envoyer le sien.

Wallander se pencha et lut.

You have been traced.

Rien d'autre. « Tu es repéré. »

– Autre chose ?

– Non. C'est le dernier message qu'il ait reçu.

– Qui l'envoie ?

– Une combinaison aléatoire de chiffres et de lettres. Quelqu'un qui ne souhaite pas livrer son identité.

– Mais d'où vient le message ?

– Le serveur s'appelle Vésuve. On peut le localiser, mais ça risque de prendre du temps.

– Ce n'est pas en Suède ?

– Je ne crois pas.

– Le Vésuve est un volcan en Italie. Peut-il venir de là-bas ?

– Tu n'obtiendras pas de réponse immédiate. Mais on peut essayer. Que dois-je écrire ?

Wallander réfléchit.

– « Veuillez répéter le message. »

Martinsson acquiesça en silence et nota le message en anglais.

– Signé Robert Modin ?

– Oui.

Martinsson nota la combinaison de chiffres et de lettres à la place du destinataire et appuya sur « envoi ». Le texte disparut dans l'espace cybernétique. Un message s'afficha indiquant que l'adresse était incorrecte.

– Très bien, dit Wallander.

– Que veux-tu que je cherche maintenant ? Où se trouve Vésuve ?

– Envoie la question sur le Net. Ou à quelqu'un qui s'y entend.

Puis il se ravisa.

– Pose-la autrement. Le serveur Vésuve se trouve-t-il en Angola ?

– Ah bon ? Tu crois encore que cette carte postale de Luanda signifie quelque chose ?

– Pas en soi. Mais Tynnes Falk a rencontré quelqu'un là-bas il y a longtemps. Je suis convaincu que c'est important. Décisif, même.

Martinsson lui jeta un regard.

– Parfois, j'ai l'impression que tu surestimes ton intuition. Si je puis me permettre.

Wallander dut se faire violence pour ne pas exploser. La pensée de ce qu'avait fait Martinsson... Il se domina. Le plus important dans l'immédiat, c'était Robert Modin. Mais il mémorisa soigneusement la réplique. Il pouvait se montrer très rancunier au besoin.

Il y avait aussi autre chose. Une pensée qui l'avait frappé au moment même où Martinsson faisait son commentaire.

– Il a demandé conseil à des amis. L'un se trouvait en Californie, l'autre à Rättvik. Est-ce que tu as noté leur adresse e-mail ?

– J'ai tout noté, dit Martinsson, visiblement vexé de ne pas y avoir pensé lui-même.

Cela réjouit Wallander. Comme une petite vengeance anticipée.

– Ils devraient pouvoir nous répondre. Si tu précises bien qu'on fait ça pour Robert. Pendant ce temps, je vais me mettre à sa recherche.

– Il n'a pas camouflé ses traces, tout compte fait. Comment est-ce possible ?

– C'est toi qui t'y connais en informatique, pas moi. Mais j'ai l'impression que quelqu'un est parfaitement informé de nos faits et gestes. Ça n'a rien à voir avec mon intuition, seulement avec les faits.

– Quelqu'un a surveillé Apelbergsgatan et la place Runnerström. Quelqu'un t'a tiré dessus dans l'appartement de Falk.

– Ce n'est pas ça. Je ne parle pas d'un homme au type asiatique, etc. Je pense à une fuite, à l'intérieur du commissariat.

Martinsson éclata de rire. Wallander ne put déceler s'il était ironique ou non.

– Tu ne penses pas sérieusement que l'un d'entre nous serait impliqué ?

– Non. Mais je me demande s'il peut y avoir une faille. Une fuite. Dans les deux sens.

Il indiqua l'ordinateur d'un geste.

– Je me demande tout simplement si quelqu'un fait la même chose que nous. Si quelqu'un s'amuse à copier des informations.

– Les fichiers de la police sont couverts par des systèmes de sécurité performants.

– Mais nos propres machines ? Ann-Britt et toi, vous rédigez tous vos rapports sur ordinateur. Hansson, je ne sais pas. Moi, ça m'arrive de temps en temps. Nyberg se bagarre avec le sien. Les protocoles des légistes nous arrivent par le Net. Quelqu'un ne pourrait-il pas intercepter ces informations ?

– Ça ne me paraît pas vraisemblable.

– C'était juste une idée.

Il quitta Martinsson et descendit l'escalier. Par la porte entrouverte du séjour, il aperçut Modin qui tenait dans ses bras son énorme femme, aux narines pleines de coton hydrophile. Cette image le remplit de pitié et d'une joie confuse – il ne savait pas quel sentiment l'emportait. Il frappa doucement à la porte. Axel Modin le rejoignit.

– J'ai besoin de téléphoner.

– Que s'est-il passé ?

– C'est ce qu'on essaie de comprendre. Mais vous ne devez pas vous inquiéter.

Wallander fit une prière muette pour que ce soit vrai. Il s'assit près du téléphone dans le hall d'entrée et réfléchit à ce qu'il allait dire. Son inquiétude était-elle fondée ? C'était la première question. Mais le message avait bien été envoyé. De plus, c'était un leitmotiv de toute cette enquête : la nécessité de dissimuler quelque chose à tout prix – pour des gens qui n'hésitaient pas à tuer. Wallander prit sa décision. La menace contre Robert Modin était réelle ; il n'osait pas sous-estimer le danger. Il composa le numéro du commissariat. Cette fois, il eut de la chance. Ann-Britt était là et prit aussitôt son appel. Il lui expliqua la situation. Il fallait en tout premier lieu envoyer des voitures pour fouiller les alentours de Löderup. Si Robert Modin était mauvais conducteur, il n'était peut-être pas très loin. Sans compter le risque d'un accident. Wallander demanda à Axel Modin de décrire la voiture et de préciser le numéro d'immatriculation. Ann-Britt prit note. Wallander remonta au premier étage. Toujours pas de nouvelles des conseillers de Modin.

– J'ai besoin de ta voiture.

– Les clés sont dans le contact, dit Martinsson sans quitter l'écran des yeux.

Wallander courut sous la pluie jusqu'à la voiture. Il avait décidé de jeter un coup d'œil au chemin que Robert Modin voyait de sa fenêtre. Selon toute vraisemblance, ça ne donnerait rien. Mais il voulait s'en assurer. Il quitta la cour de la ferme. Un détail ne cessait d'affleurer à sa conscience, une pensée cherchant une issue.

Quelques mots qu'il avait dits lui-même, à propos d'un câble clandestin branché sur le réseau du commissariat. Il comprit au moment même où il découvrait l'entrée du chemin de terre.

Il venait de fêter ses dix ans. Ou ses douze ans peut-être. C'était un nombre pair, et à huit ans, il aurait été trop jeune. Son père lui avait offert des livres. Il ne se souvenait pas du cadeau qu'il avait reçu de sa mère, ni de sa sœur Kristina. Mais les livres étaient posés sur la table du petit déjeuner, enveloppés de papier vert. Il avait tout de suite ouvert le paquet et constaté que c'était presque parfait. Pas tout à fait. Mais presque. Il avait demandé Les Enfants du capitaine Grant *de Jules Verne. Le titre l'attirait. Et son père lui avait offert* L'Île mystérieuse, *en deux tomes. Les vrais, avec la couverture rouge et les illustrations originales. Il avait commencé à les lire le soir même. Un mystérieux bienfaiteur s'approchait des naufragés solitaires sur l'île. Qui les aidait ainsi, dans leur détresse extrême ? Alors que le jeune Pencroff se mourait de la malaria et qu'aucune puissance au monde n'aurait pu lui sauver la vie, la quinine était apparue. Et le chien Top grondait au bord du puits profond, tandis que les autres se demandaient ce qui le rendait si inquiet. Pour finir, alors que le volcan tremblait déjà, ils avaient retrouvé le bienfaiteur inconnu. Ils avaient suivi le câble secret connecté au fil télégraphique qui reliait la grotte au récif de corail. Le câble s'enfonçait dans la mer. Et là, dans le sous-marin, ils avaient enfin rencontré le capitaine Nemo...*

Wallander s'était arrêté sur le chemin boueux. La pluie tombait un peu moins fort, mais le brouillard prenait la relève, venant de la mer. Le bienfaiteur tapi dans les profondeurs... Si j'ai raison, pensa-t-il, une oreille invisible est collée à nos murs et écoute nos conversations. Pas un bienfaiteur qui apporte de la quinine, au contraire. Quelqu'un qui nous dérobe ce dont nous avons le plus besoin.

Il démarra, beaucoup trop vite, mais c'était la voiture de Martinsson. Dans l'immédiat, elle lui servirait de défouloir. Arrivé à l'endroit qu'il pensait avoir repéré grâce aux jumelles, il s'arrêta et descendit. À moins que le brouillard ne soit déjà trop épais, Martinsson apercevrait sa voiture en levant la tête. Avec les jumelles, il pourrait même distinguer le visage de Wallander. Le chemin portait des traces de pneus. Il crut voir qu'une voiture s'était arrêtée à cet endroit. Les traces étaient indistinctes, à cause de la pluie. N'empêche, quelqu'un avait pu s'arrêter ici. En même temps qu'un message était envoyé à l'ordinateur de Modin.

Wallander sentit la peur le reprendre. Si quelqu'un montait la garde sur le chemin, il avait forcément vu Robert Modin quitter la maison.

C'est ma faute, pensa-t-il. Je n'aurais jamais dû mêler Robert Modin à cette histoire. C'était trop dangereux, complètement irresponsable.

Il s'obligea à réfléchir calmement. Robert Modin avait paniqué. Il voulait emporter le fusil. Puis il avait pris la voiture. Où était-il allé ?

Il regarda une dernière fois autour de lui. Puis il reprit le chemin de la maison. Axel Modin l'interrogea du regard.

– Je n'ai pas trouvé Robert. Mais il n'y a pas de raison de s'inquiéter.

Axel Modin détourna la tête, comme si son scepticisme pouvait être perçu comme une offense. Aucun bruit ne leur parvenait du séjour.

– Elle va mieux ? demanda Wallander.

– Elle dort. C'est le mieux pour elle. Elle a peur du brouillard qui s'insinue partout.

Wallander montra la cuisine d'un signe de tête. Modin le suivit. Un grand chat noir couché sur l'appui de la fenêtre observa Wallander de son regard vigilant. Il se demanda si c'était lui qu'avait dessiné Robert ; le chat dont la queue se transformait en fil électrique.

– Où a-t-il pu aller ?

Axel Modin écarta les mains.

– Je ne sais pas.

– Mais il a des amis. Quand je suis venu la première fois, il était à une fête.

– J'ai téléphoné à ses amis. Personne ne l'a vu. Ils ont promis de m'appeler au cas où.

– Vous avez sûrement réfléchi. C'est votre fils. Il a peur, il s'en va. Où a-t-il pu se cacher ?

Modin réfléchit. Le chat ne quittait pas Wallander du regard.

– Il aime bien se balader sur les plages, vers Sandhammaren, ou alors dans les champs autour de Backåkra. Je ne connais pas d'autre endroit.

Wallander hésita. La plage était un lieu trop exposé, tout comme les champs de Backåkra. Mais là, il y avait le brouillard. Pas de meilleure cachette que le brouillard scanien.

– Réfléchissez encore. Avait-il un refuge quand il était enfant ?

Il s'excusa, alla dans le hall d'entrée et appela Ann-Britt. Les patrouilles étaient en route vers Österlen. La police de Simrishamn avait été informée et les assistait. Wallander lui transmit les informations d'Axel Modin.

– Je me charge de Backåkra, dit-il. Il faut que tu envoies une voiture à Sandhammaren.

– D'accord. J'arrive.

En raccrochant, il vit Martinsson débouler dans l'escalier.

- J'ai eu une réponse de Rättvik. Tu avais raison. Le serveur Vésuve se trouve à Luanda.

Wallander hocha la tête. Il n'était pas surpris. Mais sa peur n'en était que plus forte.

35

Wallander avait le sentiment de se trouver face à une forteresse imprenable dont les murs étaient à la fois gigantesques et invisibles. Les murailles électroniques, pensa-t-il. Les murs coupe-feu. Tout le monde parle de la nouvelle technologie comme d'un espace inexploré aux possibilités infinies. Mais pour moi, dans l'immédiat, c'est un camp retranché que je ne sais par où attaquer.

Martinsson avait déniché quelques informations supplémentaires concernant le serveur domicilié en Angola. L'installation et la maintenance étaient assurées par des entrepreneurs brésiliens. Mais le correspondant de Falk restait anonyme, même si Wallander avait de bonnes raisons de soupçonner que son nom commençait par un C. D'après Martinsson, qui était mieux informé que lui de la situation en Angola, le pays était plus ou moins livré au chaos. Depuis le départ des Portugais et l'accès à l'indépendance, au milieu des années 1970, il s'y livrait une guerre civile presque ininterrompue. L'existence d'une police operationnelle était peu probable. En plus, la lettre C pouvait aussi bien désigner un groupe qu'une personne. Pourtant, Wallander avait le sentiment de repérer une cohérence, bien qu'il n'eût aucune idée de ce qu'elle impliquait. Il ignorait encore tout de ce qui s'était passé à Luanda pendant les quatre ans de la disparition de Falk. Pour l'instant, ils avaient seulement réussi à donner un coup de pied dans une fourmilière. Les fourmis couraient en tous sens mais que se cachait-il à l'intérieur de la fourmilière elle-même ?

En attendant, dans le hall de la famille Modin, face à Martinsson, avec la peur qui grandissait à chaque seconde, il n'avait qu'une certitude : il fallait à tout prix retrouver Robert Modin avant qu'il ne soit trop tard. L'image des restes carbonisés de Sonja Hökberg et celle du corps réduit en bouillie de Jonas Landahl étaient imprimées sur sa rétine. Il aurait voulu se précipiter dehors, fouiller le brouillard sans attendre. Mais tout était vague et incertain. Robert Modin avait peur, il était en fuite – de la même manière que Jonas Landahl avait pris le ferry pour la Pologne. Mais il avait été coincé sur le chemin du retour. Rattrapé, plutôt.

Pendant qu'ils attendaient Ann-Britt, il tenta de faire pression sur Axel Modin. N'avait-il vraiment aucune idée de l'endroit où avait pu se rendre son fils ? Ses amis étaient prévenus. Mais n'y avait-il personne d'autre ? Aucun endroit ? Aucune cachette ? Tandis que Wallander tentait d'extorquer un sésame à Modin, Martinsson était retourné auprès des ordinateurs. Wallander l'avait chargé de reprendre contact avec les amis inconnus de Rättvik et de Californie. Peut-être seraient-ils au courant d'une cachette ?

Modin répétait les noms de Sandhammaren et Backåkra. Wallander ne le regardait pas ; il regardait au-delà, par la fenêtre, le brouillard à présent très dense. L'étrange silence qui l'accompagnait n'existait qu'en Scanie, à cette époque précise de l'année, en octobre et en novembre, où tout semblait retenir son souffle avant l'hiver qui rôdait déjà, attendant son heure.

Wallander entendit une voiture freiner dans la cour et alla ouvrir. Ann-Britt salua Modin pendant que Wallander allait chercher Martinsson. Axel Modin retourna auprès de sa femme aux narines pleines d'ouate, à la peur secrète.

Pour Wallander, la situation était simple. Il fallait retrouver Robert Modin. Rien d'autre n'avait d'importance. Les voitures de police sillonnant le brouillard ne suffisaient pas. Il chargea Martinsson de lancer une alerte régionale. Tous les districts de police du sud de la Scanie devaient être mis sur le coup.

– Il est parti dans un état de panique. On ne sait pas si le message qu'il a reçu était une simple menace. On ne sait pas si la maison était surveillée, mais on doit partir de cette hypothèse.

– Ils doivent être très forts, dit Martinsson qui se tenait sur le seuil, le portable collé à l'oreille. Je suis certain qu'il a camouflé ses traces.

– Ça n'a peut-être pas suffi, s'il a copié des informations et continué le travail ici...

– Je n'ai rien trouvé. Mais tu as peut-être raison.

Une fois l'avis de recherche lancé, il fut convenu que Martinsson resterait dans la maison des Modin, transformée en QG provisoire. Robert essaierait peut-être de prendre contact avec sa famille. Ann-Britt se chargerait de la plage de Sandhammaren avec une patrouille, tandis que Wallander se rendrait à Backåkra.

Alors qu'ils se dirigeaient vers les voitures, Wallander vit qu'Ann-Britt était armée. Après son départ, il retourna à la cuisine.

– Le fusil, dit-il. Et des cartouches.

L'angoisse se peignit sur le visage de Modin.

– Simple précaution, ajouta trop tard Wallander.

Modin quitta la pièce et revint avec le fusil et une boîte de cartouches.

Il conduisait à nouveau la voiture de Martinsson. La circulation sur la route était très ralentie à cause du brouillard. Wallander n'avait qu'une pensée : où était Robert Modin ? Comment avait-il raisonné ? Avait-il un projet ou était-il parti sous le coup de la panique ? Wallander finit par comprendre qu'il ne trouverait pas de réponse. Il ne connaissait pas Robert Modin.

Il faillit dépasser la sortie. Une fois sur la petite route, il accéléra, malgré le rétrécissement de la voie. Il ne s'attendait pas à croiser des voitures. Il n'y avait rien à Backåkra, en dehors de la maison de l'Académie suédoise, sûrement déserte à cette époque de l'année. Il laissa la voiture sur le parking. Une corne de brume résonna, il perçut l'odeur de la mer. Il n'y voyait pas à plus d'un mètre. Il fit le tour du parking. Pas d'autres voitures. Il se dirigea vers le quadrilatère de la ferme. Fermé, verrouillé. Pas âme qui vive. Qu'est-ce que je fais là ? Pas de voiture, pas de Robert Modin. Pourtant, il prit à droite à travers champs, vers le cercle de pierres et le lieu de méditation. Un oiseau poussa un cri au loin – ou peut-être tout près. Le brouillard empêchait d'évaluer les distances. Il avait le fusil sous le bras, la boîte de cartouches dans sa poche. Il entendait à présent le ressac. Il arriva devant le cercle de pierres. Personne. Il prit son portable et appela Ann-Britt, qui lui répondit de la plage de Sandhammaren. Aucune trace de la voiture de Modin. Mais elle avait parlé à Martinsson ; d'après lui, tous les districts de police de Scanie étaient désormais impliqués dans les recherches.

– Le brouillard est localisé, dit-elle. À Sturup, les avions décollent et atterrissent normalement. Au nord de Brösarp, la vue est dégagée.

– Il n'est pas allé jusque-là. Il est dans les parages, j'en suis convaincu.

Il raccrocha. Soudain, il leva la tête. Une voiture approchait du parking. Il écouta intensément. Modin avait disparu à bord d'une voiture ordinaire, une Golf. Le bruit de ce moteur était différent. Sans vraiment savoir pourquoi, il chargea le fusil avant de continuer. Le bruit du moteur cessa. Une portière s'ouvrit. Wallander était certain que ce n'était pas Modin. Probablement quelqu'un qui avait à faire dans la maison, ou qui désirait jeter un coup d'œil à la voiture de Wallander au cas où il s'agirait d'un cambrioleur. Il scruta le brouillard, flairant le danger. Il quitta le sentier et décrivit un grand arc de cercle pour rejoindre le parking. Si quelqu'un avait ouvert la porte de la maison, il l'aurait entendu. Tout était silencieux. Bizarre.

Soudain, il aperçut la maison et recula de quelques pas ; elle disparut. Il la contourna, escalada la clôture avec difficulté. Il explora le parking. La visibilité était encore plus réduite que tout à l'heure. Mieux valait ne pas s'approcher de la voiture de Martinsson. Il reprit sa progression lente, la main contre la clôture pour ne pas perdre le sens de l'orientation.

Il était presque parvenu à l'entrée lorsqu'il s'arrêta net. Une voiture. Une camionnette plutôt. Puis il comprit. C'était un minibus Mercedes bleu nuit.

Il recula vivement, le brouillard l'engloutit. Son cœur battait à se rompre. Il tâta le cran de sûreté du fusil. Se souvint du bruit, une portière qu'on ouvrait. Il n'y avait aucun doute possible. C'était la même voiture qui avait rapporté le corps de Falk devant le distributeur. Quelqu'un était à la recherche de Modin.

Mais Modin n'était pas là.

Au même instant, il comprit qu'il existait une autre possibilité. Ce n'était peut-être pas Modin qu'ils cherchaient, mais lui, Wallander.

S'ils avaient vu Modin quitter la maison, ils avaient très bien pu le voir, lui aussi. Comment savoir si quelqu'un l'avait suivi ? Il y avait eu des phares dans le brouillard. Mais personne ne l'avait dépassé.

Son portable bourdonna. Il sursauta et répondit à voix basse. Mais ce n'était ni Martinsson ni Ann-Britt. C'était Elvira Lindfeldt.

— J'espère que je ne vous dérange pas. Je pensais qu'on pourrait se voir demain. Si vous en avez encore envie.

— Je préfère vous rappeler.

Elle lui demanda de parler plus fort, elle avait du mal à l'entendre.

— Je suis occupé. Je préférerais vous rappeler.

— Pardon ? Je vous entends mal.

— Je ne peux pas vous parler maintenant. Je vous rappelle.

— Je suis chez moi.

Wallander éteignit le portable. C'est de la folie. Elle doit penser que je lui fais la tête. Pourquoi appelle-t-elle juste au moment où je ne peux pas lui parler ?

Soudain, une pensée fugitive et vertigineuse lui traversa l'esprit. Elle disparut aussitôt, il n'eut même pas le temps de la comprendre ; mais il l'avait sentie, comme un courant froid. *Pourquoi avait-elle téléphoné à cet instant précis ?*

C'était absurde. Un effet de la fatigue et de son sentiment croissant d'être victime d'une conspiration. Il se demanda s'il devait la rappeler. Au moment où il allait le ranger dans sa poche, le portable lui glissa des mains et tomba sur l'asphalte mouillé. Cela lui sauva la vie. Il se baissa pour le ramasser. Au même instant, un coup de feu partit derrière lui. Il se retourna, fusil levé, et crut voir une ombre bouger dans le brouillard. Il s'éloigna aussi vite qu'il le put, en trébuchant. Le portable était resté là-bas. Son cœur cognait. Il a entendu ma voix, c'est comme ça qu'il m'a repéré. Si je n'avais pas laissé tomber le portable, je ne serais plus là. Cette pensée le bouleversa. Le fusil tremblait entre ses mains. Pas la peine d'essayer de retrouver le portable. Où était la voiture ? Il avait perdu tout sens de l'orientation. La clôture n'était plus visible. Il ne voulait qu'une chose : s'éloigner le plus vite possible. Il s'accroupit, prêt à tirer. L'homme était là, dans le brouillard. Wallander écouta intensément. Mais tout était silencieux. Il n'osait pas rester là. Il prit une décision rapide, ôta le cran de sûreté et tira en l'air. Le coup de feu fut assourdissant. Il s'éloigna de quelques mètres en courant, s'arrêta, écouta. La clôture était à nouveau visible. Il savait dans quel sens il devait la suivre pour quitter le parking.

Puis il entendit autre chose. Le bruit caractéristique de sirènes de police qui approchaient. Les routes sont pleines de patrouilles, ils ont entendu le premier coup de feu. Il se mit à courir en direction de la route. À mesure que le soulagement le gagnait, la peur se transforma en rage. Pour la deuxième fois en peu de temps, quelqu'un avait essayé de le tuer. Il tenta de réfléchir. Le minibus Mercedes était encore là. Et il n'y avait qu'une seule sortie. Si l'homme choisissait de repartir en voiture, ils l'arrêteraient. S'il disparaissait à pied, ce serait plus compliqué.

Il était parvenu à l'embranchement. Les sirènes approchaient. Il y en avait plus d'une ; deux, peut-être trois. En apercevant les gyrophares, il se mit à gesticuler. Hansson se trouvait à bord de la première voiture. Wallander n'avait jamais de sa vie été aussi heureux de le voir.

— Qu'est-ce qui se passe ? On nous parle de coups de feu et Ann-Britt a dit que tu étais là.

Wallander s'expliqua en peu de mots.

— Personne ne sort sans équipement pare-balles. Il faut faire venir des chiens. Mais d'abord, il faut bloquer la route.

En très peu de temps, le barrage fut établi ; les policiers avaient enfilé des gilets pare-balles et des casques. Ann-Britt était arrivée sur les lieux, suivie de près par Martinsson.

— Le brouillard va bientôt se lever, dit Martinsson. J'ai parlé aux types de la météo, il est très localisé.

Il était treize heures, samedi 18 octobre. Wallander s'éloigna après avoir emprunté le portable de Hansson. Il composa le numéro d'Elvira Lindfeldt, mais se ravisa avant qu'elle ait eu le temps de répondre.

Ils attendirent. Ann-Britt repoussa quelques journalistes curieux qui avaient trouvé le chemin du barrage. Aucune nouvelle de Robert Modin ni de sa voiture. Wallander tenta de parvenir à une conclusion cohérente. Était-il arrivé malheur à Modin ? Ou bien avait-il réussi jusque-là à s'en sortir ? Il n'avait pas de réponse. Un homme armé se cachait dans le brouillard. On ignorait tout de lui, qui il était et pourquoi il avait tiré.

Le brouillard commença à se dissiper vers treize heures trente. Très vite, le soleil apparut. Le minibus Mercedes était encore là, tout comme la voiture de Martinsson. Personne en vue. Wallander ramassa son portable.

— Il est parti à pied.

Hansson appela Nyberg, qui s'engagea à venir sur-le-champ. Ils fouillèrent le véhicule. Rien d'intéressant, en dehors d'une boîte aluminium entamée contenant quelque chose qui ressemblait à du poisson. Une étiquette raffinée affirmait qu'elle venait de Thaïlande et qu'elle contenait du Plakapong Pom Poi.

– On a peut-être trouvé le fameux Fu Cheng, dit Hansson.

– Peut-être. Mais ce n'est pas sûr.

– Tu n'as vraiment rien vu ?

La question venait d'Ann-Britt. Wallander se sentit immédiatement agressé.

– Non. À ma place, tu n'aurais rien vu non plus.

– On a le droit de poser des questions quand même.

On est fatigués, pensa Wallander avec découragement. Ann-Britt, moi, pour ne pas parler de Nyberg. Tous sauf Martinsson, qui a encore la force de conspirer dans les couloirs.

Ils commencèrent les recherches. Les deux chiens flairèrent aussitôt une piste, qui aboutissait à la plage. Entretemps, Nyberg était arrivé avec ses techniciens.

– Empreintes, dit Wallander. À comparer avec celles qu'on a retrouvées chez Falk, sur le site du transformateur, sur le sac de Sonja Hökberg, dans l'appartement de Siv Eriksson et dans le bureau de la place Runnerström.

Nyberg jeta un regard par le pare-brise du minibus.

– Je suis très reconnaissant chaque fois que j'arrive dans un endroit qui n'est pas rempli de cadavres massacrés. Et où on ne patauge pas dans le sang.

Il flaira l'air de la cabine.

– Ça sent la fumée. Marijuana.

Wallander écarquilla les narines, mais ne sentit rien.

– Il faut un bon nez, dit Nyberg avec satisfaction. On leur apprend ça de nos jours, à l'école ?

– Ça m'étonnerait. Mais je maintiens que tu devrais leur faire une conférence. Sur la technique du flair.

– Et puis quoi encore ?

Robert Modin restait introuvable. Vers quinze heures, les maîtres-chiens revinrent. Ils avaient longé la plage vers le nord et perdu la piste.

– Ceux qui cherchent Robert Modin doivent rester extrêmement vigilants. S'ils aperçoivent un homme de type asiatique, ils doivent prendre toutes les précautions avant d'intervenir. Cet homme est dangereux. Il n'hésite pas à tirer. Qu'on nous signale aussi d'urgence toute voiture volée.

Wallander rassembla ses plus proches collaborateurs. Le soleil brillait, pas un souffle de vent. Il les entraîna jusqu'au lieu de méditation.

– Il y avait des flics à l'âge de bronze ? demanda Hansson.

– Sûrement Mais pas de grand patron à Stockholm, à mon avis.

– Ils soufflaient dans des cornes, dit Martinsson. Je suis allé à un concert cet été au tombeau viking d'Ales Stenar. On aurait dit des cornes de brume. Mais c'était peut-être les sirènes de l'époque.

– L'âge de bronze attendra. Essayons de faire le point. Robert Modin reçoit un e-mail. Il se sent menacé, il s'enfuit. Cela fait maintenant cinq ou six heures. Quelqu'un est à sa recherche. Ce quelqu'un en a visiblement aussi après moi. Ça vaut donc pour vous tous.

Il se tut et jeta un regard circulaire pour souligner la gravité du propos.

– Il n'y a qu'une explication plausible. Quelqu'un redoute que nous ayons fait une découverte. Pire encore, que nous soyons en état d'empêcher quelque chose. Je suis absolument persuadé que tous ces événements sont liés à la mort de Falk. Et à ce qui se cache dans son ordinateur

Il se tourna vers Martinsson.

– Où en est Alfredsson ?

– Il trouve tout cela très étrange.

– Nous aussi, tu peux le lui dire de ma part. Autre chose ?

– Il est impressionné par Modin.

– Nous aussi. C'est tout ?

– Je lui ai parlé il y a deux heures. Il n'avait rien à dire que Modin ne nous ait déjà appris. Une horloge invisible, un compte à rebours. Quelque chose doit se produire. Pour le moment, il essaie de découvrir un schéma directeur. Il est en contact permanent avec les cellules informatiques d'Interpol. Au cas où d'autres pays auraient une expérience similaire. Il me fait l'effet d'être à la fois compétent et consciencieux.

– Alors, on lui fait confiance.

– Mais que va-t-il se passer ? Le 20, c'est lundi. Dans moins de trente-quatre heures.

La question venait d'Ann-Britt.

– Ma réponse honnête est que je n'en ai aucune idée Mais quelqu'un n'hésite pas à tuer pour garder le secret.

– Peut-il s'agir d'autre chose que d'une action terroriste ? intervint Hansson. N'aurions-nous pas dû informer Säpo depuis longtemps ?

La proposition de Hansson suscita une certaine hilarité. Wallander pas plus que ses collègues n'avaient la moindre confiance dans les services de sécurité. Mais Hansson avait raison. Il aurait dû le faire, ne serait-ce que pour se protéger lui-même. S'il se produisait quelque chose, sa tête serait la première à tomber.

– Appelle-les. À supposer qu'ils travaillent le week-end.

– La coupure d'électricité, dit Martinsson. Ceux qui ont fait ça savaient exactement où frapper. Quelqu'un aurait-il décidé de détruire le réseau national ?

– Tout est envisageable. Au fait, savons-nous comment les plans du transformateur ont atterri sur le bureau de Falk ?

– D'après l'enquête interne de Sydkraft, dit Ann-Britt, l'original que nous avons trouvé chez Falk a été échangé contre une copie. Ils m'ont donné une liste des gens qui avaient accès aux archives. Je l'ai remise à Martinsson.

Martinsson écarta les mains dans un geste d'impuissance.

– Je n'ai pas eu le temps de m'en occuper. Mais je vais voir si l'un d'entre eux figure dans le fichier.

– Il faudrait le faire immédiatement. Ça peut nous donner un indice.

Le vent s'était mis à souffler sur les champs. Ils évoquèrent les tâches les plus urgentes, à part retrouver Robert Modin. Martinsson partit le premier. Il devait emporter les ordinateurs de Modin au commissariat et s'occuper de la liste de Sydkraft. Wallander chargea Hansson de coordonner les recherches. Pour sa part, il avait le plus grand besoin de faire le point avec Ann-Britt. Auparavant, il aurait choisi Martinsson. Maintenant, c'était au-dessus de ses forces.

Ils revinrent ensemble vers le parking.

– Tu as parlé à Martinsson ? demanda-t-elle.

– Pas encore. Le plus important, c'est de retrouver Robert Modin et de démêler cette histoire.

– C'est la deuxième fois en une semaine que tu as failli être tué. Je ne comprends pas comment tu fais pour rester si calme.

Wallander s'immobilisa.

– Qui te dit que je suis calme ?

– C'est en tout cas l'impression que tu donnes

– C'est une impression fausse.

Ils se remirent en marche.

– Dis-moi ce que tu vois. Prends ton temps. Que s'est-il passé ? À quoi pouvons-nous nous attendre ?

Ann-Britt serra sa veste autour d'elle.

– Je ne peux pas en dire beaucoup plus que toi.

– Tu peux le dire à ta façon. Si j'entends ta voix, c'est autre chose que mes propres pensées.

– Sonja Hökberg a sûrement été violée. Pour l'instant, je ne vois pas d'autre explication au meurtre de Lundberg. Si on creuse davantage, je crois qu'on découvrira une jeune femme aveuglée par la haine. Sonja Hökberg n'est pas la pierre qu'on a jetée à l'eau, mais seulement l'un des cercles concentriques. Le plus important est peut-être le moment où ça s'est passé.

– Explique-toi.

– Que serait-il arrivé si elle n'avait pas été arrêtée pratiquement au moment de la mort de Tynnes Falk ? Imaginons qu'il se soit écoulé quelques semaines entre les deux événements. Et qu'on n'ait pas été aussi près du 20 octobre, à supposer que cette date soit décisive.

Wallander hocha la tête. Le raisonnement était juste.

– L'inquiétude augmente et conduit à des actes incontrôlés. C'est ce que tu veux dire ?

– Il n'y a pas de marge. Sonja Hökberg est détenue par la police. Quelqu'un croit qu'elle sait quelque chose et risque de parler. Ce qu'elle sait est lié aux gens qu'elle fréquente, Jonas Landahl en particulier. Il est tué à son tour. Tout cela est une guerre pour protéger un secret dissimulé dans un ordinateur. Quelques animaux de nuit farouches, pour reprendre l'expression de Modin, veulent à tout prix continuer à œuvrer en silence. Si l'on écarte un certain nombre de détails, les choses peuvent s'être déroulées ainsi. Ce qui expliquerait les menaces contre Robert Modin. Et les attaques contre toi.

– Pourquoi moi ? Pourquoi pas l'un d'entre vous ?

– Tu étais à l'appartement. Tu es toujours visible.

– Il y a beaucoup de lacunes. Mais je pense comme toi. Ce qui me cause le plus de souci, c'est cette oreille collée à nos murs, qui semble toujours informée de nos faits et gestes.

– Tu devrais peut-être ordonner un silence radio absolu. Aucune information importante par ordinateur ni par téléphone.

Wallander donna un coup de pied à un caillou.

– Ça n'arrive pas. Pas ici, en Suède.

– Tu dis toi-même qu'il n'y a plus de périphérie. Qu'on est au centre du monde, où qu'on soit.

– Si j'ai dit ça, j'ai exagéré.

Ils continuèrent en silence. Ann-Britt luttait contre le vent.

– Autre chose, dit-elle. Que nous savons et qu'ils ne savent pas.

– Quoi ?

– Sonja Hökberg ne nous a jamais rien dit. De ce point de vue, elle est morte pour rien.

Wallander hocha la tête. Elle avait raison.

– Qu'est-ce qui se cache dans cet ordinateur ? dit-il après un silence. Martinsson et moi en sommes arrivés à un seul dénominateur commun, assez douteux. L'argent.

– C'est peut-être un énorme coup qui se prépare. N'est-ce pas ainsi que les choses se passent maintenant ? Une banque se met à agir n'importe comment, en transférant des sommes faramineuses sur un compte dont personne n'avait jamais entendu parler.

– Peut-être. Nous ne savons rien du tout.

Ils étaient revenus sur le parking. Ann-Britt indiqua la maison.

– Je suis venue écouter une conférence ici cet été. Un chercheur qui s'intéresse à l'avenir, j'ai oublié son nom. Mais il a parlé de la fragilité croissante de la société moderne. En surface, les communications sont de plus en plus denses et de plus en plus rapides. Mais il existe un sous-sol invisible. Par le biais duquel un seul ordinateur peut à terme paralyser le système entier.

– C'est peut-être précisément le cas de l'ordinateur de Falk.

Elle sourit.

– D'après ce chercheur, on n'en est pas encore tout à fait là.

Elle allait ajouter quelque chose, mais Wallander ne sut jamais quoi. Hansson accourait.

– On l'a retrouvé !

– Modin ou le type qui a tiré ?

– Modin. Il est à Ystad. L'une des patrouilles a découvert la voiture.

– Où ?

– Au croisement de Surbrunnsvägen et d'Aulingatan. À côté du parc.

– Où est-il maintenant ?

– Au commissariat.

Wallander le regarda avec une expression d'immense soulagement.

– Il est indemne, poursuivit Hansson. On est arrivés à temps.

Il était quinze heures quarante-cinq.

36

L'appel qu'attendait Carter lui parvint à dix-sept heures, heure locale. La ligne était mauvaise, il eut du mal à comprendre ce que lui disait Cheng. C'était comme dans les lointaines années 1980, où les communications avec l'Afrique étaient encore difficiles. Il se souvenait d'une époque où le simple fait d'envoyer ou de recevoir un fax posait problème.

Entre l'écho, les grésillements et le fort accent de Cheng en anglais, il avait cependant saisi l'essentiel du message. Il sortit au jardin pour réfléchir. Celina était repartie chez elle. Le dîner qu'elle lui avait préparé l'attendait dans le réfrigérateur.

Il réprima son irritation. Cheng ne s'était pas montré à la hauteur de la tâche. Rien ne le contrariait tant que de devoir admettre l'insuffisance de quelqu'un qu'il avait chargé d'une mission. Le rapport de Cheng l'inquiétait. Il devait prendre une décision.

La chaleur, dehors, était écrasante. Deux lézards filèrent comme des flèches entre ses pieds. Un oiseau le contemplait du haut du jacaranda. En contournant la maison, il découvrit José endormi. Il lui balança un coup de pied rageur.

– La prochaine fois, je te vire.

José voulut répondre, mais Carter leva la main. Il n'avait pas la force d'écouter ses explications. Il retourna derrière la maison. La sueur coulait déjà sous sa chemise – moins à cause de la moiteur que de l'inquiétude. Il tenta de réflé-

chir de façon absolument claire et calme. La femme,
contrairement à Cheng, avait agi conformément aux prévi-
sions. Mais sa capacité d'agir était limitée. Parfaitement
immobile, Carter observait un lézard accroché tête en bas
sur le dossier d'un fauteuil. Il n'avait plus le choix. Mais
rien n'était encore trop tard. Il consulta sa montre. L'avion
de nuit pour Lisbonne décollait à vingt-trois heures ; il
avait six heures devant lui. Il devait y aller. Il n'osait pas
prendre de risque.

Il rentra, s'assit devant l'ordinateur, envoya un mail pour
annoncer sa venue et donner les instructions indispensables.

Puis il appela l'aéroport. Il ne restait plus de place dans
l'avion. Mais le problème fut vite réglé après une conversation avec l'un des chefs de la compagnie.

Il mangea le dîner préparé par Celina. Puis il prit une
douche et fit sa valise – avec un frisson d'appréhension à
l'idée de retrouver l'automne et le froid.

Peu après vingt et une heures, il prit la route de
l'aéroport.

À vingt-trois heures dix, avec un retard de dix minutes,
le vol de la TAP à destination de Lisbonne disparut dans le
ciel nocturne.

*

Ils étaient revenus au commissariat vers seize heures.
Pour une raison inconnue, Robert Modin avait été placé
dans l'ancien bureau de Svedberg, qui servait désormais
aux policiers en mission de passage à Ystad. À l'entrée de
Wallander, il esquissa un sourire qui dissimulait mal sa
peur.

– On va dans mon bureau.

Modin prit son gobelet de café et le suivit. Lorsqu'il
s'assit dans le fauteuil des visiteurs, l'accoudoir tomba.
Modin se releva d'un bond.

– Ça arrive tout le temps, laisse tomber.

Wallander s'assit à son tour et repoussa la masse de
papiers épars.

– Tes ordinateurs vont arriver tout à l'heure. Martinsson est parti les chercher.

Modin suivait ses gestes d'un regard vigilant.

– Tu as copié une partie des données de l'ordinateur de Falk pendant qu'on avait le dos tourné. Je me trompe ?

– Je veux parler à un avocat.

– Pas la peine. Tu n'as rien fait d'illégal, du moins pas à mes yeux. Mais je dois savoir ce qui s'est passé exactement.

Modin ne lui faisait pas confiance. Pas encore.

– Tu es ici pour qu'on puisse te protéger. C'est l'unique raison. Tu n'es ni retenu ni soupçonné de quoi que ce soit.

Modin paraissait encore hésiter. Wallander attendit.

– Vous pouvez me mettre ça par écrit ?

Il attrapa un bloc-notes et écrivit qu'il garantissait la vérité de ses paroles. Puis il signa de son nom.

– Je ne peux pas te mettre de tampon, mais voilà ma parole écrite.

– Ça ne vaut rien.

– Ça vaut entre nous. Le risque, autrement, c'est que je me ravise.

Modin parut comprendre.

– Que s'est-il passé ? Tu as reçu une menace par e-mail. Je l'ai lue moi-même. Ensuite, tu as découvert par ta fenêtre qu'il y avait une voiture sur le chemin de traverse. C'est ça ?

– Comment pouvez-vous le savoir ?

– Je le sais. Tu as pris peur et tu es parti. Pourquoi ?

– Ils m'ont retrouvé.

– Tu n'avais pas effacé tes traces ? Tu as commis la même erreur que la première fois ?

– Ils sont très forts.

– Toi aussi.

Modin haussa les épaules.

– Le problème, je pense, est que tu as laissé tomber la prudence à un moment donné. Tu as copié des données de l'ordinateur de Falk. La tentation était trop forte. Tu as continué à travailler pendant la nuit. D'une manière ou d'une autre, ils ont suivi ta trace jusqu'à Löderup.

– Pourquoi m'interroger si vous savez déjà tout ?

– La situation est extrêmement grave.

– Je sais. Pourquoi serais-je parti sinon, moi qui ne sais même pas conduire ?

– Alors, on est d'accord. Tu comprends le danger. À partir de maintenant, tu fais ce que je te dis. Tu as appelé tes parents pour leur dire que tu étais ici ?

– Je croyais que vous l'aviez déjà fait.

Wallander indiqua le téléphone.

– Appelle-les. Dis-leur que ça va bien, que tu es chez nous et que tu restes ici jusqu'à nouvel ordre.

– Papa a peut-être besoin de la voiture.

Alors, on la lui renverra.

Wallander quitta le bureau. Mais il écouta la conversation derrière la porte. Dans l'immédiat, il n'osait prendre aucun risque. Le coup de fil dura longtemps. Robert demanda des nouvelles de sa mère. Wallander devina que la vie de la famille Modin tournait autour d'une femme qui souffrait de problèmes psychologiques profonds. Il attendit quelques instants avant de retourner dans le bureau.

– On t'a donné à manger ? Je sais que tu n'avales pas n'importe quoi.

– Une tarte au soja, ce ne serait pas mal. Et un jus de carotte.

Wallander appela le poste d'Irène.

– J'ai besoin d'une tarte au soja. Et d'un jus de carotte

– Tu peux répéter ?

Ebba, elle, n'aurait pas posé de questions.

– Une part de tarte au soja.

– C'est quoi ?

– De la nourriture. Pour végétariens. Le plus tôt serait le mieux.

Il raccrocha sans attendre la réponse.

– Commençons par ce que tu as vu de ta fenêtre. C'était une voiture ?

– Il n'y a jamais de voiture sur ce chemin-là.

– Alors tu as pris tes jumelles pour mieux voir ?

– Vous savez tout !

– Non. Une partie seulement. Qu'as-tu vu ?

– Une voiture bleu foncé.

– Une Mercedes ?

– Je n'y connais rien aux voitures.

– Grande ? Presque comme un bus ?

– Oui.

– Et quelqu'un debout à côté, en train d'observer la maison ?

C'est sans doute ça qui m'a fait peur. J'ai réglé la vision, et alors, j'ai vu que le type me regardait lui aussi avec des jumelles.

– Tu as vu son visage ?

– J'ai eu peur.

– Je comprends. Son visage ?

– Il avait les cheveux noirs.

– Comment était-il habillé ?

– Un imperméable noir. Je crois.

– Tu avais déjà vu cet homme ?

– Non.

– Tu es parti. Est-ce qu'il t'a suivi ?

– Je ne crois pas. Derrière chez nous, il y a un chemin que presque personne ne connaît.

– Qu'as-tu fait ensuite ?

– Je vous avais envoyé le mail, mais je n'osais pas aller place Runnerström. Je ne savais pas quoi faire. D'abord, j'ai pensé aller à Copenhague. Mais j'avais peur de traverser Malmö en voiture, je ne conduis pas très bien.

– Alors, tu es allé à Ystad. Et après ? Tu as fait quoi ?

– Rien.

– Tu es resté dans la voiture jusqu'à ce que la patrouille te trouve ?

– Oui.

Wallander réfléchit. Comment fallait-il poursuivre ? Il aurait voulu que Martinsson soit là. Et Alfredsson. Il se leva et sortit. Irène secoua la tête en l'apercevant.

Il prit un air sévère.

– Où est ma tarte ?

– Parfois, je me dis que vous êtes cinglés.

– Sûrement. Mais j'ai un garçon dans ce bureau qui ne mange pas de hamburgers. Et il a faim.

– J'ai appelé Ebba. Elle a promis de s'en occuper.

Wallander se radoucit. Si elle avait parlé à Ebba, tout s'arrangerait.

– Je voudrais que Martinsson et Alfredsson viennent ici le plus vite possible. Tu peux t'en charger ? Merci.

Au même instant, Lisa Holgersson franchit les portes vitrées.

– Qu'est-ce que j'apprends ? Il y a encore eu des coups de feu ?

Wallander n'avait aucune envie de lui parler, mais elle ne lui laissait pas le choix. Il lui résuma les événements.

– Avis de recherche ?

– C'est fait.

– Quand pourrai-je avoir un point détaillé de la situation ?

– Dès que tout le monde sera là.

– J'ai l'impression que cette enquête déraille.

– Pas tout à fait encore, dit Wallander sans chercher à dissimuler sa hargne. Mais tu peux me remplacer quand tu veux. C'est Hansson qui dirige les recherches.

Elle avait d'autres questions. Wallander était déjà reparti.

Martinsson et Alfredsson débarquèrent ensemble à dix-sept heures. Wallander emmena Modin dans l'une des petites salles de réunion. Hansson avait téléphoné ; les recherches ne donnaient encore aucun résultat. Quant à Ann-Britt, elle avait purement et simplement disparu. Wallander ferma la porte. Les ordinateurs de Modin étaient allumés. Il n'y avait pas de nouveaux messages.

– Alors, dit Wallander une fois qu'il fut assis, on reprend tout à zéro. Depuis le début.

– Ça me paraît difficile, répliqua Alfredsson. On n'en sait pas très long encore.

Wallander se tourna vers Robert Modin.

– Tu disais que tu avais découvert quelque chose ?

– J'ai peur de ne pas pouvoir m'expliquer. Et j'ai faim.

Pour la première fois, Wallander s'aperçut que Modin l'irritait. Ses connaissances dans le monde magique des ordinateurs ne le rendaient pas irréprochable.

– La nourriture arrive. Si tu ne peux pas attendre, tu devras te contenter de biscottes suédoises ordinaires. Ou d'une pizza.

Modin se leva et s'installa devant ses écrans. Les autres se rassemblèrent derrière lui.

– Je me suis longtemps posé des questions. Le plus vraisemblable, c'était que ce nombre récurrent, 20, était lié à l'an 2000. On dit que certains systèmes informatiques risquent d'avoir des problèmes à ce moment-là, si on ne s'en occupe pas à temps. Mais je n'ai jamais réussi à trouver les zéros manquants. En plus, la programmation semble faite de telle sorte que le processus, quel qu'il soit, se déclenche assez vite. J'en suis arrivé à la conclusion qu'il s'agissait malgré tout du 20 octobre.

Alfredsson voulut protester, mais Wallander leva la main.

– Continue.

– J'ai cherché d'autres détails en rapport avec celui-là. On a constaté un déplacement de haut en bas et de gauche à droite. Il y a donc une sortie en bas à droite. Ça nous dit que quelque chose va se produire. Mais quoi ? Alors j'ai cherché des renseignements sur la toile à propos des institutions qu'on a réussi à identifier. La Banque centrale d'Indonésie, la Banque mondiale, le courtier de Saigon. J'ai tenté de voir s'il y avait un dénominateur commun. Le fameux point de rupture qu'on cherche toujours.

– Quel point ?

– L'endroit où la glace cède facilement. Où l'on peut envisager de lancer une attaque sans que ça se remarque.

– Les systèmes de sécurité sont impressionnants, objecta Martinsson. Y compris les protections anti-virus.

– Les États-Unis ont déjà la capacité de mener une guerre informatisée, dit Alfredsson. Avant, on parlait de missiles dirigés par ordinateur. Ou d'yeux électroniques dirigeant des robots vers leur cible. Maintenant, ces trucs-là sont à peu près aussi démodés que la cavalerie. On envoie dans le réseau de l'ennemi des composants télé-guidés qui détruisent les systèmes de commande militaires. Ou alors, on les réoriente vers des cibles qu'on a soi-même choisies.

Wallander était sceptique.

– C'est vrai ?

– On ne sait pas grand-chose. Ils en sont sans doute déjà beaucoup plus loin.

– Revenons à l'ordinateur de Falk. Tu as trouvé le point faible ?

– Je ne sais pas. Mais si on veut, on peut voir toutes ces institutions comme les grains d'un chapelet. Elles ont en tout cas un point commun.

– Lequel ?

Modin secoua la tête comme si sa propre conclusion le laissait perplexe.

– Ce sont des pierres angulaires du monde de la finance internationale. En semant le chaos à ce niveau, on peut pro-voquer une crise de taille à mettre hors jeu toutes les places financières de la planète. Les cours s'effondreraient. La panique s'installerait. Les devises se retrouveraient dans un état de flottement tel que personne ne pourrait plus leur attribuer de valeur stable.

– Qui aurait intérêt à susciter une chose pareille ?

– Beaucoup de monde, dit Alfredsson. Ce serait l'acte de sabotage ultime, de la part d'un groupe qui aurait déclaré la guerre à l'ordre mondial.

– On relâche des visons, ajouta Martinsson. Ici, ce serait l'argent qui sortirait de sa cage. Le reste, tu peux l'imaginer tout seul.

Wallander tenta de réfléchir.

– On doit imaginer une sorte de gang d'écologistes de la finance ?

– À peu près. Certains libèrent des visons, d'autres s'em-ploient à détruire des avions de chasse. À la limite, on peut les comprendre. Mais dans le prolongement de tout ça, il y a aussi une folie qui rôde. Ce serait évidemment l'acte de sabotage suprême. Détruire le système financier mondial.

– Sommes-nous d'accord pour dire que c'est réellement un projet de cet ordre auquel nous avons affaire ? Et qu'il pourrait avoir son origine dans un ordinateur d'Ystad ?

– En tout cas, dit Modin, je n'ai jamais vu un verrouillage aussi performant.

– Plus performant que celui du Pentagone ?

Modin dévisagea Alfredsson en plissant les yeux.

– Pas moins, en tout cas.

– Je ne suis pas sûr de savoir comment poursuivre, dit Wallander.

Alfredsson se leva.

– Je vais parler à Stockholm. Et leur envoyer un rapport, à distribuer partout, et en particulier aux institutions qu'on a réussi à identifier, pour qu'elles puissent prendre des mesures.

– S'il n'est pas trop tard, murmura Modin.

Tout le monde entendit son commentaire. Personne ne le releva. Alfredsson quitta la pièce précipitamment.

– J'ai du mal à y croire, reprit Wallander.

– Difficile d'imaginer ce que ça pourrait être d'autre.

– Il s'est passé quelque chose à Luanda il y a vingt ans. Falk a fait une expérience qui l'a transformé. Il a dû rencontrer quelqu'un.

– Quel que soit le contenu de cet ordinateur, il y a des gens prêts à tuer pour le protéger.

– Jonas Landahl savait quelque chose. Et Sonja Hökberg est morte parce qu'elle avait eu une relation avec lui.

– La coupure d'électricité était peut-être une répétition générale. Et on a essayé de te tuer deux fois.

Wallander fit un geste en direction de Modin pour signifier à Martinsson de surveiller ses paroles.

– Que pouvons nous faire ?

– On peut imaginer une rampe de lancement, dit soudain Modin. Quelqu'un doit appuyer sur un bouton. Si on infecte un système informatique, c'est ainsi qu'on s'y prend en général. On cache le virus dans une commande innocente, souvent utilisée. Il faut effectuer certaines manœuvres, ou une manœuvre unique à une certaine heure, d'une manière bien précise.

- Tu peux nous donner un exemple ?

- Ça peut être n'importe quoi.

- Le mieux qu'on puisse faire, dit Martinsson, c'est continuer d'identifier les institutions et les prévenir, pour qu'elles revoient leurs procédures de sécurité. Le reste, Alfredsson s'en charge.

Martinsson s'assit et griffonna quelques lignes sur un bout de papier qu'il tendit à Wallander. *Il faut prendre au sérieux la menace contre Modin.*

Wallander acquiesça en silence. L'homme aux jumelles savait que Modin était important. Pour l'instant, celui-ci était dans la même situation que Sonja Hökberg au commissariat.

Son portable bourdonna. L'homme n'était toujours pas retrouvé, dit Hansson. Les recherches continuaient.

- Et Nyberg ?

- Il compare déjà les empreintes.

Hansson se trouvait encore dans la zone de Backåkra et comptait y rester. Où était Ann-Britt ? Il n'en savait rien. Wallander essaya de la joindre à nouveau, mais elle avait débranché son portable.

On frappa à la porte. C'était Irène, portant un carton.

- La nourriture. Qui paie ? J'ai avancé l'argent.

- Donne-moi le reçu.

Modin changea de place et entama son dîner. Wallander et Martinsson le regardaient en silence. Le portable de Wallander bourdonna. Elvira Lindfeldt. Il alla dans le couloir et referma la porte derrière lui.

- J'ai entendu à la radio qu'il y avait eu des coups de feu près d'Ystad. Des policiers étaient impliqués. J'espère que ce n'était pas vous ?

- Pas directement. Mais on a beaucoup de travail.

- Je m'inquiétais. Maintenant, je suis curieuse, mais je ne poserai pas de questions.

- Je ne peux pas dire grand-chose.

– J'imagine que vous n'aurez pas le temps de me voir ce week-end.

– Je n'en sais rien encore. Je vous rappellerai.

Après avoir raccroché, Wallander pensa que cela faisait très longtemps que quelqu'un s'était réellement soucié de lui. Au point de s'inquiéter.

Il retourna dans la salle de réunion. Dix-sept heures quarante. Modin mangeait. Martinsson parlait à sa femme. Wallander s'assit et évalua une fois de plus la situation. Il repensa au journal de Falk. *L'espace est désert.* Il avait cru qu'il s'agissait de l'espace au sens astronomique. Mais c'était évidemment l'espace cybernétique que Falk avait en tête. Falk parlait aussi d'amis qui n'avaient pas envoyé de message. Quels amis ? Le journal avait disparu parce qu'il contenait une information décisive. Il avait disparu de la même façon que Sonja Hökberg était morte. Et Jonas Landahl. Derrière tout cela se cachait quelqu'un qui se faisait appeler « C ». Tynnes Falk l'avait rencontré autrefois à Luanda.

Martinsson conclut sa conversation. Modin s'essuya la bouche et se consacra à son jus de carotte. Wallander et Martinsson allèrent chercher du café.

– J'ai passé le personnel de Sydkraft dans le fichier. Je n'ai rien trouvé.

– Le contraire aurait été surprenant.

Le distributeur de café était à nouveau en panne. Martinsson le débrancha, attendit quelques secondes et le rebrancha. L'appareil se remit en marche.

– Il y a un programme informatique là-dedans ?

– Ça m'étonnerait, dit Martinsson. Mais on peut imaginer des machines à café commandées par de petites puces portant des instructions détaillées.

– Si quelqu'un manipulait celui-ci, que se passerait-il ? On aurait du thé en appuyant sur « café » ? Du lait en appuyant sur « expresso » ?

– Ça pourrait arriver.

– Mais comment ? Qu'est-ce qui enclencherait le processus ?

– On peut imaginer qu'une date soit programmée, avec une plage horaire précise, d'une heure, admettons. Le processus s'enclenche au moment où quelqu'un appuie pour la onzième fois sur le bouton « expresso » au cours de cette heure-là.

– Pourquoi la onzième ?

– C'était un exemple.

– Ensuite ?

– On peut évidemment débrancher la machine, afficher un mot comme quoi elle est hors service, et changer le programme.

– C'est ce genre de chose que Modin a en tête ?

– Oui, en plus grand.

– Mais on n'a aucune idée de l'endroit où se trouve le « distributeur » de Falk ?

– Il peut être n'importe où.

– Ça veut dire que la personne qui enclenche le processus n'a pas nécessairement conscience de ce qu'elle fait ?

– Pour celui qui a tout organisé, il vaut mieux ne pas être présent bien sûr.

– Autrement dit, nous cherchons un distributeur à café symbolique.

– Si tu veux. Mais ce serait plus juste de dire qu'on cherche une aiguille dans une botte de foin. Sans savoir où est la botte de foin.

Wallander s'approcha de la fenêtre. Il faisait nuit déjà. Martinsson le rejoignit.

– Si on n'est pas complètement à côté de la plaque, on a affaire à un groupe de saboteurs extraordinairement soudés et efficaces. Ils sont très forts, ils n'ont aucun scrupule. Rien ne semble pouvoir les détourner de leur but.

– Mais que cherchent-ils au juste ?

– Modin a peut-être raison. Ils veulent déclencher un tremblement de terre financier.

– Je veux que tu retournes dans ton bureau et que tu rédiges un mémo sur tout ça. Demande l'aide d'Alfredsson. Envoie-le à Stockholm et à toutes les organisations de police étrangères qui te viennent à l'esprit.

– Si on se trompe, on va se couvrir de ridicule.

– Tant pis. Apporte-le-moi, je le signerai.

Martinsson s'éloigna. Wallander resta seul à la cafétéria, plongé dans ses pensées. Il ne s'aperçut pas de l'entrée d'Ann-Britt et sursauta lorsqu'elle fut devant lui.

– J'ai pensé à une chose. Tu m'as dit que tu avais vu une affiche dans la penderie de Sonja Hökberg.

– *L'Avocat du diable*. J'ai loué la cassette, mais je n'ai pas encore eu le temps de la regarder.

– Je pensais à Al Pacino. C'est vrai qu'il y a une ressemblance.

– Avec quoi ?

– Le dessin.

– Quoi ?

– Carl-Einar Lundberg ressemble à Al Pacino. En beaucoup plus moche, mais quand même.

Wallander avait feuilleté le rapport et vu la photo de Lundberg. Sur le moment, il n'avait pas remarqué la ressemblance. Un nouveau détail venait de se mettre en place.

Ils s'assirent à une table. Ann-Britt était fatiguée.

– Je suis allée chez Eva Persson. Dans l'espoir idiot qu'elle aurait quelque chose de neuf à me dire.

– Comment allait-elle ?

– Le pire, c'est son air impassible. Si au moins elle donnait l'impression d'avoir pleuré ou mal dormi. Mais elle mâche ses chewing-gums, et la seule chose qui semble la contrarier au fond, c'est de devoir répondre à mes questions.

– Elle prend sur elle. Je suis de plus en plus convaincu qu'elle est en plein séisme intérieur.

– J'espère que tu as raison.

– Alors, avait-elle quelque chose à dire ?

– Rien.

Wallander lui résuma les événements de l'après-midi.

– Si c'est vrai, dit-elle, c'est du jamais vu.

– On le saura lundi. Si on n'a pas réussi à intervenir d'ici là.

– Tu crois qu'on y arrivera ?

– Peut-être. Le contact avec les autres polices pourra peut-être nous aider. Martinsson s'en occupe. Alfredsson est en train de prévenir les institutions qu'on a réussi à identifier

– Le temps nous manque. Si c'est bien lundi. En plus, c'est le week-end.

– Le temps nous manque toujours.

À vingt et une heures, Robert Modin se déclara épuisé. Il avait été convenu qu'il ne retournerait pas à Löderup au cours des prochains jours. Martinsson lui proposa de dormir au commissariat, mais il refusa net. Wallander envisagea d'appeler Sten Widén. Puis il renonça à cette idée. Il paraissait également risqué de le faire dormir chez l'un ou l'autre collègue. Personne ne savait où s'arrêtait la menace. Wallander avait donné des consignes de prudence à tous.

Soudain, la solution lui apparut : Elvira Lindfeldt. Elle n'était pas impliquée dans l'histoire. Et cela lui donnerait, à lui, Wallander, une occasion de la rencontrer, même pour un bref moment.

Il ne mentionna pas son nom ; annonça seulement qu'il s'occupait de la question de l'hébergement de Robert Modin.

Il l'appela à vingt et une heures trente.

– J'ai un service un peu particulier à vous demander.

– J'ai l'habitude des imprévus.

– Pourriez-vous héberger quelqu'un cette nuit ?

– Qui ?

– Vous vous souvenez du jeune homme qui est passé au restaurant l'autre soir ?

– Kolin, c'est cela ?

– À peu près. Modin.

– Il n'a pas d'endroit où dormir ?

– C'est juste pour une nuit ou deux.

– Bien sûr. Mais comment va-t-il venir jusqu'ici ?

– Je le conduis. Maintenant, tout de suite.

– Vous voudrez manger quelque chose ?

– Je veux bien un café.

Ils quittèrent le commissariat peu avant vingt-deux heures. Après la sortie vers Skurup, Wallander eut la certitude que personne ne les avait suivis.

*

À Malmö, Elvira Lindfeldt raccrocha lentement. Elle était satisfaite. Plus que satisfaite. Elle avait une chance insolente. Elle pensa à Carter qui quitterait bientôt l'aéroport de Luanda.

Il serait content. C'était exactement ce qu'il voulait

37

La nuit du 18 au 19 octobre fut l'une des pires de l'existence de Wallander. Il avait eu un pressentiment funeste pendant tout le trajet. Juste après la sortie vers Svedala, une voiture l'avait doublé alors qu'un poids lourd approchait en sens inverse, beaucoup trop près de la ligne centrale. Wallander avait donné un brusque coup de volant et failli quitter la route. Robert Modin dormait à côté de lui, il n'avait rien vu. Mais le cœur de Wallander cognait à se rompre.

Un an plus tôt déjà, il avait frôlé la mort – il s'était endormi au volant, il ignorait alors qu'il était diabétique.

Quand il fut un peu calmé, son inquiétude se déplaça vers l'enquête dont l'issue paraissait de plus en plus incertaine. Une fois de plus, il se reprocha d'avoir peut-être entraîné le groupe dans une impasse. Et si le contenu de l'ordinateur de Falk n'avait rien à voir avec l'affaire ? Et si la vérité était complètement ailleurs ?

Pendant la dernière partie du trajet, il tenta une fois de plus d'envisager d'autres hypothèses. Il était toujours convaincu qu'il s'était passé un événement capital en Angola, pendant les années de la disparition de Falk. Mais peut-être s'agissait-il de tout autre chose ? Une histoire de drogue par exemple. Que savait-il de l'Angola ? Rien du tout. C'était probablement un pays riche, avec des gisements de pétrole et de diamants. L'explication pouvait-elle être là ? Ou du côté d'un groupe de saboteurs fêlés qui s'apprêtaient à lancer une attaque contre le réseau électrique suédois ? Mais alors, pourquoi l'Angola ? Dans la pénombre de la voiture, rayée par la lumière intermittente des phares, il chercha en vain une explication. En même temps, il avait sans cesse à l'esprit les agissements rapportés par Ann-Britt, les intrigues de Martinsson, le sentiment d'être mis en cause, peut-être avec raison. Le doute l'assaillait de toute part.

Robert Modin se réveilla en sursaut dans le virage de la sortie vers Jägersro.

– On y est presque, dit Wallander.

– Je rêvais. Quelqu'un m'attrapait par la nuque.

Il n'eut pas trop de mal à trouver l'adresse, à l'angle d'une rue résidentielle. La villa avait dû être construite entre les deux guerres. Il freina et coupa le contact.

– Qui habite là ?

– Une amie. Elle s'appelle Elvira. Tu seras en sécurité ici cette nuit. Quelqu'un viendra te chercher demain matin.

– Je n'ai même pas de brosse à dents.

– Ça doit pouvoir s'arranger.

Il était vingt-trois heures. Wallander avait calculé qu'il resterait peut-être jusqu'à minuit ; il boirait un café, il regarderait les jambes d'Elvira et il reprendrait la route d'Ystad.

Mais les choses ne se déroulèrent pas comme prévu. À peine leur eut-elle ouvert que le portable de Wallander bourdonna. Hansson, très excité, lui apprit qu'ils croyaient avoir retrouvé la trace du fugitif. Un propriétaire de chien – une fois de plus – avait remarqué un homme au comportement étrange, qui semblait vouloir se cacher. Il avait vu toute la journée les voitures de police tourner dans Sandhammaren et cela lui avait donné l'idée d'appeler le commissariat pour faire part de ses observations. On lui avait passé Hansson ; l'homme lui avait très vite parlé d'un imperméable noir. Wallander n'eut que le temps de remercier Elvira, de lui présenter – pour la deuxième fois – Robert Modin et de reprendre la route. Décidément, beaucoup de gens promenaient leur chien, dans cette enquête. Peut-être était-ce une ressource qu'il faudrait exploiter plus activement à l'avenir ? Il conduisait beaucoup trop vite.

Peu avant minuit, il parvint à l'endroit décrit par Hansson, au nord de Sandhammaren. Entre-temps, il s'était arrêté au commissariat pour prendre son arme.

Il pleuvait à nouveau. Martinsson venait d'arriver. Des policiers avec casque et gilet pare-balles étaient déjà sur les lieux, ainsi que deux maîtres-chiens. L'homme devait se trouver dans une zone boisée délimitée d'un côté par la route de Skillinge et de l'autre par quelques champs. Hansson avait mis sur pied la chaîne de surveillance en un temps record. L'homme avait cependant de grandes chances de leur échapper, dans le noir. Ils tentèrent de monter un plan d'action. D'emblée, il leur parut trop dangereux d'envoyer les chiens. Ils conférèrent, debout sous la pluie. Mais il n'y avait pas grand-chose à faire, à part maintenir la surveillance et attendre l'aube. La radio de Hansson grésilla. Une patrouille avait repéré quelque chose. Deux coups de feu retentirent. Un cri étouffé dans la radio – *Il tire, le salaud !* – puis le silence. Wallander courut jusqu'à la voiture, suivi par Martinsson. Il leur fallut six minutes pour trouver l'endroit d'où avait été émis l'appel radio. En apercevant la lumière de la voiture de police, ils prirent leurs armes et continuèrent à pied. Le silence était assourdissant. Wallander lança un appel. À son immense soulagement, on lui répondit. Ils s'élancèrent. Deux policiers morts de peur étaient agenouillés dans la boue derrière la voiture, l'arme au poing. El Sayed et Elofsson. Ils avaient entendu un bruit de branche cassée, de l'autre côté de la route. Elofsson avait dirigé le faisceau de sa torche vers l'orée du bois pendant qu'El Sayed prenait contact avec Hansson. C'était à ce moment-là que l'homme avait tiré deux fois.

– Qu'y a-t-il derrière ce bois ?
– Un sentier qui descend vers la mer.
– Des maisons ?
Personne ne savait.
– On l'encercle, dit Wallander. Maintenant, au moins, on sait où il se cache.

Martinsson appela Hansson par radio et lui expliqua où ils étaient. Pendant ce temps, Wallander commanda à

El Sayed et à Elofsson de s'éloigner de la voiture. Il s'attendait à le voir surgir à tout instant, l'arme levée.

– On fait venir un hélicoptère ? demanda Martinsson.

– Oui, en réserve. Avec de bons projecteurs. Mais pas avant que tout le monde soit en place.

Wallander jeta un regard par-dessus le capot. Rien. On n'entendait que le bruit du vent. Impossible de faire la part des sons réels et imaginaires. Il se souvint soudain de la nuit qu'il avait passée avec Rydberg dans un champ, à traquer un homme qui avait tué sa fiancée à coups de hache. C'était l'automne. Ils claquaient des dents, enfoncés dans la boue, et Rydberg lui avait expliqué l'importance de cette distinction entre les sons réels et imaginaires. Plusieurs fois, il avait eu l'occasion de s'en souvenir. Mais il ne pensait pas avoir réussi à maîtriser cet art.

Martinsson revint et s'accroupit.

– Ils sont en route. Hansson s'occupe de l'hélicoptère.

Wallander n'eut pas le temps de répondre. Un coup de feu retentit. Ils se recroquevillèrent.

Le tir venait de la gauche. Mais quelle était la cible ? Wallander appela Elofsson. El Sayed lui répondit. Puis il entendit aussi la voix d'Elofsson. Il fallait faire quelque chose. Il cria dans le noir.

– Police ! Rendez-vous !

Il répéta les mêmes mots en anglais.

Pas de réponse.

– Ça ne me plaît pas, murmura Martinsson. Pourquoi reste-t-il là à tirer ? Il doit bien comprendre qu'on attend des renforts.

Wallander se posait la même question. Soudain, il entendit les sirènes.

– Pourquoi tu ne leur as pas dit de fermer leur gueule ?

– Hansson aurait pu y penser.

– Il ne faut pas trop en demander.

Au même instant, El Sayed poussa une exclamation. Wallander crut voir une ombre traverser la route et disparaître dans le champ, à gauche de la voiture.

– Il se tire !

– Où ?

Il indiqua la direction dans le noir. C'était absurde, Martinsson ne pouvait rien voir. Il fallait faire vite. Sinon, l'homme atteindrait l'autre bois, où il serait beaucoup plus difficile de le cerner. Il cria à Martinsson de reculer, sauta dans la voiture et fit demi-tour sans aucun ménagement. Il heurta quelque chose. Pas le temps de s'en occuper. Les phares illuminèrent le champ.

Quand la lumière l'atteignit, l'homme fit volte-face. Son imperméable battait dans le vent. Wallander crut voir qu'il levait le bras et se jeta sur le côté. Le coup de feu fit voler le pare-brise en éclats. Wallander roula hors de la voiture en criant aux autres de rester à terre. Un deuxième coup de feu fit exploser l'un des phares. Comment avait-il pu viser avec une telle précision à cette distance ? Puis Wallander s'aperçut qu'il ne voyait plus rien. En tombant de la voiture, il s'était ouvert le front contre le gravier, le sang coulait. Il cria de nouveau aux autres de ne pas se lever. L'homme avançait en pataugeant dans la boue.

Et merde, pensa Wallander. Où sont les chiens ?

Les sirènes approchaient. Soudain, il prit peur à l'idée qu'une des voitures se retrouve dans le champ de tir du fuyard. Il cria à Martinsson de transmettre l'ordre par radio : aucune initiative avant d'avoir reçu le feu vert.

– J'ai perdu la radio, je ne la retrouve pas dans ce bourbier.

L'homme était en train de sortir du faisceau lumineux. Wallander le vit trébucher. Il fallait prendre une décision. Il se leva.

– Qu'est-ce que tu fous, merde ?

– On y va, on le prend.

– Il faut l'encercler d'abord.

– On n'a pas le temps.

Wallander crut voir Martinsson secouer la tête. Puis il partit.

La boue colla immédiatement à ses semelles. L'homme avait disparu. Wallander s'immobilisa pour vérifier que son arme était prête à tirer. Il entendit Martinsson crier quelque chose à Elofsson et à El Sayed. Il repartit, en essayant de se maintenir à l'extérieur du faisceau lumineux. L'une de ses chaussures se coinça dans la boue. De rage, il enleva aussi l'autre. Le froid humide pénétra immédiatement la plante de ses pieds. Au moins, il se déplaçait plus vite. Soudain, il aperçut l'homme devant lui. Il recula dans l'ombre, baissa la tête, s'aperçut qu'il portait un blouson blanc. Il étouffa un juron, arracha la veste et la jeta dans la boue. Son pull était vert foncé, moins visible. Mais, apparemment, l'homme ne s'était pas encore aperçu de sa présence.

Il n'osait pas tirer dans les jambes. La distance était trop grande. Soudain, il entendit un hélicoptère. Le bruit ne se rapprochait pas ; l'appareil attendait, quelque part à proximité. L'homme et lui se trouvaient en plein champ. La lumière du phare n'éclairait plus grand-chose. Il fallait agir, mais comment ? L'autre était sûrement meilleur tireur que lui, même s'il l'avait loupé deux fois. Fébrilement, il chercha une solution. L'homme serait bientôt avalé par l'obscurité. Pourquoi Martinsson ou Hansson ne lâchaient-ils pas l'hélicoptère ?

Soudain, l'homme trébucha. Wallander le vit se pencher. En une fraction de seconde, il comprit : il avait perdu son arme. Une trentaine de mètres les séparaient. Je n'y arriverai pas, pensa-t-il au moment même où il s'élançait sur les sillons durs et glissants. Il heurta quelque chose, faillit perdre l'équilibre. L'homme l'aperçut. Malgré la distance, Wallander vit qu'il était asiatique.

Puis il tomba. Son pied gauche dérapa comme sur une plaque de glace, il ne put rien faire. L'homme venait de retrouver son arme. Wallander se redressa à genoux. L'arme de l'homme était braquée sur lui. Wallander appuya sur la détente. Rien. Appuya de nouveau. Dans une dernière tentative désespérée pour échapper à la mort, il roula sur lui-même et s'incrusta dans la boue. Le coup de feu partit, assourdissant. Il n'était pas touché. Immobile, il attendit la détonation suivante. Rien. Il resta ainsi pendant un temps indéterminé. Intérieurement, il voyait une image : sa propre situation, vue de loin. C'était donc ainsi que ça se finissait.

Une mort absurde, tout seul dans un champ. Il était parvenu jusque-là, avec ses rêves et ses projets. Jusque-là, pas davantage. Il disparaîtrait dans la grande nuit, le visage collé à la boue froide. Et il n'aurait même pas ses chaussures.

Ce ne fut qu'en reconnaissant le bruit de l'hélicoptère qu'il osa penser qu'il survivrait peut-être. Il tourna doucement la tête.

L'homme était couché sur le dos, les bras en croix. Wallander se leva et s'approcha lentement. Les projecteurs de l'hélicoptère balayaient le champ. Il entendit les chiens aboyer, et Martinsson qui l'appelait dans le noir.

Le coup de feu n'avait pas été dirigé contre lui. L'homme s'était tué d'une balle dans la tempe. Wallander fut pris de vertige. Il s'accroupit. Il avait la nausée. Il tremblait de froid.

C'était donc lui. D'où venait-il ? On n'en savait toujours rien. Mais c'était lui qui, quelques semaines plus tôt, avait poussé Sonja Hökberg à changer de place dans le restaurant d'István avant de payer avec une fausse carte de crédit établie au nom de Fu Cheng. Lui qui était entré dans l'appartement de Falk. Lui qui l'avait visé à deux reprises sans l'atteindre.

Il ignorait qui était cet homme et pourquoi il était venu jusqu'à Ystad. Mais sa mort était un soulagement. Maintenant, au moins, il n'avait plus de souci à se faire pour la sécurité de Robert Modin et celle de ses collègues.

C'était probablement lui aussi qui avait traîné Sonja Hökberg jusqu'au transformateur. Et Jonas Landahl sous l'arbre d'hélice de la salle des machines d'un ferry polonais.

Les lacunes restaient nombreuses. Mais là, accroupi dans la boue, Wallander pensa que quelque chose venait de prendre fin. Il allait bientôt découvrir l'étendue de son erreur.

Martinsson fut le premier à le rejoindre, suivi de près par Elofsson. Wallander lui demanda d'aller chercher ses chaussures et la veste qui traînaient quelque part dans la boue.

– Tu l'as tué ? fit Martinsson, incrédule.

– Non. Il l'a fait lui-même. Sinon, je serais mort à l'heure qu'il est.

Lisa Holgersson apparut. Wallander laissa Martinsson lui expliquer la situation. Elofsson lui apporta sa veste et ses chaussures. Wallander voulait s'éloigner le plus vite possible. Rentrer chez lui et se changer, mais surtout échapper à cette image de lui-même, couché dans la boue en train d'attendre la fin. Une fin minable.

Au fond de lui, il devait bien y avoir un immense soulagement. Mais, dans l'immédiat, il ne ressentait qu'un grand vide.

L'hélicoptère avait disparu, renvoyé par Hansson. L'équipe de recherche avait été démantelée. Ne restaient sur place que ceux qui allaient examiner les lieux et s'occuper du mort.

Hansson approcha. Il portait des bottes en caoutchouc orange et un bonnet de marin.

– Tu devrais rentrer chez toi, dit-il.

Wallander hocha la tête et prit le chemin des voitures, à la lumière oscillante des torches électriques. Il faillit tomber plusieurs fois.

Lisa Holgersson le rattrapa au bord de la route.

– Je crois avoir une assez bonne image de ce qui s'est passé. Il faudra faire un point approfondi demain matin. On a de la chance que ça se soit bien terminé.

– Nous saurons bientôt si c'est lui qui a tué Sonja Hökberg et Jonas Landahl.

– Tu ne penses pas qu'il puisse aussi être impliqué dans la mort de Lundberg ?

Wallander la dévisagea sans comprendre. Il avait souvent pensé qu'elle réfléchissait vite et posait de bonnes questions. Là, elle le surprenait pour les raisons inverses.

– C'est Sonja Hökberg qui a tué Lundberg. Il n'y a pas vraiment de doute à ce sujet.

– Pourquoi tout ceci ?

– On n'en sait rien encore. Mais ça tourne autour de Falk. De ce qui se cache dans son ordinateur, plus exactement.

– Ça me paraît une conclusion hâtive.

– Il n'y a pas d'autre explication.

Wallander sentit qu'il n'avait plus la force de continuer.

– Il faut que je me change. Avec ta permission, je vais rentrer chez moi.

– Juste une chose. C'était injustifiable de te lancer seul à sa poursuite. Tu aurais dû emmener Martinsson.

– Tout est allé très vite.

– Tu n'aurais pas dû l'empêcher de te suivre.

Wallander, qui essuyait la boue de ses vêtements, leva la tête.

– Quoi ?

– Tu n'aurais pas dû empêcher Martinsson de te suivre. C'est une règle de base, on n'intervient jamais seul. Tu devrais le savoir

Wallander avait perdu tout intérêt pour ses vêtements boueux.

– Je n'ai jamais empêché quiconque de me suivre.

– C'est pourtant apparu clairement.

Il n'y avait qu'une seule explication. Cette affirmation venait de Martinsson lui-même. Elofsson et El Sayed se trouvaient trop loin.

– On pourra peut-être en parler demain, esquiva-t-il.

– J'étais obligée de le dire. La situation est suffisamment compliquée comme ça.

Elle s'éloigna le long de la route avec sa lampe torche. Il était hors de lui. Martinsson avait osé mentir sur un sujet pareil, alors que lui, Wallander, avait failli mourir. Alors qu'il venait de passer un temps indéfini, seul dans la boue, convaincu que c'était la fin.

Au même instant, il vit Martinsson et Hansson se diriger vers lui. Le faisceau lumineux dansait dans le noir. Il entendit Lisa Holgersson démarrer.

– Tu peux tenir la lampe de Martinsson ? demanda Wallander à Hansson.

Pourquoi ?

S'il te plaît, fais ce que je dis.

Il attendit pendant que Martinsson remettait sa torche à Hansson. Puis il lui balança son poing dans la figure. Mais il avait mal évalué la distance, dans l'obscurité. Le coup ne porta pas vraiment.

– Qu'est-ce que tu fous, bordel ?

– Et toi ? hurla Wallander.

Il se jeta sur Martinsson. Ils roulèrent dans la boue. Hansson voulut s'interposer, mais il trébucha avec les deux torches, dont une s'éteignit.

La rage de Wallander retomba aussi vite qu'elle était venue. Il ramassa la torche et éclaira Martinsson. Il saignait de la lèvre.

– Tu as dit à Lisa que je t'avais empêché de me suivre Tu mens !

Martinsson resta assis dans la boue. Hansson s'était relevé. Un chien aboya.

– Tu trafiques dans mon dos, ajouta-t-il d'une voix parfaitement calme.

– Je ne sais pas de quoi tu parles.

– Tu trafiques dans mon dos. Tu vas chez Lisa en douce quand tu crois que personne ne te voit.

Hansson toussa.

– Qu'est-ce que vous fabriquez tous les deux ?

– On discute de la meilleure manière de travailler ensemble. S'il vaut mieux être honnête. Ou poignarder les gens dans le dos.

– Je ne comprends rien, dit Hansson.

Wallander n'avait pas la force de prolonger la discussion. Il jeta la torche aux pieds de Martinsson.

– C'est tout ce que j'avais à dire.

Il rejoignit la route et demanda à l'une des voitures de le ramener. Une fois chez lui, il prit un bain. Puis il s'assit à la table de la cuisine. Trois heures du matin. Il essaya de réfléchir, mais il avait la tête vide. Il alla se coucher. En pensée, il était à nouveau dans le champ. La peur, le visage enfoncé dans la boue. L'étrange honte d'avoir failli mourir sans ses chaussures. Puis le règlement de comptes avec Martinsson.

J'ai atteint ma limite, pensa-t-il. Et peut-être pas seulement par rapport à Martinsson.

Il lui était souvent arrivé de se sentir épuisé, usé par sa charge de travail. Mais jamais à ce point. Il pensa à Elvira Lindfeldt, pour retrouver un peu de courage. Elle dormait sûrement. Et Robert Modin aussi, dans une chambre non loin d'elle. Robert Modin qui n'avait plus besoin de s'inquiéter de la présence d'un homme en imperméable qui l'observait avec des jumelles.

Puis il pensa à Martinsson. Il l'avait frappé. Quelles en seraient les conséquences ? Ce serait sa parole contre la sienne. Comme avec Eva Persson et sa mère. Lisa Holgersson avait déjà montré qu'elle faisait plus confiance à Martinsson qu'à lui. En moins de quinze jours, Wallander avait eu recours deux fois à la force physique. Contre une mineure au cours d'un interrogatoire et contre l'un de ses plus anciens collaborateurs.

Il se posa la question, là, dans son lit : regrettait-il d'être passé à l'acte ? Non. En dernier recours, il s'agissait de sa dignité. C'était une réaction nécessaire à la trahison de Martinsson. Ce qu'Ann-Britt lui avait raconté de façon confidentielle serait tôt ou tard révélé au grand jour.

Il resta longtemps éveillé en pensant à cette limite qu'il pensait avoir atteinte. Il en existait peut-être une semblable au niveau de la société tout entière. Et alors ? Rien. Sinon que les policiers de l'avenir, El Sayed et les autres, devraient recevoir une formation complètement différente de la sienne, s'ils voulaient faire face à tout ce qui se profilait dans le sillage des nouvelles techniques de l'information. Je ne suis pas très vieux. Mais je suis un vieux chien. Et les vieux chiens ont du mal à apprendre de nouveaux tours.

Il se releva pour boire un verre d'eau. Il s'attarda à la fenêtre de la cuisine et contempla longuement la rue déserte.

Il était quatre heures du matin lorsqu'il s'endormit. Dimanche 19 octobre.

*

Le vol 553 de la TAP atterrit à Lisbonne à six heures trente précises. L'avion pour Copenhague décollait à huit heures quinze. Carter ressentit l'inquiétude familière qui s'emparait toujours de lui sur le sol européen. En Afrique, il se sentait à l'abri. L'Europe était pour lui un territoire étranger.

Il avait fait un choix, la veille, parmi ses passeports. Il franchit la zone de contrôle sous le nom de Lukas Habermann, citoyen allemand, né à Kassel en 1939. Il mémorisa le visage du contrôleur. Puis il se rendit tout droit aux toilettes, découpa le passeport et fit soigneusement disparaître les fragments dans la chasse d'eau. Il prit dans son bagage à main le passeport britannique établi au nom de Richard Stanton, né à Oxford en 1940. Il changea de veste et se peigna. Puis il procéda à l'enregistrement et se dirigea vers la zone d'embarquement. Il choisit un guichet éloigné de celui où il avait montré son passeport allemand une demi-heure plus tôt. Aucun problème. Il chercha un lieu isolé ; découvrit une zone en travaux dans le hall des départs. On était dimanche, le chantier était désert. Quand il fut certain d'être seul, il prit son portable.

Elle décrocha presque immédiatement. Il n'aimait pas le téléphone. Ses questions étaient toujours extrêmement brèves, et il s'attendait à recevoir des réponses tout aussi brèves et précises.

Elle ignorait où se trouvait Cheng. Celui-ci aurait dû l'appeler la veille au soir. Mais il ne l'avait pas fait.

Puis elle lui annonça la nouvelle. Il en fut abasourdi. Une chance pareille, ça n'arrivait jamais.

Robert Modin s'était rendu, ou avait été conduit, droit dans le piège.

Il raccrocha et resta quelques instants immobile, le téléphone à la main. Le fait que Cheng n'ait pas donné de nouvelles était inquiétant. D'un autre côté, il allait pouvoir neutraliser le dénommé Modin, qui représentait son principal souci.

Carter rangea le portable dans son sac et tâta son pouls. Un peu au-dessus de la normale. Sans plus.

Il se rendit dans le salon réservé aux passagers de la classe affaires, mangea une pomme et but une tasse de thé.

L'avion à destination de Copenhague décolla à huit heures vingt.

Carter avait le siège 3D, du côté de l'allée. Il detestait être coincé contre le hublot.

Il informa l'hôtesse qu'il ne voulait pas de petit déjeuner Puis il ferma les yeux et s'endormit.

38

Dimanche matin, Wallander arriva au commissariat à huit heures. Par hasard, Martinsson et lui se retrouvèrent face à face dans le couloir désert. L'image d'un duel lui traversa l'esprit. Mais rien n'arriva. Ils échangèrent un signe de tête et entrèrent ensemble dans la cafétéria où le distributeur de café était à nouveau en panne. Martinsson avait un hématome sous l'œil ; sa lèvre inférieure était enflée.

– Tu vas me le payer. Mais d'abord on doit finir le travail en cours.

– J'ai eu tort de te frapper. Mais c'est mon seul regret.

Ils n'en dirent pas plus. Hansson venait d'entrer. Il leur jeta un regard prudent.

– Autant rester là puisqu'il n'y a personne, dit Wallander.

Hansson fit chauffer de l'eau et leur proposa de partager son café personnel. Ann-Britt entra. Wallander se demanda si Hansson l'avait appelée ; il s'avéra que c'était Martinsson qui lui avait appris la mort de l'homme dans le champ. Apparemment, il n'avait rien dit de leur altercation. Et il lui battait froid, ce qui ne pouvait signifier qu'une chose · il avait passé la nuit à réfléchir sur l'origine de la fuite.

Alfredsson se présenta quelques minutes plus tard ; le groupe était au complet, à l'exception de Nyberg qui, au dire de Hansson, se trouvait dans le champ de Sandhammaren.

– Encore ? Que croit-il pouvoir trouver là-bas ?

– Il est rentré chez lui pendant quelques heures pour dormir. Il pense en avoir fini là-bas d'ici une heure.

La réunion fut brève. Wallander chargea Hansson de parler à Viktorsson. Le procureur devait désormais être informé en continu. Il fallait sans doute aussi prévoir une conférence de presse dans la journée ; mais ce serait l'affaire de Lisa Holgersson. Ann-Britt la seconderait si elle en avait le temps.

– Mais je n'étais pas là cette nuit !

– Je veux juste que tu sois là. Au cas où elle se mettrait en tête de faire un commentaire déplacé.

Un silence d'étonnement suivit ses paroles. Personne n'avait jamais entendu Wallander critiquer ouvertement leur chef. Il s'était exprimé sans arrière-pensée précise. C'était un simple prolongement de ses ruminations nocturnes. Le sentiment d'être usé. De se faire vieux. Et d'être traité de façon injuste. Mais s'il était réellement vieux, il pouvait se permettre de dire le fond de sa pensée. Sans égard pour les conséquences.

Sans transition, il passa aux priorités de l'enquête.

– Il faut se concentrer sur l'ordinateur de Falk. Si quelque chose doit effectivement se déclencher le 20, il nous reste moins de seize heures pour comprendre quoi

– Où est Modin ?

Wallander vida sa tasse et se leva.

– Je vais le chercher. Il est temps de se mettre au travail

Ann-Britt voulut lui parler, mais il leva la main.

– Pas le temps.

– Où est-il ?

– Chez un ami.

– Quelqu'un pourrait peut-être y aller à ta place ?

– Sûrement. Mais j'ai besoin de réfléchir. Comment utiliser cette journée au mieux ? Qu'implique la mort de cet homme dans le champ ?

– C'est de ça que je voulais te parler.

Wallander se retourna.

– Cinq minutes.

– J'ai l'impression que personne n'a posé la question la plus importante.

– Laquelle ?

– Pourquoi il s'est suicidé au lieu de te tuer.

Wallander était exaspéré et ne fit aucune tentative pour s'en cacher.

– Qu'est-ce qui te fait croire que je n'y ai pas pensé ?

– Tu en aurais parlé en réunion.

J'en ai marre de toutes ces bonnes femmes qui veulent avoir le dernier mot, pensa-t-il. Mais il ne dit rien. Il existait malgré tout une frontière invisible qu'il n'osait pas franchir.

– Alors ?

– Je n'étais pas là, je ne sais même pas ce qui s'est passé exactement. Mais il en faut quand même beaucoup pour que quelqu'un comme lui se suicide.

– Ah bon. Qu'est-ce qui te permet de l'affirmer ?

– J'ai acquis un peu d'expérience, malgré tout.

– Je me demande si cette expérience vaut quelque chose dans ce cas précis. Cet homme-là a sans doute tué au moins deux personnes, et il n'aurait pas hésité à en tuer une troisième. Aucun scrupule, beaucoup de sang-froid. Il a entendu l'hélicoptère. Il a compris qu'il n'en réchapperait pas. On soupçonne ces gens d'être des fanatiques. À la fin, ça s'est peut-être retourné contre lui.

Ann-Britt ouvrit la bouche pour répondre, mais Wallander était déjà sorti.

– Je dois aller chercher Modin. On parlera après. Si le monde est encore là.

Neuf heures moins le quart. Il était pressé. Il prit la route de Malmö, déserte en ce dimanche matin. Il conduisait beaucoup trop vite. La pluie avait cessé, les nuages se dissipaient. Le vent soufflait fort. Entre Rydsgård et Skurup, il écrasa un lièvre, malgré ses efforts pour l'éviter. Il constata dans le rétroviseur que l'animal n'était pas mort. Mais il ne freina pas pour autant.

Il ne s'arrêta que devant la villa de Jägersro. Dix heures moins vingt. Elvira Lindfeldt ouvrit immédiatement. Wal-

lander aperçut Robert Modin assis à la table de la cuisine
Elle était habillée, mais paraissait fatiguée. Il la trouva
changée par rapport à la dernière fois. Mais son sourire
était le même. Elle lui proposa un café. Rien ne lui aurait
fait plus plaisir, mais il n'avait pas le temps. Elle insista, le
prit par le bras. Wallander crut la voir jeter un regard discret à sa montre. Sa méfiance s'éveilla immédiatement.
Elle veut que je reste, mais pas trop longtemps. Elle a prévu
quelque chose ensuite. Quelque chose, ou quelqu'un. Il dit
à Modin de rassembler ses affaires.

– Je n'aime pas les gens pressés, dit-elle lorsque Modin
fut sorti. Ça me rend inquiète.

– Alors vous avez trouvé mon premier défaut. En l'occurrence, ce n'est pas ma faute. On a besoin de lui à Ystad.

– Pourquoi cette urgence ?

– Pas le temps de vous l'expliquer. Disons seulement
qu'on s'inquiète un peu pour le 20 octobre. Et c'est demain.

Malgré son épuisement, Wallander nota son changement
d'expression. Comme une ombre de souci. Ou de la peur ?
Elle avait retrouvé son sourire. Je me fais des illusions,
pensa-t-il.

Modin reparut en haut de l'escalier, un petit ordinateur
sous chaque bras. Il était prêt.

– Je revois mon invité ce soir ?

– Ce ne sera pas nécessaire.

– Et vous ?

– Je ne sais pas encore. Je vous appellerai.

Il reprit la route d'Ystad, à peine moins vite qu'à l'aller.

– Je me suis réveillé tôt ce matin, dit Modin. J'ai eu
quelques idées que j'aimerais vérifier.

Wallander se demanda s'il devait l'informer des événements de la nuit, mais décida d'attendre. Dans l'immédiat,
le plus important était que Modin reste concentré. Pas la
peine de l'interroger sur ses nouvelles idées. Il choisit de
garder le silence.

À l'endroit où il avait écrasé le lièvre, il y avait maintenant une nuée de corneilles qui s'égaillèrent à l'approche
de la voiture. Le lièvre était déjà déchiqueté, méconnais-

sable. Wallander dit à Modin que c'était lui qui l'avait écrasé, à l'aller.

— On en voit des centaines par ici. Mais ce n'est que lorsqu'on en tue un soi-même qu'on le voit réellement.

Modin se tourna vers lui.

— Vous pouvez répéter ?

— Ce n'est que lorsqu'on écrase soi-même un lièvre qu'on le voit vraiment. Bien qu'on ait déjà vu des centaines de lièvres morts sur la route.

— C'est ça, dit Modin, pensivement. Bien sûr.

Wallander attendit la suite.

— C'est peut-être comme ça qu'on doit le voir. Quelque chose qu'on aurait déjà vu plein de fois sans le remarquer..

— Je ne te suis pas tout à fait.

— On fouille peut-être à des profondeurs inutiles. Si ça se trouve, ce qu'on cherche est sous notre nez.

Modin s'absorba dans ses pensées. Wallander n'était pas certain d'avoir bien compris.

À onze heures, il freina devant l'immeuble de la place Runnerström. Modin grimpa l'escalier avec ses ordinateurs, suivi par Wallander, essoufflé. À partir de maintenant, il le savait, il lui faudrait faire confiance à Modin et à Alfredsson. La seule chose qu'il pouvait faire pour sa part, c'était tenter de garder une vision d'ensemble. Surtout, ne pas croire qu'il était capable de nager dans l'océan électronique avec les autres. Il éprouva cependant le besoin de leur rappeler la situation – ce qui était important et ce qui pouvait attendre. Martinsson et Alfredsson auraient peut-être le bon sens de ne pas raconter à Modin les événements de la nuit. En fait, il aurait dû les prendre à part et leur expliquer que Modin ne devait rien savoir jusqu'à nouvel ordre. Mais il lui était impossible d'échanger plus que le strict minimum avec Martinsson.

— Il est onze heures, dit-il lorsqu'il eut repris son souffle. Ça signifie qu'on a une marge de treize heures. Très peu de temps, autrement dit...

— Nyberg a appelé, coupa Martinsson.

– Alors ?

– Pas grand-chose. L'arme était un Makarov, 9 mm. Probablement le même que celui qui a servi à l'appartement.

– Il avait des papiers sur lui ?

– Trois passeports. Un coréen, un thaïlandais et, curieusement, un passeport roumain.

– Rien en rapport avec l'Angola ?

– Non.

– Je vais parler à Nyberg.

Wallander entreprit de faire un point général. Modin attendait impatiemment devant ses écrans.

– Dans treize heures, on sera le 20 octobre, répéta-t-il. Dans l'immédiat, trois questions nous intéressent. Tout le reste doit attendre.

Wallander jeta un regard circulaire. Martinsson regardait droit devant lui d'un air inexpressif. Sa lèvre enflée commençait à bleuir.

– Est-ce réellement la date du 20 octobre qui nous intéresse ? Si oui, que va-t-il se passer ? Comment l'empêcher ? Rien d'autre n'a d'importance.

– On n'a encore aucune réponse d'Interpol, dit Alfredsson.

Wallander se rappela le papier qu'il aurait dû signer. Martinsson parut lire dans ses pensées.

– J'ai signé moi-même. Pour gagner du temps.

– Très bien. Les institutions que nous avons identifiées. Des réactions ?

– Rien pour l'instant. Mais elles viennent à peine d'être informées. Et on est dimanche.

– Ça veut dire qu'on est seuls, dans l'immédiat.

Il indiqua Modin.

– Robert m'a dit dans la voiture qu'il avait quelques idées. Espérons qu'elles nous mettront sur la voie.

– Je suis convaincu que c'est le 20.

– Alors, il faut nous faire partager cette conviction.

– Laissez-moi une heure.

Wallander sortit. La meilleure chose à faire dans l'immédiat était de les laisser tranquilles. Arrivé au commissariat, il se rendit aux toilettes. Depuis quelques jours, il avait un besoin constant d'uriner et la bouche sèche, signes qu'il avait recommencé à négliger son diabète.

Il s'assit à son bureau et réfléchit.

Qu'est-ce que j'ai oublié ? Y a-t-il un détail qui pourrait nous donner d'un coup la cohérence qui nous échappe ?

Sa réflexion tournait à vide. L'espace d'un instant, il revint en pensée à sa visite à Malmö. Elvira Lindfeldt était changée. Comment ? Impossible à dire, mais il était sûr de son fait. Et ça le rendait inquiet. Il ne voulait surtout pas qu'elle commence à lui trouver des défauts. Peut-être l'avait-il mêlée trop vite, de façon trop abrupte, à sa vie professionnelle en lui demandant d'héberger Robert ?

Il repoussa ces pensées et se rendit dans le bureau de Hansson, qui consultait des fichiers en fonction d'une liste que lui avait remise Martinsson. Wallander lui demanda comment ça allait. Hansson secoua la tête d'un air abattu.

— Rien ne colle. C'est comme d'assembler les pièces de différents puzzles en espérant qu'elles s'ajusteront par miracle. Le seul dénominateur commun, c'est qu'il s'agit d'institutions financières. Plus une entreprise de télécoms et un opérateur de satellites.

Wallander tressaillit.

— Qu'est-ce que tu viens de dire ?

— Un opérateur de satellites à Atlanta. Telsat Communications.

— Ce n'est donc pas un fabricant ?

— Si j'ai bien compris, il s'agit d'une boîte qui loue de l'espace sur un certain nombre de satellites de communication.

— Dans ce cas, ça colle avec l'entreprise de télécoms.

— Et même avec le reste. De nos jours, l'argent circule par voie électronique. Du moins les transactions importantes.

— Est-il possible de voir si l'un des satellites de cette boîte couvre l'Angola ?

Hansson pianota sur son clavier. Wallander nota qu'il allait nettement moins vite que Martinsson.

– Leurs satellites couvrent le monde entier, y compris les cercles polaires.

– Ça peut vouloir dire quelque chose. Appelle Martinsson et dis-le-lui.

Hansson saisit l'occasion au vol.

– Qu'est-ce qui s'est passé entre vous, au juste, la nuit dernière ?

– Martinsson raconte des bobards. Mais ce n'est pas le moment d'en parler.

Wallander passa le reste de la journée à consulter sa montre. Au début, il avait attendu le coup de fil miraculeux de la place Runnerström qui répondrait en bloc à toutes les questions. À quatorze heures, Lisa Holgersson tint une conférence de presse improvisée. Elle avait voulu parler à Wallander ; celui-ci s'était rendu invisible et avait donné des instructions strictes à Ann-Britt disant qu'il n'était pas au commissariat. Il passa de longs moments immobile à sa fenêtre à regarder le château d'eau. Les nuages avaient disparu. C'était une journée d'octobre limpide et froide.

Vers quinze heures, à bout de patience, il retourna place Runnerström, où se déroulait une discussion intense sur la manière correcte d'interpréter une certaine combinaison de chiffres. Modin voulut l'impliquer dans l'échange, mais il secoua la tête.

À dix-sept heures, il sortit manger un hamburger. De retour au commissariat, il appela Elvira Lindfeldt. Pas de réponse. Pas de répondeur. Les soupçons revinrent. Mais il était trop fatigué, trop tiraillé intérieurement pour les prendre au sérieux.

À dix-huit heures trente, Ebba fit une apparition inattendue au commissariat avec un Tupperware contenant un repas pour Modin. Wallander demanda à Hansson de la conduire place Runnerström. Après coup, il pensa qu'il ne l'avait même pas remerciée correctement.

Vers dix-neuf heures, il appela Martinsson. La conversation fut brève : toujours pas de réponse aux trois questions. Wallander raccrocha et retourna voir Hansson, qui fixait son écran d'un regard morne. Des réactions de l'étranger ? La réponse de Hansson se limita à un mot.

Rien.

Dans un brusque accès de rage, Wallander attrapa un fauteuil et le jeta contre le mur.

À vingt heures, il était à nouveau dans le bureau de Hansson

– Viens, on va place Runnerström. Ça ne peut plus durer. Il faut faire le point.

Ils passèrent prendre Ann-Britt qui somnolait dans son bureau. Le trajet se déroula en silence. À leur arrivée, ils trouvèrent Modin assis par terre, adossé au mur. Martinsson était sur son siège pliant. Alfredsson s'était couché de tout son long à même le sol. Wallander n'avait jamais vu un groupe d'enquête dans un tel état d'abattement. La fatigue, il le savait, venait de l'absence totale de percée décisive, malgré les événements de la nuit. Si seulement ils avaient pu faire un progrès significatif, ouvrir une brèche dans la muraille, leur énergie conjuguée aurait fait le reste. Dans l'état des choses, le climat de résignation semblait insurmontable.

Qu'est-ce que je fais ? Quelle sera notre dernière initiative avant minuit ?

Il s'assit sur une chaise à côté de l'ordinateur. Les autres se rassemblèrent autour de lui, sauf Martinsson, qui resta en retrait.

Le point, dit Wallander. Où en sommes-nous ?

Beaucoup d'indices indiquent qu'il va se passer quelque chose le 20, commença Alfredsson. À minuit ou plus tard. On peut s'attendre à un problème informatique au niveau des institutions qu'on a identifiées et des autres Dans la mesure où il s'agit d'institutions financières de premier plan, on peut supposer qu'il s'agit d'argent Mais quoi ? Cambriolage informatique ? Autre chose ? On n'en sait rien.

– Quel est le pire scénario envisageable ?

– Chaos sur toutes les places financières du monde.

– C'est possible ?

– On en a déjà parlé. Par exemple, une chute spectaculaire du dollar peut déclencher une panique difficilement contrôlable.

– Je crois que c'est ce qui va se passer, dit Modin.

Tous les regards se tournèrent vers lui. Il était assis en tailleur aux pieds de Wallander.

– Qu'est-ce qui te fait dire ça ? Tu peux le prouver ?

– Je crois qu'on ne peut même pas se figurer l'ampleur de ce qui va se passer. On ne comprendra que quand il sera trop tard.

– Et le déclencheur ?

– Il s'agit probablement d'un geste si banal, si quotidien, qu'on n'a aucune possibilité de le prévoir.

– La machine à café symbolique, dit Hansson. Nous y revoilà.

Wallander jeta un regard circulaire.

– On ne peut rien faire dans l'immédiat. Sinon continuer comme avant. On n'a pas le choix.

– J'ai oublié quelques disquettes à Malmö, dit Modin. J'en aurai besoin.

– On envoie une voiture les chercher.

– Je les accompagne. J'ai besoin de sortir d'ici. En plus, il y a un magasin ouvert le soir, à Malmö, qui vend des trucs que je peux manger.

Wallander se leva. Hansson téléphona pour obtenir une voiture qui conduirait Modin à Malmö. Wallander composa le numéro d'Elvira Lindfeldt. Occupé. Il essaya de nouveau. Cette fois, elle répondit. Il lui expliqua que Modin allait passer à Malmö chercher quelques disquettes oubliées chez elle. Elle promit d'être là pour le recevoir. Elle avait retrouvé sa voix normale.

– Vous venez aussi ?

– Je ne peux pas.

– Je ne vais pas vous poser de questions.

– Merci. Ça prendrait trop de temps.

Alfredsson et Martinsson se penchèrent à nouveau sur l'ordinateur de Falk. Wallander retourna avec les autres au commissariat.

– On se retrouve dans une demi-heure. D'ici là, il faut que chacun ait réfléchi à tout ce qui s'est passé depuis le début de cette enquête. Trente minutes, ce n'est pas beaucoup, mais il faudra s'en contenter. Ensuite, on se réunit et on réévalue la situation.

Hansson et Ann-Britt disparurent vers leur bureau respectif. Wallander eut à peine refermé sa porte qu'Irène l'informa par téléphone qu'il avait de la visite.

– Qui est-ce ? Je n'ai pas le temps.

– Une dame qui affirme être ta voisine. Mme Hartman.

Wallander s'inquiéta aussitôt. Quelques années auparavant, il y avait eu une fuite d'eau chez lui. Mme Hartman, qui était veuve et habitait l'appartement du dessous, avait téléphoné au commissariat pour l'alerter.

– J'arrive.

Dans le hall, Mme Hartman le rassura, il n'y avait pas eu de nouvelle fuite. Elle lui tendit une enveloppe.

– Le facteur a dû se tromper. Je suis désolée, cette lettre a dû arriver chez moi vendredi, mais j'étais absente hier et ne suis rentrée que tout à l'heure. J'ai pensé que c'était peut-être important.

– Vous n'auriez pas dû vous donner cette peine. C'est très rare que je reçoive du courrier qui ne puisse attendre.

Elle lui remit la lettre. Il n'y avait pas de nom d'expéditeur. Après son départ, Wallander l'ouvrit dans son bureau et constata avec surprise qu'elle venait de l'agence de rencontres, qui le remerciait de son intérêt et s'engageait à lui transmettre d'éventuelles réponses, dès qu'il y en aurait.

Wallander froissa la lettre et la jeta au panier. Pendant quelques secondes, le vide se fit dans son esprit. Puis il fronça les sourcils, lissa la feuille de papier et la relut. Il récupéra aussi l'enveloppe, sans vraiment savoir pourquoi.

Longtemps, il regarda le tampon de la poste. La lettre avait été envoyée jeudi.

Il avait encore la tête complètement vide.

L'angoisse surgit de nulle part. L'enveloppe avait été postée jeudi. À ce moment-là, il avait déjà reçu la lettre d'Elvira Lindfeldt. Dans une enveloppe qui avait été déposée directement dans sa boîte. Une lettre dépourvue de cachet de la poste.

Il se retourna et regarda son ordinateur. Il se tenait parfaitement immobile. Ses pensées tourbillonnèrent. Très vite, puis très lentement. Il se demanda s'il devenait fou. Puis il s'obligea à réfléchir calmement.

Il n'avait pas quitté l'ordinateur du regard. Une image commençait à prendre forme dans son esprit. Et elle était terrifiante. Il courut jusqu'au bureau de Hansson.

— Appelle la voiture !

Hansson sursauta.

— Quelle voiture ?

— Celle qui devait conduire Modin à Malmö.

— Pourquoi ?

— Fais-le. Tout de suite.

Hansson s'empara du téléphone. Deux minutes plus tard, il put parler au conducteur.

— Ils ont déjà repris la route de Ystad, dit-il en raccrochant.

Wallander respira.

— Mais Modin est resté à Malmö.

Il sentit comme une morsure dans le ventre.

— Pourquoi ?

— Il serait ressorti de la maison en disant qu'il allait travailler sur place.

Wallander resta immobile, le cœur battant. Il avait encore du mal à y croire. Pourtant, c'était lui-même qui avait envisagé ce risque. Que quelqu'un pouvait avoir accès au contenu des ordinateurs de la police.

Pas seulement aux rapports d'enquête ; à des lettres confidentielles envoyées à une agence de rencontres.

— Prends ton arme. On part dans une minute.

– Où ça ?

– À Malmö.

Pendant le trajet, il essaya d'expliquer la situation à Hansson ; mais celui-ci eut naturellement du mal à comprendre. Wallander lui demandait sans cesse de composer le numéro d'Elvira Lindfeldt. Pas de réponse. Wallander avait mis la sirène. Intérieurement, il priait tous les dieux dont il connaissait le nom pour qu'il ne soit rien arrivé à Modin. Mais il redoutait déjà le pire.

Ils freinèrent devant la villa à vingt-deux heures. La maison était plongée dans le noir. Ils descendirent de voiture. Tout était silencieux. Wallander demanda à Hansson de l'attendre dans l'ombre, près du portail. Puis il ôta le cran de sûreté et remonta l'allée. Il s'arrêta devant la porte et prêta l'oreille. Il sonna. Puis il attendit, tous les sens en alerte. Essaya de tourner le bouton de la porte. Elle n'était pas fermée. Il fit signe à Hansson d'approcher.

– On devrait appeler des renforts, murmura Hansson.

– On n'a pas le temps.

Wallander ouvrit très doucement, sans savoir ce qui l'attendait à l'intérieur. Il se rappela que le commutateur était à gauche de la porte. Il tâtonna. Au moment où la lumière se fit, il recula d'un pas et s'accroupit.

Le vestibule était vide. La lumière éclairait vaguement le séjour. Elvira Lindfeldt était assise dans le canapé. Elle le regardait. Wallander inspira profondément. Elle ne bougeait pas. Il appela Hansson. Ils entrèrent.

Elle avait été tuée d'une balle dans la nuque. Le dossier jaune pâle du canapé était inondé de sang.

Ils fouillèrent la maison. Personne. Robert Modin avait disparu. Cela ne pouvait signifier qu'une seule chose. Quelqu'un avait été là pour l'accueillir. L'homme à l'imperméable noir n'était pas seul.

39

Wallander ne comprit jamais comment il parvint au bout de cette nuit-là. La colère et le remords, sans doute, mais surtout la peur de ce qui avait pu arriver à Robert Modin. Sa première pensée affolée, en voyant Elvira Lindfeldt morte dans le canapé, fut que Robert Modin avait été tué, lui aussi. En découvrant qu'il n'était pas dans la maison, il reprit un peu espoir. Il n'était peut-être pas mort ; il avait été emmené parce qu'il fallait à tout prix cacher ou empêcher quelque chose. Wallander n'avait pas besoin de se rappeler ce qui était arrivé à Sonja Hökberg et à Jonas Landahl. Mais, à l'époque, la police ne savait rien ; on ne pouvait donc pas comparer les situations. *Qu'était-il arrivé à Modin ?*

Au cours de cette nuit, la rage d'avoir été trahi fut aussi extrêmement présente. Et la tristesse de comprendre que la vie l'avait une fois de plus privé d'une possibilité d'échapper à la solitude. Il ne pouvait regretter Elvira Lindfeldt, même si sa mort l'effrayait. Elle avait pillé son ordinateur, avant de l'approcher sous une apparence truquée de part en part. Il s'était laissé prendre. L'illusion était parfaite, l'humiliation totale. La rage qui le submergeait avait plusieurs sources, toutes également puissantes.

Mais au dire de Hansson, Wallander fit preuve d'un calme surprenant tout au long de cette nuit. Tout d'abord, il avait pris la décision de retourner à Ystad le plus vite possible. Le centre, à supposer qu'il y en ait un, se trouvait là-bas, non pas à Malmö. Hansson resterait sur place pour donner l'alerte et communiquer à la police de Malmö les informations nécessaires.

Mais Wallander lui confia aussi la mission d'en apprendre plus sur Elvira Lindfeldt. Pouvait-elle, d'une manière ou d'une autre, être liée à l'Angola ? Qui fréquentait-elle à Malmö ?

– Comment veux-tu que je m'y prenne, en pleine nuit ?

– Je m'en fiche. Réveille les gens. Au besoin, va chez eux et aide-les à enfiler leur pantalon. Je veux en savoir le plus possible sur cette femme avant demain matin.

– Qui est-ce ? Pourquoi Modin était-il ici ? Tu la connaissais ?

Wallander ne répondit pas. Hansson sentit qu'il ne fallait pas insister. Par la suite, il lui arriva d'interroger les autres. Qui était la femme mystérieuse ? Wallander devait bien la connaître, puisqu'il avait placé Modin chez elle. Mais la question de savoir comment il était entré en contact avec elle ne fut jamais tirée au clair.

Pendant le trajet du retour, Wallander essaya de se concentrer sur cette unique question : qu'était-il arrivé à Modin ?

Il roulait dans la nuit avec un sentiment de catastrophe imminente. Quelle catastrophe ? Comment l'empêcher ? Mais le plus important, c'était de sauver Modin. Il conduisait beaucoup trop vite. Il avait demandé à Hansson de prévenir les autres de son arrivée. Ceux qui dormaient devaient être réveillés. Quand Hansson lui demanda si cela valait aussi pour Lisa, il rugit que non. Au cours de cette nuit, ce fut le seul révélateur de l'énorme pression qu'il subissait en réalité.

Il était une heure trente lorsqu'il freina sur le parking du commissariat. Il faisait très froid. Martinsson, Ann-Britt et Alfredsson l'attendaient dans la salle de réunion. Nyberg devait arriver d'un instant à l'autre. Wallander considéra ses collègues. Ils ressemblaient plus à une armée en déroute qu'à une troupe prête au combat. Ann-Britt lui donna un café qu'il renversa sur son pantalon.

Il alla droit au but. Robert Modin avait disparu. La femme chez qui il avait dormi avait été retrouvée assassinée.

– Première conclusion. L'homme à l'imperméable n'était pas seul. J'aurais dû le comprendre. C'était une grave erreur.

Ce fut Ann-Britt qui posa l'inévitable question.

– Qui était-elle ?

– Elle s'appelait Elvira Lindfeldt. Une connaissance à moi.

– Comment quelqu'un pouvait-il savoir que Modin serait là ce soir ?

– Ce sera une question à résoudre par la suite.

Le crurent-ils ? Wallander lui-même eut le sentiment d'avoir menti avec conviction. Mais il n'était plus très sûr de pouvoir se fier à son propre jugement. Il aurait dû dire la vérité. Qu'il avait rédigé une petite annonce, que quelqu'un avait intercepté ce document dans son ordinateur et placé Elvira Lindfeldt sur son chemin. Mais il ne dit rien. Sa défense, à ses propres yeux du moins, était qu'ils devaient se concentrer sur la disparition de Modin. Il fallait le retrouver, s'il n'était pas trop tard.

À ce point de la discussion, Nyberg fit son entrée. Le col de son pyjama dépassait de sa veste.

– Qu'est-ce qu'on fout là ? Hansson m'a appelé de Malmö, il paraissait complètement dément, je n'ai rien compris à ce qu'il me racontait.

– Assieds-toi. La nuit ne fait que commencer.

Il fit signe à Ann-Britt qui expliqua brièvement la situation à Nyberg.

– La police de Malmö a ses propres techniciens, non ?

– Je veux que tu sois là. Pas seulement au cas où on découvrirait quelque chose à Malmö. Je veux ton opinion.

Nyberg sortit un peigne et entreprit de se coiffer.

– Deuxième conclusion, qui peut paraître plus hasardeuse. Il va se passer quelque chose. Dont le point de départ se situe ici, à Ystad.

Il se tourna vers Martinsson.

– Où en est la surveillance de la place Runnerström ?

– Elle a été levée.

– Qui a décidé ça ?

– Viktorsson trouvait que c'était du gaspillage de ressources.

– Il faut la reprendre immédiatement. Pareil pour Apelbergsgatan. Je sais, c'est moi qui ai ordonné la suspension, c'était peut-être une erreur. Je veux une voiture sur place à compter de maintenant.

Martinsson sortit téléphoner. Ils attendirent en silence. Ann-Britt proposa son miroir de poche à Nyberg, mais n'obtint qu'un grognement. Martinsson revint.

– C'est bon, dit-il.

– Nous cherchons un déclencheur, reprit Wallander. À mon sens, il s'agit de la mort de Falk. Tant qu'il était en vie, Falk avait le contrôle. Sa mort a déclenché l'enchaînement que nous connaissons.

Ann-Britt leva la main.

– Savons-nous avec certitude qu'il est mort de causes naturelles ?

– Je pense que oui. Mes conclusions reposent sur cette hypothèse : une mort soudaine, complètement inattendue. Son médecin vient me voir et affirme qu'un infarctus était impensable. Falk était en bonne santé. Pourtant, il meurt, et c'est cela qui déclenche le désordre. Si Falk avait vécu, Sonja Hökberg n'aurait pas été tuée. Elle aurait été condamnée pour le meurtre du chauffeur de taxi, c'est tout. Jonas Landahl aurait continué à travailler pour le compte de Falk. Ce que Falk et ses complices avaient prémédité se serait produit sans qu'on en ait la moindre connaissance.

– C'est en d'autres termes la mort imprévue de Falk qui nous a mis sur la piste d'un complot majeur ?

– Si quelqu'un a une autre explication, je voudrais qu'il nous en fasse part ici et maintenant.

Silence.

Wallander se demanda une fois de plus comment Falk et Landahl s'étaient rencontrés. On ne savait encore rien de la nature de leurs relations. Wallander devinait de plus en plus les contours d'une organisation invisible, sans rituels, sans signes de reconnaissance extérieurs, agissant par l'intermédiaire des « animaux de nuit » – des interventions imperceptibles, capables de provoquer des bouleversements énormes. Quelque part dans cette nuit, Falk avait croisé Landahl. Sonja Hökberg avait été un temps amoureuse de Landahl, et cela avait signé son arrêt de mort. Pour l'instant, ils n'en savaient pas plus.

Alfredsson ouvrit sa serviette et déversa sur la table une quantité de papiers pliés.

– Les notes de Modin. Je les ai rassemblées. Ça vaudrait peut-être le coup d'y jeter un coup d'œil.

– Allez-y. Toi et Martinsson.

Le téléphone sonna. C'était Hansson.

– Un voisin prétend avoir entendu une voiture démarrer en trombe vers vingt et une heures trente. C'est à peu près tout. Personne n'a vu ou entendu quoi que ce soit. Pas même les coups de feu.

– Il y en a eu plus d'un ?

– Le médecin dit qu'on lui a tiré deux balles dans la tête. Il y a deux points d'impact.

Wallander dut avaler sa salive.

– Tu es là ?

– Oui. Personne n'a entendu les coups de feu, dis-tu ?

– Pas les voisins les plus proches en tout cas Ce sont les seuls qu'on a réveillés jusqu'ici.

– Qui dirige les recherches ?

Forsman. Ce nom ne disait rien à Wallander.

– Comment réagit-il ?

– Il a beaucoup de mal à comprendre ce que je lui raconte. Il dit qu'il n'y a aucun mobile.

– Bon courage. On lui expliquera plus tard.

– Autre chose. Modin était revenu ici pour chercher des disquettes, n'est-ce pas ?

– C'est ce qu'il a dit.

– Je crois avoir deviné dans quelle chambre il logeait. Je n'ai pas trouvé de disquettes.

– Il les aurait donc emportées

– On dirait.

– Tu as trouvé d'autres choses lui appartenant ?

– Rien.

– Des signes selon lesquels quelqu'un serait venu ?

– Un voisin affirme avoir vu un taxi s'arrêter devant la villa en milieu de journée. Un homme en serait descendu.

– Ça peut être important. On doit retrouver ce taxi. C'est une priorité, dis-le à Forsman.

– Je n'ai pas franchement les moyens de dire aux collègues de Malmö ce qu'ils doivent faire.

– Alors, fais-le toi-même. On a un signalement de l'homme qui est descendu du taxi ?

– D'après le voisin, il portait des vêtements beaucoup trop légers pour la saison.

– C'est ce qu'il a dit ?

– Si j'ai bien compris.

L'homme de Luanda, pensa Wallander. Celui dont le nom commence par un C.

– Le taxi est important, répéta-t-il. On peut imaginer qu'il venait du terminal des ferries. Ou de l'aéroport.

– Je vais voir ce que je peux faire.

Wallander raccrocha et résuma ce qui venait d'être dit.

– J'imagine que ce sont les renforts, conclut-il. Si ça se trouve, ils arrivent d'Angola.

– Je n'ai pas obtenu une seule réponse à mes recherches sur le Net à propos de groupes terroristes qui auraient déclaré la guerre aux centres financiers dans le monde. Personne ne semble avoir entendu parler de ce que tu appelles les écologistes de la finance.

– Il faut un début à tout.

– Ici, à Ystad ?

Nyberg avait posé son peigne et dévisageait Wallander d'un air réprobateur. Il lui parut soudain très vieux. Et lui-même ? Comment les autres le voyaient-ils ?

– Un homme est mort dans un champ près de Sandhammaren. Un homme de Hong Kong, avec une fausse identité. Là aussi, on pourrait penser que ce sont des choses qui n'arrivent pas ici. Pourtant, elles arrivent. Il n'y a plus de coins isolés. Il n'y a presque plus de différence entre la ville et la campagne. Je ne comprends pas grand-chose aux techniques de l'information ; sinon que, grâce à elles, le centre du monde peut être n'importe où.

Le téléphone sonna. Wallander décrocha lui-même.

– Forsman travaille bien, dit Hansson. Ça avance. On a retrouvé le taxi.

– D'où venait-il ?

– De l'aéroport de Sturup. Tu avais raison.

– Quelqu'un a parlé au chauffeur ?

– Il est ici avec moi. Au fait, Forsman te dit bonjour. Vous vous seriez rencontrés à une conférence au printemps dernier.

– Salue-le de ma part. Et passe-moi le chauffeur.

– Il s'appelle Stig Lunne. Il arrive.

Wallander fit signe qu'on lui passe du papier et un crayon.

Même pour une oreille aussi exercée que la sienne, le dialecte scanien du chauffeur était presque impossible à comprendre. D'un autre côté, ses réponses étaient d'une concision exemplaire. Stig Lunne n'était pas quelqu'un qui gaspillait sa salive. Wallander se présenta et lui expliqua ce qu'il attendait de lui.

– Quelle heure était-il quand vous avez chargé le client ?

– Douze heures trente-deux.

– Comment pouvez-vous le savoir avec autant de précision ?

– L'ordinateur.

– La voiture était-elle réservée ?

– Non.

– Vous attendiez donc à l'aéroport ?

– Oui.

– Pouvez-vous décrire le client ?

– Grand.

– Autre chose ?

– Mince.

– C'est tout ?

– Bronzé.

– L'homme était grand, maigre et bronzé ?

– Oui.

– Parlait-il suédois ?

– Non.

– Quelle langue parlait-il ?

– Je ne sais pas. Il m'a montré un bout de papier avec l'adresse.

– Il n'a rien dit de tout le trajet ?

– Non.

– Comment a-t-il payé ?

– En liquide.

– Avec des couronnes suédoises ?

– Oui.

– Avait-il des bagages ?

– Un sac en bandoulière.

– Autre chose ?

– Non.

– Était-il blond ou brun ? Avait-il le type européen ?

La réponse prit Wallander au dépourvu, et pas seulement parce que c'était la plus longue fournie jusque-là par Stig Lunne.

– Ma mère dit que je ressemble à un Espagnol, mais je suis né à la maternité de Malmö.

– Vous voulez dire qu'il est difficile de répondre à cette question ?

– Oui.

– Était-il blond ou brun ?

– Chauve.

– Avez-vous vu ses yeux ?

– Bleus.

– Ses vêtements ?

– Minces.

– Que voulez-vous dire ?

Stig Lunne fit à nouveau un énorme effort.

– Habits d'été, pas de pardessus

– Vous voulez dire qu'il était en short ?

– Costume d'été, blanc.

Wallander ne trouva pas d'autres questions à lui poser. Il le remercia et lui demanda de le contacter immédiatement s'il pensait à un autre détail.

Il était trois heures. Wallander communiqua aux autres le signalement fourni par Lunne. Martinsson et Alfredsson disparurent ensemble pour éplucher les notes de Modin. Nyberg quitta la pièce peu après. Wallander et Ann-Britt restèrent seuls.

– Que s'est-il passé, à ton avis ?

– Je ne sais pas. Mais je crains le pire.

– Qui est cet homme ?

– Quelqu'un qui a été appelé en renfort. Quelqu'un qui sait que Modin représente la plus grande menace pour eux.

– Pourquoi cette femme est-elle morte ?

– Je ne sais pas. Et j'ai peur.

Martinsson et Alfredsson revinrent au bout d'une demi-heure. Nyberg surgit peu après et se rassit à sa place sans un mot.

– Ce n'est pas évident de comprendre les notes de ce Modin, dit Alfredsson. Il parle d'une machine à café qu'on aurait sous le nez.

– Il veut dire par là que le processus sera déclenché par un geste banal, qu'on accomplit sans réfléchir, comme on appuie sur le bouton d'une machine à café. Si on fait ce geste à une certaine heure ou à un certain endroit, ou dans un certain ordre, quelque chose se déclenche.

– Quel geste ? demanda Ann-Britt.

– C'est ce qu'on doit découvrir.

Ils continuèrent de réfléchir. Quatre heures du matin. Où était Robert Modin ? Hansson rappela à quatre heures trente. Wallander l'écouta en silence, en prenant des notes. De temps à autre, il posait une question. La conversation dura plus d'un quart d'heure.

– Hansson a réussi à retrouver une amie d'Elvira Lindfeldt, qui avait des choses intéressantes à raconter. Tout d'abord, Elvira Lindfeldt aurait travaillé quelques années au Pakistan dans les années 1970.

— Je croyais que la piste menait en Angola, dit Martinsson.

— L'important est de savoir ce qu'elle fabriquait au Pakistan.

— Ah oui ? fit Nyberg. L'Angola, le Pakistan, et ensuite ?

— On n'en sait rien. Je suis aussi surpris que toi.

Il déchiffra tant bien que mal ses notes griffonnées au dos d'une enveloppe.

— D'après cette amie, elle travaillait à l'époque pour la Banque mondiale. Mais ce n'est pas tout. Il lui arrivait d'exprimer des opinions assez marginales. Elle pensait entre autres que l'ordre économique mondial devait être transformé de fond en comble. Et qu'il fallait pour cela commencer par le détruire.

— Très bien, dit Martinsson. Apparemment, il y a beaucoup de monde impliqué. Mais on ne sait toujours pas où ils sont, ni ce qui va se passer.

— On cherche une sorte de bouton, dit Nyberg. C'est bien ça ? Une manette, un commutateur, ce genre de chose. À l'intérieur ou en plein air ?

— On n'en sait rien.

— On ne sait rien du tout, si je comprends bien.

La tension était palpable dans la pièce. Wallander regarda ses collègues avec quelque chose qui ressemblait à du désespoir. On n'y arrivera pas, pensa-t-il. On va retrouver Modin assassiné. On n'aura rien pu faire.

Le téléphone sonna. Hansson, de nouveau.

— La voiture de Lindfeldt. On aurait dû y penser.

— Alors ?

— Elle a disparu. On a donné l'alerte. Une Golf bleu nuit immatriculée FHC 803.

Toutes les voitures dans cette affaire avaient la même couleur. Hansson lui demanda s'il y avait du nouveau à Ystad. Rien, malheureusement.

Il était quatre heures cinquante. Une atmosphère d'attente oppressée régnait dans la salle de réunion. Wallander pensa qu'ils étaient battus. Ils n'avaient aucune idée, aucun plan d'action, rien. Martinsson se leva.

– Il faut que je mange. Je vais faire un tour au kiosque d'Österleden. Quelqu'un veut que je lui rapporte quelque chose ?

Wallander secoua la tête. Martinsson prit la commande des autres. Il sortit, mais revint presque aussitôt.

– Je n'ai pas d'argent. Quelqu'un peut-il m'en prêter ?

Wallander avait vingt couronnes sur lui. Personne d'autre, bizarrement, n'avait de liquide.

– Ça ne fait rien, je m'arrêterai au distributeur.

Il sortit de nouveau. Wallander fixait le mur d'un regard vide. Il avait mal à la tête.

Subrepticement, une pensée commença à prendre forme. Soudain, il tressaillit. Les autres levèrent la tête.

– Qu'est-ce qu'il a dit tout à l'heure ?

– Qu'il allait acheter à manger.

– Et après ?

– Qu'il allait s'arrêter à un distributeur.

Wallander hocha lentement la tête.

– Est-ce que ça pourrait être ça ? La machine à café qu'on a sous les yeux ?

– Je ne suis pas sûr de te suivre, dit Ann-Britt.

– Un geste qu'on fait sans y penser.

– Acheter à manger ?

– Introduire une carte dans un distributeur. Retirer de l'argent et un reçu.

Il se tourna vers Alfredsson.

– Y avait-il quelque chose sur les distributeurs de billets, dans les notes de Modin ?

Alfredsson se mordit la lèvre.

– Je crois que oui.

– Que disait-il ?

– Je ne m'en souviens pas. Ça ne nous a pas paru important.

Le poing de Wallander s'abattit sur la table.

– Où sont les papiers ?

– Martinsson les a pris.

Wallander était déjà dans le couloir.

Les notes chiffonnées de Modin jonchaient le bureau de Martinsson. Alfredsson les déplia pendant que Wallander attendait avec impatience.

– La voici.

Il mit ses lunettes. La feuille était remplie de dessins de chats et de coqs. Tout en bas, au milieu de quelques combinaisons de chiffres, Modin avait fait une note, soulignée tant de fois que le papier en était troué. *Rampe de lancement. Un distributeur bancaire ?*

– C'est ce que vous cherchiez ?

Alfredsson n'obtint pas de réponse. Wallander était déjà sorti du bureau.

Il n'y avait plus de doute à ses yeux. La solution était là. Jour et nuit, des gens s'arrêtaient devant des distributeurs. À un endroit donné, à une heure précise ce jour-là, quelqu'un retirerait de l'argent et déclencherait, sans le savoir, un redoutable processus dont on ignorait encore la nature et la portée.

Wallander s'adressa à l'ensemble de ses collègues.

– Combien de distributeurs bancaires y a-t-il à Ystad ?

Personne ne connaissait le nombre exact.

– Il faut regarder dans l'annuaire, dit Ann-Britt.

– Sinon, il faudra que tu réveilles un employé de banque.

Nyberg leva la main.

– Qu'est-ce qui dit que tu as raison ?

– Tout vaut mieux que rester les bras croisés.

Nyberg insista.

– Mais que pouvons-nous faire ?

– À supposer que j'aie raison, on ne peut pas savoir de quel distributeur il s'agit. Il y en a peut-être même plusieurs. On ne sait pas ce qui va se passer, comment, à quelle heure. Alors, il faut faire en sorte qu'il ne se passe rien du tout.

– Interdire l'accès à tous les distributeurs ?

– Oui, jusqu'à nouvel ordre.

– Tu te rends compte de ce que ça implique ?

– Oui. Que la réputation de la police auprès du public va encore se détériorer. Qu'il va y avoir du grabuge.

– Tu ne peux pas faire ça sans l'accord du procureur et de la direction des banques.

Wallander s'assit sur une chaise face à Nyberg.

– Là, tout de suite, je m'en fous. Même si c'est ma dernière initiative de flic à Ystad. Ou ma dernière initiative de flic tout court.

Ann-Britt feuilletait l'annuaire Alfredsson ne dit rien.

– Il y a quatre distributeurs à Ystad, annonça-t-elle. Trois dans le centre et un quatrième près des grands magasins. Celui devant lequel on a retrouvé Falk.

Wallander réfléchit.

– Martinsson est passé par le centre, à coup sûr. Appelle-le. Alfredsson et toi, vous vous partagez les deux autres. Moi, je me charge de celui des grands magasins.

Il se tourna vers Nyberg.

– Toi, appelle Lisa Holgersson. Réveille-la. Dis-lui ce qu'il en est, sans détour. À partir de là, c'est elle qui décide.

– Elle va tout arrêter.

– Appelle-la. Mais tu peux attendre jusqu'à six heures Nyberg le regarda et sourit.

– Dernier point. N'oublions pas Robert Modin. Ni le type grand, maigre et bronzé. Si j'ai raison, il faut s'attendre à ce qu'il surveille le distributeur en question. Au moindre doute, chacun doit immédiatement prévenir les autres.

– J'ai surveillé un tas d'endroits dans ma vie, mais jamais un distributeur.

– Il faut bien commencer un jour. Tu es armé ?

Alfredsson secoua la tête.

– Trouve-lui une arme, dit Wallander à Ann-Britt. On y va.

Il était cinq heures et neuf minutes lorsque Wallander quitta le commissariat. La température avait encore baissé, le vent soufflait fort. Il prit sa voiture jusqu'aux grands magasins. L'angoisse l'étreignait. Il se trompait sans doute du tout au tout. Mais il n'y avait plus rien qu'ils puissent faire autour d'une table de réunion. Il laissa la voiture devant le bâtiment des impôts. Tout était silencieux. L'aube était encore loin. Il remonta la fermeture Éclair de sa veste et regarda autour de lui avant de se diriger vers le distributeur. Il n'y avait aucune raison de se cacher. La radio grésilla dans sa poche. Ann-Britt lui signalait que tout le monde était en place. Alfredsson avait déjà eu des problèmes avec quelques personnes ivres qui insistaient pour retirer de l'argent. Il avait dû appeler une patrouille en renfort.

— Que cette patrouille reste en circulation. Ça sera bien pire d'ici une heure, quand les gens auront commencé à se réveiller.

— Martinsson avait déjà retiré de l'argent quand on l'a appelé. Mais il n'est rien arrivé.

— On n'en sait rien. S'il se passe quelque chose, on n'en sera pas avertis tout de suite.

La radio se tut. Un chariot renversé gisait sur le parking, désert à l'exception d'un camion de petite taille. Un papier – publicité pour des côtes de porc en promotion – voltigeait au-dessus de l'asphalte. Cinq heures vingt-sept. Un poids lourd passa sur la route de Malmö. Wallander se mit à penser à Elvira Lindfeldt, mais sentit qu'il n'en avait pas la force. Il y réfléchirait plus tard. Comment il avait pu se laisser berner, humilier à ce point. Il tourna le dos au vent et tapa du pied pour se réchauffer. Une voiture s'arrêta à sa hauteur. Les portières faisaient de la réclame pour une entreprise d'électricité. Un homme descendit. Il était grand et maigre. Wallander tressaillit et empoigna son arme. Puis il le reconnut ; il était déjà venu chez son père, pour une réparation. L'homme lui adressa un signe de tête et indiqua le distributeur.

— Il est en panne ?

— Désolé, vous ne pouvez pas retirer d'argent pour l'instant.

— Tant pis. J'irai dans le centre.

— Ce sera malheureusement pareil là-bas.

– Que se passe-t-il ?

– Un problème momentané.

– Et ça demande la surveillance de la police ?

Wallander ne répondit pas. L'homme remonta en voiture et démarra sans ménagement. C'était leur unique ligne de défense, « problème technique ». Mais l'idée de ce qui se passerait d'ici une heure ou deux l'angoissait déjà. Comment résister ? Lisa Holgersson mettrait immédiatement un terme à son initiative. Ses arguments seraient beaucoup trop vagues. Il ne pourrait rien faire. Et ça apporterait encore de l'eau au moulin de Martinsson : Wallander n'était plus à la hauteur de sa tâche.

Au même instant, il vit un homme traverser le parking dans sa direction. Un jeune homme. Il avait surgi de derrière le camion. Wallander mit quelques secondes à le reconnaître. Robert Modin ! Il s'immobilisa et retint son souffle. Il n'y comprenait rien. Soudain, Modin fit volte-face. Wallander se jeta instinctivement sur le côté. Un homme venait de surgir de la direction des grands magasins. Il était grand, maigre, bronzé, il tenait une arme. Dix mètres le séparaient de Wallander. Aucun abri. Wallander ferma les yeux. La sensation revint. La même qu'il avait eue dans le champ. Son temps était écoulé, il ne vivrait pas au-delà de cet instant. Il attendit. Rien. Il ouvrit les yeux. L'homme tenait son arme braquée sur lui. Mais, en même temps, il regardait sa montre.

L'heure. J'avais raison. Je ne comprends rien à ce qui se passe. Mais j'avais raison.

L'homme fit signe à Wallander d'approcher, les mains levées. Il lui prit son arme et la jeta dans une poubelle, à côté du distributeur. Dans la main gauche, il tenait une carte plastifiée.

– Un, cinq, cinq, un.

Il avait prononcé les chiffres en suédois, avec un fort accent étranger. Il laissa tomber la carte sur le trottoir et fit signe à Wallander de la ramasser. Wallander obéit. L'homme recula d'un pas et regarda de nouveau sa montre. Puis il indiqua le distributeur d'un geste brusque, trahissant pour la première fois sa nervosité. Wallander avança d'un pas. Du coin de l'œil, il voyait Robert Modin, parfaitement immobile. Pour l'instant, il se moquait bien de ce qui se passerait une fois qu'il aurait composé le code. Robert Modin était en vie, rien d'autre n'avait d'importance. Mais comment le protéger ? Fébrilement, il chercha une issue. Au moindre geste, il serait abattu à coup sûr. Robert Modin n'aurait aucune chance de s'enfuir. Wallander introduisit la carte dans la fente. Au même instant, il y eut un coup de feu. La balle ricocha sur l'asphalte et disparut en sifflant. L'homme avait fait volte-face. Wallander reconnut Martinsson à l'autre bout du parking. Plus de trente mètres les séparaient. Wallander se jeta vers la poubelle et parvint à récupérer son arme. L'homme tirait en direction de Martinsson. Wallander visa et appuya sur la détente. L'homme s'écroula, touché en pleine poitrine. Robert Modin n'avait pas bougé.

– Qu'est-ce qui se passe ? hurla Martinsson.
– Tu peux venir !
L'homme était mort.
Martinsson les rejoignit. Wallander le dévisagea
– Qu'est-ce que tu fabriquais sur ce parking ?
– Si tu avais raison, ça ne pouvait être qu'ici. Falk aurait choisi le distributeur le plus proche de chez lui, devant lequel il passait tous les jours. J'ai demandé à Nyberg de me remplacer dans le centre.
– Mais il devait appeler Lisa ?
– Les portables, ça existe.
Wallander indiqua le corps étendu sur l'asphalte.
– Je te laisse t'occuper de lui. Je dois parler à Modin.
– Qui était-ce ?
– Je ne sais pas. Mais je crois que son nom commence par un C.
– C'est la fin ?
– Peut-être. Je crois. Mais la fin de quoi ?
Il aurait dû remercier Martinsson. Mais il ne dit rien. Se dirigea simplement vers Modin, qui paraissait pétrifié. Les

remerciements attendraient. Les règlements de comptes aussi.

Robert Modin avait les yeux pleins de larmes.

– Il m'a dit que je devais marcher vers vous, sinon il tuerait papa et maman.

– On en parlera plus tard. Comment ça va ?

– Il était dans la maison, il m'a dit que je devais finir mon travail là-bas. Puis il l'a tuée. On est partis, il m'a enfermé dans le coffre, je pouvais à peine respirer. Mais on a vu juste.

– Oui. On a vu juste.

– Vous avez trouvé mon mot ?

– Oui.

– C'est après coup que j'ai vraiment commencé à penser que ce pouvait être ça. Un distributeur, où les gens viennent retirer de l'argent toute la journée.

– Tu aurais dû nous le dire. Mais j'aurais peut-être dû comprendre par moi-même. On avait déjà la conviction que tout tournait autour de l'argent.

– On ne peut pas les accuser d'être bêtes.

Wallander le dévisagea sans rien dire, en essayant d'évaluer sa force de résistance. Il eut brusquement la sensation d'avoir déjà vécu exactement la même situation avec un autre jeune homme. Il comprit qu'il pensait à Stefan Fredman.

– Que s'est-il passé ? Tu peux répondre ou tu préfères attendre ?

– Je peux répondre. Quand elle m'a fait entrer, il était là. Il m'a menacé. Il m'a enfermé dans la salle de bains. Tout à coup, il a commencé à crier contre elle. Il parlait anglais, alors j'ai compris ce qu'il disait, même si je n'ai pas tout entendu.

– Que disait-il ?

– Qu'elle n'avait pas été à la hauteur de sa mission. Qu'elle était faible.

– Autre chose ?

— Juste les coups de feu. Quand il m'a fait sortir de la salle de bains, j'ai cru qu'il allait me tuer moi aussi, il tenait un revolver. Mais il a juste dit que j'étais son otage et que je devais lui obéir. Sinon, il tuerait mes parents.

La voix de Modin tremblait.

— On verra le reste plus tard. Tu en as fait plus qu'assez.

— Il a dit qu'ils allaient détruire le système financier mondial. Et que ça commencerait ici, dans ce distributeur.

— Je sais. On verra ça plus tard. Tu as besoin de dormir, tu vas rentrer chez toi. Ensuite, on parlera.

— C'est extraordinaire, en fait.

— Quoi ?

— Tout ce qu'on peut faire, rien qu'en introduisant un petit virus dans un distributeur quelconque.

Wallander ne répondit pas. Les sirènes approchaient. Wallander découvrit une Golf bleu nuit derrière le camion, invisible depuis le distributeur. L'affiche pour les côtes de porc en promotion voltigeait au-dessus du parking.

Il sentit à quel point il était épuisé. Et soulagé.

Martinsson s'approcha.

— Il faut qu'on parle.

— Oui, dit Wallander. Mais pas maintenant.

Il était six heures moins neuf minutes. Lundi 20 octobre. Wallander se demanda distraitement à quoi ressemblerait l'hiver.

40

Le mardi 11 novembre, à la surprise générale, Wallander fut officiellement disculpé dans le cadre de l'affaire Eva Persson. Ce fut Ann-Britt qui lui communiqua la nouvelle. Elle avait elle-même contribué de façon décisive à ce dénouement. Mais Wallander ne découvrit qu'après coup de quelle manière.

Quelques jours plus tôt, Ann-Britt avait rendu visite à Eva Persson et à sa mère. On ne sut jamais avec précision ce qui avait été dit au cours de cette rencontre. Aucun rapport, aucun témoin – contrairement à toutes les règles en vigueur dans la police. Ann-Britt laissa entendre à Wallander qu'elle avait exercé une « forme douce de chantage affectif ». Il crut comprendre qu'elle avait suggéré à Eva Persson de penser à son avenir. Même acquittée de toute complicité active dans le meurtre de Lundberg, une accusation mensongère à l'encontre d'un policier pouvait avoir de lourdes conséquences... Dès le lendemain, Eva Persson et sa mère avaient retiré leur plainte et déclaré par l'intermédiaire de leur avocat que la gifle avait été administrée dans les circonstances décrites par Wallander. Eva Persson endossa la responsabilité de l'agression contre sa mère. La plainte à l'encontre de Wallander aurait pu être maintenue, mais l'affaire fut classée en hâte, comme si tout le monde était en fin de compte soulagé par cette issue – dont Ann-Britt avait veillé à informer quelques journalistes triés sur le volet. Mais l'acquittement de Wallander fut traité par les journaux de façon fort discrète, voire ignoré.

Mardi matin, le temps fut particulièrement froid en Scanie, avec un vent atteignant par endroits force de tempête. Wallander s'était réveillé de bonne heure après une nuit inquiète peuplée de cauchemars. Il ne se souvenait pas des détails, mais il y avait eu des silhouettes fuyantes et des poids qui l'étouffaient.

Il arriva au commissariat vers huit heures et ne s'attarda qu'un bref moment. La veille, il avait décidé d'obtenir enfin la réponse à une question qui le tracassait depuis longtemps. Après avoir parcouru quelques papiers et s'être assuré que l'album de photos emprunté à Marianne Falk avait bien été restitué, il prit sa voiture et se rendit chez les Hökberg. Il avait parlé à Erik Hökberg la veille, il était attendu. Le frère de Sonja, Emil, était à l'école et la mère était retournée chez sa sœur. Wallander trouva Erik Hökberg pâle et amaigri. D'après la rumeur, l'enterrement de Sonja Hökberg avait été extrêmement pénible. Wallander lui dit d'emblée qu'il ne resterait pas longtemps.

– Tu as dit que tu voulais revoir la chambre de Sonja. Pourquoi ?

– Je te le dirai là-haut. Je veux que tu viennes avec moi.

– Rien n'a changé. On n'a pas la force de toucher à quoi que ce soit.

Ils entrèrent dans la chambre rose, où Wallander avait eu un tel sentiment d'étrangeté dès sa première visite.

– Je crois que cette chambre n'a pas toujours eu cet aspect. Sonja l'a redécorée à un moment précis, je me trompe ?

– Comment le sais-tu ?

– Je ne sais rien. Je te pose une question.

Erik Hökberg avala sa salive. Wallander attendit.

– Ça s'est passé après cette histoire. Soudain, elle a retiré toutes les affiches et elle a ressorti ses vieilles affaires. Ses peluches de petite fille, qui étaient rangées dans des cartons au grenier. On n'a pas bien compris. Elle ne nous a rien expliqué.

– C'était tout, dit Wallander

– Pourquoi est-ce si important ? Sonja ne reviendra pas. Pour Ruth et moi, pour Emil aussi, il n'y aura plus jamais qu'une moitié de vie, et encore.

– Parfois, on veut avoir le cœur net de certaines choses. Les questions sans réponse peuvent devenir un tourment en elles-mêmes. Mais tu as raison, bien sûr. Ça ne change rien.

Ils redescendirent. Erik Hökberg lui proposa un café, mais Wallander était pressé de quitter cette maison endeuillée.

Il prit la direction du centre, laissa la voiture dans Hamngatan et se rendit à pied à la librairie pour récupérer le livre de décoration qui l'attendait depuis longtemps. Il fut sidéré par le prix, demanda un emballage cadeau et reprit sa voiture. Linda devait arriver à Ystad le lendemain.

Peu après neuf heures, il était de retour au commissariat. À neuf heures trente, il rassembla ses papiers et se rendit à la salle de réunion pour un dernier point avec ses collègues sur tous les événements survenus depuis que Tynnes Falk avait trouvé la mort devant un distributeur près des grands magasins. Ensuite, ils remettraient le dossier au procureur. Dans la mesure où le meurtre d'Elvira Lindfeldt concernait aussi les collègues de Malmö, l'inspecteur Forsman devait assister à la réunion.

À ce moment-là, Wallander ignorait encore le résultat de l'enquête interne. Mais le sujet ne lui causait pas de grande inquiétude. Le plus important, à ses yeux, était que Robert Modin s'en soit tiré. Cette pensée l'aidait dans les moments où il pensait qu'il aurait peut-être pu empêcher la mort de Jonas Landahl. Tout au fond de lui, il savait que c'eût été exiger l'impossible. Mais le sentiment de culpabilité persistait.

Pour une fois, il arriva le dernier dans la salle de réunion. Il salua Forsman ; en effet, ils avaient participé à un séminaire ensemble. Hans Alfredsson était retourné à Stockholm et Nyberg était alité avec la grippe. Wallander s'assit, la réunion commença. Il était treize heures lorsqu'ils tournèrent la dernière page du dossier. Cette fois, c'était bien fini.

Au cours des trois semaines écoulées depuis l'échange de coups de feu devant le distributeur, la clarté s'était faite peu à peu sur tous les détails fuyants et confus de l'affaire. Plusieurs fois, Wallander constata à quel point ils avaient été proches de la vérité, alors même qu'ils se fondaient sur des hypothèses hasardeuses. D'autre part, l'importance de Robert Modin était hors de doute. C'était lui qui avait identifié la muraille et trouvé les moyens de la contourner. Les informations en provenance de l'étranger affluaient. Peu à peu, ils avaient pu mettre au jour la nature et l'étendue du complot.

L'homme qui avait trouvé la mort devant le distributeur possédait désormais une identité et une histoire. Wallander eut le sentiment de comprendre enfin ce qui s'était passé en Angola – question lancinante qu'il s'était posée tant de fois au cours de cette enquête. La réponse était claire, du moins dans les grandes lignes. Falk et Carter s'étaient rencontrés à Luanda au cours des années 1970, probablement par hasard. On ne pouvait que deviner la nature de leurs relations. Mais quelque chose les rapprochait à l'évidence. Ils avaient conclu une alliance, mélange de vengeance personnelle, d'arrogance et de mégalomanie. Ils avaient résolu de s'attaquer à l'ordre financier mondial. Au moment choisi par eux, un missile serait lancé dans l'espace cybernétique. La connaissance intime qu'avait Carter des structures financières internationales, associée aux connaissances et à l'inventivité de Falk dans le monde des ordinateurs, constituait une combinaison idéale, d'une dangerosité extrême.

Parallèlement à la mise en place minutieuse du projet, ils avaient développé une activité de prophètes, marginaux mais convaincants, et monté une organisation secrète, sévèrement encadrée, où des individus tels que Fu Cheng, de Hong Kong, Elvira Lindfeldt et Jonas Landahl, de Scanie, avaient été enrôlés et enfermés sans recours. L'image d'une secte hiérarchisée s'était dessinée peu à peu. Carter et Falk prenaient toutes les décisions. Ceux qui étaient autorisés à pénétrer dans leur cercle étaient considérés comme des élus. Sans en avoir encore la preuve, on pouvait supposer que Carter avait personnellement exécuté plusieurs membres jugés défaillants ou potentiellement déserteurs.

Carter était le missionnaire des deux. Après son départ de la Banque mondiale, il avait conservé des missions de consultant. Il avait croisé Elvira Lindfeldt au Pakistan, au cours de l'une d'entre elles. Quant à Jonas Landahl, il ne fut jamais établi avec précision de quelle manière la rencontre avait eu lieu.

Aux yeux de Wallander, Carter faisait de plus en plus figure de chef de secte. Fou, calculateur et entièrement dénué de scrupules. La personnalité de Falk était plus difficile à cerner. Il n'avait pas fait preuve de brutalité ou de cynisme. En revanche, il avait un immense besoin, soigneusement dissimulé, d'affirmation de soi. À la fin des années 1960, il avait fréquenté différents groupuscules d'extrême droite et leur contrepartie d'extrême gauche, avant de prendre ses distances et de commencer à voir l'ensemble de l'humanité avec une sorte de mépris prophétique.

Les deux hommes s'étaient croisés par hasard en Angola. Effet de miroir : chacun avait découvert chez l'autre son propre reflet.

Concernant Fu Cheng, la police de Hong Kong avait expédié de longs rapports. Il s'appelait en réalité Hua Gang. Interpol avait associé ses empreintes à plusieurs crimes – entre autres deux braquages à main armée, à Francfort et à Marseille. Il n'y avait pas de preuves, mais on pouvait raisonnablement penser que l'argent avait servi à financer l'opération de Falk et Carter. Hua Gang avait ses attaches dans le milieu du crime organisé. Il était soupçonné – sans jamais avoir été condamné – de plusieurs meurtres, en Asie et en Europe, commis sous différentes identités. C'était lui, sans le moindre doute, qui avait tué à la fois Sonja Hökberg et Jonas Landahl. Les empreintes et les témoignages confortaient les soupçons. D'un autre côté, il paraissait évident qu'il n'était qu'un homme de main, commandé par Carter et peut-être aussi par Falk. Les ramifications de l'organisation semblaient s'étendre à tous les continents. Il restait encore beaucoup de travail à accomplir, mais pas de raison de redouter des suites. La mort de Carter et de Falk avait mis un terme à l'existence de la secte.

La raison pour laquelle Carter avait tué Elvira Lindfeldt ne fut jamais élucidée. Les seuls éléments de réponse provenaient du témoignage de Modin – les accusations véhémentes proférées par Carter. Elle en savait trop, elle n'était plus indispensable. Wallander en conclut que Carter était aux abois lors de son arrivée en Suède.

Ils avaient donc résolu de semer le chaos sur les places financières du monde et, selon la conclusion effrayante des experts, ils avaient été très près de réussir. Si Modin ou Wallander avait introduit la carte et composé le code à 5 h 31 ce lundi 20 octobre, l'avalanche aurait commencé, sans recours possible. Après un premier examen du programme-virus, les experts avaient pâli. La vulnérabilité des institutions secrètement connectées par Falk et Carter se révélait effrayante. Plusieurs groupes d'experts travaillaient à présent dans le monde entier pour tenter d'analyser la portée du cataclysme qui aurait dû se produire.

Mais Modin pas plus que Wallander n'avait composé le code fatal. Rien ne s'était réellement produit, sinon qu'un certain nombre de distributeurs de Scanie connurent ce jour-là des problèmes divers. Plusieurs avaient dû être fermés, mais on n'avait pas découvert d'anomalie. Et puis, tout s'était remis à fonctionner normalement. Un secret étanche entourait le travail des enquêteurs et les conclusions qui commençaient à prendre forme.

Les trois meurtres avaient été élucidés. Mais pourquoi Fu Cheng s'était-il suicidé ? C'était peut-être une règle du groupe : plutôt la mort que l'arrestation. Ils n'obtinrent jamais de réponse sur ce point. Carter avait été tué par Wallander. Certains détails – pourquoi Sonja Hökberg avait été jetée contre les câbles nus d'un transformateur, pourquoi Falk s'était procuré les plans de l'une des principales installations de Sydkraft – restèrent en partie des énigmes. En revanche, le mystère du portail fut en partie résolu par Hansson. Le réparateur nommé Moberg avait été cambriolé pendant les vacances. À son retour, les clés étaient à leur place. Mais, selon Hansson, elles avaient pu être copiées entre-temps. Par la suite, il avait dû être possible d'obtenir des doubles auprès du fabricant américain, moyennant une forte somme.

Le passeport de Landahl, qu'on avait fini par retrouver, montrait que celui-ci s'était rendu aux États-Unis un mois après le cambriolage chez Moberg. Et l'argent, depuis l'attaque contre les banques à Francfort et à Marseille, ne manquait pas. Les enquêteurs avaient peu à peu réussi à renouer d'autres fils épars. Il s'avéra entre autres que Tynnes Falk possédait une boîte postale privée à Malmö. Pourquoi avait-il affirmé à Siv Eriksson que c'était elle qui recevait tout son courrier ? Mystère. On ne retrouva jamais le livre de bord de Falk, pas plus que les deux doigts coupés. Mais les légistes finirent par tomber d'accord. Enander avait raison, il ne s'agissait pas d'un infarctus ; la mort avait été causée par la rupture d'un vaisseau cérébral, très difficile à détecter. Le meurtre du chauffeur de taxi avait été élucidé. Une vengeance par procuration, exécutée de façon impulsive ; on ignorait toujours pourquoi Sonja Hökberg ne s'en était pas prise au violeur lui-même, mais à son père innocent. L'impassibilité d'Eva Persson restait un mystère, même après une expertise psychiatrique approfondie. En attendant, elle n'avait sans doute jamais tenu le marteau, ni le couteau. Elle avait changé ses déclarations parce qu'elle ne voulait pas endosser la responsabilité d'un acte qu'elle n'avait pas commis. Elle ignorait à ce moment-là la mort de Sonja Hökberg. Elle avait agi pour sauver sa peau, tout simplement. Impossible de prévoir à quoi ressemblerait son avenir.

D'autres éléments du dossier restaient en suspens. Un jour, Wallander trouva sur son bureau un long rapport de Nyberg expliquant en détail que la valise vide retrouvée dans la cabine du ferry polonais avait sans aucun doute possible appartenu à Landahl. Qu'était-il arrivé au contenu de cette valise ? Nyberg n'en savait rien. Hua Gang l'avait probablement jeté par-dessus bord afin de retarder l'identification. Wallander poussa un soupir en classant le rapport.

Le plus important restait le projet de Carter et de Falk. Celui-ci ne se limitait pas à l'attaque lancée contre les places financières. Les deux hommes avaient aussi dessiné les grandes lignes d'un plan destiné à désorganiser certains centres névralgiques de distribution d'énergie. Et ils n'avaient pu s'empêcher de marquer leur présence, de façon narcissique, en ordonnant à Hua Gang de poser un relais sur la table réfrigérante et de replacer le corps de Falk à l'endroit de sa mort après lui avoir coupé deux doigts. On devinait des éléments rituels, voire religieux, dans l'univers macabre où Carter et Falk étaient à la fois prêtres et dieux.

Mais au-delà de la brutalité et de la confusion mentale, Carter et Falk avaient mis en lumière une vérité décisive : la vulnérabilité de la société où ils vivaient était supérieure à ce que quiconque aurait pu imaginer.

Wallander pensait plus que jamais que cette société allait avoir besoin de policiers d'un nouveau type. Sa propre expérience n'était sans doute pas caduque ; mais il y avait des domaines qu'il ne maîtrisait absolument pas.

De façon générale, il était contraint d'admettre qu'il se faisait vieux. Un vieux chien, qui n'apprendrait jamais de nouveaux tours.

Au cours des longues soirées dans l'appartement de Mariagatan, il avait beaucoup pensé à cette question de la vulnérabilité. Celle de la société et la sienne propre ; les deux lui paraissaient en quelque sorte liées. Il comprenait la chose de deux façons. D'une part, il voyait émerger une société où il lui était impossible de se reconnaître. Par son travail, il était sans cesse confronté aux forces brutales qui rejetaient les individus aux marges de la communauté. Il voyait des jeunes perdre confiance en leur propre valeur avant même d'avoir quitté l'école ; il voyait des comportements de dépendance en augmentation constante, il se souvenait de Sofia Svensson qui avait vomi sur la banquette arrière de sa voiture. La Suède était une société où les fissures anciennes se creusaient et où de nouvelles fissures ne cessaient d'apparaître ; un pays où des barbelés invisibles entouraient les groupes privilégiés, de moins en moins nombreux, pour les protéger de ceux qui vivaient dans les marges : rejetés, exclus, drogués, chômeurs.

Une révolution se dessinait en parallèle : la révolution de la vulnérabilité, d'une société régie par des carrefours électroniques de plus en plus puissants, et de plus en plus fragiles. L'efficacité augmentait sans cesse, au prix d'une impuissance grandissante face aux forces qui se livraient au sabotage et à la terreur.

D'autre part, il y avait sa vulnérabilité personnelle. Sa solitude. Sa confiance en lui qui s'effritait. La certitude que Martinsson cherchait à prendre sa place. Le désarroi face à tous les changements qui bouleversaient son travail et le mettaient au défi de s'adapter, de se renouveler.

Au cours de ses soirées solitaires à l'appartement, il lui arriva plusieurs fois de penser qu'il n'avait plus la force nécessaire. Mais il devait continuer au moins dix ans encore. Il n'avait pas le choix. Il était flic, enquêteur, homme de terrain. Imaginer une existence où il ferait le tour des écoles pour mettre en garde les jeunes contre les dangers de la drogue ou expliquer le code de la route aux enfants de maternelle – cela lui était impossible. Ce monde-là ne pourrait jamais être le sien.

La réunion prit fin à treize heures. Le dossier serait remis au procureur. Mais il n'y aurait aucune condamnation, puisque les coupables étaient morts. Seule exception : certains éléments pourraient permettre de rouvrir le procès de Carl-Einar Lundberg.

Vers quatorze heures, Ann-Britt entra dans son bureau et lui apprit qu'Eva Persson et sa mère avaient retiré leur plainte. Il en fut soulagé bien sûr, mais pas vraiment surpris. Malgré ses questionnements récents sur la justice suédoise, il n'avait jamais douté, au fond de lui, que la vérité sur l'incident de la salle d'interrogatoire finirait par s'imposer.

Ann-Britt s'attarda pour discuter de la possibilité d'une contre-offensive. D'après elle, il fallait le faire, au nom de l'ensemble de la police. Mais Wallander refusa. Le mieux, d'après lui, était d'enterrer l'affaire.

Après le départ d'Ann-Britt, il resta longtemps assis dans son fauteuil, la tête vide. Puis il se leva et alla chercher un café.

Sur le seuil de la cafétéria, il entra presque en collision avec Martinsson. Au cours des semaines écoulées, Wallander s'était senti la proie d'une indécision étrange, inhabituelle pour lui. En général, il n'avait pas peur des confrontations. Mais cette histoire avec Martinsson était bien plus profonde. Il s'agissait de complicité perdue, d'amitié trahie. En le voyant, il comprit que le moment était venu.

– Il faut qu'on parle. Tu as le temps ?
– Je n'attends que ça.

Ils retournèrent à la salle de réunion qu'ils avaient quittée quelques heures plus tôt. Wallander alla droit au but.

– Tu magouilles. Tu répands des mensonges sur mon compte. Tu as remis en cause ma capacité de diriger cette enquête. Pourquoi ne me l'as-tu pas dit en face ? Tu es seul à pouvoir répondre à ça. Mais j'ai mon idée. Tu me connais, tu sais comment je raisonne. La seule façon pour moi de comprendre ton attitude, c'est que tu jettes les bases de ta propre carrière. À n'importe quel prix.

Martinsson était parfaitement calme lorsqu'il répliqua. Wallander comprit qu'il avait mûrement pesé sa réponse.

– Je dis ce qu'il en est, c'est tout. Tu as perdu le contrôle. Ce qu'on peut éventuellement me reprocher, c'est de ne pas l'avoir signalé plus tôt.

– Pourquoi ne me l'as-tu pas dit en face ?
– J'ai essayé. Mais tu n'écoutes pas.
– Je t'écoute.
– Tu crois que tu écoutes. Ce n'est pas la même chose.
– Pourquoi as-tu dit à Lisa que je t'avais empêché de me suivre, dans le champ ?
– Elle a dû mal comprendre.

Wallander le regarda. Il avait envie de le frapper. Mais il n'en ferait rien. Il n'en avait pas la force. Martinsson était inébranlable. Il croyait à ses propres mensonges. Du moins, il ne cesserait pas de les justifier.

– Tu voulais autre chose ?

– Non, dit Wallander. Je n'ai rien à ajouter.

Martinsson tourna les talons et sortit.

Resté seul, il eut la sensation que les murs s'écroulaient. Martinsson avait fait son choix. Leur amitié était finie, cassée. Avec effarement, il se demanda si elle avait jamais existé. Ou si Martinsson attendait depuis le début l'occasion de l'éliminer.

Des vagues de chagrin déferlaient en lui. Puis une lame solitaire se dressa. De la rage pure.

Il n'avait pas l'intention de se rendre. Pendant quelques années encore, ce serait lui qui dirigerait les enquêtes difficiles, à Ystad.

Mais la sensation d'avoir perdu quelque chose était plus forte que la colère. Il se demanda une nouvelle fois où il trouverait la force de continuer.

Wallander sortit du commissariat. Il laissa son portable sur son bureau, ne prit pas la peine de dire à Irène où il allait, ni pour combien de temps. Il quitta la ville. En arrivant à la sortie vers Stjärnsund, il la prit, sans vraiment savoir pourquoi. Peut-être la perte, coup sur coup, de deux amitiés était-elle trop dure pour lui. Il pensait souvent à Elvira Lindfeldt, qui était entrée dans sa vie sous un déguisement terrible. Il avait fini par admettre qu'elle aurait été prête à le tuer. Malgré cela, il ne pouvait s'empêcher de penser à elle comme il l'avait fait le premier soir. Une femme assise en face de lui, à une table, et qui l'écoutait. Une femme qui avait de belles jambes et qui, le temps de deux soirées, avait mis fin à sa solitude. Il freina dans la cour de Sten Widén. Personne. Un panneau indiquait que la ferme était à vendre. Un deuxième, planté à côté du premier, signalait qu'elle était vendue. La maison paraissait abandonnée. Wallander se dirigea vers les écuries et ouvrit la porte. Les boxes étaient vides. Un chat, installé sur les restes d'une botte de foin, le dévisageait d'un air neutre.

Le cœur de Wallander se serra. Sten Widén était déjà parti, et il n'avait pas pris la peine de lui dire au revoir.

Il sortit des écuries et quitta Stjärnsund le plus vite qu'il put.

Il ne retourna pas au commissariat ce jour-là. Tout l'après-midi, il roula au hasard sur les petites routes. Deux ou trois fois, il descendit de voiture et resta debout, le regard fixe, face aux champs déserts. À la tombée de la nuit, il retourna à Mariagatan, après s'être arrêté pour payer sa note chez l'épicier. Le soir, il écouta *La Traviata* deux fois de suite. Il parla à Gertrud au téléphone. Ils convinrent qu'il lui rendrait visite le lendemain.

Le téléphone sonna peu avant minuit. Pourvu qu'il ne se soit rien passé, pensa-t-il. Pas encore. On n'en a pas la force.

C'était Baiba, qui l'appelait de Lettonie. Ils ne s'étaient pas parlé depuis plus d'un an.

— Je voulais juste savoir comment tu allais.

— Bien. Et toi ?

— Bien.

Le silence fit un aller et retour entre Ystad et Riga.

— Il t'arrive de penser à moi ?

— Pourquoi t'appellerais-je sinon ?

— Je me posais la question, c'est tout.

— Et toi ?

— Je pense toujours à toi.

Il regretta tout de suite d'avoir dit ça. C'était un mensonge, du moins une exagération, elle le comprendrait forcément. Pourquoi se comportait-il ainsi ? Baiba faisait partie du passé, son image avait déjà pâli, pourtant il ne parvenait pas à la lâcher. Elle ou le souvenir du temps passé avec elle.

Ils échangèrent quelques phrases banales. La conversation prit fin. Wallander raccrocha lentement.

Est-ce qu'elle lui manquait ? Il n'avait pas de réponse. Les murs n'existaient pas que dans le monde des ordinateurs. Il en avait un à l'intérieur de lui. Et il ne savait pas toujours comment le franchir.

Le lendemain, mercredi 12 novembre, le vent était tombé. Wallander se réveilla de bonne heure. Congé. Quand lui était-il arrivé pour la dernière fois de ne pas travailler un jour de semaine ? Il ne s'en souvenait pas. Mais il lui restait des jours, et pourquoi pas les prendre maintenant, alors que Linda lui rendait visite. Il devait être à l'aéroport à treize heures. En attendant, il allait enfin changer de voiture. Il avait rendez-vous avec le concessionnaire à dix heures. Avant cela, il devait ranger l'appartement. Il s'attarda au lit.

Il avait rêvé de Martinsson. Ils se trouvaient à la foire agricole de Kivik. Tout, dans le rêve, correspondait à la réalité telle qu'ils l'avaient vécue sept ans plus tôt. Ils cherchaient quelques types qui avaient tué un vieux paysan et sa femme. Soudain, ils les avaient découverts derrière un stand où ils vendaient des vestes en cuir volées. Il y avait eu un échange de coups de feu. Martinsson avait touché l'un des types au bras, peut-être à l'épaule. Wallander avait rattrapé l'autre sur la plage. Jusque-là, le rêve reflétait fidèlement la réalité. Mais ensuite, sur la plage, Martinsson avait braqué son arme sur lui...

J'ai peur. Peur de ne pas savoir ce que pensent mes collègues en réalité. Peur d'être rattrapé par le temps. Peur de devenir un flic qui ne comprend ni ses collègues ni ce qui est en train de se passer en Suède...

Il s'attarda encore au lit. Pour une fois, il se sentait reposé. Mais à la pensée de l'avenir, une autre forme de fatigue l'assaillit. Allait-il désormais appréhender le fait de se rendre au commissariat tous les matins ? Comment, dans ce cas, supporterait-il les années qu'il lui restait à travailler ?

Ma vie est remplie de clôtures. Elles sont partout, à l'intérieur de moi, dans les ordinateurs et les réseaux, mais aussi au commissariat, entre mes collègues et moi. C'est juste que je ne m'en étais pas aperçu jusqu'à maintenant.

À huit heures, il se leva et but un café en lisant le journal. Puis il rangea l'appartement et fit le lit dans l'ancienne chambre de Linda. Peu avant dix heures, il remit l'aspirateur à sa place. Le soleil apparut. Son humeur s'améliora tout de suite. Il se rendit chez le concessionnaire d'Industrigatan et conclut l'affaire. Encore une Peugeot. Une 306 de 1996, faible kilométrage, un seul propriétaire avant lui. Le concessionnaire, qui s'appelait Tyrén, lui donna un bon prix de l'ancienne. À dix heures trente, il reprit la route. Cela lui donnait toujours un sentiment de satisfaction de changer de voiture. Comme un bon coup d'étrille.

Il avait tout son temps. Sur un coup de tête, il prit la direction de l'est et s'arrêta devant la maison de son père, à Löderup. Il n'y avait personne. Il descendit de voiture et frappa. Pas de réponse. Alors il se dirigea vers la remise qui était autrefois l'atelier. La porte n'était pas fermée à clé. Il entra. Tout était transformé. À sa grande surprise, il découvrit une petite piscine encastrée dans le sol en ciment. Nulle trace de son père, pas même l'odeur de térébenthine. Maintenant, ça sentait le chlore. L'espace d'un instant, il en fut presque offensé. Comment le souvenir de quelqu'un pouvait-il être autorisé à disparaître de façon aussi radicale ? Il sortit de la remise et s'approcha d'un tas de ferraille. Sous les gravats, la terre et les débris de ciment, il reconnut soudain la vieille cafetière de son père. Il la déterra avec précaution et l'emporta. En démarrant, dans la cour, il eut la certitude qu'il ne reviendrait jamais à cet endroit.

De Löderup, il se rendit directement à Svarte, où Gertrud vivait avec sa sœur. Il but le café et écouta distraitement le bavardage des deux vieilles dames. Il ne dit pas un mot de sa visite à Löderup.

À midi moins le quart, il reprit la route. Arrivé à l'aéroport, il vit qu'il restait une demi-heure avant l'atterrissage de l'avion.

Comme d'habitude, il éprouvait une certaine appréhension à l'idée de revoir Linda. Il s demanda si les autres parents étaient comme lui ; si, à un moment donné, ils commençaient à avoir peur de leurs propres enfants. Il s'assit et commanda un café. Soudain, à une table voisine, il reconnut le mari d'Ann-Britt, entouré de valises, prêt à partir pour une destination lointaine. Une femme l'accompagnait. Aussitôt, il se sentit blessé pour Ann-Britt. Il changea de table et leur tourna le dos pour ne pas être reconnu. Sa propre réaction le laissait perplexe. Tant pis.

Au même instant, il repensa à l'étrange incident survenu dans le restaurant d'István. Quand Sonja Hökberg avait changé de place, peut-être pour communiquer avec Hua Gang. Il en avait parlé plusieurs fois avec Hansson et Ann-Britt, sans obtenir de réponse satisfaisante. Que savait Sonja Hökberg des liens de Jonas Landahl avec l'organisation secrète de Falk et Carter ? Pourquoi Hua Gang la surveillait-il ? Ce détail n'avait plus d'importance. Un petit fragment d'enquête qui finirait par sombrer et disparaître – comme tant d'autres, qui hantaient encore la mémoire de Wallander. Chaque enquête recelait sa dose de confusion, de détails fuyants, impossibles à replacer dans le contexte général. Cela s'était toujours produit, cela se produirait encore.

Wallander jeta un regard par-dessus son épaule ; le mari d'Ann-Britt et la femme avaient disparu. Il allait se lever lorsqu'un vieil homme s'approcha de sa table.

– Il me semble vous reconnaître. Vous êtes bien Kurt Wallander ?

– Oui.

– Je ne vous dérangerai pas. Mon nom est Otto Ernst.

Ce nom lui était vaguement familier.

– Je suis tailleur. J'ai dans mon atelier un pantalon commandé par Tynnes Falk. Je sais qu'il est mort malheureusement, mais je ne sais quoi faire de ce pantalon. J'ai parlé à son ancienne femme, mais elle ne veut pas en entendre parler.

Wallander se demanda s'il plaisantait. Cet homme pensait-il réellement que la police allait l'aider à résoudre un problème de pantalon en souffrance ? Mais Otto Ernst paraissait sincèrement préoccupé.

– Je propose que vous preniez contact avec son fils, dit Wallander. Jan Falk. Il pourra peut-être vous aider.

– Connaissez-vous son adresse ?

– Appelez le commissariat d'Ystad et demandez Ann-Britt Höglund de ma part. Elle vous donnera l'adresse.

Ernst sourit et lui tendit la main.

– Je pensais bien que vous m'aideriez. Désolé pour le dérangement.

Wallander le suivit longtemps du regard avec la sensation qu'il venait de croiser un représentant d'un monde englouti.

L'avion atterrit à l'heure. Linda sortit parmi les derniers passagers. L'angoisse de Wallander se dissipa dès qu'elle lui eut dit bonjour. Elle était pareille à elle-même : de bonne humeur, ouverte. Accessible, tout le contraire de lui. De plus, elle était habillée de façon nettement moins voyante que d'habitude. Ils sortirent, après avoir récupéré sa valise. Wallander lui fit remarquer la voiture neuve. Par elle-même, Linda ne se serait pas aperçue du changement. Il prit la direction de la ville.

– Comment ça va ? Que fais-tu, ces temps-ci ? J'ai l'impression que tu trames quelque chose.

– Il fait beau. On ne pourrait pas aller sur une plage ?

– Je t'ai posé une question

– Je vais y répondre.

– Quand ?

– Pas tout de suite.

Wallander prit la sortie vers Mossby Strand. Le parking était désert, le kiosque fermé. Elle ouvrit sa valise et enfila un gros pull. Ils descendirent sur la plage.

– On venait se promener ici quand j'étais petite. C'est un de mes premiers souvenirs.

- La plupart du temps, on venait tous les deux. Quand Mona voulait qu'on lui fiche la paix.

Un navire croisait à l'horizon. La mer était presque étale

– Cette photo dans le journal, dit-elle soudain.

Wallander accusa le coup.

– C'est fini. La fille et sa mère ont retiré leur plainte.

– J'en ai vu une autre, au restaurant. Dans un hebdo, tu étais devant une église à Malmö. Tu aurais menacé un photographe.

L'enterrement de Stefan Fredman. Il avait piétiné la pellicule. Apparemment, il y en avait eu une autre. Il lui raconta l'incident.

– Tu as bien fait, dit-elle lorsqu'il eut fini. J'espère que j'aurais fait pareil.

– Ne t'inquiète pas pour ça. Tu as la chance de ne pas être flic.

– Pas encore.

Wallander s'immobilisa net.

– Quoi ?

Elle continua d'avancer sans répondre. Quelques mouettes criaient au-dessus de leurs têtes. Elle se retourna.

– Tu as l'impression que je trame quelque chose. C'est vrai. Mais je ne voulais rien dire tant que ma décision n'était pas prise.

– Mais encore ?

– J'ai posé ma candidature à l'école de police. Je crois qu'ils vont me prendre.

Wallander n'en croyait pas ses oreilles.

– C'est sérieux ?

– Oui.

– Mais tu n'en as jamais parlé !

– Ça fait longtemps que j'y pense.

– Pourquoi n'as-tu rien dit ?

– Je préférais me taire.

– Je croyais que tu voulais restaurer des meubles...

– Moi aussi. Mais, maintenant, je sais ce que je veux. C'est pour ça que je suis venue. Pour te demander ton avis. Ta bénédiction, si tu préfères.

Ils s'étaient remis en marche.

– C'est un peu brutal...

Tu m'as souvent parlé de la réaction de grand-père, le jour où tu lui as annoncé que tu voulais entrer dans la police.

– Il a dit non avant même que je finisse ma phrase.

– Et toi ? Que dis-tu ?

– Laisse-moi une minute.

Elle s'assit sur une vieille souche à moitié ensevelie sous le sable. Wallander descendit au bord du rivage. Jamais il n'aurait imaginé que Linda puisse un jour suivre son exemple. Il avait du mal à démêler ses sentiments.

Il regarda la mer. Le soleil scintillait à la surface de l'eau.

Linda cria dans son dos que la minute était écoulée. Il revint vers elle.

– Je pense que c'est bien. Je pense que tu peux devenir le genre de flic dont on aura besoin à l'avenir

– C'est sincère ?

– Oui.

– J'avais peur de t'en parler. Peur de ta réaction.

– Ce n'était pas la peine.

Elle se leva.

– On a beaucoup de choses a se dire. Et j'ai faim.

Ils retournèrent à la voiture et prirent la direction d'Ystad. Wallander essayait d'assimiler la nouvelle. Il ne doutait pas un instant que Linda puisse faire un bon flic. Mais comprenait-elle vraiment ce que cela signifiait ? La pression que cela impliquait ?

Il éprouvait aussi autre chose. D'une certaine manière, la décision de Linda justifiait le choix que lui-même avait fait trente ans plus tôt.

C'était un sentiment confus. Mais il était là, et il était très puissant.

Ils veillèrent tard ce soir-là. Wallander lui parla longuement de la difficile enquête qui avait commencé et fini devant un banal distributeur de billets.

– On parle de pouvoir, dit-elle quand il eut fini. Mais personne ne mentionne le rôle joué par des institutions tellé que la Banque mondiale et les souffrances causées par leurs décisions.

– Tu veux dire que tu approuves le projet de Falk et de Carter ?

– Non. Du moins, je n'approuve pas leurs méthodes.

Wallander était de plus en plus convaincu que Linda avait longuement mûri sa décision. Il ne s'agissait pas d'un coup de tête qu'elle regretterait par la suite.

– Je te demanderai sûrement conseil, dit-elle au moment de se coucher.

– Je ne suis pas sûr d'avoir de conseils à te donner.

Il était deux heures du matin. Wallander resta seul dans le canapé, un verre de vin devant lui, un opéra de Puccini sur la chaîne stéréo.

Il prit la télécommande, baissa le son et ferma les yeux. Il voyait un mur en flammes. En pensée, il prit son élan.

Puis il traversa le mur. Lorsqu'il ressortit de l'autre côté, seuls ses cheveux avaient souffert.

Il ouvrit les yeux et sourit.

Un épisode touchait à sa fin.

Un épisode nouveau venait à peine de commencer

Le lendemain, jeudi 13 novembre, les marchés asiatiques commencèrent à chuter.

Les explications étaient aussi nombreuses que contradictoires.

Mais il n'y eut jamais de réponse à la question décisive.

Ce qui avait réellement déclenché l'effondrement des cours.

Postface

Ce roman se déroule dans un pays frontière.

Entre la réalité, ce qui s'est réellement produit, et la fable, ce qui aurait pu se produire.

Cela signifie que j'ai pris de grandes libertés.

Tout roman est un acte de création autonome.

J'ai déplacé des maisons, changé le nom de certaines rues et inventé des rues qui n'existent pas.

J'ai imaginé des nuits de gel en Scanie lorsque cela m'arrangeait.

J'ai créé mes propres horaires pour le départ et l'arrivée des ferries.

Et j'ai construit un réseau régional complètement fictif. Cela n'implique aucun reproche à l'encontre de Sydkraft.

Je n'ai rien à leur reprocher.

Sydkraft m'a toujours fourni l'électricité dont j'avais besoin.

J'ai également pris des libertés dans le monde de l'électronique.

Je soupçonne que les événements relatés dans ce livre ne vont pas tarder à se produire.

J'ai bénéficié de l'aide de nombreuses personnes. Aucune d'entre elles n'a demandé à être citée. Je n'en citerai donc aucune. Mais je les remercie toutes. Ce qui est écrit dans ces pages n'engage que moi.

Maputo, avril 1998
Henning Mankell

Meurtriers sans visage
Christian Bourgois, 1994, 2001
et « Points Policier », n° P1122

La Société secrète
Flammarion, 1998
et « Castor Poche », n° 656

Le Secret du feu
Flammarion, 1998
et « Castor Poche », n° 628

Le Guerrier solitaire
prix Mystère de la Critique
Seuil, 1999
et « Points Policier », n° P792

La Cinquième Femme
Seuil, 2000
et « Points Policier », n° P877

Le chat qui aimait la pluie
Flammarion, 2000
et « Castor Poche », n° 518

Les Morts de la Saint-Jean
Seuil, 2001
« Points Policier », n° P971
et Éditions de la Seine, 2008

Comedia Infantil
Seuil, 2003
et « Points », n° P1324

L'Assassin sans scrupules
L'Arche, 2003

Le Mystère du feu
Flammarion, 2003
et « Castor Poche », n° 910

Les Chiens de Riga
prix Trophée 813
Seuil, 2003
et « Points Policier », n° P1187

Le Fils du vent
Seuil, 2004
et « Points », n° P1327

La Lionne blanche
Seuil, 2004
et « Points Policier », n° P1306

L'homme qui souriait
Seuil, 2004
et « Points Policier », n° P1451

Avant le gel
Seuil, 2005
et « Points Policier », n° P1539

Ténèbres, Antilopes
L'Arche, 2006

Le Retour du professeur de danse
Seuil, 2006
et « Points Policier », n° P1678

Tea-Bag
Seuil, 2007
et « Points », n° P1887

Profondeurs
Seuil, 2008
et « Points », n° P2068

RÉALISATION : NORD COMPO À VILLENEUVE-D'ASCQ
IMPRESSION : CPI BRODARD ET TAUPIN À LA FLÈCHE
DÉPÔT LÉGAL : MARS 2003. N° 58116-13. (65702)
IMPRIMÉ EN FRANCE

Éditions Points

Le catalogue complet de nos collections est sur Le Cercle Points, ainsi que des interviews de vos auteurs préférés, des jeux-concours, des conseils de lecture, des extraits en avant-première…

www.lecerclepoints.com

Collection Points Policier

Éditions Points

le cercle

Le catalogue complet de nos collections est sur Le Cercle Points, ainsi que des interviews de vos auteurs préférés, des jeux-concours, des conseils de lecture, des extraits en avant-première…

www.lecerclepoints.com